mtb

Umwelthinweis:
Dieses Buch wurde auf chlor- und säurefreiem Papier gedruckt.

Sommer der Herzen

Susan Wiggs

Ein Sommerinseltraum

Seite 7

Maya Banks

Es geschah in einer sternenklaren Nacht

Seite 103

Dorien Kelly

Alles ist möglich

Seite 247

Jessica Bird

Glaub an das Glück, Madeline

Seite 393

MIRA® TASCHENBUCH
Band 25767
1. Auflage: August 2014

MIRA® TASCHENBÜCHER
erscheinen in der Harlequin Enterprises GmbH,
Valentinskamp 24, 20354 Hamburg
Geschäftsführer: Thomas Beckmann

Titel der nordamerikanischen Originalausgaben:

Island Time
Copyright © 1998 by Susan Wiggs
erschienen bei: MIRA Books, Toronto

The Tycoon's Secret Affair
Copyright © 2009 by Maya Banks
erschienen bei: Silhouette Books, Toronto

The Girl Least Likely To …
Copyright © 2003 by Dorien Kelly
erschienen bei: Harlequin Books, Toronto

A Man In A Million
Copyright © 2007 by Jessica Bird
erschienen bei: Silhouette Books, Toronto

Published by arrangement with
Harlequin Enterprises II B.V./S.àr.l

Konzeption/Reihengestaltung: fredebold&partner GmbH, Köln
Umschlaggestaltung: pecher und soiron, Köln
Redaktion: Mareike Müller
Titelabbildung: Harlequin Enterprises S.A., Schweiz
Satz: GGP Media GmbH, Pößneck
Druck und Bindearbeiten: CPI – Ebner & Spiegel, Ulm
Printed in Germany
Dieses Buch wurde auf FSC®-zertifiziertem Papier gedruckt.
ISBN 978-3-95649-041-5

www.mira-taschenbuch.de

Susan Wiggs

Ein Sommerinseltraum

Roman

Aus dem Amerikanischen von
Sarah Heidelberger

mtb

1. KAPITEL

Es gab nichts, was Mitchell Baynes Rutherford III. mehr hasste als geplatzte Termine. Zähneknirschend beobachtete er, wie die letzten Frachtstücke von der Fähre aus Anacortes entladen wurden. Während eine tiefergelegte Corvette von der Rampe fegte, gefolgt von einem Wohnmobil, das in etwa die Größe eines afrikanischen Kleinstaates hatte, begann er, ungeduldig auf und ab zu laufen. Als Nächstes verließ ein mit plärrenden Kindern und entnervten Eltern vollgestopfter Kombi die Fähre, danach ein Cabrio voller College-Studenten. Und dann … nichts.

Jedenfalls nicht die Person, auf die er seit einer geschlagenen Stunde in der glühenden Augustsonne gewartet hatte. Keine Spur von dem „Experten“, den er angefordert hatte.

Mitch blieb stehen und holte sein Handy aus der Brusttasche seines Jacketts. Die Nummer seines Büros in Seattle war über Schnellwahl eingespeichert, allerdings war er nicht sicher, ob das unzuverlässige Netz auf der Insel diesmal funktionieren würde.

„Rutherford Enterprises“, drang die vertraute Stimme seiner Sekretärin aus dem Hörer.

„Miss Lovejoy, dieser ominöse Dr. Galvez ist nicht aufgetaucht.“

„Oh, hier ist alles bestens, Mr Rutherford, danke der Nachfrage. Und wie geht es Ihnen heute?“, erwiderte seine Sekretärin spitz.

Mitch zog ein finsteres Gesicht und beobachtete währenddessen, wie ein verbeulter VW-Käfer in einer Wolke aus garantiert hochgiftigen Abgasen als Nachzügler von der Fähre tuckerte. Aus den offenen Fenstern des orangeroten Kleinwagens dröhnte Salsamusik. Er musste sich sein freies Ohr zuhalten, um dem Telefonat weiter folgen zu können.

„Tut mir leid, dass ich so kurz angebunden bin“, sagte er, auch wenn es ihm eigentlich kein bisschen leidtat. „Aber dieser Meeresbiologe, den Sie herschicken wollten, ist nicht gekommen.“

„Ach du liebes Lieschen", erwiderte Miss Lovejoy betont betroffen, doch Mitch kannte sie zu gut, um ihr das Theater abzukaufen. In Wahrheit musterte sie wahrscheinlich gerade gelangweilt ihre Fingernägel oder guckte aus dem Fenster auf die Skyline von Seattle hinab. Vor ihr lag vermutlich eine mit Nadeln durchbohrte Voodoo-Puppe, die ihn darstellen sollte, weil er wegen des laufenden Projekts ihren Augusturlaub gestrichen hatte, den sie eigentlich jedes Jahr nahm.

„Was da wohl passiert sein mag?", fügte Miss Lovejoy hinzu, ganz die Unschuld in Person.

Der Käfer kroch von der Rampe, sein Auspuff knallte, der Motor gab noch ein paar letzte Stotterer von sich und starb dann keine zehn Meter von ihm entfernt direkt neben dem Kartenschalter ab. Die Fahrerin, die einen großen Hut und eine strassbesetzte Sonnenbrille trug, hieb mit den Fäusten aufs Lenkrad ein und gab auf Spanisch eine Schimpftirade von sich. Zwei glupschäugige, magere Hunde steckten den Kopf aus einem der Wagenfenster und kläfften über das dumpfe Dröhnen der Musik hinweg.

Mitch wandte sich von der Szene ab und drückte die Hand noch fester auf sein Ohr. „Was haben Sie gesagt, Miss Lovejoy? Ich konnte Sie leider nicht verstehen. Wahrscheinlich hab ich gleich keinen Empfang mehr."

„Ich sagte, dass die Fähren diesen Sommer ganz besonders unzuverlässig sind. Mein Schwiegersohn musste in Victoria zwölf Stunden lang wart …"

Es rauschte in der Leitung, dann wurde die Verbindung unterbrochen.

„Miss Lovejoy?", rief Mitch, aber sie war weg. Fluchend klappte er das Handy zu. Die Frau aus dem Käfer war ausgestiegen und öffnete gerade die Motorhaube, unter der ein dampfender, ziemlich widerspenstig aussehender Motor zutage kam. Es bereitete ihm ein perverses Vergnügen, jemanden zu beobachten, der noch tiefer in der Tinte steckte als er selbst. So nervig es auch sein mochte, dass sein neuster Angestellter die Fähre verpasst hatte, im Grunde hatte er sich fast schon an solche Überraschungen gewöhnt.

Das Inselzeit-Syndrom, so nannte man diesen Zustand. Die ersten Tage über hatte er den Ausdruck nicht ernst genommen, aber zu seinem Entsetzen fing er langsam an zu verstehen, was es damit auf sich hatte. Die Bewohner der San Juan Islands folgten ihrer eigenen inneren Uhr, nicht irgendwelchen Normen, die – Gott bewahre! – von der Wirtschaftswelt vorgegeben wurden. Die Handwerker kamen und gingen, wie es ihnen passte, und ließen Aufträge unbeendet, wenn ihnen eine bessere Beschäftigung über den Weg lief – zum Beispiel Muscheln von irgendeiner Kaimauer kratzen oder auf den Cattle-Point-Leuchtturm klettern, um eine vorbeischwimmende Walschule zu beobachten.

Die Touristen schienen das lasche Tempo ganz reizend zu finden, aber er hatte einen Job zu erledigen, und zwar innerhalb einer begrenzten Zeitspanne. Er hatte die Rainshadow Lodge für den gesamten August gebucht. Was bedeutete, dass er für sein aktuelles Projekt – die Planung eines neuen Jachthafens auf Spruce Island mit vierzig Liegeplätzen – nur vier Wochen Zeit hatte.

Der Inspektor vom örtlichen Bauplanungsamt hatte ihn kommentarlos versetzt, dann hatte der Architekt merkwürdige Pläne gefaxt – danach war alles zum Stillstand gekommen. Die Insel lag wie ein Smaragd im kristallklaren Wasser eines hochempfindlichen Ökosystems. Ehe hier irgendwelche Arbeiten ausgeführt werden durften, musste ein Experte die gesamte Umgebung untersuchen, damit sichergestellt war, dass die Tier- und Pflanzenwelt durch das Projekt keinen Schaden nahm.

Genau das wäre eigentlich die Aufgabe seines neuen Mitarbeiters gewesen, der offenbar ebenfalls beschlossen zu haben schien, ihn hängen zu lassen. Die Uhr dagegen tickte unerbittlich weiter.

Mitch machte sich auf den Weg zurück zu seinem Boot, einer vierzehn Meter langen Bayliner, die er für den Monat gechartert hatte, doch als er am Heck des Käfers vorbeikam, hielt er mitten in der Bewegung inne.

Die Fahrerin trug ein knapp sitzendes rotes Kleid, das von einem dünnen Band in ihrem grazilen Nacken gehalten wurde. Der Rock war so kurz, dass sie damit in einigen Gegenden der Welt vermutlich gegen das Gesetz verstoßen hätte. Das war auf den San Juan Islands, wo alles erlaubt war, was gefällt, natürlich nicht der Fall. Die hochhackigen Sandalen unterstrichen die Wirkung ihrer langen schlanken, in einem hellen Olivbraun gebräunten Beine, die in der Sonne schimmerten. Als die Frau sich vorbeugte, um einen Blick auf den Motor zu werfen, wurde Mitchs Kehle schlagartig staubtrocken.

Und dabei hatte er noch nicht mal ihr Gesicht gesehen.

Ach bitte, wen interessieren schon Gesichter, fragte der Halbwüchsige in ihm.

Offenbar war er nicht der Einzige, dessen Halbwüchsigenmentalität bei diesem Anblick erwacht war, denn eine Handvoll Fährenarbeiter eilte auf die rot gewandete Jungfer in Bedrängnis zu. Getrieben vom primitiven Instinkt, sein Revier abzustecken, machte Mitch ein paar Schritte auf die Käferfahrerin zu, sodass er als Erster bei ihr ankam. „Brauchen Sie vielleicht Hilfe, Miss?“, fragte er.

„Ja, ich schätze schon“, erwiderte sie.

Sie hatte einen Arm gegen die hochgeklappte Motorhaube gestützt und klackerte ungeduldig mit ihren rot lackierten Fingernägeln auf dem Metall herum. Die Köter im Auto drehten völlig durch, als er näher trat.

„Freddy“, sagte die Frau streng. „Selena! Ruhe jetzt. *Silencio!*“

Zu seiner Überraschung gehorchten die Tölen. Allerdings hörten sie nicht auf, ihm argwöhnische Blicke zuzuwerfen.

„Also …“, sagte sie und schob sich den Hut in den Nacken, wodurch ihr Gesicht zum Vorschein kam, das ihrem Körper mehr als nur gerecht wurde. Dann nahm sie die Sonnenbrille ab und steckte einen der Bügel hinter den Ausschnitt ihres Kleids und damit zwischen ihre Brüste. Aus dunklen Augen musterte sie ihn unverhohlen von Kopf bis Fuß. Sein Erscheinungsbild schien sie zu amüsieren. Irgendetwas in ihrem Blick weckte bei ihm den Wunsch, er hätte ein weniger streng geschnittenes Hemd gewählt und eine Hose mit einer nicht ganz so perfekten Bügelfalte und Schuhe, die nicht auf Hochglanz poliert waren.

„Sie können also Automotoren reparieren?“, schloss sie.

„Ich weiß rein gar nichts über Autos“, gab er zu. „Aber ich glaube, dass wir Ihren Wagen aus der Fahrspur befördern sollten.“

Sie klappte die Motorhaube herunter. „Gute Idee.“ Dann schwang sie sich auf den Fahrersitz, wodurch eine Sekunde lang noch ein paar Zentimeter mehr von ihren sensationellen Beinen sichtbar wurden, und stellte die Musik ab. „Sie schieben, ich lenke.“

Na toll, dachte er und schlüpfte aus seinem Jackett, das er über die zur Hälfte heruntergekurbelte Fensterscheibe auf der Beifahrerseite legte. Die Flohsäcke auf der Rückbank fingen umgehend an, neugierig daran herumzuschnüffeln. Mitch verbot sich, auch nur darüber nachzudenken, dass einer der Chihuahuas beschließen könnte, sein Territorium darauf zu markieren.

„Am besten bringen wir den Wagen zum Parkplatz am Ufer“, sagte er und wies in die entsprechende Richtung.

Die Frau nickte und legte den Sonnenhut auf den Beifahrersitz. Mitch warf einen Hilfe suchenden Blick zu den Fährenarbeitern. Kommt schon, Jungs, dachte er, aber da er ihnen zuvorgekommen war, schienen sie jegliches Interesse an der Jungfer in Not verloren zu haben.

„Okay, der Gang ist raus“, rief sie durchs offene Fenster.

Ihr Akzent war einfach hinreißend, kaum wahrnehmbar, außer beim R und wenn sie die Vokale in die Länge zog. Mitch legte die Hände auf das kochend heiße Heck und schob. Als der zerbeulte kleine Käfer losrollte, wurde der Widerstand geringer und kurz darauf hatten sie den Wagen in eine Parklücke am Ufer bugsiert.

„Platz, ihr zwei“, befahl die Frau den Hunden, dann stieg sie aus und kam zu ihm herum. „Danke.“ Sie nickte ihm zu.

„Keine Ursache.“ Er gab sich Mühe, sie nicht allzu unverfroren anzustarren, aber sie war einfach umwerfend. Volle rote Lippen, dunkles seidiges Haar, die Augen noch dunkler, die Wimpern noch seidiger. Ein einzelner Schweißtropfen verschwand zwischen ihren Brüsten. Auf der glatten Haut über ihrem Dekolleté ruhte ein winziges Goldkreuz an einer zarten Kette. Mitch musste ein Stöhnen unterdrücken. „Ähm, gibt es jemanden, den Sie anrufen können? Sind Sie Mitglied in einem Automobilklub?“

Sie lachte fröhlich und abgehackt. „Dieses Auto ist älter als ich. Ich dachte immer, wenn es mal liegen bleibt, lasse ich es einfach stehen und suche das Weite.“

Er war sich nicht ganz sicher, ob das ein Witz sein sollte. „Wollen Sie sonst jemanden kontaktieren?“

„Ja, das sollte ich wohl besser. Ich verpasse nämlich gerade einen Termin.“

Sie drehte sich um und schaute suchend über den Anlegeplatz. Im selben Moment ertönte das Horn und die Fähre legte wieder ab. Die Frau biss sich auf die Unterlippe und der Halbwüchsige in ihm meldete sich augenblicklich zurück.

„Ich sollte hier abgeholt werden, aber es scheint niemand gekommen zu sein“, erklärte sie.

Er zwang seinen Blick weg von ihrem erdbeerroten Mund und schaltete sein Gehirn ein. „Sie können doch unmöglich Dr. Galvez sein.“

Auf ihren Lippen breitete sich ein Lächeln aus, strahlend und großzügig wie die Sommersonne. Mitch kannte nicht viele Frauen, die so spontan und offen lächelten.

Sie hielt ihm die Hand hin. „Dr. Rosalinda Galvez. Meine Freunde nennen mich Rosie. Dann müssen Sie Mr Rutherford sein.“

„Mitch“, korrigierte er hastig und versuchte, seine Gehirnleistung an die neuen Umstände anzupassen. Im Fax von Miss Lovejoy hatte nur gestanden, dass er eine Person namens R. Galvez, Ph. D. treffen sollte, die mit der Nachmittagsfähre aus Anacortes ankäme. Aus diesen wenigen Informationen hatte sein fantasieloser Verstand gefolgert, dass irgend so ein Professorentyp auf der Insel aufkreuzen würde. Im mittleren Alter, natürlich männlich, mit lichtem Haar und ein bisschen speckig in der Bauchregion. Dicke Brille auf der Nase, weil das ganze Geglotze durchs Mikroskop schädlich für die Sehkraft war. Er nahm sich vor, bei nächster Gelegenheit ein Wörtchen mit Miss Lovejoy zu reden. Garantiert hatte sie ihn am Telefon nur nicht auf seinen Irrtum hingewiesen, als er von einem Mann sprach, um sich für ihren verpatzten Urlaub zu rächen.

„Mr Rutherford", sagte die dunkelhaarige Schönheit, dann korrigierte sie sich: „Mitch. Gibt es ein Problem?"

„Ja, mich", platzte er heraus.

„Wie bitte?"

Er schüttelte den Kopf. „Nicht so wichtig."

Sie langte in den Wagen, nahm einen der beiden Hunde auf den Arm und streichelte ihn geistesabwesend. Der Chihuahua kuschelte sich an ihren Bauch. „Ich kann Ihnen gerade nicht folgen."

Er gab sein Bestes, seine Eifersucht auf diese kleine Ratte im Zaum zu halten. „Sie sind einfach nicht ganz das, was ich erwartet hatte."

„Oh."

Wieder machte sie diese Sache mit ihren Lippen, das machte wiederum ihn fast wahnsinnig. Mit vielsagendem Blick musterte sie sein maßgeschneidertes Hemd, die Anzughose von Armani, die italienischen Loafers.

„Sie sind es schon."

Trotzig stemmte er die Hände in die Hüften, wobei er spürte, wie er schwitzte. „Ich bin für einen Geschäftstermin gekleidet. Alte Gewohnheiten sind hartnäckig."

„Ich denke, ich sollte dann wohl mein Gepäck aus dem Auto nehmen, oder?", fragte sie und neigte den Kopf zur Seite. „Ihre Sekretärin meinte, dass wir per Privatboot nach Spruce Island übersetzen."

„Genau." Er nickte in Richtung der Bayliner. „Es liegt da drüben. Warten Sie, ich hole einen Wagen für Ihre Sachen."

„Toll, danke."

„Sie müssten da hinten einen Parkschein lösen", erklärte er. „Für Langzeitparker."

Wieder warf sie ihm dieses strahlende Lächeln zu. „Es gefällt mir, wie das klingt."

„Es ist doch nur ein Monat."

Sie verdrehte die Augen. „So, wie mein Leben bisher ausgesehen hat, ist ein Monat eine halbe Ewigkeit."

„Dann darf ich also davon ausgehen, dass Sie es sich mit dem Auftrag nicht anders überlegt haben?"

Sie lachte unbeschwert und setzte den Hund wieder im Auto ab. „Dürfen Sie. Und das wird ganz sicher so bleiben, Mr … Mitch."

Auch ein paar Minuten später hatte er die neuen Informationen noch nicht vollkommen verarbeitet. Seine Meeresbiologin sah aus wie Jennifer Lopez. Sie fuhr einen VW-Käfer, der älter war als sie selbst, inklusive Marienstatue aus Plastik auf dem Armaturenbrett und einem Plüschwürfel, der vom Rückspiegel baumelte. Sie hatte zwei Chihuahuas, die nach verstorbenen Latino-Sängern benannt waren, und ein Lächeln, so schön, dass man darüber glatt das Atmen vergaß. Mitch wusste nicht, ob er gerade das große Los gezogen hatte oder ob ihm das Schicksal einen fiesen Streich spielte.

Während er beobachtete, wie sie den Frontkofferraum des Käfers öffnete, wobei er die geschmeidigen Bewegungen ihrer langen, sehnigen Muskeln unter der gebräunten Haut bewunderte, beschloss er, dass er durchaus bereit war, für diesen Anblick die Chihuahuas in Kauf zu nehmen.

„Das ist alles, was ich dabeihabe", sagte sie.

Er rollte den Handwagen neben das Auto. Im Kofferraum lagen ein mittelgroßer Koffer, ein Sack Hundefutter und eine Kiste voller technischer Apparate. „Sie reisen mit ganz schön leichtem Gepäck", bemerkte er.

„Ich hatte noch einen großen Koffer“, sagte sie ein bisschen wehmütig, „aber …“ Dann verstummte sie.

„Aber was?“

„Ich hab ihn einer Frau an der Fährenanlegestelle in Anacortes geschenkt.“

Mitch runzelte die Stirn und verstaute das Hundefutter auf dem Wagen. „Warum denn das?“

„Sie braucht die Kleidung dringender als ich.“

Er blinzelte verwirrt. Obdachlose waren dieser Tage so allgegenwärtig, dass sie kaum mehr wahrgenommen wurden. Es war ungewöhnlich, dass überhaupt noch jemand zu helfen versuchte. „Das war ziemlich nett von Ihnen“, sagte er.

„Ich hab das nicht getan, weil ich nett sein wollte. Ich hab es getan, weil sie die Sachen gebraucht hat.“ Sie knallte die Motorhaube zu. „Freddy, Selena, auf geht's.“ Die Chihuahuas sprangen vom Beifahrersitz, und Rosie holte ihren Hut und eine Schachtel voller CDs und Musikkassetten aus dem Auto, dazu noch eine kleine Kühlbox mit Wasser. „Für die Hunde“, erklärte sie. Als Letztes kramte sie eine riesige Kiste aus dem Fußraum, aus der Ringordner, Mappen und lose Zettel quollen.

„Und das?“, fragte Mitch und nahm sie ihr ab.

„Meine persönlichen Unterlagen.“ Sie wich seinem Blick aus. „Ich … ähm … ich habe meine Wohnung aufgegeben.“

„Aber dieser Job hier ist nicht von Dauer“, erinnerte er sie.

Sie zwinkerte. „Wie gesagt, für meine Verhältnisse ist ein Monat eine Ewigkeit.“

Er half ihr, die Autofenster hochzukurbeln. „Und das ist wirklich alles?“

„Schätze schon“, sagte sie und ließ ihren Schlüsselbund in eine XXL-Einkaufstüte fallen, auf die das ausgeblichene Logo eines Chemiekonzerns gedruckt war.

„Wollen Sie das Auto gar nicht abschließen?“, fragte er.

Sie zuckte mit den Achseln. „Hey, wenn jemand findet, dass dieser Schrotthaufen einen Diebstahl wert ist, kann er gerne zuschlagen. Die Lautsprecher sind seit Jahren durchgebrannt.“

Was für eine seltsame Frau, dachte Mitch, während er den Handwagen zum Boot schob. Materieller Besitz schien für sie keinerlei Bedeutung zu haben.

Er hielt ihr das Tor auf, durch das es zu den Liegeplätzen ging. „Ladies first“, sagte er.

Wieder bedachte sie ihn mit diesem verwirrend schönen Lächeln, in das er schon jetzt ein bisschen verliebt war, und lief ihm voraus die Rampe hinab. Die Hunde jagten sich gegenseitig und sprangen glücklich um ihre Füße herum.

Gott, dachte Mitch, ehe er sich eines Besseren belehren konnte, wie sehen diese Beine erst aus der Perspektive der Chihuahuas aus?

2. KAPITEL

Mitchell Rutherford war ein Ritter in schimmernder Rüstung. Er wusste zwar nichts davon, aber er hatte ihr das Leben gerettet.

Allerdings würde sie einen Teufel tun, ihm etwas darüber zu erzählen. Schließlich hatte er diese ganz bestimmte Aura. Diesen Blick, der ihr verriet, dass er einer war, der sofort die Beine in die Hand nahm, sobald er erfuhr, dass sie kein Zuhause hatte, kein Geld, keine Aussichten und auch sonst nichts, was über die einmonatige Tätigkeit für sein Unternehmen hinausging.

Der freie Fall ohne Netz und doppelten Boden war nichts Neues für Rosie Galvez. Als Mitglied einer achtköpfigen Familie hatte sie schon früh gelernt, blind darauf zu vertrauen, dass das Universum es letztendlich immer gut mit ihr meinte. Die letzte Katastrophe hatte sie allerdings in ihren Grundfesten erschüttert. Diesmal war sie nur um Haaresbreite davongekommen.

„Sagen Sie Bescheid, wenn wir ablegen können", rief sie zur Brücke hoch, wobei sie den Kopf in den Nacken legte. Über dem grünen Bimini-Verdeck der Bayliner spannte sich ein strahlend blauer Himmel, in dem Seemöwen schwebten. Wie Mitchell Rutherford dort oben am Steuerrad stand, erinnerte er sie an ein Motiv für eine Aftershave-Werbung. „Ich kann die Leinen lösen."

„Danke."

Der Doppelmotor erwachte tief grollend zum Leben.

Rosie löste die Leinen an Bug und Heck, warf sie aufs Deck und stieß das Boot von der Kaimauer ab. Im letzten Moment sprang sie an Bord und verzog das Gesicht, als sie sich bei der Landung den Knöchel verdrehte. Die hohen Absätze waren eindeutig ein Fehler gewesen. Blieb zu hoffen, dass sich ihre Turnschuhe nicht in dem großen Koffer befanden, den sie der Obdachlosen geschenkt hatte.

Eine weitere Sternstunde in ihrem wahnwitzigen Leben.

Als sie sich über die Reling beugte, um die dicken blauen Fender einzuholen, erklang aus Richtung der Anlegestelle laut imitiertes Wolfsgeheul. Sie sah auf und entdeckte zwei Mitglieder des Jachtklubs, die sie anzüglich beäugten.

„Beruf oder Vergnügen?“, rief der eine und stieß seinem Freund mit dem Ellenbogen in die Rippen.

Idioten, dachte sie und warf den Kopf in den Nacken. Die Vorstellung, dass man Mitch und sie für einen reichen Schnösel mit seiner Latina-Geliebten hielt, gefiel ihr überhaupt nicht. Wobei ihr Bruder Carlito jetzt eingeworfen hätte, dass sie nicht erwarten konnte, in ihrem Aufzug mit Doktor Galvez angesprochen zu werden.

Das Problem bestand darin, dass sie nun mal gerne High Heels trug, dass es ihr Spaß machte, in einem zerbeulten alten Auto herumzufahren und dabei viel zu laute Musik zu hören, und dass sie es liebte, ihre Haare zu lang und ihre Kleider zu kurz zu tragen. Alles in allem war sie einfach am liebsten sie selbst.

Abgesehen davon jedenfalls, dass sie in der Regel völlig pleite war.

Sie warf Mitch, der sich darauf konzentrierte, das Boot sicher aus dem Hafen zu manövrieren, einen schuldbewussten Blick zu. „Kann ich Ihnen sonst noch irgendwie helfen?“, rief sie.

„Nein, alles bestens, danke. Wir legen in etwa vierzig Minuten auf Spruce Island an.“

Die Hunde, die sich Gott sei Dank so gut wie überall wohlfühlten, hatten es sich schon im Schiffssalon gemütlich gemacht, der mit einem kleinen Sofa und einem Sessel eingerichtet war. Rosie streifte ihre Sandalen ab und kletterte die Leiter hoch auf die Brücke. Als sie sich zu Mitch gesellte, strich die warme Brise über ihre Haut und ihre Laune hob sich merklich.

„In der Kühltasche da drüben sind ein paar Getränke“, sagte er. „Bitte bedienen Sie sich.“

Sie holte sich eine Flasche stilles Mineralwasser. „Möchten Sie auch etwas?“

„Für mich ein Bier, bitte.“ Er setzte seine Sonnenbrille auf und lenkte das Boot in Richtung Kanal. Nördlich von ihnen glitt eine Flotille Segelboote durchs glitzernde Wasser, anmutig wie

Vögel, die Segel vom Wind gebläht. Der Sommertag war so rein und strahlend wie ein Diamant. Nirgendwo war der Himmel so blau wie im August über den San Juans.

„Es ist wunderschön hier." Sie seufzte und hielt das Gesicht in den Fahrtwind.

Mitch drehte nach Südwesten ab. „Ja, schätze, da haben Sie recht."

Es klang nicht so, als ob er es auch so meinte. Meistens fiel es Rosie leicht, Menschen zu durchschauen, also nippte sie hin und wieder an ihrem Wasser und versuchte, ihre analytischen Fähigkeiten auf Mitchell Baynes Rutherford III. anzuwenden. Er sah ziemlich gut aus, wirkte aber nicht so, als ob er viel Zeit auf sein Äußeres verwendete. Er strahlte diese ganz bestimmte angeborene Anmut aus. Während sie seine erfreulich breiten Schultern musterte, kam sie zu dem Schluss, dass er von Natur aus athletisch veranlagt war. Schließlich war er allem Anschein nach viel zu beschäftigt damit, Geld zu verdienen, um sich im Fitnessstudio herumzutreiben oder in diesen gruseligen Beautysalons für Männer, die neuerdings so in Mode waren.

Das Geld, sein Aussehen und die Aura des Erfolgs mussten ihn zwangsläufig zum reinsten Frauenmagneten machen, trotzdem war sie sich absolut sicher, dass er nicht vergeben war.

„Sie gucken mich an, als wäre ich ein Forschungsobjekt", sagte er.

Sie lachte. „Erwischt. Ich habe gerade darüber nachgedacht, dass Sie wahrscheinlich weder Frau noch Freundin haben."

„Wie kommen Sie darauf?"

„Feldstudien sind meine Spezialität."

Er nahm einen Schluck Bier. „Haben Sie Interesse an dem freien Posten?"

Sie zwang sich, seinem Blick standzuhalten. „Suchen Sie denn nach einer geeigneten Kandidatin?"

„Nein."

„Dann nicht."

Er grinste. „Gut. Schön, dass wir das klären konnten."

Sie grinste zurück. „Find ich auch."

Ihrer Meinung nach war es besser, solche Themen so schnell und direkt wie möglich abzuhaken. Sie mussten zusammenarbeiten, und die Spannung, die unausgesprochenes gegenseitiges Interesse mit sich brachte, wäre dafür nicht unbedingt förderlich. Dass diese Spannung vorhanden war, ließ sich nicht mehr leugnen, seit sie von ihrem kaputten Automotor aufgeblickt und Mitch entdeckt hatte, der über den Parkplatz auf sie zukam und aussah, als wäre er dem Cover der *Men's Vogue* entstiegen.

Solange sie die Grenzen wahrten, würden sie bestens miteinander auskommen, da war sie sich sicher. Mitch in seiner Welt der Selfmademillionäre, sie in ihrer politisch korrekten Akademikerwelt. Sie erkannte intuitiv, dass sie ihn nur verschrecken würde, falls sie ihm erzählte, was für schwere Zeiten sie gerade durchlebte. Mitch Rutherford war definitiv der Typ Mann, dem gegenüber man besser keine Schwäche zeigte. Sollte er jemals erfahren, wie hilfsbedürftig und verzweifelt sie im Augenblick war, würde er die Flucht ergreifen.

Und wenn er wüsste, wie unfassbar einsam sie war, bräche er ihr vermutlich das Herz. Das konnte sie sich eindeutig nicht leisten, so mittellos, wie sie derzeit ansonsten schon dastand.

„Wie haben Sie eigentlich von dem Job erfahren?", fragte er und sah müßig einem rostbraunen japanischen Tanker hinterher, der durch die Fahrrinne Richtung Seattle pflügte.

„Per Internet. Ihre Assistentin hat ein Gesuch auf dem Schwarzen Brett der University of Washington gepostet. Die Jobbeschreibung klang vielversprechend." Eine Notlüge. Routinestudien über Umweltauswirkungen waren superlangweilig und bestanden aus nichts weiter als immer gleicher Laborarbeit und jeder Menge bedeutungslosem Papierkram. Auf eine Doktorin der Meeresbiologie, die gerade die Kündigung ihres Lehrauftrags aus dem Briefkasten gefischt hatte, übte der Job jedoch ungefähr so viel Anziehung aus wie eine schimmernde Golddublone auf dem Meeresgrund.

Da es zu den Jobbedingungen gehörte, einen Monat lang an einem Ort namens Rainshadow Lodge zu wohnen, und sie sich Schlimmeres vorstellen konnte, als auf einer idyllischen Insel anspruchslose Arbeit zu verrichten, hatte sie die Chance ergriffen, sich neu zu orientieren und den ersten Schritt in eine neue Zukunft zu wagen. Sie war nie sonderlich gut im langfristigen Planen gewesen, aber den besten Job zu verlieren, den sie jemals gehabt hatte, war wie ein Schlag in die Magengrube. Vielleicht war es ja ein Hinweis des Universums. Ein Wink, dass sie endlich beginnen sollte, sich wie eine Erwachsene zu benehmen, ihr Leben in den Griff zu bekommen und herauszufinden, was sie mit dem Rest eben dieses Lebens anfangen wollte.

Während sie von der Brücke der Bayliner aus beobachtete, wie die Inseln Smaragden gleich aus der See auftauchten, schwor sie sich, ihre Aufgabe so gut zu erledigen, dass ihr neuer Arbeitgeber sie anbetteln würde, auf Dauer für sein Unternehmen zu arbeiten.

„Dann kennen Sie sich also aus mit dieser Art von Studien?“, unterbrach er ihren enthusiastischen Gedankengang.

Sie nickte, holte eine Packung Kaugummis aus ihrer Handtasche und bot ihm eines an, doch er lehnte ab. Sie faltete den Wrigley's-Streifen viermal und schob ihn sich in den Mund. „Während meines Studiums und der Promotion habe ich jede Menge Feldstudien durchgeführt. Die machen großen Spaß, aber ich nehme sie natürlich trotzdem ernst. Ich hatte mich auf Ornithologie spezialisiert.“

„Was ist das?“

„Vogelkunde. Besonders interessieren wir uns natürlich für die, die selten vorkommen – Kraniche und so weiter.“ Sie streckte den rechten Arm aus und drehte ihn, damit Mitch die gezackte blaurote Narbe in ihrer Armbeuge sehen konnte.

„Um Himmels willen“, entfuhr es ihm. „Wie ist das denn passiert?“

„Als ich Doktorandin an der Uni in San Diego war, hatte ich eine kleine Auseinandersetzung mit einem Hai über einen Teil des Kamerazubehörs.“

Er stieß einen leisen Pfiff aus. „Und wer hat gewonnen?“

Sie lachte, warf den Kopf in den Nacken und ließ den Wind mit ihrem Haar spielen. „Ich würde nie einen Hai gewinnen lassen, Mitch. Nie.“

3. KAPITEL

Während Mitch das Boot am Privatsteg der Rainshadow Lodge festmachte, betete er sich wieder und wieder vor, dass Rosie Galvez eine Angestellte war – und selbst das bloß für kurze Zeit. Das Problem war nur, dass es an dieser kurvenreichen, aufsehenerregenden Frau rein gar nichts gab, das er nicht durch und durch faszinierend fand. Ganz besonders faszinierte ihn ihre Reaktion auf das Sommerhaus.

Die Hunde tobten schon längst auf der Wiese vor dem Anwesen, doch Rosie stand einfach nur reglos auf dem Anlegesteg und sah zu der alten viktorianischen Villa hinauf, als hätte sie gerade einen Blick auf ein Stück vom Himmel erhascht. Die Sandalen baumelten ihr scheinbar vergessen von den Fingern und ihre zierlichen nackten Füße ruhten auf dem sonnenwarmen Holz des Stegs. Mitch wartete mit ihrem Koffer in der Hand ab und beobachtete sie. Etwas geschah mit ihrer extravaganten, leuchtenden Schönheit, während sie den Ort musterte, an dem sie die nächsten vier Wochen verbringen würde. Ein weicher Zug beherrschte ihr Gesicht, eine Verletzlichkeit, die bei ihm ganz und gar seltsame und unerwünschte Gefühle weckte.

Er wollte das nicht sehen. Nicht die Sehnsucht, nicht die Einsamkeit und nicht das bare Unglück, das der Anblick des Hauses bei ihr heraufzubeschwören schien. Er wollte nicht darüber nachdenken müssen, was es mit dieser Sehnsucht auf sich hatte. Und vor allem wollte er nicht derjenige sein, der diese Sehnsucht stillte, weil es nichts als Ärger bedeutete, sich mit einer Mitarbeiterin einzulassen.

„Es ist einfach perfekt“, verkündete sie und musterte mit einem fast schon gierigen Blick die bemalten Balken, die die umlaufende Veranda schmückten. „Als würde die Zeit hier stillstehen, finden Sie nicht?“

„Was die Rohrleitungen betrifft, war das bis vor Kurzem definitiv der Fall“, erwiderte er. „Kommen Sie, ich zeige Ihnen Ihr Zimmer.“

Sie lief vor ihm her die lange Holztreppe hinauf, die vom Steg in den Garten führte. Der ausgestellte Saum ihres roten Kleids flatterte einladend in der Brise. Mitch gab sich alle Mühe, Manieren an den Tag zu legen und nicht zu starren, aber der Halbwüchsige in ihm sah trotzdem hin.

Als sie das Ende der Treppe erreicht hatten, stand ihm der Schweiß auf der Stirn, außerdem war er in Sachen Affären mit Angestellten zu einer neuen Meinung gelangt. Im Endeffekt war Rosie doch wie gemacht für eine Ausnahme. Sie hatte einen Vertrag unterschrieben, laut dem sie genau einen Monat und keinen Tag länger für ihn arbeiten würde.

Warum also nicht, verdammt noch mal? Im Prinzip wäre es nichts anderes als ein One-Night-Stand, nur eben für einen ganzen Monat. Und solange sie sich in dieser Hinsicht beide einig waren, war es durchaus möglich, dass die vier Wochen in der Rainshadow Lodge nicht nur lukrativ, sondern auch verdammt unterhaltsam wurden.

Das Problem bestand darin, dass sie vermutlich wie alle Frauen war, mit denen er sich bisher eingelassen hatte. Und das bedeutete, dass sie am Ende des Monats Probleme haben würde loszulassen. Er selbst war nicht unbedingt der Meinung, dass er es wert war, an ihm festzuhalten. Frauen sahen das offenbar anders. Sie klammerten. Und zwar sehr viel länger, als gut für sie war, dann war jedes Mal er am Zug und musste irgendetwas tun, was sie verletzte, nur damit sie verschwanden.

Er hasste es, Leuten wehzutun, aber wenn es keine andere Möglichkeit gab, seine Grenzen zu wahren, war er selbst dazu bereit. Widerwillig gab er den kurzen Traum von einer wilden Affäre mit Rosie auf. Er hatte sowieso zu viel zu tun.

„Warten Sie, es ist abgesperrt." Er stellte den Koffer ab. Die Chihuahuas fetzten durch den Garten und markierten ihr Territorium. So viel zum Thema Krocket, dachte Mitch. Er lächelte reumütig und zuckte die Achseln, er war sowieso nicht der Typ für Krocket.

Er drehte den Schlüssel im Schloss herum und hielt Rosie die

Tür auf. Die Absätze ihrer Schuhe, die sie inzwischen angezogen hatte, klackerten über den Boden der Vorhalle.

„Wunderschön“, sagte sie in fast schon ehrfürchtigem Ton. „Wie haben Sie dieses Juwel nur gefunden, Mitch?“

„Eigentlich war das Miss Lovejoy. Hat sie Ihnen gar nicht davon erzählt?“

„Sie hat nur gesagt, dass Kost und Logis inbegriffen sind. Ich hatte keine Ahnung, dass die Logis *so* aussieht.“

Ihre Reaktion war absolut fesselnd. Als er selbst das Haus zum ersten Mal betreten hatte, waren keinerlei erwähnenswerte Gefühle in ihm hochgekommen – bis auf leisen Ärger, weil es trotz der vielen Räume nur einen einzigen Telefonstecker gab. Er zog es vor, seinen Computer, das Telefon und das Fax separat anzuschließen, aber die altmodische Lodge war für solche Ansprüche nicht ausgestattet.

„Kommen Sie, ich zeige Ihnen Ihr Reich“, bot er an.

Sie nahmen die Treppe nach oben. Er hatte den Raum für Rosie im dritten Stock eher willkürlich ausgewählt, weil er ein eigenes Bad mit einem riesigen Jacuzzi hatte, den er im Leben nicht benutzt hätte. Als sie sich nun zu ihm umwandte und ihm ein strahlendes Lächeln zuwarf, war er froh, dass er sich dafür entschieden hatte.

„Ich schließe daraus, dass es Ihnen gefällt?“

„Kann man wohl sagen.“ Sie trat ans Fenster und schob die Vorhänge zur Seite. In der Ferne erhoben sich die selbst im Sommer schneebedeckten Cascades wie weiße Zähne über die Meerenge. „Was für ein schöner Ausblick. Und dann noch der ganze Luxus. Wirklich, Mitch, mehr kann man nicht verlangen.“

Er musste aufhören, sie anzustarren, aber wie sie dastand, in Sonnenlicht getaucht und mit diesem umwerfenden Lächeln auf den Lippen und diesem Ausdruck in den Augen, der ihn mitten ins Herz traf, war das so gut wie unmöglich.

„Dann lasse ich Sie mal in Ruhe ankommen“, sagte er verlegen. „Schreien Sie einfach, wenn Sie irgendwas brauchen.“

„Ich schreie wahrscheinlich so oder so“, sagte sie und lachte ihr unbeschwertes, unkompliziertes Lachen.

Als Mitch sich abwandte, um die körperliche Auswirkung ihrer Nähe bei ihm, mit der man Nägel in Wände hätte hämmern können, zu verbergen, gewann er den Eindruck, dass auch das Schicksal lachte. Und zwar über ihn.

4. KAPITEL

Mitch erwachte von wummernder Salsamusik und dem Dröhnen der Jacuzzi-Düsen. Er starrte an die Decke und stellte sich die grazile Rosie in der riesigen Wanne vor. Sein Körper reagierte mit gnadenloser Direktheit auf die Bilder in seinem Kopf. Während er eilig duschte und sich anzog, grübelte er, welche weiteren Herausforderungen der Tag wohl mit sich bringen würde.

Er war fest entschlossen, vor Rosie in der Küche zu erscheinen. *Er* war derjenige, der alles im Griff hatte. *Er* war der Auftraggeber.

Das Haus war mit einer neuen Luxusküche ausgestattet worden, die die meisten Sommergäste mit Sicherheit zu schätzen wussten. Ihm war sie vollkommen gleichgültig. Genauso wie die importierte Espressomaschine aus Kupfer und Chrom. Er hatte kein Verständnis dafür, wie man freiwillig fünf Minuten lang an einem Fingerhut voll dickflüssigem, bitterem Kaffee herumdoktern konnte, wo es doch Instantpulver gab.

Was sie wohl zum Frühstück aß? Er hatte nur das Junggesellenprogramm auf Lager: Pop-Tarts, Bananen, Milch. Wenn sie mehr wollte als das, war sie auf sich gestellt.

Mitch fand, dass das ziemlich souverän klang. Was Rosie Galvez betraf, musste er rabiat vorgehen. Die Grenzen wahren. Sich immer wieder vorbeten, dass er einen Job zu erledigen hatte, und zwar innerhalb eines Monats, und dass sie sich danach nie wiedersehen würden.

Nicht, dass dieses Gesetz in Stein gemeißelt gewesen wäre, aber es war das, was er wollte. Seine Art zu leben. Eine andere kannte er nicht.

Die Chihuahuas tollten die Treppe herunter, doch als sie ihn entdeckten, blieben sie stehen und hoben vorsichtig die Pfötchen. Als er ihnen einen Blick zuwarf, wichen sie sogar ängstlich vor ihm zurück. „Weicheier“, murmelte er in sich hinein. Dann öffnete er den Sack Hundefutter, den Rosie mitgebracht hatte, und schüttete etwas von dem Inhalt in eine Müslischale. Die Hunde wieselten geduckt in Richtung Schüssel, schnüffelten misstrauisch daran herum und ließen sich schließlich auf die Hinterteile fallen. „Bedient euch", sagte Mitch und wandte sich ab, um seinen Kaffee zu machen und durch das Fenster über der Spüle aufs Meer zu starren. Man hatte ihm erzählt, dass es in der Gegend Schwertwale gab. „Und wo in der Nahrungskette steht ihr zwei so?"

„Das habe ich gehört."

Rosie erschien in der Tür, als er gerade Kaffeegranulat mit heißem Wasser verrührte. Sie war frisch gebadet und ihr lächelndes Gesicht wurde von feuchten Locken eingerahmt. Sie sah aus wie aus seinen Träumen aus der Zeit, in der er noch gewusst hatte, wie man träumt.

„Guten Morgen", sagte sie. „Die beiden sind zweisprachig erzogen, Sie sollten also aufpassen, was Sie in ihrer Gegenwart sagen. Mögen Sie keine Hunde?"

Mitch hob eine Braue. „Ach, das sind *Hunde*? Ich hatte sie erst für Fischköder und bei genauerem Hinsehen für geschorene Hamster gehalten."

„Sehr witzig. Ich wette, Sie haben nicht mal das kleinste Haustier."

„Doch, einen Keramikdalmatiner. Ein Schirmhalter. War ein Werbegeschenk."

„Passt zu Ihnen." Sie bückte sich, um die Chihuahuas zu streicheln, dann richtete sie sich wieder auf. „Sie sind ganz schön früh wach."

„Es ist ja auch ein Werktag. Kaffee?" Er hielt ihr einen hin.

Sie spähte in Richtung Instantpulverbehälter, nahm die Tasse und kippte den Inhalt ins Spülbecken. „Ich bitte Sie. Ein Hauch von Niveau muss schon sein."

„Instant geht schneller", erwiderte er verärgert.

Sie wies auf die Espressomaschine. „Stört es Sie, wenn ich mir einen Latte macchiato mache?"

„Tun Sie, was Sie nicht lassen können. Aber machen Sie fix."

„Ein Latte macchiato braucht seine Zeit."

„Gut, dann machen Sie eben langsam", zwang er sich zu sagen.

„Das hab ich auch vor."

Sie sah auf seine Füße und grinste. Mitch hatte nicht mal bemerkt, dass er ungeduldig wippte. „Wir sollten loslegen, ehe es zu spät wird."

„Nach meinem Kaffee gehöre ich ganz Ihnen." Sie nahm eine Tüte Milch und eine Packung Kaffeebohnen aus dem Kühlschrank.

Er wünschte, sie hätte es anders formuliert. Irgendwie war alles an ihr zweideutig, obwohl sie heute Denimshorts, ein Tanktop und abgetragene Turnschuhe trug. Seltsamerweise fand er ihr Outfit kein bisschen weniger provokativ als das rote Sommerkleid vom Tag zuvor.

„Danach bringe ich Sie zum Baugelände ..."

„Dem *eventuellen* Baugelände", korrigierte sie ihn.

„Wie auch immer, ich bringe Sie hin. Und dann können Sie mir unser weiteres Vorgehen erläutern." Mitch hoffte sehr, dass sie ihn richtig verstand. Wenn sie sich so benahm wie die anderen Prüfer und Beamten aus dem Baugewerbe, würde sie einen großzügigen Scheck für ihre Bemühungen entgegennehmen, alle Papiere unterzeichnen und das Projekt damit für akzeptabel erklären. Allerdings sah sie absolut nicht so aus wie die übrigen Inspektoren, mit denen er bisher zusammengearbeitet hatte. Dennoch, die Macht seines Scheckhefts hatte bislang noch immer Wirkung gezeigt.

Mit geübten Handgriffen bereitete sie für jeden von ihnen einen perfekten Latte macchiato zu. Mitch probierte von seinem. Als er aufblickte, bemerkte er, dass sie ihn beobachtete.

„Und?", fragte sie.

„Was *und*?"

„Jetzt geben Sie schon zu, dass das viel besser schmeckt als Instantkaffee."

„Schmeckt besser als Instantkaffee." Er warf einen Blick auf die Uhr. „Aber dafür sind wir nun zu spät dran."

„Haben wir eine Verabredung?“, fragte sie und leckte sich einen feinen Streifen Milchschaum von der Oberlippe.

„Nein, doch es gibt einen Zeitplan und den müssen wir einhalten. Sind Zeitpläne etwas, womit Sie vertraut sind, Rosie?“

Sie lachte. „Was, wenn ich jetzt Nein sage?“

„Jedenfalls würde ich Ihnen glauben. Bitte vergessen Sie nicht, dass das hier kein Urlaub, sondern ein Arbeitsaufenthalt ist.“

Ihr Lächeln flackerte und wurde etwas weniger strahlend und Mitch fühlte sich unangenehm schuldig. „Was ich damit meine“, schob er nach, „ist, dass meine Investoren gewisse Erwartungen an dieses Projekt haben. Die Insel steckt in wirtschaftlichen Schwierigkeiten und der Hafen könnte der einzige Ausweg sein. Ich kann es mir einfach nicht leisten zu trödeln.“

„Ich verstehe.“ Sie setzte sich an den Küchentisch, der in einem achteckigen Alkoven mit Sprossenfenstern stand, die aufs Meer hinausgingen. „Aber eine Tasse Kaffee wird nicht über Gedeih und Verderb Ihres Projekts entscheiden.“ Sie atmete tief durch. „Der Schlüssel zum Erfolg ist die Sicherheit, dass Ihr Hafen nicht all das zerstört, was diese Insel so besonders macht.“

Er gab sich geschlagen und nahm bei ihr am Tisch Platz. Da sie offenbar nicht zur Eile zu bewegen war, konnte er es sich genauso gut gemütlich machen. Sie warf ihm über den Rand ihrer Kaffeetasse hinweg ein Lächeln zu, dessen Wirkung ihn erneut erstaunte. Es setzte etwas in ihm frei, das ihn wünschen ließ, einfach nur dazusitzen und sie anzustarren, während die Minuten davontickten. „Brauchen Sie sonst noch was?“, fragte er.

„Nein danke, normalerweise frühstücke ich gar nicht. Und ich wette, *Sie* essen normalerweise im Stehen. Oder im Gehen.“

„Richtig geraten.“

„Sie leben alleine, oder?“

„Auch richtig. Ich habe eine Wohnung in der Stadt.“

„Und ich rate noch mal: in einem von den Wolkenkratzern mit Blick auf die Elliot Bay.“

Mitch schüttelte in gespieltem Unglauben den Kopf. „Was bin ich nur durchschaubar."

Sie lachte. „Vielleicht bin ich ja auch nur besonders klug."

„Deswegen hat Miss Lovejoy Ihnen schließlich den Auftrag gegeben."

Sie stellte die Kaffeetasse ins Spülbecken, verschwand im ersten Stock und kam wenige Minuten später mit ihrem Laborkoffer und einem Clipboard zurück. „Ich wäre dann so weit."

Sie traten nebeneinander auf die Veranda hinaus. Rosie atmete tief ein und genoss das Prickeln der Meeresluft in ihrer Lunge. „Wunderschön, wirklich. So schön, dass es fast nicht zum Aushalten ist."

Mitch sah sie stirnrunzelnd an. „Was ist wunderschön?"

„Na, das hier. Alles!" Mit einer ausholenden Geste wies sie auf das Wasser, das in der Morgensonne wie Juwelen glitzerte, auf die schneebedeckten Gipfel in der Ferne, auf die grünen Inseln, die sich aus der Meerenge erhoben. „Wie lange sind Sie eigentlich schon hier?"

„Zwei Tage."

„Zwei Tage, und Sie haben immer noch nicht bemerkt, wie schön die Landschaft ist?"

„Ich bin hier, um zu arbeiten, Rosie."

Sie gingen den Kiesweg und die Treppe zum Meer hinab, dann folgten sie der Küstenlinie Richtung Norden. Am Ufer lagen Treibholzstämme, so dick wie Telefonmasten, und unter ihren Füßen klackerten vom Wasser glattpolierte Kieselsteine. Kormorane schwebten über den Klippen, die die Küste säumten. Rosie hatte das Gefühl, dem wahren Wesen der Insel langsam näherzukommen, das sich umso zaghafter offenbarte, weil Spruce Island so ein abgelegenes Fleckchen war. Das Eiland war zwar schon seit Ewigkeiten bewohnt, aber es war der Menschheit niemals gelungen, es zu zähmen. Es wirkte vielmehr so, als ob Spruce Island seine Bewohner zähmte. Genau das war vermutlich das große Geheimnis dieser Insel.

Der Ursprung ihres ganz besonderen Reizes, ihres Zaubers.

Während ihres Spaziergangs führte Rosie Buch über das Ökosystem, registrierte die Anzeichen für Muschel- und Krabbenvorkommen und die erstaunliche Vielfalt von See- und Greifvögeln. Trotzdem ging ihr Blick immer wieder zu Mitch. Auch er hatte etwas Unbegreifliches, Weltfernes an sich. Eine gewisse Distanziertheit. Sie fragte sich, ob dieser Hauch von stiller Melancholie, der sich durch sein Leben zu ziehen schien, tatsächlich vorhanden oder nur ein Produkt ihrer ausschweifenden Fantasie war, die versuchte, sich so Mitchs Anziehungskraft zu erklären.

Und, Grundgütiger, was fühlte sie sich zu ihm hinzogen! An diesem Morgen war er ein klein bisschen weniger seriös gekleidet und trug kurze Kakis, ein Polohemd von Hilfiger und Segelschuhe. Dennoch strahlte er kühle Förmlichkeit aus. Selbst ihre hyperaktive Fantasie reichte nicht aus, um sich einen Mitch mit zerzaustem Haar vorzustellen. Jede Strähne saß an ihrem Platz, sogar seine Rasur war makellos und seine Fingernägel waren kurz und vollkommen sauber.

„Was macht man hier denn so in seiner Freizeit?", fragte sie.

„Freizeit?"

„Ja, Sie wissen schon, wenn man mal Spaß haben will, etwas Schönes erleben. Angeln? Krabben pulen?"

„Nie probiert."

„Tauchen? Radfahren? Picknicken?"

Er schob die Hände in die Hosentaschen. „Ich bin nicht zum Vergnügen hier, Rosie."

„Als ob die Welt untergehen würde, wenn Sie sich aus Versehen für ein paar Stunden amüsieren."

„So eng sehe ich das nun auch wieder nicht. Ich bin doch kein Nazi."

„Sie haben aber schon mal davon gehört, dass Arbeit allein nicht glücklich macht?"

„Vielleicht bin ich ja gerne unglücklich", murrte er und Rosie musste lachen.

Den weiteren Weg legten sie in erstaunlich einvernehmlichem Schweigen zurück. Rosie wollte die unvergleichliche Schönheit der Gegend in sich aufnehmen – die kristallklaren Wellen, die an den Kieseln leckten, den Anblick der Zedern und der Douglastannen, die in den blauen Himmel ragten und sie vom Rest der Welt abschirmten. Es war, als gäbe es nur noch sie beide – einen Mann und eine Frau allein auf dieser Erde.

Sie folgten einer engen Biegung, hinter der kein Treibholz mehr zu sehen war. Die Kiesel wurden immer spärlicher und gingen schließlich vollständig in zuckerfeinen Sand über, der die Farbe von gemahlenen Mandeln hatte. Eine zerklüftete Klippe bildete eine kleine Bucht, die wie verzaubert wirkte. Zwischen den Felsbrocken sprudelte ein Bach hervor und floss als plätscherndes Rinnsal über den Strand ins Meer.

„Ein Lachsfluss“, sagte sie und trug ihren Fund in die topografische Karte auf ihrem Clipboard ein. „Mein Gott, es ist einfach sagenhaft hier.“ Sie konnte nicht widerstehen und streifte die Leinenturnschuhe ab. Ihre Füße versanken im warmen Sand. Das Gefühl war fast so intensiv wie bei einem kleinen Orgasmus. Mitch warf ihr einen schiefen Blick zu.

„Es ist noch ein Stückchen bis zum Baugrundstück.“

„Ich hab’s nicht eilig“, erwiderte sie.

Er grinste. „Sie haben ja nicht sonderlich lange gebraucht, um sich das Inselzeit-Syndrom einzufangen.“

„Was ist denn das Inselzeit-Syndrom?“

„Eigentlich eine falsche Bezeichnung. Hier auf der Insel leben die Leute nämlich so, als würde es überhaupt keine Zeit geben. Nie scheint es jemand eilig zu haben.“

„Außer Ihnen“, sagte sie. Es gelang ihr nicht, den vorwurfsvollen Beiklang in ihrer Stimme zu unterdrücken.

„Tja, irgendjemand muss ja dafür sorgen, dass hier mal etwas passiert.“

5. KAPITEL

Mitch hätte sich denken können, wie Rosie auf das Baugelände reagieren würde, und trotzdem war er überrascht. Alles an ihr überraschte ihn und das hier war keine Ausnahme. Er hatte erwartet, dass sie sich gleich an die Arbeit machen würde, stattdessen begab sie sich für den Rest des Tages in eine Art meditativen Trancezustand und erkundete das umliegende Gelände, um ein Gefühl für den Ort zu bekommen, wie sie es nannte.

Er selbst hatte so etwas noch nie getan. Er konnte den Nutzen darin nicht erkennen. Für ihn waren Orte nichts, für das man Gefühle entwickelte. Sie waren einfach nur … da. Zudem bedurften die meisten Orte, und dazu zählte auch diese Insel, seiner Meinung nach einiger Verbesserungen.

Am nächsten Morgen, Mitch hatte sich bereits damit abgefunden, dass Rosies Kaffee besser schmeckte als sein eigener, wartete er in der Küche darauf, dass sie nach unten kam und Latte macchiato zubereitete. Danach setzten sie sich an den in Sonnenlicht getauchten Tisch und gingen ihre Karten durch und Seiten über Seiten voller hingekritzelter Notizen.

„Wann haben Sie das alles gemacht?“ Er blätterte in den mit ihrer wilden Schrift bedeckten Unterlagen.

„Schätze, da war wohl die Inselzeit mit im Spiel“, antwortete sie mit einem Hauch von Ironie in der Stimme.

Er musste lächeln. Also war sie doch fleißig. Er schob ihr ein mehrseitiges Formular hin. „Das ist das erste Dokument, das die Planungskommission von uns benötigt. Ich habe alles ausgefüllt, was ich beantworten konnte, aber es sind sehr viele Fragen und die Informationen über Populationen und Biotope und so weiter gehen fachlich ziemlich in die Tiefe. Schätze, das ist Ihre Baustelle.“

Sie musterte das Formular einen Moment lang und nippte nachdenklich an ihrem Latte. „Ich muss noch eine Menge Messungen durchführen, bis ich das ausfüllen kann.“

„Könnten Sie bei ein paar Punkten nicht einfach einen Schätzwert angeben? Ich meine, ist es wirklich wichtig, dass wir exakte Informationen über die Dichte der Vogelpopulation eintragen?"

Sie stellte ihre Tasse ab und sah ihn direkt an. „Sie haben mich eingestellt, damit ich meine Arbeit erledige, Mitch. Und ich habe vor, sie gründlich zu machen. Ich werde in dieser Studie nichts vertuschen. Sie wird korrekt bis ins letzte Detail."

Sie zögerte und knabberte wieder auf diese sexy Art auf ihrer Unterlippe herum.

„Und ich denke, Sie sollten wissen, dass ich keine Empfehlung ausspreche, falls ich den Eindruck gewinne, dass Ihr Hafen einen negativen Einfluss auf die Umgebung hier haben könnte."

Mitch knirschte mit den Zähnen. Während seiner gesamten Karriere hatte er kein einziges Mal einen Kunden enttäuschen, kein einziges Projekt aufgeben müssen. Er war stolz darauf, Dinge aufzubauen, Arbeitsplätze zu erschaffen, Gemeinschaften zu bilden und auch noch verdammt gut darin zu sein. Auf Spruce Island konnte er genau das tun – und er würde nicht zulassen, dass irgendeine selbstgerechte Wissenschaftlerin ihm einen Strich durch die Rechnung machte.

„Die Region liegt im Sterben, Rosie. Die Einwohner verlassen die Insel in Scharen, weil sie hier keine Arbeit finden. Allein der Hafen wird Dutzende von Arbeitsplätzen bieten und indirekt werden noch viele weitere entstehen." Finster blickend stand er vom Tisch auf. „Es war nicht ich, der die Idee hatte, hier eine Hafenanlage zu bauen. Die Inselbewohner sind von selbst zu mir gekommen."

„Das weiß ich doch. Ich will mich dem Fortschritt nicht in den Weg stellen, aber die Inselbewohner sind die Wächter dieses Ortes. Und ich bin mir sicher, sie würden nicht wollen, dass wir ihrem Zuhause schaden, nur um ein paar Jobs zu schaffen. Sie könnten hier auch eine Kupferschmelze errichten lassen, in der ein paar Tausend Menschen Arbeit finden, aber wäre das das Beste für die Insel?"

„Wir reden allerdings nicht von einer Kupferschmelze", erwiderte er gereizt.

„Okay, okay, tut mir leid. Ich will einfach nur, dass Ihnen bewusst ist, dass ich gewissenhaft arbeiten werde."

„Fantastisch." Er war sich nicht sicher, ob er das auch wirklich so meinte.

An diesem Tag beobachtete er sie aus der Ferne. Er arbeitete im Vorderzimmer, dessen Fenster auf die Bucht hinausging, und sah viel zu häufig von seinem Computermonitor auf. Rosies Gang wirkte selbstsicher und bestimmt, aber hin und wieder verlangsamte sich ihr Schritt auf eine Weise, die ihn faszinierte. Manchmal marschierte sie stramm an der Wasserlinie entlang, nur um ganz plötzlich innezuhalten, weil sie irgendetwas untersuchen wollte.

Als die Sonne unterging und sie sich, in den feinen Abenddunst gehüllt, ans Ufer setzte, bemerkte er eine merkwürdige Ruhe in ihren Bewegungen. Rosie schien bis in ihr tiefstes Inneres von einem stillen Frieden erfüllt zu sein, der ihn an die unbewegten Gezeitenbecken erinnerte, an denen sie bei ihrer Erkundungstour vorbeigekommen waren. Es war beruhigend, diese Frau um sich zu haben. Auf einmal empfand er keine Eile mehr, hatte ausnahmsweise mal nicht das Bedürfnis, so schnell wie möglich irgendwo anders zu sein. Sein sonst so ungeduldiges Wesen fand die Geduld, sich zurückzunehmen und Rosie ihre Arbeit auf ihre Weise erledigen zu lassen.

Du tust mir gut, Rosie.

Der Gedanke geisterte durch seinen Kopf, so verlockend wie ihr Lachen, als sie in die Hände klatschte, um die Chihuahuas zu sich zu rufen. Die quirligen Fellknäule flitzten über den Rasen auf sie zu und sprangen in ihre Arme. Für den Bruchteil einer Sekunde erlaubte Mitch sich eine kleine Träumerei, er und Rosie zusammen, genauso wie jetzt, nur eben wirklich zusammen. Nicht nur wegen eines Arbeitsprojekts, sondern weil sie einander kennenlernen wollten, erfahren wollten, wie der andere redete und lachte, entspannt und ungezwungen.

Er verjagte die Vorstellung aus seinem Kopf, schlug sie platt wie einen Moskito, der ihn zu stechen drohte. Zwischen Rosie Galvez und ihm lagen Welten. Sie war nicht sein Typ, so gerne er es auch anders gehabt hätte. Wenn er ehrlich war, hatte er so etwas wie einen „Frauentyp" gar nicht. Darauf wies Miss Lovejoy ihn schon seit Jahren immer wieder hin, so als wäre das eine Art Schwäche. Dass er zu wählerisch sei, sagte sie, und dass seine Ansprüche unrealistisch hoch seien.

Er zwang seine Aufmerksamkeit auf den Bildschirm und versuchte, den Gedanken zu verbannen, aber er nagte an ihm und verursachte das Gefühl, unvollständig zu sein und es für immer zu bleiben, weil er dafür sorgte, dass die passende Partnerin für ihn nicht existierte.

Seine Vorstellung von der perfekten Frau entsprach in etwa einer Barbiepuppe mit Gehirn, jedoch ohne eigenen Kopf. Und trotzdem – schon wieder gehorchte ihm sein Blick nicht – sah er ständig aus dem Fenster, beobachtete diese in sich ruhende, glutäugige Amazone und fragte sich, was wäre, wenn …

„Ich möchte eine Kajaktour machen", verkündete Rosie am nächsten Morgen.

„Aber wir müssen beide arbeiten", erwiderte Mitch automatisch.

„Ja. Im Kajak."

Er spürte, wie sich seine Augenbrauen missbilligend senkten, als er von dem Brief an den Finanzkonzern aufblickte, an dem er arbeitete.

„Kajakfahren läuft für Sie unter Arbeit?"

„Das habe ich doch gerade gesagt, *jefe*."

„Nennen Sie mich nicht so. Das ist beleidigend."

„Wie Sie wünschen, Boss."

„Dann erklären Sie mir die Sache mit der Kajakarbeit bitte mal."

„Wir müssen rausfahren und die Riffe und Küstenstreifen erkunden. Und das geht im Kajak nun mal am besten, da wir nah an der Wasseroberfläche sind und das Meer so wenig aufrühren, dass wir die Tiere nicht stören."

Er musterte sie lange und gründlich. Er, der sein Leben von Disziplin regieren ließ, wollte mit genau dieser Disziplin plötzlich nichts mehr am Hut haben. Er wollte in einem Kajak fahren. Mit einer wunderschönen Frau. Und weil er es sich so wahnsinnig gerne wünschte, sagte er: „Nein."

„Wie meinen Sie das?"

„Ich muss arbeiten, Rosie. Was auch immer Sie im Kajak erledigen wollen – Sie sind auf sich gestellt."

Sie verschränkte die Arme unter ihren Brüsten, was seinen Blick gegen seinen Willen auf ihr Dekolleté lenkte.

„Aber es ist ein Zweimannkajak."

„Ich habe trotzdem zu tun."

Ein gefährlicher Ausdruck flackerte in ihren Augen auf. Mitch gewann den Eindruck, dass Rosies liebenswertes Naturell im Handumdrehen in einen Temperamentausbruch umschlagen würde, doch der Wutanfall, den er erwartet hatte, entfaltete sich in Form eines strahlenden Lächelns.

„Na gut, ich kann ja warten, bis Sie Ihre Arbeit erledigt haben."

„Aber das …"

Ehe es ihm gelang, seinem Protest Luft zu verschaffen, war sie schon verschwunden. Unter leisem Fluchen stürzte er sich wieder auf seine Unterlagen. Ein paar Minuten später registrierte er eine Bewegung am Rand seines Sichtfelds. Er wusste, dass es Rosie war, und ignorierte den Drang, genauer hinzusehen, solange er konnte, was ungefähr zehn Sekunden dauerte. Dann blickte er von seinem Rechner hoch und beobachtete, wie sie über den Rasen hinunter zum Strand lief.

Ihm fielen fast die Augen aus dem Kopf. Sie hatte einen schillernden Bikini an, der ziemlich effizient dafür sorgte, dass er keinen Augenblick mehr an Arbeit denken würde. Rosie ließ sich auf einer Sonnenliege nieder, holte eine Flasche Sonnencreme hervor und trug die schimmernde Flüssigkeit auf ihre langen Beine, ihre Schultern und ihren Bauch auf. Während Mitch die trägen Bewegungen ihrer Hände auf ihrer sonnenwarmen Haut beobachtete, stöhnte er laut auf. Als sie fertig war, war er dem Wahnsinn nahe.

Sie stand auf und schlenderte, die Chihuahuas zu ihren Füßen, ans Ende der Anlegestelle. Als sie sich vom Steg abstieß und ins Meer sprang, begannen die Hunde hysterisch zu kläffen. Sie brach wieder durch die Wasseroberfläche, strich sich ihr jetzt tintenschwarz wirkendes nasses Haar aus dem Gesicht und fing an, träge zu paddeln. Keine Frage, solange Rosie einen Bikini trug und sich im Wasser aalte, würde er den Computer keines Blickes mehr würdigen. Also klappte er den Laptop zu und ging zur Anlegestelle hinunter, legte aber einen Zwischenstopp bei Rosies Liegestuhl ein, um das dicke grüne Strandhandtuch mitzunehmen. „Sie haben gewonnen", rief er. „Wir machen eine Kajaktour."

Sie lachte und der helle Klang schwebte über das Wellengekräusel zu ihm herüber.

„Gott sei Dank. Ich dachte schon, ich muss hier drinnen erfrieren."

Sie schwamm an die Holzleiter, die zum Steg hinaufführte, und kletterte zu ihm hoch. Und wieder starrte Mitch sie an, obwohl er wusste, wie unhöflich er sich benahm. „Das Wasser scheint wirklich ziemlich kalt zu sein", bemerkte er und hielt ihr das Handtuch hin.

„Sie Lüstling."

Sie stellte sich vor ihn, und für einen kurzen Augenblick hielt er sie von hinten im Arm, während er ihren kurvenreichen, zitternden Körper in den dicken Frotteestoff hüllte. Sie roch nach Salzwasser und Sonnencreme, und als sie den Kopf herumdrehte, um ihn anzusehen, hätte er fast vergessen, sie wieder loszulassen.

„Dieser Moment hier", gestand er, „ist ganz schön seltsam, finden Sie nicht?"

Sie zuckte die Achseln und kuschelte sich in das Handtuch. „In einer Viertelstunde bin ich unten am Bootshaus." Sie war bereits auf dem Weg zur Villa, da drehte sie sich noch einmal um. „Und Mitch? Die Antwort auf Ihre Frage lautet nein."

„Was nein?"

„Nein, ich fand das nicht seltsam. Ich dachte nur, das sollten Sie wissen."

Er konnte gar nicht anders, als zu grinsen. Allerdings versuchte er es auch nicht wirklich.

6. KAPITEL

Während Rosie das Paddel in das stille, kristallklare Wasser tauchte, durchrieselte sie ein Gefühl absoluten Wohlbefindens. An und für sich mochte sie pleite, arbeits- und wohnungslos sein, aber gerade jetzt war das unerheblich. Im Augenblick paddelte sie durchs Paradies, hinter sich einen umwerfenden Mann, über sich zwei Weißkopfseeadler, die über den strahlend blauen Himmel segelten.

„Gott, ist das schön", sagte sie. Selbst die Meereswelt unter dem Kajak war atemberaubend. „Ich habe nicht genug Zeit mit Feldarbeit verbracht." *Endlich!* Sie hatte ihn gefunden, den Silberstreif am Horizont. Sie hatte gewusst, dass sie ihn finden würde, wenn sie nur genau hinsah. „Zum Glück hat sich das ja nun geändert."

„Wie meinen Sie das?", fragte Mitch von hinten.

Sie zuckte schuldbewusst die Achseln. „Na ja, solange ich hier auf der Insel bin", antwortete sie ausweichend. „Die letzten Jahre habe ich fast ausschließlich in Unterrichtsräumen verbracht. Es tut gut, wieder praktisch zu arbeiten." Als sie eine zerklüftete Felsformation auf dem Meeresboden passierten, hielt sie eine Hand über den Bootsrand ins Wasser. Seeanemonen in allen Farben des Regenbogens wogten träge im sonnendurchfluteten Ozean. „Ich war in meinen ersten Studienjahren mal einen Sommer lang hier oben und habe das Reproduktionsverhalten von Röhrenwürmern untersucht."

Mitch lachte. „Das ist ein Witz, oder?"

„Nein, kein bisschen. Es war ein toller Sommer. Mein erster ohne meine Familie."

„Wo lebt Ihre Familie denn?"

Sie freute sich, dass er ihr eine persönliche Frage stellte. Normalerweise wirkte er völlig geistesabwesend. Ihre Versuche, seine Aufmerksamkeit auf sich zu ziehen, waren einigermaßen schamlos gewesen, aber Schamlosigkeit funktionierte nun mal häufig. „In Wenatchee, gleich auf der anderen Seite der Cascades. Meine Eltern arbeiten in der Apfelbranche."

„Wie so ziemlich jeder in Wenatchee."

„Ja, so ungefähr. Darunter auch meine fünf Geschwister. Ich bin sozusagen das schwarze Schaf der Familie, weil ich mich für etwas anderes interessiere – und dann auch noch ausgerechnet für Meeresbewohner. Meine Leute dachten immer, das legt sich mit dem Alter, stattdessen habe ich einen Beruf daraus gemacht. Es war manchmal beängstigend, meinen eigenen Weg zu gehen."

„Ich kann mir nicht vorstellen, dass Sie vor irgendetwas Angst haben, Rosie."

„Danke, aber an der Sache mit dem Mut arbeite ich derzeit noch. Und wie steht es so um Ihre Familie?"

„In der Hinsicht haben Sie mir einiges voraus. Meinen Vater habe ich das letzte Mal gesehen, als ich neun war. Ein paar Jahre später hat meine Mutter wieder geheiratet. Sie lebt jetzt mit einem Wertpapieranalysten in La Jolla. Die drei haben es mit vereinten Kräften geschafft, mich zum Therapiefall zu machen. Bis ich es dann irgendwann satthatte, für 375 Dollar die Stunde meine ‚Emotionen zu verarbeiten'."

Er scherzte zwar, aber Rosie hörte trotzdem auf zu rudern und drehte sich um, damit sie ihn ansehen konnte. Eingehend musterte sie seine markanten Gesichtszüge und die eisblauen Augen. Sie versuchte, den einsamen kleinen Jungen in ihm zu sehen, der er einmal gewesen war, den Jungen mit zu viel Geld und zu wenig Liebe. „Tut mir leid für Sie, Mitch."

„Das muss es nicht. Ist lange her – und nach Jahren auf der Analytikercouch habe ich eine ziemlich einfache Lösung für meine Probleme gefunden."

„Wirklich? Und verraten Sie mir auch, welche?"

„Dieser Job", sagte er. „Dinge aufbauen. Es ist unglaublich, wie klein und bedeutungslos die eigenen Probleme plötzlich werden, wenn man keine Zeit mehr hat, über sie nachzudenken. Ich hatte mich sowieso nie richtig wohl in der Rolle des überprivilegierten, jammernden Oberschichtenkindes gefühlt", fügte er selbstironisch lächelnd hinzu.

„Sie meinen das tatsächlich ernst, oder?“, fragte Rosie ungläubig. „Sie halten Ihre Arbeit wirklich für die Lösung!“

„Rumsitzen, Däumchen drehen und meine Gefühle verarbeiten war jedenfalls keine.“

„Aber was, wenn Sie nichts mehr zu tun haben? Was dann?“

„Darüber brauche ich mir keine Sorgen zu machen. Ich habe genug Eisen im Feuer, um mich beschäftigt zu halten, bis ich eines Tages umkippe.“

„Macht Ihnen das nie zu schaffen? Der Gedanke ans Umkippen?“

„Nein.“

Sie drehte sich wieder nach vorne, verwirrt und irgendwie traurig über das, was sie gerade von ihm erfahren hatte. „Kommen Sie, wir fahren zum President Channel“, sagte sie. „Ein Jachthafen würde das Verkehrsaufkommen da sicherlich verstärken. Wir sollten uns dort umsehen.“

Sie paddelten in einem gemütlichen Rhythmus. Das Sommerwetter machte das Wasser klar und fast bewegungslos und das Licht konnte bis in drei Faden Tiefe vordringen. Rosie spürte, wie sich die leichte Brise in ihrem Haar verfing, und legte den Kopf in den Nacken, versuchte, all das in sich aufzunehmen. Es war herrlich, alles hier, die Auen und Marschen, die bis zum Meeresrand hinabreichten, die Schiffe, die träge an ihnen vorbeiglitten, die Schwärme von Alken und Kormoranen, die an den Bergflanken nisteten, die dunklen Schatten der Fischschulen, die unter dem Kajak vorbeizogen.

Sie weigerte sich, sich runterziehen zu lassen von dem, was Mitch ihr erzählt hatte, dass er seine seelische Gesundheit unablässiger harter Arbeit zu verdanken hatte.

Wenn das tatsächlich die Lösung sein sollte, dann war sie selbst dem Untergang geweiht.

Der Gedanke, nach Seattle zurückzukehren und sich dem demoralisierenden Prozess der Arbeitssuche zu unterwerfen, deprimierte sie sogar noch mehr. Sie hatte gerne gelehrt. Sie war gut darin, anderen etwas beizubringen, aber in den letzten Jahren hatte sie das Gefühl gehabt, dass die Wände der Vorlesungssäle immer enger um sie zusammenrückten. Jetzt, wo sie einen glitzernden Kanal im Puget Sound entlangglitt, begriff sie, was ihr gefehlt hatte. Die Feldarbeit. Draußen auf dem Meer zu sein, nicht eingepfercht in einen Hörsaal. Lebensräume statt Laborproben zu studieren.

Einen Feldjob zu ergattern war aber sogar noch schwieriger, als an einen Lehrstuhl berufen zu werden. Klar, sie hätte die Möglichkeit, sich bei einem der öffentlichen Meereszentren oder Aquarien zu bewerben, doch sie fühlte sich in Gegenwart eingesperrter Lebewesen immer klaustrophobisch. Alternativ konnte sie sich als Saisonarbeiterin probieren und bei Mermaid Whale Watching Expeditions Touren gegen Trinkgeld anbieten. Das Trinkgeld war gar nicht mal übel, wie sie gehört hatte. Vor allem wenn die Guides Bikini trugen.

Die bloße Vorstellung ließ sie schaudern, also schüttelte sie sie ab, weil sie sich davon nicht den Tag vermiesen lassen wollte. Sie glitten weiter durchs Wasser. Ihr Schweigen war noch immer so einvernehmlich wie vorhin am Strand. Rosie fragte sich, woran das lag, warum sie sich so entspannt und wohl in Gegenwart dieses Mannes fühlte, der so anders war als sie, der nichts an sich heranließ.

In der Ferne, vor der Küste von Waldron Island, waren direkt unter der Wasseroberfläche Schatten zu erkennen.

„Ist es das, was ich denke?“, fragte Mitch leise.

Sie nickte. Die Begeisterung über ihre Entdeckung ließ ihr Herz heftiger schlagen. „Man weiß von drei Walschulen, die in dieser Gegend zu Hause sind. Die Gruppe dort vorne besteht aus etwa zwanzig Individuen.“ Einige Rückenfinnen brachen durch die Wasseroberfläche und Rosie stockte der Atem.

„Machen wir ihnen Angst?“, fragte Mitch.

„Nicht wenn wir langsam fahren und entspannt bleiben.“

„Werden sie versuchen, uns aufzuessen?“

„Solange wir nicht leichter zu fangen sind als ein Lachs, nein.“

Je näher das Kajak herankam, desto mehr schwarz-weiße

Wale sahen sie. Es waren vor allem Weibchen mit Kälbern in verschiedenen Altersstadien.

„Wow“, sagte er. „Da schau mal einer an. Die sind ja gemustert wie riesige Golfschuhe.“

„So kann man das natürlich auch sehen.“ Rosie würde sich niemals an der Schönheit der Orcas sattsehen können. Sie liebte ihre Färbung, ihren engen Familienzusammenhalt, ihre Mäuler, die zu einem ständigen Lächeln verzogen zu sein schienen, und ihr präzises, zielgerichtetes Jagdverhalten.

„Hey“, sagte Mitch, „schauen Sie mal – whoa!“

Ein riesiges Weibchen schoss aus dem Wasser und brach nur wenige Meter vom Kajak entfernt wieder durch die Oberfläche. Hohe Fontänen spritzten in die Luft und durchnässten das kleine Boot und seine Insassen von Kopf bis Fuß.

„Oh ... mein ... Gott“, rief Mitch. „Haben Sie das gesehen? Der war ja so groß wie ein Reisebus!“

Rosie betrachtete die Schaumspur, die der Wal auf der Wasseroberfläche hinterlassen hatte, und plötzlich fühlte sie sich überwältigt. Sie war machtlos dagegen, konnte sich einfach nicht zusammenreißen. Und auch wenn sie Mitch den Rücken zuwandte, würde sie nicht vor ihm verbergen können, wie ihre Stimmung kippte. Sie legte das Paddel auf die Spritzdecke über ihrem Schoß und senkte den Kopf, wünschte sich, dass dieser Monat ewig währte, dass sie nicht in ihr wahres Leben zurückkehren müsste.

„Hey, was ist los?“

Mitch klang vage misstrauisch und auch ein bisschen verängstigt.

„Ich ... es ist einfach ... so schön“, stammelte sie und kam sich dabei unendlich dumm vor. Sie versuchte, die Kontrolle trotzdem nicht zu verlieren.

„Sie meinen den Wal?“

„Alles. Einfach alles.“

„Da bin ich ganz Ihrer Meinung, Rosie. Aber hey, reißen Sie sich doch bitte ein bisschen zusammen. Es macht mich nämlich verdammt nervös, wenn die Leute emotional werden.“

Sie hörte ihn unter seiner Spritzdecke herumkramen, dann reichte er ihr ein marineblaues Bandana-Tuch.

„Hier, Rosie. Bitte nicht weinen."

Seine Geste machte alles nur schlimmer. Er murmelte ungeduldig etwas vor sich hin, paddelte los und steuerte das Kajak in Richtung des nächstgelegenen Ufers. Nur wenige Augenblicke später setzte das Boot auf Grund und Mitch stieg aus. Dann entfernte er die vordere Spritzdecke, die sie schützte, und umfasste ihre Schultern, um ihr beim Aufstehen zu helfen.

„Besser?", fragte er und nahm ihr das Bandana aus der Hand. Unbeholfen wischte er ihr damit die Tränen von den Wangen.

Sie schluckte, der Kloß in ihrem Hals wollte jedoch nicht verschwinden. „Ach Mitch", sagte sie und ließ sich gegen ihn sinken. Sie spürte, wie er die Arme um sie legte. „Wahrscheinlich werden Sie mir nicht glauben, doch das ist mein schönster Tag seit sehr langer Zeit. Und all das habe ich nur Ihnen zu verdanken."

„Hey", unterbrach er sie hastig, „*Sie* waren es, die mich zum Kajakfahren gezwungen hat."

„Aber *Sie* sind der Grund, aus dem ich überhaupt hier bin." Sie war kurz davor, es ihm einfach zu erzählen, die ganze Geschichte, wie sie trotz ihrer harten Arbeit ihren Job verloren hatte. Bevor es dazu kam, wurde sie von ihren Tränen überwältigt, ohne dass sie genau hätte sagen können, warum. Sie vermutete, dass es mit dem Kontrast zwischen der funkelnden Herrlichkeit dieses Tages und dem schäbigen Chaos zusammenhing, zu dem ihr Leben geworden war.

Armer Mitch. Sie hätte ihm gerne eine Erklärung für ihr Verhalten gegeben, aber sie konnte es nicht mal sich selbst erklären. Sie war sich auch gar nicht sicher, ob sie es überhaupt wollte. Also schmiegte sie sich einfach an seine bemerkenswert Trost spendende Brust und ließ es bleiben.

7. KAPITEL

Das Klirren der Gläser und das Gluckern in der Weinflasche waren zunächst die einzigen Geräusche, die man im Esszimmer der Rainshadow Lodge hörte. Die letzten Abende hatten sie sich Gerichte vom Feinkostladen unten im Ort liefern lassen, die, liebevoll in kleine Kartons verpackt, von einem schlaksigen Teenager in einem alten Kombi geliefert wurden. Wie sonst auch richtete Mitch alles auf dem charmant zusammengewürfelten Geschirr an, dann schenkte er den Wein ein, einen Jahrgangsburgunder, den er aus seinem privaten Weinkeller in Seattle mitgebracht hatte.

Anschließend wartete er. Und wartete.

Sein Magen knurrte und seine Gedanken schweiften umher. Er konnte einfach nicht aufhören, an Rosie zu denken. Als ihm das klar wurde, stutzte er. War es überhaupt schon jemals vorgekommen, dass er seinen Gefühlen so vollständig nachgegeben hatte? Wenn ja, dann erinnerte er sich nicht daran. Sie hatte sich nach dem Erlebnis mit den Walen an ihn sinken lassen, als würde das Gewicht der Welt auf ihren Schultern lasten. Außerdem hatte sie ihm gestanden, dass der Tag mit ihm ihr schönster seit Langem gewesen war.

Das machte ihn höllisch nervös. Bisher hatte ihm niemals jemand so etwas gestanden.

Große Gefühlsbekundungen weckten Unbehagen bei ihm. Nach Rosies Geständnis hatte er sie eine Weile ungeschickt umarmt, dann hatte er sie von sich geschoben. „Es freut mich, dass Sie Ihre Arbeit mögen“, hatte er gesagt. Selbst jetzt noch zuckte er zusammen bei dem Gedanken daran, wie lahm das geklungen haben musste. „Kommen Sie, es war ein langer Tag. Lassen Sie uns wieder zur Lodge fahren.“

Sie hatte genickt und war vor ihm zurückgewichen. „In Ordnung. Es tut mir leid. Ich wollte mich nicht so vor Ihnen gehen lassen, aber in letzter Zeit stand ich unter ziemlichem Druck.“

Auf dem Rückweg hatte sie sich in Schweigen gehüllt, eine Ruhe ausgestrahlt, die er auch *in* ihr hatte wahrnehmen können, als würde sie die Welt um sich herum nicht einfach nur beobachten, sondern ihren Kern, das Wesen, erfassen. Er fragte sich, ob ihr bewusst war, wie außergewöhnlich diese Fähigkeit war. Vermutlich nicht. Was einem leichtfiel, empfand man nie als etwas Besonderes.

Das leise Knarren einer Stufe warnte ihn vor. Er stellte die Weinflasche ab und beobachtete, wie Rosie das Esszimmer betrat. Sie hatte gebadet, das Haar hing ihr in feuchten Strähnen den Rücken hinab, und sie strahlte eine so durch und durch feminine Weichheit aus, dass es fast schon wehtat. Sie war barfuß und trug das rote Kleid und auf den Lippen ein schüchternes Lächeln.

„Na?“, sagte er und rückte ihr einen Stuhl zurecht. „Haben Sie Hunger?“

„Wie ein Löwe.“

Als sie sich setzte, hatte er den kurzen, fast unbezwingbaren Impuls, seine Hände auf ihre Schultern zu legen, um über ihre goldbraune Haut zu streichen und ihre Wärme zu spüren.

Er tat es nicht. Dass er sie im Arm gehalten hatte, war schon verwirrend genug gewesen. Es war besser für ihn, Abstand zu wahren. Er nahm ihr gegenüber Platz und reichte ihr den Nudelsalat.

„Danke“, sagte sie und probierte. „Der ist wirklich gut.“

„Ja, was für ein Glück, dass es auf der Insel einen guten Feinkostladen gibt. Hier, das Rosmarinhühnchen müssen Sie unbedingt ebenfalls probieren.“

Sie nahm einen Bissen, lächelte anerkennend und bemerkte: „Ich nehme mal an, dass Sie nicht kochen können.“

„Hin und wieder erwischt man mich beim Braten eines Steaks, aber das war’s dann auch schon. Es gibt hier übrigens ein Fischrestaurant, das recht gut sein soll. Wir sollten es mal ausprobieren.“

„Ich bin ziemlich talentiert in der Küche“, sagte sie. „Irgendwann werde ich mal für Sie kochen.“

„Abgemacht.“ Er hob sein Weinglas, um den Deal zu besiegeln.

Gerade als er anfing, sich in ihrer Gegenwart wieder wohlzufühlen, legte sie ihre Gabel ab, beugte sich vor und sagte: „Mitch, wegen heute Nachmittag …“

„Machen Sie sich keine Gedanken“, unterbrach er sie.

Als sie sich mit ernster Miene noch weiter vorbeugte, begann das kleine Goldkreuz um ihren Hals sich an seiner Kette zu drehen.

„Ich mache mir keine Gedanken. Ich wollte Sie nur wissen lassen, dass ich meinem Job zwar mit Leidenschaft nachgehe, dass meine Professionalität darunter aber nicht leidet. Darauf können Sie sich verlassen.“

„Niemand hat Ihre Professionalität infrage gestellt“, erwiderte er, es entsprach der Wahrheit. Ja, sie hatte ihn erschreckt, sie war auch nicht das, was er erwartet hatte, doch die Arbeit, die sie bis jetzt geleistet hatte, verriet, dass sie ein Vollblutprofi war. Er grinste. „Ihre Leidenschaft ist letzten Endes eine Art Bonus.“

Sie lehnte sich zurück und seufzte tief. Das Kreuz verschwand im Schatten ihres Dekolletés. Das Ding trieb ihn in den Wahnsinn.

„Freut mich, dass Sie das so sehen. Ich hatte Angst, dass Sie mich für melodramatisch halten.“

„Mit Drama kann ich umgehen“, log er.

„Gut. Wenn man aus einer Familie kommt, die so groß ist wie meine, lernt man ziemlich schnell, wie man sich in den Mittelpunkt stellt. Ansonsten könnte es nämlich passieren, dass man einfach übersehen wird.“

Er sah sie über den Tisch hinweg an, musterte ihre sinnliche Figur, die leuchtenden Farben, das bezaubernde Lächeln. „Ich bezweifle, dass Sie jemals übersehen werden, Rosie.“

Danach aßen sie eine Weile in einvernehmlichem Schweigen. Später, als sie nur noch an ihrem Wein nippten, besprachen sie den Ablauf des folgenden Tages.

„Ich finde, wir sollten schnorcheln gehen“, sagte Rosie.

„Um was genau zu suchen?“

„Das wissen wir, wenn wir es gefunden haben.“

Mitch hatte nicht mehr geschnorchelt, seit er ein Kind gewesen war und ihn seine Eltern in ein Sommerzeltlager auf Kauai abgeschoben hatten. Das Wasser in der Bucht war kalt, doch er erinnerte sich daran, wie unerschrocken sich Rosie in die Fluten gestürzt hatte. „Okay“, sagte er. „Wollen wir morgen Abend dann auswärts essen?“

Kurz blitzte ihr unverwechselbares Lächeln auf, doch es verschwand so schnell, wie es gekommen war. „Ähm, lieber nicht. Ich habe nicht viel Gepäck dabei und fürchte, ich habe nichts Passendes zum Anziehen.“

„Das Kleid hier ist doch perfekt.“

„Aus Männersicht vielleicht. Aus Frauensicht ist es kein Restaurant-Kleid.“

„Sie könnten sich mal unten im Ort umsehen. Es gibt ein paar Läden und Boutiquen auf der Insel.“

Die meisten Frauen, die er kannte, waren sofort Feuer und Flamme, sobald es um Shopping ging, aber Rosie fixierte weiter ihren Teller.

„Ich geh nicht gerne einkaufen.“ Sie schob ihr Weinglas von sich.

Plötzlich bekam er ein ganz und gar ungutes Gefühl. *Verdammt.* Aus genau solchen Gründen verkomplizierte er sein Leben nicht mit Beziehungen. Sie bedeuteten einen ständigen Tanz auf dünnem Eis. Man wusste nie, wo das nächste Loch lauerte.

„Rosie? Was ist das Problem? Jetzt mal ehrlich.“

Sie trommelte mit den Fingern auf dem Tisch herum und wich seinem Blick aus.

„Ich bin gerade nicht so gut bei Kasse.“

Ah. Endlich mal etwas, womit er sich auskannte. Nicht, dass er jemals persönliche Erfahrungen mit finanziellen Engpässen gemacht hätte, doch wenn es um Geld ging, war er in seinem Element. „Wie schlecht ist ‚nicht so gut‘?“, fragte er.

„Der Vorschuss für diesen Job ist für meine Kreditkartenabrechnung draufgegangen. Die Bank hat mich noch nicht angerufen, um mir mitzuteilen, dass ich den Dispo überzogen habe, aber ich schätze mal, ich bin nahe dran."

„Können Sie das nicht anhand Ihres letzten Kontoauszugs nachvollziehen?"

Sie brach in schallendes Gelächter aus. „Der war echt gut!"

„Hab ich etwas Witziges gesagt?"

Sie ließ sich gegen die Stuhllehne sinken und nippte an ihrem Wein. „Vermutlich werden Sie jetzt gleich vom Glauben abfallen, aber ich würdige meine Kontoauszüge keines Blickes."

Sie stieß den Satz in einem Atemzug hervor und hielt ihre Serviette wie einen Schild vor sich. Im ersten Moment dachte Mitch, dass sie scherzte, doch dann begriff er, dass das nicht der Fall war. Nicht mal ansatzweise.

„Sie kontrollieren die Zahlungsein- und -ausgänge nicht?"

„Nö, tut mir leid, da muss ich passen."

„Sie brauchen sich nicht bei mir zu entschuldigen. Es ist Ihr Leben. Aber verdammt noch mal, halten Sie das nicht für ein bisschen verantwortungslos?"

„Manchmal, ja. Doch sobald ich beschließe, dass ich mich um meine Finanzen kümmern sollte, finde ich irgendeine Ausrede. Ich sage mir immer, dass ich eines Tages irgendwie wieder auf Kurs komme, bislang hat sich dieser Tag allerdings nicht blicken lassen."

„Ich könnte Ihnen helfen", hörte er sich sagen. Noch während er sprach, hätte er sich am liebsten in den Hintern getreten, das Angebot lohnte sich jedoch alleine schon für ihren Gesichtsausdruck.

„Tatsächlich? Ich meine, das wäre wirklich viel verlangt ..."

„Nein, gar nicht, das ist kein Problem. Nach dem Abendessen zeigen Sie mir einfach alle Unterlagen, die Sie bei sich haben, wir trinken einen Port und sorgen für ein bisschen Ordnung."

„Vermutlich brauchen Sie etwas Stärkeres als Portwein, wenn Sie den Zustand meiner Buchführung sehen."

Er lachte. „Wie schlimm kann es schon sein?"

„Ihr Kontostand beträgt neun Cent“, sagte Mitch eine Stunde später.

Rosie faltete bedächtig die Hände auf der Tischplatte. Das war eigentlich nicht der Moment, um Mitch sexy zu finden, perverserweise tat sie es trotzdem. Mit seinem dichten Haar, das völlig zerzaust war, weil er so oft mit den Fingern hindurchgefahren war, seiner Hornbrille auf der Nasenspitze und den bis zu den Ellenbogen hochgekrempelten Hemdsärmeln sah er sündhaft gut aus. Fast hätte sie ihm verziehen, was er gerade herausgefunden hatte, nämlich dass sich ihr Wert auf ganze neun Cent belief.

„Sind Sie sich sicher?“, hakte sie vorsichtig nach.

„Ich habe alles doppelt und dreifach geprüft. Es fehlen zwar eine Menge Unterlagen, aber ausgehend von dem, was mir vorliegt, halte ich die Zahl für ziemlich realistisch.“

„Neun Cent.“ Sie trank einen Schluck Portwein. Nachdem sie die erste Flasche geleert hatten, waren sie auf einen interessanten Whidbey Island Port umgestiegen. Rosie war sich noch nicht ganz schlüssig, ob er ihr schmeckte, wenigstens half er ihr dabei, die Sache mit den neun Cent etwas besser zu verkraften. „Ich schätze, so wie meine Buchführung aussieht, hab ich nicht mehr verdient“, sagte sie und lächelte schuldbewusst. In der Vergangenheit hatte sie schon häufiger harte Zeiten durchlebt, aber sie war jedes Mal auf den Füßen gelandet. Also warum hatte sie dieses Mal plötzlich Angst? Lag es daran, dass sie hart auf die dreißig zuging und nun erwachsen war? Oder hatte es damit zu tun, dass sie so oft auf ihr Glück hatte vertrauen können, dass jetzt nicht mehr viel davon übrig sein konnte?

Mitch durchstöberte den Stapel aus Abrechnungen und Kontoauszügen, den sie ihm überreicht hatte. Als sie auf die Insel aufgebrochen war, hatte sie einfach alles in eine alte Schuhschachtel gestopft.

„Und was ist mit Ihren anderen Konten? Sind die in ähnlich schlechter Verfassung?“

Rosie konnte nicht anders, sie musste wieder lachen. „Sind Sie bereit für den nächsten Schock?“

Er nahm die Brille ab und massierte sich die Nasenwurzel. „Legen Sie los."

„Ich habe keine anderen Konten. Das ist alles."

„Sehr witzig, Frau Doktor." Er tippte wahllos auf den Tasten seines Taschenrechners herum.

„Das ist kein Witz, Mitch."

Langsam schob er die Brille wieder nach oben. Eine einzelne Haarsträhne hing ihm in die Stirn wie bei einem der Beach Boys, und Rosie musste an die Songs denken, die ihre Eltern immer beim Autofahren gehört hatten, als sie noch klein war.

„Wollen Sie damit sagen, dass das hier Ihr gesamter irdischer Besitz ist?" Er fing an, mit einem Bleistift herumzuspielen, und rollte ihn zwischen den Handflächen hin und her.

„So ziemlich, ja. Ich hatte mich am Pensionsfonds der Uni beteiligt, aber da ich dort nur zwei Jahre lang angestellt war, dürften meine Ansprüche sehr gering ausfallen. Außerdem komme ich an das Geld auch gar nicht ran, bis ich in Rente gehe. Und falls doch, müsste ich alles zurückzahlen, sobald ich jemals wieder einen Lehrauftrag ergattere, und … oh." Sie schlug sich eine Hand vor den Mund, es war jedoch zu spät. Der Stift in Mitchs Händen zerbrach in zwei Hälften.

„Moment mal. Ich dachte, Sie sind Angestellte an der UW?"

„War ich auch. Ich habe nicht gelogen."

„Aber jetzt sind Sie es nicht mehr?"

Sie wollte seinem Blick ausweichen, diesen leuchtend blauen Augen, seinen kontrollierten, fein gemeißelten Zügen, doch sie zwang sich, seine Frage zu beantworten. Im Lügen war sie noch nie gut gewesen, sie hatte keinerlei Talent dazu. „Ich bin weggekürzt worden. Ja, ich glaube, so haben sie es bezeichnet. Mein Department hat einfach nicht genug Zuschüsse erhalten, um Lehrkräfte wie mich weiterbezahlen zu können." Sie rang sich ein Lächeln ab. „Sie sehen, es war ein Geschenk des Himmels, dass ich Miss Lovejoys Anzeige entdeckt habe. Meine Wohnung hätte ich sowieso aufgeben müssen."

Er legte die Bleistiftstückchen weg. „Ich komme gerade nicht mehr so ganz hinterher. Sie sagen also, dass Sie neun Cent auf dem Konto, keinen Job und keine Wohnung haben?"

„Ja, das ist eine ziemlich gute Zusammenfassung", erwiderte sie und fragte sich, ob er absichtlich so grausam war. „Nur das Auto haben Sie vergessen."

„Oh, stimmt. Außerdem besitzen Sie ein fahruntüchtiges Auto."

Sie glaubte gerade, einen Anflug von Sarkasmus in seiner Fassungslosigkeit wahrzunehmen, da verblüffte er sie, indem er sagte: „Und trotz allem sind Sie so ungefähr die glücklichste, ausgeglichenste Person, der ich jemals begegnet bin."

„Mal abgesehen von meinen Finanzen, versteht sich."

„Ja, davon mal abgesehen. Ich kapier das einfach nicht, Rosie. Warum sind Sie nicht völlig panisch?"

Sie stützte einen Ellenbogen auf dem Tisch ab und legte nachdenklich das Kinn in die Hand. „Würde Panik denn etwas an meiner Situation ändern?"

„Nein, aber ..."

„Also warum sollte ich panisch werden?"

Er starrte sie lange wortlos an. Sie kam sich vor wie ein besonders exotisches Tier im Zoo, eines, das er noch nie gesehen hatte. Es war offensichtlich, dass er nicht recht wusste, was er von ihr halten sollte.

„Ich glaube einfach, dass Panik in diesem Fall eine angemessene Reaktion wäre. Oder wenigstens ein gewisser Anflug von Stress."

„Irgendetwas wird sich schon für mich ergeben, Sie werden sehen."

„Wie können Sie in Ihrer Situation nur so ruhig bleiben?" Er ordnete die Unterlagen und den Ordner mit den Kontoauszügen zu einem Stapel.

„Mitch, verstehen Sie doch. Ich bin die Tochter von Apfelbauern. Ich habe fünf Geschwister. Glauben Sie, dass ich magere Zeiten nicht aus meiner Kindheit kenne? Mehltau, Pilzbefall, Feuer – hatten wir alles. In manchen Jahren lief es sogar *zu* gut, und die Ernte fiel so üppig aus, dass der Marktpreis in den Keller sackte. Ich schätze, ich habe von klein auf gelernt, dass es nichts bringt, wegen Geld in Panik zu verfallen. Ich bin dankbar, dass ich gesund bin, dass ich studieren durfte, dass ich eine Familie und meine Hunde habe." Sie warf den beiden Chihuahuas, die sich auf der Häkeldecke zusammengerollt hatten, die sie vorsorglich auf dem Sofa ausgebreitet hatte, ein Lächeln zu.

„Und was, wenn der Tag kommt, an dem Sie sich kein Hundefutter mehr leisten können?", stichelte er. „Ich weiß, dass diese Zwerge da nicht viel fressen, aber irgendetwas müssen sie essen."

„Und was soll ich Ihrer Meinung nach tun?", schoss sie zurück. „Sie um eine Gehaltserhöhung anhauen?"

„Sie könnten damit anfangen, sich in Zukunft etwas mehr für Ihre Finanzen zu interessieren."

„Richtig. Damit ich so glücklich und ausgeglichen werde wie Sie, Mitch Rutherford?"

„Was, zur Hölle, soll das denn jetzt bitte heißen?"

Sie sprang auf, verschränkte die Arme unter den Brüsten und begann auf und ab zu laufen.

„Sie haben alles Geld der Welt", sagte sie aufgebracht. „Und wenn Sie so weitermachen, haben Sie bald auch alles Geld der kommenden Welten. Sie können sich alles kaufen, was Sie haben wollen. Überall leben, alles tun, was Sie wollen. Und was machen Sie? Sie arbeiten. Und wenn Sie mit der Arbeit fertig sind, arbeiten Sie noch ein bisschen mehr. Das ist alles, was Sie tun, Mitch. Mal ehrlich. Finden Sie wirklich, dass so ein erfülltes Leben aussieht?"

Seine Miene wurde einen Hauch finsterer, ansonsten rührte er sich nicht.

„Ich errichte Dinge. Gebe Menschen Arbeit. Ich würde nicht behaupten wollen, dass so ein verschwendetes Leben aussieht."

„In dieser Hinsicht nicht, nein", gab sie zu. Sie wusste, dass sie jetzt besser hätte aufhören sollen, es war jedoch zu spät. Ihr Mund war schneller als ihr gesunder Menschenverstand. „Aber es gibt noch etwas anderes, was ein Mensch braucht. Ein *Innen-*

leben." Sie blieb stehen, baute sich vor ihm auf und musterte ihn durchdringend. Irgendetwas an ihm brach ihr das Herz. Er hatte die gleiche hypnotisierende Wirkung wie die Sonne. War so stark wie ein Baum. Und doch spürte sie, irgendwo tief in ihm, etwas Zartes, Zerbrechliches. Etwas, das sie hegen und pflegen wollte.

Nicht er. Verlieb dich nicht in ihn. Er liegt ganz und gar daneben, und zwar mit allem.

„Wenn ich Sie ansehe, Mitch", sagte sie, „sehe ich jemanden, der vollkommen leer ist. Ich glaube, irgendetwas fehlt Ihnen."

„Dann sehen Sie wohl nicht sonderlich gut, mir geht es nämlich prächtig."

„Ach, ist das so? Ich will Sie ja nicht beleidigen, doch ich muss Ihnen trotzdem sagen, dass Sie sich nicht nur mit Oberflächlichkeiten abgeben sollten."

„Und woher wollen Sie wissen, dass ich das tue?"

„Ich ... ich weiß es eben. Mir entgeht nicht, wie geschickt Sie mit Geld und Ihrem Unternehmen umgehen. Wie organisiert und effizient Sie sind. Aber wenn Sie auf den heutigen Tag zurückblicken, welcher Moment war für Sie am wichtigsten?" Sie hob eine Hand, um ihn vom Sprechen abzuhalten. „Denken Sie nicht über die Antwort nach. Sagen Sie mir einfach, welcher Augenblick der wichtigste war."

„Der, in dem ich Sie im Arm gehalten habe", platzte er heraus.

8. KAPITEL

Mitch konnte nicht glauben, dass er das gerade wirklich gesagt hatte.

Rosie offensichtlich auch nicht, denn ihre Wangen überzog auf einmal das hübscheste Rot, das er jemals gesehen hatte.

„Das war nicht die Antwort, die ich erwartet habe."

Er beeilte sich, seinen Ausrutscher zu überspielen. „Sie müssen zugeben", sagte er lachend, „dass Sie viel weniger Angst einflößend sind als ein Killerwal."

„Na, da bin ich aber erleichtert", erwiderte sie. „Ich hatte mir deswegen nämlich schon Sorgen gemacht."

„Immerhin geben Sie endlich zu, dass Sie sich manchmal doch Sorgen machen."

Sie faltete die Hände. „Mitch, was ich gerade gesagt habe, tut mir leid. Das war wirklich unangebracht. Ich bin überhaupt nicht in der Position, Ihre Lebensentscheidungen zu kritisieren. Das ist eine meiner schlechtesten Angewohnheiten, und ich befürchte, dass ich mit meiner Einschätzung auch noch völlig danebenlag." Zögernd nahm sie wieder am langen Tisch aus Ahornholz Platz. „Und? War es so?"

„War was wie?"

„Lag ich daneben? Wer weiß, vielleicht haben Sie ja ein Häuschen in der Vorstadt, sind Diakon in der Kirche und leisten jede Woche ehrenamtliche Arbeit."

„Und was, wenn ich sage, dass das tatsächlich alles zutrifft?"

Sie lächelte schelmisch. Mittlerweile gefiel ihm ihr Lächeln viel zu gut.

„Tut es das denn?"

„Nein."

„Hm, wieso nur habe ich mir das schon gedacht?"

„Glauben Sie, das sind Dinge, die ich mir wünschen sollte?"

„Vielleicht nicht genau in dieser Form. Aber ein Mensch braucht Kontakt zu anderen Menschen. Und zwar nicht nur Geschäftskontakte."

„Wofür?“

„Weil man sonst nicht … ansonsten ist man nicht mehr als Ihr Computer da.“ Sie wies auf das schlanke Thinkpad auf dem Tisch.

„Mein Computer ist außerordentlich glücklich.“

„Mitch …“

„Okay, okay, ich weiß ja, was Sie meinen. Aber ich habe Sie beauftragt, um eine Umweltstudie durchzuführen, und nicht, um mich zu therapieren.“

„Tja, genau deswegen sind wir hier.“ Sie wies auf den Unterlagenstapel. „Und was machen Sie? Frühjahrsputz in meiner Buchhaltung, um den ich nicht gebeten habe.“

„Dann sind wir ja quitt. Wir haben uns beide in Angelegenheiten eingemischt, die uns nichts angehen.“ Er schnappte sich einen neuen Bleistift. „Tun Sie mir einen Gefallen, Rosie. Lassen Sie sich von mir ein paar Tricks zeigen, wie Sie geschickter mit Ihrem Geld umgehen. Es ist wirklich keine Zauberei und Sie werden sich dadurch auf lange Sicht besser fühlen.“

Sie beäugte ihn skeptisch. „Können Sie dafür garantieren, Mr Rutherford?“

„Jawohl, Dr. Galvez.“

„Na gut. Unter einer Bedingung.“

Er nickte, zum Teil aus Dankbarkeit, weil sie seinen Kommentar über die Umarmung nicht weiter thematisierte. „Und welche?“

„Sie erlauben mir, Ihnen etwas beizubringen, was ich gut kann.“

„Und was soll das sein?“

„Verrate ich Ihnen noch nicht. Sie werden mir einfach vertrauen müssen.“ Sie schlug die Beine unter, stützte die Ellenbogen auf den Tisch und beugte sich zu ihm vor. „Und jetzt zeigen Sie mir, wie ich Ordnung in meine Finanzen bringe, Sie Zahlenzauberer.“

Die folgenden zwei Stunden gingen sie ihre Kontoauszüge und Belege mit minutiöser Genauigkeit durch. Er musste feststellen, dass College-Dozenten in den ersten Berufsjahren lächerlich wenig verdienten und dass dieses lächerlich Wenige zu einem Nichts zusammenschrumpfte, sobald man nicht perfekt haushaltete. Außerdem musste er feststellen, dass Rosie trotz allem ein glücklicher Mensch war, und das erstaunte ihn sogar noch mehr. Wenn seine Finanzen so ausgesehen hätten wie ihre, hätte er sich die Pulsadern aufgeschnitten, und zwar der Länge nach.

„Was ist das hier für ein Vermerk?“, fragte er und hielt ihr einen Kontoauszug hin.

„Oh, da habe ich meinem ältesten Neffen Geld geliehen. Der kleine Schnörkel da bedeutet, dass er es nicht zurückzahlen muss.“

„Sie haben eine ganze Menge solcher Kringel in Ihren Unterlagen“, merkte er an.

„Ich habe ja auch eine große Familie.“

„Aber Sie sind doch nicht für sie alle verantwortlich.“

Rosie seufzte, als wäre er schwer von Begriff. „Wir kümmern uns eben umeinander.“ Sie deutete auf einen weiteren Posten im Kontoauszug. „Da habe ich Eddie Geld geliehen, damit er sich Werkzeuge kaufen kann, die er zur Landschaftsgestaltung braucht. Letztes Jahr hat er sein eigenes Unternehmen gegründet. Falls ich mal Hilfe brauche, wird er für mich da sein.“

Mitch fragte sich, wie es sein mochte zu wissen, dass man eine Familie hatte, die einen auffing, wenn man ins Straucheln geriet. „Wird er auch da sein, wenn Ihr Monat hier auf der Insel vorüber ist?“, fragte er spitz.

Sie schürzte die Lippen. „Wenn ich ihn brauche, ja. Aber so weit wird es gar nicht kommen.“

Er wedelte mit dem Kontoauszug vor ihr herum. „Neun Cent, Rosie.“

„Neun Cent plus der exorbitante Betrag, den ich wegen der Vereinbarung mit Ihnen bekomme.“

„Ist er denn so exorbitant? Davon hat mir Miss Lovejoy gar nichts erzählt.“

Sie kramte eine Weile in der Kiste, dann zog sie den Vertrag hervor. Mitch ging die wenigen Seiten durch, die mit Miss Lovejoys feiner Handschrift übersät waren und nur so vom fragwürdigen Talent seiner Sekretärin troffen, sich ungebeten überall einzumischen und ihre Kompetenzen zu überschreiten. Als exorbitant hätte er Rosies Honorar nicht bezeichnet, aber jetzt, wo er wusste, was sie bislang verdient hatte, war klar, dass sie es so empfinden musste.

„Und?“, fragte sie.

„Alles bestens. Ich habe Miss Lovejoy darum gebeten, eine Koryphäe zu beauftragen, und das hat eben seinen Preis. Ich will, dass bei diesem Projekt alles glattläuft.“

Rosie warf ihm einen gerührten Blick zu. „Oh Mitch, danke.“

Eigentlich hatte er sich in Sachen Komplimente immer für ziemlich unbegabt gehalten, aber Rosie schien ihn trotzdem zu verstehen.

Als er erneut die Kontoauszüge durchblätterte, rutschte ein gefaltetes Blatt Papier zwischen den Seiten hervor. Er klappte es auf. „Wissen Sie“, sagte er und verspürte einen Anflug von Verzweiflung, „eins der wichtigsten Prinzipien bei der Buchhaltung besteht darin, dass man seine Gehaltsschecks zügig bei der Bank einreicht.“

Sie riss ihm den schmalen Streifen aus der Hand. „Mein Scheck vom Juni! Den habe ich seit Ewigkeiten gesucht.“ Ihre Augen begannen zu strahlen. „Dann bin ich ja doch nicht ganz so pleite.“

Mitch legte ein leeres Blatt vor sich. „Und jetzt zeige ich Ihnen, wie Sie dafür sorgen, dass das auch in Zukunft so bleibt.“ In der nächsten Stunde erstellte er einen Finanzplan für sie. Reich würde sie damit zwar nicht werden, doch wenn sie sich daran hielt, konnte sie immerhin über die Runden kommen. Rosie machte eine konzentrierte Miene und lauschte seinen Ausführungen. Ihre Aufmerksamkeit freute ihn auf seltsame Weise – seltsam, aber gut.

„Sie haben recht“, sagte sie schließlich, während sie den Finanzplan noch einmal durchlas. „Ich will zwar nicht, dass Sie recht haben, aber es ist nun mal so.“ Sie schauderte, lächelte jedoch nach wie vor. „Wissen Sie, ich finde es ein bisschen gruselig, dass ich von jetzt an Verantwortung für meine finanzielle Situation übernehmen muss.“

„Ich kann mir weiß Gott Schlimmeres vorstellen.“

„Geld macht mich nicht glücklich", sagte sie in dringlichem Tonfall. „Das habe ich schon vor langer Zeit festgestellt."

„Aha", erwiderte er. „Jetzt kommt also die Wahrheit ans Licht. Im zarten Kindesalter wurden Sie durch große Geldbeträge bleibend traumatisiert. Was ist passiert? Sind Sie als Baby von einem Millionär in einen stickigen Geldsack gestopft worden?"

„Sehr witzig."

Ihre dunklen Augen, in deren Tiefe ein Feuer zu glühen schien, konnten nicht verbergen, dass sein Spott sie verletzt hatte. Zerknirscht legte Mitch eine Hand auf ihre. Er fühlte sich unwohl. Ständig diese Berührungen, dieser ganze zwischenmenschliche Austausch. „Tut mir leid. Spaß beiseite, Rosie, Sie haben scheinbar wirklich ein Problem mit dem Thema. Und ich frage mich, warum. Ich will es wissen."

Sie starrte auf ihre aufeinanderliegenden Hände, studierte sie aufmerksam, als wolle sie seinem Blick ausweichen.

„Ich verliebe mich einfach zu schnell. Und zu heftig." Die Skepsis musste ihm anzusehen sein, denn sie fügte hastig hinzu: „Wirklich wahr! Drei Mal in den letzten sechs Jahren. Heißt das, dass ich eine Schlampe bin?"

„Natürlich nicht. Sie sagen doch, dass es Liebe war. Trotzdem verstehe ich nicht, was das mit Ihrer Einstellung zu Geld zu tun hat."

„Jedes Mal dachte ich, das ist er. Mein Prinz auf einem weißen Ross. Bis dass der Tod uns scheidet und so weiter und so fort."

Ihre Worte berührten einen empfindlichen Punkt bei ihm, von dessen Existenz er bisher gar nichts geahnt hatte. Gleichzeitig empfand er einen völlig unsinnigen, nagenden Neid. Ja, er wusste, dass es unmöglich war – und ja, er wollte ihr Prinz auf dem weißen Ross sein.

„Aus Ihrem Tonfall schließe ich", sagte er, „dass es kein einziges Mal funktioniert hat."

„Richtig." Sie zog ihre Hand weg und rieb sich die Schläfen, als hätte sie plötzlich Kopfschmerzen bekommen. „Und jedes Mal war das Geld schuld. Irgendwann wurde es wichtiger als die Beziehung. Bei Rudy war es eine Beförderung, die er nicht ausschlagen konnte. Er hat mich sitzen lassen, weil ich nicht alles stehen und liegen lassen und mit ihm nach Fargo ziehen wollte. Rafael hat sechzehn Stunden am Tag gearbeitet, manchmal sogar mehr. Nicht mal Betteln hat geholfen. Und Ron – Gott, was habe ich Ron geliebt."

„Erzählen Sie einfach, wie es ausgegangen ist." Mitch wollte keine Details über diese Loser hören.

„Hm, na ja, erinnern Sie sich an die riesige Abhebung auf den Kontoauszügen vom letzten Jahr?"

„Die, wegen der Ihnen acht Schecks geplatzt sind? Klar."

„Das war Rons Abschiedsgeschenk."

„Er hat Sie ausgenommen?"

„Hmhm."

„Wow, wirklich ein echter Prinz."

„Hören Sie auf damit, ich komme mir sowieso schon dumm vor." Sie fing an, in einer weiteren Schachtel herumzustöbern, die sie mit nach unten gebracht hatte. „Richtig schön war mein Leben eigentlich immer nur, wenn ich pleite war."

So wie im Moment? wollte er fragen. Er wollte es tatsächlich, stattdessen sagte er: „Ich glaube, Sie betrachten das vom falschen Blickwinkel aus. Sie behaupten, dass Geld Sie nicht glücklich machen kann, aber das müsste auch heißen, dass Geld Sie nicht traurig machen kann."

„Im Grunde heißt es nur, dass ich die Finger von Männern lassen sollte, denen Geld wichtig ist." Sie holte eine CD aus der Schachtel. „Okay, jetzt bin ich an der Reihe. Schließlich schulde ich Ihnen einen Gefallen."

„Wieso?"

„Weil Sie meine Finanzen in Ordnung gebracht haben." Sie lief zur Stereoanlage, schaltete sie an und legte die CD ein.

„Und was genau wollen Sie jetzt in Ordnung bringen?", fragte er argwöhnisch.

„Ihre Prioritäten."

Rosie rollte den Teppich in der Mitte des Wohnzimmers auf,

wandte sich lächelnd zu ihm um und streckte die Hände nach ihm aus. Er zog eine finstere Miene. „Was haben Sie vor?"

In diesem Augenblick begann die CD zu laufen und Salsamusik dröhnte durch den Raum. „Der Macarena", rief Rosie über den wummernden Beat hinweg.

Mitch machte das Zeichen gegen das Böse und gab ein nervöses Lachen von sich. „Oh nein, vergessen Sie's! Ich tanze nicht. Nie."

„Feigling." Sie bewegte die Hüften zu dem treibenden Rhythmus und kam betont langsam quer durch den Raum auf ihn zu.

„Es ist ganz leicht", sagte sie lockend. „Jeder kann das."

„Tut mir leid, Frau Doktor." Er versuchte, den Coolen zu spielen, obwohl der Anblick Rosies kreisender Hüften sein Blut längst zum Kochen gebracht hatte. „Ich muss passen." Er schaffte es einfach nicht, den Blick von ihr loszureißen. Sie war hypnotisierend, eine Vision in Feuerrot, die Flamme aus dem Herzen des Feuers, dort, wo es am hellsten loderte – wunderschön, strahlend, faszinierend. Und heiß. *Oh Gott, brennend heiß.*

Sie bewegte sich jetzt dicht vor ihm, fast berührte sie ihn. Ihre Wärme wurde zu seiner Wärme. Er konnte den Rhythmus spüren, der nicht mehr aus den Boxen, sondern direkt aus Rosie zu entspringen schien. Sie ließ die Hüften kreisen, ihr Dekolleté zeigte den Ansatz ihrer schimmernden Brüste und ihre bloßen Füße tappten über den Holzboden. All das brachte ihn halb um den Verstand.

„Jetzt kommen Sie schon hoch, Mitch", sagte sie und ihre Worte klangen wie Gelächter.

Er fragte sich, ob die Zweideutigkeit Absicht gewesen war. War sein Zustand etwa so offensichtlich?

Sie nahm seine Hände. „Hey, Macarena!", sang sie mit. Gleichzeitig versuchte sie, ihn vom Stuhl hochzuziehen. „Jetzt kommen Sie schon. Ich wollte auch nicht über meinen Kontostand reden, aber ich hab es trotzdem getan, weil ich nett zu Ihnen sein wollte. Und nun raten Sie mal. Ich habe tatsächlich was gelernt."

Sie beugte sich nach vorne, sodass ihr Wahnsinnsdekolleté nur Zentimeter vor seinem Gesicht schwebte.

„Also können Sie jetzt versuchen, nett zu mir zu sein. Vielleicht lernen Sie dabei ja auch was."

Sie zog erneut an seinen Händen und Mitch stand auf wie die Schlange zur Musik des Schlangenbeschwörers. Er ließ sich in die Mitte des Raums ziehen. Rosie tanzte bei jedem Schritt, bewegte sich zum Dröhnen des Basses, zum verspielten Geschmetter der Blasinstrumente.

„Okay", sagte sie, als sie auf der Mitte der Tanzfläche angekommen waren. „Sind Sie bereit?"

Sie schien überhaupt nicht zu merken, wie dermaßen er neben sich stand.

„So bereit, wie man sein kann", antwortete er schwach.

„Toll! Machen Sie jetzt einfach genau dasselbe wie ich."

Der schnelle spanische Gesang erfüllte das ganze Haus. Die Augen halb geschlossenen, legte Rosie erst die eine, dann die andere Hand auf ihre Hüften.

Mitch versuchte, es ihr nachzumachen.

„Gut", sagte sie, „aber Sie sollten nicht dastehen wie ein Klotz. Kommen Sie, fühlen Sie den Rhythmus!" Sie drehte den Bass hoch. „Spüren Sie ihn?"

„Schätze schon."

„Okay, neuer Move."

Sie wiegte ihren Körper weiter im Takt der Musik, berührte erst ihre eine, dann die andere Schulter, sodass sie sich selbst umarmte. Die Haltung vertiefte ihr Dekolleté, und Mitch konnte seinen Blick unmöglich davon abwenden, während er unbeholfen den Tanzschritt nachahmte.

Als sie ihm die nächste Sequenz zeigte, wusste er, dass er es mit einer Meisterin ihres Fachs zu tun hatte. Wenn es um den Macarena ging, machte dieser Frau keiner etwas vor. Sie war ein wahr gewordener feuchter Traum und er benahm sich so tölpelig und steif wie GI Joe.

„Sie sehen aus wie Al Gore auf einem Metal-Konzert. Jetzt machen Sie sich mal locker."

Nachdem sie ihm noch ein paar Arm- und Beinbewegungen

gezeigt hatte, die er sich vermutlich niemals würde merken können, warf sie ihm ein Lächeln zu, aus dem Toleranz und Mitgefühl sprachen und so etwas wie freundliche Herablassung.

„Und? Wie fühlt sich das an, Sie Zahlenzauberer?"

Nach einer eiskalten Dusche. „Wie fühlt sich was an?"

„Die Komfortzone zu verlassen. Zu etwas gedrängt zu werden, das Sie nicht wollen?"

„Ich kann das hier einfach nicht", jammerte er. „Und ich verstehe nicht, was es bringen soll."

„Aha, Beweis erbracht." Sie warf ihm ein geheimnisvolles, wissendes Lächeln zu.

Und da verstand er. Genauso musste sie sich gefühlt haben, als er ihre Bankunterlagen durchging.

„Sie spüren den Rhythmus einfach nicht", fuhr sie fort. Dann glomm etwas in ihrem Blick auf. „Sie haben zu wenig Verbindung, Mitch. Los, ziehen Sie die Schuhe aus."

Ihm war klar, dass Protest zwecklos war, also streifte er seine Gucci-Loafers ab und schleuderte sie in die Ecke. Der Boden vibrierte unter seinen Fußsohlen, nach und nach durchdrangen die Schwingungen des Beats seinen Körper. Er fühlte sich leichter, lockerer. Vielleicht brachte es ja doch etwas. Er versuchte sich erneut an der Schrittkombination.

„Sie haben es raus." Rosie strahlte vor Freude. „Ich wusste, dass Sie es schaffen."

Kein Wunder, dass Sie sich so schnell verlieben, Rosie.

„Okay und jetzt die Arme dazu." Sie rief ihm Anweisungen zu und machte ihm die Bewegungen vor. „Hüfte, Hüfte, Schulter, Schulter."

An dieser Stelle versaute er es, er schaffte es einfach nicht, die Hände mit dem Rhythmus zu koordinieren. „Rosie ..."

„Nicht aufgeben", ermunterte sie ihn. „Sie haben es schon fast geschafft. Hier." Sie stellte sich mit dem Rücken an seiner Brust vor ihn. Ihren Körper an seinem zu spüren, der schwindelerregende Duft ihrer Haut, die Zartheit ihrer Schultern ... er war vollkommen überwältigt. Sie nahm seine Hände. „Hören

Sie nicht auf, die Füße zu bewegen. Sehen Sie? Sie fühlen es, das ist gut."

„Allerdings, ich fühle so einiges", stieß er durch zusammengebissene Zähne hervor, aber sie schien das gar nicht mitzubekommen.

„So, jetzt gehen wir die Sequenz zusammen durch. Hüfte, Hüfte …"

Es war so verdammt leicht, wenn sie ihm dabei half, seine Hände an die richtigen Stellen zu legen. So leicht, dass er den Kopf in den Nacken legte und lachte. So leicht, dass er immer noch weitertanzte, als sie ihn losließ und sich von ihm entfernte.

Gott. Tanzen. Wer hätte gedacht, dass sich das so gut anfühlte?

„Jetzt schau sich das mal einer an", rief sie überschwänglich, während sie mit ihm mittanzte. „Sie sind ja ein Naturtalent. Hey, Macarena!"

„Hey, Macarena", sang er ein bisschen schief, doch das spielte im Augenblick überhaupt keine Rolle. Mitten im Wohnzimmer zu einem nicht enden wollenden Salsa-Beat zu tanzen, hätte ihn eigentlich nicht mit einem so völlig absurden Erfolgsgefühl erfüllen sollen, aber es war nun mal so. Oh ja, verdammt, so war es.

„Sie sind echt heiß, *jefe*", sagte sie fröhlich lachend und wirbelte im Kreis herum.

„Ich bin mir nicht sicher, ob ich schon bereit bin für die schwierigen Schritte." Er hielt sie mitten in der Drehung fest. Bei der unerwarteten Berührung schnappte sie nach Luft. Ihre Verwirrung gefiel ihm. Ihm, der es so gerne vorhersehbar hatte, gefiel es, sie aus dem Konzept zu bringen. Und es gefiel ihm, sie zu berühren, ihren weichen, nachgiebigen Körper, der auf jeden kleinen Impuls reagierte.

Als der Teil mit den Schultern und den Hüften wieder anfing, drehte er den Spieß um. Diesmal gab er die Bewegungen vor. Sie warf ihm einen erstaunten Blick zu, machte aber mit, wiegte ihren kurvigen Körper und gab sich ganz seiner Führung hin. *Hingabe. Oh ja.* Genau die wollte er von ihr.

Als der Song leiser wurde, hielt er sie fest und drückte Rosie gegen ein Bücherregal. Seine Hände folgten weiter dem verklingenden Rhythmus: Schulter, Schulter, Hüfte, Hüfte ... Und als der Tanz endete und das nächste Lied noch nicht begonnen hatte, da berührten sie einander immer noch, standen immer noch aneinandergedrängt da und atmeten heftig in die Stille. Mitch spürte, wie ein Schweißtropfen langsam seinen Rücken hinabrann, und er bemerkte, dass Rosies Gesicht gerötet und feucht war von der Anstrengung. Ihre vollen Lippen waren ihm so nah, dass er glaubte, ihre Beerensüße schmecken zu können.

Das nächste Stück auf dem Album war eine spanische Ballade. Die sehnsuchtsvollen Klänge schienen sich um seine Nerven zu schlingen, kitzelten und verspotteten ihn so lange, bis er sich näher zu Rosies schimmernden Lippen hinabbeugte und den Duft ihres Badeöls und ihres Shampoos einatmete. Er war nahe dran, beinahe am Ziel, schmeckte sie fast schon ...

„Hey, Mitch", sagte sie und lachte hell. „Ich glaube, jetzt haben Sie's wirklich kapiert."

Ehe er sie aufhalten konnte, war sie unter seinem Arm hindurchgeschlüpft und eilte zur Stereoanlage, um sie abzudrehen.

Er wandte sich zu ihr um. Ihre hastige, nervöse Abfuhr ärgerte ihn, auch wenn er wusste, weshalb sie es getan hatte und dass es besser so war.

Er wiederholte einen Satz aus dem Lied und fragte: „Was bedeutet das?"

Nun wirkte sie sogar noch distanzierter.

„Ich werde deinen Körper im zarten Licht der Morgenröte verehren", übersetzte sie. „In Mexiko war das ein Riesenhit."

Sein Blick ging auf Streifzug über ihren unglaublichen Körper, der seinem gerade so nahe gewesen war. „Verständlich."

„Ja. Also, danke für die Hilfe mit meinen Finanzen. Es ist schon spät." Sie nahm die CD aus der Anlage und stopfte hastig ihre Sachen in die Schachteln zurück.

Mitch sah zu, wie sie die Treppe hinauflief, und fragte sich, ob sie spürte, dass er auf den Saum ihres kurzen roten Kleides starrte, der bei jedem Schritt die Rückseite ihrer Oberschenkel streifte.

„Gute Nacht, Rosie", murmelte er.

9. KAPITEL

Der Blick aus dem Fenster am nächsten Morgen fühlte sich für Rosie an wie eine emotionale Bruchlandung. Regen. Eine Wasserwand, um genau zu sein. Dabei hatte sie sich doch darauf verlassen, dass sie den Tag in sicherem Abstand zur Rainshadow Lodge verbringen würde. Sehr sicherem Abstand, und zwar von Mitch Rutherford. Nach dem vergangenen Abend brauchte sie Distanz, Zeit zum Nachdenken.

Nicht, dass man ein Genie sein musste, um zu kapieren, was gerade passierte. Sie verliebte sich in ihn. Sie, die beschlossen hatte, dass sie mit Männern nichts mehr am Hut haben wollte. Sie, die selbst erklärte Junggesellin Nummer eins, tat es schon wieder. Sie verliebte sich in den falschen Mann.

Sie sah ihre alles andere als üppige Garderobe durch und fand einen angemessen altbackenen Jogginganzug, langweiliges Grau, bedruckt mit dem grausigen golden und lilafarbenen Husky-Logo der University of Washington. Perfekt für das plötzlich so scheußliche Wetter. Sie band ihr Haar zu einem Pferdeschwanz hoch, zog ein Paar Turnschuhe an und ging nach unten. Sie war fest entschlossen, in Sachen Mitch Rutherford stark zu bleiben.

Es spielte keine Rolle, dass er wusste, wie man sie festhalten musste, wenn sie weinte. Es spielte keine Rolle, dass es ihm nichts ausmachte, wenn sie über ihn lachte. Es spielte keine Rolle, dass er der niedlichste Tollpatsch war, mit dem sie jemals getanzt hatte. Und es spielte keine Rolle, dass der bloße Gedanke an seine Lippen ihren IQ um fünfzig Punkte sinken ließ.

Sie war seine Mitarbeiterin, nicht seine Freundin. Seine Angestellte, nicht seine Geliebte. Und sie beide wussten ganz genau, was besser für sie war.

Als sie sich zu ihm ins Wohnzimmer gesellte, musste sie feststellen, dass er zwei Latte macchiatos gemacht hatte und ein knisterndes Feuer im großen Hauptkamin.

Alle guten Vorsätze, die sie in ihrem Zimmer gefasst hatte, verflüchtigten sich. „Das ist ja gemütlich“, sagte sie, in der Hoffnung, ihre schwindende Entschlossenheit war nicht allzu offensichtlich. „Perfekt für das Wetter heute."

„Dasselbe dachte ich auch. So viel zum Thema Schnorcheln." Er saß am Tisch, seine Hornbrille auf der Nase und das *Wall Street Journal* vor sich ausgebreitet. „Haben Sie gut geschlafen?", fragte er, als sie ihm gegenüber Platz nahm.

„Toll", log sie. In Wahrheit hatte sie stundenlang wach gelegen und in Gedanken wieder und wieder den Augenblick durchlebt, in dem das Liebeslied angefangen hatte. „Hey, haben wir heute nicht einen Termin mit dem Spezialisten für Schutzdämme?"

„Stimmt."

„Und wann treffen wir ihn?"

Mitch blickte auf. „Inselzeit", erklärte er einfach.

„Dann kommt er also nicht?"

„Nein. Er hat heute Morgen aus Eastsound angerufen und meinte, dass das Wetter entschieden zu stürmisch sei, um die Überfahrt zu riskieren."

Sie trank einen Schluck von ihrem Latte. Er war perfekt, fester Schaum, warmer, nussiger Kaffee. „Sieht ganz so aus, als hätten Sie sich dran gewöhnt", sagte sie.

„Ich kann ja sowieso nichts dagegen tun. Man hat gar keine Wahl. Es bleibt einem nur, nach ihren Regeln zu spielen."

Fast hätte sie ihm geglaubt, doch dann nahm er die Zeitung hoch und drei zerbrochene Bleistifte kamen darunter zum Vorschein. „Oh Mitch, es tut mir leid. Das muss Sie in den Wahnsinn treiben."

„Ich werd's überleben, Dr. Galvez."

Sie lächelte und holte sich eine Banane und Joghurt aus der angrenzenden Küche. „Vielleicht sollte ich die Gutachten heute noch mal durchgehen", sagte sie, wobei sie einen Blick nach draußen warf, dann setzte sie sich zu ihm. Das Fenster zum Strand mit der verschnörkelten Bleifassung rahmte einen Tag ein, der von Minute zu Minute finsterer wurde. Regen und Nebel waren so dicht, dass selbst der Steg nicht mehr zu erkennen war.

„Was gibt es an einem Tag wie diesem sonst auch zu tun?", fragte Mitch.

Sie stützte das Kinn in eine Hand und musterte die langen Buchreihen in den Regalen an den Esszimmerwänden. Die Standuhr schlug neun, im Kamin knisterte das Feuer.

„Da wäre schon etwas, was ich gerne machen würde."

„Und was?", fragte er und spielte dabei mit einem zerbrochenen Stift herum.

„Ich hätte Lust, dieses alte Haus zu erkunden."

„Und was hat das mit dem Projekt zu tun?"

„Rein gar nichts, *jefe*", antwortete sie verstimmt. „Tut mir leid, ich vergaß das zu erwähnen."

„Schon gut, *mir* tut es leid. Da das Wetter sowieso verhindert, dass wir rausgehen, können Sie sich gerne Freizeit nehmen. Tun Sie, wonach Ihnen der Sinn steht."

„Danke, das hatte ich vor", sagte sie und machte sich auf den Weg in die Küche.

„Was genau wollen Sie denn eigentlich erkunden? Es war jahrelang nur ein Sommerhaus. Ich glaube nicht, dass Sie auf etwas Wertvolles stoßen werden."

Sie stellte ihre Tasse im Spülbecken ab und warf die Bananenschale weg. „War hier nicht irgendwo eine Taschenlampe?"

„Unter der Spüle", sagte er. „Bedienen Sie sich."

Tatsächlich fand sie sogar ein Dutzend davon, sie entschied sich für die größte. „Und was machen Sie heute?", fragte sie.

Er klopfte auf seinen Laptop. „Wir befinden uns im Informationszeitalter. Ich kann mich den ganzen Tag über beschäftigen."

Sie warf ihm ein ironisches Lächeln zu. „Glückwunsch." Dann schaltete sie die Taschenlampe ein und folgte einem schmalen Flur zur Kellertreppe. Als sie die Tür öffnete, die in die Dunkelheit hinabführte, seufzte sie erleichtert. Das Frühstück war gut gelaufen. Sehr gut sogar. Sie waren beide höflich, aber emotional neutral geblieben. Genauso, wie es sein sollte.

So umfassend die Renovierungen am Haus auch gewesen waren, den Keller hatten die Besitzer vernachlässigt. Vorsichtig lief Rosie die Treppe hinunter. Die Stufen knarrten bei jedem Schritt, und sie musste sich unter den Spinnweben durchducken, die die

Decke drapierten wie ein Baldachin. Der nasskalte Geruch von altem Zement durchdrang die Luft. Das Kellergewölbe bestand aus vier Räumen, die durch massive Rohholzwände voneinander getrennt wurden. Die erste Box war leer, jedenfalls abgesehen von einem Heer an Spinnen. Schaudernd trat Rosie zurück und spähte in die nächste Kammer, in der sich ein Wirrwarr aus abgenutzten Gartenmöbeln türmte. Der dritte Raum enthielt Werkzeuge, die sogar noch älter waren als die Gartenmöbel, der letzte war wieder leer. Gerade als sie die Brettertür schließen wollte, streifte der Lichtstrahl der Taschenlampe etwas in der hinteren Ecke, das schwach glitzerte. Neugierig ging sie auf Zehenspitzen näher. Sie hatte keine Ahnung, warum sie sich so heimlichtuerisch benahm, aber es kam ihr trotzdem richtig vor. Sie fand ein wackliges Weinregal, das über und über mit Spinnweben bedeckt war. Darin lagen ein halbes Dutzend Weinflaschen. Vorsichtig zog sie mit Daumen und Zeigefinger eine der Flaschen heraus und hielt sie in den Strahl der Lampe.

Ungläubig betrachtete sie den Inhalt, der sich in eine wässrige und eine schleimige Hälfte geteilt hatte. Bis auf eine befanden sich alle im selben Zustand. Rosie nahm die vielversprechend aussehende Flasche mit nach oben.

Mitch saß stirnrunzelnd an seinem Computer, und als sie die Bibliothek betrat, blickte er auf.

„Und? Haben Sie etwas Interessantes gefunden?“, fragte er.

„Möglicherweise ja.“ Sie holte ein Papiertuch aus der Küche und wischte den Staub von der Flasche. „Was ist das hier Ihrer Meinung nach?“

Er stand auf und sah ihr über die Schulter. „Das Etikett ist handgeschrieben. Schmuggelware aus den Zwanzigern. Ich wette, der wurde während der Prohibition illegal hergestellt.“

„Ob er wohl noch trinkbar ist?“

„Das können wir ja heute Abend herausfinden.“

„Sie wollen ihn trinken?“

Er zuckte die Achseln. „Warum nicht?“

„Weil er nicht uns gehört.“

„Wer es findet, der darf es behalten. Sagt man das nicht so?“

„Wahrscheinlich ist er sowieso nicht mehr gut.“

„Wenn er umgekippt ist, gibt es eben nur trocken Brot.“

Sie lachte und knipste die Lampe aus. „Wie Sie meinen. Ansonsten war da unten nichts. Jedenfalls so gut wie nichts. Ich dachte, ich nehme mir als Nächstes den Dachboden vor.“

„Tun Sie sich keinen Zwang an. Ich habe übrigens eine Sturmlaterne gefunden. Die gibt besseres Licht als die Taschenlampe.“ Er ritzte ein Streichholz an und entzündete den Docht in der Laterne, die daraufhin in einem weichen goldenen Lichtschein erstrahlte.

„Danke, Mitch.“ Rosie verließ die Küche und er setzte sich zurück an den Tisch.

Und schon wieder hatten sie es geschafft, ganz normal miteinander umzugehen. Am vergangenen Abend waren einfach ein bisschen die Pferde mit ihnen beiden durchgegangen, wahrscheinlich weil sie so blöd war, zusammenzubrechen und in seinen Armen zu weinen. Außerdem war sie völlig euphorisch gewesen, weil er ihr geholfen hatte, ihr desaströses Finanzchaos zu beseitigen. Heute war zwischen ihnen alles ausgeglichen, seicht wie das neblige Licht draußen.

Sie stellte einen kleinen Tritt unter der Deckenklappe im Flur im dritten Stock auf und zog an dem Seil, das an der Falltür zum Boden hing. Eine Leiter glitt durch die Öffnung herunter. Nachdem sie hinaufgestiegen war, sah sie sich um. An den Giebelseiten des Hauses befand sich jeweils ein halbkreisförmiges Fenster. Graues Tageslicht sickerte in den von Spinnweben überzogenen Raum. In der Mitte ragte der Feldsteinkamin empor. Dank des Feuers, das Mitch gemacht hatte, gab er angenehme Wärme ab, die mit dem Glühen der Lampe eine kuschelige Atmosphäre erzeugte.

Der Inhalt des Dachbodens war viel interessanter als der des Kellers. Rosie fühlte sich wie in einem Antiquitätenladen oder auf einem Flohmarkt. Überall türmten sich antike Möbel, Weidenkörbe, herumliegendes Spielzeug und runde Pappschachteln, die ihre Neugier weckten. In einem Stapel vergilbter Bücher aus den Zwanzigern kam ihr nur ein einziger Titel bekannt vor: *Der Scheich* von Edith Maude Hull. Sie stöberte in den Sachen herum, fragte sich, woher sie kamen und wer sie verwendet hatte. Was für ein Paar war es gewesen, das das Himmelbett als Ehebett benutzt hatte? Wer hatte in dem zerschrammten Schaukelstuhl sein Baby gestillt? Wer hatte das verblasste Notre-Dame-Banner aufgehängt? Welches Kind hatte mit dem rostigen Kreisel gespielt? Welche Frau hatte *Der Scheich* gelesen und von einem exotischen Liebhaber geträumt?

Die Stunden verstrichen, während sie den Dachboden durchstöberte und sich von den alten Erinnerungsstücken in ferne Orte und vergangene Zeiten versetzen ließ. Ihre beiden Lieblingsentdeckungen waren ein uralter Schiffskoffer mit knarrenden Scharnieren und ein großes Victrola-Grammofon, in dessen Schublade ein Stapel Schallplatten lag. Sie blies den Staub von den Plattencovern und ging die Titel durch. *Stars in My Eyes, Picture Me Now, Harvest Moon Waltz.* Sie alle klangen eigenartig und altmodisch. Rosie entschied sich für *Dancing in My Dreams* und befreite die Platte an ihrer Hose von Staubfetzen. Sie legte sie auf den Plattenteller, kurbelte mit dem Hebel, um den Apparat in Gang zu setzen, und ließ die Nadel auf den Drehteller sinken. Zu ihrer Freude knirschte es im trompetenförmigen Horn, dann erklang ein kitschiges, aber seltsam charmantes Lied. *I see you dancing in my dreams …*

„In meinen Träumen kann ich dich tanzen sehen", trällerte sie leise mit.

Zum Klang der Musik öffnete sie den Schiffskoffer und ging den Inhalt durch. Ein brüchiger Fächer aus vergilbten Elfenbeinplättchen. Ein Paar Spitzenhandschuhe. Ein Damenmieder. Ein niedliches gestreiftes Hemdchen samt kurzer Hose, vermutlich ein Badeanzug. Hüte, Schuhe – alles, was eine Dame aus vergangenen Zeiten für einen Sommer am Meer gebraucht hätte. Als sie ein golden schimmerndes Seidenkleid fand, war es ihr nicht möglich zu widerstehen. Sie musste es anprobieren.

Rasch streifte sie ihre Jogginghose ab. Zuerst legte sie das Mieder an. Der alte Chambraystoff strich zart und knisternd über ihre

Haut. Er fühlte sich seltsam sinnlich an, auf eine Weise erregend, die sie nicht erklären konnte. Dann, ganz vorsichtig, um die Nähte nicht zu beschädigen, schlüpfte sie in das Seidenkleid. Es passte wie angegossen und schmiegte sich an ihren Körper. Das Korsett war mit winzigen Bernsteinperlen verziert, und die tief angesetzte Taille ließ den Rock weich fallen, sodass er um ihre Beine schwang.

Rosie kam sich vor wie ein kleines Mädchen, das Verkleiden spielte. Also hörte sie auf, fachliches Interesse an ihren Entdeckungen vorzugeben, und stürzte sich mit voller Begeisterung in ihre Aufgabe. Sie löste das Band, das ihr Haar hochgehalten hatte, und setzte sich einen entzückenden Hut mit einem zerzausten Federbausch auf, der ihr in die Stirn fiel. Es folgten Schnürschuhe und die dünnen Spitzenhandschuhe. In einem pockennarbigen Rasierspiegel begutachtete sie das Ergebnis. Sie sah überhaupt nicht mehr aus wie sie selbst, sondern wie ein Mädchen aus alten Zeiten, getaucht in den gelben Schein der Sturmlaterne, gekleidet in zarte Seide und Spitze. Das Licht fing sich in den Perlen, die Hutkrempe umrahmte ihr Gesicht.

Sie kurbelte das Grammofon an und spielte das Lied erneut ab. Mit geschlossenen Augen wiegte sie sich zur Musik und ließ ihrer Fantasie freien Lauf. Sie dachte daran, wie sie am Abend mit Mitch getanzt hatte. Wie er sie fast geküsst hätte. Sie stellte sich ein Leben vor, in dem sie ihn hätte gewähren lassen können, in dem sie keine Angst vor den Konsequenzen haben müsste. Und nach einigen Minuten träumte sie einfach nur noch von Mitch und malte sich aus, sie wären ein Paar. Sie hörte die liebliche Melodie des Lieds durch das raue Kratzen klingen, das die Jahre in die Schallplatte geprägt hatten. Sie hörte den Regen aufs Dach prasseln, hörte das Rauschen des Windes unter dem Dachvorsprung.

Und dann hörte sie Mitch Rutherfords Stimme.

„Für wen tanzen Sie denn, Rosie? Sie sehen so aus, als wären Sie meilenweit weg."

„Oh!" Sie riss die Augen auf und erstarrte mitten in der Bewegung. „Verdammt." Sie spürte, wie sie feuerrot anlief. „Gott, ich muss so albern aussehen."

Mitch kam durch den Raum zu ihr und trat in den goldenen Kreis der Sturmlaterne. Er wirkte gleichzeitig amüsiert und mitleidig.

„Vielleicht sehen Sie auch einfach nur hübsch aus."

Sie blinzelte überrascht, dann wurde sie noch röter. „Ich fand diese ganzen Sachen so bezaubernd, ich konnte nicht anders, als sie anzuprobieren ..."

„Rosie."

In einer unfassbar zärtlichen Geste legte er die Finger auf ihre Lippen und brachte sie so zum Schweigen. Das Lied auf dem Grammofon endete und die Nadel stieß dumpf gegen das Etikett.

„Du musst dich nicht erklären", fuhr er leise fort.

Dann nahm er seine Finger von ihren Lippen und ließ sie einen ihrer Arme hinabgleiten, die ganze Innenseite entlang. Am Handgelenk hielt er inne, direkt über ihrem Puls. Über ihrem Puls, der plötzlich raste.

„Muss ich nicht?", flüsterte sie und griff nervös hinter sich, um die Nadel von der Schallplatte zu heben.

„Nein."

Er lachte leise, ein seidiger Klang, der die Stille durchbrach.

„Nach dem Macarena gestern finde ich gar nichts mehr albern."

„Oh." Sie gab ein kurzes, angespanntes Lachen von sich. Ja, sie war nervös. Weil er dastand und so entspannt und perfekt wirkte wie ein Werbemotiv für ein Golfresort. Und weil sie ihn mit einer Heftigkeit wollte, die an Wahnsinn grenzte. „Schätze, das lag an mir."

„Hmhm."

Er trat einen Schritt näher und jetzt konnte sie seine Wärme auf ihrer Haut spüren. Die empfindlichen Knospen ihrer Brüste begannen zu kribbeln, und ihr fiel ein, dass sie unter dem Kleid und dem Mieder nichts anhatte.

„Und was hast du noch gefunden?" Er nahm den Schallplattenstapel hoch und ging ihn durch. „Ich leg die hier mal auf."

Sie schluckte. „Sicher?"

„Sicher was?“

„Sicher, dass du deine Arbeit vernachlässigen willst, um alte Platten anzuhören?“

„Ts, ts, Rosie. Du hast doch selbst gesagt, dass Arbeit allein nicht glücklich macht. Ich versuche einfach nur, ein bisschen glücklich zu sein.“

Als er sich umdrehte und das Grammofon ankurbelte, beobachtete Rosie wie gebannt die fließenden Bewegungen seines Arms und flüsterte: „Es funktioniert.“

„Was?“

„Ähm, nichts.“

Das Lied entpuppte sich als Walzer. Mitch wandte sich zu ihr um und reichte ihr die Hände. „Darf ich bitten?“

„Ich kann keinen Walzer tanzen.“

„Ich auch nicht. Dann haben wir ja ausnahmsweise mal etwas gemeinsam.“

Sie lachte und plötzlich verflog ihre Nervosität, und sie fing an, Spaß zu haben. „Da ich sowieso schon verkleidet bin, kann ich genauso gut so tun, als wäre ich jemand, der Walzer tanzen kann.“

Er nahm ihre Hand und legte den anderen Arm um ihre Taille. Ein paar Schritte taumelten sie etwas unbeholfen herum. „Du vergisst wieder, auf den Takt zu achten“, schimpfte sie lachend. „Wir kriegen das hin, wenn du einfach nur den Rhythmus fühlst. Eins, zwei, drei. Eins, zwei drei …“

Nach einer Weile funktionierte es tatsächlich. Vielleicht war es kein perfekter Walzer – einen Preis hätten sie damit sicherlich nicht gewonnen –, aber sie bewegten sich zusammen im Takt der Musik, und das war es schließlich, worauf es beim Tanzen ankam. Herum und herum ging es quer über den Boden, der Regen trommelte auf die Schindeln, das Grammofon ließ ein Lied erklingen, das seit Jahrzehnten niemand mehr gehört hatte. Für Rosie war dieser Augenblick wie Magie, wie ein Traum oder ein Märchen.

Als das Stück endete, hatte Mitch sie in die hintere Ecke des Dachbodens geführt, dorthin, wo die Schatten tief waren und das alte Himmelbett stand. Rosie spürte, wie sich einer der Bettpfosten in ihren Rücken drückte, und plötzlich war all das gar nicht mehr so lustig. Es war wie am Vorabend, als das Verlangen sich bemerkbar machte und durch ihren Körper dröhnte und sie gespürt hatte, wie sie fiel, wie sie kopfüber in ihre Gefühle für Mitch Rutherford taumelte. Sie befahl sich, sich aus seiner Umarmung zu winden, irgendeine Ausrede zu erfinden. Stattdessen stand sie einfach nur da und spürte, wie seine Hände ihre Arme hinaufglitten und sich um ihre Schultern schlossen, dann, ganz langsam, fast schon beschwörend, wieder hinunterstrichen. Wie sie ihren Nacken massierten, ihre Schulterblätter, ihren Rücken.

„Da sieh mal einer an, Frau Doktor“, sagte er, und seine Stimme war rau vor Verlangen. „Ich glaube, Sie sind nackt unter diesem Kleid.“

„Und ich glaube“, flüsterte sie und fiel und fiel und scherte sich kein bisschen mehr darum, „dass du mit deiner Vermutung vollkommen richtigliegst.“

Von da an ging er mit seiner Verführung äußerst zielgerichtet und sachlich vor. Mit fokussierten und doch gemächlichen Bewegungen entfernte er die Nadel aus ihrem Haar und ließ den Hut auf den Boden segeln. Als Nächstes zog er ihr langsam und mit fast klinischer Präzision die Handschuhe aus, erst den einen, dann den anderen. Schließlich legte er die Fingerspitzen an ihr Gesicht und hob es an, sodass sie ihm in die Augen sehen musste.

„Ich will dich“, sagte er. Sein Tonfall war neutral, sein Blick aber intensiv.

„Ich weiß. Und ich will dich auch.“

„Das hatte ich gehofft.“

Seine Lippen verzogen sich zum kürzesten Lächeln, das sie jemals gesehen hatte, und dann, so langsam, dass sie vor Ungeduld fast aufgeschrien hätte, beugte er sich herunter und küsste sie.

Der Kuss war alles, was sie sich erträumt hatte. Nein, er war besser als das. Die tagelange unwillkommene Verlockung hatte ihren Appetit geweckt. Sie war so bereit für diesen Kuss, dass sie aufstöhnte und nach mehr verlangte. Während sie die Weichheit seiner Lippen erkundete, spürte sie die Härte seiner Brust unter ihren Fingern, ließ ihre Hände seine Arme und Schultern, dann seinen Rücken hinabgleiten. Sein Hemd spannte sich warm und straff über festen Muskeln.

Obwohl sie sich wünschte, dass dieses Szenario niemals endete, löste Mitch sich irgendwann von ihr. Sie gab einen unterdrückten Protestlaut von sich, doch er lachte nur, leise und weich. Es waren die erotischsten Laute, die sie jemals gehört hatte, dann verblüffte er sie, indem er vor ihr auf die Knie ging, langsam und kontrolliert und dabei unendlich sexy, unwiderstehlich. Er zog ihr einen Schuh aus, hielt die Ferse in der Hand, während er die Schuhbänder löste, und setzte ihren nackten Fuß auf dem Dielenboden ab. Dasselbe wiederholte er mit dem anderen Fuß, aber anstatt ihn abzustellen, küsste er den empfindlichen bloßen Spann.

Rosie suchte Halt am Bettpfosten, als Mitch seine Finger ihre Beine hochgleiten ließ, unter den Kleidersaum, höher und höher. Dann folgten seine Lippen, seine Zunge tanzte über ihren Knöchel, ihre Wade, ihre Kniekehle. Als er sich aufrichtete, war sie kurz davor, ihn anzuflehen, nicht aufzuhören.

Gleichzeitig fragte sie sich panisch, ob es nicht besser wäre, darüber zu reden, alles auszudiskutieren. Es zu planen und eine bewusste Entscheidung zu treffen, wie Erwachsene, wie sie es waren, es tun sollten.

Dass er eine Hand unter dem hauchzarten Rock ihres Kleids behielt, war keine große Hilfe. Genauso wenig wie der Umstand, dass sich ihre Beine plötzlich anfühlten, als wären sie aus Butter. Als sie sich hilflos aufs Bett zurücksinken ließ, klammerte sie sich so fest an Mitch, dass sie am Ende beide darauf lagen, sprachlos vor Verlangen.

In dem Moment, als er auf ihrem Rücken einen nach dem anderen die Knöpfe des Kleides öffnete, wusste sie, dass sie beide sehr wohl darüber nachgedacht hatten. Sie *hatten* eine Entscheidung getroffen. Schon gestern hatten sie beschlossen, dass sie sich lieben würden – nur dass keiner von ihnen es bemerkt hatte.

Sie waren mit dem Kajak in eine einsame Bucht gefahren. Und sie hatte in seinen Armen geweint.

Später am Abend hatten sie ihre Entscheidung dann gefestigt, indem sie Dinge miteinander geteilt hatten, die ihnen wichtig waren. Sie hatte ihm ihre Finanzen überlassen – in jeglicher Hinsicht eine Geste tiefsten Vertrauens – und er, der niemals tanzte, hatte mit ihr getanzt.

Und nun, in diesem Augenblick, wäre jede Unterhaltung, jede Diskussion überflüssig. Also versuchte sie es nicht einmal, sondern schlang die Arme um seinen Nacken, musterte das Leuchten des diffusen Laternenlichts auf seinem verträumt wirkenden Gesicht, sah ihm tief in die Augen und sagte: „Jetzt."

Einen kurzen Moment lang wirkte er entzückend unbeholfen und vollkommen verwirrt, so als hätte er doch noch mit einer Zurückweisung gerechnet. Sein Zögern verblasste jedoch schnell und er stand auf, zog sie auf die Beine und nahm den Staubschutz vom Bett. Darunter kamen bestickte Kissen und vergilbte Leinenwäsche zum Vorschein, die nach alten Lavendelsäckchen dufteten. Er teilte den federleichten Stoff des Kleids und sah zu, wie es ihren Körper hinabglitt und um ihre bloßen Füße floss wie flüssiges Gold. Dann öffnete er die Schleife des Mieders, zog es Zentimeter für Zentimeter herunter.

Sein Gesichtsausdruck – sein kontrolliertes, diszipliniertes Geschäftsmanngesicht – verriet ihr alles, was sie wissen musste. Der kleine Laut, der von irgendwo tief aus seiner Kehle drang, war ein größeres Kompliment als sämtliche Schmeicheleien zusammen, die sie so oft von ihren gaffenden Studenten zu hören bekam.

Als er seine Kleidung ablegte und sie in die Arme nahm, loderte das Bewusstsein um seine Nähe bei ihr auf wie ein Waldbrand. Sein Körper war von Natur aus athletisch. Sie hatte noch nie etwas an aufgepumpten Männermuskeln finden können; für sie hieß das nur, dass sie es mit jemandem zu tun hatte, der viel zu viel Zeit auf sein Äußeres verwendete. Ein oberflächlicher Zeitvertreib, dem etliche ihrer Studenten nachgingen.

Mitch war ein Mann, mit dem es das Schicksal gut gemeint hatte – vollkommener Knochenbau, gute Gene. Die Leidenschaft, die sich während der letzten Tage bei ihr angestaut hatte, ließ ihn in ihren Augen wie einen Gott wirken.

Sie sanken aufs Bett und der Duft fadenscheiniger Stoffe und trockener Blumen umfing sie. Rosie fand all das betörend und erotisch – das alte Leinen auf ihrer nackten Haut, Mitchs Hände, die langsam über ihren Körper strichen, hinunter und wieder hinauf, in Kreisen um ihre Brüste. Sie spürte seine Finger in ihrem Nacken, auf ihrem Rücken. Er legte den Kopf dicht neben ihren und flüsterte einen Vorschlag in ihr Ohr, von dem ihr ganz schwindelig wurde. Dann küsste er ihren Hals dort, wo gerade noch seine Hand gelegen hatte, und glitt immer weiter nach unten, wobei er sie federleicht küsste. Seine zarten Berührungen waren von einer solchen Sinnlichkeit, dass es ihr den Atem raubte.

Was das Vorspiel betraf, war er so erfindungsreich, wie er im Alltag konventionell war. Sie fühlte sich überwältigt und vielleicht sogar ein klein wenig betrogen, weil er ihr zuvor nicht den kleinsten Hinweis darauf gegeben hatte. Wie hätte sie ahnen sollen, dass er im Bett ein Scheich war? Ein Scheich in Nadelstreifen. Ja, genau das war er, so wie er sie berührte, streichelte und neckte. Sie war besessen vom Drang, seinen Körper zu erkunden, ihn wirklich kennenzulernen. Sie liebkoste und küsste jede Stelle, die sie erreichte, ließ ihn ihre Sinne überfluten und fühlte sich dabei so wohl und mit ihm verbunden und erregt, dass sich alles um sie zu drehen schien.

Endlose Minuten, eingesponnen in honigsüßes Verlangen, verstrichen, und als sie sich schließlich vereinigten, schmiegten sie sich aneinander wie feuchte Seide. Die Empfindungen rauschten mit unaufhaltsamer, pulsierender Wucht an die Oberfläche. Sie klammerte sich an seine Schultern, schrie seinen Namen und spürte, wie die Zuckungen ihrer Muskeln seinen Höhepunkt auslösten. Es folgte ein Augenblick, nur ein Atemzug, ein Herzschlag vollkommenen Schocks, dann ließ er sich fallen, hielt sie, küsste sie lange und träge, wie auch ihre Körper einander küssten, süß, aber mit einer Lust, die so verzehrend war, dass es an Schmerz grenzte.

Rosie konnte sich nicht bewegen und mit Mitch auf ihr war selbst das Atmen schwierig. Normalerweise war das eine peinliche Situation, der Oh-Gott-was-habe-ich-nur-getan-Moment, doch die Reue blieb aus. Rosie lag einfach nur da und genoss die schwere Wärme seines auf ihr ruhenden Körpers.

Nach einer Weile begann er, sie in seinen Armen zu wiegen. Sie musterte die alten parfümierten und mit Schleifen zugebundenen Kissen, eins bestickt mit den Worten einer Braut an ihren Bräutigam: *Für dich, für immer.* Der liebevoll verzierte Bezug duftete nach Rosen und schien erfüllt vom Versprechen einer wunderbaren Liebe. Bei dem Anblick stiegen ihr Tränen, ganz und gar alberne Tränen, in die Augen. Hastig blinzelte sie sie weg, und Mitch stützte sich gleichzeitig auf, um sie lange und leidenschaftlich zu küssen. Es war dieser Kuss, der eine Tür bei ihr öffnete. Weil er so unerwartet kam und von Herzen.

Als Mitch sich aus ihr zurückzog, sah sie, wie er ein Kondom abstreifte. Sie war verwirrt, denn sie konnte sich nicht erinnern, dass er eine Pause gemacht hatte, um es aufzuziehen, aber sie war dankbar, dass er es getan hatte. Es war typisch für ihn, dass er so besonnen war. So rücksichtsvoll. Und immer gut vorbereitet.

Er zog die Shorts und seine Twill-Hose an, dann, ein kleines Lächeln auf den Lippen, setzte er sich auf den Bettrand. „Du siehst wunderschön aus“, sagte er weich.

Plötzlich wurde ihr ihre Nacktheit bewusst. Rosie zog einen alten Quilt über sich. Der zarte Stoff gab eine Duftwolke nach Zedernholz und Lavendel frei.

„Also“, fuhr er fort und strich ihr eine Haarsträhne aus dem Gesicht. „Ist das hier der Anfang der grauenvoll peinlichen Phase?“

„Ich fand es viel zu schön, um es jetzt schon zu bedauern.“

„Genauso geht es mir auch, Frau Doktor.“

10. KAPITEL

Später an diesem Nachmittag hörte es auf zu regnen und überall blieben reingewaschenes Licht und frisch leuchtendes Grün zurück. Rosie, die am Kaminfeuer *Der Scheich* gelesen hatte, blickte aus dem Fenster und lächelte. „Die Sonne ist wieder rausgekommen."

Mitch nahm den Blaupausenstift, den er sich hinters Ohr geklemmt hatte, und wedelte damit herum. „Ich habe vergessen, Abendessen beim ‚Deli' zu bestellen."

Rosie legte das Buch beiseite und streckte sich wohlig. Er konnte den Blick nicht von ihr lösen. Den ganzen Tag schon hatte sie diese sinnliche Ausstrahlung gehabt, zerzaust und wundgeküsst. Sie hatte es ihm schwer gemacht, sich zu konzentrieren, irgendwie hatte er dennoch eine Menge geschafft. Erstaunlich.

„Wir kochen uns einfach selbst was", sagte sie. „Vergiss nicht, dass wir eine tolle Flasche Wein haben, die wir dazu trinken können."

„Aber wir haben doch gar nichts, was wir kochen könnten."

„Dann gehen wir eben in die Stadt und kaufen ein."

„Das ist ein weiter Weg."

„Wir brauchen nicht zu laufen." Sie nahm seine Hand und führte ihn nach draußen zum alten Kutscherhaus, das als Garage diente. „Beim Stöbern habe ich das hier gefunden."

Es war ein Tandemfahrrad, an den Felgen leicht verrostet, ansonsten aber in akzeptablem Zustand.

„Ich bin seit zwanzig Jahren nicht mehr Rad gefahren", gestand er.

„Oh, das überrascht mich ja wahnsinnig", erwiderte sie trocken und schob das Fahrrad auf den Kiesweg vor der Lodge. „Steig auf. Angeblich verlernt man das ja nie." Sie selbst nahm auf dem vorderen Sattel Platz. „Bereit?", fragte sie über die Schulter.

„Schätze schon."

Sie fuhren los, etwas holprig anfangs, doch dann fanden sie einen gemeinsamen Rhythmus und glitten über die ebene

Asphaltstraße. Der tiefe Wald aus altem Baumbestand glänzte feucht und erfüllte die Luft mit dem erdigen Duft immergrüner Pflanzen. Das Sonnenlicht, das durch die Zweige der massiven Sitkafichten und Zedern gefiltert wurde, schimmerte in diesigem Grün.

„Das ist so schön", rief Rosie ihm zu. „Ist es nicht schön hier?"

Für einen Augenblick unterbrach er das Studium ihres Pos und betrachtete den Wald. Wegen ihrer Begeisterung nahm er die wilde Pracht der Umgebung wahr, als würde er sie zum ersten Mal sehen, das Glitzern der Regentropfen auf den üppigen Farnen, das satte Rot der Erdbeerbaumblüten, den Fasan, der sich majestätisch von einer Lichtung erhob, und die blauen Himmelsfetzen zwischen dem Blätterbaldachin. Sie brachte ihn dazu, über all das nachzudenken, es zu würdigen.

„Ja", sagte er schließlich, während er beobachtete, wie der Wind mit ihrem Haar spielte. „Ja, das ist es."

Im verschlafenen Inseldorf gab es einen Jachtausrüster und den Delikatessenladen, einen Souvenirshop und einige kleine Boutiquen, außerdem einen winzigen, aber gut sortierten Lebensmittelladen. Rosie bestand darauf, lauter Dinge zu kaufen, die er noch nie in seinem Leben verwendet hatte, ein Bündel Koriander, frische Garnelen, Maismehl, dazu Tomaten und Zwiebeln von einem lokalen Bauern, eine Limette sowie ein Pfund Butter. Als Dessert entschied sie sich für Rainier-Kirschen. Zusätzlich erstand sie einen Stapel Postkarten, die sie an ihre Familie schicken wollte.

Eine Stunde später stand sie in der Küche, laute Salsamusik erfüllte den Raum, und Rosie hackte, schnippelte und brutzelte herrisch, veranstaltete eine Riesensauerei und erzeugte dabei Düfte, bei denen ihm das Wasser im Mund zusammenlief. Er war zur Küchenhilfe degradiert worden, deckte anschließend den Tisch und verzog sich dann an den Kamin. Um acht kam Rosie zu ihm ins Esszimmer. Sie sah entzückend zerrauft und ein bisschen selbstzufrieden aus.

„Wie wär's, wenn du jetzt den Wein öffnest, *jefe*?"

Sie trug einen Stapel selbstgemachter Tortillas auf, gegrillte Garnelen und Gemüse, Sour Cream und Salsa. Als er die Flasche öffnete, zerbröselte der Korken.

„Der Moment der Wahrheit“, sagte er und schenkte einige Schlucke ein. Er schnüffelte erst daran, dann probierte er. Überrascht reichte er das Glas an Rosie weiter. Nachdem sie gekostet hatte, zierte ein rubinroter Tropfen ihre Unterlippe.

„Köstlich!“

„Finde ich auch.“ Er füllte sein eigenes Glas, anschließend seinen Teller mit verführerischen Gerichten. Sein Gaumen jubelte über die pikanten Garnelen und die würzigen, warmen Tortillas. „Mein Magen singt gerade spanische Liebeslieder.“

„Oh bitte, versuchst du dich jetzt plötzlich als Poet?“

„Sie sind eine Frau mit vielen Talenten, Dr. Galvez“, erwiderte er und neigte anerkennend sein Glas in ihre Richtung.

Sie lachte. „Während alle anderen gelernt haben, wie man mit Geld umgeht, habe ich eben kochen gelernt.“

Es war ein angenehmes, geerdetes Gefühl, zusammen eine Mahlzeit einzunehmen, für die sie gemeinsam eingekauft, die sie gemeinsam zubereitet hatten. Sie aßen langsam, genossen die Speisen und den Wein und die Gesellschaft des jeweils anderen. Selbst das Tischabräumen hatte etwas Vertrautes, Häusliches an sich, und als sie fertig waren, holte Rosie die Schüssel mit den gelbroten Rainier-Kirschen aus dem Kühlschrank.

„Bereit für den Nachtisch?“, fragte sie.

Es passierte schon wieder, sie sah einfach unerträglich hinreißend aus.

„Klar“, sagte er. „Ich könnte was Süßes vertragen.“

„Es ist schön draußen. Wir sollten sie auf der Veranda essen.“

Er drückte sie an den Tresen und nahm ihr die Schüssel aus der Hand. „Oder wir essen sie im Bett“, sagte er und küsste sie.

„In deinem oder meinem?“, fragte sie nur.

Rosie hatte noch nie in ihrem Leben so interessante Erfahrungen mit Kirschen gemacht.

In den folgenden Tagen musste Mitch einsehen, dass er einiges von Rosie lernen konnte. Er hatte nie verstanden, was die Leute daran fanden, im Gras herumzuliegen und die Wolken vorüberziehen zu sehen – bis Rosie kam. Er hatte noch nie einen Drachen steigen lassen – bis Rosie kam. Er hatte noch nie zugesehen, wie eine Spinne ein Netz webt – bis Rosie kam.

Sie brachte ihm bei, den Moment zu leben. Sie überredete ihn, barfuß am Strand spazieren zu gehen, in der Dämmerung den Grillen zuzuhören, mitten am Tag ein Nickerchen in der Hängematte zu machen. Von Rosie lernte er die Kajakrolle und wie man eine Fischschule ausfindig macht, wie man Tortillas zubereitet und eine Gänseblümchenkette bastelt.

Bis Rosie kam, hatte er nicht gewusst, was innere Freiheit bedeutete.

Streng genommen ist sie gar keine Angestellte, sagte er sich, wenn er sie in den folgenden Tagen liebte, denn er hatte immer großen Wert darauf gelegt, sich nicht mit seinen Mitarbeiterinnen einzulassen.

Rosie war Auftragnehmerin, das war etwas völlig anderes.

Er klammerte sich an diesen Unterschied, weil er die Affäre wollte, mehr als er jemals zuvor irgendetwas gewollt hatte.

Nach ihrem Tanz auf dem Dachboden begann eine idyllische Zeit. Ja, sie erledigten ihre Arbeit, aber auf einmal fühlte sich alles verändert an. Ein magischer Schimmer schien jeden Moment zu überstrahlen, und wenn Rosie bei ihm war, erfüllte ihn ein Gefühl der Euphorie.

Er erklärte ihr, wie er arbeitete, und sie zeigte ihm, wie sie spielte. Gemeinsam saßen sie am blank gescheuerten Ahorntisch, und er half ihr, ihren Lebenslauf im Internet hochzuladen, damit sie sich nach einem neuen Job umsehen konnte. Im Gegenzug nahm sie ihn mit zum Schwimmen, zum Angeln, zum Wolkengucken, zum Muschelsammeln. Sie machten ausgedehnte Ausflüge mit der Bayliner und gingen in abgelegenen Buchten vor Anker, wo sie sich auf dem offenen Deck liebten.

Er gab den Versuch auf, sein Bedürfnis nach ihrer Nähe zu verstehen, seinen Hunger nach ihr. Er hatte seit jeher eine gesunde Libido gehabt und schöne Frauen zu schätzen gewusst, doch mit Rosie war alles anders. Sie berührte ihn auf einer Ebene, an die noch nie zuvor jemand herangekommen war. Sie brachte ihn zum Lachen und manchmal machte sie ihn sogar wütend. Aber immer, immer weckte sie bei ihm die Leidenschaft. Und eines Tages, als sie gerade in einem knallorangeroten Bikini aus dem Badehaus kam, bewaffnet mit einer Kiste voller Schnorchelausrüstung, begriff er, dass er zum ersten Mal in seinem Leben einer Frau begegnet war, die die Macht hatte, ihm das Herz zu brechen.

Die Tage gingen ineinander über wie goldene Bänder aus sinnlichen Augenblicken, erfüllt vom vertrauten Lachen, das nur Liebende miteinander teilen können. Die Nächte schienen aus weichem schwarzen Samt gewebt zu sein, und es kam ihm vor, als schliefe die ganze Welt bis auf Rosie und ihn, während sie, zwei ruhelose Liebende, wach blieben bis in die tiefsten Stunden vor dem Morgengrauen.

Sie redeten über alles, ihre lärmende, unbezähmbare Familie und die Seltenheit von Kanadakranichen, über seine einsame Kindheit, ihre Vorliebe für Liebesromane und ihre Abneigung gegen Filme mit Barbra Streisand. Alles schien wichtig zu sein. Von der richtigen Menge Schaum in einem Latte macchiato bis hin zu den Lieblingshundekeksen der Chihuahuas hatte alles Bedeutung.

Als die dritte Woche halb vorüber war und sie nebeneinander auf der Hollywoodschaukel auf der Veranda saßen, klingelte das Telefon. Das Geräusch erschreckte Mitch, denn fast niemand auf der Insel rief jemals zurück. Er ließ Rosie, die verträumt vor sich hin schaukelte, allein und nahm das Gespräch an. Als der Anrufer bat, mit Dr. Galvez sprechen zu dürfen, machte sich leichte Beunruhigung bei ihm breit.

Er brachte Rosie den Apparat nach draußen und ging dann wieder hinein, um Brandy für einen After-Dinner-Drink zu holen. Als er ihr leises Gemurmel durch die Fliegengittertür hörte, runzelte er die Stirn. Er genoss all das viel zu sehr, das Betrachten von Sonnenuntergängen, das lange Ausschlafen, ihre Stimme von der Veranda herüberklingen zu hören.

Seattle – die geschäftige Großstadt, die ihm früher so starke Energie verliehen hatte – erschien ihm jetzt grau und bleich. Er konnte nicht mehr glauben, dass er so viele Jahre zufrieden in einem Hochhaus gelebt hatte. Selbst wenn es um sein Leben gegangen wäre, hätte er nicht sagen können, welche Farbe die Wände seiner Wohnung hatten.

Seltsam, denn in diesem Haus kannte er die Farben jedes Raumes, und dabei war er doch nicht mal einen Monat hier.

Er schenkte den Brandy in zwei Cognacschwenker und trug sie nach draußen. Rosie saß noch auf der Hollywoodschaukel und telefonierte. Sie trug ihr rotes Kleid und hatte ein Bein untergeschlagen, das andere ließ sie über den Holzboden streifen, während sie die Schaukel immer wieder anstieß.

„Danke, Dr. Olsen", sagte sie. Auf ihren Zügen lag ein leicht perplexer Ausdruck. „Ich werde mich bis zum Monatsende entscheiden." Sie hörte kurz zu, dann verabschiedete sie sich und legte auf.

Mitch reichte ihr den Brandy. „Neuigkeiten?"

Sie nahm einen Schluck und noch einen. „Das war ein Jobangebot."

Er hatte den Eindruck, etwas in ihm zog sich schmerzhaft zusammen und ein Gefühl der Enttäuschung schwappte durch seinen Körper. Wahrscheinlich hatte sie gerade einen Traumjob auf den Florida Keys oder vor dem Great Barrier Reef angeboten bekommen. Jetzt brauchte er selbst einen Schluck Brandy.

„Und?", hakte er nach, nachdem er getrunken hatte.

Sie schenkte ihm ein breites Lächeln. „Und Sie sind ein Genie, Mr Rutherford. Dr. Olsen hat meine Zeugnisse im Internet gesehen. Er will, dass ich für die Puget Sound Underwater Biosphere arbeite. Es steckt viel Geld dahinter, das Projekt wird von mehreren Unternehmen finanziert. Ich bin gerade ein bisschen überwältigt."

Er kniete sich vor die Schaukel. „Das ist in Seattle, richtig?“

„Genau. Beim Pier einundsiebzig.“

Mitch stellte sein Glas ab und umfasste mit beiden Händen Rosies bloßen Fuß auf dem Boden. Dann beugte er sich vor und küsste sie auf das glatte, gebräunte Knie. „Und? Wirst du zusagen?“ Er schob den Saum ihres Kleids hoch und strich mit den Lippen über die Innenseite ihres Oberschenkels.

Sie keuchte auf. „Klingt nach … klingt nach einem tollen Job.“

„M-hm.“ Er entblößte ihre Oberschenkel. Seit sie miteinander schliefen, hatte sie die ziemlich erfreuliche Angewohnheit angenommen, auf Unterwäsche zu verzichten. Der heutige Abend bildete keine Ausnahme. Mitch quälte sie noch ein bisschen mit seinen Berührungen, dann wagte er sich weiter vor, dorthin, wo ihr Körper am wärmsten war, und entlockte ihr damit einen ungewollten kleinen Schrei. Und da begriff er, was ihn so zu ihr hinzog, es waren ihre Hilflosigkeit und ihre Offenheit für ihn und dass sie ihn gleichzeitig doch völlig in der Hand hatte. Die Hollywoodschaukel brachte sie in eine ungewöhnliche und gerade deswegen aufregende Position. Als er es nicht länger aushielt, hob er Rosie hoch, tauschte den Platz mit ihr und setzte sie sich rittlings auf den Schoß. Mit einem rücksichtslosen, harten Stoß drang er in sie ein. Rosie legte den Kopf in den Nacken, er drückte seine Lippen auf ihre Kehle und auf das Tal zwischen ihren Brüsten. Die ruckartigen Bewegungen der Schaukel verhalfen ihm rasch zu einem heftigen Höhepunkt.

Rosie berührte zart seine feuchte Stirn, dann küsste sie ihn. Sie schmeckte nach Brandy und einem Hauch salzigen Schweiß. Er wollte sie für immer so festhalten, wollte vergessen, dass sich ihre Zeit auf der Insel dem Ende zuneigte, dass sie einen Job annehmen und er sich neuen Projekten zuwenden musste.

„Also“, sagte sie und lachte atemlos, „willst du mehr über dieses Jobangebot wissen oder nicht?“

Er stand auf und schob eine Hand hinter ihren Rücken, um den Reißverschluss ihres Kleides zu öffnen. „Später, okay?"

Sie seufzte hilflos und unfassbar sexy.

„Später."

Mitch hatte es bisher nicht als besonders berührend empfunden, mit jemandem zu schlafen, aber mit Rosie verspürte er dabei eine Süße, für die er keine Worte fand. Er störte sich nicht mal an den Chihuahuas, die ihm noch immer keinen Funken Respekt entgegenbrachten, obwohl er sie am Fußende des Bettes liegen ließ, wo sie sich zusammenrollten. Rosie war der Inbegriff von Vertrautheit, so weich und warm und schlafzerzaust, wenn sie leise seufzte und sich völlig ungezwungen und behaglich an ihn kuschelte. Sobald er sie in den Armen hielt, ihren Duft einatmete und das kühle Flüstern der Laken auf seiner Haut spürte, schien sich seine Seele zu entspannen, zu glätten. Er hatte so etwas noch nie erlebt, diese absolute Ruhe, die vollkommene Zufriedenheit, die es bedeutete, einfach den Augenblick zu leben.

Immer wieder verbot er sich, sich daran zu gewöhnen, sich zu wünschen, dass all das niemals aufhören würde, doch seine Seele achtete nicht darauf.

Keiner von ihnen erwähnte die Tatsache, dass es ihre letzte Woche im Sommerhaus war, und doch überschattete diese traurige Wahrheit jeden Augenblick mit einem feinen Gespinst aus Verzweiflung. Sie liebten sich noch häufiger als vorher, manchmal schafften sie es nicht mal durchs Frühstück, ohne auf der Sitzfensterbank oder dem verschlissenen, altmodischen Sofa im Esszimmer übereinander herzufallen.

So mancher heiße Nachmittag wurde unterbrochen von einem Schäferstündchen im prallen Tageslicht, wenn die Sonnenwärme und die Abgeschiedenheit des Sommerhauses sie erregte und angenehm träge machte.

Als ihr letzter Tag Feldarbeit anstand, hatte Mitch einen Entschluss gefasst. Er kannte Rosie Galvez zwar erst einen Monat, trotzdem war sie ihm näher als irgendjemand sonst auf der Welt.

Er wusste, dass er sie brauchte, dass sie ein Teil seines Leben sein musste.

Seit dem Anruf aus der Biosphären-Einrichtung hatte sie noch zwei weitere interessante Angebote erhalten, eins in Alaska, eins in San Diego. Und da ihm jedes Mal, wenn er sich ein Leben ohne Rosie vorstellte, ganz schlecht wurde, wollte er sie bitten, die Stelle in Seattle anzunehmen.

Anders konnte er sich die Zukunft nicht mehr vorstellen.

Rosie hatte schon lange aufgehört zu versuchen, sich nicht in Mitch zu verlieben. Als sie das Kajak mit der Ausrüstung für die finale Gebietsstudie belud, summte sie leise vor sich hin und erlaubte sich, die berauschende Freude auszukosten, die es mit sich brachte, wenn man sein Herz an jemanden verlor.

Ja, er war ein nüchterner Geschäftsmann. Genauso wie all die anderen Männer, die sie bis jetzt enttäuscht hatten. Und ja, sobald sie ins echte Leben zurückkehrten, würde das mit ihnen vermutlich ein Ende haben. Sie hatte sich in den Rainshadow-Lodge-Mitch verliebt, den Mitch, der zu alten Schallplatten tanzte und sie auf der Verandaschaukel liebte und ihre Hunde mit im Bett schlafen ließ.

Seattle-Mitch war ein anderer Mensch. Ein Mensch, der ein Millionen-Dollar-Unternehmen leitete, achtzehn Stunden am Tag arbeitete und von seiner Sekretärin an den Geburtstag seiner Mutter erinnert werden musste.

Sie fügte sich in die Notwendigkeit, Mitch gehen zu lassen, weil es niemals funktionieren würde, in Seattle mit ihm zusammen zu sein. Außerdem war das Jobangebot in San Diego sowieso zu gut, um es abzulehnen.

Als Mitch aus dem Haus kam, gebräunt und lächelnd und bereit, mit dem Kajak in See zu stechen, beschloss sie, dass diese Neuigkeit warten konnte. Seit einigen Tagen sah er anders aus als zuvor. Er hatte angefangen, Shorts anstelle von langen Stoffhosen zu tragen und T-Shirts statt Polohemden. Er wirkte entspannt. Glücklich.

Das Sommerhaus hatte ihn mit seiner Magie verzaubert.

„Wohin soll es gehen, Skipper?“, fragte er gut gelaunt, als sie auf den Hauptkanal hinauspaddelten.

„Am besten drehen wir einfach eine letzte Runde. Vielleicht zur anderen Seite der Bucht. Die, die wir auslassen mussten, als es geregnet hat, falls du dich erinnerst.“

Er drehte sich zu ihr um und warf ihr ein Grinsen zu, für das sie am liebsten sofort das Kajak an den nächsten Strand gezerrt hätte, damit sie über ihn herfallen konnte.

„Wie könnte ich diesen Tag vergessen“, sagte er.

Während sie in die Bucht hinauspaddelten, dachte sie weiter über Seattle nach. Vielleicht, ganz vielleicht …

„Hey, Rosie, guck mal! Hast du so etwas schon mal gesehen?“

Mitch wies mit dem Paddel auf eine Felszunge im seichten Wasser. In den Gezeitenbecken tummelten sich Seesterne, Muscheln und Seeigel. Einige zerrupfte Nester aus Pflanzenfasern schmiegten sich ins Sumpfgras am Ufer.

„*Madre de Dios*“, flüsterte sie unterdrückt. „Ich kann nicht glauben, dass du das entdeckt hast.“

„Was entdeckt? Ich habe was entdeckt?“

„Das sind Nester von Kanadakranichen“, erklärte sie. „Die meisten Biologen bekommen so etwas ihr Leben lang nicht in freier Wildbahn zu Gesicht.“

„Cool. Machst du ein paar Bilder?“

Sie hatte die Kamera schon gezückt. „Die Population liegt bei nur 27.000 weltweit“, sagte sie fasziniert. „Das hier ist eins ihrer Brutreviere.“

„Verdammt, Rosie, sind wir gut oder was?“

Als sie sich später am Abend liebten, war Rosie so bereit für ihn wie immer, doch sie war ungewöhnlich schweigsam.

„Denkst du an morgen?“, fragte er und küsste sie auf die Schläfe.

Sie schmiegte sich an seine Schulter. „Ja.“

„Wir wussten, dass dieser Monat enden wird.“

„Richtig."

„Rosie, ich habe nachgedacht."

„Und?"

„Ich wollte dich etwas fragen."

Sie erstarrte und hielt den Atem an. Plötzlich wünschte Mitch, er hätte ihr Gesicht sehen können. *Gott, befürchtet sie etwa, dass ich ihr einen Antrag machen will?*

„Es geht um deine Jobangebote."

„Was ist damit?"

„Hast du schon eine Entscheidung getroffen?"

„Nein, ich bin mir bisher nicht sicher."

Aus einem ihm unbekannten Grund hörte er an dieser Stelle auf weiterzusprechen. Er wollte sie nicht drängen, wollte nichts erzwingen, was noch nicht sein sollte. So war er nun mal nicht und Rosie offenbar auch nicht, denn sie seufzte auf ihre entzückende Art und glitt in den Schlaf hinüber, ohne ein weiteres Wort zu sagen.

„Wir sollten uns besser beeilen, wenn wir die Fähre um fünf Uhr fünfundzwanzig erwischen wollen", sagte Mitch, während er die letzten Gepäckstücke auf die Bayliner trug.

„Ich bin so weit", sagte Rosie.

Sie sah hinreißend und auch ein wenig nervös aus, wie sie dastand und sich auf die Schenkel schlug, um die Hunde zum Dock zu rufen.

„Ich hoffe, dass ich einen Mechaniker finde, der mein Auto repariert", sagte sie.

„Das habe ich schon erledigen lassen. Gleich nach deiner Ankunft."

Sie lächelte, doch um ihre Lippen lag ein melancholischer Zug. Als die Chihuahuas an Bord waren, half sie ihm beim Ablegen. Langsam entfernte sich das Boot vom Anlegesteg.

Rosie stand im Führerraum und sah zu, wie die Rainshadow Lodge immer kleiner wurde. Mitch legte den Leerlauf ein und ging zu ihr, umarmte sie von hinten und schmiegte sein Gesicht in ihr Haar.

„Sieh dir nur das Haus an“, sagte sie. „Wie aus einem Märchenbuch.“

Sie hatte recht. Das alte viktorianische Sommerhaus leuchtete hell auf dem grünen Hügel und das weiße Verandageländer glänzte in der Nachmittagssonne.

„Rosie“, sagte er und drehte sie zu sich um, „was hier geschehen ist, war für uns beide etwas Besonderes. Etwas, von dem ich nicht möchte, dass es endet.“

„Mitch …“

„Warte, lass mich ausreden. Ich habe lange darüber nachgedacht. Und ich bin zu dem Entschluss gekommen, dass ich dich weiter sehen will.“

Als sie lächelte, bebten ihre Lippen fast unmerklich.

„Weißt du eigentlich, wie gern ich das hören wollte?“

„Weißt *du* eigentlich, wie viel Angst ich davor hatte, es auszusprechen?“

Ihr Lächeln wurde fester, und sie berührte zart seine Wange, dann ließ sie die Hand sinken. „Ich muss den Papierkram fertig machen.“

„Ich dachte, du hättest das längst erledigt und wir können demnächst mit der Arbeit am Hafen loslegen.“

„Ähm, ich … ich hab noch ein paar Dinge anzufügen.“ In einer ruckartigen Geste zog sie den Kopf ein.

Mitch durchzuckte eine düstere Vorahnung. Sie benahm sich seltsam, so als ob sie etwas vor ihm verbarg. „Rosie?“

„Wir sollten uns besser beeilen.“ Sie lächelte nervös. „Du musst doch rechtzeitig auf die Fähre.“

„Sicher. Die Fähren sind so ziemlich das einzig Pünktliche hier in der Gegend.“ Er grinste und stieg die Leiter zur Brücke hoch. „Schätze, solche Dinge sind mir nicht mehr so wichtig. Ich könnte mich glatt an die Inselzeit gewöhnen.“

Sie verschwand im Salon, ohne auf seine Worte zu reagieren, und nahm den dicken Ordner zur Hand, in dem sie die Unterlagen über die Studie abgelegt hatte. Erst nachdem sie den Kanal erreicht hatten, begriff Mitch, dass sie ihm keine Antwort gegeben hatte. Der Anblick des Fährhafens in Eastsound traf Rosie wie ein Schock. Nach einem Monat mitten im Nirgendwo war sie nicht vorbereitet auf den Lärm, den das Schmettern der Schiffshörner und das Dröhnen von Stereoanlagen verursachten, auf Abgase und kochenden Asphalt oder den Gestank von Fastfood, der sie begrüßte, als sie sich mit ihrem Käfer in der Autoschlange vor der Fähre einreihte. Sie wünschte sich, einfach die Fenster hochkurbeln und verschwinden zu können, aber das war nicht möglich. Mitch wartete.

Während sie ihr Auto geholt und sich angestellt hatte, war er ihren Abschlussbericht durchgegangen. Mittlerweile dürfte er also die Wahrheit kennen.

„Sei kein Feigling, Rosalinda“, schimpfte sie und kurbelte die Autofenster herunter, damit den Hunden nicht zu heiß wurde. „Die Suppe musst du jetzt auslöffeln.“

Mitch stand am Dock, das weißgelbe Wasserflugzeug hinter sich. Der Pilot wartete bereits im Cockpit, trank Mountain Dew und spielte an den Geräten herum. Als er den Käfer kommen hörte, blickte Mitch auf. Rosie konnte ihm ansehen, dass er den Bericht gelesen hatte.

„Nett von dir, dass du mir keinen Hinweis gegeben hast“, empfing er sie. Seine Stimme klang scharfkantig vor Wut.

„Mitch …“

„Schätze, du hättest mir nicht früher sagen können, dass du vom Bau des Hafens abrätst.“

„Ich bin erst gestern zu einer eindeutigen Entscheidung gekommen.“

„Na klar. Du arbeitest in Inselzeit. Du machst alles nur dann, wenn dir danach ist.“

Sie spürte, wie ihre Wangen rot wurden. Er hatte jedes Recht der Welt, wütend zu sein, trotzdem fühlte sie sich in die Ecke gedrängt. „Mitch, ganz ehrlich, ich dachte, und zwar bis gestern, dass deine Pläne keinen bedeutsamen Einfluss auf die Natur haben würden. Aber als wir den Brutplatz gefunden haben, wusste ich, dass das Risiko einfach zu hoch ist.“

„Jesus Christus, Rosie! Wenn du dieses Projekt ruinierst, setzt du das Überleben der Inselbewohner aufs Spiel. Arbeitsplätze, zahlende Touristen …“

„Wenn du die Natur zerstörst, wird sowieso niemand mehr die Insel besuchen wollen.“

„Ich will nichts *zerstören*, verdammt noch mal, ich will etwas *aufbauen.* Du hast die Pläne doch gesehen. Du weißt, dass ich vorsichtig vorgehen werde. Wir werden alles Menschenmögliche tun, um die Auswirkungen auf die Umwelt zu minimieren. Wir kriegen das schon hin.“

Sie zwang sich, ihm in die Augen zu sehen. Ihm, dem Mann, der ihr Herz und ihre Hoffnungen in der Hand hielt, und sie spürte, wie beides in tausend Scherben zersprang. Fest entschlossen, nicht in Tränen auszubrechen, schluckte sie schwer und sagte: „Es gibt eben Dinge, die einfach nicht zusammenpassen, Mitch. Ganz egal, wie sehr man sich bemüht.“

Dann wandte sie sich ab und ging davon, ohne sich noch einmal umzublicken, obwohl es sie jeden Funken Kraft kostete, den sie in sich trug.

11. KAPITEL

Davon geht die Welt nicht unter", sagte Miss Lovejoy und reichte ihm einen Stapel Post.

Mitch blickte von seinem Schreibtisch auf und blinzelte in das schräg einfallende Licht der Oktobersonne. Sonnenschein war rar zu dieser Jahreszeit, doch der Altweibersommer hatte beschlossen, Seattle einen Besuch abzustatten. Er hatte das unbändige Verlangen, seine Krawatte zu lockern, den Hemdkragen aufzuknöpfen und die Arbeit für den Rest des Tages liegen zu lassen.

„Wovon geht die Welt nicht unter?", fragte er zerstreut. Er war genervt von seinen eigenen Gedanken. Der Mann, der aus der Rainshadow Lodge zurückgekehrt war, war ein anderer als der, der Seattle verlassen hatte. Anstatt sich auf sein Unternehmen zu konzentrieren, durchlebte er seltsame Zustände, in denen ihm nach sonderbaren Dingen zumute war – frivole Dinge zumeist, wie zum Lunch zu gehen und einfach nicht mehr wiederzukommen. Oder die Lachstreppe im Aquarium am Hafen zu besuchen. Oder Fallschirmsegeln über der Elliot Bay zu gehen. Oder sich einen Chihuahuawelpen zuzulegen.

„Das Einschreiben hier. Der Stempel stammt von Spruce Island."

Er versuchte so zu tun, als wäre er die Ruhe selbst, als er den Brief nahm. Der Absender war die Investorengruppe, die den Inselhafen hatte finanzieren wollen. „Toll", murmelte er düster. „Vermutlich versuchen sie mich zu verklagen, weil ich es nicht geschafft habe, die Baugenehmigung zu bekommen." Zu seinem Erstaunen löste die Aussicht auf einen Rechtsstreit keine erwähnenswerten Panikgefühle bei ihm aus. In letzter Zeit hatten Geschäftsfragen für ihn nicht mehr dieselbe Bedeutung wie früher. Rosie hatte ihnen ihre Bedeutung gestohlen, so wie sie ihm sein Herz gestohlen hatte.

Er überflog den Brief und riss die Augen auf. „Ich fress 'nen Besen."

„Was ist? Gute Nachrichten?"

„Sie wollen sich auf ein anderes Projekt konzentrieren, das weitaus mehr Arbeitsplätze schaffen wird als der Hafen."

„Wirklich? Und was soll das sein?"

„Whale-Watching-Kajaktouren. Dafür brauchen sie keine Hafenanlage." Er betrachtete die dreiseitige Hochglanzbroschüre, die mit im Umschlag gelegen hatte. Sie war übersät mit hinreißenden Abbildungen von der Insel, darunter auch ein Schnappschuss der Rainshadow Lodge. Seltsamerweise war auf dem Bild ein kleines Tier zu sehen, das ihn verdächtig an einen Chihuahua erinnerte. „Das ist ja ein Zufall", murmelte er.

„Was?"

„Ach, eines der Fotos hier kam mir für einen Augenblick bekannt vor." Sein Blick fiel auf das Impressum am unteren Rand der Broschüre. *Dieses Projekt wird teilweise von der Underwater Biosphere Foundation finanziert.*

„Geht es Ihnen gut, Mr Rutherford?", fragte Miss Lovejoy.

„Ja, ja, nur ein seltsamer Zufall. Dieses neue Unternehmen dankt einer Organisation, die Dr. Galvez einen Job angeboten hat."

„Das ist kein Zufall. Sie hat den Job hier in der Stadt angenommen." Miss Lovejoy warf ihm einen unschuldigen Blick zu. „Wussten Sie das denn gar nicht?"

Seine Kehle wurde auf einmal staubtrocken. Er hastete zum Wasserspender, um sich etwas zu trinken zu holen. „Nein, das wusste ich nicht. Ich dachte, dass sie das Angebot aus San Diego annimmt."

„Vielleicht sollten Sie sich persönlich bei ihr bedanken. Hätte sie sich das mit den Whale-Watching-Touren nicht ausgedacht, würden die Investoren Ihnen wahrscheinlich die Butter vom Brot klagen." Miss Lovejoy warf einen Blick auf ihre Uhr. „Wenn Sie sich beeilen, erwischen Sie sie auf der Fähre um zwanzig vor fünf. Sie wohnt in einem Bungalow auf Bainbridge Island."

„Woher, zur Hölle, wissen Sie das alles?"

„Wenn ich Ihnen das jetzt erkläre, verpassen Sie die Fähre."

Er war schon halb aus der Tür. Im Empfangsbereich machte er einen kurzen Zwischenstopp, um das frische Blumenbouquet von Miss Lovejoys Tisch zu klauen, dann schoss er aus dem Büro. Im Aufzug legte er Krawatte und Jackett ab. Er wusste, dass er sich würde beeilen müssen. Die Pendlerfähre über die Bucht vor Seattle fuhr einige Blocks vom Gebäudekomplex entfernt ab. Er rannte den gesamten Weg, und zum ersten Mal seit Wochen hatte er das Gefühl, das einzig Richtige zu tun.

Nachdem er Rosie so lange völlig falsch eingeschätzt hatte.

Noch während er dem Kassierer einen Geldschein hinschob, suchte er mit dem Blick den Menschenstrom ab, der sich die Gangway entlang auf das wuchtige dreistöckige Boot zuwälzte. Er drängte sich durch die Pendlerschar – ungeschminkte Frauen in Birkenstocklatschen, die ihre Kinder zu Hause unterrichteten und heute eine Feldstudie in der großen bösen Stadt durchgeführt hatten; Anwälte, die in den Kanzleien am Ufer arbeiteten; Künstler, die ihre Staffeleien mit sich schleppten. Alles Menschen, die gerne mitten im Nirgendwo lebten.

Während er von der Brücke aus zusah, wie die Autos auf das untere Fährendeck strömten, verfestigte sich der Eindruck, dass Miss Lovejoy sich geirrt hatte. Rosie war nicht auf dem Schiff.

Schließlich hörte er es.

Nur leise anfangs, dann immer lauter.

Salsamusik.

Er sah hinunter zu den Autos, die auf die Fähre fuhren, und entdeckte den orangeroten Käfer, der an Bord kroch und im Bauch des Schiffes verschwand. Während er hinunterlief und beobachtete, wie Rosie in der Nähe des Bugs parkte, hämmerte sein Herz so heftig wie der aggressive Beat der Musik. Als er zu ihr ging, spürte er die Stufen unter seinen Füßen nicht.

Er näherte sich dem Wagen, und Freddy und Selena begannen, wie verrückt zu kläffen. In dem Moment, als er an die Fahrerseite trat, blickte Rosie zu ihm auf.

Sie hatte gerade eine Kaugummiblase fabriziert, die jetzt schwerelos auf ihren Lippen ruhte, während sie ihn geschockt anstarrte. Die Hunde verstummten, vielleicht weil sie sich erinnerten, dass er der tolerante Typ war, der sie mit im Bett hatte schlafen lassen.

Vorsichtig nahm er den Kaugummi zwischen Daumen und Zeigefinger und warf ihn über die Reling. Seine Brust fühlte sich auf einmal viel leichter an. „Ich habe mich gefragt", sagte er und beugte sich zu Rosie hinunter, „ob wir nicht eine andere Beschäftigungsmöglichkeit für deinen Mund finden."

Ehe sie antworten konnte, küsste er sie. Er spürte, wie sich ihre Lippen aus Protest verhärteten, wie sie dann kapitulierten und weich wurden, als er sie leidenschaftlicher erkundete. Nachdem er von ihr abgelassen hatte, saß Rosie noch eine Weile mit geschlossenen Augen da. Auf ihren Zügen lag Verzückung. Als sie ihn wieder anschaute, verdunkelte jedoch ein argwöhnischer Ausdruck ihren Blick.

„Was machst du hier, Mitch?"

Er überreichte ihr die Blumen. „Die sind für dich."

„Danke." Sie nahm ihm den Strauß aus der Hand. „Dann hast du wohl von den Kajaktouren erfahren."

Er grinste. „Ja, gerade eben. Einfach brillant."

„Du bist also gekommen, weil ich dir die juristischen Scherereien erspart habe?"

„Ja – nein, zur Hölle, Rosie."

„Aber warum hast du dann bis heute gewartet?"

„Warum hast du mir nicht gesagt, dass du in Seattle bleibst?"

„Warum hast du mir nicht gesagt, dass dich das überhaupt noch interessiert?"

Frustriert öffnete er die Autotür, zog Rosie aus dem Wagen, warf die Tür zu und drückte sie dagegen. Es war ihm völlig egal, dass alle Welt sie beobachten konnte. „Mich interessiert alles, was dich betrifft, Rosie. Ich habe dich vermisst."

„Ach, hast du das?"

„Ja. Und es tut mir leid, dass ich durchgedreht bin, als du das Projekt abgelehnt hast."

„Tut es das?"

„Ja. Und ich liebe dich."

„Ist das so?"

„Ja." Er war selbst erstaunt, wie leicht es ihm fiel, diese Worte auszusprechen. Wie wahr und richtig sie sich anfühlten. „Ich hätte nie gedacht, dass ich jemals so für jemanden empfinden würde, aber du hast mein Leben verändert, Rosie. Ich schätze, dass ich dich deswegen in die Flucht getrieben habe. Mit dir war plötzlich alles anders und das hat mir eine Höllenangst eingejagt."

„Hat es das?"

„Ja. Doch dann habe ich festgestellt, dass es etwas gibt, das mir sogar noch mehr Angst macht."

„Und was soll das sein?"

„Dich nicht bei mir zu haben. Ich brauche dich, Rosie."

Plötzlich glitzerten Tränen in ihren Augen. „Wirklich?"

„Wirklich."

„Junge, Junge."

Die Tränen liefen über und hinterließen silbrige Spuren auf ihren Wangen.

„Bitte, Rosie. Nicht weinen."

„Ich habe mir ständig gesagt, dass du einfach nicht zu mir passt. Du bist genau der Typ Mann, der mir immer wieder das Herz bricht."

„Diesmal nicht. Diesmal bin ich genau der richtige Typ Mann. Ich habe mich verändert, Rosie. Ich lebe nicht mehr für die Arbeit. Du kannst alle fragen! Donnerstagabend war ich sogar Bowlen."

Sie lächelte, doch die Tränen flossen weiter. „Frag mich mal nach meinem Kontostand. Los, frag!"

„Okay. Wie hoch ist dein Kontostand?"

„1.869 Dollar und vierundfünfzig Cent. Allerdings abzüglich des Fahrscheins, den ich gerade gekauft habe."

Er küsste sie noch einmal, lange und leidenschaftlich, und sie taumelte gegen ihn. Es war ein Kuss, der sich absolut und vollkommen richtig anfühlte, so wie Heimkommen. Und dann tat

Mitch etwas, von dem er nicht gedacht hätte, dass er es jemals im Leben tun würde. Ohne Rosies Hand loszulassen, sank er vor ihr auf ein Knie. Ein Teil von ihm registrierte, dass sich auf der Passagierbrücke hoch über ihnen eine kleine Menschenmenge versammelt hatte, aber das war ihm egal. Es war an der Zeit, diesen Schritt zu gehen, und wenn ihm die ganze Welt dabei zusah, umso besser.

„Heirate mich, Rosie", sagte er. „Bitte heirate mich."

„Das würde ich ja gerne." Sie zupfte an seiner Hand, sodass er wieder aufstand und zu ihr hinunterblickte. Und als er ihr in die Augen sah, begriff er, dass er es nie, niemals satthätte, sie in den Armen zu halten.

„Ich liebe dich nämlich", fuhr sie fort.

„Dann sag Ja! Wir müssen nicht in meiner Wohnung leben. Ich ziehe auf die Insel, wohin auch immer du willst …"

„Ja."

In ihrer Antwort lag ein solcher Nachdruck, dass die Kehle ihm auf einmal ganz eng wurde. Das war er also, der große Sprung, und er fühlte sich so bereit dafür, dass er kurz davor war, laut zu platzen.

„Unter einer Bedingung", sagte sie.

„Verdammt, Rosie, was immer du willst." Den Mond, die Sterne, die Welt auf einem Silbertablett, er hätte ihr alles gegeben. Er hätte sich einfach so hingelegt und wäre für sie gestorben, wenn sie es gewollt hätte. „Alles."

„Ich will, dass wir jeden Sommer wegfahren. Ich will für den Rest meines Lebens jeden August mit dir im Sommerhaus verbringen."

– ENDE –

Maya Banks

Es geschah in einer sternenklaren Nacht

Roman

Aus dem Amerikanischen von
Alessa Krempel

mtb

PROLOG

Jewel Henley wälzte sich unruhig in ihrem Krankenhausbett hin und her. Mit der einen Hand hielt sie ihr Mobiltelefon umklammert, mit der anderen wischte sie sich die Tränen von den Wangen. Sie musste ihn anrufen, ihr blieb keine Wahl.

Die Vorstellung, Periklis um Hilfe zu bitten, behagte Jewel ganz und gar nicht. Nach dem One-Night-Stand vor fünf Monaten hatte er sie skrupellos abserviert. Aber Gefühle wie Stolz und Wut waren jetzt fehl am Platz, das Baby ging vor.

Behutsam legte Jewel eine Hand auf ihren sanft gewölbten Bauch. Es beruhigte sie, die Bewegungen ihrer Tochter zu spüren.

Wie wird Periklis wohl auf die Nachricht reagieren, dass er Vater wird? Wird es ihn überhaupt interessieren? Unwillkürlich schüttelte Jewel den Kopf. Auch wenn er nichts für sie empfand, würde er sein Kind sicher nicht im Stich lassen. Also würde er ihr helfen?

Um das herauszufinden, gab es nur einen Weg: Sie musste ihn anrufen. Auf dem Display leuchtete bereits Periklis' private Telefonnummer. Jewel hatte seine Kontaktdaten bei der Einstellung erhalten, und obwohl sie schon am nächsten Tag gefeuert worden war, hatte sie die Nummern nie gelöscht.

Verzweifelt ließ Jewel das Handy auf die Brust sinken und schloss die Augen. Sie brachte es einfach nicht über sich, die Nummer zu wählen. Warum konnte sie nicht eine dieser schwangeren Frauen sein, die vor Glück strahlten und völlig gesund waren? Dann bräuchte sie Periklis nun nicht um Hilfe zu bitten.

Eine Krankenschwester trat nun ins Zimmer und riss Jewel aus den Grübeleien.

„Wie geht es Ihnen heute, Miss Henley?"

Jewel nickte schwach. „Gut."

„Haben Sie schon jemanden gefunden, der Sie nach Ihrer Entlassung betreut?"

Als Jewel schwieg, schaute die Schwester sie tadelnd an. „Sie wissen ja. Der Arzt entlässt sie erst, wenn Sie jemanden haben, der auf Sie aufpasst. Zumindest solange Sie noch das Bett hüten müssen."

Seufzend hielt Jewel das Handy hoch. „Ich wollte mich gerade darum kümmern."

Die Schwester nickte wohlwollend. „Gut. Sobald ich fertig bin, können Sie weitertelefonieren."

Nach dem üblichen Routine-Check verließ die Schwester das Zimmer, und Jewel griff frustriert nach dem Handy. Vielleicht ging Periklis ja auch gar nicht dran.

Sie atmete noch einmal tief durch und drückte dann die grüne Taste zum Wählen der Nummer. Mit geschlossenen Augen lauschte Jewel dem Klingeln. Einmal. Zweimal. Ein drittes Mal. Erleichtert wollte sie auflegen, als Periklis sich meldete.

„Anetakis." Seine Stimme klang schroff, und Jewel verließ der Mut. Tränen schossen ihr in die Augen, ihr Hals war wie zugeschnürt.

„Wer ist da?", fragte Periklis.

Jewel riss das Telefon vom Ohr und drückte hektisch auf alle Knöpfe, um den Anruf zu beenden. Sie konnte das einfach nicht tun, es musste einen anderen Weg geben. Mit einer stillen Entschuldigung an ihr Baby beschloss sie, Periklis Anetakis aus ihrem Leben herauszuhalten.

Während sie noch überlegte, klingelte das Handy. Instinktiv klappte sie es auf. Zu spät begriff sie, dass es Periklis war, der sie zurückrief.

Ohne etwas zu sagen, presste sie den Hörer ans Ohr.

„Ich weiß, dass Sie mich hören", rief Periklis. „Wer zur Hölle ist da, und woher haben Sie meine Nummer?"

„Es tut mir leid", sagte Jewel leise. „Ich wollte dich nicht belästigen."

„Warten Sie!", forderte er. Dann war es einige Sekunden still. „Jewel, bist du das?"

Oh Gott, er hatte ihre Stimme erkannt. Wie war das möglich?

Sie hatten seit fünf Monaten keinen Kontakt mehr gehabt. Fünf Monate, eine Woche und drei Tage, um genau zu sein.

„J…ja“, sagte sie stockend.

„Gott sei Dank“, seufzte Periklis. „Ich habe dich überall gesucht. Du warst wie vom Erdboden verschwunden.“

„Wie bitte?“, brachte Jewel erstaunt hervor, und gleichzeitig fragte Periklis: „Wo bist du?“

„Erst ich!“, sagte er herrisch. „Wo bist du? Geht es dir gut?“

Mit dieser Reaktion hatte Jewel nicht gerechnet. Es dauerte ein paar Sekunden, bis sie sich wieder gesammelt hatte. „Ich bin im Krankenhaus.“

„Guter Gott!“, stieß er hervor und ließ eine ganze Salve griechischer Flüche folgen.

„Wo?“, fragte er hektisch. „Welches Krankenhaus? Nun red schon!“

Völlig überrumpelt nannte Jewel ihm die Adresse.

„Ich komme so schnell ich kann“, sagte Periklis. Dann legte er auf.

Mit zitternden Händen klappte Jewel das Handy zu und legte es auf den Nachttisch. Unbewusst legte sie die Hände schützend auf den Bauch. Er kam hierher, einfach so? Und er hatte sie gesucht? Das ergab alles keinen Sinn.

Erst jetzt wurde Jewel bewusst, dass sie ihm eine Sache vorenthalten hatte: den Grund ihres Anrufs. Sie hatte ihm nicht gesagt, dass sie schwanger war.

1. KAPITEL

Vor fünf Monaten …

Jewel blieb an der Terrassentür stehen und ließ den Blick über den Freiluftbereich der Hotelbar schweifen. Der Boden war mit Sand bedeckt, Fackeln erhellten den Weg hinunter zum Strand.

Leise Musik spielte im Hintergrund und unterstrich die romantische Stimmung dieser sternenklaren Nacht. Sogar die Wellen schienen im Takt der Melodie an den Strand zu schwappen. Es war ein sanfter Jazzsong. Jewel liebte diese Musik.

Nur dem Zufall war es zu verdanken, dass sie hier auf dieser paradiesischen Insel gelandet war. Sie hatte den letzten Platz im Flugzeug bekommen, und das Flugticket war unschlagbar günstig gewesen. In weniger als fünf Minuten hatte Jewel sich entschieden. Jetzt war sie hier. Neuer Ort, neues Glück. Sie brauchte dringend ein bisschen Zeit für sich.

So impulsiv die Entscheidung auch gewesen war, nach der Ankunft hatte Jewel sich als Erstes um einen neuen Job gekümmert – und Glück gehabt: Der Besitzer des exklusiven Anetakis-Hotels wohnte vorübergehend auf der Insel und suchte für diese Zeit eine Assistentin. Vier Wochen im Paradies – die würde Jewel so richtig genießen, ehe es Zeit war weiterzuziehen.

Das Jobangebot klang fast zu schön, um wahr zu sein. Neben dem großzügigen Gehalt durfte Jewel umsonst im Hotel wohnen. Ihre Zeit auf der Insel ließ sich wie ein wundervoller Urlaub an.

„Gehen Sie nach draußen, oder wollen Sie diese wunderbare Nacht etwa hier drinnen verbringen?“

Eine tiefe Stimme mit leichtem Akzent erklang dicht an Jewels Ohr, und augenblicklich rieselten ihr wohlige Schauer über den Rücken. Neugierig drehte sie sich um und sah einen Mann, etwa einen Kopf größer als sie. Sein Blick raubte ihr fast den Atem.

Er war nicht nur äußerst attraktiv – es gab Millionen attraktiver Männer auf dieser Welt, und Jewel hatte den einen oder anderen kennengelernt –, sondern strahlte zudem eine unglaubliche Kraft und Macht aus. Wie ein Raubtier inmitten einer Herde von Schafen. In seinem Blick lag eine solche Intensität, dass Jewels Herz schneller schlug.

Der Mann war an ihr interessiert, das war kaum zu übersehen. Jewel war schließlich weder dumm noch über die Maßen bescheiden.

Wie gebannt erwiderte sie seinen Blick. Seine Augen waren fast schwarz wie die Nacht. Auch das Haar war dunkel. Im sanften Licht der Fackeln schimmerte die Haut goldbraun. Die Flammen zauberten ein sanftes Leuchten in seinen stolzen Blick.

Jewel riss sich von seinen Augen los und musterte das Gesicht. Das markante Kinn verlieh ihm einen arroganten Zug, den Jewel an Männern sehr mochte.

Eine Weile ließ der Mann Jewels abschätzenden Blick ungerührt über sich ergehen, dann verzog er die Mundwinkel zu einem Lächeln.

„Sie sind wohl nicht sehr gesprächig."

Endlich merkte Jewel, dass sie ihm noch nicht geantwortet hatte.

„Ich überlege noch, ob ich rausgehe oder nicht."

Er zog eine Augenbraue hoch und sah Jewel herausfordernd an.

„Wenn Sie mit rauskommen, spendiere ich Ihnen einen Drink."

Sie erlaubte sich ein kleines Lächeln. Die Luft zwischen ihnen knisterte vor Spannung. Jewel war mit Sicherheit kein Mauerblümchen, aber sie konnte sich nicht erinnern, je eine so starke erotische Anziehungskraft verspürt zu haben. Es schien, als hätte jemand eine unsichtbare Zündschnur entflammt.

Jewel überlegte, ob sie die Einladung annehmen sollte. Zwar hatte er nur von einem Drink gesprochen, aber er wollte eindeutig mehr, und Jewel fragte sich, ob sie mutig genug war, auf sein Angebot einzugehen.

In Bezug auf ihre Liebhaber war Jewel wählerisch. Aber was konnte eine einzige Nacht schon schaden? Immerhin war sie seit zwei Jahren mit niemandem im Bett gewesen – es hatte einfach keinen Mann gegeben, der sie interessiert hatte. Bis dieser Fremde mit den dunklen Augen, dem sinnlichen Lächeln und der etwas hochnäsigen Art aufgetaucht war. Oh ja, sie begehrte ihn. So sehr, dass sie vor Erregung zitterte.

„Machen Sie hier Urlaub?“, fragte Jewel und blickte ihn unter dichten Wimpern an.

Wieder lächelte er leicht. „Gewissermaßen, ja.“

Jewel war erleichtert. Nein, eine Nacht mit ihm bedeutete kein Risiko. Er würde abreisen und in seine Welt zurückkehren, genauso wie Jewel. Ihre Wege würden sich nie wieder kreuzen.

Heute Nacht war eine Ausnahme … heute Nacht fühlte Jewel sich einsam. Es kam selten vor, dass sie diesem Gefühl nachgab, da sie sowieso die meiste Zeit alleine verbrachte.

„Ich würde sehr gerne etwas trinken“, sagte sie daher zustimmend.

Seine Augen glänzten zufrieden. Besitzergreifend legte er eine Hand an Jewels Ellbogen. Er gebärdete sich wie ein Raubtier, das Beute gerissen hat.

Jewel schloss kurz die Augen und genoss die Berührung seiner Hand auf ihrem Ellbogen. Dort, wo er sie berührte, prickelte ihre Haut.

Sie verließen den Innenbereich und traten hinaus in die Nacht. Um sie herum flackerte das Licht der Fackeln. Vom Meer wehte eine sanfte Brise zu ihnen herüber, und Jewel sog genussvoll die salzige Luft ein.

„Tanz mit mir. Danach hole ich uns einen Drink“, hauchte er in ihr Ohr.

Ohne Jewels Zustimmung abzuwarten, zog er sie so eng an sich, dass sich ihre Hüften berührten.

Jewel legte die Arme um seinen Nacken und schmiegte sich an ihn. Ihre Körper waren wie geschaffen füreinander. Langsam wiegten sie sich im Takt der Musik, und Jewel hatte das Gefühl, eins mit dem Fremden zu werden. Er war stark und gab ihr das Gefühl von Sicherheit und Geborgenheit.

„Du bist wunderschön."

Das Kompliment schmeichelte ihr, obwohl sie es schon viele Male gehört hatte. Aus seinem Mund klang es nicht wie eine Anmache, sondern wie eine ehrliche Feststellung. Er war kein Mann, der schnell Komplimente vergab.

„Du aber auch", flüsterte sie.

Die Bemerkung brachte ihn zum Lachen, und Jewel bekam bei dem Klang seiner Stimme eine Gänsehaut. „Ich und wunderschön? Ich weiß nicht, ob mich das schmeicheln oder ärgern soll."

Jewel lachte. „Ich bin mir ziemlich sicher, dass ich nicht die erste Frau bin, die dir das sagt."

„Ach, wirklich?"

Sachte strich er über ihren Rücken und legte die Hand auf die nackte Haut, die das tief ausgeschnittene Kleid freigab. Leise stöhnte Jewel auf. Seine Berührung brannte wie Feuer.

„Du spürst es auch", murmelte er.

Jewel versuchte erst gar nicht so zu tun, als wisse sie nicht, was er meinte. Dass es zwischen ihnen knisterte, war nicht zu leugnen. Niemals zuvor hatte Jewel so etwas erlebt. Auch wenn sie ihm das nicht auf die Nase binden würde. Stattdessen nickte sie wortlos.

„Wollen wir diesem Gefühl nachgeben?"

Jewel hob den Kopf und sah ihn an. „Das wäre schön."

„Du bist direkt, das gefällt mir bei einer Frau."

„Und mir bei Männern."

Jewels schlagfertige Antwort schien ihn zu amüsieren. Aber es lag noch etwas anderes in seinem Blick: Verlangen. Er begehrte sie genauso sehr, wie sie ihn.

„Wir können den Drink auch in meinem Zimmer nehmen."

Jewel zuckte zusammen. Obwohl er keinen Hehl aus seinen Absichten gemacht hatte, war sie von seiner Zielstrebigkeit überrascht. Gleichzeitig spürte sie ein unstillbares Verlangen in sich aufsteigen.

„Ich …“ Mit einem Mal fühlte sie sich unsicher und zögerlich, gar nicht so selbstbewusst, wie sie eigentlich war.

„Was ist?“, fragte er.

„Ich nehme nicht die Pille“, sagte sie kaum hörbar und senkte den Kopf.

Er legte einen Finger unter ihr Kinn und zwang sie, ihn anzusehen. „Ich werde aufpassen.“

Sein Versprechen gab Jewel noch mehr das Gefühl von Geborgenheit, als seine Umarmung es vermocht hatte. Wie es wohl wäre, einen Mann zu haben, der das ganze Leben lang auf sie achtgab? Schnell schüttelte sie den Gedanken wieder ab. Sie wollte sich die Nacht nicht mit solch albernen Hirngespinsten ruinieren.

Jewel stellte sich auf die Zehenspitzen. „Wie ist deine Zimmernummer?“, flüsterte sie. Ihre Lippen waren nur wenige Zentimeter von den seinen entfernt.

„Ich bringe dich hinauf.“

Jewel schüttelte den Kopf. „Ich treffe dich dort.“

Er runzelte die Stirn. Einen Augenblick lang schien er unsicher zu sein, ob er ihr glauben konnte. Dann plötzlich legte er eine Hand in ihren Nacken und küsste sie.

Alle Kraft wich aus Jewels Körper, und sie schwankte. Der Fremde schlang einen Arm um ihre Taille und hielt sie fest.

Fordernd ließ er die Zunge über ihre Lippen gleiten, und Jewel öffnete atemlos den Mund.

Er küsste sie heiß und wild, presste die Lippen auf ihren Mund und fuhr mit der Zunge über ihre Zähne. Jewel konnte sich nicht länger zurückhalten und erwiderte seinen Kuss leidenschaftlich. Als ihre Zungen sich trafen, stöhnte er auf.

Nach einer schieren Ewigkeit löste er sich von ihr. Sein Atem ging stoßweise, in seinen Augen spiegelte sich ungezügeltes Verlangen. Jewel erschauerte.

Dann plötzlich drückte er ihr eine Zimmerkarte in die Hand. „Oberstes Stockwerk, Suite Nummer elf. Beeil dich!"

Und ohne sich noch einmal umzudrehen, lief er mit weit ausgreifenden Schritten zur Hotelbar zurück.

Jewel blickte ihm nach. Sie zitterte am ganzen Körper, und ihre Gedanken wirbelten wild durcheinander. Diese Begegnung warf sie völlig aus der Bahn. Ich muss verrückt sein. Er wird mich bei lebendigem Leib auffressen, dachte sie und hoffte gleichzeitig, dass genau das passieren würde.

Mit zitternden Knien ging Jewel langsam zurück zum Hotel. Sie kannte nicht einmal den Namen dieses Mannes, und doch würde sie heute Nacht Sex mit ihm haben. Sex mit einem geheimnisvollen Fremden …

Das Geheimnisvolle an diesem Mann reizte sie. Eine Nacht des Verlangens … keine Namen, keine Erwartungen, keine Gefühlsduselei. Niemand würde verletzt werden – es war nahezu perfekt.

Aber Jewel war nicht naiv. Da sie nicht wirklich wusste, auf was sie sich einließ, wollte sie, dass diese Nacht nach ihren Spielregeln verlief. Sie durfte ihrem dunkeläugigen Liebhaber nicht uneingeschränkt die Kontrolle überlassen.

Als sie in ihrem Zimmer angelangt war, warf sie einen Blick in den Badezimmerspiegel. Das lange blonde Haar war zerzaust und die Lippen geschwollen. Sie sah aus, als hätte sie gerade eine leidenschaftliche Begegnung hinter sich.

Die heißblütige Verführerin, die ihr im Spiegel entgegenblickte, war Jewel irgendwie fremd, doch gleichzeitig imponierte ihr die neue Frau. Sie wirkte selbstsicher und wunderschön, und ihre Augen funkelten in freudiger Erwartung dessen, was sie in Suite Nummer elf erwartete.

Jewel war die Einsamkeit gewohnt, sie hatte die meiste Zeit ihres Lebens allein verbracht. Aber heute erschien ihr die Aussicht auf eine Nacht in den Armen dieses Mannes so reizvoll, dass sie am liebsten sofort zum Aufzug gerannt wäre.

Stattdessen zwang sie sich, ruhig durchzuatmen. Sie fixierte ihr Spiegelbild so lange, bis der wilde Ausdruck aus den Augen wich und sie wieder kühl und gelassen wirkte. Dann strich sie sich das Haar aus dem Gesicht.

Langsam gewann Jewel die Kontrolle über ihre Gefühle wieder. Zufrieden ging sie hinüber ins Schlafzimmer und setzte sich aufs Bett. Sie würde fünfzehn oder zwanzig Minuten warten, ehe sie zu ihm ging. Er sollte auf keinen Fall merken, wie verrückt sie nach ihm war.

Unruhig lief Periklis in seiner Suite auf und ab. Normalerweise war er nicht so schnell aus der Fassung zu bringen, aber die attraktive Blondine hatte es geschafft. An der Minibar blieb Periklis stehen und schenkte sich einen Drink ein. Gedankenverloren schwenkte er die braune Flüssigkeit im Glas. Dann blickte er zum wiederholten Mal auf die Uhr.

Würde sie kommen?

Im Stillen verfluchte er sich. Er benahm sich wie ein unreifer Teenager, der sich heimlich mit seiner Freundin trifft.

Vom ersten Augenblick an hatte Periklis diese Frau begehrt. Sie hatte an der Verandatür gestanden und sehnsüchtig aufs Meer hinaus geblickt. Ihr Anblick war bezaubernd: groß und schlank, lange Beine und schmale Taille. Die Brüste waren rund und fest, das Haar fiel seidig über ihre Schultern den Rücken hinab. Am liebsten hätte er sofort seine Finger hineingeschoben und ihre vollen Lippen geküsst.

Selbst jetzt noch verspürte er ein schmerzhaftes Ziehen. Nie zuvor hatte eine Frau Periklis so durcheinandergebracht, und das ärgerte ihn. Auch wenn er die Vorstellung, mit ihr ins Bett zu gehen, äußerst reizvoll fand.

Ein leises Klopfen lenkte ihn ab. Hastig stellte Periklis das Glas ab und riss die Tür auf. Da war sie! Sie wirkte auf entzückende Art schüchtern. Ihre Augen leuchteten in einer Mischung aus Smaragdgrün und Saphirblau.

„Du hast mir zwar einen Schlüssel gegeben“, sagte sie leise, „aber ich wollte nicht einfach so hereinplatzen.“

Nur langsam gewann Periklis die Fassung wieder. Er streckte die Hand aus, und die Fremde ergriff sie vertrauensvoll. „Ich freue mich, dass du gekommen bist", sagte er mit rauer Stimme. Dann zog er die Frau ins Zimmer.

Kaum hatte er die Tür geschlossen, schlang er die Arme um die wunderschöne Fremde und zog sie an sich. Sie zitterte, und ihr Herz klopfte so heftig, dass er meinte, jeden Schlag zu spüren. Und er war unfähig, der Versuchung zu widerstehen. Er musste sie einfach küssen. Nur ein kleiner Vorgeschmack ... Aber als sich ihre Lippen trafen, warf er jegliche Zurückhaltung über Bord.

Sie erwiderte den Kuss ebenso stürmisch und schlang die Arme um seinen Hals. Ihre Berührung elektrisierte ihn, und seine Erregung wuchs. Er wollte sie nackt sehen, wollte selbst nackt sein und ihre Haut spüren.

Oh ja, er hatte vorgehabt, es langsam angehen zu lassen, sie Schritt für Schritt zu verführen. Doch der Kuss machte diesen Plan zunichte. Wer verführte hier eigentlich wen? Periklis kümmerte das nicht mehr. Er bedeckte ihren Hals mit Küssen. Ungeduldig zerrte er am Reißverschluss ihres Kleides, bis ihr die Träger endlich über die Schultern hinabglitten und langsam immer mehr von ihrer weichen, samtigen Haut entblößten.

Als er mit der Zunge über ihre nackte Haut fuhr, stöhnte die Unbekannte leise auf. Ein letzter Ruck, und das Kleid fiel ganz zu Boden. In einem hauchdünnen Spitzenslip stand sie vor ihm.

Er hielt den Atem an. Ihre Brüste waren voll und rund, ihre Haut glatt wie Seide. Sanft streichelte er die harten Brustspitzen und umschloss die Brust mit einer Hand. Dann hauchte er einen Kuss auf ihre Haut. Ihr schien der Atem zu stocken, als er sanft die Lippen um eine Brustwarze schloss.

Ihr Geschmack war süß und zart wie der einer Blume. Die pure Weiblichkeit, einfach perfekt. Periklis spürte, dass ihn die Lust zu überwältigen drohte, und hielt kurz inne. Diese Frau machte ihn wahnsinnig. Er benahm sich, als wäre er das erste Mal mit einer Frau zusammen.

Vor Erregung hätte er sie am liebsten aufs Bett geworfen und sofort erobert. Aber er musste es ruhiger angehen lassen, raffinierter. Sie hatte zu viel Macht über ihn.

Er wollte sie genauso verrückt machen, wie sie ihn, und erst dann würde er sie nehmen.

Jewel hielt sich an ihm fest, als ihr die Knie nachgaben. Er hob sie hoch und trug sie in das angrenzende Schlafzimmer.

Dort legte er sie auf das Bett und begann, sich vor ihr auszuziehen. Ein erregender Anblick. Dabei sah er Jewel so begehrlich an, dass ihr heiß wurde.

Zuerst warf er das T-Shirt beiseite und entblößte muskulöse Schultern und eine breite Brust. Seine Hüfte war schmal und betonte den durchtrainierten Waschbrettbauch. Kein unsportlicher Geschäftsmann also, dachte Jewel anerkennend. Die dunklen Härchen auf seiner Brust lenkten ihren Blick tiefer, über seinen Bauch zum Bauchnabel und auf die Jeans.

Wie gebannt beobachtete sie, wie er sich die Hose aufknöpfte. Ohne zu zögern, schob er sie mitsamt der Boxershorts nach unten. Jewel rang nach Atem, als sie sah, wie erregt er war.

Er kam zu ihr aufs Bett und warf ihr einen glutvollen Blick zu. „Hast du etwa daran gezweifelt, dass ich dich begehre, meine Schöne?"

Jewel lächelte. „Nein."

„Ich begehre dich wahnsinnig", flüsterte er heiser. Dann küsste er sie.

Sehnsüchtig kam sie ihm entgegen. Sie wollte die Wärme und Leidenschaft spüren, die er verströmte. Es war so lange her, dass sie den Körper eines Mannes gespürt hatte. Und dieser Mann weckte in ihr eine Begierde, die beinah beängstigend war.

Sanft schob er ihre Arme nach oben und hielt sie fest. Seinen Küssen, mit denen er sie in Besitz nahm, war Jewel vollkommen ausgeliefert. Kein Zentimeter Haut, auf dem sie nicht die Berührung seiner Lippen spürte. Wieder hielt Jewel den Atem an, als er die Brustwarzen abwechselnd sanft liebkoste. Dann glitt er tiefer und erkundete ihren Bauchnabel. Jeder einzelne ihrer Muskeln schien vor Erregung zu zittern.

Mit den Händen liebkoste er die Rundungen ihres Körpers, bis er an der Hüfte ankam. Dort hielt er kurz inne, hakte sachte die Daumen unter den Saum des Slips und drückte einen Kuss auf den Spitzenstoff.

Leise schrie sie auf. Sein Kuss war wie ein Stromschlag, obwohl er ihre Haut nicht einmal berührt hatte.

Langsam schob er den Slip nach unten. Auf Höhe der Knie verlor er jedoch die Geduld und riss den Stoff einfach entzwei. Achtlos warf er die Reste beiseite, bevor er sie zärtlich zu streicheln begann. Vorsichtig spreizte er ihre Beine, und sie atmete hörbar ein.

„Hab keine Angst“, murmelte er. „Vertraue mir heute Nacht. Du bist so wunderschön. Ich werde dir das süßeste Vergnügen bereiten.“

„Ja, bitte ja!“, flüsterte sie.

Er küsste ihre Knie, dann die Innenseite der Oberschenkel. Schließlich streifte er ihre blonden Locken sanft mit den Lippen. „Lass mich deine Erregung spüren, meine Schöne.“

Dann küsste er sie. Sie erschauerte und konnte den leisen Lustschrei nicht unterdrücken, als sie seine Zunge auf der Haut spürte. Das Gefühl war überwältigend. Noch nie hatte ein Mann sie so sehr erregt.

„Du bist so wild. Ich kann es kaum erwarten, mit dir zu schlafen.“

Er wandte sich ab, und sie seufzte enttäuscht auf. Dann sah sie jedoch, dass er nach einem Kondom griff und es sich überstreifte. In der nächsten Sekunde war er wieder bei ihr und streichelte sie, bis sie bereit für ihn war, die Augen schloss und sich ihren Empfindungen hingab.

„Nimm mich, nimm mich ganz!“, stieß sie hervor.

Er legte die Hände an ihre Hüfte. Dann drang er mit einer

einzigen fließenden Bewegung in sie ein. Heiße Begierde erfüllte sie, als sie aufkeuchte und sich an seinen Schultern festhielt. Für einen Moment hielt sie ganz still und genoss das Gefühl, ihn in sich zu spüren.

Erschrocken sah er sie an. „Habe ich dir wehgetan?"

Jewel strich ihm beruhigend über die Wange. Er schien kurz davor zu sein, die Beherrschung zu verlieren, und seine Augen glänzten dunkel vor Verlangen. In diesem Moment genoss sie ihre Macht. Und Jewel wollte die Zügellosigkeit kosten, das Animalische, das hinter seiner kühlen Fassade verborgen lag. „Nein", erwiderte sie sanft. „Du hast mir nicht wehgetan. Ich will dich so sehr."

Um ihm die letzten Zweifel zu nehmen, zog sie ihn an sich und hob die Hüfte, sodass sie sich noch inniger vereinten.

Ein letztes Mal versuchte er, sich zurückzunehmen, aber sie ließ es nicht zu. Sie schlang die Beine fest um seine Hüfte und streckte sich ihm entgegen. Sie wollte ihn, *brauchte* ihn!

Schließlich gab er die Zurückhaltung auf. Er nahm sie fest in die Arme und drückte das Gesicht an ihren Hals. Dann endlich ließ er seine Leidenschaft gewähren, liebte sie immer schneller und härter, bis seine Kraft sie zu überwältigen drohte. Es war eine süße Mischung aus lustvollem Schmerz und Glückseligkeit. So etwas hatte Jewel nie zuvor erlebt. Es war, als hätte ein Wirbelsturm sie erfasst.

„Lass dich gehen", raunte er ihr zu. „Du zuerst."

Endlich gab sie die Kontrolle auf und ließ sich von dem Sturm ihrer Empfindungen davonreißen. Völlig außer sich schrie sie laut auf, als sie den Höhepunkt erreichte. Es war erschreckend und berauschend zugleich.

Jetzt bewegte er sich noch schneller, beinah wild. Hart presste er den Mund auf ihre Lippen, als wollte er sein Stöhnen unterdrücken. Dann spannte er die Muskeln an und presste sich ein letztes Mal fest an sie.

Als er wieder zu Atem gekommen war, streichelte er Jewels Gesicht und ihre Haare. Dabei murmelte er Worte in einer Sprache, die sie nicht verstand. Nach einer Weile löste er sich von ihr und legte sich neben sie. Er streifte sich das Kondom ab und zog sie in seine Arme.

Unsicher wartete sie darauf, was er als Nächstes tun würde. Würde er sie bitten zu gehen, oder wollte er die Nacht mit ihr verbringen? Jewel fühlte sich so wohlig matt, dass sie nicht daran denken mochte aufzustehen. Gleichzeitig hatte sie Angst, in eine peinliche Situation zu geraten.

Er beantwortete die unausgesprochene Frage, indem er Jewel an sich zog und ihren Kopf an seine Brust bettete. Kurz darauf zeigten seine ruhigen Atemzüge ihr, dass er eingeschlafen war.

Behutsam legte Jewel einen Arm um seine Hüfte und kuschelte sich an ihn. Die feinen Härchen kitzelten sie auf angenehme Weise. Tief atmete sie seinen Duft ein und fühlte sich für einen kurzen Moment sicher und angenommen. Es war ein alberner Gedanke, aber das war ihr egal. Heute Nacht wollte sie nicht allein sein, sie wollte zu jemandem gehören.

Sogar im Schlaf schien er ihre Unruhe zu spüren und drückte sie noch fester an seinen warmen Körper. Zufrieden lächelnd schlief Jewel in seinen Armen ein.

Periklis öffnete die Augen. Er hatte keine Ahnung, wie spät es war, und das kam selten vor. Normalerweise war er schon vor Morgengrauen hellwach und bereit für die Aufgaben des Tages. Heute jedoch fühlte er sich schläfrig und ungewöhnlich träge. Erst jetzt bemerkte er den weichen Körper einer Frau neben sich. Er hielt sie noch immer im Arm.

Aber anstatt sich wie sonst wegzudrehen, um die Nähe zu vermeiden, blieb er still liegen und atmete ihren Duft ein. Normalerweise würde er jetzt aufstehen und unter die Dusche steigen, um ihr unmissverständlich klarzumachen, dass die Episode beendet war. Aber er wollte diese Frau noch nicht wegschicken, noch nicht.

Als er mit der Hand über ihren Rücken hinunter zum Po strich, bewegte sie sich träge. Eine leise innere Stimme warnte ihn, aber er ignorierte sie. Er musste einfach noch einmal mit ihr schlafen.

Sanft drehte er die Fremde auf den Rücken und schob sich über sie. Mit einer Hand tastete er auf dem Nachttisch nach einem neuen Kondom.

Ihre Augenlider flatterten. „Guten Morgen", murmelte sie.

Bei dem rauchigen Klang ihrer Stimme jagte Periklis ein Schauer durch den Körper. Er rieb seine Hüfte an ihrem Körper und küsste sie auf den Mund. „Guten Morgen."

Als er merkte, dass sie seine Bewegung erwiderte, drang er vorsichtig in sie ein. Diesmal ließ er sich mehr Zeit als in der vergangenen Nacht. Er wollte ihr nicht wehtun, und außerdem wollte er es so lange wie möglich auskosten, ein letztes Mal mit ihr zusammen zu sein.

Wie eine Katze streckte sie sich unter ihm, dann schlang sie die Arme um ihn. Ihr schlanker, wunderschöner Körper passte sich seinen Bewegungen fließend an. Zärtlich strich Periklis ihr das Haar aus dem Gesicht. Sie war unwiderstehlich. Wieder und wieder küsste er sie. Letzte Nacht war der Sex wie ein Wirbelsturm gewesen. Heute folgte ein lauer Sommerregen, sanft und überaus sinnlich.

Auch wenn ihm der Gedanke widerstrebte: Er wollte nicht, dass sie ging. Doch genauso wenig wollte er in eine neuerliche Falle tappen. Lange genug hatte er jegliche Bindung vermieden, und er würde es verdammt noch mal nie wieder zulassen.

Sie schmiegte sich fest an ihn, und gemeinsam fanden sie ihren Rhythmus, langsam und genussvoll. Als Perikles sich schließlich nicht länger zurückhalten konnte, führte er sie beide zum Höhepunkt, bis sie einander keuchend in den Armen lagen.

Lange Zeit lag er einfach nur da, mit ihr vereint, das Gesicht in ihrem duftenden Haar. Dann holte ihn die Wirklichkeit ein. Es war schon Morgen. Die gemeinsame Nacht war vorbei, und er musste die Sache beenden, bevor es zu kompliziert wurde.

Abrupt drehte er sich zur Seite und stand rasch auf.

„Ich gehe duschen“, sagte er kurz angebunden und griff nach seiner Hose. Vom Bett aus musterte sie ihn mit wachsamem Blick.

Dann nickte sie, und er verschwand im Badezimmer. Doch anstatt sich erleichtert zu fühlen, verspürte er ein starkes Bedauern. Zehn Minuten später war das Bett leer.

Sie war verschwunden … aus seinem Zimmer, seinem Leben.

Oh ja, sie kannte die Spielregeln. Vielleicht sogar zu gut. Einen Augenblick lang wünschte er sich, sie wäre noch da. Wünschte sich, dass sie in seinem Bett lag, warm und gesättigt von der Liebesnacht. Und ihm gehörte.

2. KAPITEL

Die Büros der Hotelleitung waren auf einer gesonderten Etage des Hauses untergebracht. Dort wartete Jewel auf ihren Termin mit Periklis Anetakis. Zum wohl hundertsten Mal strich sie sich mit der Hand übers Haar und löste damit nur noch mehr Strähnen aus dem elegant gesteckten Knoten. Um Schlimmeres zu verhindern, ging sie dazu über, nicht vorhandene Falten aus dem Rock zu streifen. Die Warterei machte sie nervös.

Nach außen wirkte Jewel besonnen und professionell, das wusste sie. Schließlich hatte sie an diesem Auftreten hart gearbeitet. Die Frau, die sich zwei Nächte zuvor einem wildfremden Mann so leidenschaftlich hingegeben hatte, existierte in diesem Moment nicht. Jewel, die Geschäftsfrau, war distanziert und kühl.

Und doch musste sie immer wieder an die erotische Nacht mit dem geheimnisvollen Liebhaber denken. Seinen Hinweis hatte sie verstanden und sich aus dem Staub gemacht, als er unter der Dusche stand. Im Stillen hegte sie jedoch die Hoffnung, ihm noch einmal zu begegnen, ganz zufällig. Vielleicht würden sie eine weitere Nacht miteinander verbringen … auch wenn sie sich geschworen hatte, dass es bei der einen bleiben würde.

Es war sinnlos, darüber nachzudenken. Sicherlich war er schon längst wieder nach Hause gefahren. Und auch Jewel würde weiterziehen, sobald sie genug Geld für die Reise zusammenhatte.

Manchmal dachte Jewel darüber nach, wie es wäre, sich an einem Ort niederzulassen und all die Annehmlichkeiten eines richtigen Zuhauses zu genießen. Aber die Vorstellung blieb ihr fremd. Schon vor langer Zeit hatte sie gelernt, dass das Schicksal ihr kein Zuhause gönnte.

Ungeduldig blickte sie auf die Uhr. Zwei Minuten nach acht. Der Termin war für acht Uhr vorgesehen. Anscheinend war Pünktlichkeit nicht gerade Mr Anetakis' Stärke.

Die Aktentasche an die Brust gedrückt, blickte Jewel nachdenklich aus dem Fenster. Unten am Strand brachen sich die Wellen. Das Meer war wunderschön und eindrucksvoll, aber bei Tag büßte es immer ein wenig von seiner Romantik ein. Erst bei Nacht, im Licht der Fackeln und des Mondes, hatte es eine ganz besondere Ausstrahlung.

Bedauernd verzog Jewel den Mund. Der dunkelhaarige Geliebte ging ihr nicht aus dem Kopf. Er war kein Mann, den man einfach vergessen konnte, ganz sicher würde sie noch lange an ihn denken.

In diesem Moment schwang die Tür hinter ihr auf, und eine ältere Dame streckte den Kopf ins Zimmer. „Miss Henley, Mr Anetakis empfängt Sie jetzt", sagte sie freundlich.

Jewel zauberte ein strahlendes Lächeln auf ihre Lippen und folgte der Dame ins Büro. Mr Anetakis stand am anderen Ende des Zimmers. Er hatte ihnen den Rücken zugedreht und hielt ein Handy ans Ohr. Als er sie hereinkommen hörte, drehte er sich um, und Jewel blieb wie angewurzelt stehen. Das durfte nicht wahr sein – Mr Anetakis war der geheimnisvolle Liebhaber!

Periklis Anetakis hingegen reagierte erstaunlich gelassen. Er zog eine Augenbraue in die Höhe, klappte das Handy zu und wandte sich dann an seine Sekretärin.

„Lassen Sie uns bitte alleine, Margery. Miss Henley und ich haben eine Menge zu besprechen."

Die Sekretärin verließ den Raum und schloss die Tür hinter sich. Krampfhaft drückte Jewel die Aktentasche wie ein Schutzschild gegen die Brust.

„Ich hatte keine Ahnung, wer du bist", sagte sie, und ihre Stimme zitterte.

„Das glaube ich dir", erwiderte er ruhig. „Du bist so erschrocken, das kann niemand vortäuschen. Aber die Situation ist doch ein wenig unangenehm, findest du nicht?"

„Dafür gibt es keinen Grund", antwortete Jewel beherzt und streckte ihm die Hand entgegen. „Hallo, Mr Anetakis. Ich bin

Jewel Henley, Ihre neue Assistentin. Wir werden sicher gut zusammenarbeiten."

Ein diebisches Lächeln stahl sich auf seine Lippen, doch noch ehe er etwas erwidern konnte, klingelte das Handy.

„Entschuldigen Sie mich, Miss Henley", sagte er kühl und nahm den Anruf entgegen.

Das Gespräch wurde auf Griechisch geführt. Obwohl Jewel kein Wort verstand, hörte sie an Periklis' Stimme, dass er wütend war. Seine Miene verdüsterte sich zunehmend, und nach ein paar letzten, schroffen Sätzen klappte er das Telefon verärgert zu.

„Entschuldigen Sie mich. Es gibt etwas, um das ich mich dringend kümmern muss. Gehen Sie bitte zu Margery ins Büro, sie wird Sie einweisen."

Jewel nickte stumm und sah ihm nach. Als die Tür ins Schloss fiel, stöhnte sie laut auf. Was für ein Pech! Und sie hatte noch gehofft, ihn wieder zu treffen und eine weitere Nacht mit ihm zu verbringen.

Ihre Knie zitterten, als sie Margery suchen ging. Wie sollte sie die nächsten vier Wochen überstehen, ohne den Verstand zu verlieren?

Periklis stieg aus dem Hubschrauber und lief zu der Limousine hinüber, die auf dem Landeplatz parkte. Auf der Fahrt zum Flughafen, wo sein Privatjet gerade startklar gemacht wurde, hatte Periklis endlich Zeit für den Anruf, der ihm die ganze Zeit auf den Nägeln brannte.

Beim zweiten Klingeln hob der Personalleiter des Inselhotels ab.

„Was kann ich für Sie tun, Mr Anetakis?", fragte er höflich.

„Jewel Henley", sagte Periklis gereizt.

„Ihre neue Assistentin?"

„Sie müssen sie loswerden."

„Wie bitte? Gibt es ein Problem?"

„Tun Sie es einfach. Ich will, dass sie weg ist, wenn ich zurückkomme." Periklis versuchte sich zu beruhigen. „Es ist mir egal, wie Sie es anstellen. Sie können sie von mir aus versetzen oder befördern oder ihr das komplette Gehalt im Voraus auszahlen. Aber sie kann nicht mit mir arbeiten. Ich habe strenge Grundsätze, was private Kontakte mit meinen Angestellten angeht. Und lassen Sie es mich so sagen, Miss Henley und ich haben eine gemeinsame Vergangenheit."

Am anderen Ende der Leitung herrschte Stille. „Hallo?", rief Periklis in den Hörer. Keine Antwort, die Verbindung war unterbrochen. Periklis fluchte. Zum Teufel mit der Antwort, Hauptsache der Mann unternahm die richtigen Schritte.

Periklis glaubte nicht, dass das Treffen mit Jewel Henley Zufall war. Erst vor Kurzem hatte Roslyn, die Assistentin seines Bruders Yannis, heimlich wertvolle Firmengeheimnisse an einen Mitbewerber verkauft. Nach diesem Debakel waren die Brüder bei der Wahl der engsten Mitarbeiter äußerst vorsichtig. Eine zweite Roslyn konnten sie sich nicht leisten.

Dennoch spürte Periklis einen schmerzhaften Stich in der Brust, als er an Bord des Privatjets ging. Er musste zugeben, dass ihm diese Nacht mehr bedeutet hatte als ein normaler One-Night-Stand. Umso wichtiger war es jetzt, den Kontakt abzubrechen. Nie wieder würde er einer Frau auch nur den leisesten Hauch von Macht über sich zubilligen.

Jewel saß an Margerys Schreibtisch und wühlte sich durch einen Berg von Unterlagen, während die Sekretärin im Hintergrund telefonierte und Dokumente ausdruckte.

Den ganzen Morgen hatte Jewel ungeduldig auf Periklis' Rückkehr gewartet. Sie wollte zumindest versuchen, die Situation zu bereinigen. Es half schließlich nichts, das Problem einfach zu ignorieren.

In der Mittagspause ging sie hinunter ins Café und kaufte sich ein Sandwich. Während sie aß, sah sie zu, wie die Möwen kreischend um eine Gruppe Touristen herum flogen, die sie mit Brot fütterten. Wenn Margery es erlaubte, würde sie Kirk später vom Bürorechner aus eine E-Mail schreiben. Sie wollte ihn wissen lassen, dass sie gut angekommen war und für ein paar Wochen hier bleiben würde.

Kirk war ihr einziger Freund, doch leider sahen sie sich viel zu selten. Er verbrachte beruflich viel Zeit im Ausland, und auch Jewel war ständig auf Reisen. Vielleicht waren sie beide so etwas wie verlorene Seelen, die von einem Ort zum anderen zogen. Keiner von ihnen hatte ein richtiges Zuhause, und das war wohl auch der Grund, warum sie sich so gut verstanden.

Kirk war wie ein Bruder für Jewel. Ihre Wege kreuzten sich nur selten, aber per E-Mail und Telefon blieben sie immer in Kontakt. Kam es einmal vor, dass sie sich trafen, dann genoss es Jewel umso mehr. Es war schön, wenigstens ein paar Stunden mit einem Menschen zu verbringen, der ihr wichtig war.

Sie schluckte den letzten Bissen des Sandwiches hinunter und warf die Verpackung in den Mülleimer. Ob Periklis schon zurück war? Jewel hatte ein flaues Gefühl in der Magengrube. Energisch drängte sie die Unruhe beiseite und drückte den Fahrstuhlknopf. Wenn er so cool damit umging, dann konnte sie es auch.

Zurück im Büro bemerkte sie sofort, dass etwas nicht stimmte. „Mr Patterson will Sie sprechen“, sagte Margery grimmig.

Jewel runzelte die Stirn. Sie hatte den Arbeitsvertrag bereits unterzeichnet, und auf ihrem Schreibtisch türmte sich die Arbeit. Mit einem Achselzucken machte sie kehrt und ging den Flur hinunter zum Büro des Personalleiters.

Als sie an die Glastür klopfte, blickte er auf.

„Miss Henley, kommen Sie herein. Setzen Sie sich.“

Jewel setzte sich ihm gegenüber und wartete gespannt. Patterson räusperte sich und zerrte umständlich an seiner Krawatte. Ganz offensichtlich war ihm das Gespräch unangenehm.

„Sie wissen, dass ihre Assistentinnenstelle befristet ist auf die Zeit, in der Mr Anetakis hier ist.“

„Ja.“ Das hatten sie doch alles schon geklärt.

„Ich muss Ihnen leider sagen, dass Mr Anetakis seine Pläne geändert hat. Er braucht keine Assistentin mehr.“

Ungläubig starrte Jewel ihn an. „Wie bitte?“

„Sie sind hiermit entlassen."

Jewel sprang auf, die Hände zu Fäusten geballt. „Dieser Mistkerl. Was für ein verfluchter Mistkerl!"

„Der Sicherheitsdienst wird Sie in ihr Hotelzimmer begleiten und warten, bis sie gepackt haben", fuhr Patterson fort, ohne auf Jewels Schimpftirade zu achten.

„Sie können Mr Anetakis ausrichten, dass er das Allerletzte ist. Wortwörtlich, Mr Patterson. Er ist ein feiger Schlappschwanz, und ich hoffe, er erstickt an seiner Feigheit."

Mit diesen Worten stürmte sie aus Pattersons Büro und schlug die Tür so fest hinter sich zu, wie sie nur konnte. Der Knall hallte dröhnend über den Flur, und einige Mitarbeiter streckten neugierig die Köpfe aus den Büros.

Es war einfach unglaublich. Dieser Mann hatte nicht einmal den Mumm, sie eigenhändig zu feuern. Stattdessen überließ er die Drecksarbeit einem Mitarbeiter. Was für ein Scheusal!

Auf dem Weg zum Aufzug stießen zwei Sicherheitsleute zu ihr. Jewel schäumte vor Wut. Es gab keinen Grund, sie wie eine Kriminelle zu behandeln.

Im Aufzug herrschte eisiges Schweigen. Oben angekommen, positionierten sich die Männer vor der Zimmertür und ließen Jewel alleine hineingehen. Wie lange würden sie wohl warten, ehe sie die Tür auftraten? Trotz ihrer Wut fand Jewel die Vorstellung irgendwie amüsant.

Sie feuerte die Pumps in die Ecke und ließ sich aufs Bett fallen. Zur Hölle mit Periklis! Der Hinflug hatte ihr Budget fast völlig aufgezehrt, und Jewels Pläne, die Reisekasse mithilfe des gut bezahlten Jobs wieder aufzufüllen, waren ganz offensichtlich gescheitert. Sechs Monate hätte sie sich mit dem Assistentinnengehalt über Wasser halten können. Jetzt reichte ihr Erspartes gerade noch, um die Insel zu verlassen.

Wenn sie nicht auf der Straße stehen wollte, blieb ihr nur eine Wahl: Sie musste zurück nach San Francisco, wo Kirk ein Appartement gemietet hatte. Kirk zahlte jeden Monat pünktlich die Miete, und meist war die Vorratskammer bis oben gefüllt.

Dorthin durfte Jewel sich zurückziehen, wann immer sie ein Dach über dem Kopf brauchte.

Das einzige Problem war, dass Kirk momentan nur per E-Mail erreichbar war. Manchmal las er die Nachrichten monatelang nicht. Ob er vielleicht gerade einen seiner seltenen Zwischenstopps in San Francisco einlegte?

Erschöpft schloss Jewel die Augen und massierte ihre Schläfen. Sie könnte sich auch hier auf der Insel nach einer anderen Arbeitsstelle umsehen, aber nach der Ankunft hatte sie bereits alle Möglichkeiten durchgespielt. Kein anderer Job war so gut bezahlt wie der im Hotel. Außerdem verspürte Jewel keine Lust, ständig Periklis Anetakis über den Weg zu laufen. Diesem elendigen Wurm!

San Francisco war die letzte Chance, entschied Jewel frustriert. Mit ein wenig Glück würde sie dort einen Job finden und bald genug Geld zusammenhaben, um weiterzuziehen. Das Gute war, dass sie keine Miete zahlen musste, auch wenn sie Kirk nur ungern zur Last fiel.

„Ich hasse dich, Periklis Anetakis", flüsterte sie. Er hatte es geschafft, die wundervollste Nacht ihres Lebens in etwas Schäbiges, Billiges zu verwandeln.

Niedergeschlagen schüttelte Jewel den Gedanken ab. Selbstmitleid half ihr nicht weiter. Sie musste sich aufrappeln und versuchen, aus dem Fehler zu lernen.

3. KAPITEL

Fünf Monate später …

Periklis lief die Gangway des Privatjets hinab und eilte auf die wartende Limousine zu. Er fröstelte. Die kühle, feuchte Luft in San Francisco stand im krassen Gegensatz zu der tropischen Wärme auf der Insel. Nach Jewels Anruf war Periklis so überhastet aufgebrochen, dass er nicht einmal einen warmen Mantel eingepackt hatte. Unter der Anzugjacke trug er nur ein dünnes Seidenhemd, das keinen ausreichenden Schutz vor der Kälte bot.

Der Fahrer kannte die Adresse des Krankenhauses, in dem Jewel lag, und fuhr zügig los. Periklis lehnte sich zurück und versuchte, sich zu entspannen.

Was war ihr wohl zugestoßen? Sicherlich etwas Ernstes, sonst hätte sie ihn nach fünf Monaten nicht plötzlich angerufen. Von Schuldgefühlen geplagt, hatte Periklis sich all die Zeit bemüht, sie zu finden. Leider erfolglos.

Aber was geschehen war, war geschehen. Immerhin wusste er jetzt, wo sie war. Sobald er sicher sein konnte, dass sie gut versorgt war, würde Periklis ihr eine angemessene Entschädigung für den verlorenen Job bezahlen. Vielleicht bekam er sie dann endlich aus seinem Kopf.

Kaum hatte der Wagen vor dem Krankenhaus angehalten, als Periklis auch schon auf die Straße sprang und ins Gebäude eilte. Am Empfang erfuhr er Jewels Zimmernummer und nahm den Aufzug nach oben. Als der Lift anhielt, atmete er noch einmal tief durch und betrat dann den Flur.

Die Zimmertür stand einen Spaltbreit offen. Periklis klopfte leise, doch es kam keine Antwort. Vorsichtig schob er die Tür auf und trat ein.

Jewel lag unter einem Knäuel von Decken auf dem Bett, den Kopf im Kissen vergraben. Ihr Atem ging tief und regelmäßig, sie schlief.

Das Gesicht war schmaler als noch vor fünf Monaten, und eine steile Falte kräuselte ihre Stirn. Sogar im Schlaf wirkte sie angespannt. Die Finger hatte Jewel so fest um das Laken gekrallt, dass die Knöchel weiß hervortraten. Und doch war sie genauso schön, wie Periklis sie in Erinnerung hatte. Ihre Schönheit hatte ihm fünf Monate lang keine Ruhe gelassen.

Er setzte sich auf den Stuhl neben dem Bett und zog sein Jackett aus. Von dem leisen Geräusch aufgeweckt, riss Jewel erschrocken die Augen auf.

Als sie Periklis sah, trat Panik in ihren Blick. Instinktiv legte sie die Hände in einer beschützenden Geste auf den Bauch.

Periklis sah auf ihre Hände, und mit einem einzigen Blick erkannte er, was sie beschützen wollte. Deutlich wölbte sich ihr Bauch unter der Decke.

„Du bist schwanger!“, rief Periklis.

Misstrauisch kniff Jewel die Augen zusammen. „Warum sagst du das so vorwurfsvoll? Ich bin wohl kaum alleine schuld daran.“

Periklis war so erstaunt, dass er die Bedeutung ihrer Worte erst nicht verstand. Dann dämmerte es ihm langsam. Er hatte schon einmal eine ähnliche Situation erlebt. Die Überraschung wandelte sich in Wut.

„Willst du damit sagen, dass es von mir ist?“, fragte er barsch. In seinem Kopf wirbelten die Gedanken durcheinander. Er würde sich nicht noch einmal von einer Frau in die Falle locken lassen.

„Sie“, verbesserte Jewel ihn. „Warum sprichst du von deiner Tochter nicht wie von einem menschlichen Wesen?“

Verdammt! Sie wusste genau, wie sie ihn manipulieren konnte.

„Eine Tochter?“

Ungewollt wurde Periklis’ Stimme sanfter, und er ertappte sich dabei, wie er Jewels Bauch musterte. Ungestüm zog er ihre Hände beiseite und berührte die Rundung selbst. Als sich unter seinen Händen etwas bewegte, schrak er zurück.

„Mein Gott! Ist sie das?“

Jewel lächelte. „Sie ist heute Morgen sehr aktiv."

Periklis schüttelte ungläubig den Kopf. Eine Tochter. Vor seinem geistigen Auge tauchte das Bild eines kleinen Mädchens auf, das Jewel wie aus dem Gesicht geschnitten war ... bis auf Periklis' dunkle Augen. Verdammt, sie brachte ihn schon wieder zum Träumen!

Skeptisch musterte er Jewel. „Ist sie von mir?"

Jewel sah ihm fest in die Augen und nickte.

„Aber wir haben verhütet. *Ich* habe verhütet!", fluchte Periklis.

Jewel zuckte mit den Schultern. „Sie ist von dir."

„Erwartest du, dass ich dir glaube? Einfach so?"

Wutentbrannt setzte sich Jewel im Bett auf, die Hände zu Fäusten geballt. „Ich habe seit zwei Jahren mit keinem Mann geschlafen außer mit dir. Sie ist von dir!"

Diesmal würde Periklis sich nicht so leicht übertölpeln lassen. „Dann hast du sicher nichts gegen einen Vaterschaftstest einzuwenden."

Jewel schloss die Augen und ließ sich erschöpft in die Kissen zurücksinken. Als sie ihn wieder ansah, war ihr Blick getrübt von Schmerz. Sie schüttelte den Kopf. „Nein, Periklis. Ich habe nichts zu verbergen."

„Was ist überhaupt los mit dir? Warum bist du im Krankenhaus?", fragte er etwas verspätet. Die Nachricht ihrer Schwangerschaft hatte ihn so überrumpelt, dass er erst jetzt wieder klar denken konnte.

„Ich war krank", antwortete sie leise. „Erhöhter Blutdruck, Müdigkeit. Mein Arzt denkt, es liegt an meinem Job. Er sagt, ich muss kündigen, wenn ich das Leben meines Kindes nicht aufs Spiel setzen will."

„Was um Himmels willen machst du denn?", fragte er.

Sie zuckte die Achseln. „Ich arbeite als Kellnerin. Das war alles, was ich auf die Schnelle finden konnte. Ich brauchte Geld, um weiterzureisen. Irgendwohin, wo ich Geld verdienen kann. Hier in San Francisco ist alles so teuer."

„Warum bist du dann überhaupt hierhergekommen? Du hättest doch überall hingehen können."

Verbittert sah sie ihn an. „Ich habe hier ein Appartement, eines, das bezahlt wird. Nachdem du mich gefeuert hast, hatte ich keine große Wahl. Ich musste irgendwo schlafen und ein wenig Geld verdienen."

Erneut meldete sich Periklis' schlechtes Gewissen. Das war wirklich ein schönes Schlamassel. Er hatte sie gefeuert und damit, ohne es zu wissen, eine schwangere Frau auf die Straße gesetzt.

„Hör mal, Jewel, wegen der Entlassung …"

Mit einer Handbewegung brachte sie ihn zum Schweigen. „Ich möchte nicht darüber reden. Du hast dich wie ein feiges Schwein verhalten. Ich hätte nie mehr mit dir geredet, wenn deine Tochter dich nicht bräuchte. Und auch ich brauche deine Hilfe."

„Ich wollte nur sagen, dass ich dich nicht rauswerfen wollte", wiederholte er geduldig.

Argwöhnisch funkelte Jewel ihn an. „Das tröstet mich wenig, denn ich wurde nun mal gefeuert und wie ein Verbrecher aus dem Hotel geworfen."

Periklis seufzte. Es war wirklich kein guter Zeitpunkt, mit ihr zu streiten. Sie wurde von Minute zu Minute wütender. Das schlechte Bild, das sie von ihm hatte, hatte sich in fünf Monaten verfestigt. Es war unmöglich, es in fünf Minuten wieder geradezurücken.

„Also, was brauchst du von mir?", fragte er. „Du kannst auf meine Hilfe zählen."

Jewel musterte ihn skeptisch. Ihre Augen hatten die Farbe des Meeres. Vielleicht wäre es schöner, wenn seine Tochter Jewels Augen erbte. Dunkelhaarig wie Periklis, aber mit Jewels meergrünen Augen. Oder waren sie blau? Er konnte es nicht mit Gewissheit sagen.

Jewel ließ die Schultern hängen. „Mein Arzt entlässt mich erst, wenn ich jemanden habe, der für mich sorgt."

Aus ihrer Stimme sprach deutlicher Widerwille, als wäre es ihr unangenehm, von einem anderen Menschen abhängig zu sein.

„Ich muss bis zur Operation strenge Bettruhe einhalten.“

Periklis zuckte zusammen. „Operation? Was für eine Operation? Ich dachte, es geht nur um deinen Blutdruck?“

Periklis' Schwägerin Marley hatte während der Schwangerschaft auch unter Stress und Bluthochdruck gelitten. Der Arzt hatte ihr lediglich Ruhe verordnet. „Du kannst nicht operiert werden, wenn du schwanger bist. Was ist mit dem Baby?“

Geduldig erklärte Jewel die Situation. „Das ist ja das Problem. Bei der letzten Ultraschalluntersuchung haben sie eine Zyste an einem meiner Eierstöcke entdeckt. Normalerweise schrumpfen solche Zysten während der Schwangerschaft. Meine ist aber weiter gewachsen und drückt nun auf die Gebärmutter. Die Ärzte müssen sie entfernen, um die Schwangerschaft und das Baby nicht zu gefährden.“

Periklis fluchte lautstark. „Ist diese Operation gefährlich? Wird sie dem Baby nicht schaden?“

„Der Arzt meint nein, aber sie müssen bald operieren.“

Periklis fluchte wieder, diesmal lautlos. Zum zweiten Mal drohte er in eine Situation zu geraten, in der er die Kontrolle verlieren würde. Einmal hatte er sich für dumm verkaufen lassen. Das würde ihm nicht noch einmal passieren.

„Du wirst mich heiraten“, kündigte er dann an.

„Du bist verrückt!“, rief Jewel empört.

Periklis' Augen verengten sich zu schmalen Schlitzen. „Seit wann ist eine Hochzeit etwas Verrücktes?“

„Du bist unzurechnungsfähig!“

Periklis schnaubte. „Ich bin nicht verrückt!“

„Du meinst das wirklich ernst?“

In Jewels Augen spiegelte sich blankes Entsetzen. Frustriert schüttelte Periklis den Kopf.

„Guter Gott, glaubst du ernsthaft, dass ich dich heirate?“, fragte Jewel ungläubig.

„Warum bist du so entsetzt?“

„Entsetzt“, murmelte sie. „Das trifft es ungefähr. Hör zu, Periklis. Ich brauche deine Hilfe, deine Unterstützung. Aber ich möchte nicht heiraten. Niemanden, und schon gar nicht dich!"

„Nun, wenn du meine Unterstützung willst, dann hast du keine andere Wahl, als mich zu heiraten", antwortete er gereizt.

Wütend starrte Jewel ihn an. „Verschwinde!", stieß sie zwischen zusammengebissenen Zähnen hervor und zeigte mit einem zitternden Finger auf die Tür.

Periklis nahm ihre Hand und streichelte sie sanft.

„Okay, okay, das hätte ich nicht sagen sollen. Wenn das Kind tatsächlich von mir ist, unterstütze ich dich natürlich, Jewel. Ich werde mich so gut ich kann um dich und unsere Tochter kümmern."

Von seinem plötzlichen Stimmungswechsel überrumpelt, schaute Jewel stumm zu ihm auf. Ihr Widerstand schmolz. Warum hatte er immer noch so einen starken Einfluss auf sie, nach allem, was passiert war?

„Du sprichst also das Thema Hochzeit nicht mehr an?"

Periklis kniff die Lippen zusammen. „Das habe ich nicht gesagt. Ich habe immer noch vor, dich so schnell wie möglich zu heiraten. Auf jeden Fall noch vor der Operation."

„Aber ..."

Periklis hob die Hand. „Dir steht eine schwere Operation bevor. Du hast keine Familie, die dir beisteht und im Notfall Entscheidungen trifft."

Ein eiskalter Schauer lief Jewel über den Rücken. Woher wusste er über ihre Familiensituation Bescheid? Hatte er sie ausspioniert? Übelkeit stieg in ihr auf. Niemand durfte etwas über ihre Vergangenheit erfahren. Sie existierte schlichtweg nicht.

„Es muss einen anderen Weg geben", erwiderte sie schwach. Periklis' Anwesenheit und das Streitgespräch raubten ihr alle Kräfte.

Periklis Miene wurde weich. „Ich will nicht mit dir streiten. Wir müssen noch viel klären und haben wenig Zeit. Ich möchte mit deinem Arzt sprechen und dich in ein anderes Krankenhaus verlegen lassen. Ein Spezialist soll dich untersuchen und eine zweite

Meinung dazu abgeben, ob diese Operation wirklich notwendig ist. Die Vorbereitungen für die Hochzeit übernehme ich."

Jewels Widerstand erwachte erneut. „Das reicht!", rief sie wütend. „Du kannst nicht einfach hier hereinplatzen und über mein Leben bestimmen. Ich bin keine hirnlose dumme Gans, die auf dich angewiesen ist. Ich habe bereits mit den Ärzten gesprochen und bin mir durchaus über die Risiken bewusst. Ich allein treffe die Entscheidung darüber, was für mich und meine Tochter am besten ist. Wenn du damit ein Problem hast, dann flieg lieber direkt zurück auf deine Insel und lass mich in Ruhe!"

Periklis machte eine beschwichtigende Handbewegung. „Reg dich nicht auf, Jewel. Es tut mir leid, wenn ich dich verletzt habe. Du hast mich um Hilfe gebeten und ich habe zugesagt, aber dafür möchte ich gerne mitbestimmen. Du hast ja recht. Willst du denn meine Hilfe gar nicht?"

„Ich will deine bedingungslose Hilfe."

Lange Zeit fochten sie mit Blicken einen wortlosen Kampf. Keiner von ihnen war gewillt aufzugeben.

„Ich werde nicht einfach zusehen, was passiert. Ich möchte ein Mitspracherecht."

„Du glaubst ja nicht einmal, dass es dein Kind ist", warf Jewel ihm vor.

Er nickte. „Das stimmt. Es wäre dumm von mir, dir unbesehen zu glauben. Wir kennen uns kaum. Woher soll ich wissen, dass du mich nicht reinlegen willst? Trotzdem bin ich bereit, dir zu helfen. Ich habe einiges wiedergutzumachen. Im Augenblick verlasse ich mich darauf, dass das Kind von mir ist. Und ich möchte dich heiraten, bevor du operiert wirst."

„Aber das ist doch Wahnsinn!", protestierte Jewel.

Periklis sprach unbeeindruckt weiter. „Mein Anwalt wird einen Vertrag aufsetzen, der unser beider Interessen berücksichtigt. Wenn herauskommt, dass du mich angelogen hast und das Kind nicht von mir ist, wird die Ehe sofort annulliert. Ich zahle dir und deiner Tochter eine Abfindung, und wir gehen getrennter Wege."

Jewel entging nicht, dass er „deine Tochter" gesagt hatte. Unmerklich schüttelte sie den Kopf. Er hielt sie für eine Lügnerin. Dabei hätte sie aus seinem Bett direkt in das eines anderen Mannes hüpfen müssen, um genau jetzt schwanger zu sein. Wenn er so eine schlechte Meinung von ihr hatte, dann war das keine gute Grundlage für eine Ehe.

„Und wenn sie doch von dir ist?", fragte sie leise.

„Dann bleiben wir Mann und Frau."

Vehement schüttelte Jewel den Kopf. „Nein, ich will dich nicht heiraten. Und du kannst das auch nicht wollen!"

„Ich werde nicht darüber diskutieren, Jewel. Du wirst mich heiraten, und zwar sofort. Denk daran, was für deine Tochter am besten ist. Je länger wir darüber diskutieren, desto größer wird die Gefahr für dich und das Baby."

„Du erpresst mich, ist dir das eigentlich klar?", fragte sie entsetzt.

„Denk doch, was du willst", sagte er mit einem lapidaren Achselzucken.

„Sie ist dein Kind!", wiederholte Jewel aufgebracht. „Mach ruhig deine Tests, aber sie ist von dir!"

Periklis nickte. „Ich will es ja gar nicht ausschließen. Schließlich hätte ich dich nicht gefragt, wenn ich es nicht für möglich halten würde."

„Warum wartest du nicht auf die Ergebnisse, ehe du dich an mich bindest?"

„Eine seltsame Formulierung", sagte Periklis amüsiert. „Der Vertrag wird jede mögliche Variante in Betracht ziehen. Wie gesagt, wenn du mich angelogen hast, werde ich die Ehe sofort beenden. Du kannst dir sicher sein, dass ich dich trotzdem großzügig entschädigen werde, aber ich bestimme die Regeln. Außerdem: Wenn sie tatsächlich meine Tochter ist, dann sollten wir heiraten und ihr ein solides Zuhause bieten."

„Ein Zuhause mit zwei Elternteilen, die sich nicht ausstehen können."

Erstaunt hob Periklis die Augenbrauen. „Das kann man so

nicht sagen. Immerhin sind wir in meinem Hotelzimmer sehr gut miteinander ausgekommen."

Jewel spürte, wie sie rot wurde. „Lust ist wohl kaum dasselbe wie Liebe, Vertrauen und Verantwortung."

„Wer sagt, dass all das nicht noch kommen kann?"

Jewel konnte kaum glauben, was er sagte.

„Gib uns eine Chance, Jewel. Wer weiß schon, was die Zukunft für uns bereithält? Es bringt nichts, wenn wir uns jetzt schon den Kopf darüber zerbrechen. Im Moment ist nur die Operation wichtig, und natürlich die Ergebnisse des Vaterschaftstests."

„Natürlich. Wie dumm von mir, jetzt schon über die Grundfesten der Ehe nachzudenken, wo wir doch gerade erst kurz vor der Hochzeit stehen."

„Kein Grund, sarkastisch zu werden. Ich schlage vor, dass du dich jetzt ausruhst. Es gibt noch genug zu tun, und je früher ich alles organisiere, desto schneller bist du versorgt."

„Ich habe noch nicht Ja gesagt", entgegnete Jewel düster.

„Nein, das hast du nicht. Ich warte noch auf deine Antwort."

Dieser Mann brachte Jewel mit seiner Arroganz zur Verzweiflung. Anscheinend war er es gewohnt, seinen Willen durchzusetzen. Und doch hatte er in allen Punkten recht. Sie brauchte ihn, ihre Tochter brauchte ihn.

Mit einem Mal wurde Jewel traurig. Sie schloss die Augen und ließ sich in die Kissen zurücksinken. Nur mit Mühe hielt sie die Tränen zurück. In ihren Träumen hatte sie sich das alles ganz anders vorgestellt. Nüchtern betrachtet wusste sie, dass sie wohl niemals heiraten würde, dass es nie jemanden geben würde, dem sie vertrauen konnte. Vertrauen existierte in ihrer Welt einfach nicht. Und doch hatte sie manchmal von einem starken, liebevollen Mann geträumt. Einem Mann, der ihr Vertrauen nicht missbrauchte, sondern sie bedingungslos liebte.

„So schlimm wird es schon nicht werden", sagte Periklis sanft und ergriff ihre Hand.

Jewel öffnete die Augen und begegnete seinem durchdringenden Blick.

„In Ordnung, Periklis. Ich werde dich heiraten“, sagte sie schwach. „Aber ich habe auch ein paar Bedingungen.“

„Ich werde dir einen Anwalt besorgen, der deine Interessen vertritt und dich dementsprechend berät.“

Wie gefühllos und kalt seine Worte klangen. Als spreche er über eine feindliche Geschäftsübernahme und nicht über eine Hochzeit. Jewels bekam eine Gänsehaut. Periklis zu heiraten war zweifellos ein Fehler, vielleicht der größte Fehler ihres Lebens. Aber für ihre Tochter würde sie es durchstehen. Sie würde alles für sie tun. Seit Jewel erfahren hatte, dass sie schwanger war, stand das Kind an erster Stelle. Für nichts auf der Welt wollte sie ihr Kind verlieren. Und wenn sie den Teufel persönlich heiraten müsste.

„Wie wäre es, wenn ich mir den Anwalt selbst aussuche und dir die Rechnung schicke?“, fragte sie zuckersüß.

Zu ihrer Überraschung lachte Periklis. „Traust du mir nicht? Na gut, du hast auch wenig Grund dazu. Natürlich kannst du den Anwalt selbst aussuchen, ich werde ihn bezahlen.“

Jewel runzelte die Stirn. Es war ein großzügiges Angebot, aber nachdem er gewonnen hatte, konnte ihm das egal sein.

„Hast du alles, was du brauchst? Soll ich dir irgendetwas besorgen?“

Jewel zögerte, ehe sie antwortete. „Etwas zu essen.“

„Essen? Bekommst du hier etwa nichts?“

„Irgendetwas Leckeres“, sagte sie hoffnungsvoll. „Ich sterbe vor Hunger.“

Periklis lächelte, und der Anblick brachte die Schmetterlinge in Jewels Bauch zum Flattern. Trotz allem, was geschehen war, fühlte sie sich noch immer zu diesem Mann hingezogen. Unwillkürlich fuhr sie mit der Hand über ihren Bauch. Auch wenn sie keine Sekunde der leidenschaftlichen Nacht bereute, wollte sie nicht für immer darin gefangen bleiben.

„Ich werde sehen, was ich tun kann. Ruh dich jetzt aus. Ich bin bald zurück.“

Wie sollte Jewel sich ausruhen, nachdem er ihr Leben komplett auf den Kopf gestellt hatte?

Zu ihrer Überraschung beugte Periklis sich zu ihr hinunter und hauchte einen Abschiedskuss auf ihre Stirn. Dann richtete er sich wieder auf und streichelte flüchtig über Jewels Wange.

„Mach dir keine Sorgen. Ruh dich aus, damit du schnell wieder gesund wirst. Und pass gut auf deine … unsere Tochter auf."

Die letzten Worte schienen ihm nur schwer über die Lippen zu kommen. Es war ein Zugeständnis, und doch blieb sein Blick hart. Vielleicht wollte er ja gar keine Kinder. Jetzt hatte er eine Tochter und musste sich wohl oder übel mit dem Gedanken anfreunden.

Nach einem letzten Blick auf Jewel verließ Periklis mit schnellen Schritten das Zimmer. Als die Tür hinter ihm ins Schloss fiel, stöhnte Jewel laut auf.

Heiraten!

Sie konnte sich nicht vorstellen, wie es sein würde, mit einem so harten Mann verheiratet zu sein. In ihrem Leben hatte sie genug harte Menschen getroffen. Gefühlskalte Individuen ohne Herz, ohne Liebe. Und jetzt hatte sie einer Ehe zugestimmt, die ein Abbild ihrer Kindheit zu werden drohte.

Mit den Händen massierte sie sanft ihren Bauch. „Du wirst es besser haben, meine Süße. Ich liebe dich jetzt schon so sehr. Ich werde es dir jeden Tag zeigen, das verspreche ich. Egal, was zwischen mir und deinem Vater passiert, ich bleibe bei dir."

4. KAPITEL

„Ich habe etwas Schreckliches getan“, sagte Periklis zur Begrüßung.

Durch die Leitung hörte er seinen Bruder seufzen. Dann zeugte ein leises Rascheln davon, dass Yannis sich aus dem Bett schälte.

„So langsam wird es zur Gewohnheit, dass mich meine jüngeren Brüder mitten in der Nacht mit genau diesen Worten wecken.“

„Wieso, hat Theron auch etwas angestellt?“, fragte Periklis belustigt.

„Nicht, seit er seinen hübschen Schützling verführt hat“, antwortete Yannis trocken.

„Bella? Ich habe eher das Gefühl, dass sie ihn verführt hat.“

„Lass uns beim Thema bleiben. Was hast du getan, und wie viel wird es uns kosten?“

„Vielleicht gar nichts. Vielleicht alles“, erwiderte Periklis scheinbar ruhig.

Yannis stieß einen Fluch aus und wechselte dann ein paar Worte mit seiner Frau Marley.

„Bitte belästige Marley nicht damit“, sagte Periklis. „Es tut mir leid, dass ich sie aufgeweckt habe.“

„Dafür ist es jetzt zu spät“, brummte Yannis. „Warte kurz, ich geh schnell ins Büro rüber.“

Periklis klemmte den Hörer zwischen Ohr und Schulter und trommelte unruhig mit den Fingern auf den Tisch. Nach einer Weile meldete sich Yannis wieder.

„Jetzt erzähl, was los ist.“

Typisch Yannis, er kam immer direkt zum Punkt.

„Ich hatte eine Affäre … eine sehr kurze Affäre, vielmehr einen One-Night-Stand.“

„Und?“, fragte Yannis ungeduldig. „Das ist ja für dich nichts Ungewöhnliches.“

„Mit meiner neuen Assistentin.“

Ein Schwall wüster Beschimpfungen schallte durch die Leitung.

„Ich wusste es nicht, bis sie zur Arbeit erschien. Dann habe ich sie gefeuert."

Yannis stöhnte auf. „Auf wie viel verklagt sie uns?"

„Lass mich ausreden!" Diesmal war es Periklis, der ungeduldig wurde. „Ich wollte sie gar nicht entlassen. Ich hatte den Personalleiter gebeten, sie zu versetzen oder zu befördern oder zumindest auszubezahlen. Aber er hat nicht richtig hingehört und sie gefeuert. Sie verschwand, bevor ich die Situation aufklären konnte. Bis jetzt hatte ich sie nirgends finden können."

„In Ordnung. Und wo ist das Problem?"

„Sie liegt im Krankenhaus. Es geht ihr nicht gut, sie muss operiert werden ... und sie ist schwanger."

Am anderen Ende der Leitung herrschte Totenstille.

„Mein Gott", stieß Yannis schließlich hervor. „Periklis, das darf nicht noch einmal passieren. Letztes Mal ..."

„Ich weiß!", entgegnete Periklis gereizt. Es fehlte gerade noch, dass Yannis die ganze Geschichte wieder aufrollte. Schlimm genug, dass Periklis sich damals vor den Augen seiner Brüder zum Narren gemacht hatte.

„Bist du sicher, dass das Kind von dir ist?"

„Nein. Ich habe sie um einen Vaterschaftstest gebeten."

„Gut."

„Es gibt da noch etwas, das du wissen solltest", fuhr Periklis fort. „Ich werde sie heiraten. Schon bald, in den nächsten Tagen."

„Wie bitte? Hast du den Verstand verloren?"

„Das ist ja witzig. Sie hat mich genau dasselbe gefragt."

„Wie gut, dass zumindest einer von euch bei klarem Verstand ist", entgegnete Yannis aufgebracht. „Warum zur Hölle willst du die Frau heiraten, wenn du nicht einmal weißt, ob das Baby von dir ist?"

„Und das aus deinem Mund", erwiderte Periklis nachsichtig.

„Fang ja nicht wieder damit an! Theron hat das auch schon zu mir gesagt, als er Alannis heiraten wollte. Dabei hatte ich recht damit, dass es ein heilloses Chaos geben würde. Bei mir und Marley war die Situation völlig anders, und das weißt du auch. Du führst keine Beziehung mit dieser Frau. Du hast einmal mit ihr geschlafen, und jetzt behauptet sie, von dir schwanger zu sein. Und du willst sie gleich heiraten?"

„Ich bin ja nicht dumm. Unser Anwalt wird einen wasserfesten Vertrag aufsetzen für den Fall, dass das Kind nicht von mir ist. Im Moment ist es aber das Beste, wenn wir heiraten. Sie braucht meine Hilfe, schließlich steht sie kurz vor einer Operation. Wenn wir verheiratet sind, kann ich über ihre Behandlung und die des Kindes entscheiden. Was, wenn sie wirklich meine Tochter ist? Soll ich einfach tatenlos zusehen und auf die Testergebnisse warten? Dann würde ich mir später sicher Vorwürfe machen, wenn etwas passiert."

„Tochter?"

„Ja. Anscheinend erwartet Jewel ein Mädchen."

Trotz aller Zweifel stahl sich bei dem Gedanken an ein kleines Mädchen mit großen Augen ein Lächeln auf Periklis' Gesicht.

„Jewel … Und wie ist ihr Nachname?"

„Oh nein, lass das schön bleiben, großer Bruder. Es gibt keinen Grund, ihre Lebensgeschichte auszugraben. Ich nehme das selbst in die Hand. Kümmere du dich lieber um deine Frau und meinen Neffen."

„Ich möchte nicht, dass du wieder verletzt wirst", sagte Yannis leise.

Jetzt war es raus. Egal, was Periklis auch anstellte, er konnte die Vergangenheit nicht abschütteln. Sie war immer da und schwebte wie eine dunkle Wolke über seinem Kopf. Ohne Vorwarnung erschien vor Periklis' geistigem Auge das Bild eines kleinen Jungen mit dunklen Haaren und engelhaftem Lächeln. Eric. Periklis dachte oft an ihn, doch nie zuvor hatte die Erinnerung so wehgetan wie jetzt.

„Diesmal werde ich aufpassen, dass ich nicht hintergangen werde", sagte Periklis kalt. „Damals war ich sehr naiv."

Yannis seufzte. „Du warst jung, Periklis."

„Das ist keine Entschuldigung."

„Ruf mich an, wenn du mich brauchst. Marley und ich kommen gerne zur Hochzeit. Es ist besser, wenn die Familie auch dabei ist."

„Das ist nicht nötig."

„Und ob es das ist", unterbrach ihn Yannis. „Lass mich einfach wissen, wann und wo."

Periklis krampfte die Hand um den Hörer. Er freute sich, dass sein Bruder ihn uneingeschränkt unterstützte. Periklis selbst war Jewel gegenüber nicht so großmütig gewesen. Er hatte ihre Situation ausgenutzt und seine Unterstützung an Bedingungen geknüpft. Letztlich hatte er ihr keine Wahl gelassen.

„In Ordnung. Ich melde mich, wenn ich mehr weiß."

„Und bitte sag Theron Bescheid. Er und Bella wollen sicher auch kommen."

Periklis seufzte. „Ja, großer Bruder."

Yannis lachte leise. „Das ist doch nicht zu viel verlangt. Aber du hast ja noch nie auf mich gehört."

„Sag Marley einen lieben Gruß."

„Das werde ich. Und, Periklis? Sei vorsichtig. Mir gefällt die ganze Sache nicht."

Nachdenklich legte Periklis den Hörer auf. Eigentlich sollte er Theron anrufen, aber noch so ein Verhör würde er nicht durchstehen. Auch Theron zählte inzwischen zu den glücklich verheirateten Menschen. Er wäre sicherlich entsetzt, dass Periklis eine Frau heiraten wollte, die er kaum kannte und die ihn möglicherweise belog.

Stattdessen rief Periklis seinen Anwalt an und schilderte ihm die Situation. Danach organisierte er ein Sicherheitsteam für Jewel. Nachdem Yannis' Frau Marley vor Jahren entführt worden war, wollte Periklis nichts dem Zufall überlassen. Der dritte Anruf galt dem Krankenhaus. Periklis erkundigte sich, wann der Arzt bei Jewel auf Visite sein würde, damit er bei der Untersuchung dabei sein konnte.

Zum Abschluss wählte er die Nummer eines Restaurants und bestellte ein mehrgängiges Menü zum Abholen.

Ungeduldig rutschte Jewel im Sessel herum. Sie konnte es kaum erwarten, das Krankenhaus endlich zu verlassen. Nachdem Periklis nun Jewels Betreuung übernahm, hatte der Arzt ihrer Entlassung zugestimmt.

Schon von dem Wort Betreuung bekam Jewel Magenschmerzen. Sie kam auch ohne Periklis' falsch verstandene Fürsorge zurecht.

Nach dem Duschen hatte Jewel eine weite Trainingshose und eine Umstandsbluse übergezogen. Das Haar hatte sie mit dem Handtuch trocken gerubbelt und trug es jetzt offen, damit es vollends trocknen konnte.

Kaum hatte sie es sich in dem kleinen Sessel neben dem Bett gemütlich gemacht, als Periklis mit zwei großen Plastiktüten in der Hand das Zimmer betrat.

Als er sie sah, kniff er die Augen zusammen und stellte die Tüten auf das Bett. Unter seinem prüfenden Blick wurde Jewel nervös.

„Du hättest mit dem Duschen auf mich warten sollen."

Erstaunt öffnete Jewel den Mund. „Wie bitte?"

„Du hättest stürzen können. Warum hast du nicht auf mich gewartet oder wenigstens die Schwester gerufen?"

„Du weißt doch gar nicht, ob die Schwester hier war!"

Periklis musterte sie mit leisem Spott. „Und, war sie es?"

„Das geht dich gar nichts an", murmelte Jewel trotzig.

„Du trägst schließlich mein Kind unter dem Herzen, also geht es mich sehr wohl was an."

„Hör mal, Periklis. Lass mich eines klarstellen: Dass ich mit deinem Baby schwanger bin, gibt dir nicht das Recht, über mich zu bestimmen. Ich werde es nicht zulassen, dass du mich einfach überrennst und mein Leben in die Hand nimmst."

Im selben Moment merkte Jewel, wie albern ihr Protest klang. Genau das hatte Periklis schließlich die ganze Zeit getan.

Sie in Besitz genommen. Wie sonst war diese Zwangsheirat zu erklären?

Jewel wandte den Kopf ab und biss sich auf die Lippen. Instinktiv legte sie die Hand auf ihren Bauch.

Unbeeindruckt von Jewels Kommentar packte Periklis das Essen aus den Tüten. Ein intensiver Essensgeruch breitete sich im Raum aus und brachte Jewels Magen zum Knurren. Es roch himmlisch.

Neugierig beäugte sie die mitgebrachten Leckereien. Sie hatte nicht erwartet, dass Periklis ihren Wunsch wirklich erfüllen würde.

„Danke. Ich habe solchen Hunger!“

Periklis richtete das Essen auf einem Teller an und reichte ihr das Besteck. Dann machte er sich selbst eine Portion zurecht und setzte sich auf die Bettkante.

„Wenn du willst, lege ich mich wieder ins Bett, dann kannst du dich hierhin setzen“, bot Jewel an.

Aber Periklis schüttelte den Kopf. „Bleib ruhig sitzen.“

Während des Essens sprachen sie kein Wort. Jewel genoss die Speisen in vollen Zügen. Dass Periklis sie die ganze Zeit beobachtete, versuchte sie zu ignorieren.

Schließlich legte sie die Gabel auf den Teller.

„Hmm, das war lecker, vielen Dank.“

Periklis stellte die leeren Teller auf der Fensterbank ab. „Möchtest du jetzt wieder ins Bett?“

Jewel schüttelte den Kopf. „Ich habe für den Rest meines Lebens genug im Bett gelegen.“

„Aber du musst dich ausruhen“, drängte er.

„Mir geht es gut. Der Arzt hat meine Bettruhe ein wenig gelockert. Ich darf jetzt aufstehen und mich bewegen. Ich soll nur nicht zu lange auf den Beinen sein.“

„So wie bei deinem Job?“, fragte Periklis stirnrunzelnd.

„Ich war Kellnerin. Da kann man nicht herumsitzen.“

„Du hättest mich sofort anrufen müssen, als du erfahren hast, dass du schwanger bist“, sagte er grimmig.

In Jewels Augen blitzte es wütend auf. „Du hast mich gefeuert und mir ziemlich deutlich klargemacht, dass du nichts mehr mit mir zu tun haben willst. Warum hätte ich dich also anrufen sollen? Ich habe dich auch jetzt nur angerufen, weil ich mir nicht anders zu helfen wusste."

„Soll ich dir dafür etwa dankbar sein?"

„Es geht hier nicht um mich", wandte sie ein. „Unsere Tochter braucht dich."

„Du brauchst mich, Jewel. Ich habe vieles wiedergutzumachen, und das werde ich auch. Wir können über die Vergangenheit reden, wenn du aus dem Krankenhaus kommst und es dir besser geht."

„Apropos", sagte Jewel.

Periklis runzelte die Stirn. „Ja?"

„Ich werde morgen früh entlassen."

„Ich weiß. Ich habe vorhin mit dem Arzt gesprochen."

Jewel ballte die Fäuste und versuchte, sich den Ärger nicht anmerken zu lassen. Kein leichtes Unterfangen.

„Du musst nicht die ganze Zeit um mich herumscharwenzeln. Bring mich einfach in meine Wohnung und …"

Bevor sie den Satz beenden konnte, schüttelte Periklis vehement den Kopf.

„Ich habe bis zur Operation ein Haus angemietet, dort bringe ich dich hin. Eine Krankenschwester wird sich um dich …"

Diesmal war es an Jewel, wie wild den Kopf zu schütteln.

„Nein, auf gar keinen Fall. Ich lasse mich nicht von irgendeiner Krankenschwester babysitten. Das ist doch lächerlich. Ich bin doch kein Invalide! Und ausruhen kann ich auch ohne Krankenschwester."

„Warum machst du es so kompliziert?", fragte Periklis aufgebracht. „Ich will nur das Beste für dich."

„Wenn du mir einen Gefallen tun willst, stell einen Koch ein", murmelte sie. „Ich bin eine schreckliche Köchin."

Ein Lächeln erhellte Periklis' düstere Miene und zauberte einen gänzlich neuen Ausdruck auf sein Gesicht. Mit einem

Mal sah er fast jungenhaft aus. Überrascht musterte Jewel ihn genauer.

„Ein Koch ist das geringste Problem. Ich möchte ja schließlich, dass meine Tochter und ihre Mutter sich satt essen können. Heißt das, dass du bei mir einziehst?"

Jewel wollte protestieren, erkannte aber dann, dass sie ihm in die Falle gegangen war. Mit einem langgezogenen Seufzer gab sie nach. „Also gut."

„Siehst du, war doch gar nicht so schwer."

„Hör auf, so triumphierend zu grinsen. Das steht dir nicht."

Aber Periklis grinste umso breiter und sah dadurch noch umwerfender aus.

Vorsicht, Jewel. Er ist gefährlich. Du darfst seinem Charme nicht erliegen.

„Ich nehme dich morgen mit nach Hause, Jewel", sagte er geduldig. „Es ist schon alles vorbereitet. Dann habe ich hoffentlich genug Zeit, mich um die Hochzeit zu kümmern. Deine Gesundheit war erst mal wichtiger. Sobald du dich eingewöhnt hast, machen wir Nägel mit Köpfen."

Ein leises Pochen machte sich in Jewels Schläfen bemerkbar. Würde so ihr Leben aussehen? Er gab den Weg vor, und sie folgte ihm widerspruchslos? Das würde sie auf keinen Fall zulassen. Doch im Moment war sie zu müde und gestresst. Auch wenn sie nicht gerne die Zügel aus der Hand gab, so tat es doch gut, die Probleme für eine Weile abgeben zu können.

„Hast du Kopfschmerzen?", fragte Periklis.

Hastig nahm Jewel die Hand von der Stirn. Sie hatte nicht bemerkt, dass sie sich die Schläfen massiert hatte. „Das ist die Anspannung", sagte sie mit zittriger Stimme. „Die letzten zwei Wochen waren hart. Ich bin müde."

Noch während sie das sagte, bereute Jewel ihre Offenheit. Periklis hatte ihre Schwäche schon genug ausgenutzt.

Zu ihrer Überraschung verkniff Periklis sich jeglichen Kommentar. Stattdessen half er ihr behutsam aus dem Sessel und nahm selbst darin Platz. Dann zog er sie auf seinen Schoß.

Plötzlich war es, als wären fünf Tage und nicht fünf Monate vergangen. Die Anziehungskraft zwischen ihnen war ungebrochen. Auch wenn Jewel das nicht wahrhaben wollte.

Die Wärme seines Körpers umfing sie und beruhigte sie sofort. Jewel erstarrte, als er die Hände auf ihr Haar legte und begann, mit seinen starken Fingern Stirn und Schläfen zu massieren.

Es fühlte sich so gut an. Jewel stieß einen hingebungsvollen Seufzer aus und schmiegte sich eng an seine Brust. Kurz hielt Periklis inne, dann fuhr er fort, ihre Kopfhaut zu massieren. Einige Minuten lang war es vollkommen still im Zimmer. Nur Jewels leise Atemzüge waren zu hören.

„Besser?", fragte Periklis schließlich.

Wortlos nickte Jewel. Sie hatte das Gefühl zu schweben.

„Du machst dir zu viele Sorgen, meine Schöne. Der Stress tut dir und dem Baby nicht gut. Es wird alles gut, ich verspreche es dir."

Jewel wusste, dass er das nur sagte, um sie zu beruhigen. Dennoch schien es ihr, als läge eine größere Bedeutung in seinem Versprechen. Es schien einen Wendepunkt in ihrem Leben zu markieren, von dem ab nichts mehr sein würde wie zuvor. Jewel spürte, dass sie die Kontrolle aus der Hand gab, und das nicht nur für kurze Zeit.

Natürlich verändert sich alles unwiederbringlich, du dumme Kuh. Du bist schwanger und wirst heiraten. Mehr Veränderung geht kaum.

Seltsamerweise schöpfte Jewel dennoch Trost aus dem aufrichtigen Ton seiner Stimme. Auch wenn Periklis ihr misstraute, sie vielleicht nicht einmal besonders mochte – er begehrte sie, so viel war klar. Genauso sehr wie sie ihn. Das war nicht genug, nicht einmal annähernd genug für eine Ehe, aber es war alles, was sie hatten.

5. KAPITEL

Neugierig spähte Jewel durch die Windschutzscheibe, als der Wagen durch das schmiedeeiserne Tor des riesigen Anwesens glitt. Hinter der Einfahrt erstreckte sich eine parkähnliche Grünanlage. Englischer Rasen und sorgsam getrimmte Büsche so weit das Auge reichte. Die gepflasterte Zufahrt wand sich durch das Grün eine kleine Anhöhe hinauf. Als der Wagen den höchsten Punkt erreichte, erhaschte Jewel den ersten Blick auf das Haus und war angenehm überrascht. Verglichen mit der riesigen Anlage wirkte das Haus eher bescheiden.

Und doch war es wunderschön. Efeu zierte die Vorderfront des zweistöckigen Gebäudes, und in das Dach waren hübsche kleine Gauben eingelassen. Angeblich hatte Periklis das Haus nur gemietet. Wie hatte er wohl davon erfahren, dass dieses kleine Juwel zu vermieten war?

Periklis parkte den Wagen in der Garagenzufahrt. Hinter ihnen kam das Auto der Sicherheitsleute zum Stehen, und bevor Jewel auch nur die Hand ausstrecken konnte, hatte einer der Männer ihr bereits die Autotür geöffnet. Der Bodyguard blieb in der offenen Tür stehen und achtete penibel darauf, die entstandene Lücke mit seinem Körper abzuschirmen. Wovor wollte er Jewel nur beschützen?

Periklis orderte den Mann beiseite und half Jewel beim Aussteigen. „Ich komme schon zurecht“, sagte sie kühl, als er den Arm um sie legte. Aber wenn sie ehrlich war, genoss sie seine Hilfe. Sein Körper fühlte sich warm und stark an. Jewel bekam weiche Knie beim Gedanken daran, dass ihr jemand zur Seite stand.

„Ich weiß“, sagte er. „Aber du kommst direkt aus dem Krankenhaus, und du bist schwanger. Wenn du je Hilfe nötig hast, dann sicher jetzt.“

Jewel schluckte eine patzige Bemerkung hinunter, um nicht schon die ersten Minuten im neuen Zuhause mit unsinnigen Diskussionen zu ruinieren.

Zuhause … dieses Wort fühlte sich fremd an. Skeptisch schüttelte sie den Kopf. Sie hatte kein Zuhause.

„Stimmt etwas nicht?", fragte Periklis.

Nein, dachte Jewel, noch mehr gebe ich meine Gefühle nicht vor dir preis.

Periklis schloss die Haustür auf und geleitete Jewel in das große Foyer. Eine elegant geschwungene Treppe führte nach oben zu einem breiten Flur, der sich über die gesamte Länge des Hauses erstreckte.

„Setz dich doch ins Wohnzimmer. Ich hole dein Gepäck."

Widerspruchslos ließ sich Jewel auf einer bequemen Ledercouch nieder. Bodentiefe Fenster auf der Rückseite des Raumes gaben den Blick auf die Veranda frei. Ein idealer Platz zum Frühstücken, dachte Jewel sehnsüchtig. Sicher schien morgens die Sonne auf den Gartentisch.

Für ein paar Minuten gab sich Jewel der Fantasie hin, dass dieser Ort ihr Zuhause war und die Räume von hellem Kinderlachen erfüllt wurden. Sie lächelte. Zumindest der letzte Teil des Traums könnte durchaus wahr werden.

Zärtlich betrachtete sie die sanfte Wölbung ihres Bauches und strich mit der Hand darüber. Erfreut spürte sie, wie das Baby sich unter ihrer Hand bewegte.

All das, was sie selbst nie gehabt hatte, wollte Jewel ihrer Tochter geben: Liebe, Geborgenheit, ein stabiles Zuhause. Wie seht hatte sie sich selbst immer danach gesehnt.

Konnte Periklis ihr diese Dinge bieten? Alles außer Liebe, dachte Jewel bekümmert. Aber war Jewels Liebe stark genug, um die fehlende Zuneigung des Vaters auszugleichen?

Eine schwierige Situation, in die sie sich hineinmanövriert hatte.

Während sie grübelte, kehrte Periklis mit ihren Koffern zurück. „Ich bringe das Gepäck nach oben, dann kümmere ich mich um das Mittagessen. Brauchst du etwas bis dahin?"

Die fürsorgliche Art ging Jewel auf die Nerven, und sie schüttelte trotzig den Kopf. „Mir geht's gut."

„Ich bin gleich zurück."

Lautstark polterte Periklis mit den Koffern die Treppe hinauf. Nachdenklich ging Jewel zum Fenster und sah in den Garten.

Der Ausblick war herrlich. Der Garten war mit viel Geschick und Liebe zum Detail angelegt worden. Alles war wohl durchdacht arrangiert, was dem Garten etwas Sauberes, fast schon Steriles verlieh. Irgendwie leblos, dachte Jewel, ganz im Gegensatz zum Ozean. Das Meer war immer in Bewegung. Manchmal friedlich und ruhig, dann wieder aufgewühlt und bedrohlich.

Als Jewel eine Hand auf ihrer Schulter spürte, zuckte sie zusammen. Es war Periklis, der sie mit sanftem Blick musterte.

„Entschuldige, ich wollte dich nicht erschrecken. Ich habe gerufen, aber du hast mich nicht gehört."

Zaghaft lächelte Jewel. Seine Anwesenheit machte sie immer noch nervös.

„Eine wunderschöne Anlage, findest du nicht?"

„Ja, schon", sagte sie unbestimmt. „Aber ich mag das Meer lieber. Es ist … wilder."

„Findest du den Garten langweilig?"

„Ja, er ist so zahm."

„Ich glaube, ich weiß, was du meinst. Wollen wir eine Kleinigkeit essen? Ich habe uns vorhin etwas liefern lassen. Das können wir aufwärmen."

Jewel drehte sich um. „Können wir draußen essen? Es ist ein wundervoller Tag."

„Wenn du möchtest, gerne. Geh ruhig schon vor. Ich bringe das Essen gleich raus."

Während Periklis in die Küche ging, öffnete Jewel die bodentiefen Glastüren und trat hinaus auf die Veranda.

Es war ein wunderschöner Tag, auch wenn die Luft kühl war. Der Himmel strahlte in einem so makellosen Blau, dass es eine Verschwendung wäre, drinnen zu sitzen.

Jewel setzte sich an den Tisch und wartete auf Periklis. Es fühlte sich seltsam an, dass dieser überhebliche Mann sie bediente. Normalerweise war sicherlich er derjenige, der bedient wurde.

Perikles schaffte es immer wieder, sie zu überraschen. Heute Morgen zum Beispiel war er in Jeans und Poloshirt im Krankenhaus erschienen. Ein ziemlicher Kontrast zu den teuren Designeranzügen, die er sonst trug. In der legeren Garderobe wirkte er viel zugänglicher. Keinen Deut weniger begehrenswert, aber auf jeden Fall weniger bedrohlich. Jewel fragte sich, ob er es mit Absicht getan hatte, um sie in Sicherheit zu wiegen.

Schwungvoll setzte Periklis ein Tablett vor Jewel auf den Tisch und nahm mit dem anderen ihr gegenüber Platz. Jewel lief das Wasser im Mund zusammen. Als sie die erste Gabel in den Mund steckte, bemerkte sie seinen durchdringenden Blick. Er hatte sein Essen noch nicht angerührt.

„Wir müssen uns unterhalten, Jewel. Ich würde das gerne nach dem Essen tun."

Er klang so ernst, dass Jewel angst und bange wurde. Was wollte er besprechen? Sie hatte doch bereits eingewilligt, ihn zu heiraten und bei ihm einzuziehen.

Schweigend aßen sie. Jewel merkte, dass er sie immer noch beobachtete. Seine Blicke brannten wie Feuer auf ihrer Haut, und Jewel versuchte, ihn zu ignorieren. Er hatte schon zu viel Macht über sie.

Als sie fertig gegessen hatte, legte Jewel die Gabel aus der Hand und blickte demonstrativ hinaus in den Garten.

„Es bringt nichts, mich zu ignorieren."

Jewel spürte, wie sie rot wurde. Sie verhielt sich albern und kindisch, aber dieser Mann brachte sie einfach aus dem Konzept.

„Wir sollten einige Dinge klären. Was deine Entlassung angeht, zum Beispiel."

Jewel ballte die Fäuste. „Was gibt es da noch zu bereden? Das bringt doch nichts! Der Arzt hat gesagt, ich soll mich nicht aufregen."

„Ich wollte dich nie entlassen, Jewel. Ich schäme mich dafür, dass es passiert ist, und übernehme die volle Verantwortung."

„Und wer ist dann schuld daran?“, fragte sie gereizt.

„Es war nicht meine Absicht“, wiederholte er.

„Absicht oder nicht, es ist nun mal geschehen. Und es ist doch ein komischer Zufall, dass es gerade dann passiert ist, als du erfahren hast, wer ich bin. Findest du nicht?“

Periklis verdrehte genervt die Augen. „Du willst es mir unbedingt schwer machen, oder?“

Jewel lehnte sich zurück und fixierte ihn mit hartem Blick. „Warum sollte ich es dir leicht machen? Für mich war es auch nicht leicht. Ich hatte kein Geld und keinen Job mehr. San Francisco war der einzige Ort, an den ich gehen konnte, und der Kellnerjob das Einzige, was ich auf die Schnelle finden konnte. Dann wurde ich krank.“ Frustriert schüttelte Jewel den Kopf. Sie hatte nicht vor, das Ganze noch einmal durchzukauen.

„Du hast recht. Es tut mir leid“, sagte Periklis.

Er schien es ernst zu meinen, und doch konnte sich Jewel eine Frage nicht verkneifen. „Wenn du mich nicht feuern wolltest, wie kam es dann dazu?“

Schuldbewusst senkte Periklis den Blick und fuhr sich mit der Hand durchs Haar. „Wie gesagt, es ist meine Schuld. Ich habe dem Personalleiter gesagt, er soll dir eine andere Stelle geben oder dich ausbezahlen. Leider hat er nur den ersten Teil meiner Bitte gehört, nämlich dich loszuwerden. Dann wurde die Verbindung unterbrochen. Als ich zurückkam und das Missverständnis bemerkte, warst du weg. Ich konnte dich nirgendwo finden. Ehrlich gesagt hatte ich nicht damit gerechnet, je wieder von dir zu hören.“

Jewel starrte ihn ungläubig an. Es erstaunte sie, dass er seinen Fehler tatsächlich zugab. Noch erstaunlicher war, dass er nach ihr gesucht hatte. Fast könnte man meinen, er bereue, was geschehen war.

„Ich verstehe das nicht“, sagte sie offen. „Warum konnten wir das nicht wie erwachsene Menschen klären? Warum wolltest du mich unbedingt loswerden? Mir ist klar, dass die Konstellation denkbar ungünstig war, aber keiner von uns konnte das ahnen.

Wenn ich gewusst hätte, wer du bist, wäre ich in dieser Nacht niemals mit dir ins Bett gegangen."

„Dann bin ich froh, dass du es nicht wusstest", antwortete Perikles leise.

Jewel musterte ihren Bauch. „Das stimmt. Und ich bereue es auch nicht mehr."

„Hast du es denn je bereut?"

Jewel spürte, dass er eine ehrlich Antwort von ihr haben wollte. Bisher war er ehrlich zu Jewel gewesen, also musste auch sie jetzt aufrichtig sein.

„Nein. Ich habe unsere Nacht nie bereut."

Sichtlich zufrieden lehnte Periklis sich zurück. „Um deine Frage zu beantworten: Es hatte nichts mit dir persönlich zu tun. Ich arbeite grundsätzlich nicht mit jemandem zusammen, mit dem ich involviert bin. Diese Regel ist mir heilig."

„Das klingt, als hättest du schlechte Erfahrungen gemacht."

„Gewissermaßen. Die Assistentin meines Bruders war unsterblich in ihn verliebt. Aus Eifersucht hat sie Firmendaten an die Konkurrenz verkauft und den Verdacht auf meine Schwägerin gelenkt."

„Das klingt wie ein schlechter Film", murmelte Jewel.

Periklis lachte. „Dasselbe dachten wir damals auch."

„Warum warst du nicht ehrlich zu mir? Nach unserer gemeinsamen Nacht wärst du mir das schuldig gewesen", hakte sie nach. „Dann wäre das alles nicht passiert."

„Du hast recht. Ich war wohl etwas durcheinander, als ich merkte, wer du bist. Es tut mir leid."

Die Entschuldigung besänftigte Jewels Zorn. Aber dass er sie ohne Zögern aus seinem Leben verbannt hatte, konnte sie ihm nicht so einfach verzeihen. Hatte ihm die gemeinsame Nacht denn gar nichts bedeutet? Jewel brauchte keine schnulzige Liebeserklärung, aber er hätte zumindest den Anstand haben können, sie persönlich zu entlassen. Stattdessen hatte er die Drecksarbeit einem Handlanger überlassen.

Egal. Wenn diese Ehe nicht in Streit und Feindschaft enden

sollte, musste Jewel ihren Ärger hinunterschlucken und Großmut beweisen. Auch wenn es ihr schwerfiel.

„Also gut, Entschuldigung angenommen."

Periklis wirkte überrascht. „Meinst du das ernst?"

„Wir müssen ja nicht gleich dicke Freunde werden", fügte sie steif hinzu. „Aber ich akzeptiere deine Entschuldigung. Angesichts unserer bevorstehenden Hochzeit scheint mir das angebracht."

„Ich glaube, wir werden uns prächtig verstehen", sagte er vergnügt. „Sofern du mir die Wahrheit sagst", fügte er mit einem Seitenblick auf ihren Bauch hinzu.

Für den Bruchteil einer Sekunde verdunkelten sich seine Augen vor Schmerz. Was hatte ihn nur so misstrauisch werden lassen, fragte sich Jewel. Es war mehr als nur Misstrauen – er wollte nicht der Vater des Kindes sein. Es schien, als hoffe er regelrecht, Jewel als Lügnerin zu entlarven. Wahrscheinlich konnte er damit besser umgehen als mit einer Frau, die die Wahrheit sagte.

Jewel war verrückt, sich auf ihn einzulassen. Sicherlich würde sie am Ende die Verliererin sein.

„Es reicht wohl nicht aus, wenn ich dir sage, dass du der Vater bist. Du willst mir einfach nicht glauben", sagte sie ruhig. „Lass uns die Ergebnisse des Vaterschaftstests abwarten, dann wirst du es wissen."

„Ja, dann werden wir es tatsächlich wissen", erwiderte er leise.

„Entschuldige mich bitte. Ich will schnell eine E-Mail auf meinem Laptop schreiben", sagte Jewel und stand auf.

„Und ich organisiere inzwischen die Trauung."

Wortlos stand Jewel auf und ging, ohne ihn eines Blickes zu würdigen, ins Haus. Periklis hatte ihr zwar noch nicht gesagt, wo sie schlief, aber sie würde das Zimmer schon finden.

Am Flur angekommen, öffnete sie eine Tür nach der anderen. Im dritten Zimmer sah sie ihre Koffer auf dem Bett liegen.

Hastig verstaute sie ihre Garderobe im Schrank und ließ sich mit dem Laptop auf dem Bett nieder. Keine neue Nachricht von Kirk. Das war nicht ungewöhnlich, manchmal hörten sie monatelang nicht voneinander. Dennoch verspürte Jewel jetzt den Wunsch, ihm alles zu erzählen. Daher fasste sie die ganze traurige Geschichte in eine lange E-Mail und schickte sie ab.

Als sie fertig war, kam sie sich albern vor. Welchen Rat konnte Kirk ihr schon geben? Andererseits tat es gut, jemandem von ihren Sorgen zu erzählen. Kirk verstand ihre Bindungsangst besser als jeder andere.

Mit dem Laptop auf dem Schoß lehnte sie sich in die weichen Kissen zurück. Noch nie hatte sie so viel Angst vor der Zukunft gehabt wie jetzt.

Periklis lief die Treppe zu Jewels Zimmer hinauf. Sie war jetzt seit zwei Stunden dort oben und hatte mehr als genug Zeit gehabt, ihre persönlichen Dinge zu regeln.

Leise klopfte er an ihre Tür. Keine Antwort. Besorgt öffnete Periklis die Tür und trat ein.

Jewel lag zusammengerollt auf dem Bett, den Kopf in den Kissen vergraben. Sie schlief tief und fest.

Der Laptop war an den Rand der Matratze gerutscht und schwankte bedrohlich. Hastig umrundete Periklis das Bett und griff nach dem Rechner. Als er ihn auf den Tisch stellte, leuchtete der Bildschirm auf. Das E-Mail-Programm meldete eine Nachricht von einem gewissen Kirk.

Stirnrunzelnd klickte Periklis die Nachricht an.

Jewel,
ich bin auf dem Weg zu dir. Unternimm nichts, bevor ich da bin, okay? Halte aus. Ich komme so schnell ich kann.
Kirk

Periklis erstarrte. Er würde es nicht zulassen, dass ein anderer Mann sich in ihre Beziehung einmischte. Jewel hatte eingewilligt, ihn zu heiraten, und dabei blieb es. Mit einem Mal wurde ihm bewusst, wie wichtig ihm die Hochzeit war. Auf keinen Fall überließ er einem anderen Mann kampflos das Sagen.

Ohne zu zögern, drückte er auf Löschen und entfernte die Nachricht auch gleich aus dem Papierkorb. Danach stellte er den Computer in sicherer Entfernung zum Rand zurück aufs Bett.

Bevor er ging, hielt er noch einmal inne und betrachtete Jewel. Ihr Anblick faszinierte ihn. Selbst im Schlaf lag ein nachdenklicher Ausdruck auf ihrem Gesicht. Sanft strich ihr Periklis ein paar blonde Strähnen aus der Stirn.

Welche Geister verfolgten sie bloß? Er konnte ihr keinen Vorwurf daraus machen, dass sie ihm misstraute. Aber sie tat es nicht nur aus Wut über seinen Vertrauensbruch. Es hatte etwas mit den Schatten ihrer Vergangenheit zu tun. Jewel war irgendwann einmal zutiefst verletzt worden. Zumindest das hatten sie beide gemeinsam.

So gerne er ihr auch versprochen hätte, sie zu beschützen und ihr nie wehzutun – wenn sich herausstellte, dass sie ihn angelogen hatte, würde er sie wie eine Fliege zerquetschen.

Jewel betrachtete das ernste Gesicht ihres Anwalts. Ob wohl alle Anwälte kalt und berechnend waren? Oder gab es auch welche mit Humor?

Andererseits … hier ging es um das Wohl ihres Kindes. Da konnte der Anwalt nicht durchtrieben genug sein.

„Die Vereinbarung ist ziemlich klar formuliert, Miss Henley. Es ist letztlich ein Ehevertrag, der die Gütertrennung im Falle einer Scheidung regelt."

Jewel seufzte frustriert. Sie hatte keinerlei Besitztümer, und das wusste Periklis genau.

„Was noch?", fragte sie angespannt. So einfach war Periklis nicht gestrickt, es musste einen Haken geben. „Ich möchte, dass sie mir alles Wort für Wort erklären."

„Nun gut." Der Anwalt setzte seine Brille auf und blätterte durch das Dokument.

„Mr Anetakis wird Ihnen eine Abfindung zahlen, unabhängig davon, ob das Kind von ihm ist oder nicht. Wenn sich beim

Vaterschaftstest herausstellt, dass er der Vater ist, behält er im Falle einer Scheidung das Sorgerecht für das Kind."

Jewel blieb der Mund offen stehen. „Wie bitte?" Wütend riss sie dem Anwalt die Papiere aus der Hand und suchte fieberhaft nach dem richtigen Absatz.

„Er muss verrückt sein! Nie im Leben würde ich etwas unterschreiben, womit ich das Sorgerecht für mein Kind verliere."

„Ich kann den Paragrafen streichen, aber wahrscheinlich wird er damit nicht einverstanden sein."

Jewel beugte sich über den Tisch. „Es ist mir egal, ob er einverstanden ist oder nicht", stieß sie zwischen zusammengebissenen Zähnen hervor. „Ich werde das nicht unterschreiben, bevor der Paragraf verschwunden ist!"

Wutentbrannt sprang sie auf und riss das Dokument an sich. „Bemühen Sie sich nicht. Ich kümmere mich selbst darum!"

Wie eine Furie stürmte sie ins Vorzimmer, wo Periklis auf sie wartete. Er saß auf der gegenüberliegenden Seite mit dem Laptop auf dem Schoß und telefonierte. Als er sie sah, verstummte er mitten im Satz und klappte das Handy zu.

„Gibt es ein Problem?"

„Das kannst du wohl laut sagen", sagte Jewel gepresst.

Sie fuchtelte mit dem Dokument vor seinem Gesicht herum und deutete auf den Paragrafen zum Sorgerecht.

„Wenn du glaubst, dass ich das unterschreibe und damit das Sorgerecht für mein Kind aufgebe, dann hast du dich geirrt! Nur über meine Leiche lasse ich mir mein Kind wegnehmen. Du kannst dir diesen Ehevertrag in den Hintern schieben!"

Wortlos zog Periklis eine Augenbraue hoch.

„Du glaubst doch nicht ernsthaft, dass ich das Sorgerecht für *mein* Kind abgebe, oder? Falls ich tatsächlich der Vater bin", entgegnete er.

Jewel warf entnervt die Arme in die Luft. „Du lässt auch keine Gelegenheit aus, mich zu demütigen. Ich weiß nur zu gut, dass du mir nicht glaubst. Oh ja, das tue ich. Es macht alles nur noch schlimmer, wenn du mich ständig daran erinnerst! Hast du noch nie vom gemeinsamen Sorgerecht gehört? Du weißt schon, das ist das, was man einen Kompromiss nennt. Der kommt dann zustande, wenn die Eltern nach der besten Lösung für ihr Kind suchen und sich darauf einigen, dass es mit beiden Elternteilen gleich viel Zeit verbringen soll!"

„Wenn die Kleine von mir ist, will ich sie nicht nur ab und zu sehen. Und ich richte mich ganz sicher nicht nach deinem Terminkalender. Ich habe ihr ja wohl mehr zu bieten als du. Bei mir wäre sie besser aufgehoben!"

Jewel zerknüllte das Dokument in der Faust. Sie bebte vor Wut.

„Du scheinheiliger Mistkerl! Wie kannst du es wagen zu behaupten, dass mein Kind es bei dir besser hat? Nur, weil du mehr Geld hast? Von wegen, du Großkotz. Mit Geld kann man weder Liebe noch Sicherheit kaufen. Auch kein Kinderlächeln und kein Glück. All die Dinge, die ein Kind am Dringendsten braucht. Offen gesagt zeigt mir deine Behauptung nur, dass du keinen blassen Schimmer von Kindern hast. Und auch nicht von Liebe. Wie auch? Ich wette, du hast in deinem ganzen Leben noch nie jemanden geliebt!"

Jewel war außer sich vor Wut. Sie knüllte das Dokument fest zusammen und holte aus, um es ihm vor die Füße zu werfen. Aber Perikles kam ihr zuvor. Er sprang auf und hielt sie am Handgelenk fest. In seinen Augen loderte die Wut. Das war die erste richtige Gefühlsregung, die Jewel bisher an ihm beobachtet hatte.

„Was bildest du dir ein?", fragte er schneidend.

Jewel riss sich los und machte einen Schritt zurück.

„Ich werde das nicht unterschreiben, Periklis. Von mir aus lassen wir die Hochzeit platzen. So verzweifelt kann ich gar nicht sein, dass ich das Sorgerecht für mein Kind abgebe."

Periklis musterte sie mit unbeweglicher Miene. „In Ordnung", sagte er schließlich. „Ich lasse den Absatz streichen. Ich werde meinen Anwalt anrufen und ihn bitten, die neuen Unterlagen sofort herzuschicken."

„In Ordnung“, wiederholte Jewel steif. „In der Zwischenzeit werde ich meine Bedingungen formulieren. Ich sage dir Bescheid, wenn ich fertig bin.“

Sie drehte sich um und ging zurück zum Büro. Ihr Anwalt stand im Türrahmen und beobachtete die Szene amüsiert. Vielleicht hatte er doch Sinn für Humor.

„Was gucken Sie so?“, fragte Jewel bissig.

Schlagartig setzte er eine ernste Miene auf. „Sollen wir jetzt Ihre Bedingungen aufsetzen?“, fragte er sachlich.

Drei Stunden später war der Vertrag fertig. Jewel und Periklis lasen ihn gemeinsam durch und unterschrieben.

Jewel hatte darauf bestanden, eine Klausel aufzunehmen, die ihr im Falle einer Scheidung die Vormundschaft für das Kind zusicherte. Das Sorgerecht teilte sie sich mit Periklis. Er schien nicht sonderlich glücklich über die Formulierung zu sein, aber Jewel hatte klargemacht, dass sie darüber nicht mit sich reden ließ.

„Du bist kein besonders fairer Verhandlungspartner“, sagte Periklis auf dem Weg zum Auto.

„Über manche Dinge kann man eben nicht verhandeln. Um genau zu sein, sollte man es nicht müssen. Meine Tochter ist kein Feilschobjekt. Und das wird sie auch nie sein“, erwiderte Jewel aufgebracht.

In einer Geste der Kapitulation hob Periklis die Hände. „Ich will ja nur, dass du auch meine Position verstehst. Genauso wie du will auch ich mein Sorgerecht nicht verlieren.“

Sein Gesichtsausdruck stimmte Jewel milde. Sie hätte schwören können, dass er ängstlich und auch ein wenig verletzlich aussah.

„Ich verstehe deinen Standpunkt“, sagte sie leise. „Aber ich werde mich nicht für meine Reaktion entschuldigen. Es war wirklich eine hinterhältige Aktion.“

„Ich entschuldige mich dafür. Es war nicht meine Absicht, dich so aufzuwühlen. Ich wollte nur, dass meine Tochter dort bleibt, wo sie hingehört.“

„Vielleicht sollten wir lieber daran arbeiten, eine Scheidung zu verhindern", sagte Jewel gepresst. „Wenn diese Ehe funktioniert, so wie du behauptest, müssen wir uns nicht über das Sorgerecht streiten."

Periklis nickte zustimmend, als er ihr die Autotür aufhielt. Mit der Hand an der Tür blieb er nachdenklich stehen. „Du hast recht. Wir sollten dafür sorgen, dass es erst gar nicht zur Scheidung kommt."

„Nachdem wir das geregelt haben, sollten wir uns dem angenehmen Teil der Hochzeit widmen."

Mit diesen Worten startete Periklis den Motor und steuerte die teuerste Einkaufsmeile von San Francisco an. Der erste Stopp war ein kleiner Juwelier, in dem sie sich eine exquisite Auswahl an Verlobungsringen ansahen. Als Jewel nach dem Preis fragte, runzelte Periklis irritiert die Stirn, aber der Juwelier gab bereitwillig Auskunft. Jewel wurde blass vor Schreck und stolperte schockiert in Richtung Ausgang. Mit sanfter Gewalt zog Periklis sie zurück an die Verkaufstheke.

„Enttäusch mich nicht. Die meisten Frauen sind ganz wild darauf, sich den größten und teuersten Ring im ganzen Laden auszusuchen."

„Da haben Sie recht", sagte der Ladenbesitzer freundlich.

„Man spricht sowieso nicht über den Preis", fügte Periklis hinzu. „Such dir einfach einen Ring aus und denk nicht darüber nach."

„Hören Sie auf Ihren Verlobten", riet der Verkäufer und lächelte Jewel vielsagend zu.

Das Geplänkel der beiden Männer amüsierte Jewel. Sie verdrängte den Gedanken an all die Kinder in der Dritten Welt, denen sie mit dem Geld helfen könnte, und betrachtete die Schmuckstücke genauer. Nachdem sie mindestens ein Dutzend anprobiert hatte, entdeckte sie den perfekten Ring.

Es war ein einfacher, birnenförmiger Diamant. Lupenrein, soweit Jewel das beurteilen konnte. Der Stein war auf beiden Seiten von einer Reihe winzig kleiner Diamanten eingerahmt.

„Ihre Verlobte hat einen ausgezeichneten Geschmack."

„Ja, das hat sie. Möchtest du diesen Ring haben, meine Schöne?", fragte Periklis.

Jewel nickte trotz des flauen Gefühls in der Magengrube. „Ich will aber nicht wissen, was er kostet."

Periklis lachte. „Wenn du dich dadurch besser fühlst, spende ich dieselbe Summe für eine wohltätige Organisation deiner Wahl."

„Du machst Witze!"

„Nein. Es gibt mir das Gefühl, dass meine Zukünftige mich nicht innerhalb eines Jahres ruinieren wird."

Periklis schien nur mühsam ein Lachen zu unterdrücken, und Jewel warf ihm einen vernichtenden Blick zu. Wie konnte er nur so locker seine Kreditkarte zücken, als bezahle er nur einen Drink und nicht einen Ring, der Tausende von Dollar kostete.

Kurz darauf steckte er ihr den Ring an den Finger. „Behalt ihn gleich an. Er gehört jetzt dir."

Ungläubig musterte Jewel den Ring. Er war so wunderschön, dass er ihr einfach gefallen musste.

„Jetzt kümmern wir uns um dein Kleid und all die anderen Dinge, die du noch brauchst."

„Wow! Ein Mann, der gern einkaufen geht. Wie konntest du nur so lange Single bleiben?", fragte Jewel spöttisch.

Von einer Sekunde auf die andere verschloss sich seine Miene, und Jewel verfluchte sich für ihre Begabung, ins Fettnäpfchen zu treten. Um den Rest des Tages zu retten, hakte sie sich bei Periklis unter und setzte eine fröhliche Miene auf.

„Ich habe Bärenhunger. Können wir etwas essen, ehe wir weitermachen?"

„Natürlich. Worauf hast du Appetit?"

„Auf ein großes, saftiges Steak", sagte sie voller Inbrunst.

Periklis lachte laut auf. „Dann lass uns losgehen und eine Kuh schlachten, oder auch zwei."

6. KAPITEL

Jewel kam sich vor wie ein elender Feigling. Während Periklis unten im Wohnzimmer seine Familie begrüßte, versteckte sie sich in ihrem Zimmer. Dabei waren Periklis' Brüder extra für die Hochzeit angereist. Wirklich nachvollziehen konnte Jewel das nicht. Schließlich ging es bei dieser Hochzeit nicht um die feierliche Verbindung zweier verwandter Seelen.

Jewel wusste nicht viel über die Anetakis-Familie, außer dass Periklis zwei ältere Brüder hatte. Beide waren seit Kurzem verheiratet, und eines der Ehepaare hatte ein Kind bekommen. Jewels Baby würde das nächste sein.

Und ganz nebenbei hatte Periklis erwähnt, dass beide Brüder ganz fürchterlich verliebt waren.

Jewel schloss die Augen. Ihr graute davor, all diese glücklichen Leute zu treffen. Sie war jetzt schon grün vor Neid.

Periklis und Jewel waren schließlich alles andere als verliebt. Und wie sie Periklis kannte, hatte er seinen Geschwistern den wahren Grund für die Hochzeit sicher nicht vorenthalten: ein One-Night-Stand mit Loch im Kondom.

Jewel betrachtete sich im Spiegel und versuchte, ein heiteres Gesicht aufzusetzen. Sie trug ein schlichtes weißes Kleid mit Spaghettiträgern, das an der Brust gerafft war. Der Stoff schmiegte sich eng um ihren runden Bauch und fiel darunter lose um die Beine.

Vor dem Spiegel probierte sie verschiedene Frisuren aus, mal offen, mal hochgesteckt. Dann fiel ihr wieder ein, dass sie das Haar in jener Nacht offen getragen hatte. Also bürstete sie es, bis es glänzte, und ließ es locker über die Schultern fallen.

Unten im Wohnzimmer wartete die Familie darauf, Jewel kennenzulernen. Aber sie fand einfach nicht die Kraft, hinunterzugehen.

Mutlos stand sie auf und ging zum Fenster. Graue Wolken verdunkelten den Himmel, und über der Gartenanlage hingen feine Nebelschleier. Das Wetter passte genau zu Jewels melancholischer Stimmung.

Lange blieb sie einfach am Fenster stehen. Erst als jemand eine Hand auf ihre Schulter legte, riss sie sich von dem Anblick los. Ohne sich umzusehen, wusste sie, dass es Periklis war.

Etwas Kühles glitt über ihre Haut und schmiegte sich um ihren Hals. Erstaunt drehte Jewel den Kopf.

„Halt kurz still", sagte Periklis und hob ihr Haar an, um die Halskette am Nacken zu verschließen. „Das ist mein Hochzeitsgeschenk für dich. Es gibt passende Ohrringe, aber ich konnte mich beim besten Willen nicht daran erinnern, ob du Ohrringe trägst."

Jewel legte eine Hand an den Hals und lief zurück zum Spiegel. Als sie die exquisite Diamantenkette erblickte, schnappte sie nach Luft.

„Periklis, das ist viel zu kostbar!"

Periklis lächelte sie über ihre Schulter hinweg an. „Meine Schwägerinnen haben mir klargemacht, dass ein Mann seine Frau nie zu sehr verwöhnen kann."

Jewel erwiderte sein Lächeln. „Das klingt nach zwei klugen Frauen."

„Na siehst du, war doch gar nicht so schwer, oder?"

Irritiert runzelte sie die Stirn. „Was meinst du?"

„Dein Lächeln."

Schuldbewusst sah Jewel zu ihm auf, er hatte ja recht. Dann fiel ihr Blick auf die Ohrringe, die Periklis ihr hinhielt. Ehrfürchtig betrachtete sie die funkelnden Steine.

„Es würde mich freuen, wenn du sie heute trägst."

Das ließ sich Jewel nicht zweimal sagen. Unter Periklis' prüfendem Blick legte sie den Schmuck an.

„Weil wir gerade von meinen Schwägerinnen sprechen … Sie können es kaum erwarten, dich kennenzulernen."

„Und was ist mit deinen Brüdern?", fragte Jewel.

„Sie sind generell ein bisschen zurückhaltender, weil sie sich Sorgen um mich machen. Ich fürchte, es ist schon fast Familientradition, dass wir uns gegenseitig die Hochzeit ruinieren", antwortete er trocken.

Jewel wusste nicht, ob sie lachen oder weinen sollte. Dann rang sie sich zu einem Lächeln durch. „Wenigstens bist du ehrlich, das finde ich gut. Dann mache ich mich schon mal nicht zum Narren."

Periklis zuckte die Achseln. „Es gibt keinen Grund, schüchtern zu sein. Du wirst meine Frau, und allein deshalb verdienst du Respekt. In meiner Familie ist Theron übrigens das Weichei. Er wird dir schon bald aus der Hand fressen."

Jemand aus Periklis' Familie sollte ein Weichei sein? Das konnte sich Jewel beim besten Willen nicht vorstellen.

„Bist du bereit?", fragte er und strich aufmunternd über ihre Schultern. „Wir haben nicht mehr viel Zeit bis zur Zeremonie, und ich möchte dich den anderen noch vorstellen."

Jewel atmete tief durch und nickte Periklis zu. Hand in Hand gingen sie nach unten. Am Fuß der Treppe hörte Jewel Stimmengemurmel aus dem Wohnzimmer. Das flaue Gefühl in der Magengrube verstärkte sich, und das Baby strampelte wie verrückt. Es spürte Jewels Aufregung.

Dann endlich erhaschte Jewel den ersten Blick auf die Anetakis-Familie. Die beiden Männer waren unverkennbar Periklis' Brüder. Die Ähnlichkeit war verblüffend. Wie er waren beide groß und dunkelhaarig, hatten aber hellere, fast goldfarbene Augen. Die beiden Frauen dagegen hätten unterschiedlicher nicht sein können.

Als Jewel und Periklis den Raum betraten, blickten die vier auf. Periklis' Brüder musterten Jewel zurückhaltend, während beide Frauen sie freundlich anlächelten. Das war immerhin schon mal ein Anfang.

„Komm, ich mache dich mit ihnen bekannt", murmelte Periklis.

Erneut nahm er ihre Hand.

„Jewel, das sind mein ältester Bruder Yannis und seine Frau Marley. Ihr Sohn Dimitri ist heute bei seiner Nanny."

Jewel lächelte. „Es freut mich, euch kennenzulernen."

Marley erwiderte das Lächeln, ihre blauen Augen funkelten. „Wir freuen uns auch, Jewel. Willkommen in der Familie. Wann kommt das Baby?"

Schüchtern lächelte Jewel. „Ich bin Anfang des sechsten Monats."

„Hallo, Jewel", begrüßte nun auch Yannis sie mit erstaunlich tiefer Stimme.

Jewel schluckte und nickte ihm zu. Es war alles so beängstigend. Drei Anetakis-Brüder auf einmal, wie sollte sie das verkraften?

Periklis deutete auf das zweite Paar. „Das sind mein Bruder Theron und seine Frau Bella." Sein Gesichtsausdruck wurde merklich weicher, als er eine Hand auf Bellas Arm legte. Bella zwinkerte ihm kurz zu und wandte sich dann an Jewel.

„Wir freuen uns, dich kennenzulernen, Jewel", sagte sie und versuchte, Theron möglichst unauffällig anzustupsen. „Nicht wahr, Theron?"

„Natürlich, meine Liebe", erwiderte er spöttisch. Hatte er eben noch Jewel kühl gemustert, war alle Ernsthaftigkeit gewichen, sobald er seine Frau ansah. „Willkommen in der Familie, Jewel", sagte er schließlich. „Ich bin mir nicht sicher, ob ich dir zur Hochzeit mit meinem Bruder gratulieren oder doch lieber mein Beileid aussprechen soll."

Seine Bemerkung brachte Jewel zum Lachen, und Periklis tat empört.

„Hast du dich jetzt genug über mich lustig gemacht? Ich würde gerne noch mit euch anstoßen. Der Pfarrer wird jeden Moment hier sein", erwiderte er und holte eine Flasche Champagner aus der Hausbar. Er drückte jedem ein Glas in die Hand und entkorkte die Flasche mit geübtem Griff.

Beim Einschenken ließ er Jewels Glas aus und füllte es anschließend mit Mineralwasser. Dankbar lächelte Jewel ihn an.

Yannis räusperte sich. „Auf eine lange und ... glückliche Ehe", sagte er nach einer kurzen Pause.

Feierlich hoben die Gäste die Gläser, und einen Augenblick lang wünschte sich Jewel, dass es wahr wäre. Dass sie und Periklis wirklich verliebt wären und voller Freude ihr erstes gemeinsames Kind erwarteten.

Bilder von Weihnachtsfeiern, Geburtstagen und Familienzusammenkünften geisterten durch Jewels Kopf. Bilder einer wilden, lauten Familie, die fest zusammenhielt.

Es ist Zeit, diesem Traum Lebewohl zu sagen und stattdessen der bitteren Wahrheit ins Auge zu blicken, rief sich Jewel zur Ordnung und war den Tränen nahe. In einem verzweifelten Versuch, ihre Gefühle unter Kontrolle zu bringen, stürzte sie das Wasser in einem Zug hinunter.

Periklis beugte sich zu ihr hinunter. „Was ist los, meine Schöne, was hat dich so aufgewühlt?"

„Es geht mir gut", entgegnete sie und versuchte, ein strahlendes Lächeln aufzusetzen.

Im selben Moment ertönte die Türglocke, und Jewel zuckte zusammen. Beruhigend strich Periklis ihr über den Arm. „Es ist der Pfarrer. Ich mache ihm auf."

Panik drohte Jewel zu überschwemmen. Beinahe hätte sie Periklis angefleht, sie nicht alleine zu lassen. Sie wusste, es war albern, aber der Anblick der beiden verliebten Pärchen schnürte ihr die Kehle zu.

„Wenn Theron dich und Marley so sieht, kommt er noch auf dumme Gedanken", warf Bella ein.

„Was meinst du damit?", fragte Theron misstrauisch.

„All die Babys und die schwangeren Frauen", antwortete Bella amüsiert. „Du kommst noch auf die Idee, mich sofort zu schwängern."

Jewel lachte laut los. Bellas Humor und ihre lockere Art waren wirklich erfrischend. Offensichtlich hatte sie keinen Grund, sich um ihren Platz in der Familie Sorgen zu machen. Niemand schien auch nur den geringsten Anstoß an ihrer frechen Bemerkung zu nehmen.

Marley hielt sich vor Lachen den Bauch und Yannis verdrehte

schmunzelnd die Augen. Theron hingegen bedachte seine Frau mit einem sinnlichen Blick.

„Oh nein, meine liebe Bella“, raunte er. „Wir müssen noch viel üben, bevor du schwanger wirst.“

„Siehst du, Jewel, es ist gar nicht so schwer, die Anetakis-Männer zu erziehen“, sagte Bella keck. „Marley und ich haben es ganz gut gemeistert. Ich kann mir nicht vorstellen, dass du an Periklis scheitern wirst.“

„Theron, du solltest deiner Frau den Mund verbieten“, sagte Yannis nachsichtig. „Sie stachelt die Weibsbilder gegen uns auf.“

Zur Strafe stieß Marley ihm den Ellbogen in die Rippen, aber ihre Augen blitzten vergnügt.

In diesem Moment betrat Periklis in Begleitung eines älteren Mannes das Zimmer. Sie unterhielten sich leise. Als der Pfarrer Jewel sah, streckte er die Hand aus und kam freundlich lächelnd auf sie zu.

„Das ist sicher die Braut. Sie sehen sehr hübsch aus, meine Liebe. Sind Sie bereit für die Trauung?“

Jewel nickte. Ihre Knie waren weich wie Butter.

Nach einer kurzen Begrüßungsrunde und ein paar freundlichen Worten begann die Trauungszeremonie.

Jewel und Periklis standen nebeneinander vor dem Pfarrer, die vier Familienmitglieder flankierten das Brautpaar zu beiden Seiten. Die Szene hatte etwas Unwirkliches, fast schon Peinliches, zumindest für Jewel. Alle anderen hingegen wirkten völlig entspannt.

Als Periklis versprach, Jewel zu lieben und zu ehren, bis dass der Tod sie scheide, schnürte es ihr fast die Kehle zu. Voller Entsetzen stellte sie fest, dass sie tatsächlich von ihm geliebt werden wollte. Aber warum? Liebte sie ihn etwa? Nein, das tat sie nicht. Das konnte sie gar nicht! Jewel wusste weder, wie man liebt, noch, wie es sich anfühlt, geliebt zu werden. An der Sehnsucht in ihrem Inneren jedoch änderte das nichts.

Am Ende der Trauung drückte Periklis ihr den obligatorischen Kuss auf die Lippen. Dann nahmen sie die eher verhaltenen Glückwünsche seiner Brüder entgegen.

Yannis bestand darauf, sie zur Feier des Tages zum Essen auszuführen. Mit einer eleganten Limousine fuhren sie in ein teures Restaurant im Stadtkern, das für seine exzellenten Meeresfrüchte bekannt war.

Der Gedanke, tatsächlich verheiratet zu sein, dämpfte Jewels Appetit. Lustlos stocherte sie in ihrem Essen herum, bis Periklis ihre Hand nahm. Der Ehering, den er ihr vor wenigen Stunden an den Finger gesteckt hatte, funkelte im Kerzenlicht.

„Möchtest du nach Hause fahren?“, fragte er flüsternd. „Ich kann die anderen jederzeit wegschicken.“

„Das ist deine Familie“, protestierte Jewel. „Ich möchte sie auf keinen Fall wegschicken.“

Periklis lachte. „Das ist sehr rücksichtsvoll von dir, meine Schöne, aber wir sehen uns oft genug. Und heute ist schließlich mein Hochzeitstag! Ich bin mir sicher, dass sie es verstehen – schließlich liegen ihre Hochzeitsnächte noch nicht allzu lange zurück.“

Nur langsam wurde sich Jewel der Bedeutung seiner Worte bewusst. Er glaubte doch nicht etwa … nein, das konnte nicht sein. Oder doch? Der Arzt hatte der Hochzeit zugestimmt in der Annahme, dass sie eine richtige Beziehung führten. Wollte Periklis tatsächlich mit ihr schlafen?

Wie um ihre stille Frage zu beantworten, wandte sich Periklis an seine Brüder und bat um Aufbruch.

Herzlich verabschiedete sich Periklis von seiner Familie. An der Art, wie er seine Schwägerinnen umarmte, konnte Jewel erkennen, wie sehr er die beiden Frauen schätzte. Jewel wünschte sich, dass es zwischen ihnen genauso wäre und das Misstrauen aus Periklis’ Blick endlich verschwinden würde.

Kurze Zeit später saßen sie bereits in einem Taxi und fuhren nach Hause. Die größere Limousine hatte Periklis den anderen überlassen. Nach einer Weile wurde Jewel die Stille im Wagen unangenehm, und sie blickte verstohlen zu Periklis hinüber. Sie begegnete seinem fragenden Blick. Hatte er sie die ganze Zeit beobachtet?

„Was ist los, meine Schöne?"

„Willst du tatsächlich die Hochzeitsnacht mit mir verbringen?", brach es aus ihr heraus.

Periklis lächelte so anzüglich, dass Jewel eine Gänsehaut bekam.

„Ja, natürlich. Du bist jetzt meine Frau. Und normalerweise folgt der Hochzeit immer eine Hochzeitsnacht, oder?"

„Ich ... ich war mir nicht sicher. Das ist ja schließlich keine echte Hochzeit und ich dachte, du willst möglichst wenig mit mir zu tun haben."

„Du täuschst dich, für mich ist das Ganze durchaus echt", erwiderte er sanft. „Und deswegen wünsche ich mir, dass du heute Nacht und alle zukünftigen Nächte in meinem Bett verbringst."

Ein simples Nein würde genügen. Periklis konnte Jewel schließlich zu nichts zwingen. Auch wenn das sein Misstrauen nur noch verstärken würde.

Das Taxi hielt vor dem Haus an, und sie stiegen aus. Jewel erschauerte in der kühlen Nachtluft und kuschelte sich unwillkürlich näher an Periklis, der einen Arm um sie legte.

Die Frage war, ob sie Nein sagen *wollte.*

Ärgerlich biss sich Jewel auf die Lippen. Wenn sie nur mit ihm ins Bett gehen wollte, um sein Misstrauen zu zerstreuen, war sie wirklich nicht mehr zu retten.

Gib es zu, du begehrst ihn.

Jewel konnte die Liebesnacht mit Periklis nicht vergessen. Jetzt, nachdem sie verheiratet waren, sehnte sie sich umso mehr nach Liebe und Vertrauen. Und beides konnte nur dann entstehen, wenn Jewel sich öffnete.

Als Jewel das klar wurde, entschied sie sich, der Ehe eine Chance zu geben und nicht länger das Opfer zu spielen. Entschlossen griff sie Periklis' Hand und betrat mit ihm das Haus.

„Es war ein anstrengender Tag für dich, meine Schöne. Ich hoffe, dir und dem Baby geht es gut."

Hatte er es sich etwa anders überlegt? Fast klang es so. Oder wollte er sie nur zu nichts drängen?

„Mir geht es gut", sagte sie leise und blieb im Foyer stehen.

Periklis legte die Hände sanft an ihre Oberarme. „Bist du sicher?"

Jewel sah ihm fest in die Augen. Es war klar, worauf die Frage in Wirklichkeit abzielte. Nach kurzem Überlegen nickte sie.

„Du musst dir sicher sein, Jewel. Ganz sicher."

Wieder nickte sie, und im nächsten Moment lagen sie einander in den Armen und küssten sich. Der Kuss raubte ihr den Atem. Haltlos sank sie gegen Periklis und klammerte sich an seinem Hemd fest.

Gierig erforschte er mit der Zunge ihre Lippen, kostete ihren Geschmack und ließ sie den seinen schmecken. „Du schmeckst so süß", murmelte er. „Ich begehre dich so sehr. Sag mir, dass du mich auch begehrst. Komm mit mir nach oben. Ich möchte endlich wieder mit dir schlafen."

„Ja", keuchte Jewel atemlos. Als hätte Periklis nur darauf gewartet, hob er sie schwungvoll hoch und trug sie Richtung Treppe. „Nicht, Periklis, ich bin zu schwer!", protestierte sie.

„Zweifelst du an meiner Kraft?", fragte er gespielt entrüstet und lief leichtfüßig die Stufen hinauf.

„Ich bin kugelrund", rief sie erschrocken.

„Du bist wunderschön."

Im Schlafzimmer angekommen, legte er Jewel vorsichtig aufs Bett. Sanft schob er ihr die Träger über die Schultern und zog das Kleid nach unten. Sie stöhnte leise auf, als der Stoff über ihre empfindlichen Brustwarzen glitt.

Immer tiefer schob er das Kleid, bis es schließlich auf den Boden fiel.

Jewel erschauerte, als er mit den Händen ihre Oberschenkel entlangstrich und die Finger unter den Slip schob. Er hauchte einen Kuss auf ihren runden Bauch und zog den Slip tiefer. Dann ließ er sich zwischen ihre Beine gleiten.

Mit beiden Händen umfasste er ihre Taille und küsste ihre empfindsamste Stelle.

Jewel keuchte auf und reckte sich ihm entgegen. Wieder und wieder küsste und liebkoste er sie, bis sie kaum atmen, kaum denken, nur fühlen konnte. Plötzlich begann sie, am ganzen Körper zu zittern, als die Wellen der Lust sie mit sich zu reißen drohten. Doch Periklis zog sich zurück, und sie protestierte leise.

„Sch", murmelte er und flüsterte ihr leise griechische Worte ins Ohr, bevor er sie mit sanften Küssen verwöhnte.

Es tat so gut, seine warme Haut zu spüren. Das Gefühl der Nähe war ungemein tröstlich. Jewel hielt die Augen geschlossen und genoss es, wie er an ihren Brustwarzen sog. Eine Hand hatte er besitzergreifend auf ihren Bauch gelegt. Es war das erste Mal, dass er Kontakt mit dem Baby suchte, und Jewel fragte sich, ob er es bewusst tat.

„Mach dich bereit, meine Schöne. Lass mich zu dir."

Lustvoll stöhnte sie auf, als sie sein Gewicht auf sich spürte. Mit einer einzigen, sanften Bewegung war er in ihr.

Sie schrie auf und hielt sich an seinen Schultern fest.

„Ja, halt dich an mir fest. Ich lass dich nicht los."

Sie küssten sich voller Verlangen, während sie in einen verzehrend sanften Rhythmus fielen. Ihre Lust schuf eine fast unerträgliche Spannung, bis sie sich in einer gewaltigen Woge entlud.

Fest presste er sich an sie, sein raues Stöhnen erfüllte den Raum. Sie schloss erschöpft die Augen und gab sich dem überwältigenden Glücksgefühl hin.

Augenblicke später küsste Perikles ihr Haar und legte eine Hand auf ihren Rücken. Jewel seufzte zufrieden und kuschelte sich enger an ihn. Seine weichen Haare kitzelten sie an Nase und Lippen, aber sie bewegte sich keinen Zentimeter von ihm weg. Sie fühlte sich sicher und geborgen, mehr noch, sie fühlte sich geliebt.

7. KAPITEL

Als Jewel am nächsten Morgen die Augen aufschlug, saß Periklis mit einem Frühstückstablett auf der Bettkante, in der Hand hielt er eine langstielige Rose. Jewels Blick fiel auf seine muskulöse Brust. Auf dieser Brust hatte Jewel die halbe Nacht geschlafen.

„Guten Morgen", sagte er. „Hast du Hunger?"

„Und wie!", antwortete Jewel und setzte sich auf.

Erst dann fiel ihr auf, dass sie splitternackt war. Hastig zerrte sie das Bettlaken über sich, aber Periklis stoppte sie. „Du brauchst dich nicht zu genieren. Ich kenne jeden Zentimeter deines wunderbaren Körpers."

Zaghaft ließ sie das Laken wieder fallen. Periklis beugte sich vor und küsste sie lange und intensiv. Jewel glaubte zu träumen. Eine berauschende Liebesnacht, gefolgt von Frühstück im Bett und zärtlichen Küssen. Wenn doch nur alles wahr wäre.

Er hielt sie doch für eine Lügnerin. Wie konnte er da so fürsorglich sein? Spielte er nur mit ihren Gefühlen?

„Ich wüsste zu gern, was du gerade denkst."

Jewel fühlte sich ertappt. Nein, ganz sicher würde sie nicht sagen, was sie dachte. Dann würde er sich nur wieder zurückziehen, und Jewel begann doch gerade erst, die ungewohnte Zärtlichkeit in seinem Blick zu genießen.

„Ich hätte nichts dagegen, jeden Tag so geweckt zu werden", sagte sie stattdessen.

Zärtlich strich Periklis mit dem Daumen über ihre Lippen. „Frühstück jetzt erst einmal. Dein Arzttermin ist in zwei Stunden."

Der Arzttermin! Den hatte Jewel ganz vergessen. Der Arzt wollte noch eine letzte Ultraschalluntersuchung machen und Blut abnehmen. Danach würde Jewel einen Operationstermin bekommen.

Periklis platzierte das Tablett auf Jewels Oberschenkeln. „Ich gehe mich schnell duschen und rasieren. Außerdem muss ich ein paar Anrufe erledigen. Danach fahre ich dich."

Jewel warf einen Blick auf Periklis' stoppeliges Kinn und konnte nicht widerstehen. Sachte fuhr sie mit den Fingern über die raue Haut. Periklis schloss die Augen und schmiegte die Wange in ihre Handfläche.

„Danke", sagte Jewel leise.

Obwohl das Frühstück wirklich lecker war, konnte Jewel nur an eins denken: an Periklis unter der Dusche. Am liebsten hätte sie sich dazugesellt, traute sich aber nicht. Bisher hatte sie ihm die Führung überlassen und dadurch viel über den Mann gelernt, der ihr Leben so auf den Kopf gestellt hatte.

Zum x-ten Mal betrachtete sie den Diamantring an ihrem Finger. Er fühlte sich immer noch fremd an, aber die Größe und Form des Steins faszinierten Jewel. Und mehr noch die Botschaft des Rings: Ganz deutlich sagte er ihr, dass sie zu jemandem gehörte.

Energisch schüttelte Jewel den Kopf. Es war Zeit, wieder in die Wirklichkeit zurückzukehren. Sie schluckte die letzten Bissen hinunter und sprang unter die Dusche. Als sie angezogen war, lief sie nach unten.

Periklis saß im Arbeitszimmer und telefonierte. Als er sie bemerkte, nickte er ihr kurz zu und bat sie mit einer knappen Geste, zu warten.

Jewel setzte sich ins Wohnzimmer, und kurz darauf erschien Periklis bereits im Türrahmen.

„Ich habe einen Koch eingestellt. Er fängt heute Nachmittag an und bereitet uns das Abendessen zu."

„Das wäre doch nicht nötig gewesen. Ich habe nur Spaß gemacht!"

„Im Gegenteil, es war eine tolle Idee. Für dich ist es zu anstrengend, und wenn du das Kochen mir überlässt, wirst du es schnell bereuen."

„Du verwöhnst mich zu sehr", protestierte Jewel, doch es klang nicht einmal in ihren eigenen Ohren glaubhaft.

Periklis lächelte schief. Er hatte dieses Glänzen in den Augen, das Jewel in letzter Zeit schon öfter an ihm bemerkt hatte. „Das ist ja auch der Sinn der Sache." Er warf einen Blick auf die Uhr. „Bist du bereit? Wir sollten jetzt losfahren, es ist sicher viel Verkehr."

Jewel nickte, und gemeinsam gingen sie zum Wagen.

Beim Arzt sorgte Periklis für die nächste Überraschung. Anstatt im Wartezimmer Platz zu nehmen, wich er keine Sekunde von Jewels Seite und hörte sich alles an, was Arzt und Krankenschwester zu sagen hatten.

Bei der Ultraschalluntersuchung strahlte er wie ein Kind im Süßwarenladen. Er betrachtete jedes Bild genau und berührte den Bildschirm beinahe mit den Fingern.

„Ist sie das?", fragte er und deutete auf eine winzige Faust.

Die Assistenzärztin lächelte. „Sie nuckelt am Daumen. Hier ist das Kinn", erklärte sie und zeigte die Stelle am Schirm. „Das ist die Faust. Sie hat den Daumen im Mund."

Tränen brannten in Jewels Augen, als sie ihre Tochter betrachtete. „Sie ist wunderschön."

Periklis nickte. „Ja, das ist sie. So schön wie ihre Mutter." Seine Stimme klang rau.

„Was ist mit der Zyste?", fragte Jewel ängstlich. „Ist sie kleiner geworden?"

„Leider nicht. Ich muss die Maße mit der letzten Messung vergleichen, aber ich fürchte, sie ist eher noch ein bisschen gewachsen."

Jewels Lächeln erstarb. Verzweifelt schloss sie die Augen. Sie hatte so darauf gehofft, dass die Zyste schrumpfte. Jetzt kam sie um eine Operation nicht mehr herum. Was, wenn dem Baby dabei etwas passierte?

Aufmunternd drückte Periklis ihr die Hand. „Lass uns abwarten, was der Arzt sagt. Alles wird gut, du wirst sehen."

Nur zu gerne wollte Jewel ihm glauben, aber ihre Zuversicht schwand von Minute zu Minute mehr.

Die Assistentin schob das mobile Ultraschallgerät hinaus und bat Jewel und Periklis um ein paar Minuten Geduld, bis der Arzt kam. Periklis wirkte völlig gelassen. Aber wie sollte es auch anders sein, schließlich wollte er dieses Kind nicht. Er glaubte nicht einmal, dass es von ihm war.

Aber er ist hier bei dir.

Das bedeutete doch etwas.

Nach wenigen Minuten öffnete sich die Tür, und der Arzt betrat das Zimmer. In der Hand hielt er die Bilder.

„Miss Henley, ich freue mich, Sie wiederzusehen."

Periklis räusperte sich. „Sie heißt jetzt Mrs Anetakis. Ich bin ihr Mann Periklis Anetakis." Er streckte die Hand aus und begrüßte den Arzt. Jewel registrierte unwillig, dass er schon wieder die Führung übernahm.

Periklis sprach mit dem Arzt über die anstehende Operation, als wäre Jewel nicht im Raum. Ihre anfängliche Überraschung wandelte sich jäh in Wut. Hier ging es um *ihre* Gesundheit und *ihr* Kind.

„Ich werde darüber entscheiden, wann die OP stattfindet", sagte sie scharf.

Beschwichtigend legte Periklis eine Hand auf ihr Knie. „Natürlich, meine Liebe. Ich versuche nur, alles genau zu verstehen."

Jewel wurde rot. Vermutlich hielt er sie für kleinlich und bockig. Aber mehr und mehr schien ihr die Kontrolle über ihr Leben zu entgleiten, und Periklis übernahm stattdessen das Steuer.

„Wir sollten bald operieren, Mrs Anetakis", mischte sich der Arzt ein. „Ich habe mit einem Kollegen gesprochen, der assistieren wird. Der Eingriff ist nicht ganz ungefährlich, aber wir sind zuversichtlich, dass alles klappt."

„Und das Baby?", flüsterte sie.

Mitfühlend lächelte er sie an. „Ihr wird nichts passieren."

Als Jewel den Zettel mit dem OP-Termin in Händen hielt, bekam sie erst recht Angst. Bisher hatte sie die Konsequenzen versucht zu verdrängen, aber jetzt war es nicht mehr zu leugnen, dass die Situation heikel war.

„Komm mit", sagte Periklis leise und brachte sie hinaus zum Auto.

Die ersten Kilometer sprachen sie kein Wort. Jewel blickte hinaus in die Landschaft, aber ihre Gedanken kreisten um die bevorstehende Operation.

„Wenn du es dir aussuchen könntest, wo würdest du gerne wohnen?"

Überrascht von der Frage wandte Jewel den Kopf. „Am Meer, denke ich." Unwillkürlich lächelte sie. „Ich habe immer von einem großen Haus ganz oben auf einer Klippe geträumt, mit einem tollen Blick auf den Strand." Sie schloss die Augen und malte sich aus, wie sich die Wellen am Strand brachen. „Und mit einer Veranda, von der aus man den Sonnenuntergang betrachten kann. Und du?"

Periklis hielt den Blick auf die Straße gerichtet. Er wirkte angespannt.

„Ich habe nie viel darüber nachgedacht."

„Wo hast du vorher gewohnt, vor alledem?"

Seine Lippen verzogen sich zu einem bitteren Lächeln. „Ich habe keinen festen Wohnsitz. Ich reise viel, und wenn ich mal nicht unterwegs bin, übernachte ich in einem meiner Hotels."

„Klingt so, als führst du ein ähnliches Leben wie ich."

Periklis warf ihr einen fragenden Blick zu. „Wie meinst du das?"

Sie zuckte die Achseln. „Ich habe auch kein Zuhause."

Aus diesem Blickwinkel schien Periklis es noch nie betrachtet zu haben. Bedauernd verzog er die Lippen. „Du hast wohl recht. Ich habe viele Schlafplätze, aber kein Zuhause."

Inzwischen hatten sie das Grundstück erreicht, und Periklis lenkte den Wagen die Auffahrt hinauf. Als sie sich dem Haus näherten, sah Jewel ein fremdes Auto vor der Garage parken. Erwartete Periklis Besuch?

Dann erspähte sie den Mann, der auf den Stufen vor dem Haus saß.

„Kirk!"

Noch bevor der Wagen richtig zum Stehen kam, sprang Jewel auch schon hinaus und rannte auf ihren Freund zu. Als sie sich in seine Arme stürzte, erwiderte er die Umarmung stürmisch.

„Was zur Hölle ist hier los, Jewel?“, fragte Kirk und schob sie ein Stück von sich weg.

„Das würde ich auch gerne wissen“, warf Periklis kühl ein.

Jewel löste sich von Kirk und drehte sich um. Periklis Augen waren kalt wie Eis.

„Periklis, darf ich dir meinen besten Freund Kirk vorstellen? Kirk, das ist Periklis … mein Ehemann.“

Kirk entfuhr ein lautstarker Fluch. „Verdammt, Jewel, ich hatte dich doch gebeten, auf mich zu warten.“

Verwundert blickte Jewel ihn an. „Wovon redest du?“

„Ich habe dir eine E-Mail geschickt, nachdem du mir erzählt hast, was passiert ist. Und dass du diesen Typen heiraten willst.“ Wütend fuchtelte er in Periklis’ Richtung.

„Ich habe keine E-Mail bekommen, das schwöre ich. Ich wusste nicht einmal, ob du meine erhalten hast.“

Periklis schlang einen Arm um Jewels Taille und hielt sie so fest, dass sie sich kaum rühren konnte.

„Sind Sie hergekommen, um uns zu gratulieren?“, fragte Periklis arglistig. „Leider haben Sie die Feierlichkeiten verpasst.“

Kirks Miene verdüsterte sich zunehmend. „Ich würde gerne mit Jewel alleine sprechen. Ich gehe hier nicht weg, bis ich sicher bin, dass sie das alles wirklich will.“

„Wenn Sie meiner Frau etwas zu sagen haben, kann ich es auch hören.“

„Periklis, hör auf!“, unterbrach ihn Jewel scharf. „Kirk ist ein sehr guter Freund, und ich schulde ihm zumindest eine Erklärung.“ Sie löste sich aus Periklis Griff und legte die Hand auf Kirks Arm. „Hast du schon etwas gegessen?“

Kirk schüttelte den Kopf. „Ich hab den erstbesten Flug genommen und bin direkt hergekommen.“

„Dann komm rein. Wir setzen uns auf die Terrasse und reden.“

Periklis’ Miene war wie versteinert. Wortlos drehte er sich um und ging ins Haus.

„Netter Kerl“, murmelte Kirk.

Jewel seufzte. „Komm rein, ich hole uns etwas zu essen. Dann erzähle ich dir alles.“

Periklis stand im Wohnzimmer und nippte an seinem Drink. Argwöhnisch beobachtete er Jewel und Kirk draußen auf der Veranda.

Was bedeutete Kirk ihr? War er etwa der Vater des Kindes? Vielleicht hatte er sie verlassen und es dann bereut. Periklis hatte nicht vor, sich von den beiden an der Nase herumführen zu lassen.

Schon eine ganze Weile unterhielten sie sich jetzt, und Periklis entging es nicht, dass sie viel zusammen lachten. Als sie endlich vom Tisch aufstanden, zog Kirk Jewel spontan in seine Arme.

Periklis ballte die Hände zu Fäusten und verließ schnell das Wohnzimmer. Jewel sollte nicht denken, dass er eifersüchtig war.

Auf halbem Weg aus dem Zimmer wurde ihm bewusst, was er tat: Er lief weg. Dieser Gedanke machte ihn noch wütender als die Möglichkeit, dass Jewel ihn zum Narren hielt. Keine Frau konnte Periklis Anetakis zum Rückzug zwingen.

Ärgerlich drehte er sich um und konfrontierte die beiden, als sie ins Haus kamen. Mit kühlem Blick musterte er erst Kirk, dann Jewel. Vorwurfsvoll runzelte Jewel die Stirn.

„Habt ihr alles geklärt?“, fragte er ruhig.

„Nicht wirklich“, antwortete Kirk angespannt. „Ich habe Jewel meine Unterstützung angeboten, damit sie nicht auf die Ehe angewiesen ist.“

„Wie nett von Ihnen. Leider ist es dafür zu spät. Sie ist bereits meine Frau.“

„Man kann sich auch wieder scheiden lassen.“

„Ja, wenn man möchte. Aber das möchte ich nicht.“

„Hört auf!“, sagte Jewel mit Nachdruck. „Kirk, bitte. Deine Hilfe bedeutet mir mehr, als du ahnst, aber Periklis hat recht.

Es ist zu spät. Wir sind verheiratet, und ich möchte das Beste daraus machen."

Kirks Miene wurde weich, als er Jewel ansah. „Wenn du etwas brauchst, sag Bescheid. Es dauert vielleicht ein paar Tage, bis ich hier bin, aber ich werde kommen. In Ordnung?"

Jewel lächelte und drückte ihn fest an sich. „Danke, Kirk. Ich weiß das sehr zu schätzen. Und noch mal danke, dass ich in deinem Appartement wohnen durfte."

Es war also Kirks Appartement, nicht Jewels. Offensichtlich hatte sie wirklich weder Geld noch einen Platz zum Wohnen.

Erneut machte sich Periklis' schlechtes Gewissen bemerkbar. Er hätte sie nicht allein lassen dürfen.

Kirk küsste Jewel zum Abschied auf die Stirn. „Wenn du mich wirklich nicht brauchst, fahre ich gleich wieder zum Flughafen und nehme den nächsten Flug. Wenn ich Glück habe, bin ich in eineinhalb Tagen wieder vor Ort."

„Es tut mir leid, dass du extra gekommen bist. Ich hätte es dir ausgeredet, wenn ich deine E-Mail bekommen hätte."

Periklis versuchte, sich nichts anmerken zu lassen. Er hatte die E-Mail gelöscht, aber der Schuss war nach hinten losgegangen. Wenn es denn stimmte.

Jewel begleitete Kirk zur Tür und verschwand mit ihm nach draußen. Wenige Minuten später hörte Periklis ein Auto wegfahren, und Jewel betrat das Haus. Sie sah alles andere als glücklich aus.

„Was zur Hölle bildest du dir ein?", rief sie wütend. Ihre Augen blitzten vor Zorn.

Periklis zuckte zusammen. „Komisch, dasselbe wollte ich dich gerade fragen."

„Wovon redest du? Kirk ist ein guter Freund von mir. Der einzige Freund, den ich habe. Wenn du damit ein Problem hast, dann kannst du gleich verschwinden!"

„Du hältst anscheinend zu ihm", murmelte er. „Ich frage mich, ob du mir gegenüber genauso loyal bist."

„Hör auf damit, Periklis. Wenn du streiten willst – bitte! Aber ich habe keine Lust auf deine Psycho-Spielchen."

„Tun wir das denn, streiten? Es ist noch ein bisschen früh für unseren ersten Ehekrach, oder?"

„Ach, fahr zur Hölle!"

Wutentbrannt drehte Jewel sich um und stürmte die Treppe hinauf. Kurz darauf knallte die Tür zu ihrem Zimmer so fest ins Schloss, dass es durch das ganze Haus schallte.

Sie hatte wirklich Temperament, das musste Periklis ihr lassen. Dabei hatte er sie nur deswegen provoziert, weil ihn seine Eifersucht wurmte. Diese Frau hatte ihn um den kleinen Finger gewickelt, und das gefiel Periklis überhaupt nicht.

Wenn dieser Kirk ihr so bereitwillig zu Hilfe kam, warum war er dann vorher nicht für sie da gewesen? Vielleicht war er der Vater des Kindes, hatte Jewel aber verlassen und war jetzt nur zurückgekommen, weil er keinen Konkurrenten duldete. Oder war alles nur ein abgekartetes Spiel, um Periklis' das Geld aus der Tasche zu ziehen? Und er war so dumm gewesen, Jewel eine großzügige Abfindung zu versprechen, sollte das Kind nicht von ihm sein. Wahrscheinlich war das die ganze Zeit ihr Plan gewesen.

Aber da hatte er auch noch ein Wörtchen mitzureden. Schließlich musste er der Scheidung zustimmen. Periklis lächelte kalt. Er würde ihr schon klarmachen, dass es keine Scheidung geben würde.

Beim Abendessen herrschte gereiztes Schweigen. Jewel war immer noch sauer darüber, wie Periklis sich Kirk gegenüber verhalten hatte. Was in Periklis vorging, war ihm nicht anzusehen. Er aß mit gesundem Appetit, als hätten sie sich nie gestritten. Jewel machte das rasend. War das seine Art, einen Konflikt auszutragen?

Nicht einmal der Nachtisch konnte Jewel aufheitern. Der sündhaft leckere Schokoladenkuchen, den der Koch servierte, hätte genauso gut aus Sägespänen sein können.

„Ich habe mir Gedanken gemacht", durchbrach Periklis schließlich die Stille. Seine Stimme klang kalt und tonlos.

Jewel stocherte weiter in ihrem Kuchen.

„Für mich kommt eine Scheidung nicht mehr infrage."

Erstaunt ließ Jewel die Gabel fallen. „Wie bitte? Glaubst du mir endlich, dass das Baby von dir ist?"

Periklis zog überheblich eine Augenbraue in die Höhe. „Ich bin kein Idiot, Jewel. Das solltest du dir merken."

„Warum dann dieser ganze Unsinn mit der Scheidung? Das Kind ist von dir, aber du willst das einfach nicht glauben. Warum in aller Welt schlägst du jetzt eine Scheidung aus, ehe du Bescheid weißt?"

„Vielleicht will ich dir damit nur zu verstehen geben, dass dein Plan nicht aufgehen wird. Ich werde einer Scheidung nicht zustimmen, egal, ob das Kind von mir ist oder nicht."

Jewel spürte, dass er sie fixierte. Welche Reaktion erwartete er von ihr? Was ging nur in seinem Kopf vor?

Dann fiel es Jewel wie Schuppen von den Augen. Angewidert funkelte sie ihn an.

„Du denkst, es ist eine Intrige, um dir das Geld aus der Tasche zu ziehen. Du hältst Kirk für den Vater und mich für eine billige Hure, die mit euch beiden schläft!"

Jewel hatte geglaubt, dass niemand sie je mehr verletzen konnte. Schon vor langer Zeit hatte sie eine unüberwindbare Mauer um sich herum aufgebaut. Doch jetzt spürte sie einen überwältigenden Schmerz. Obwohl sie sich Periklis' Loyalität nie sicher gewesen war, fühlte sie sich verraten.

Mit zitternden Knien stand sie auf, polternd fiel der Stuhl zu Boden. Sie würde nicht vor ihm zusammenbrechen, oh nein. Bevor sie aus dem Zimmer floh, drehte sie sich noch einmal um.

„Wer hat dir das angetan, Periklis? Wer hat dich zu einem solchen Mistkerl gemacht, der niemandem traut. Wann wirst du endlich merken, dass ich nicht sie bin?"

Unfähig, seinem Blick noch länger standzuhalten, eilte Jewel aus dem Raum.

Doch anstatt in ihr Zimmer hinaufzugehen, lief Jewel hinaus

in den Garten. Die kühle Abendluft verscheuchte langsam die Hitze des Zorns, und Jewel folgte dem Weg immer weiter hinaus in die Anlage.

Altmodische Laternen beleuchteten den Gartenweg. Unter einer der Lampen stand eine Steinbank mit einem kleinen Tisch. Erschöpft ließ sich Jewel nieder.

Was hatte sie nur getan? Instinktiv rieb sie ihren Bauch und dachte an ihre Tochter. Die Zukunft erschien ihr nicht mehr so rosig wie zuvor. Periklis wollte sich für eine Tat rächen, die Jewel begangen hatte. Daher verweigerte er kurzerhand die Scheidung, als hätte Jewel keinerlei Mitspracherecht.

Dem Ehevertrag nach würde es sowieso keine Scheidung geben, denn das Kind war von ihm. Periklis schien anderer Überzeugung zu sein.

Warum hatte sie sich und ihrem Kind das nur angetan? Würde sich Periklis' Einstellung gegenüber seiner Tochter ändern, wenn der Vaterschaftstest ein für alle Mal klarstellte, dass er der Vater war? Und was war mit Jewel? Würde sie immer nur die Frau bleiben, die ihm seine Tochter geboren hatte?

„Du solltest nicht alleine hier draußen herumlaufen."

Jewel wirbelte herum und sah Periklis unter der Laterne stehen. Mit aller Macht kehrte die Wut zurück.

„Ich bin ja wohl kaum alleine, oder? Es stehen wahrscheinlich ein Dutzend Bodyguards in der Dunkelheit herum."

Er nickte und trat näher. „Ja, aber du solltest das Risiko trotzdem nicht eingehen."

„Wie ist das, Periklis, beschützen mich deine Sicherheitsleute auch vor dir?", fragte sie spöttisch.

„Interessanter Gedanke. Mir scheint es eher so, als benötige ich den Schutz."

Mit bebenden Schultern wandte Jewel sich von ihm ab. „Ich will aus der Sache raus, Periklis. Sofort!"

„Ich habe dir doch gerade gesagt, dass ich eine Scheidung nicht zulassen werde."

„Das ist mir völlig egal. Ich hätte dich nie heiraten sollen. Ich möchte nur weg von dir. Behalte deine verdammte Abfindung. Ich will nichts von dir! Ich werde sofort abreisen."

Mit diesen Worten stürmte sie zurück zum Haus, aber Periklis holte sie ein und hielt sie fest.

„Du kannst um diese Uhrzeit nicht mehr wegfahren, Jewel. Sei doch vernünftig!"

„Vernünftig?" Jewel lachte heiser. „Das sagt ja der Richtige. Ich hätte gleich vernünftig sein sollen, als du in mein Leben geplatzt bist und das Steuer an dich gerissen hast."

„Bleib zumindest bis morgen früh. Ich werde dich auch in Ruhe lassen."

„Und dann lässt du mich gehen?", fragte sie skeptisch.

„Wenn du dann noch gehen willst, ja."

Jewel versuchte, in der Dunkelheit seine Miene zu erkunden. Er zeigte keinerlei Gemütsregung. Hatte er je etwas für sie empfunden? Oder hatte er seine Seele schon vor langer Zeit verkauft?

„In Ordnung. Ich fahre gleich morgen früh. Entschuldige mich jetzt bitte, ich muss packen."

Mit großen Schritten stürmte Jewel zurück zum Haus. Periklis blieb stehen und sah ihr lange nach. In seiner Brust wallte ein Gefühl auf, das an Panik erinnerte. Das war nicht die Reaktion, mit der er gerechnet hatte. Eher mit Tränen und Vorwürfen und der Bitte, ihr trotz des Betrugs zu helfen. Nie hätte er gedacht, dass sie ihn zur Hölle schicken würde. Was hatte sie davon?

Er musste sich etwas einfallen lassen, sie zum Bleiben zu überreden. Bis er das Rätsel gelöst hatte, wollte er sie in der Nähe haben. Zum ersten Mal verspürte er eine kribbelnde Vorfreude. Konnte es sein, dass sie tatsächlich sein Kind unter dem Herzen trug? Dass er diesmal ein Mitspracherecht hatte?

Wenn es so war, dann würde er Jewel auf keinen Fall gehen lassen.

8. KAPITEL

Jewel begann, ihre Garderobe zusammenzulegen, und verstaute alles im Koffer. Da sie noch nicht einmal alles ausgepackt hatte, war sie schnell fertig. Danach sank sie erschöpft ins Bett und ließ die letzten Wochen in Gedanken Revue passieren.

Warum hatte sie Periklis nur geheiratet? Was für eine unsinnige Entscheidung. Natürlich war sie verzweifelt gewesen, aber warum hatte sie nicht Kirk angerufen? Stattdessen hatte sie sich an Periklis gewandt und tatenlos zugesehen, wie er ihr Leben bestimmte.

Gib es doch zu, du bist eine hoffnungslose Träumerin.

All die romantischen Gefühle, an die sie eigentlich gar nicht mehr glaubte, hatten in den letzten fünf Monaten ihre Schritte gelenkt. Kein Wunder, dass sie Mist gebaut hatte.

Um zwei Uhr morgens lag sie immer noch wach und starrte an die Decke. Der Mond warf sein fahles Licht durch die Jalousien aufs Bett. Jewel schloss die Augen, um endlich einzuschlafen, als ein scharfer Schmerz durch ihren Bauch zuckte. Der Schmerz war so stark, dass sie kaum atmen konnte.

Instinktiv zog sie die Knie an den Bauch. Kaum hatte der Schmerz nachgelassen, raste schon die nächste Schmerzwelle über sie hinweg. Jewel konnte nicht atmen, nicht klar denken.

Als der Schmerz nachließ, rollte sie sich an den Rand des Bettes. Die Angst um das Kind verlieh ihr neue Kräfte. Sie wollte ihr Baby nicht verlieren!

Sie bot all ihre Kraft auf und schwang die Beine über den Bettrand. Tränen schossen ihr in die Augen, als der Schmerz mit voller Wucht zurückkehrte. Jewel fiel vornüber und landete mit einem dumpfen Aufprall auf dem Boden. Vor Schmerz konnte sie sich nicht bewegen. Tränen schossen ihr in die Augen, und verzweifelt schnappte sie nach Luft.

Sie musste Periklis holen.

Mit letzter Kraft versuchte sie, sich hochzustützen. Aber das Ziehen in ihrem Bauch war unerbittlich. Ihr wurde übel. Jewel zwang den Brechreiz zurück und atmete tief ein.

„Periklis!“

Der Schrei war schwach, und ihre Zimmertür geschlossen. Noch einmal nahm Jewel alle Kraft zusammen.

„Periklis!“, rief sie so laut sie konnte. Dann brach sie zusammen.

Oh Gott, er würde nicht kommen. Wahrscheinlich hatte er sie durch die Tür nicht gehört, und sie konnte nicht aufstehen.

Tränen strömten ihre Wangen hinab, und sie stöhnte hilflos auf. Es fühlte sich an, als würden ihr die Eingeweide herausgerissen.

Plötzlich hörte sie, wie die Tür aufgerissen wurde. Das Licht ging an, und hastige Schritte kamen auf sie zu.

„Jewel! Was ist los? Ist etwas mit dem Baby?“

Periklis kniete neben ihr und suchte fieberhaft mit den Händen ihren Körper ab. Als er sie auf den Rücken drehte, schrie Jewel vor Schmerz auf.

„Was ist los? Rede mit mir! Sag mir, wie ich dir helfen kann“, rief Periklis verzweifelt.

„Schmerzen“, keuchte Jewel. „Es tut so weh.“

„Wo?“

„In der Seite und im Bauch. Weiter unten, auf Hüfthöhe. Oh Gott, ich weiß es nicht. Es tut überall weh …“, wimmerte sie.

„Beruhige dich, ich kümmere mich um dich“, sagte er sanft. „Es wird alles gut, ich verspreche es dir.“

Er nahm sie in die Arme und hob sie hoch.

„Ich ziehe mich schnell an. Dann fahre ich dich ins Krankenhaus.“

Unfähig zu sprechen, nickte Jewel schwach.

Periklis trug sie in sein Schlafzimmer und legte sie auf das Bett, in dem sie sich in der Nacht zuvor geliebt hatten. Die Laken verströmten Periklis’ Duft, und der Geruch tröstete Jewel auf wundersame Weise.

Es schien eine Ewigkeit zu dauern, bis er angezogen war. Dann endlich kam er zurück und hob sie hoch. Auf seinen Armen trug er Jewel die Treppe hinunter und hinaus zum Auto.

„Ich lege dich auf den Rücksitz“, murmelte er. „Wir sind im Handumdrehen im Krankenhaus. Halte durch, meine Schöne.“

Jewel rollte sich zusammen und ballte die Hände zu Fäusten. Am liebsten hätte sie laut geschrien.

Nicht das Baby. Bitte lass mich nicht das Baby verlieren.

Jewel registrierte kaum, wie Periklis vor dem Krankenhaus hielt und sie aus dem Wagen hob. Sie hörte Stimmengemurmel, dann spürte sie einen Einstich im Arm. Schließlich wurde sie auf ein Bett gelegt. Ein Mann in weißem Kittel leuchtete ihr mit einer Taschenlampe in die Augen.

„Mrs Anetakis, können Sie mich hören?“

Jewel nickte und versuchte zu sprechen. Jemand hielt ihre Hand, vermutlich war es Periklis.

„Die Zyste an der Gebärmutter hat den Eileiter verdreht. Ich habe Ihren Frauenarzt angerufen, er bereitet alles für die Operation vor.“

Jewel wimmerte leise, und sofort beugte sich Periklis über sie. Tröstend streichelte er mit der Hand über ihr Haar.

„Es wird alles gut, meine Kleine. Du bist in besten Händen. Unser Baby wird keinen Schaden nehmen.“

Unser Baby, dachte Jewel. Hatte er wirklich unser Baby gesagt? Eine bleierne Müdigkeit überkam sie, und sie konnte nicht mehr klar denken. Der Schmerz hatte nachgelassen, aber sie fühlte sich wie in Watte gepackt.

„Was haben Sie mir gegeben?“, fragte sie schwach.

Die Krankenschwester lachte leise. „Nur ein leichtes Beruhigungsmittel. Wir bringen Sie gleich in den OP.“

„Periklis?“

„Ich bin hier, meine Schöne.“ Wieder streichelte er ihr Haar, und Jewel schmiegte den Kopf in seine Hand. Verzweifelt versuchte sie, die Augen offen zu halten.

„Du hast ‚unser Baby' gesagt. Glaubst du jetzt, dass sie von dir ist?"

Periklis antwortete nicht sofort, und Jewel versuchte, seinen Gesichtsausdruck zu lesen. Eine steile Falte lag auf seiner Stirn. War es die Sorge um das Baby?

„Ja, sie ist von mir", sagte er heiser. „Sie ist unsere Tochter, und du musst gut auf sie aufpassen. Ruh dich jetzt aus, lass die Medikamente ihre Wirkung tun."

Jewel griff seine Hand noch fester. Er durfte sie nicht alleine lassen. Als das Bett sich bewegte, krallte sie sich an ihm fest.

„Geh nicht weg!"

„Ich gehe nirgendwohin", sagte er tröstend und küsste sie auf die Stirn.

Jewel schloss die Augen und wehrte sich nicht länger gegen die Wirkung der Medikamente. Die Stimmen um sie herum wurden leiser. Sie hörte Periklis sagen, dass er auf sie warten würde. Warum? Wo wollte er hin? Jewel hatte nicht mehr die Kraft, zu fragen. Sie konnte nur daliegen und alles über sich ergehen lassen.

Wieder bewegte sich das Bett, und die Luft im Raum war plötzlich kalt. Jewel wurde hochgehoben und auf eine harte, kühle Liegefläche umgebettet. Jemand bat sie mit heiterer Stimme, von zehn rückwärts zu zählen.

Jewel öffnete den Mund, doch kein Laut kam über ihre Lippen. Im Geiste zählte sie bis acht. Dann wurde es schwarz vor ihren Augen.

Periklis lief im Aufenthaltsraum auf und ab wie ein Raubtier im Käfig. Er war extrem angespannt. Immer wieder blickte er auf die Uhr und stellte fest, dass nicht mehr als drei Minuten vergangen waren. Verdammt, wie lange dauerte das nur? Und warum sagte ihm niemand etwas?

„Periklis, wie geht es ihr?"

Er wirbelte herum. Sein Bruder Theron stand vor ihm. Er wirkte gehetzt, das Haar zerzaust, als wäre er direkt aus dem Bett ins Flugzeug gesprungen. Wahrscheinlich war genau das auch der Fall. Periklis tat es leid, seinen Bruder mitten in der Nacht aus dem Bett zu reißen, gleichzeitig war er unendlich froh, dass er hier war. Sie umarmten sich kurz und setzten sich nebeneinander auf die Plastikstühle.

„Ich weiß es nicht. Sie ist schon seit ein paar Stunden im OP, aber ich habe noch nichts gehört."

„Was ist passiert? Geht es dem Baby gut?"

„Die Zyste hat den Eierstock verdreht. Jewel hatte unvorstellbare Schmerzen, daher haben sie sofort operiert. Eigentlich hätte sie erst in einer Woche operiert werden sollen."

„Und das Baby?"

„Es ist ein riskanter Eingriff, aber die Ärzte meinen, dass die Chancen gutstehen, dass dem Baby nichts passiert."

„Wie lange ist sie schon da drin?"

„Seit vier Stunden", sagte Periklis hohl. „Warum dauert das so lange?"

„Du hörst sicher bald etwas", sagte Theron beruhigend. „Hast du Yannis schon angerufen?"

Periklis schüttelte den Kopf. „Das ist nicht nötig. Es dauert sowieso zu lange, bis er da ist. Bis dahin ist alles vorbei."

„Du solltest ihn trotzdem anrufen. Er würde es wissen wollen, und Marley auch."

„Ich rufe ihn an, sobald ich weiß, wie es ihr geht."

Schweigend saßen sie nebeneinander. Schließlich verließ Theron kurz den Raum und kehrte wenig später mit zwei Tassen Kaffee zurück. Periklis nippte an der lauwarmen Brühe, ohne etwas zu schmecken.

„Du siehst anders aus, weißt du das?"

Erstaunt blickte Periklis auf. „Wie meinst du das?"

„Du wirkst irgendwie … ruhiger, zufriedener. Es ist mir schon aufgefallen, als wir zur Hochzeit da waren."

„Und was ist daran anders?", fragte Periklis spöttisch.

„Anders, als du die letzen Jahre ausgesehen hast, nachdem Joanna dich betrogen hat und mit Eric abgehauen ist."

Periklis zuckte zusammen. Keiner hatte es bisher gewagte, Erics Namen in seiner Gegenwart auszusprechen. Seine Brüder sprachen sicher hinter seinem Rücken darüber, aber nie, wenn er dabei war. Der Schmerz war noch zu frisch.

„Ruinier das nicht, Periklis. Du könntest glücklich werden, es ist deine Chance!"

„Ich kann aber auch alles verlieren. Vielleicht habe ich das schon."

„Was meinst du?"

Periklis trank noch einen Schluck Kaffee und stellte den Becher zur Seite. „Sie wollte mich morgen früh verlassen. Die Koffer waren schon gepackt, als ich sie auf dem Boden fand. Sie hatte schreckliche Schmerzen."

„Was hast du angestellt?", fragte Theron vorsichtig. „Du kannst es mir erzählen, schließlich ist es ja nicht so, dass Marley noch nie wütend auf mich war."

„Du scheinst dir ja sicher zu sein, dass das Problem bei mir liegt", antwortete Periklis trocken.

„Du bist der Mann, und Männer haben immer unrecht. Hast du das noch nicht kapiert?"

Ein kleines Lächeln huschte über Periklis' Gesicht, aber er wurde schnell wieder ernst. „Ich habe mich wie ein Idiot aufgeführt."

„Nun, das war sicher nicht das letzte Mal. Wir scheinen genetisch dazu bestimmt zu sein."

„Gestern ist urplötzlich ein Freund von ihr aufgetaucht. Ich habe mich benommen wie ein eifersüchtiger Teenager."

„Daraus kann dir niemand einen Vorwurf machen. Das ist ganz normales Revierverhalten."

Periklis seufzte. „Als Nächstes erzählst du mir noch, das wir alle Höhlenmenschen sind, die ihr Revier wie Hunde markieren."

„Hübsche Vorstellung, kleiner Bruder. Ich schätze, das ist genau das, was wir tun. Nur nicht im wörtlichen Sinne."

Theron musterte Periklis aus den Augenwinkeln.

„Sie wollte dich also verlassen, weil du über den Besuch ihres Freundes nicht begeistert warst?“

„Na ja, wohl eher weil ich ihr vorgeworfen habe, dass er der Vater des Kindes ist und die ganze Geschichte ein abgekartetes Spiel, um mir das Geld aus der Tasche zu ziehen.“

Theron zuckte zusammen. „Verdammt, du lässt aber auch nichts aus.“

„Ich sagte ja, ich war ein Idiot. Ich war wütend und habe ihr klargemacht, dass ich einer Scheidung nicht zustimmen werde. Ihre Antwort war, dass ich mir meine Abmachung in den Allerwertesten schieben soll.“

„Klingt nicht wie eine Frau, die hinter deinem Geld her ist, oder?“

Derselbe Gedanke war Periklis auch schon gekommen.

„Ich würde ihr ja gerne glauben, Theron.“

„Aber du hast Angst davor.“

Theron hatte recht. Es war erstaunlich, wie schnell er die Dinge durchschaute. Ja, Periklis wollte Jewel gerne glauben, aber er hatte Angst davor, und das ärgerte ihn.

„Ich will nicht, dass eine Frau je wieder so viel Macht über mich hat.“

Theron seufzte und legte die Hand auf Periklis Schulter. „Ich verstehe dich ja. Aber du kannst dich nicht den Rest deines Lebens von der Außenwelt abschotten, bloß weil du einmal verletzt wurdest.“

„Verletzt?“ Periklis schnaubte verächtlich. „Ich wünschte, es wäre nur das. Sie hat mir das genommen, was mir am meisten bedeutet hat.“

„Trotzdem. Ich weiß, es klingt wie ein Klischee, aber das Leben geht weiter. Ich will, dass du glücklich bist, Periklis. Yannis und ich machen uns Sorgen um dich. Du kannst nicht dein ganzes Leben lang von einem Hotel zum anderen pendeln. Du musst dich irgendwo niederlassen und eine Familie gründen. Mit Jewel hast du die Chance dazu. Nutze sie!“

„Mr Anetakis?“

Eine Krankenschwester streckte den Kopf durch die Tür. „Mrs Anetakis ist aus der Narkose aufgewacht. Sie können sie kurz im Aufwachraum besuchen, wenn Sie möchten."

Periklis sprang auf. „Geht es ihr gut?", fragte er aufgeregt. „Was ist mit dem Baby?"

Die Schwester lächelte. „Mutter und Kind geht es gut. Die Operation ist ohne Komplikationen verlaufen. Der Arzt wird nachher alles Weitere mit Ihnen besprechen. Ihre Frau ist sehr schwach, aber sie können kurz zu ihr."

„Ich warte hier", sagte Theron. „Nun geh schon."

„Danke", erwiderte Periklis ernst und sah seinem Bruder fest in die Augen. Dann folgte er der Schwester in den Aufwachraum.

Der Schmerz hatte nachgelassen. Er war jetzt weniger qualvoll. Jewel spürte nur mehr ein dumpfes Pochen, das dicht unter der Oberfläche lauerte. Als sie sich jedoch bewegte, zuckte der Schmerz scharf durch ihren Bauch und ließ sie aufstöhnen.

„Sei vorsichtig, meine Schöne. Bleib ganz ruhig liegen. Sag mir einfach, was du willst, ich helfe dir."

Periklis! Jewel öffnete die Augen und blinzelte in das grelle Neonlicht. Die Narkose war noch nicht völlig abgeflaut, und Jewel konnte nur verschwommene Umrisse wahrnehmen.

Dann kamen die Erinnerungen zurück.

„Das Baby", flüsterte Jewel und tastete verzweifelt nach ihrem Bauch. Wieder durchzuckte sie ein scharfer Schmerz.

Periklis nahm sanft ihre Hände.

„Dem Baby geht es gut, und dir auch. Siehst du?", sagte er und legte ihre Hand ganz vorsichtig auf den Bauch.

Jewel hob den Kopf und blickte an sich hinunter. Ihr Bauch war zwar bandagiert, aber sie war immer noch eindeutig schwanger. Tränen der Erleichterung schossen ihr in die Augen.

„Ich hatte solche Angst. Ich will sie nicht verlieren, Periklis, sie bedeutet mir alles!"

Periklis berührte ihre Wange und wischte mit dem Daumen zärtlich die Tränen beiseite. „Die Operation war ein voller Erfolg, und das Baby ist wohlauf. Der Arzt hat dich zur Sicherheit an einen Wehenschreiber angeschlossen.“ Er deutete auf einen Apparat neben ihrem Bett. „Du kannst sogar ihren Herzschlag hören.“

Erst jetzt bemerkte Jewel das rhythmische Geräusch, das durch den Raum pulsierte.

„Ist sie das?“

Periklis lächelte. „Ja, das ist unsere Tochter.“

Jewel hielt die Luft an, als ihr der Wortwechsel unmittelbar vor der Notoperation wieder einfiel. Sie hatte es für Einbildung gehalten, aber jetzt sprach Periklis eindeutig von „unserer“ Tochter. Woher kam sein plötzlicher Sinneswandel?

„Danke, dass du mich so schnell hergebracht hast“, sagte sie leise. „Ich hatte solche Angst, dass du mich nicht hörst.“

Schlagartig wurde Periklis ernst. Seine dunklen Augen glänzten. „Wenn ich bei dir gewesen wäre, hättest du dich nicht so lange quälen müssen. Von jetzt an schläfst du bei mir im Bett. Ich mag gar nicht daran denken, was passiert wäre, wenn ich dich nicht gehört hätte.“

Allmählich erfasste Jewel die Bedeutung seiner Worte. Dieser Mann war wirklich ein Rätsel. Er tat, als hätte es ihren Streit nie gegeben, als hätte er ihr nicht vorgeworfen, ihm das Kind eines anderen Mannes unterzuschieben.

„Später haben wir noch genug Zeit zum Reden“, tadelte er sie zärtlich. „Du bist erschöpft und hast Schmerzen. Ruh dich aus. Ich werde hier sein, wenn du aufwachst. Dann kannst du mich alles fragen, was du willst.“

Benommen schüttelte Jewel den Kopf und zuckte zusammen, als der Schmerz sie erneut durchfuhr. „Nein, ich will es jetzt wissen. Du hast mir ein paar schreckliche Dinge vorgeworfen, Periklis. Ich werde nicht bei einem Mann bleiben, der so schlecht von mir denkt. Auch nicht für meine Tochter. Kirk ist bereit, mir zu helfen. Ich hätte ihn gleich anrufen sollen.“

„Aber das hast du nicht“, widersprach er geduldig. „Du hast mich angerufen, und das war richtig so. Ich finde, wir sollten Kirk hier raushalten.“

Bevor Jewel widersprechen konnte, legte Periklis ihr einen Finger auf die Lippen.

„Bitte reg dich nicht auf. Ich möchte mich bei dir entschuldigen. Und es wird sicher nicht die letzte Entschuldigung in unserem Eheleben sein. Ich fürchte, du wirst viel Geduld mit mir haben müssen. Ich bin kein einfacher Mensch, das ist mir klar. Es war nicht fair, dir all diese Dinge vorzuwerfen. Von heute an werden wir eine richtige Familie sein, das schulden wir der Kleinen. Ich möchte weder dir noch ihr Kummer machen. Wenn du mir noch eine Chance gibst, beweise ich dir, dass diese Ehe funktionieren kann."

Ungläubig sah Jewel ihn an. Sein Blick verriet ihr, dass er ernst meinte, was er da sagte. Auch in seiner Stimme schwang Bedauern mit, keine Spur mehr von der üblichen Arroganz.

Für einen kurzen Moment lösten sich der Schmerz und die Müdigkeit in Luft auf. Jewel spürte, wie sich ihr Herz öffnete. Ein warmes Gefühl durchströmte sie – Hoffnung. Nach so langer Zeit verspürte sie zum ersten Mal wieder echte Hoffnung.

Periklis nahm ihre Hand und küsste sie sanft. „Verzeihst du mir? Gibst du mir noch eine Chance, es besser zu machen?"

„Ja, natürlich", flüsterte sie mit zitternder Stimme.

„Wirst du bei mir bleiben?"

Sie nickte stumm, unfähig, etwas zu sagen.

„Du wirst es nicht bereuen, meine Schöne", sagte er ernst. „Gemeinsam schaffen wir das."

Jewel lächelte und verzog augenblicklich das Gesicht vor Schmerzen. Besorgt beugte Periklis sich vor und nahm einen kleinen Apparat vom Nachttisch. „Das ist gegen die Schmerzen. Wenn du den Knopf drückst, injiziert das Gerät eine kleine Menge Schmerzmittel in den Zugang. Du kannst es maximal alle zehn Minuten benutzen." Er drückte einmal auf den Knopf und legte den kleinen Kasten dann vorsichtig in ihre Handfläche.

Jewel spürte ein leichtes Brennen in der Vene. Dann ebbte der Schmerz ab. „Danke."

„Ich passe auf dich und das Baby auf“, erklärte er feierlich. „Du musst dich um nichts kümmern, außer gesund zu werden.“

Jewel spürte, wie der Schlaf sie langsam überwältigte.

„Ich bin müde ...“, murmelte sie kaum hörbar.

„Schlaf jetzt. Ich bleibe bei dir.“

„Wann werde ich entlassen?“, flüsterte sie gegen die Schläfrigkeit an.

Periklis lachte leise. „Nur die Ruhe. Du wirst erst entlassen, wenn der Arzt sein Einverständnis gibt. Bis dahin wirst du hier liebevoll umsorgt.“

„Von dir“, murmelte Jewel noch. Dann war sie eingeschlafen.

„Ist alles vorbereitet?“ Das Handy am Ohr, betrat Periklis das Krankenzimmer und winkte Jewel kurz zu.

„Gut, sehr gut“, sagte er in den Hörer. „Ich schulde dir was, und ich habe keine Zweifel daran, dass du das schamlos ausnutzen wirst.“

Mit diesen Worten beendete er das Gespräch und kam zu Jewel ans Bett. Zur Begrüßung drückte er ihr einen Kuss auf die Lippen.

„Wie geht es den Damen heute?“

„Deine Tochter ist sehr aktiv, was Segen und Fluch zugleich ist.“

Periklis sah sie mitfühlend an. „Tut es weh, wenn sie sich bewegt?“

Jewel zog eine Grimasse. „Ich glaube, sie wird mal Kickboxerin. Und sie hat eine frappierende Trefferquote.“

„Das tut mir leid. Es muss sehr schmerzhaft sein.“

„Solange es ihr gut geht, freue ich mich über jede Bewegung.“

„War der Arzt schon bei dir?“

„Ja. Wenn ich heute keine Wehen mehr bekomme, werde ich morgen entlassen. Er hat mir eine Woche strikte Bettruhe verordnet, danach kann ich aufstehen. Ich darf es nur nicht übertreiben.“

„Ich werde persönlich dafür sorgen, dass du dich auch daran hältst.“

Jewel unterdrückte ein Lachen. „Irgendwie habe ich das Gefühl, dass du das genießen wirst."

Periklis setzte ein unschuldiges Gesicht auf. „Wie kommst du darauf?"

„Weil du es gewohnt bist, die Leute herumzukommandieren. Normalerweise hören alle auf dich", sagte sie düster.

„Aus deinem Mund klingt das wie etwas Schlechtes."

Diesmal konnte Jewel sich das Lachen nicht verkneifen. In der nächsten Sekunde stöhnte sie vor Schmerz auf, und Periklis warf ihr einen tadelnden Blick zu.

Schon am zweiten Tag nach der Operation hatte die Krankenschwester Jewel das erste Mal aus dem Bett gescheucht. Anfangs hatte Jewel dagegen protestiert, weil jede Bewegung wehtat. Als die Krankenschwester ihr jedoch mit einem Blasenkatheter drohte, hatte Jewel sich bereitwillig umstimmen lassen.

Aber sah man von den äußeren Umständen ab, waren die letzten Tage wirklich schön gewesen. Periklis war wie verwandelt. Keine Spur mehr von dem missmutigen Mann, der Jewel so viele unverschämte Dinge ins Gesicht gesagt hatte. Stattdessen las er ihr jeden Wunsch von den Augen ab und kümmerte sich rührend um sie. Er war wirklich bemüht, die Fehler der Vergangenheit wiedergutzumachen.

Ein Klopfen an der Tür riss Jewel aus ihren Gedanken. Die Tür schwang auf, und die gesamte Anetakis-Familie strömte lachend ins Zimmer. Instinktiv zog Jewel das Laken bis zum Kinn hoch und zupfte ihr Haar so gut es ging zurecht.

Periklis lächelte aufmunternd. „Mach dir keine Sorgen, meine Schöne. Du siehst wunderbar aus."

Es war eine Lüge, aber Jewel liebte ihn dafür.

Liebe? Guter Gott, sie hatte sich tatsächlich in ihn verliebt! Die Erkenntnis traf sie wie ein Blitzschlag.

Wie konnte sie sich nur in ihn verlieben? Als wäre sie in ihrem Leben noch nicht oft genug verletzt worden. Dass sie geliebt werden wollte, war das eine. Aber sie wusste, wie gefährlich es war, einem anderen Menschen ihre Liebe zu schenken. Sie würde nur wieder enttäuscht werden.

„Jewel? Ist es gerade ungünstig?“, fragte Marley leise.

Die beiden Paare standen an Jewels Bett und blickten sie fragend an.

„Nein, nein, natürlich nicht. Es tut mir leid. Ich bin noch etwas durcheinander. Das kommt sicher von den Schmerzmitteln.“

Aus den Augenwinkeln bemerkte Jewel, dass Periklis die Stirn runzelte. Er wusste schließlich, dass sie seit drei Tagen keine Medikamente mehr bekam. Hoffentlich verriet er sie nicht.

Schnell setzte Jewel ein heiteres Lächeln auf und ignorierte Yannis und Theron so gut es ging. Es ärgerte sie, dass die beiden es immer wieder schafften, sie durch ihre bloße Anwesenheit einzuschüchtern.

„Wie geht es dir?“, fragte Bella und setzte sich zu Jewel auf die Bettkante. Schwungvoll warf sie ihr langes, dunkles Haar über die Schulter.

„Treibt Periklis dich schon zur Weißglut? Wenn du willst, knöpfen Marley und ich ihn uns mal vor.“

Jewel verkniff sich nur mit Mühe ein Kichern.

„Bring sie nicht zum Lachen“, sagte Periklis vorwurfsvoll. „Es tut ihr weh. Außerdem werde ich euch beide mit Leichtigkeit um den Finger wickeln.“

Yannis brach in schallendes Gelächter aus. „Glaub ihm kein Wort, Jewel. Die beiden Mädels müssen ihn nur lieb anschauen, und schon frisst er ihnen aus der Hand. Theron und ich müssen es dann ausbaden.“

„Ihr verwöhnt eure Frauen ja wohl am meisten“, erwiderte Periklis trocken.

„Das stimmt vielleicht, aber die meisten Frauen lieben es, von vielen Männern umschwärmt zu werden“, sagte Marley frech.

„Du wirst nur von einem Mann umschwärmt, meine Kleine“, warf Yannis ein. „Merk dir das.“

Vergnügt verfolgte Jewel die familiäre Kabbelei und kam sich zum ersten Mal nicht vor wie eine Außenseiterin. Im Gegenteil, sie fühlte sich dem Familienkreis schon ein Stück weit zugehörig.

„Dir scheint es besser zu gehen“, sagte Bella, die noch immer auf der Bettkante saß. „Du strahlst richtig, und das so kurz nach der Operation.“

„Das ist die Schwangerschaft“, sagte Theron amüsiert. „Frauen sind am schönsten, wenn sie schwanger sind.“

„Netter Versuch“, erwiderte Bella unbeeindruckt. „Aber deine Schmeichelei bringt dich nicht weiter. Wenn du noch länger jeder schwangeren Frau hinterherschielst, mache ich bald kurzen Prozess mit deiner Männlichkeit.“

Es war unmöglich, bei Therons Gesichtsausdruck ernst zu bleiben. Ächzend legte Jewel die Hand auf den Bauch. Sie genoss es, mit den anderen zu lachen, und fühlte sich so unbeschwert wie schon lange nicht mehr.

„Ist alles in Ordnung?“, fragte Periklis besorgt.

Jewel winkte ab. „Es geht mir gut, wirklich.“ Dann wandte sie sich an Bella. „Das scheint ein ewiger Streitpunkt bei euch beiden zu sein.“

Bella grinste. „Wenn es nach Theron geht, hätte ich jetzt schon eine ganze Heerschar von Kindern. Aber ich bin noch jung und möchte noch so viel erleben, ehe ich Mutter werde. Irgendwann werde ich ihm seinen Wunsch erfüllen, aber bis dahin muss er noch ein bisschen leiden.“

Jewel betrachtete Therons liebevollen Gesichtsausdruck. Sein Leid schien sich in Grenzen zu halten. Offensichtlich genossen es beide, über die Sache Witze zu machen.

„Außerdem sorgt Marley für genug Nachwuchs, dass es für alle reicht“, fügte Bella grinsend hinzu.

Periklis riss erstaunt die Augen auf. „Marley?“

Marley lächelte glücklich, und Yannis legte stolz den Arm um ihre Taille.

„Bist du wieder schwanger?“, hakte Periklis nach.

„In sieben Monaten wird sie mir die Tochter schenken, die ich mir so sehr wünsche“, erklärte Yannis hochmütig.

„Und wenn es noch ein Sohn wird?“, fragte Marley neckend.

Yannis zwinkerte ihr zu. „Dann versuchen wir es einfach so lange, bis wir es geschafft haben.“

Marley und Bella prusteten los, und Jewel stimmte in ihr Gelächter ein. Was für eine wunderbare Familie! Und Jewel gehörte dazu. Sie konnte es noch immer kaum glauben.

„Wir gehen jetzt besser“, sagte Yannis mit einem Blick auf Jewel. „Du hast Schmerzen und solltest dich nicht anstrengen. Wir wollten nur kurz nach dir sehen. Wenn du irgendetwas brauchst, sag Bescheid. Du gehörst jetzt zur Familie.“

Tränen der Freude glitzerten in Jewels Augen. „Bitte geht nicht. Ihr stört mich kein bisschen! Es ist so schön, euch alle hier zu haben.“

„Sag mal“, fragte Bella verschwörerisch. „Bekommst du hier richtiges Essen? Ich hätte schreckliche Lust auf Pizza. Theron findet Pizza niveaulos, also könnte ich dich als Vorwand benutzen, um eine richtig schöne Pizza mit viel Käse zu essen.“

„Das nennst du richtiges Essen?“, fragte Theron in gespieltem Entsetzen.

„Pizza wäre toll“, antwortete Jewel sehnsüchtig. „Mit Peperoni und extra Käse.“

„Ich sag dir was“, lachte Bella. „Wir bestellen uns eine zusammen und die anderen können schauen, wo sie bleiben. Peperoni mit Käse klingt himmlisch!“

Jewel warf Periklis einen fragenden Blick zu, und er antwortete mit einem resignierten Seufzen.

„Wenn du mich so ansiehst, ist es einfach unmöglich, dir etwas abzuschlagen.“

Theron und Yannis brachen in lautes Gelächter aus. Übermütig schlug Yannis Periklis auf die Schulter. „Du lernst es langsam, kleiner Bruder. Du lernst es langsam.“

9. KAPITEL

Ich habe eine Überraschung für dich", sagte Periklis, während er Jewel im Rollstuhl über den Krankenhausflur schob. „Du musst aber noch ein wenig Geduld haben und dich in der Zwischenzeit schön ausruhen."

Wie ein Kind am Weihnachtsabend wurde Jewel kribbelig vor Aufregung. Bisher hatte es in ihrem Leben nicht viele schöne Überraschungen gegeben.

Vor der Tür wartete ein ganzer Trupp von Sicherheitsleuten auf sie. Einer der Männer öffnete die hintere Wagentür für Jewel und nahm selbst auf dem Beifahrersitz Platz. Periklis half Jewel vorsichtig aus dem Rollstuhl und auf den Rücksitz. Dann setzte er sich neben sie. Das Sicherheitsteam folgte ihnen in einem eigenen Wagen.

„Wo fahren wir hin?", fragte Jewel neugierig. Das war eindeutig nicht der Weg zurück zum Haus.

„Zum Flughafen."

Jewel machte große Augen. „Wohin fliegen wir?", fragte sie aufgeregt. Sie liebte es, zu reisen und fremde Orte und Kulturen kennenzulernen. Und diesmal war sie in Begleitung – ein tolles Gefühl!

Lächelnd tätschelte Periklis ihre Hand. „Wenn ich es dir verrate, ist es keine Überraschung mehr."

„Was ist mit meinen Sachen, ich habe gar nichts gepackt."

„Ich habe mich darum gekümmert", erklärte er sanft. „Dafür sind die Angestellten schließlich da."

„Hast du den Koch auch mit eingepackt?", fragte sie sehnsüchtig. „Er hat wirklich lecker gekocht."

Periklis lachte. „Keine Angst, du wirst sicher keinen Hunger leiden müssen."

Kurze Zeit später bogen sie auf einen Privatflugplatz ein und hielten neben einem kleinen Jet. Periklis wartete, bis die Sicherheitsleute ausgestiegen waren, dann hob er Jewel aus dem Wagen.

„Ich kann sie tragen, wenn Sie wollen", bot sich Yves an. Er war der Einzige, den Jewel mit Namen kannte, da er so etwas wie Periklis' persönlicher Leibwächter war. Die anderen Männer arbeiteten auf dem gesamten Gelände verstreut.

Periklis schüttelte den Kopf. „Danke, Yves, aber ich mach das lieber selbst."

Langsam stieg er die Stufen zum Flugzeug hinauf. Es entging Jewel nicht, dass er ganz behutsam auftrat, um es ihr so bequem wie möglich zu machen.

Noch nie zuvor hatte Jewel einen Privatjet von innen gesehen. Die Ausstattung war nicht mit einem normalen Flugzeug zu vergleichen. Der vordere Teil der Maschine war mit breiten Ledersesseln bestückt, die wunderbar bequem und teuer aussahen. Weiter hinten gab es eine Sitzecke mit einem Liegesessel und einer Couch, daneben Beistelltisch, Fernseher und Minibar.

„Nach dem Start zeige ich dir den Rest des Flugzeugs", sagte Periklis, dem Jewels bewundernder Blick nicht entgangen war. „Hinten gibt es noch ein Schlafzimmer, da kannst du dich hinlegen. Und eine kleine Küchenzeile. Wenn du also etwas möchtest, musst du es der Flugbegleiterin nur sagen."

„Du hast eine eigene Flugbegleiterin?"

„Natürlich. Sie arbeitet mit dem Piloten zusammen. Die beiden sind verheiratet. Also, möchtest du am Gang oder am Fenster sitzen?"

„Am Fenster", sagte sie.

Behutsam half er ihr auf den Sitz und schloss den Gurt locker um ihren Bauch. Dann nahm er neben ihr Platz.

Kurz darauf schwang die Tür zur Küche auf, und die Flugbegleiterin trat heraus. Freundlich lächelnd begrüßte sie erst Periklis und wandte sich dann an Jewel. „Ich freue mich, Sie kennenzulernen, Mrs Anetakis. Lassen Sie es mich bitte sofort wissen, wenn Sie etwas brauchen. Wir werden in Kürze starten. Wollen Sie bis dahin etwas trinken?"

Jewel schüttelte den Kopf. „Nein, danke, im Moment nicht."

Wenige Minuten später rollten sie zur Startbahn und hoben ab. Jewel kuschelte sich an Periklis' Schulter. Sie war neugierig darauf, den Rest des Flugzeugs zu sehen, aber der Gedanke an die Schmerzen beim Aufstehen überwog. Lieber würde sie den Rest des Fluges hier bei Periklis verbringen.

„Und du willst mir immer noch nicht sagen, wo wir sind?", fragte Jewel aufgeregt. Nach einem mehrstündigen Flug waren sie gelandet und in ein Auto umgestiegen. Periklis lenkte den Wagen über eine kurvige Landstraße.

„Hab Geduld, meine Schöne. Glaub mir, es lohnt sich, zu warten."

Jewel seufzte ergeben und machte es sich im Autositz so bequem wie möglich. Wo auch immer sie waren, die Landschaft war wunderschön und unberührt. Jewel tippte auf die Karibik oder eine andere tropische Gegend. Vielleicht fuhren Sie ja zu einem von Periklis' Hotels.

Nach einigen Kilometern wurde Periklis langsamer und bog schließlich in eine Auffahrt ein. Vor dem Tor hielt er an und tippte einen Zahlencode in die Alarmanlage. Langsam schwang das Tor auf, und Periklis steuerte den Wagen hindurch.

Das Garten war üppig und bunt. Blumen, Bäume und Pflanzen so weit das Auge reichte. Es war ein geradezu paradiesischer Ort. In der Ferne hörte Jewel einen kleinen Wasserfall rauschen.

Dann kam das Haus in Sicht, und Jewel stockte der Atem. Trotz seiner enormen Größe strahlte es den behaglichen Charme eines Landhauses aus. Es war ganz aus Stein erbaut und wirkte einladend.

„Werden wir die nächste Zeit hier wohnen?", fragte Jewel, als Periklis vor einem großen Brunnen anhielt. Seerosen blühten im Wasser.

„Das ist dein Haus, meine Schöne. Es gehört jetzt uns."

Jewel verschlug es die Sprache.

„Aber das Beste kommt noch", sagte Periklis.

Er stieg aus und umrundete den Wagen, um ihr beim Aussteigen zu helfen. Jewel konnte sich kaum vorstellen, wie er das Ganze noch übertreffen wollte.

Mit einer knappen Geste beorderte Periklis die Sicherheitsmänner beiseite. Einen Arm stützend um Jewels Taille gelegt, ging er mit ihr auf dem Fußweg herum ums Haus.

Und plötzlich hörte Jewel es: das Rauschen der Wellen. Tief sog sie die salzige Meeresluft ein.

„Oh Periklis“, hauchte sie.

Gemeinsam stiegen sie auf eine kleine Anhöhe hinter dem Garten, bis sie eine Felsklippe erreichten. Staunend blickte Jewel sich um. Unter ihnen erstreckte sich das Meer bis zum Horizont. Das Wasser war tiefblau und funkelte in der Sonne wie eine Million Edelsteine.

Ein schmaler Weg führte von hier in vielen Kehren und Stufen bis hinunter zu einem Sandstrand in einer kleinen Bucht, die von Felsen umgeben und somit praktisch uneinsehbar war.

Der Ausblick war das Schönste, was Jewel je gesehen hatte. Und er gehörte ihr.

„Ich weiß gar nicht, was ich sagen soll“, flüsterte sie. „Das ist ein absoluter Traum, Periklis. Ich kann kaum glauben, dass es uns gehört.“

„Es gehört dir, meine Schöne. Betrachte es als Hochzeitsgeschenk. Es gehören auch ein paar Angestellte dazu, inklusive deines Lieblingskochs.“

Ohne auf die Schmerzen im Bauch zu achten, schlang Jewel die Arme um Periklis. „Es ist so wunderschön, Periklis. Wie kann ich dir je dafür danken?“

„Indem du gut auf dich und meine Tochter aufpasst“, sagte er ernst. „Und bitte geh nicht alleine hinunter zum Strand.“

„Ich verspreche es“, erwiderte sie fröhlich. In diesem Moment hätte sie ihm alles versprochen.

„Lass uns reingehen. Das Abendessen ist schon fertig. Wir essen auf der Terrasse und schauen uns den Sonnenuntergang an.“

Neugierig wandte Jewel sich zurück zum Haus. Sie konnte

es kaum erwarten, das Gebäude von innen zu sehen. Periklis machte mit ihr einen kurzen Rundgang durch das Erdgeschoss und führte sie dann auf die Terrasse. Der Tisch war bereits gedeckt, und Jewel nahm gespannt in einem der Stühle Platz.

„Es ist wunderschön“, sagte sie ehrfurchtsvoll und blickte sich um. Das war also ihr neues Zuhause. Es war zu schön, um wahr zu sein.

„Freut mich, dass es dir gefällt. Ich hatte schon Angst, dass es nicht fertig wird, bis du aus dem Krankenhaus kommst.“

„Du hast es jetzt erst gekauft?“

„Ja. Ich habe einen Makler losgeschickt, um nach etwas in der Art zu suchen. Gleich an dem Tag, als ich dich gefragt habe, wo du leben willst. Ich wusste sofort, dass es perfekt ist. Es sind noch nicht alle Papiere unterzeichnet, aber ich konnte den Besitzer überreden, uns jetzt schon hier wohnen zu lassen.“

Ein strahlendes Lächeln breitete sich auf Jewels Gesicht aus. „Das ist das Schönste, was je ein Mensch für mich getan hat.“

Periklis musterte sie eindringlich und legte eine Hand auf ihren Arm. „Hat überhaupt schon mal jemand etwas Schönes für dich getan? Ich habe das Gefühl, du hattest kein einfaches Leben.“

Jewel schüttelte den Kopf. Darüber wollte sie nicht mit ihm reden. Krampfhaft versuchte sie, ihm auszuweichen, aber Periklis ließ nicht locker.

„Was willst du mir verheimlichen?“, fragte er leise. „Als Mann und Frau sollten wir keine Geheimnisse voreinander haben.“

Jewel drehte den Kopf und blickte aufs Wasser hinaus. Die Meeresluft strich sanft über ihre Wangen und trocknete all die unsichtbaren Tränen.

„Es ist nichts Dramatisches“, erklärte sie schließlich betont sachlich. „Meine Eltern sind gestorben, als ich noch sehr klein war. Ich kann mich kaum an sie erinnern. Manchmal bin ich mir nicht sicher, ob ich mich überhaupt an sie erinnere oder nur an eine der vielen Pflegefamilien.“

„Hattest du keine Verwandten, die für dich sorgen konnten?“

Sie schüttelte den Kopf. „Jedenfalls niemanden, der dazu bereit gewesen wäre."

Eine junge Frau betrat die Terrasse mit einem großen Tablett. Jewel war froh über die Unterbrechung, aber es war Periklis anzusehen, dass er das Thema so schnell nicht fallen lassen wollte.

Aber war es nicht sinnlos, die Vergangenheit wieder aufleben zu lassen?

Während des Essens sprachen sie wenig, und Jewel entspannte sich wieder. Sie genoss den Duft und das Rauschen der Wellen. So gut hatte sie sich schon lange nicht mehr gefühlt.

Langsam versank die Sonne hinter dem Horizont und färbte den Himmel leuchtend Rosa und Violett. Auf der Wasseroberfläche spiegelten sich die Farben des Himmels wider.

Völlig versunken betrachtete Jewel das farbenfrohe Schauspiel. Erst das Klappern der Teller, die von der Hausangestellten abgeräumt wurden, holte sie zurück in die Realität.

„Du siehst müde aus", sagte Periklis zärtlich. „Ich bringe dich nach oben, dann kannst du dich schlafen legen."

Schon bei dem Gedanken ans Bett musste Jewel gähnen. „Das klingt gut. Lass uns bei offenem Fenster schlafen, damit ich das Meer hören kann."

„Warte, bis du den Ausblick vom Schlafzimmer siehst. Die Fenster können wir natürlich auch öffnen."

Periklis half ihr hoch und begleitete sie ins Haus. Gemeinsam stiegen sie Stufe für Stufe die Treppe hinauf. Jewel biss die Zähne zusammen. Die frisch operierte Narbe schmerzte, der Bauch spannte und fühlte sich wund an.

Als sie das Schlafzimmer betraten, entfuhr Jewel ein Schrei der Entzückung. Die gesamte hintere Wand war bis zum Boden verglast und offenbarte einen atemberaubenden Blick aufs Meer. So schnell sie konnte lief Jewel ans Fenster und presste die Nase an das Glas.

Mit glänzenden Augen drehte sie sich zu Periklis um. „Das war ein wundervoller Tag. Ich danke dir vielmals."

„Schön, dass du das genauso siehst", antwortete er heiser.

Gebannt sah Jewel zu, wie der letzte goldene Sonnenstrahl am Horizont verschwand.

„Was ist mit deinem Job, den Hotels?"

Periklis stellte sich neben sie und blickte aufs Meer hinaus.

„Das meiste kann ich von hier aus erledigen. Ich brauche nur Telefon, Computer und Fax. Ab und zu werde ich sicher verreisen müssen, aber nicht so oft wie bisher. Ich habe keine Lust mehr darauf. Entweder meine Brüder unterstützen mich bei den Geschäftsreisen, oder wir stellen jemanden ein."

„Wird dir das Reisen nicht fehlen?", fragte Jewel.

„Vor ein paar Monaten hätte ich noch Ja gesagt. Heute finde ich den Gedanken, meine Frau und mein Kind alleine zu lassen, viel schlimmer."

Ein warmes Glücksgefühl durchströmte Jewel. Periklis schien sich mit dem Gedanken an eine eigene Familie wirklich anzufreunden. Jewel wusste nicht, was den Stimmungsumschwung bewogen hatte, und sie wollte es auch gar nicht wissen. Sie konnte nur hoffen, dass es dabei blieb.

Die darauf folgenden Tage verbrachte Jewel damit, sich auszuruhen und gesund zu werden, immer unter strenger Aufsicht von Periklis und dem Personal. Anfangs war es ungewohnt, fremde Leute im Haus zu haben. Aber die Angestellten hielten sich dezent im Hintergrund und machten Jewel die Umstellung somit leicht.

Periklis verwöhnte, wo er nur konnte. Er bestellte sogar einen Arzt ins Haus, um die Narbe zu kontrollieren. So blieb es Jewel erspart, zum Fädenziehen in die Stadt zu fahren.

Doch schon bald wurde Jewel das Herumsitzen langweilig. Sie konnte es kaum erwarten, die Umgebung zu erkunden. Ganz oben auf der Wunschliste stand ein Spaziergang zum Strand.

Mittlerweile hatte Periklis ihr verraten, dass sich das Haus auf einer kleinen karibischen Insel befand, die noch nicht vom Massentourismus entdeckt worden war. Die Einwohner lebten hauptsächlich vom Fischfang. Es gab Pläne, auf der Insel ein exklusives Ressort für gehobene Ansprüche zu errichten, mit dem Ziel, die Wirtschaft ein wenig anzukurbeln und dabei den ursprünglichen Charakter der Insel zu erhalten.

Am Morgen, nachdem der Arzt die Fäden gezogen und Jewel für genesen erklärt hatte, bat sie Periklis, sie bei einem Strandspaziergang zu begleiten.

Wie erwartet zögerte Periklis. „Ich finde, du solltest nicht gleich übertreiben. Es sind viele Stufen bis unten."

„Aber ich kann mich doch an dir festhalten", schmeichelte sie. „Bitte, Periklis. Ich werde noch verrückt vom Rumsitzen. Ich habe den Strand so lange nur aus der Ferne betrachtet, dass ich ihn schon für ein Postkartenmotiv halte."

Periklis lächelte. „Ich kann dir ja sowieso nichts abschlagen. In Ordnung, nach dem Frühstück gehen wir los. Ich werde den Koch bitten, uns einen Picknickkorb zurechtzumachen."

Aufgeregt rutschte Jewel auf ihrem Stuhl umher. „Danke. Ich freue mich so!"

„Zieh dir bequeme Schuhe an. Nicht, dass du noch ausrutschst."

Seine Fürsorglichkeit war wirklich rührend. Endlich hatte Jewel nicht mehr das Gefühl, dass ihre Welt jeden Moment zusammenzubrechen drohte. Alles schien perfekt zu sein … wenn Periklis sich ihr nur öffnen würde.

Tagelang schon grübelte sie, ob sie ihn nach seiner Vergangenheit fragen sollte oder nicht. Das Problem war, dass sie selbst diesem Thema dann nicht mehr ausweichen konnte.

Bald, tröstete sie sich. Aber nicht heute. Auf keinen Fall wollte sie den Tag am Strand ruinieren.

Mit dem Picknickkorb und einer Decke machten sich Jewel und Periklis schließlich auf den Weg hinunter zum Strand. Je tiefer sie kamen, desto lauter wurde das Rauschen der Wellen. Jewel konnte ihre Vorfreude kaum noch zügeln.

Unten angekommen blieb sie stehen und betrachtete die imposanten Felsen, die den Strand ringsum eingrenzten.

„Das ist unsere eigene, kleine Welt“, flüsterte sie ehrfürchtig.

Periklis lächelte. „Man kann die Bucht nur vom Wasser aus einsehen. Soweit ich weiß, fischen die Einwohner auf dieser Inselseite aber nur sehr selten.“

„Mir würde schon einiges einfallen, was man hier tun könnte …“

Periklis Augen glänzten. „Mir auch. Sobald du ganz gesund bist, probieren wir es aus.“

Lachend schleuderte Jewel die Schuhe von den Füßen und vergrub die Zehen genüsslich im warmen Sand. Draußen im Wasser tanzten weiße Schaumkronen auf den Wellen. Es sah verlockend aus. Jewel lief los – sie musste das Meer einfach spüren.

Vor Freude warf Jewel die Arme in die Luft, als das Wasser um ihre Knöchel schäumte. Das lange blonde Haar wehte wild um ihren Kopf. Jewel schloss die Augen und atmete tief die Luft ein. Wenn sie doch nur die Zeit anhalten könnte, hier und jetzt.

„Du siehst aus wie eine Meeresgöttin, schöner als jede andere Frau.“

Periklis hatte die Hose hochgekrempelt und watete barfuß neben ihr durchs Wasser.

„Kann man hier gefahrlos schwimmen?“

Er nickte.

„Ich freue mich schon drauf.“

„Du sieht glücklich aus, meine Schöne. Ist das etwa mir zu verdanken?“

Für einen Augenblick wirkte Periklis verletzlich. Wie jeder andere Mensch suchte auch dieser starke und manchmal so überheblich wirkende Mann Zuneigung und Bestätigung. Ohne darüber nachzudenken, schlang Jewel ihm die Arme um den Nacken. „Du bist so lieb zu mir, Periklis. Du machst mich wirklich glücklich.“

Zögernd erwiderte er ihre Umarmung. Als Jewel den Kopf hob, begegnete sie seinem Blick. Ihre Gesichter waren nur Zentimeter voneinander entfernt. Erwartungsvoll öffnete sie den Mund.

Anstatt Periklis wie üblich die Führung zu überlassen, zog sie ihn zu sich heran und küsste ihn. Jeden Winkel seines Mundes erkundete Jewel, kostete den Geschmack seiner Zunge und Lippen.

Sofort erwiderte Periklis den Kuss. Er legte die Hand in ihren Nacken und zog sie fest an sich. Der salzige Geschmack des Meeres mischte sich mit der süßen Leidenschaft ihres Kusses. Erst nach einer kleinen Ewigkeit löste sich Jewel von ihm und sah ihn an. „Mache ich dich auch glücklich?", fragte sie mit belegter Stimme.

Periklis streichelte ihre Wange. „Du machst mich sehr glücklich."

Lachend zog sie ihn an der Hand. „Komm, lass uns weitergehen."

Hand in Hand spazierten sie von einem Ende des Strands zum anderen. Zurück am Ausgangspunkt, öffneten sie hungrig den mitgebrachten Picknickkorb.

„Hilf mir mal mit der Decke", sagte Jewel. Lachend versuchte sie, das sich im Wind bauschende Strandtuch auszubreiten.

„Lass mich das machen." Periklis drückte die Decke zu Boden und beschwerte die vier Ecken mit je einem Schuh.

„Mach schnell, bevor sie wieder wegfliegt", rief er Jewel zu.

Vorsichtig ließ sie sich auf der Decke nieder und stellte den Picknickkorb in die Mitte. Periklis verteilte das Essen auf zwei Teller. Es war so schön. Genussvoll hob Jewel das Gesicht in die Sonnenstrahlen und naschte hier und da einen Happen vom Essen.

„Du siehst sehr zufrieden aus, meine Kleine. Wie eine Katze, die sich sonnt."

„Hast du dir je gewünscht, dass etwas nie vorbeigeht?"

Die Frage schien Periklis nachdenklich zu stimmen. „Nein, eigentlich nicht. Aber wenn, dann wäre heute sicher so ein Tag."

Jewel lächelte. „Es ist perfekt, oder?"

„Ja, das ist es."

Nach dem Essen legte sich Jewel auf den Rücken und lauschte dem gleichmäßigen Rauschen des Meeres. Sie schloss die Augen und genoss die wärmenden Sonnenstrahlen im Gesicht. Plötzlich rüttelte Periklis sie sanft am Arm.

„Es ist Zeit, zurückzugehen. Die Sonne geht bald unter."

Jewel gähnte und blickte sich schlaftrunken um. Sie hatte nicht gemerkt, dass sie eingeschlafen war. Periklis stand über ihr und streckte ihr die Hand entgegen.

Nachdem sie die Essensreste im Korb verstaut hatten, machten sie sich Hand in Hand auf den Weg nach oben. Jetzt ist der richtige Zeitpunkt, dachte Jewel. Jetzt sollten wir endlich über die Vergangenheit sprechen. Heute Abend würde sie Periklis nach seiner Geschichte fragen, nach dem geheimnisvollen Grund für den Kummer in seinem Blick.

Sie war sich nicht sicher, ob er sein Geheimnis mit ihr teilen oder sie abweisen würde. Doch es führte kein Weg daran vorbei. Sie musste ihn endlich darauf ansprechen.

Wie versprochen schlief Jewel nach der Entlassung aus dem Krankenhaus in Periklis' Bett. Sie genoss es, die Wärme seines muskulösen Körpers zu spüren.

Und sie fragte sich, ob sie wohl wieder miteinander schlafen würden, wenn die Narbe verheilt war. Heute Abend jedoch war sie damit zufrieden, an ihn gekuschelt dazuliegen. Schließlich nahm sie all ihren Mut zusammen, um das ungeliebte Thema anzusprechen. „Periklis?"

„Ja."

Vorsichtig drehte sie sich auf den Rücken, um ihn anzusehen. „Möchtest du mir erzählen, was dir passiert ist?"

Periklis wirkte wie erstarrt. Sein Gesichtsausdruck war in der Dunkelheit nicht zu erkennen.

„Warum bist du Frauen gegenüber so misstrauisch?", fuhr sie fort. „Und wieso willst du nicht, dass dieses Kind von dir ist?"

Er legte einen Finger auf ihre Lippen. „Das stimmt nicht, meine Schöne. Ich möchte gern glauben, dass sie meine Tochter ist."

Jewel legte den Kopf schief. „Du scheinst aber überzeugt zu sein, dass sie es nicht ist."

Periklis drehte sich auf den Rücken und starrte an die Decke. Vorsichtig kuschelte Jewel sich in seine Armbeuge und legte den Kopf auf seine Schulter. Er ließ sie gewähren, und sie streichelte seine Brust. „Vor zehn Jahren habe ich mich in eine Frau verliebt. Sie hieß Joanna. Ich war jung und naiv und überzeugt davon, dass die Welt mir zu Füßen liegt."

„So wie wir alle in dem Alter", erwiderte Jewel.

Er lachte. „Da hast du wahrscheinlich recht. Sie wurde jedenfalls schwanger, und wir haben sofort geheiratet."

Die Ähnlichkeit zu ihrer eigenen Geschichte war unverkennbar, doch Jewel ließ sich nichts anmerken.

„Sie brachte einen Jungen zur Welt. Wir nannten ihn Eric. Ich habe ihn vergöttert, ich war so glücklich wie nie zuvor. Ich hatte eine wunderschöne Frau, die mich zu lieben schien, und einen Sohn. Was will man mehr?"

Jewel ahnte, wie es weiterging.

„Eines Tages kam ich heim und überraschte sie beim Packen. Eric war zwei Jahre alt. Ich weiß noch, dass er die ganze Zeit geschrien hat, während ich auf Joanna einredete. Es war mir unbegreiflich, warum sie weg wollte. Wir hatten nie Probleme gehabt. Irgendwann wurde mir klar, dass ich sie nicht umstimmen konnte. Also sagte ich ihr, dass ich meinen Sohn niemals gehen lassen würde. Da sagte sie mir plötzlich, dass Eric nicht mein Kind sei."

Erschrocken atmete Jewel ein. „Hast du ihr geglaubt?"

Periklis stieß einen verächtlichen Laut aus. „Nein, das habe ich nicht. Um es kurz zu machen: Der Mann, mit dem sie zusammen war, als sie mich kennenlernte, hatte einen hinterhältigen Plan ausgeklügelt, um an mein Geld zu kommen. Mehrere Monate und einen Vaterschaftstest später hatte ich es schwarz auf weiß: Eric war nicht mein Sohn. Joanna ist mit ihm und einem großen Batzen meines Geldes abgehauen. Seither habe ich weder sie noch Eric jemals wieder gesehen."

„Oh Periklis, das tut mir so leid“, flüsterte Jewel. „Das ist ja schrecklich. Erst wartet sie, bis du eine Bindung zum Kind aufgebaut hast, und dann entreißt sie es dir. Wie konnte sie dir das antun?“

Periklis strich mit den Fingern über ihren Arm.

„Manchmal habe ich nachts Albträume, in denen Eric nach mir ruft. Er fragt mich, warum ich ihn verlassen habe. Ich erinnere mich genau an den Tag, an dem sie mich verließ. Ich sehe noch vor mir, wie Eric geschrien und die Arme nach mir ausgestreckt hat. Und ich konnte nichts tun als zuzusehen, wie sie mit meinem Sohn davonging. Diesen Anblick werde ich nie mehr los.“

„Er fehlt dir.“

„Zwei Jahre lang bedeutete er mir alles“, erwiderte Periklis. „Im Nachhinein ist mir klar, dass ich Joanna nie geliebt habe. Ich war in sie vernarrt, aber Eric habe ich geliebt.“

Jewel richtete sich auf und küsste ihn zärtlich auf den Mund. Dann legte sie seine Hand auf ihren Bauch. „Sie gehört zu dir, Periklis. Dir und mir.“

„Ich weiß, meine Schöne. Ich weiß.“

10. KAPITEL

Jewel und Marley standen auf der Terrasse und blickten hinaus aufs Meer. „Ich habe Periklis noch nie so entspannt gesehen“, sagte Marley.

„Wirklich?“, fragte Jewel geschmeichelt. „Ich hoffe, das liegt an mir.“

Bella lachte. Sie saß hinter den beiden am Tisch und nippte an einem Glas Wein. „Natürlich liegt das an dir. Ich könnte schwören, dass Periklis verliebt ist.“

Jewel biss sich auf die Lippen und drehte sich schnell weg. Sie sehnte sich so danach, dass Periklis sie liebte. Aber er hatte es ihr noch nie gesagt. Jewel fragte sich, ob er nach der Sache mit Joanna je wieder eine Frau lieben konnte.

„Das Haus ist wunderschön, Jewel“, sagte Marley. „Ich wünschte nur, es wäre nicht ganz so weit weg von Griechenland.“

„Oder New York“, fügte Bella trocken hinzu. „Meinst du, Periklis hat das mit Absicht gemacht?“

Jewel grinste breit. „Wir haben doch schließlich unsere Privatjets zur Verfügung, oder?“

„Stimmt, du hast recht“, erwiderte Marley fröhlich. „Die Welt scheint gar nicht mehr so groß, wenn man ein eigenes Flugzeug hat. Wir könnten uns alle in New York zum Shoppen treffen. Theron ist weichherzig genug, uns allesamt bei sich wohnen zu lassen.“

Bella warf Marley einen vorwurfsvollen Blick zu. „Bloß, weil er sich nicht wie ein Primat auf die Brust schlägt, ist er noch lange kein Softie.“

„Bella verteidigt Theron gerne. Er weckt anscheinend ihren Beschützerinstinkt.“ Marley verdrehte die Augen. „Ich meinte ja nur, dass Theron sich wohl am ehesten darum bemühen würde, uns alle unterzubringen. Yannis und Periklis bräuchten schon Monate, allein um die Sicherheitsteams zu instruieren.“

Bella nickte. „Da hast du wohl recht.“

Jewel sah die beiden Frauen fragend an. „Periklis hat mir erzählt, was mit dir passiert ist, Marley. Ist der Fall immer noch nicht aufgeklärt?"

Marley seufzte frustriert. „Ich konnte es euch noch nicht erzählen. Anscheinend sind die Männer, die mich entführt haben, verhaftet worden. Yannis hat gestern einen Anruf bekommen, aber wir wollten uns den Aufenthalt hier nicht verderben lassen. Wenn wir abreisen, fliegen wir mit Bella und Theron direkt nach New York für eine Gegenüberstellung."

Bella nahm Marley in den Arm und drückte sie aufmunternd. „Es tut mir so leid, Marley. Was für ein blödes Timing. Gerade jetzt, wo es dir nicht so gut geht mit der Schwangerschaft."

Marley strich mit der Hand über ihren noch flachen Bauch. „Yannis macht sich Sorgen, dass es mir zu viel werden könnte. Er fühlt sich immer noch schuldig und möchte mir das alles am liebsten ersparen."

Jewel legte ihr tröstend eine Hand auf den Arm. „Denk daran, wie erleichtert du sein wirst, wenn sie geschnappt sind. Ich kann mir gar nicht vorstellen, in welcher Angst du gelebt haben musst."

„Ganz zu schweigen von den Unannehmlichkeiten für dich und Bella", fügte Marley hinzu. „Ich weiß, dass Theron und Periklis wegen der ganzen Sache übervorsichtig geworden sind. Vielleicht können wir von jetzt an alle ein bisschen entspannen."

Bella hob ihr Glas und prostete den anderen zu. „Darauf trinken wir."

Jewel und Marley stießen mit ihren Wassergläsern an.

„Ich bin so froh, dass ihr hier seid", gestand Jewel.

Bella hakte sich bei ihr unter. „Wir freuen uns, dass du Periklis glücklich machst. Er war immer so … hart."

Marley nickte zustimmend. „Ich weiß noch, wie lange es gedauert hat, bis er mich akzeptiert hat. Jetzt würde er alles für mich tun, aber das war nicht immer so."

Jewel wurde ernst. „Marley, würdest du Yannis sagen, dass ich gerne unter vier Augen mit ihm sprechen würde? Es gibt da etwas, das Periklis noch nicht erfahren soll."

Marley zog fragend die Augenbraue hoch. „Das kann ich machen, aber du solltest wissen, dass Bella und ich schrecklich neugierig sind. Zuerst musst du daher uns einweihen."

Jewel lachte und drückte Marleys Hand. „Ich sage es euch, sobald ich mit Yannis gesprochen habe. Sonst versucht ihr vielleicht noch, mich umzustimmen."

„Oje, das klingt nicht gut", stöhnte Bella.

„Ich bin viel zu neugierig, um es dir auszureden", sagte Marley. „Bleib du hier. Bella und ich lenken Periklis ab, dann kannst du mit Yannis reden."

„Danke."

Aufgeregt verschwanden die beiden Frauen im Wohnzimmer und ließen Jewel auf der Terrasse zurück. Wieder einmal versank Jewel in der herrlichen Aussicht, sodass sie Yannis nicht kommen hörte.

„Ich habe gehört, du willst mit mir reden?"

Erschrocken drehte sich Jewel um und schluckte, als sie Periklis' älteren Bruder vor sich stehen sah. Er hob irritiert die Brauen.

„Mache ich dir Angst, Jewel?"

„Nein, natürlich nicht ... na ja, doch, ehrlich gesagt schon", räumte sie ein.

„Das ist nicht meine Absicht", sagte er steif. „Nun sag mir, was ich für dich tun kann."

Nervös knetete Jewel die Finger. Wahrscheinlich war das Ganze eine dumme Idee, und Yannis würde sie entweder auslachen oder wütend werden, weil sie sich in Periklis' Vergangenheit einmischte.

„Periklis hat mir von Joanna erzählt ... und von Eric."

Yannis Blick wurde hart.

„Ich weiß, wie sehr sie ihn verletzt hat."

„Er war am Boden zerstört, Jewel. Verletzt ist noch zu wenig für das, was er durchgemacht hat", erwiderte Yannis und stellte sich neben sie. „Er hat Eric zwei Jahre lang wie einen Sohn geliebt. Kannst du dir vorstellen, wie es ist, wenn dir dein Kind plötzlich weggenommen wird?"

Jewel schluckte und senkte den Blick. „Nein, das kann ich mir nicht vorstellen. Es würde mich wahrscheinlich um den Verstand bringen."

„Vielleicht verstehst du ihn jetzt besser."

Jewel blickte auf und erwiderte Yannis' Blick. „Eben deshalb brauche ich deine Hilfe."

„Meine Hilfe? Wofür?"

„Eric zu finden."

„Nein. Keine Chance, vergiss es. Ich werde nicht zulassen, dass Periklis das noch einmal durchmachen muss."

Jewel legte eine Hand auf Yannis' Arm. „Lass mich bitte ausreden. Ich glaube, Periklis leidet darunter, dass er sich nie von Eric verabschieden konnte. Er hat das Kapitel noch nicht abgeschlossen. Es ist wie eine offene Wunde, er trauert immer noch um den Verlust seines zweijährigen Sohns. Seine einzige Erinnerung an Eric ist, wie er weinte und schrie, als Joanna ihn verließ. Vielleicht lindert es seinen Schmerz, wenn er Eric noch einmal sieht. Bestimmt fragt er sich seit Jahren, ob Eric glücklich ist und es ihm gut geht. Wenn er sieht, dass alles in Ordnung ist, wird er den Schmerz vielleicht überwinden können."

„Das würdest du für ihn tun?", fragte Yannis. „Er hat dieses Kind und diese Frau geliebt. Und du würdest das Risiko eingehen, beide zurückzuholen, nur um ihn glücklich zu machen?"

„Ja", erwiderte sie mit belegter Stimme. „Ich würde alles tun, um ihm seinen Schmerz zu nehmen."

Yannis musterte sie lange. „Du liebst meinen Bruder, stimmt's?"

Jewel schloss die Augen und wandte sich ab. „Ja", flüsterte sie. „Das tue ich."

„In Ordnung, Jewel. Ich helfe dir."

„Danke." Feierlich ergriff sie seine Hand.

„Ich hoffe nur, dass mein Bruder danach noch mit mir spricht", erwiderte Yannis sarkastisch.

Vehement schüttelte Jewel den Kopf. „Ich sage ihm, dass du nichts damit zu tun hattest. Ich übernehme die volle Verantwortung."

„Mein Bruder kann sich wirklich glücklich schätzen."

„Ich hoffe, er sieht das genauso", sagte Jewel wehmütig.

„Lass ihm Zeit. Er wird es schon noch merken."

Yannis beugte sich vor und küsste Jewel auf die Stirn. „Ich werde mal meine Fühler ausstrecken und dich wissen lassen, was ich herausgefunden habe."

Im selben Moment schlüpfte Bella durch die Tür. „Wir können ihn nicht länger hinhalten. Seid ihr fertig? Theron und Periklis befürchten schon eine Verschwörung."

Yannis lachte. „Nun ja, Bella, das ist ja auch kein Wunder. Ich erinnere mich noch gut daran, dass du meine Frau vor ein paar Monaten in ein Tattoo-Studio geschleift hast."

Jewel prustete los. „Ein Tattoo-Studio? Das musst du mir genauer erzählen, Bella. Hat Yannis keinen Herzinfarkt bekommen?"

„Sagen wir mal so: Er hat ein wenig rumgebrüllt und uns am Schlafittchen rausgeschleift", erklärte Bella lachend.

Jewel stimmte in ihr Lachen ein und legte verschwörerisch einen Arm um Bella.

„Das hat uns gerade noch gefehlt. Eine dritte Frau, die Ärger macht", stöhnte Yannis in gespieltem Entsetzen.

Die Tür schwang auf, und Marley trat auf die Terrasse hinaus, dicht gefolgt von Theron und Periklis. Argwöhnisch musterten die beiden Männer Yannis und die Frauen.

„Egal was er gesagt hat, du darfst ihm kein Wort glauben", sagte Theron und zog Bella an sich.

„Irgendwie habe ich das Gefühl, dass meine Familie etwas im Schilde führt", murmelte Periklis und gesellte sich zu Jewel.

Sie schlang die Arme um ihn und umarmte ihn fest. Dann drückte sie ihm einen Kuss auf die Wange. „Du leidest unter Verfolgungswahn. Yannis hat nur ein paar Familiengeheimnisse ausgeplaudert."

Entsetzt rissen Theron und Periklis die Augen auf, aber Yannis wiegelte ab. „Keine Angst, ich habe nichts erzählt, wofür ihr euch schämen müsst."

„Heißt das, es gibt da etwas, wofür sie sich schämen müssten?", fragte Bella. „Erzähl mal! Theron tut immer so, als wäre ich der Störenfried in der Familie."

Jewel schmiegte sich an Periklis und genoss die fröhliche Stimmung. Schon jetzt hatte sie Bella und Marley ins Herz geschlossen, und auch in Anwesenheit von Theron und Yannis fühlte sie sich nicht mehr so gehemmt. Beide Männer schienen sie akzeptiert zu haben.

Periklis streichelte gedankenverloren über Jewels Bauch. Das tat er oft, und Jewel war sich nicht sicher, ob er es überhaupt bemerkte. Doch diese kleine Geste allein machte sie glücklich. Sie liebte diesen Mann wirklich.

Die Unnahbarkeit, die Periklis so oft an den Tag legte, täuschte. Er war ein leidenschaftlicher Mensch. Wenn er jemanden liebte, dann bedingungslos. Jewel konnte sich glücklich schätzen, und ihre Tochter ebenso. Wenn Periklis sich ihnen gegenüber erst richtig öffnete, würden sie sich nie mehr darüber Sorgen machen müssen, ob sie geliebt und akzeptiert wurden.

„Bist du bereit fürs Abendessen?", flüsterte Periklis in ihr Ohr. „Ich glaube, der Koch hat heute deine Lieblingsspeise gekocht."

„So langsam gewöhne ich mich daran, verwöhnt zu werden", seufzte sie.

„Du bist so leicht zufriedenzustellen", sagte er spöttisch.

„Ich will nur dich", sagte sie ernst.

Seine Augen funkelten und er zog sie fester an sich.

„Führe mich nicht in Versuchung. Sonst vergesse ich die Gäste und schleppe dich hoch ins Bett."

„Na und? Deine Brüder sind doch auch verheiratet. Sie verstehen das sicher."

Periklis drückte ihr lachend einen Kuss auf die Nase. „Wegen dir verliere ich noch alle Kontrolle, meine Schöne. Komm, lass uns essen. Ich bringe dich schon noch früh genug ins Bett."

„Mrs Anetakis, da ist ein Anruf für Sie."

Jewel saß auf der Terrasse und frühstückte mit Blick aufs Meer, als die Hausangestellte mit dem schnurlosen Telefon aus dem Haus trat.

„Hallo?"

„Jewel, hier ist Yannis. Ich habe Eric gefunden. Nur gut, dass du mich auf die Suche geschickt hast. Es gibt schlechte Nachrichten."

Jewel ließ die Reste ihres Frühstücks stehen und ging ins Wohnzimmer, wo es ruhiger war.

„Was ist los?"

„Ich habe ihn gefunden, er lebt bei Pflegeeltern. Der Bundesstaat Florida hat vor zwei Jahren die Vormundschaft für ihn übernommen. Seither hat er in sechs verschiedenen Heimen gewohnt."

„Oh nein", flüsterte Jewel und krampfte die Finger um den Hörer. Die Nachricht würde Periklis umbringen.

„Jewel, ist alles in Ordnung?"

Die Erinnerungen, die Jewel ihr ganzes Leben lang verdrängt hatte, kamen mit aller Macht zurück und schnürten ihr die Kehle zu.

„Alles klar", brachte sie schließlich heraus. „Danke vielmals, Yannis. Kannst du mir die Daten per E-Mail schicken? Ich möchte die Lage genauer klären, bevor ich Periklis etwas sage."

„Natürlich. Ich schicke die E-Mail, sobald wir aufgelegt haben. Und Jewel … wenn du Hilfe brauchst, sag Bescheid."

„Danke, Yannis. Wie geht es Marley?"

Yannis seufzte. „Es ist schwer für sie. Die Schwangerschaft belastet sie ziemlich. Dazu kommt der Stress mit der Gegenüberstellung, und die Presse ruft auch ständig an."

„Das tut mir leid", sagte Jewel sanft. „Bleibt ihr noch so lange in New York, bis der Prozess vorbei ist?"

„Nicht, wenn ich es verhindern kann", erwiderte Yannis gereizt. „Der Staatsanwalt hat einen Vergleich vorgeschlagen. Wenn die Gegenseite ihn akzeptiert, vermeiden wir ein Gerichtsverfahren, und Marley kann diesen Albtraum endlich abschließen."

„Sag ihr liebe Grüße."

„Gerne. Und sag Bescheid, wenn ich etwas tun kann."

„Das mache ich, Yannis."

Aufgeregt lief Jewel in ihr Zimmer, um den Laptop zu holen. Sie klappte ihn auf und startete das E-Mail-Programm. Wenige Minuten später blinkte Yannis' Mail im Posteingang auf. Stirnrunzelnd überflog Jewel den Text. Bevor sie Periklis erzählte, was sie herausgefunden hatte, wollte sie noch ein paar Telefonate führen. Eric musste nicht bei den Pflegeeltern bleiben. Schließlich hatte er eine Familie, die sich auf ihn freute.

Ächzend ließ sich Periklis in seinen Bürostuhl fallen und betrachtete das Chaos auf dem Schreibtisch. In den letzten Wochen hatte er Jewel zuliebe die Arbeit ziemlich schleifen lassen.

Im Posteingang häuften sich Hunderte von neuen E-Mails, der Anrufbeantworter blinkte und die Post der letzten Tage lag ungeöffnet auf dem Schreibtisch. Wenn seine Brüder das wüssten, würden sie durchdrehen. Auf der anderen Seite wären sie sicher froh, dass Periklis' Leben nicht mehr nur aus Arbeit bestand.

Es half alles nichts, die Arbeit erledigte sich nicht von selbst. Widerstrebend fuhr Periklis den Computer hoch und hörte den Anrufbeantworter ab. Die meisten Nachrichten waren Statusberichte der verschiedenen Bauprojekte, darunter ein paar vereinzelte Notrufe aufgeregter Hotelmanager und ein Kaufangebot für das neue Hotel in Rio de Janeiro. Periklis schmunzelte. Es gab nicht viele Unternehmen, die sich ein Hotel der Anetakis-Gruppe leisten konnten. Der Konkurrent schien wirklich keine Kosten zu scheuen.

Nachdem er die Sprachnachrichten abgehört hatte, wählte Periklis die Nummer von Yannis' Handy. Er wollte hören, wie es Marley ging und was der Trip nach New York ergeben hatte.

Als Yannis nicht abhob, rief Periklis stattdessen Theron an und besprach mit ihm ein paar geschäftliche Dinge. Theron informierte Periklis bei der Gelegenheit über die neuesten Entwicklungen in Marleys Fall.

Während sie sprachen, sichtete Periklis die ungeöffneten Briefe, die sich auf dem Schreibtisch stapelten. Plötzlich hielt er inne. Einer der Briefe stammte von dem Labor, das den Vaterschaftstest durchgeführt hatte.

„Ich muss Schluss machen, Theron. Sag Bella liebe Grüße."

Hastig legte er auf und drehte den Umschlag ein paarmal in den Händen. Ein leises Lächeln stahl sich auf seine Lippen. Hier war der Beweis seiner Vaterschaft, schwarz auf weiß.

Beim letzten Mal war es ganz anders gekommen. Periklis hatte alles verloren, was ihm wichtig gewesen war. Doch dieses Mal war alles perfekt. Die ungeborene Tochter war sein Kind.

Mein Kind.

Sie gehörte zu ihm. Periklis war selbst überrascht, wie viel ihm diese Feststellung bedeutete.

Einem Impuls folgend legte er den Umschlag beiseite. Er musste ihn nicht öffnen, um zu wissen, was darin stand. Aus unerklärlichen Gründen vertraute er Jewel. Sie würde ihn nicht betrügen.

Beschwingt machte er sich über die Geschäftspost her, doch sein Blick kehrte immer wieder zu dem einen Brief zurück. Vielleicht sollte er ihn doch öffnen und den Triumph so richtig auskosten. Dann würde er Jewel suchen und leidenschaftlichen Sex mit ihr haben.

Die Vorstellung gefiel ihm.

Periklis wurde immer euphorischer. Er könnte Jewel eine Reise nach Paris schenken. Sie verreiste doch so gerne, und der Arzt hatte sie für gesund erklärt. Zur Sicherheit würden sie vorher noch einen Ultraschall machen lassen. Sie würden sich in Paris lieben, dann in Venedig. Eine richtige Hochzeitsreise eben. Nach einem letzten Zögern riss er den Umschlag auf und zog das Schreiben hervor.

Aufgeregt überflog er den Inhalt, das übliche höfliche Anschreiben, bis er endlich bei den Resultaten ganz unten ankam.

Dann erstarrte er.

Immer wieder las er dieselben Zeilen. Er musste etwas übersehen haben! Aber da stand es, schwarz auf weiß.

Er war nicht der Vater.

Kochend heiße Wut durchrauschte ihn. Er war kurz davor zu explodieren. Nicht schon wieder! Es durfte nicht noch einmal passieren. Und diesmal war es anders, ganz anders.

Was wollte sie damit erreichen? Wollte sie ihn, genau wie Joanna, erst verlassen, wenn er das Kind ins Herz geschlossen hatte? Benutzte sie das Kind als Druckmittel?

Zornig überlegte er, ob Kirk der Vater war oder vielleicht sogar ein dritter Mann, der ihrem Charme erlegen war.

Älter und weiser? Von wegen. Seine Dummheit war kaum zu überbieten! Arrogant wie er war hatte er geglaubt, dass er nie mehr so betrogen werden würde wie damals. Aber er hatte nichts unternommen, um es zu verhindern.

Mit zitternden Händen hob er das Dokument in die Höhe und las noch einmal die schicksalhaften Worte. Zur Hölle mit Jewel!

Sie hatte sich in sein Leben geschlichen, und in das seiner Familie. Marley und Bella liebten Jewel, und auch seine Brüder hatten sie akzeptiert. Ihm zuliebe, weil er sie in die Familie gebracht hatte.

Ihm wurde schlecht. Hätte er diesen Brief doch nie geöffnet.

Er war ein Narr, und das würde er immer bleiben. Die ganze Zeit hatte er versucht, eine Beziehung aufzubauen, die am Ende doch nur auf Lügen und Verrat basierte. Und dann hatte er ihr auch noch ihr Traumhaus gekauft, um sie glücklich zu machen.

Das Schlimmste aber war, dass er den Traum mit ihr geteilt hatte. Er hatte angefangen, daran zu glauben, dass sie eine Familie waren. Dass er vom Schicksal eine zweite Chance bekommen hatte, eine Frau und ein Kind. An diese Hoffnung hatte er sich geklammert.

Verbittert starrte er auf den Brief in seinen Händen. Wie dumm war er gewesen, ihr in jedem Fall eine Abfindung zu versprechen. Sie würde aus der Sache als Siegerin hervorgehen. Und Periklis würde alles verlieren.

Jewel druckte Therons E-Mail aus und lief aufgeregt hinunter in Periklis' Büro, um ihm alles zu erzählen. Es war sicher schmerzhaft für ihn, von Erics Schicksal zu erfahren. Doch das Wichtigste war jetzt, Eric aus seiner misslichen Lage zu befreien.

Jewel wurde schlecht bei dem Gedanken daran, dass der Junge von einer Pflegefamilie zur nächsten gereicht wurde. Bestimmt hegte er dieselben Hoffnungen wie Jewel in seinem Alter. Hoffnungen, die immer wieder enttäuscht wurden.

Ohne anzuklopfen, platzte Jewel in das Büro ihres Mannes. Sie war völlig außer Atem und konnte es kaum erwarten, ihm die Neuigkeiten zu berichten. Doch als sie Periklis reglos am Schreibtisch sitzen sah, ein zerknülltes Blatt Papier in Händen, blieb sie wie angewurzelt stehen. Sein Gesichtsausdruck war so Furcht einflößend, dass Jewel für einen Moment vergaß, warum sie hier war.

„Periklis?"

Er hob den Kopf und musterte sie mit einem so kalten und verachtenden Blick, dass sich alles in ihr verkrampfte.

Zögernd machte sie einen Schritt auf ihn zu. „Ist alles in Ordnung?"

Periklis erhob sich betont langsam von seinem Stuhl. „Ich wüsste zu gerne, ob du wirklich geglaubt hast, damit durchzukommen? Oder wolltest du mit der Wahrheit erst rausrücken, wenn ich dir komplett verfallen bin?"

Jewel erschrak. Wie hatte er von Eric erfahren, und warum war er so wütend?

„Deswegen bin ich ja hier, um es dir zu erzählen. Ich dachte, du willst es sicher wissen."

Periklis lachte gehässig, aber seine Stimme hatte jegliche Fröhlichkeit verloren. Er schien rasend vor Zorn zu sein.

„Oh ja, Jewel, ich will es wissen. Am liebsten hätte ich es ganz am Anfang dieses Schauspiels erfahren. Hat es dir gefallen, dass ich dir mein Herz ausgeschüttet und dir alles über Joanna und ihren Betrug erzählt habe? Du warst wohl stolz darauf, dass dein Plan noch ausgefeilter ist."

Verwirrt schüttelte Jewel den Kopf. Wovon redete er bloß?

„Ich verstehe kein Wort. Warum bist du so wütend, und warum auf mich? Ich habe das schließlich nicht zu verantworten."

Ungläubig funkelte er sie an. „Du hast mich also nicht angelogen? Du hast nicht versucht, mir das Kind eines Anderen unterzuschieben? Unglaublich, wie du es immer noch schaffst, als Opfer dazustehen, Jewel. Das einzige Opfer hier bin ich und das Kind in deinem Bauch."

Jewel versuchte sich gegen den Schmerz zu wappnen, den seine Worte in ihr auslösten.

„Du hasst mich", flüsterte sie entsetzt.

„Glaubst du etwa, ich könnte jemanden wie dich lieben?", fragte er höhnisch.

Zornig streckte er ihr den zerknüllten Brief entgegen. „Hier ist die Wahrheit, Jewel. Die Wahrheit, die du mir die ganze Zeit vorenthalten hast. Die ich verdient habe!"

Mit zitternden Fingern griff Jewel nach dem Papier. Tränen verschleierten ihr die Sicht, und sie musste den Text dreimal lesen, um zu begreifen, was dort geschrieben stand. Sie war wie betäubt.

„Das ist gelogen", sagte sie kaum hörbar.

Periklis schnaubte. „Du willst die Scharade also immer noch aufrechterhalten? Es ist vorbei, Jewel. Diese Tests sind sicher. Dort steht, dass ich auf keinen Fall der Vater deines Kindes sein kann."

Tränenüberströmt sah sie ihn an. Er wirkte kalt, so eiskalt und hart. Er würde ihr nie verzeihen.

„Du hast die ganze Zeit nur darauf gewartet", sagte sie mit erstickter Stimme. „Seit ich dich angerufen habe, hast du auf dieses Ergebnis gewartet. Weil es das einzige Ergebnis ist, mit dem du leben kannst. Jetzt bist du endlich zufrieden. Weil du bewiesen hast, dass ich keinen Deut besser bin als Joanna!"

„Du hast wirklich einen Hang zur Dramatik."

Wütend wischte sich Jewel die Tränen aus den Augen. Diese Genugtuung wollte sie ihm nicht geben. „Das Ergebnis ist falsch, Periklis. Sie ist unser Kind, *dein* Kind!"

Für einen Augenblick schien ihre Überzeugung ihn ins Wanken zu bringen, doch schon in der nächsten Sekunde war seine Miene verschlossen und abweisend.

Es war aussichtslos, sie konnte ihn nicht überzeugen. Er hatte sie bereits verurteilt. Jewel war stolz genug, sich nicht vor ihm zu demütigen. Er durfte nicht erfahren, wie hart seine Zurückweisung sie traf. Und wie sehr sie ihn liebte.

Mit letzter Kraft reckte sie das Kinn in die Höhe und hielt seinem Blick so lange stand, bis der Schmerz verebbte.

„Eines Tages wirst du es bereuen“, sagte sie leise. „Eines Tages wirst du aufwachen und merken, dass du etwas Wertvolles verspielt hast. Ich hoffe für dich, dass es nicht zu lange dauert und du irgendwann das Glück findest, dass du dir und allen Menschen um dich herum verweigerst.“

Nach diesen Worten drehte sie sich um und verließ das Büro mitsamt den Papieren, die sie Periklis hatte zeigen wollen. Der Schmerz zerriss ihr schier das Herz, aber Periklis machte keinerlei Anstalten, sie aufzuhalten. Wahrscheinlich würde er sich in seinem Zimmer verschanzen, bis sie weg war.

Wie betäubt lief Jewel die Treppe zum Schlafzimmer hinauf und fing an, ihre Sachen in den Koffer zu packen.

„Mrs Anetakis, brauchen Sie Hilfe?“

Die Hausangestellte stand im Türrahmen und sah sie mit großen Augen an.

„Bestellen Sie mir bitte einen Wagen, der mich in die Stadt bringt“, erwiderte Jewel. „Ich werde in fünfzehn Minuten soweit sein.“

„Natürlich.“

Jewel konzentrierte sich auf das Kofferpacken und zwang ihre Tränen zurück. Sie würde es überleben, schließlich hatte sie schon viel Schlimmeres überlebt.

Wahllos schmiss sie ihre Garderobe in den Koffer und legte die Papiere mit den Informationen über Eric obenauf. Selbst wenn sie und Periklis nicht länger zusammen waren, das Kind durfte nicht darunter leiden.

Seufzend schloss Jewel die Augen. Das Geld und der Name der Anetakis-Familie hätten ihr vieles erleichtert. Sie trug zwar immer noch Periklis' Namen, aber an die Abfindung, die Periklis ihr versprochen hatte, kam sie so schnell nicht heran. Sie benötigte das Geld jetzt. Eric konnte nicht länger warten.

Aus der Kommode nahm sie sich das Diamantencollier und die Ohrringe, die Periklis ihr zur Hochzeit geschenkt hatte. Beinahe zärtlich strich sie über die glänzenden Steine. Sie konnte sich noch genau daran erinnern, wie er ihr das Collier umgelegt hatte.

Mit dem Verkauf des Verlobungsrings und des Schmucks würde sie genug Geld zusammenbekommen, um eine Wohnung in Miami zu mieten. Doch würde das Geld so lange reichen, bis sie die Abfindung von Periklis bekommen hatte?

„Mrs Anetakis, das Taxi ist da."

Jewel schloss den Koffer und lächelte die Angestellte dankend an. Ein letztes Mal ließ sie den Blick durch das Zimmer schweifen, das sie mit Periklis geteilt hatte. Dann ging sie hinter der Bediensteten die Treppe hinunter.

Der Chauffeur fuhr sie direkt zum Flughafen. Die Zeit reichte nicht, den Privatjet startklar zu machen. Skrupel, ihn zu benutzen, hatte Jewel nicht, aber sie wollte auf keinen Fall länger als nötig an diesem Ort festsitzen. Sie würde in den erstbesten Flieger nach New York steigen, zu Bella und Marley. Und sie bitten, ihr zu helfen, Eric zu retten.

11. KAPITEL

Jewel, was um alles in der Welt tust du hier?" Bella stand in der geöffneten Tür und machte ein überraschtes Gesicht. „Weiß Periklis, dass du hier bist? Ist er auch da?" Ohne eine Antwort abzuwarten, zog sie Jewel ins Haus und schloss die Tür.

Jewel kämpfte mit den Tränen. Sie wollte nicht schon wieder anfangen zu weinen.

Hinter Bella tauchte Marley im Foyer auf.

„Was ist passiert?", fragte sie mitleidig.

Trotz ihres guten Vorsatzes brach Jewel in Tränen aus, ehe sie ein Wort sagen konnte. Bella und Marley schoben sie ohne weitere Fragen zur Couch ins Wohnzimmer.

„Sind Yannis und Theron auch hier?", fragte Jewel schluchzend.

„Nein, sie sind gerade unterwegs", antwortete Bella. „Setz dich hin, bevor du uns noch umkippst. Du siehst todmüde aus."

Jewel ließ sich zwischen ihre Schwägerinnen auf die Couch fallen.

„Was hat mein idiotischer Schwager angestellt?", fragte Marley grimmig.

Jewel musste trotz ihres Kummers lachen. Es war schön, Marley auf ihrer Seite zu wissen. „Er würde sicher behaupten, dass ich hier die Übeltäterin bin", antwortete sie schniefend.

Bella schnaubte. „Das kann ich mir nicht vorstellen", rief sie empört. „Ein Blinder sieht doch, dass du in ihn verliebt bist."

Jewel vergrub das Gesicht in den Händen. „Das stimmt. Und er hat so eine schlechte Meinung von mir."

Marley legte Jewel eine Hand auf die Schulter und streichelte sie aufmunternd. „Erzähl uns, was passiert ist."

Die ganze traurige Geschichte sprudelte aus Jewel heraus. Kein Detail ließ sie aus, auch nicht die Sache mit Joanna und Eric und die Ergebnisse des Vaterschaftstests.

„Was für ein Idiot", sagte Bella vorwurfsvoll. „Warum hat er nicht im Labor angerufen, um die Ergebnisse überprüfen zu lassen? Hat er überhaupt daran gezweifelt? Es muss doch eine Verwechslung sein!"

Jewel lächelte aus rot geweinten Augen. „Danke, dass ihr mir glaubt. Das Problem ist, dass er mit diesem Ergebnis gerechnet hat. Von Anfang an hat er nur darauf gewartet, dass ich früher oder später vom Thron falle. Seit Joanna traut er keiner Frau mehr über den Weg."

„Was hast du jetzt vor?", fragte Marley. „Du liebst ihn doch."

„Aber er liebt mich nicht. Schlimmer noch, er will mich nicht lieben! Wie soll ich mit jemandem zusammenleben, der mir so sehr misstraut?"

„Was ist mit Eric?", fragte Bella weiter. „Du willst ihn doch sicher nicht im Stich lassen."

„Nein", sagte Jewel hitzig. „Deshalb bin ich ja hier. Ich brauche eure Hilfe."

Marley ergriff Jewels Hand. „Alles, was du willst."

„Ich habe den Schmuck, den Periklis mir geschenkt hat, verpfändet. Das Geld reicht, um mir in Miami ein kleines Appartement als offiziellen Wohnsitz zu mieten. Ich muss aber finanzielle Rücklagen vorweisen, damit der Staat mich als Vormund für Eric in Betracht zieht. Periklis wird mir die Abfindung erst nach der Scheidung zahlen, und ich habe keine Ahnung, wie lange das dauert."

Bella grinste frech. „Ich bin so froh, dass ich mein eigenes Geld habe und nicht auf die Anetakis-Millionen angewiesen bin. Nichts für ungut, Marley", fügte sie schuldbewusst hinzu.

„Kein Problem, ich verstehe, was du meinst", sagte Marley steif.

„Ich unterstütze dich gerne", fuhr Bella fort. „Dann kannst du dir auch eine etwas größere Wohnung leisten. Klein ist ja schön und gut, aber größer ist besser, oder?"

Jewel umarmte die beiden Frauen. „Ich danke euch von ganzem Herzen. Ich hatte solche Angst, dass ihr mich hasst, weil ihr glaubt, dass ich Periklis hintergangen habe."

Marley seufzte. „Ich fürchte, Periklis wird eines Tages aufwachen und feststellen, dass er den schlimmsten Fehler seines Lebens begangen hat."

„Kopf hoch, Jewel", sagte Bella in dem Versuch, Jewel zu trösten. „Die Anetakis-Männer sind etwas schwer von Begriff, wenn es um die Liebe geht."

„Du hast ja so recht", stimmte Marley ihr zu.

„Halte uns bitte über Eric auf dem Laufenden. Ich würde ihn zu gerne kennenlernen", sagte Bella.

„Das werde ich."

„Hast du den Flug nach Miami schon gebucht?", fragte Marley.

Jewel schüttelte den Kopf. „Noch nicht. Ich hatte noch keine Zeit dazu. Ich bin von der Insel direkt hierhergeflogen."

Entschlossen stand Bella auf. „Dann mal der Reihe nach. Ich finde, wir Mädels sollten Mittagessen gehen und uns dann im Spa so richtig verwöhnen lassen. Ihr beiden Schwangeren könnt das sicher gebrauchen. Danach machen wir den Jet klar, der Jewel nach Miami bringt, und einen Fahrer, der sie vor Ort abholt. Periklis ist vielleicht ein Idiot, aber du gehörst immer noch zur Familie."

Bei ihren Worten brach Jewel wieder in Tränen aus. Bella stöhnte leise.

„Es ist kein Wunder, dass ich mich nicht fortpflanzen möchte. Schwangere Frauen sind komplette hormonelle Nervenbündel."

Unauffällig versuchte Marley, sich die Tränen aus den Augenwinkeln zu wischen. Als Jewel das sah, musste sie wieder lachen, und Marley stimmte in das Gelächter ein. Schließlich konnte auch Bella sich nicht länger zurückhalten.

„Okay, genug geheult", sagte sie kichernd. „Lasst uns loslegen, bevor die Männer zurückkommen. Ich werde Ihnen eine Nachricht hinterlassen. Ich sage einfach, dass ich Marley zu einem Shoppingtrip überredet habe. Das glauben sie sofort!"

„Versprecht mir, dass ihr mich in Miami besucht", bat Jewel mit Nachdruck. „Ihr werdet mir schrecklich fehlen. Ich habe mich immer nach einer Familie gesehnt – nach Schwestern –, und es gibt keine besseren Schwestern als euch!"

„Ich besuche dich", versprach Marley. „Bella wird mir als Alibi dienen, dann bekomme ich keinen Ärger mit Yannis. Und Theron liebt Bella so sehr, dass er ihr sowieso nichts übel nimmt."

„Ihr könnt euch wirklich glücklich schätzen", sagte Jewel wehmütig.

Marley errötete. „Es tut mir leid, Jewel. Das habe ich nicht so gemeint."

„Schieb es doch auf die Schwangerschaft", sagte Bella. „Der kleine Parasit in deinem Bauch saugt einfach alle Gehirnzellen auf."

Erneut prusteten Marley und Jewel vor Lachen.

„Du bist so wunderbar respektlos", sagte Jewel. „Kein Wunder, dass Theron dich so sehr liebt."

„Lasst uns jetzt gehen. Mein Gefühl sagt mir, dass die Männer bald heimkommen. Je größer unser Vorsprung ist, desto schwieriger wird es für sie, uns zu finden."

Arm in Arm verließen sie das Wohnzimmer. Vor der Tür trat ihnen Reynolds in den Weg, der Chef von Therons Sicherheitsteam.

Bella warf dem Mann einen vorwurfsvollen Blick zu. „Können wir mit Ihrer Diskretion rechnen, oder werden Sie Theron alles brühwarm erzählen?"

Verlegen räusperte sich Reynolds. „Das kommt darauf an, wo Sie hinwollen."

Furchtlos baute sich Marley vor ihm auf. „Diese Dame hier ist in Not – und schwanger noch dazu. Sie braucht dringend einen Verwöhntag im Spa. Sie wissen schon, das ist der Ort, an dem wir Mädels all diese furchterregenden Frauensachen machen."

Reynolds wurde blass. „Solange es nur der Spa ist und kein Striplokal …"

Bella funkelte ihn wütend an. „Das werden Sie mir wohl noch mein Leben lang vorhalten!"

„Striplokal?", fragte Jewel überrascht. „Das musst du mir erzählen."

„Ich erzähle es dir, wenn wir von oben bis unten mit Schlamm eingerieben sind", sagte Bella und marschierte hinaus zum Wagen.

Im Auto beugte Bella sich zu Reynolds vor. „Noch etwas, Reynolds. Das hier ist streng geheim. Sie kennen Jewel nicht und haben sie noch nie gesehen, ist das klar?"

Reynolds nickte. „Wen?", fragte er unschuldig.

Bella lächelte zufrieden und ließ sich in den Sitz zurücksinken.

„Er ist wirklich ganz okay, nur manchmal ein wenig verkrampft."

„Das habe ich gehört", sagte Reynolds über die Schulter.

Grinsend zwinkerte Bella den beiden Frauen zu.

„Also, Mädels, jetzt lassen wir uns verwöhnen. Dann bringen wir Jewel zum Flughafen, und ab geht's nach Miami."

Periklis stand am Strand und starrte mürrisch in die Brandung, die Hände in den Hosentaschen. Er sah aus, als hätte er die letzten Tage im Alkoholrausch verbracht, und so fühlte er sich auch. Seit drei Tagen trug er dieselben Sachen und hatte sich weder geduscht noch rasiert. Die Bediensteten gingen ihm so gut es ging aus dem Weg, und wenn sie ihn doch trafen, warfen sie ihm missbilligende Blicke zu. Als wäre er derjenige, der Jewel vertrieben hatte.

Aber das hatte er gewissermaßen auch. Er hatte es ihr unmöglich gemacht, zu bleiben. Er hatte sie zwar nicht explizit gebeten zu gehen, aber welche Frau blieb bei einem so grausamen Mann wie ihm?

Gequält schloss Periklis die Augen und atmete tief die salzige Meeresluft ein. Jewel liebte das Meer genau so, wie Periklis sie liebte. Leidenschaftlich.

Periklis hatte Jewel nie seine grenzenlose Liebe spüren lassen. Stattdessen hatte er Bedingungen gestellt. Er hatte gefordert, und sie hatte sich gefügt. Er hatte genommen, was sie ihm freiwillig angeboten hatte.

Er war so ein Mistkerl.

Wie hätte sie ihm je die Wahrheit sagen sollen? Er hatte es ihr in dem Moment unmöglich gemacht, als er ihr klipp und klar gesagt hatte, dass er sie rauswerfen würde, wenn sie ihn anlog.

In Wahrheit war es ihm völlig egal.

Das hatte er allerdings erst begriffen, als sie weg war. Es war ihm egal, ob er der leibliche Vater des Babys war oder nicht. Jewel war seine Frau, und sie und das Baby gehörten zu ihm. Er war der Vater des Babys, weil Jewel es so wollte – und weil er es so wollte.

Periklis hatte Eric nach den Testergebnissen genauso geliebt wie zuvor. Und auch jetzt würde das Ergebnis nichts daran ändern, dass er seine ungeborene Tochter liebte. Aber seine Chance auf eine Familie hatte er verspielt. Und das nur, weil er Jewel für eine zweite Joanna gehalten hatte.

Jewel hatte recht. Er hatte nur darauf gewartet, sie als Lügnerin zu entlarven. Damit er sich dafür rächen konnte, dass er ein zweites Mal vernichtet worden war. Und es gab noch etwas, womit sie recht hatte: Er hatte etwas sehr Wertvolles aufs Spiel gesetzt.

„Ich liebe dich, meine Schöne", flüsterte er. „Ich verdiene deine Liebe nicht, aber ich schenke dir meine. Ich will versuchen, die Fehler, die ich begangen habe, wiedergutzumachen. Bitte verzeih mir."

Endlich hatte er die Worte, die er nie mehr einer Frau sagen wollte, laut ausgesprochen. Periklis fühlte sich plötzlich wie befreit. Er atmete tief durch und ließ den ganzen Schmerz der Vergangenheit los. Viel zu lange hatte er sich von Bitterkeit und Wut leiten lassen. Jetzt war der Zeitpunkt gekommen, sich der Zukunft mit Jewel zu öffnen.

Entschlossen drehte er sich um und ging zurück zum Haus. Dort beorderte er alle Angestellten zu sich. Anfangs standen sie ihm widerwillig gegenüber, doch als ihnen klar wurde, was er vorhatte, änderte sich die Stimmung. Alle versuchten, sich an möglichst viele Details zu erinnern.

„Der Chauffeur hat sie in die Stadt gefahren“, verriet eines der Hausmädchen.

Der Fahrer räumte ein, dass er Jewel zum Flughafen gefahren und ihr die Tasche hineingetragen hatte.

Umgehend fuhr Periklis zum Flughafen und befragte den Mann am Ticketschalter, doch keiner wollte ihm sagen, welchen Flug Jewel genommen hatte – und wohin.

Kirk!

Siedend heiß fiel es Periklis wieder ein. Natürlich. Sie hatte früher schon in Kirks Appartement Schutz gesucht. Bestimmt war sie dort hingefahren. Sie schien dem Mann zu vertrauen.

Angeekelt blickte er an sich hinunter. So konnte er nirgendwo hingehen, ohne als Penner verhaftet zu werden. Auf dem Weg zurück zum Haus rief er den Piloten an und befahl ihm, das Flugzeug innerhalb einer Stunde startklar zu machen.

Er würde Jewel finden und sie mit dem Baby zurückbringen. Nach Hause, wo sie beide hingehörten.

Periklis stand vor Kirks Appartement in San Francisco und klingelte. Hinter der Tür waren Schritte zu hören, dann schwang die Tür auf. Doch es war nicht Jewel, sondern Kirk.

„Ist Jewel da?“, fragte Periklis kühl.

Kirk musterte ihn aus zusammengekniffenen Augen. „Warum sollte sie hier sein? Ich denke, sie ist bei Ihnen.“

Enttäuscht seufzte Periklis auf. „Ich hatte gehofft, dass sie hierhergekommen ist. Haben Sie eine Idee, wo sie sein könnte?“ Es widerstrebte ihm, den anderen Mann um Hilfe zu bitten, aber Periklis wollte alles tun, um Jewel zu finden.

„Kommen Sie bitte herein. Ich möchte wissen, was zum Teufel hier vor sich geht“, erwiderte Kirk und hielt Periklis die Tür auf.

Die beiden Männer nahmen im Wohnzimmer Platz.

„Raus damit“, sagte Kirk ohne Umschweife.

„Ich habe ein paar schreckliche Dinge zu ihr gesagt", gestand Periklis. „Ich konnte nicht klar denken, weil ich so wütend war."

„Worüber waren Sie so wütend?"

Periklis war klar, dass Kirk möglicherweise der Einzige war, der ihm helfen konnte. Widerstrebend entschloss er sich daher, ihm die ganze Geschichte von Anfang bis Ende zu erzählen, in der Hoffnung, dass Kirk ihm seine Schuldgefühle abkaufen und ihm sagen würde, was er wusste.

„Sie sind wirklich ein Mistkerl erster Güte, ist Ihnen das klar? Jewel würde sie nie belügen, was das Baby betrifft. Hat sie Ihnen je von ihrer Kindheit erzählt? Wahrscheinlich nicht, sonst hätten Sie ihr nicht so einen Mist vorgeworfen."

„Wovon sprechen Sie?"

Kirk stieß einen angewiderten Laut aus. „Sie war noch ganz klein, als ihre Eltern starben. Danach wurde sie von einer Pflegefamilie zur nächsten gereicht. Der Staat fand schließlich eine Familie, in der sie dauerhaft bleiben konnte. Aber auch das entwickelte sich zum Albtraum. Der älteste Sohn versuchte sie zu missbrauchen. Sie kann von Glück sagen, dass das Jugendamt ihr Glauben schenkte und sie von dort fortholte. Danach steckte man sie in eine neue Familie, diesmal zusammen mit einem weiteren Pflegekind, einem Mädchen im selben Alter. Was Jewel nicht ahnte, war, dass die Familie nur eines der Mädchen behalten wollte. Sie hatten deswegen alle beide aufgenommen, um sich eines auszusuchen. Und wie Sie sich denken können, haben sie sich nicht für Jewel entschieden. Sie hat eine Familie verloren, der sie vertraute, und eine Schwester, die sie liebte."

„Mein Gott", stieß Periklis hervor.

„Danach interessierte sich ein Pärchen für Jewel, das keine eigenen Kinder bekommen konnte. Sie verstanden sich gut, und das Paar wollte Jewel adoptieren. Alles sah sehr gut aus, bis die Mutter plötzlich schwanger wurde. Kaum hatten sie aufgehört, es zu versuchen, da klappte es. Sie konnten sich keine zwei Kinder leisten, also entschieden sie sich für das eigene. Wieder wurde Jewel abgewiesen."

Fassungslos schloss Periklis die Augen. Auch er hatte sie und das Baby abgelehnt.

„Danach hat Jewel den Glauben an ein Happy End verloren. Sie ist schnell erwachsen geworden und nur so lange im Jugendheim geblieben, bis sie volljährig war. Seitdem ist sie ständig herumgereist. Sie bleibt nie lange an einem Ort und vermeidet feste Bindungen. Sie hatte noch nie ein Zuhause und glaubt, dass sie auch keines verdient hat."

Kirk warf Periklis einen unheilvollen Blick zu. „Sie haben sie dort getroffen, wo es am meisten wehtut. Erwarten Sie keinen allzu herzlichen Empfang, wenn Sie sie finden."

Das flaue Gefühl in Periklis' Magengrube verstärkte sich. „Sagen Sie mir Bescheid, wenn Sie von ihr hören? Sie ist schwanger und ganz allein. Ich muss sie finden und alles wiedergutmachen", sagte er aufgewühlt.

Kirk musterte ihn lange, schließlich nickte er. Periklis zog eine Visitenkarte aus der Tasche und reichte sie Kirk.

„Sie können mich zu jeder Tages- und Nachtzeit anrufen", sagte er und stand auf.

„Wohin wollen Sie jetzt?", fragte Kirk auf dem Weg zur Tür.

„Nach New York, zu meinen Brüdern. Das hätte ich gleich tun sollen", erwiderte er grimmig.

12. KAPITEL

Periklis war nervös. Ihm graute davor, Theron und Yannis von seinen Dummheiten zu erzählen. Er bat nicht gerne um Hilfe, aber er musste Jewel zurückholen. Dafür würde er alles tun. Entschlossen klopfte er mit der Faust an die Tür.

„Periklis? Was zum Teufel tust du hier? Warum hast du nicht angerufen? Und wo ist Jewel?“ Noch in der Tür bombardierte Theron ihn bereits mit Fragen.

„Kann ich erst mal reinkommen?“, erwiderte Periklis.

Theron trat zur Seite. „Natürlich. Wir wollten gerade zu Abend essen. Ich muss sagen, du siehst schrecklich aus.“

„Danke“, entgegnete Periklis gereizt.

Im Esszimmer hatte sich die gesamte Familie um den Tisch versammelt. Als Theron mit Periklis im Schlepptau hereinkam, blickten die drei auf. Während Yannis überrascht aussah, wirkten die beiden Frauen eher bedrückt.

„Was ist passiert?“, platzte Yannis heraus.

„Jewel hat mich verlassen“, antwortete Periklis verzweifelt.

Theron und Yannis redeten gleichzeitig auf Periklis ein, während die beiden Frauen schwiegen und sich verstohlene Blicke zuwarfen.

„Das macht doch alles keinen Sinn“, sagte Yannis. „Sie hat so viel Zeit investiert, um …“

Mitten im Satz rammte Marley ihm den Ellbogen in die Rippen und schüttelte tadelnd den Kopf. Verständnislos sah Yannis sie an, hielt aber den Mund.

Bella erhob sich von ihrem Platz und stemmte die Hände in die Hüfte. „Warum hat sie dich verlassen, Periklis?“

Sie versuchte, ihre Stimme möglichst sanft klingen zu lassen, um ihn in Sicherheit zu wiegen. Aber Periklis fiel nicht darauf herein.

„Bella, du solltest Periklis nicht nach so intimen Details fragen“, mischte sich Theron ein.

Marley warf ihm einen vorwurfsvollen Blick zu. „Er ist schließlich hergekommen, um uns um Hilfe zu bitten. Wir haben doch das Recht zu erfahren, warum."

Schuldbewusst zuckte Periklis zusammen. „Wenn du es genau wissen willst: Ich verdiene eure Hilfe nicht, aber ich bitte euch trotzdem darum."

„Warum?", fragte Bella mit Nachdruck.

Periklis sah den beiden Frauen offen in die Augen. „Weil ich Jewel liebe und einen schrecklichen Fehler gemacht habe."

„Du hast also doch das Labor angerufen und herausgefunden, dass ein Irrtum vorliegt?", fragte Marley aufgebracht.

Yannis und Theron rissen die Köpfe herum. Argwöhnisch fixierten sie Marley und Bella. Marley wurde rot und warf Bella einen ängstlichen Blick zu. Aber Bella zuckte die Achseln.

„Ich habe nicht im Labor angerufen. Die Resultate sind mir egal. Ich liebe Jewel und unser Baby. Es ist mir egal, wer der leibliche Vater ist. Sie ist meine Tochter, und ich werde weder sie noch Jewel einfach so gehen lassen."

„Irgendwie habe ich das Gefühl, dass wir beide die Einzigen sind, die keinen blassen Schimmer haben, was hier vorgeht", sagte Theron zu Yannis.

„Das stimmt. Aber ich wette, unsere herzallerliebsten Frauen werden uns aufklären", antwortete Yannis.

Die beiden Frauen verschränkten die Arme vor der Brust und pressten die Lippen aufeinander.

Langsam hatte Periklis genug von diesem Theater. Er schob seine Brüder zur Seite und baute sich vor Marley und Bella auf. „Wenn ihr wisst, wo sie ist – sagt es mir, bitte! Ich muss die Sache wieder geradebiegen. Ich liebe sie!"

Marley seufzte und sah Bella fragend an.

„Möglicherweise habe ich ihr dabei geholfen, eine Wohnung in Miami zu mieten", sagte Bella vorsichtig.

Yannis runzelte die Stirn. „Aber dort ist doch …"

Marley brachte ihn mit einem wütenden Blick zum Schweigen.

„Wo in Miami?“, fragte Periklis, ohne sich um den Wortwechsel zwischen Marley und Yannis zu kümmern.

„Wenn du hinfliegst und sie wieder so aufregst, hetze ich Therons Sicherheitsleute auf dich!“, sagte Bella drohend.

„Sag es mir einfach, Bella. Bitte! Ich muss sie sehen. Ich muss wissen, dass es ihr und dem Baby gut geht.“

„Als ich gestern mit ihr telefoniert habe, war alles in Ordnung“, sagte Marley beiläufig.

„Es scheint, als seien Bella und du ganz gut beschäftigt“, brummte Yannis düster.

Marley schnaubte. „Wenn wir die wichtigen Dinge euch Männern überlassen würden, gäbe es nichts als Katastrophen!“

„Hör sich das einer an“, erwiderte Theron trocken.

Bella notierte etwas auf einem Blatt Papier und reichte es Periklis. „Hier ist ihre Adresse. Sie vertraut mir, Periklis. Also vermassele es nicht.“

Erleichtert umarmte Periklis seine Schwägerin und drückte ihr einen Kuss auf die Wange. „Danke. Ich bringe Jewel zurück, sobald ich kann.“

Jewel streichelte Eric sanft über die Haare. Der Junge schlief friedlich. Behutsam zog sie die Decke um ihn zurecht und schlich auf Zehenspitzen aus dem Zimmer.

In der Küche bereitete sie sich eine Tasse Tee und trank die wohltuende Flüssigkeit in kleinen Schlucken.

Das Timing hätte nicht besser sein können. Als Jewel in Miami ankam, hatte Eric gerade seine alte Pflegefamilie verloren und wartete zusammen mit Hunderten anderer Kinder auf eine neue. Es hatte einige Tage gedauert, bis alle notwendigen Papiere ausgefüllt waren und das Jugendamt Jewel überprüft hatte. Doch jetzt gehörte Eric zu ihr.

Anfangs war der Junge still und zurückhaltend gewesen. Zweifellos dachte er, dass auch dieses Zuhause nur vorübergehender Natur war. Jewel versuchte nicht, ihn mit Worten vom Gegenteil zu überzeugen. Mit der Zeit würde sie sein Vertrauen schon gewinnen.

Das Wichtigste war, dass er jetzt ein Zuhause hatte. Dank Bella hatten sie beide ein Zuhause.

Nach einem letzten Blick auf den schlafenden Eric ging Jewel ins Wohnzimmer und machte es sich in ihrem Lieblingssessel gemütlich. Die Abende waren lang und einsam. Alles war so still. Jewel hatte sich an Periklis' Gesellschaft gewöhnt und vermisste ihn.

Sie war gerade eingedöst, als es klingelte. Eilig sprang Jewel auf und ging zur Tür. Wer mochte das sein? Sie kannte niemanden in Miami, und das Jugendamt war wohl kaum so spät am Abend noch unterwegs.

Vorsichtig äugte sie durch den Türspion und erstarrte.

Es war Periklis, hier vor ihrer Tür! Er sah abgespannt aus und machte ein bekümmertes Gesicht.

Mit zitternden Fingern entriegelte Jewel die Tür und öffnete sie einen winzigen Spalt.

„Jewel, Gott sei Dank!", rief Periklis erleichtert. „Lass mich rein, bitte!"

Wie hypnotisiert starrte Jewel ihn an. Wut und Schmerz – so viel Schmerz – pulsierten durch ihren Körper. Was wollte er noch von ihr?

Sie straffte die Schultern und öffnete die Tür gerade so weit, dass sie sich in die Augen sehen konnten.

„Ich werde dich nicht fragen, wie du mich gefunden hast. Es ist nicht wichtig."

Periklis öffnete den Mund, um etwas zu sagen, aber Jewel schüttelte den Kopf.

„Du hast schon genug gesagt. Ich habe dich einfach reden lassen und alles hingenommen, aber das tue ich jetzt nicht mehr. Das ist mein Zuhause. Du hast kein Recht, hier zu sein. Ich möchte, dass du gehst!"

In Periklis' Augen loderte Panik auf.

„Jewel, ich habe deine Zeit nicht verdient. Ich könnte es sogar verstehen, wenn du nie mehr mit mir redest. Aber *bitte*, ich flehe dich an, lass mich rein. Lass mich alles erklären! Ich möchte meinen Fehler wiedergutmachen."

Die Verzweiflung in seiner Stimme verunsicherte Jewel. Für einen Moment war sie hin- und hergerissen zwischen Zorn und Mitgefühl. Schließlich konnte sie Periklis' flehendem Blick nicht länger standhalten und öffnete die Tür.

Mit einem Satz war er bei ihr. Er nahm sie in die Arme und vergrub das Gesicht in ihrem Haar.

„Es tut mir leid! Es tut mir so leid, meine Schöne."

Er küsste Jewel auf Stirn und Wange, dann auf den Mund. Sein Kuss war so voller Leidenschaft, dass Jewel fast schwindlig wurde.

„Bitte vergib mir", flüsterte er. „Ich liebe dich. Bitte komm nach Hause, du und unser Baby."

Jewel löste sich aus der Umarmung und sah ihn an. „Glaubst du doch, dass sie von dir ist?" Diesmal war sie diejenige, die verbittert und misstrauisch klang.

„Es ist mir egal, wer der leibliche Vater ist. Sie ist meine Tochter und gehört zu mir. Genauso wie du. Wir sind eine Familie! Ich werde ein guter Vater sein, das schwöre ich. Ich liebe sie schon jetzt so sehr. Ich möchte, dass wir eine Familie sind, Jewel. Bitte gib mir noch eine Chance. Ich werde dir nie mehr einen Grund geben, mich zu verlassen."

Er nahm ihre Hände und hielt sie so fest umklammert, dass es beinahe wehtat.

„Ich liebe dich, Jewel. Ich hatte unrecht. Ich verdiene keine zweite Chance, aber ich bitte dich darum. Ich flehe dich an! Du bist alles, was ich will."

Jewel konnte kaum atmen. Was hatte er gesagt? Er liebte sie, obwohl er immer noch nicht glaubte, dass er der Vater war. Es war ihm egal, er wollte sie und das Baby wiederhaben.

Tränen stiegen ihr in die Augen. Wie schwer musste es für ihn gewesen sein, hierherzukommen. Ihr zu sagen, dass er sie liebte und akzeptierte, auch wenn das Baby nicht von ihm war. Ihre Wut verflüchtigte sich langsam. Die Ergebnisse hatten ihn in seiner größten Angst bestärkt. Und doch war es ihm egal. Er hatte sich praktisch vor ihr auf die Knie geworfen und sie angefleht. Jewel hatte ihn noch nie so verletzlich gesehen. Und ein Blick in seine Augen genügte ihr, um zu erkennen, dass er die Wahrheit sagte. Er liebte sie.

„Du liebst mich?“ Sie musste es unbedingt noch einmal hören.

„Ich liebe dich so sehr, meine Schöne.“

Sie schüttelte den Kopf. „Was bedeutet das schon?“

„Seit der ersten Nacht gehören wir zusammen. Ich habe mich schon damals in dich verliebt.“

Tränen brannten in Jewels Augen. „Oh Periklis, ich liebe dich so sehr.“

Sie schlang die Arme um ihn und drückte ihn so fest an sich, wie sie konnte. Er hielt sie und streichelte ihr Haar. Dann legte er die Hand auf ihren Bauch. Die Berührung schien einen Damm zu brechen, mit einem Mal wurde Periklis von stummen Schluchzern geschüttelt. Als er wieder sprach, war seine Stimme heiser. „Wie geht es unserem Kind?“

Jewel schloss die Augen und nahm seine Hand. „Sie ist von dir, Periklis, ich schwöre es. Ich habe mit keinem anderen Mann geschlafen. Bitte sag mir, dass du mir glaubst. Ich kenne die Testergebnisse, aber sie stimmen nicht.“

Hoffnungsvoll blickte er sie an. „Ich glaube dir, meine Schöne.“

Überwältigt von ihren Gefühlen, schloss Jewel die Augen und lehnte sich an seine Brust.

„Es tut mir leid, dass ich dir wehgetan habe, Jewel. Ich werde es nie mehr tun, das verspreche ich.“

„Ich muss dir etwas sagen“, flüsterte sie und spürte, wie er sich verspannte. Er schob sie ein Stück von sich weg und blickte sie aus dunklen Augen an. „Setz dich lieber.“

„Sag es einfach. Es gibt nichts, das wir nicht gemeinsam hinbekommen.“

Jewel lächelte. „Ich hoffe, du bist nicht wütend auf mich.“

„Wir bringen das schon in Ordnung. Was auch immer es ist. Gemeinsam schaffen wir es.“

Sie nahm ihn an den Händen und führte ihn zur Couch. „Ich bin nach Miami gekommen, um Eric zu suchen."

Periklis entglitten die Gesichtszüge. „Was?"

„Ich wollte dir helfen, die Sache abzuschließen. Ich dachte, wenn du siehst, dass er glücklich ist und es ihm gut geht, kannst du das Bild von dem hilflosen, weinenden Kind endlich vergessen."

„Hast du ihn gefunden?" Periklis klang aufgeregt, als könne er es kaum erwarten zu hören, dass es Eric gut ging.

„Ja, ich habe ihn gefunden", sagte sie leise.

Er drückte ihre Hand.

„Joanna hat ihn vor zwei Jahren zur Adoption freigegeben."

„Wie bitte?"

Plötzlich sah Periklis rot. Er sprang von der Couch auf und ballte die Fäuste. „Warum hat sie ihn nicht zu mir gebracht? Sie weiß, dass ich ihn liebe und mich gern um ihn kümmere."

Traurig senkte Jewel den Kopf. „Ich weiß es nicht, Periklis. Er hat jedenfalls die letzten zwei Jahre in einer Pflegefamilie verbracht."

„Das darf doch nicht wahr sein! Ich lasse nicht zu, dass er dort bleibt. Nicht so wie du, meine Kleine. Er soll nicht dasselbe durchmachen, was du durchgemacht hast."

Fragend blickte sie zu ihm auf. „Woher weißt du das?"

Periklis erwiderte ihren Blick voller Schmerz. „Kirk hat mir alles erzählt, als ich dich in San Francisco gesucht habe. Mein Gott, Jewel, ich schäme mich so dafür, wie ich dich behandelt habe."

„Periklis … Eric ist hier", unterbrach Jewel ihn sanft.

„Hier?" Mit offenem Mund sah Periklis sie an.

Jewel nickte. „Er ist im Kinderzimmer und schläft. Ich konnte einfach nicht zulassen, dass er wieder ins Heim muss. Ich weiß, wie viel er dir bedeutet, und erinnere mich noch zu deutlich daran, wie schmerzhaft meine Kindheit war. Ich habe mich schon auf die Suche nach Eric gemacht, bevor wir uns getrennt haben. Deshalb bin ich an diesem Tag zu dir ins Büro gekommen. Um dir zu sagen, dass ich ihn gefunden habe und dass er in einer Pflegefamilie ist. Ich wollte mit dir gemeinsam nach Miami fliegen, um ihn zu holen."

Periklis stöhnte gequält auf. „Stattdessen habe ich dich vergrault. Und du bist trotzdem hergekommen!"

„Er ist hier, und er sehnt sich nach einer Familie."

„Würdest du das wirklich tun? Ein Kind aufnehmen, das nicht von dir ist?", fragte er.

„Genau das hattest du doch auch vor. Zumindest als du dachtest, dass du nicht der Vater bist."

Periklis nahm sie fest in die Arme. „Ich liebe dich", sagte er mit rauer Stimme. „So sehr. Bitte verlass mich nicht. Das ertrage ich nicht noch einmal."

Jewel lachte leise. „Das werde ich nicht. Nächstes Mal tragen wir den Kampf zu Ende aus. So schnell wirst du mich nicht mehr los."

„Das ist gut", sagte er lächelnd. „Und jetzt lass uns nach unserem Sohn sehen."

EPILOG

Sie ist das hübscheste Mädchen der Welt", sagte Periklis schwärmerisch und präsentierte seinen Brüdern stolz die sechs Wochen alte Mary Catherine.

„Das darfst du nur sagen, weil Marley noch einen Jungen bekommt", rügte Yannis ihn.

„Hört euch das an", sagte Bella angewidert. „Beim Anblick von Babys setzen die Männergehirne anscheinend aus."

„Ich dachte immer, das wäre beim Sex der Fall", konterte Marley lachend.

„Nun ja, das auch", erwiderte Jewel lachend.

An Periklis' Seite stand der kleine Eric und strahlte förmlich vor Stolz. Es machte Jewel glücklich zu sehen, wie sehr Vater und Sohn sich liebten.

Zwei Wochen vor Mary Catherines Geburt war Erics Adoption offiziell genehmigt worden. Eine Woche später erhielt Periklis einen Anruf des Labors, das den Vaterschaftstest durchgeführt hatte. Ein hysterischer Mitarbeiter teilte ihm mit, dass sie einen Fehler gemacht und die Ergebnisse mit denen eines anderen Paars vertauscht hatten. Periklis fühlte sich schrecklich, weil er Jewel misstraut hatte. Aber sie erinnerte ihn daran, dass er sie beim Wort genommen hatte, bevor der Fehler entdeckt worden war. Das war alles, was zählte.

Bella betonte indes, dass die Geburt von Mary Catherine sowieso jeden Zweifel beseitigt hätte. Denn niemand konnte leugnen, dass die Kleine eine Anetakis war – dunkelhaarig mit schwarzen Augen und dem dunklen Teint ihres Vaters. Sie war Periklis wie aus dem Gesicht geschnitten.

Jewel ließ den Blick über ihre Familie schweifen. Sie waren alle in dem Haus auf der Klippe zusammengekommen, um die Geburt ihrer Tochter zu feiern. Manchmal konnte Jewel ihr Glück noch gar nicht fassen. Sie hatte eine eigene Familie, sie gehörte zu jemandem. Das halbe Leben lang waren sie und Periklis ruhelos umhergeirrt, bevor ihr Weg sie zusammengeführt hatte. Endlich hatten sie beide das gefunden, was am Wichtigsten war: ein Zuhause.

„Ich möchte gern einen Toast ausbringen", sagte Yannis und hob sein Glas. „Auf die Anetakis-Frauen. Sie werden uns mit Sicherheit noch lange auf Trab halten. Und ich werde jede Minute davon genießen!"

„Hört, hört", rief Theron lachend und prostete Yannis zu.

Glücklich lächelte Periklis Jewel an, und gemeinsam betrachteten sie das Baby auf seinem Arm. Jewel streckte die Hand nach Eric aus, und der Junge kuschelte sich an sie.

„Ich möchte gern auf Bella anstoßen", sagte Jewel. „Auf dass sie Theron ein ganzes Haus voller Mädchen schenkt, die alle genauso schön und so frech sind wie sie."

„Pass auf, was du sagst", erwiderte Bella scherzhaft.

Theron legte den Arm um seine Frau. „Gott bewahre", lachte er. „Eine Bella ist mehr als genug."

„Lasst uns auf die Liebe und die Freundschaft anstoßen", sagte Marley feierlich. Sie zog Jewel und Bella zu sich heran und legte die Arme um die beiden.

Arm in Arm standen die drei Frauen da und hoben die Gläser.

„Auf Liebe und Freundschaft!", riefen sie.

– ENDE –

Dorien Kelly

Alles ist möglich

Roman

Aus dem Amerikanischen von
Alina Lantelme

1. KAPITEL

Hallie Brewer wäre zu gern eine kultivierte Frau gewesen, die stets souverän und gelassen auftrat. Eine Frau, deren Sommersprossen auf ihrer Nase kaum zu sehen waren und deren Haare bei feuchtem Wetter nicht völlig durcheinandergerieten.

Ein Blick in den Rückspiegel überzeugte sie davon, dass das nur fromme Wünsche waren.

Die Klimaanlage hatte bereits in Nevada den Geist aufgegeben, und Hallie hatte schon kurz vor Chicago den Mut verloren. Unbehaglich rutschte sie auf dem Vinylsitz hin und her, denn ihre Beine fühlten sich wie festgeklebt an. Sie wusste nicht mehr genau, wer gesagt hatte, man könne nicht mehr nach Hause zurückkehren. Auch wenn der Trip in die Heimat nicht unbedingt bequem war, war sie der lebende Beweis für das Gegenteil.

Sie fuhr an einem Holzschild mit der Aufschrift „Willkommen in Sandy Be d“ vorbei. Das „n“ in Bend war zum ersten Mal verloren gegangen, als Hallie die sechste Klasse besucht hatte. Nach einigen Jahren hatte man es aufgegeben, den Buchstaben immer wieder zu ersetzen.

Hallie nahm an, dass es etwas Tröstliches haben sollte, dass sich einige Dinge nie änderten, aber gerade deshalb war sie die letzten sieben Jahre nie wieder hergekommen. Sosehr sie auch glauben wollte, dass sie sich verändert hatte, es stimmte vielleicht nicht. Wieder hier zu sein war für sie auch ein Test. Sie wollte herausfinden, ob hinter ihrer neuen, glänzenden Fassade immer noch die alte Hallie Brewer steckte, die in Sandy Bend von allen Horror-Hallie genannt worden war.

Horror-Hallie, die versehentlich den Picknickplatz des Ortes in Brand gesetzt und es jeden Sommer geschafft hatte, mindestens einmal mit einem Segelboot unterzugehen und dabei ihr Bikinioberteil zu verlieren.

Horror-Hallie, die als unbeholfener Wildfang eine beliebte Zielscheibe für Hohn und Spott gewesen war.

Um sie von Kalifornien nach Michigan zurückholen zu können, hatte es schon dreier starker Männer bedurft. Und jetzt, wo sie hier war, hatte sie nicht vor, auch nur eine Sekunde länger zu bleiben als unbedingt nötig.

Das Städtchen Sandy Bend, das auf der einen Seite vom Michigansee und auf der anderen Seite vom breiten Flussbett des Crystal River eingeschlossen war, schien immer noch derselbe malerische und idyllische Ort zu sein, aus dem sie nach ihrem Schulabschluss geflüchtet war. Zum Glück waren die Straßen wie üblich Mitte Juni voller Touristen. Hallie parkte ihr Auto auf einem der wenigen freien Plätze an der Main Street. Nur um ihr Selbstbewusstsein zu stärken, brachte sie ihre Frisur in Ordnung und trug Lippenstift und Wimperntusche auf. Schon besser. Auch wenn sie nicht gerade wie ein taufrisches Model aussah, war sie zumindest nicht mehr das von allen verspottete Mädchen von damals.

Nachdem sie mühsam ihre Beine vom Sitz gelöst hatte, versuchte sie, im Strom der Passanten unterzutauchen. Je mehr Zeit ihr blieb, bis sie jemand erkennen würde, umso besser.

„Du bist nicht dieselbe Person“, versicherte sie sich auf dem Weg ins Zentrum.

Sie bemerkte, dass eine Boutique mit trendiger Mode das frühere Haushaltswarengeschäft ersetzt hatte, und ein Café, das italienische Kaffeespezialitäten anbot, in die ehemalige Apotheke gezogen war. Offensichtlich war selbst Sandy Bend nicht völlig immun gegen den Fortschritt.

„Hallie Brewer, bist du es wirklich?“

Hallie sah die ältere Frau in rasantem Tempo auf sich zukommen. Olivia Hawkins war schon vor sieben Jahren winzig gewesen, doch jetzt wirkte sie fast wie ein Spatz. Dennoch hatte sie „Hawkins Foodland“ immer mit eiserner Hand geleitet. Mit ihr legte man sich besser nicht an.

Also blieb Hallie höflich stehen. „Ich bin es wirklich, Mrs Hawkins.“

„Nun, das sollte wieder etwas Schwung ins Städtchen bringen.“ Sie lachte leise. „Ich werde nie vergessen, wie du vor einigen Jahren den Punsch für die Tanzveranstaltung zubereitet hast und …“

„Das war vor zwölf Jahren“, unterbrach sie Hallie. „Das ist wirklich sehr, sehr lange her.“

„… und die rote Limonade durch Wasser und Ketchup ersetzt hast.“

Sie war damals verzweifelt und durcheinander gewesen, weil sie entdeckt hatte, dass ihre Brüder die Limonade einfach getrunken hatten, die sie vor ihnen versteckt hatte.

„Den Leuten ist der Punsch wieder aus der Nase herausgelaufen.“

Es war Zeit, Mrs Hawkins Erinnerungen Einhalt zu gebieten. Wenn die Lady vorhatte, jeden Blödsinn, den Hallie jemals angestellt hatte, wieder hervorzukramen, würden sie hier bis weit nach Sonnenuntergang stehen. „Nun, es war schön, Sie wieder zu sehen, Mrs Hawkins. Bye-bye.“

„Und als du damals …“

Hallie winkte ihr noch einmal zu, beeilte sich, zum Polizeirevier zu kommen, und betrat schnell das Gebäude.

Mit den beiden Schreibtischen und der winzigen Zelle war die Bezeichnung „Polizeirevier“ eigentlich etwas übertrieben. Einer der Polizisten des Städtchens hielt in einem Bürostuhl aus den fünfziger Jahren ein Nickerchen. Er hatte die Füße auf den Tisch und eine alte Ausgabe des „Angler's Paradise“ auf sein Gesicht gelegt. Man traute sich fast nicht, ihn in seiner Ruhe zu stören. Aber Hallie hatte schließlich nur deswegen halb Amerika durchquert.

„Erklär mir das“, forderte sie ihn auf und knallte ihm einen Zeitungsausschnitt auf den Tisch.

Die Anglerzeitschrift flog durch die Luft und landete neben dem Zeitungsausschnitt. Ihr Bruder Mitch rappelte sich hoch. „Hallie? Was machst du denn hier?“

Sie tippte mit dem Finger auf den Zeitungsartikel. „Erklär es.“

Mitch öffnete seinen Mund und schloss ihn wortlos wieder. Obwohl Hallie fürchterlich wütend auf ihren großen Bruder war, erinnerte er sie im Augenblick an den Barsch, der die Titelseite der Anglerzeitschrift schmückte. Aber auch das änderte nichts daran, dass er wie alle Männer des Brewer-Clans gut aussah.

„Hier", bot sie ihm zuckersüß an, „lass mich dir helfen. Die Überschrift lautet: ‚Polizeichef Brewer auf dem Weg der Besserung.'"

„Äh ... ja", stammelte er. „Es ist keine große Sache. Wirklich."

„Und es war wahrscheinlich auch keine große Sache, dass ich durch einen mir anonym zugeschickten Ausschnitt aus dem ‚County Herald' erfahren habe, dass Dad einen Herzanfall erlitten hat und operiert worden ist?"

Mitch raufte sich die Haare. „Dad wollte dich nicht beunruhigen. Er glaubte, dass es zu teuer für dich werden würde, nach Hause zu kommen und ..." Er hielt inne und blinzelte. „Bist du irgendwie größer geworden oder so?"

Es war das „oder so", das seine Aufmerksamkeit erregte. Mitch hatte sie nie in Kalifornien besucht, und Hallie war die klassische Spätentwicklerin gewesen. Die Kurven, die sie immer herbeigesehnt hatte, hatten sich bei ihr erst auf dem College eingestellt.

„Man nennt sie Brüste, Mitch."

Ihr Bruder lief rot an. „Ach, verdammt, Hallie. Du bist meine Schwester."

„Ja. Und da wir gerade bei den familiären Beziehungen sind: Dad ist mein Vater. Aber keiner meiner beiden Brüder war anscheinend in der Lage, den Hörer in die Hand zu nehmen und zum Beispiel zu sagen: ‚Dad geht es nicht gut. Vielleicht wäre es besser, wenn du für eine Weile nach Hause kommst.' Oder mir zumindest einen Hinweis zu geben, als ich letzte Woche angerufen habe."

Mitch, der völlig zu vergessen schien, dass er fünfzehn Zentimeter größer und zwanzig Kilo schwerer war als sie, ging vorsichtig einen Schritt zurück.

„Es war ja nur ein kleiner Herzanfall und kein großer Eingriff. Cousine Althea kümmert sich um ihn ..."

Prima. Althea Brewer Bonkowski war die Cousine von Hallies Vater und eine wilde Hummel. Außerdem war sie eine sehr gescheite Frau. Zumindest ahnte Hallie jetzt, wer ihr den Zeitungsausschnitt geschickt hatte.

„Althea hat ihre Gemeinschaft verlassen?“

Mitch verzog belustigt die Mundwinkel. „Nun, sie hat sie zwar verlassen, bleibt ihr aber trotzdem ganz verbunden.“

Hallie lächelte wider Willen. „Ich hoffe, es ist nicht illegal.“

„Eher nicht von dieser Welt. Kristalle, Aromatherapie und irgendeinen Singsang. Sie treibt Cal und mich in den Wahnsinn.“

„Und besonders Dad, würde ich wetten. Das wird seinem Herzen ungeheuer helfen.“

Mitch zuckte die Achseln. „Sie kommen miteinander aus. Im Übrigen hält es ihn in Form, mit Althea zu streiten. Und du hättest nicht den ganzen Weg hierher machen müssen, um nach ihm zu sehen. Du hättest anrufen können und ...“

Hallie schüttelte den Kopf. „Ich hätte mit den Typen reden sollen, die sich nicht einmal die Mühe gemacht hatten, es mir überhaupt zu sagen? Ich hätte dir nicht geglaubt, Bruderherz. Ich will Dad mit eigenen Augen sehen. Ich werde nicht nach Carmel zurückgehen, bis ich sicher bin, dass ihr beiden alles unter Kontrolle habt.“

„Du traust uns nicht? Ich bin tief getroffen, Hal.“

„Nenn mich nicht Hal. Du weißt, ich hasse das.“ Sie deutete auf die Tür. „Ich mache mich jetzt auf den Weg nach Hause. Und du wirst nach der Arbeit nachkommen, okay?“

„Sicher“, hörte sie Mitch sagen, als sie sich umdrehte, um zu gehen. Doch dann blieb sie noch einmal stehen, um sich den Gemeindekalender anzusehen, der rechts neben der Tür hing. Über den Kalenderblättern prangten die Fotos der Honoratioren von Sandy Bend.

„Ihr Jungs leidet nicht unter mangelndem Selbstbewusstsein, oder?“ Sie betrachtete amüsiert die Fotos, die ihren Dad, den Polizeichef, und ihre beiden Brüder, zwei der sechs hiesigen

Polizisten, zeigten. Ihr Blick wanderte zum Bürgermeister und schließlich zu den Schulleitern.

Als Hallie das Foto des Rektors der Highschool sah, setzte ihr Herz einen Schlag aus. Das war einfach nicht möglich. Sie versuchte, etwas zu sagen, aber ihr Mund war wie ausgetrocknet.

Das Leben war nicht fair. Überhaupt nicht. Dem Mann hätten ja auch vorzeitig die Haare ausgehen können. Aber nein, er sah so großartig aus wie immer.

„Alles in Ordnung, Hal?“, erkundigte sich ihr Bruder. Sie fragte sich abwesend, wie lange sie schon dort gestanden haben musste.

„Hallie“, verbesserte sie ihn automatisch. Ohne den Blick von dem Foto zu wenden, holte sie tief Luft. „Mitch, du hast mir nie erzählt, dass Steve Whitman wieder hier ist.“

„Ich dachte nicht, dass es wichtig ist. Steve ist doch schon immer Cals Kumpel gewesen und nicht deiner.“

Hallie versuchte, den Schock abzuschütteln. „Richtig“, murmelte sie. „Natürlich.“

Tatsächlich hatte in Hallies Gedankenwelt Steve immer eher mit dem Beginn ihrer Leidensgeschichte mit Männern als mit der Bezeichnung Kumpel in Verbindung gestanden.

Doch jetzt, wo sie das Foto gesehen hatte, musste sie mehr erfahren. Und dieser Drang war ganz und gar nicht gut.

„Also, was macht Steve hier?“

Mitch lachte leise. „Das steht doch auf dem Kalender. Vor ungefähr einem Jahr kam er zurück und fing an zu unterrichten. Jetzt ist er Rektor der Highschool.“ Ihr Bruder machte eine Pause, bevor er fragte: „Bist du sicher, dass du keinen Jetlag hast oder etwas Ähnliches?“

Hallie strich sich die feuchten Haare aus der Stirn. Sie wünschte, sie würde wie vorhin einfach nur wegen der Hitze schwitzen und nicht aus Nervosität und einer fast krankhaften Aufregung, dass sie Steve wieder sehen würde. „Nein, ich bin mit dem Wagen gefahren. Für einen Flug war ich zu knapp bei

Kasse." Sie machte eine kurze Pause. „Ist er nicht noch etwas jung, um Rektor zu sein?"

Steve war wie ihr älterer Bruder Cal acht Jahre älter als Hallie. Er gehörte einer derjenigen reichen Familien an, die am Michigansee teure Ferienhäuser besaßen und jedes Jahr den Sommer dort verbrachten.

„Ja, aber nachdem der letzte Rektor in den Ruhestand gegangen ist, war sonst keiner verrückt genug, sich für diesen Posten zu bewerben." Mitch trat neben sie. „Nur gut, dass Steve keinen Job braucht, um seine Rechnungen zu bezahlen. In der Abschlussklasse des letzten Jahres waren nur noch dreißig Schüler. Die Highschool kämpft ums Überleben."

Und Hallie kämpfte mit ihrer Fassung. Ihren ehemaligen Schulkameraden hier aus Selbstschutz weitgehend aus dem Weg gehen zu wollen war eine Sache. Aber zu wissen, dass Steve Whitman – sozusagen die leibhaftige Erinnerung an frühere Desaster – irgendwo draußen herumlief, eine ganz andere.

Mitch legte ihr die Hand auf die Schulter. „Du bist ein bisschen blass unter deinen Sommersprossen, Hal. Willst du, dass ich dich zur Farm fahre?"

Hallie schüttelte den Kopf. „Ich bin okay", log sie. „Hast du eine Diät-Limo für mich?"

„Tut mir leid, ich habe nichts außer Cals zu starkem Kaffee. Du trinkst besser etwas im ‚Corner Café'." Er sah ihr besorgt in die Augen. „Ich werde dich hinbringen."

Es war Jahre her, dass sie es zugelassen hatte, dass sich jemand um sie kümmerte. Impulsiv umarmte sie ihren Bruder.

„Ich habe dich vermisst", sagte sie und bemerkte, wie gut ihr das Gefühl der Geborgenheit tat. Zweifellos hatten ihr die Umarmungen, die Neckereien und der Schutz eines großen Bruders gefehlt.

„Ich habe dich auch vermisst, Hal. Willkommen zu Hause."

Nachdem sie ihn noch einmal fest gedrückt hatte, ließ sie ihn los. „Also, dann Partner, auf zu meiner Limo, und dann nichts wie nach Hause."

Steve Whitman wusste, dass jemand, der das Leben in einer kleinen Stadt langweilig fand, noch nie in Sandy Bend gewesen sein konnte. Zum Beispiel war heute ein heißer Sommertag, den man mit einem kühlen Bier an jedem Ort am Michigansees wirklich genießen könnte. Aber nur in Sandy Bend konnte man einem Polizisten begegnen, der mit einer langbeinigen Brünetten im Arm auf einen zu schlenderte.

Und das in voller Uniform. Der Polizist natürlich.

Nicht die langbeinige Brünette. Sie hatte einen gut sitzenden und unverschämt kurzen gelben Rock und ein weißes T-Shirt an, das eigentlich nicht sexy sein sollte, es aber trotzdem irgendwie war.

In einer Großstadt könnte Mitch Brewer etwas erleben, wenn er während seiner Dienstzeit einen Bummel mit seiner neuen Flamme machen würde. Hier in Sandy Bend – wo die Polizei zugegebenermaßen auch nicht wahnsinnig viel zu tun hatte – würde ihn höchstens jeder anschauen und für einen Glückspilz halten. Und genau das Wort ging auch Steve durch den Kopf.

Er ging etwas schneller, um näher an die beiden heranzukommen und zu sehen, ob dieses Mädchen wirklich so bemerkenswert hübsch war, wie es ihm erschien, oder ob er nach einem Jahr ohne eine Verabredung mit einer Frau schon unter Wahnvorstellungen litt.

Die Brünette schaute Mitch an, als wäre er der Inbegriff von Kraft und Stärke. Und, ja, sie war eine heiße Frau mit ihrem langen, welligen Haar, das mit jedem ihrer Schritte in anderen Zimt- und Goldnuancen leuchtete. Und sie hatte Sommersprossen. Steve hatte schon immer eine Schwäche für Frauen mit Sommersprossen gehabt. Mitch Brewer war ein verdammter Glückspilz.

„Hallo, Mitch!“, rief Steve und überlegte, über welches Thema er nach der Begrüßung intelligent reden könnte. Aber alles, was ihm einfiel, war: Könntest du mich deiner Freundin vorstellen? Und würde es dich sehr stören, wenn ich sie erst zu einem romantischen Abendessen und anschließend zum Tanzen einladen würde?

Aber er musste sich gar keine Gedanken über derart idiotische Angebote machen. Aus irgendeinem Grund war die Brünette wie angewurzelt stehen geblieben, um sich dann hinter Mitch zu verstecken. Steve sah ihr kurz in die Augen und fragte sich, warum sie plötzlich so total erschrocken wirkte und ob ihre Augen wirklich so blau waren, wie sie ihm schienen.

Während Steve versuchte, einen klaren Gedanken zu fassen, wechselte der Gesichtsausdruck der Frau von Angst zu Ärger. Und all diese Gefühle schienen ihm zu gelten. Während sie Mitch wie einen Schild vor sich herschob, wich sie rückwärts in eine enge Gasse zwischen „Truro's Tavern" und der „Shady Sands Art Gallery" aus.

Steve wusste, dass das Gässchen schon seit Jahren für den Durchgangsverkehr gesperrt war und nur noch als Abstellplatz für den mobilen Verkaufsstand des Hotdog-Händlers diente. Er hatte keine Ahnung, was sich die brünette Maus dabei dachte, sich gerade dieses Plätzchen auszusuchen.

Er sollte die beiden einfach allein lassen, was auch immer sie taten. Oder genauer gesagt, was die Frau tat. Aber das gelang ihm nicht. Sicherlich war er etwas neugierig, doch das gehörte in einer Kleinstadt ja fast zum guten Ton. Außerdem hatte es ihn total verblüfft, dass sie ihn angesehen hatte, als wäre er der leibhaftige Albtraum.

Steves Meinung nach war sein größtes Problem nämlich, von seiner Mutter dazu erzogen worden zu sein, zu nett und höflich zu sein. Und ein Whitman und dazu noch Rektor der Highschool zu sein bedeutete ohnehin, dass aller Augen – wenn auch freundlich – auf ihn gerichtet waren.

Er mochte es ganz und gar nicht, von einer Fremden so feindselig angestarrt zu werden. Besonders wenn sie sehr, sehr hübsch war. Nein, er musste diese Gelegenheit nutzen.

Hallie saß in der sprichwörtlichen Falle. Steve Whitman stand fast vor ihr, und es gab keinen Ausweg. Sie hätte sich am liebsten selbst in den Hintern getreten, dass sie vergessen hatte, dass diese Gasse schon lange eine Sackgasse war.

Es musste an der Luft in Sandy Bend liegen. Sie hatte in Kalifornien sieben Jahre lang nichts getan, was sie in größere Verlegenheit gebracht hatte. Und nach knapp einer halben Stunde zurück in der Heimat machte sie ihrem Spitznamen Horror-Hallie wieder alle Ehre.

Sie war von Mauern umgeben, und vor dem Ausgang ins Freie schlich groß, muskulös und gebräunt die entnervende Kombination aus schlimmstem Albtraum und Schwarm ihrer Jugend herum. Doch mittlerweile war sie erwachsen und würde jetzt einfach herauskommen und Steve mit einem Witz auf den Lippen begrüßen. Aber ihr war nicht nach Witzen zumute. Sie fühlte sich schmutzig, klebrig und müde. Und sie war zu stur, um zuzugeben, dass sie sich in eine unmögliche Situation gebracht hatte. Sie würde einfach da bleiben, wo sie war, bis die Welt unterging oder Steve verschwand.

Doch das war einfacher gesagt als getan. Sie versuchte, sich mit ihren Fingernägeln in den harten Baumwollstoff von Mitchs Uniform zu krallen. Was hatte sie sich nur dabei gedacht, so viel Geld für die Verlängerung ihrer Nägel auszugeben? Mit diesen Acryldingern bekam sie den Stoff kaum zu fassen.

„Was soll das denn? Lässt du mich jetzt los?“, fragte ihr Bruder eher verwirrt als verärgert. „Pst. Er kommt!“, zischte sie. „Gib mir Deckung.“

„Um Himmels willen, Hal.“

Als Mitch versuchte, auf Abstand zu gehen, stellte sie sich auf die Zehenspitzen und schlang von hinten ihre Arme um seinen Hals. „Hallo, Mitch, was gibt es Neues?“

Beim Klang von Steves unvergesslicher Stimme – tief und leicht rau, was sündhaft sexy wirkte, lehnte Hallie ihren Kopf an die breite Schulter ihres Bruders. Sieben Jahre hätten eigentlich ausreichen sollen, um dieses alberne Herzklopfen hinter sich zu lassen. Das war aber nicht der Fall.

„Äh, eigentlich nicht viel, Steve“, stammelte Mitch. Die dann einsetzende Stille hielt Hallie schließlich nicht mehr aus. Sie stupste Mitch mit ihrer Stirn an, und er schaffte es, etwas zu sagen. „Werdet du und Cal mit dem Boot deines Vaters am diesjährigen Rennen von Chicago nach Mickinac teilnehmen?"

„Ja, wie jedes Jahr, seit wir sechzehn sind."

Steve klang amüsiert. Hallie war fast versucht, um ihren Bruder herum einen Blick auf ihn zu werfen.

„Toll. Wird bestimmt viel Spaß machen."

Sie konnte Steves Schritte auf dem Pflaster hören, als er näherkam. „Also, wer versteckt sich hinter dir?"

„Hinter mir?"

„Ja, es sei denn, es wäre der letzte Schrei, die Arme einer Frau um den Hals zu tragen."

Hallie nahm all ihren Mut zusammen. Sie wusste ohnehin, dass sie sich nicht die ganze Zeit hinter Mitch würde verstecken können. Sie holte tief Luft, um ihre Panik zu unterdrücken, und trat dann neben ihren Bruder.

Sie hatte Mühe, nicht einfach wegzurennen, als Steve Whitman sie bewundernd von unten bis oben musterte. Schließlich sahen sie sich in die Augen. In diesem Moment merkte sie, dass ihr erster Eindruck wirklich gestimmt hatte.

Er hatte tatsächlich keine Ahnung, wer sie war.

2. KAPITEL

Natürlich war es irrational, beleidigt zu sein, weil der Mann, der sie vor sieben Jahren gedemütigt hatte, sie nicht sofort erkannte. Eigentlich sollte sie deshalb eher einen Freudentanz aufführen.

„Das ist …“, stammelte Mitch, als ihn Hallie ganz gelassen unterbrach.

„Amanda Creswell … Doktor Amanda Creswell. Ich bin eine alte Freundin von Mitch.“ Sie wusste nicht, welcher Teufel sie geritten hatte, auch noch den Doktortitel anzuhängen. Doch jetzt war er nicht mehr zurückzunehmen.

Steve verzog den Mund zu seinem schiefen Lächeln, das Hallie früher immer hatte dahinschmelzen lassen. Jetzt war sie nicht mehr so leicht zu erweichen.

Sie ignorierte, dass er in den vergangenen Jahren noch attraktiver geworden war und seine Augen immer noch in einem unglaublich hellem Kaffeebraun leuchteten. All das ignorierte sie einfach und war sehr stolz auf den Versuch.

„Nun, Doktor Creswell, willkommen in Sandy Bend.“

Hallie nickte ihm sehr würdevoll zu.

Nun sah Steve sie genauer an und runzelte leicht die Stirn. „Irgendwie kommen Sie mir bekannt vor …“

Betont beiläufig zuckte sie die Achseln. „Ich habe ein Allerweltsgesicht. Mitch und ich sollten uns jetzt wirklich beeilen.“ Sie zog Mitch vorwärts, aber Steve stellte sich ihnen in den Weg.

„Woher kommen Sie, Doc?“

„Aus Arkansas“, hörte Hallie sich zu ihrem eigenen Entsetzen antworten. Warum hatte sie kein Bundesland nehmen können, über das sie etwas wusste?

„Ach ja? Darf man fragen, auf welches Gebiet Sie sich spezialisiert haben?“

„Ich bin Neurochirurgin.“ Das war zumindest eine gute und einschüchternde Wahl, die keinen Raum für Small Talk ließ. „Wirklich?“

Er wirkte so skeptisch, dass sie die Sache nicht auf sich beruhen lassen konnte. „Denken Sie etwa, dass es in Arkansas keine Neurochirurginnen gibt?“

„Oh, ich bin sicher, dass es die auch in Arkansas gibt. Ich habe mich nur gerade gefragt …“

„Was?“ Ihre hohe Stimmlage klang überhaupt nicht mehr gelassen. Hallie versetzte ihrem Bruder, der sich verdächtig danach anhörte, als würde er sich nur mühsam das Lachen verkneifen, mit dem Ellbogen einen leichten Stoß in die Rippen.

„Ihre Fingernägel“, sagte Steve.

Hallie schaute auf ihre karminrot lackierten, verlängerten Nägel und versteckte dann schnell die Hände hinter dem Rücken.

Steve lächelte wieder. „Sind Ihnen die langen Fingernägel bei Operationen nicht im Weg? Ich nehme doch an, dass der Begriff Neurochirurgin beinhaltet, dass Sie auch operieren?“

Hallie suchte krampfhaft nach einer plausiblen Erklärung. „Ich arbeite an Forschungsprojekten mit Robotern. Vaskuläre Mikrochirurgie, genauer gesagt. Es geht darum, die Blutgefäße in der unteren cerebralen Cortex zu rekonstruieren.“ Nicht schlecht. Die vielen Krankenhausserien, die ich mir im Fernsehen angesehen hatte, haben sich ausgezahlt, dachte sie.

Steves Lächeln verwandelte sich in ein breites Grinsen. „Sehr beeindruckend. Und wenn man bedenkt, dass Cal mir erzählte, dass du die Kunstakademie besucht hast, musst du wirklich sehr beschäftigt gewesen sein, Hallie.“ Er hob mit dem Finger ihr Kinn hoch. „Schön, dich wiederzusehen … Doc.“

Er hatte sie unter das Kinn gefasst … als wenn sie ein frühreifes, dreijähriges Kind wäre, das gerade gelernt hatte, sich die Schnürsenkel zu binden!

Als Steve Whitman sich auf den Weg machte und dabei leise eine fröhliche Melodie pfiff, und ihr Bruder in lautes Gelächter ausbrach, wünschte sich Hallie verzweifelt zurück nach Carmel. Oder zumindest zurück vor das Ortsschild von Sandy Bend.

Die Sommersprossen waren der erste Hinweis gewesen. Hallie Brewer hatte schon immer die unglaublichsten Sommersprossen gehabt. Aber hundertprozentig sicher war Steve sich erst gewesen, als sie die Hände hinter ihrem Rücken versteckt hatte.

Er hatte diese für Hallie typische Geste schon unzählige Male gesehen. In seinem Kopf liefen die Erinnerungen wie ein Film ab. Die fünfjährige Hallie, die die Hände hinter dem Rücken versteckte, nachdem sie den Hund mit Mehl bestäubt hatte, um den armen Köter für eine Halloween-Party vorzubereiten. Die vierzehnjährige Hallie, die die Hände hinter dem Rücken versteckte, nachdem sie am Strand ein Insekt von seiner Schulter gefegt hatte und rot angelaufen war. Die achtzehnjährige Hallie, die die Hände hinter dem Rücken versteckte, nachdem sie gänzlich unverhüllt …

Steve verlangsamte seinen Schritt. Daran wollte er nicht weiter denken. Er hatte verdammt lange gebraucht, um diese Erinnerung zu verdrängen. Sie jetzt wieder lebendig werden zu lassen würde die Dinge nur komplizieren.

Hallie Brewer war die Schwester seines besten Kumpels. Er kannte sie schon, seit sie in den Windeln gelegen hatte. Und auch wenn sie inzwischen besser aussah und mehr Charme hatte, als eigentlich erlaubt sein sollte, wusste er doch, dass sie im Grunde immer noch die alte Horror-Hallie war. Und er war sicher, dass sie auf die eine oder andere Weise sein Leben immer noch auf den Kopf stellen konnte.

Hallie, die nach der Fahrt noch verschwitzter war, betrat die Veranda des von Eichen umgebenen Farmhauses, das bereits seit über hundert Jahren im Besitz der Familie Brewer war, und wurde dort von einem dicken Kater mit einem Schnurren begrüßt. Hallie lächelte. „Hallo, Murphy."

Sie war sich nicht sicher, ob es sich bei der Katze um Murphy VII. oder Murphy VIII. handelte, aber auf jeden Fall hieß sie Murphy. Denn die Brewers befolgten Sandy Bends ungeschriebenes Gesetz der Unveränderlichkeit und nannten alle ihre Katzen so.

Dann sah sie sich nach Muldoon um, dem Hund der Familie. Muldoon III. natürlich, den sie jedoch nirgends entdecken konnte. Sie war ein bisschen enttäuscht. Zumindest der Hund hätte sie im Gegensatz zu Steve Whitman doch sofort erkennen sollen.

Hallie ignorierte, dass sie beim Gedanken an Steve innerlich zusammenzuckte, und machte die Tür zu ihrem Elternhaus auf.

„Dad, ich bin …“, rief sie, wurde aber sofort unterbrochen.

„Endlich bist du hier“, sagte Cousine Althea. „Ich habe auf dich gewartet.“

Die vollgestopfte Reisetasche zu Altheas Füßen bestätigte ihre Worte.

Hallie ging um die Tasche herum und nahm Althea in die Arme. Ihre Cousine duftete wie immer nach Nelken und Weihrauch, und ihre Armreife klimperten wie ein Windspiel. Hallie lächelte über die Vertrautheit, die sich sofort einstellte. „Komisch, dass du gewartet hast. Ich habe doch gar nicht angerufen, um Bescheid zu sagen.“

„Manche von uns sind hellsichtiger als andere. Ich konnte deine Aura wahrnehmen, sobald du Sandy Bend betreten hast.“

Nun zuckte Hallie auch körperlich zusammen. „Trübe Rottöne der Peinlichkeit, nehme ich an?“

„Das kann ich nicht leugnen, aber ich würde die Rottöne eher als flirrend denn als trübe bezeichnen.“

Althea hatte ja keine Ahnung. Sie war ja auch nie von einem Mann, den sie ein halbes Leben lang versucht hatte zu beeindrucken, wie ein Baby behandelt worden oder hatte sich wie eine Verrückte aufgeführt. Aber trotzdem erwiderte Hallie nichts. Es hatte keinen Sinn, mit Althea streiten zu wollen.

„Und was hast du mit der Reisetasche vor?“, fragte sie stattdessen.

„Ich fahre wieder zu meiner Kommune in Wisconsin“, sagte Althea entschieden. „Die Geister haben mir befohlen …“

Hallie hätte sich ihr am liebsten einfach in den Weg gestellt. Sie war geködert worden und prompt in die Falle gegangen.

„Die Geister, so, so. Hast du das im Teesatz gelesen? Nein, warte jetzt weiß ich es! Die Geister haben dich wohl auch dazu gebracht, mir diesen kleinen Zeitungsausschnitt in die Post zu stecken, richtig?"

„Es kann nie schaden, den Geistern etwas auf die Sprünge zu helfen." Althea verzog den Mund zu einem breiten Grinsen. „Und auch dir nicht."

„Und du hättest nicht einfach anrufen können?"

„Ich habe deinem Vater versprochen, das nicht zu tun. Es war keine große Sache, einen Freund zu bitten, dir diesen Ausschnitt zu schicken. Ich habe gefühlt, dass du nach Hause kommen wolltest."

Richtig. Hallie war darauf genauso sehr erpicht gewesen, wie sich die Nase piercen zu lassen. „Ich werde nicht hier bleiben."

„Wie du meinst", sagte Althea in jenem humorigen Ton, der Hallie den letzten Nerv raubte. „Du findest deinen Vater am Teich, wo er bereits die ganze Woche denselben armen Fisch zu fangen versucht. Geh und sag ihm Hallo."

„Versprich mir, dass du hier stehen bleibst, bis ich zurück bin", sagte Hallie, bevor sie aus der Hintertür ging.

„Wenn die Geister es wollen", rief ihr Althea nach.

Das war zwar kein Versprechen, aber mehr konnte sie von den Geistern und von ihrer Cousine wohl nicht erwarten.

„Hallo, Dad", begrüßte sie ihren Vater, als sie beinahe am Teich angekommen war.

Sie beobachtete, wie ihr Vater die Angelrute in eine Einbuchtung stellte, die er sich schon vor Jahren in die Armlehne seines Klappstuhls geschnitzt hatte.

Er stand auf und drehte sich zu ihr um.

„Wie geht es meiner Lieblingskünstlerin? Es wurde auch Zeit, dass du kommst." Er schloss sie kurz in seine Arme, denn er tat sich schon immer schwer mit väterlichen Zärtlichkeiten. Natürlich versuchte er sein Bestes, stellte sich aber immer etwas unbeholfen an. Dennoch konnte sie sich nicht daran erinnern, in letzter Zeit an einem Tag so oft umarmt worden zu sein. Das glich fast wieder die Episode mit Steve Whitman aus.

Ihr Vater ging einen Schritt zurück, um sie sich genau anzusehen. Und Hallie tat es ihm nach. Sein Anblick erschreckte sie. Seitdem sie ihn vor einigen Monaten das letzte Mal gesehen hatte, war er sehr gealtert. Hallie hatte die meiste Zeit ihres Lebens keine Mutter um sich gehabt, aber ihr Vater war immer für sie da gewesen. Selbst als sie weit weg nach Kalifornien gezogen war, hatte er sie angerufen und besucht. Und er hatte sie immer bedingungslos geliebt.

Sie lächelte und versuchte, sich ihre Betroffenheit nicht anmerken zu lassen. „Dann wusstest du also, dass ich komme? Hast du auch meine Aura wahrgenommen?"

Ihr Vater lachte. „Nein. Ich kann das ebenso wenig wie Althea – obwohl ich mich nicht mit ihr darüber streiten werde. Mitch hat uns vorhin angerufen. Er meinte, dass dich Kalifornien geistig verwirrt haben müsste, und hat etwas über Steve Whitman und einen Doktor erzählt."

Hallie wechselte schnell das Thema. „Ich habe Murphy auf der Veranda gesehen."

Ihr Vater setzte sich wieder hin. „Murphy? Ach, du meinst Terminator."

Sie blinzelte erstaunt. Konnte dieser Mann der stets vorhersehbare Bud Brewer sein? „Du hast den Kater Terminator genannt? Wie bist du denn darauf gekommen?"

Bud zuckte die Achseln. „Ich wollte einfach eine Veränderung, nehme ich an." Er klopfte auf den Stuhl neben seinem. „Setz dich und erzähl mir, was du so machst, mein Mädchen."

Nachdem sie sich gesetzt hatte, versuchte sie, den Saum ihres kurzen Rocks damenhaft bis über die Knie zu ziehen. Es war ein impulsiver Kauf im Anschluss an den Abstecher ins Nagelstudio gewesen. Doch ihr Vater schien ihre extravagante Aufmachung gar nicht zu bemerken. Aber er hatte ja auch nicht mit der Wimper gezuckt, als sie sich in der zehnten Klasse die Haare blau gefärbt hatte.

„Erzähl mir doch erst einmal, was bei dir los ist."

„Nichts Ungewöhnliches. Zu viel Eiscreme und zu wenig gesunde Nahrungsmittel meinte der Arzt. Wenn sie nur eine Sorte von diesem Ökofutter herstellen könnten, dass so gut wie Eiscreme schmeckt." Bud seufzte. „Jedenfalls musste ich anfangen, einige Veränderungen vorzunehmen."

Hallie wusste es besser. „Wahrscheinlich, nachdem du fünf Packungen deiner Lieblingseissorte gegessen hast, richtig?"

„Mehr als zehn davon. Alle Leute, die mich nach der Entlassung aus dem Krankenhaus besucht haben, haben mir diese Eiscreme mitgebracht." Er klang sehr nachdenklich.

„Ich denke, dieses Sahneeis hält zumindest die Ärzte beschäftigt", versuchte Hallie, ihn aufzuheitern.

„Ich würde sagen, mir hat auch einfach mein Alter einen Streich gespielt. Und das geht so unmerklich vor sich. An einem Tag könntest du noch Bäume ausreißen und am nächsten schaffst du es gerade noch ins Bett, um dich auszuruhen."

Ihr wurde das Herz schwer. „Du bist doch immer noch ziemlich jung, Dad."

„Weißt du eigentlich, dass ich hier seit meinem einundzwanzigsten Lebensjahr immer das Gleiche tue?"

„Ja." Hallie hatte das ungute Gefühl, auf unbekanntes Territorium zu geraten. Dass ihr Vater schon immer im selben Haus wohnte, schien ihn nie gestört zu haben.

„Ich war nie in Tibet oder in Paris. Und solange ich mich erinnern kann, habe ich jeden Abend das gleiche verdammte Eis mit Schokoladensoße gegessen. Denkt eigentlich niemand, dass ich noch etwas anderes möchte, bevor ich sterbe?", fragte er ärgerlich.

Sie lächelte nervös. Dieser Mann vor ihr war nicht mehr der alte Bud Brewer. Und sie wollte sofort ihren Vater zurück. Und sie wollte auch genau wissen, was hier eigentlich vorgegangen war. Sie stand frustriert auf. „Ich werde jetzt erst mal meine Sachen in mein Zimmer bringen und auspacken."

Sie war schon fast am Haus angekommen, als die Stimme ihres Vaters sie stoppte.

„Bist du sicher, dass du mir nicht erzählen willst, was vorhin mit Steve Whitman passiert ist? Du weißt doch, dass ich es ohnehin von der halben Stadt erfahren werde.“

Hallie ging weiter.

Bis sie Samstagabend wieder zurück nach Kalifornien fahren würde, würden ihr sechs Tage bleiben, um ihren Vater wieder aufzumuntern.

Und sechs Tage, um herauszufinden, wie sie das Wunder des Jahrhunderts schaffen sollte – Sandy Bend dieses Mal ohne gebrochenes Herz und verwundeten Stolz zu verlassen.

3. KAPITEL

Der Tag war schon fast zu Ende, als Steve ein kühles Bier in der Hand hielt. Er trank einen Schluck, lehnte sich entspannt in seinem alten Liegestuhl zurück und verbummelte einfach die Zeit. Nach der Sitzung, von der er gerade kam, hatte er sich das verdient.

Zu versuchen, die Highschool zu retten, war ein aussichtsloser Kampf, aber er musste ihn trotzdem bis zum Schluss führen. Und dabei spielte nicht einfach nur eine Rolle, dass er seinen Arbeitsplatz verlieren würde, sondern vielmehr, dass Sandy Bend ohne Highschool wirklich Gefahr lief, zu einem bloßen Ferienort zu werden.

Steve wollte nicht, dass die Stadt nur noch in den Sommermonaten wirklich mit Leben erfüllt sein würde, sondern das ganze Jahr über, wie früher, als er lediglich ein Wochenendbesucher gewesen war.

Als er nach Sandy Bend gezogen war, hatte er die Stadt zu seiner Heimat gemacht und war zum Einheimischen geworden. Er hatte das alte Sommerhaus seiner Eltern gemietet, die sich ein neues gekauft hatten, das ganz modern mit viel Glas und Stahl ausgestattet war und bei dessen Anblick er eine Gänsehaut bekam.

Aber auch er wusste, dass er den Wechsel der Zeiten – oder die steigenden Grundstückspreise, die die Einheimischen sich gar nicht mehr leisten konnten, nicht aufhalten konnte.

Er liebte es, hier vor seinem Haus in den Dünen zu sitzen, über den Michigansee zu sehen und dem Wind zu lauschen.

Steve nahm noch einen Schluck Bier und bemerkte die grauen Wolken, die am Horizont aufzogen. Hier draußen braute sich etwas zusammen. Und auch in seinem Inneren standen die Zeichen auf Sturm. Zum ersten Mal in seinem Leben fühlte er sich einsam. Das war keine Einsamkeit, die er durch eine Partie Billard und ein Bier mit Cal wieder verscheuchen könnte. Es war das Gefühl, dass ihm irgendetwas wirklich fehlte, und das mochte er kein bisschen.

Er würde einfach aufhören, daran zu denken. Ja, das war es. Diese ganze Innenschau tat einem Mann nicht gut. Er würde einfach aufhören, daran zu denken, um wie viel schöner der Abend wäre, wenn sich jemand an ihn schmiegen würde. Jemand mit Sommersprossen und wahnsinnig langen Beinen und …

Bei diesem Gedanken schoss Steve fast erschrocken aus seinem Sessel hoch.

„Stechen die Mücken?", erklang eine amüsierte Stimme. Steve drehte sich um und sah Cal Brewer mit einer Flasche Bier in der Hand auf der Terrasse hinter dem Haus stehen.

Steve ging zu ihm. „Du hast dir mein letztes Bier geschnappt."

„Wenn du in der Nähe deines Telefons gewesen wärst, wäre ich zu Hause und würde dort mein Bier trinken." Cal zögerte und trat fast peinlich berührt von einem Bein aufs andere. „Cousine Althea will, dass du zum Abendessen kommst."

Oje, dachte Steve. Gemeinsam mit Horror-Hallie zu essen war keine gute Überlebensstrategie. „Sag, dass du mich nicht finden konntest."

„Dad möchte dich auch sehen", unterbrach ihn Cal.

Hallie hin oder her, wenn es um Bud Brewer ging, konnte Steve nicht widersprechen. Bud war lange Jahre fast so etwas wie ein Vater für ihn gewesen, da Steves eigener Vater sich nur wenig um ihn gekümmert hatte. Sein Job in Chicago ließ ihm einfach zu wenig Zeit für seinen Sohn. Und in letzter Zeit hatte sich Steve um Bud Sorgen gemacht.

„Schon gut."

„Althea traut dir nicht und hat mich beauftragt, dich persönlich abzuliefern." Cal lächelte. „Außerdem haben wir so die Gelegenheit, anschließend ins ‚Truro's' zu fahren, um eine Partie Billard zu spielen."

„Das ist ein guter Plan", sagte Steve. Wenn auch nicht ganz so gut, wie schleunigst die Flucht zu ergreifen und nicht wieder zu kommen, bis Hallie der Stadt den Rücken gekehrt hatte.

Altheas Geister machten, was sie wollten. Hallies Cousine schaffte es nämlich nicht, die Farm der Brewers zu verlassen. Thor, ihr Mann, hatte sich beim Einladen des Gepäcks einen Hexenschuss geholt. Er tat Hallie leid. Aber sie war froh, dass Althea ihr weiterhin zur Seite stehen würde.

Im Moment runzelte ihre Cousine allerdings die Stirn über den von Hallie perfekt gedeckten Tisch für das Abendessen. „Wir brauchen noch ein Gedeck."

Hallie zählte im Geist noch einmal alle Familienmitglieder durch. Zusätzlich fiel ihr nur Altheas Mann ein, den sie im Bett wähnte. „Geht es Thor wieder besser?"

„Nein, wenn er es einmal im Rücken hat, liegt er tagelang flach."

„Okay, wer leistet uns denn dann Gesellschaft?", fragte Hallie, während sie einen zusätzlichen Teller aus dem Schrank holte.

„Steve Whitman." Althea war ihr in die Küche gefolgt.

Hallie umklammerte das weiße Porzellan. Wut stieg in ihr auf. Gab es in Sandy Bend keinen Ort, wo man sich verstecken konnte?

„Er kann meinen Platz haben", sagte sie, bevor sie die Küche in Richtung Esszimmer verließ.

„Wann hast du dich denn in einen Angsthasen verwandelt?", rief Althea hinter ihr her.

Hallie blieb sofort stehen, drehte sich mit dem Teller in der Hand wieder um und kam zurück. „Ich halte das für eine Frage der Besonnenheit. Ich weiß, wann ich in Form bin und wann nicht."

Althea hob die Augenbrauen. „Besonnenheit, ja?"

„Ich brauche einfach ein oder zwei Tage, um mit mir ins Reine zu kommen."

„Dafür hattest du fünfundzwanzig Jahre Zeit, Hallie, und du scheinst doch gut klarzukommen. Du kannst doch von deiner Arbeit leben, oder?"

„Ja."

„Und du hast neben deiner Arbeit noch andere Interessen?" Hallie hatte ihre Aquarellmalerei und hoffte, eines Tages wirklich von ihrem kostspieligen Hobby leben zu können. „Sicher."

„Freunde?"

„Natürlich." Alle ihre Freunde waren in Kalifornien. Die drei Mädchen, denen sie in Sandy Bend nähergestanden hatte, hatten ebenfalls nach der Highschool das Städtchen verlassen. Nur eine von ihnen, Emily, lebte noch im Bundesstaat Michigan, und zwar in der Nähe von Grand Rapids.

Althea schaute sie mit ihren grauen Augen ganz ruhig an. „Also, worüber genau bist du dir denn nicht im Klaren?"

Über die Geschichte mit Steve, wollte Hallie antworten, tat es aber nicht. Das einzugestehen würde sie zu angreifbar machen. Sie hielt sich vor Augen, dass die Sache lange zurücklag. Sicher, als Teenie hatte sie unzählige Nächte damit verbracht, von ihm zu träumen. Und es hatte eine Begegnung gegeben, die ihr immer noch zu schaffen machte. Aber all das war wirklich Schnee von gestern.

Nun war sie eine andere geworden. Eine attraktive, moderne Frau, die wusste, wie man sich in der großen, weiten Welt zu bewegen hatte. Sie straffte die Schultern und stellte Steves Teller auf den langen Esstisch.

„Ich bin mit mir im Reinen", versicherte sie. „Völlig."

Steve war kaum bei den Brewers angekommen, als er bereits wusste, dass es ein Fehler gewesen war. Die Stimmung beim Abendessen war miserabel.

Bud thronte am Kopf des Tisches und meckerte fortwährend über das gegarte Gemüse, das Althea ihm aufgetragen hatte. Und irgendwo im ersten Stock hörte man immer wieder ihren Mann ungehalten nach seiner Frau rufen.

Cal und Mitch waren kurzfristig zu einem Polizeieinsatz gerufen worden, sodass er nun ohne seine Kumpel hier saß.

Aber was ihn wirklich fast die Flucht ergreifen ließ, war Hallie, die ihm gegenübersaß. Sie hatte sich frisch gemacht und sah sehr hübsch aus, aber sie funkelte ihn so wütend an, als würde sie ihn am liebsten zum Ringkampf auffordern.

Mit Hallie Brewer in den Ring zu steigen war jedoch das Letzte, was er brauchte.

Er bedachte sie mit einem Lächeln, das er extra für nervige kleine Schwestern im Repertoire hatte. „Nun, Doc, bleiben Sie länger hier, oder ist das nur eine kurze Unterbrechung von Ihrer Roboter-Neurochirurgie?"

Hallie ließ die Gabel auf ihren Teller fallen, sodass es laut klirrte, und sah Steve verärgert an. „Ich werde Samstag wieder fahren, mach dir also keine Sorgen, dass ich hier zu viel Schaden anrichten könnte", versetzte sie bissig.

Er zuckte die Achseln, um sich nicht anmerken zu lassen, welches Chaos ihre Sommersprossen bereits bei ihm ausgelöst hatten. Und er könnte wetten, dass ihre Haut nach Zimt und Zucker schmeckte.

„Außerdem mag ich keine Neurochirurgin sein", sagte sie in einem Ton, der deutlich machte, dass er sich besser nicht mit ihr anlegen sollte, „aber ich habe einen Job. Zwei sogar, um genau zu sein." Sie lehnte sich herausfordernd nach vorn. „Ich habe meine Aquarelle bereits in Ausstellungen zeigen können", fuhr sie denn auch hitzig fort. „Und ich bin Hausmanagerin bei Anna Bethune."

Steve blinzelte. „Anna Bethune, die Schauspielerin?"

Hallie verdrehte die Augen. „Nein. Anna Bethune, die Hundefängerin. Natürlich die Schauspielerin."

Anna Bethune und ihr Mann, Matt Colton, waren beide Hollywoodstars. Hallies Job war sicher toller, als ein beinahe arbeitsloser Schuldirektor zu sein. Aber obwohl Bud ihm wortlos zu verstehen gab, mit diesem Unsinn aufzuhören, fragte Steve schon: „Du hast also Anna Bethune getroffen?" Sie zögerte. „Nicht direkt."

Steve grinste. „Wie kannst du jemandem indirekt treffen?"

Ihre blauen Augen blitzten. „Ich wohne im Pförtnerhaus bei ihrem Ferienhaus in Carmel und sorge dafür, dass alles in Ordnung ist, wenn sie und ihr Mann dort wohnen wollen."

Steve wusste, dass er das Thema fallen lassen sollte, aber er wollte Hallie explodieren sehen wie früher, wenn sie sich über ihn geärgert hatte.

„Dann arbeitest du eigentlich für Annas Haus", sagte er. „Und nicht für Anna."

„Ich arbeite für Anna", meinte sie so ruhig, dass er ihr es fast abgekauft hätte, wenn nicht ihre Unterlippe heftig zucken würde.

Steve hatte Hallie gleich da, wo er sie haben wollte. Er wusste, dass sie in ein paar Momenten wieder zum aufbrausenden, aufsässigen Kind von früher werden würde.

Er starrte demonstrativ auf ihre leuchtend roten, verlängerten Fingernägel. „Weißt du, ich dachte, dass du mit deiner neuen, erwachsenen Aufmachung aus dem Stadium heraus bist, in dem man Märchen erzählt. Weißt du noch, wie du mir in der fünften Klasse erzählt hast, dass du die Rolling Stones dazu bekommen hast, bei eurem Schulpicknick aufzutreten?"

„Ich habe versucht, deine Aufmerksamkeit zu gewinnen, obwohl ich heute beim besten Willen nicht mehr weiß, was mich dazu getrieben hat", erwiderte sie in deutlich gelangweilten Ton. „Ich dachte wahrscheinlich, dass sogar ein Dinosaurier wie du von den Rolling Stones gehört haben müsste. Schließlich bist du im gleichen Alter wie Mick Jagger, nicht wahr?"

Bud schlug unvermittelt mit der Handfläche auf den Tisch, und sowohl Steve als auch Hallie fuhren zusammen. Althea schien schließlich Thors Rufe doch noch zu hören und floh nach oben.

„Das reicht", bellte Bud. „Mick Jagger ist alt genug, um Steves Vater zu sein, wie du ganz genau weißt, Hallie. Und Steve, ich bin sicher, dass du clever genug bist, um dir ausmalen zu können, dass ein Haus nicht Hallies Gehaltsscheck unterschreiben kann. Und jetzt, da ihr euch genügend gestritten habt, könnt ihr mir bitte die verdammte Butter herübergeben?"

„Nein!", antworten Hallie und Steve alarmiert wie aus einem Mund.

Bud schob seinen Stuhl zurück, nahm seine Serviette ab und warf sie mitten auf den Brokkoli. „Ihr habt mir den Appetit verdorben – nicht, dass ich noch mehr Grünzeug hätte essen wollen, damit das klar ist. Ich gehe nach oben, um mit Thor eine Partie Poker zu spielen. Und um vielleicht auch eine Zigarre zu rauchen."

„Dad, du rauchst keine Zigarren."

Er stand auf und warf Hallie einen entschlossenen Blick zu. „Dann ist es Zeit, damit anzufangen. Und bevor du dein kultiviertes, neues Selbst wieder zurück nach Westen transportierst, geh hinaus zur Scheune und sieh dir den Festwagen für die Parade an. Die Parade findet am kommenden Samstag statt, und ich fühle mich nicht danach, daran zu arbeiten. Kümmere du dich darum."

Bud stolzierte hinaus, und es kehrte Stille ein.

Steve machte den Mund auf, um sich dafür zu entschuldigen, dass er die Stimmung verdorben und Bud aufgeregt hatte, aber dann ergriff auch Hallie die Flucht.

„Eine großartige Mahlzeit", sagte Steve schuldbewusst zum leeren Tisch. „Und es ist so viel übrig." Er nahm sich noch etwas Kartoffelbrei und aß weiter.

Für Hallie hatte die Scheune mit dem Heuduft schon immer ein nostalgisches Flair gehabt. Sie schlüpfte durch eine schmale Seitentür hinein und fühlte sich sofort beruhigt. Durch die Dachluke fiel nur wenig Licht herein, und so schaltete sie das Licht an.

Es war Jahre her, dass die Scheune tatsächlich für die Farmarbeit benutzt worden war. Nun stand dort die alte Corvette ihres Dads. Das sorgfältig mit einer Plane abgedeckte Auto kam noch einmal im Jahr jeweils zur Sommerspaß-Parade zum Einsatz. Daneben stand der Festwagen, den die Brewers, seit Hallie denken konnten, jährlich für die Parade herrichteten.

Die Sommerspaß-Parade war einst von den Einheimischen ins Leben gerufen worden, um Touristen anzulocken. Aber inzwischen war es ein riesiges Fest, das immer Ende April stattfand. Neben der Parade gab es eine ganze Woche lang Angel- und Baseballturniere, Feuerwerke und ein großes Picknick im Park, das von der Stadtverwaltung veranstaltet wurde.

Zu dieser Feier kehrten alle, die in Sandy Bend aufgewachsen waren, zurück in die Heimat. Alle außer Hallie. Dass sie weit weg in Kalifornien wohnte, war dafür stets eine gute Entschuldigung gewesen.

Hallie ging zu dem niedrigen Anhänger, der außen mit blauen Wellen aus bemalten Spanplatten verziert war, auf denen ein altes Ruderboot schaukelte. Sie rümpfte die Nase. Anscheinend hatte ihr Vater wieder ein Angelmotiv im Sinn, wofür sie ganz und gar nichts übrig hatte.

Froh darüber, dass sie nach dem Duschen in eine Jeans geschlüpft war, stieg sie auf den Anhänger. Da sie ohnehin nicht gern still saß, hatte sie kein Problem damit, den Festwagen zu gestalten. Dann hatte sie etwas zu tun, was ihr Spaß machte, während sie herausfinden würde, was mit ihrem Vater los war.

Sie beschloss, den Festwagen zu einem richtigen Kunstwerk zu machen. Ihr Vater gab ihr damit die Möglichkeit, Sandy Bend zu zeigen, was sie alles gelernt hatte. Und während sie daran arbeitete, würde sie ihre Ruhe haben.

„Hallo, Doc."

Zu früh gefreut! Hallie erwiderte den Gruß nicht. Sie musste weiterhin böse auf Steve sein. Die Alternative war nicht akzeptabel. „Ich störe dich doch nicht, oder?"

„Nein", sagte sie, erstaunt darüber, wie leicht ihr die Lüge über die Lippen ging. Alles an Steve störte sie. Das war schon immer so gewesen und würde immer so sein.

Er deutete auf den Anhänger. „Tut mir leid, dass wir noch nicht mehr getan haben."

Hallies Herz setzte einen Schlag aus. „Wir?"

Steve stieg ebenfalls auf den Anhänger und setzte sich neben sie. Fernes Donnergrollen verriet, dass ein Gewitter aufzog. „Ich habe versucht, Bud zu helfen. Aber in letzter Zeit ging es bei mir drunter und drüber. Es wurde darüber diskutiert, die Highschool dichtzumachen."

„Ich habe davon gehört", sagte Hallie. Sie wollte nicht mit ihm mitfühlen. Tatsächlich fände sie es klasse, wenn sie überhaupt nichts für ihn empfinden würde – auch nicht dieses Kribbeln bei dem Gedanken, dass sie nah genug neben ihm saß, um ihn zu berühren. Sie bräuchte nur die Finger auszustrecken und würde über seinen muskulösen Oberschenkel streichen können.

Sie rückte ein Stückchen von ihm weg. „Mach dir um den Festwagen keine Sorgen. Ich werde das jetzt übernehmen."

Steve zögerte. „Nun, das ist das Problem. Ich habe den Wagen als eine Art Ausrede benutzt, um nach Bud zu schauen. Er mag es nicht besonders, wenn man sich zu sehr um ihn kümmert."

Dass Steve sich um ihren Vater sorgte, ließ ihr Herz nur noch lauter klopfen. Hallie überlegte, ob es nicht besser wäre, vom Anhänger herunterzusteigen.

„Es ist nett von dir, nach Dad sehen zu wollen, aber es ist alles unter Kontrolle", versicherte sie.

„Ist es das wirklich?"

Die Frage klang so freundlich, dass sie sich nicht über seine Einmischung ärgern konnte. Sie betrachtete sein Profil und bemerkte seine geschwungenen Wimpern. Die hatte sie vergessen.

„Lass uns Waffenstillstand schließen, Doc", sagte er. „Lass uns eine Woche lang einfach die Vergangenheit vergessen und gemeinsame Sache machen, bitte. Bud war immer wie ein Vater für mich."

Regen prasselte jetzt aufs Dach, und Hallie erschauerte. Wenn sie nicht aufpasste, würde sie sich wieder unsterblich in den Mann verlieben.

„Wenn du dich benehmen kannst, kann ich es auch", erwiderte sie betont munter. „Und es ist ja nicht so, dass wir zusammen daran arbeiten müssen. Ich werde die Tagesschicht übernehmen, und du kannst die Abendschicht haben. Auf diese Art können wir uns aus dem Weg gehen."

Er runzelte kurz die Brauen, aber dann lächelte er. „Wie du willst. Ich bin ohnehin tagsüber mit der Highschool beschäftigt."

„Sicher", erwiderte sie und hoffte, dass der Donner den Anflug von Enttäuschung in ihrer Stimme übertönte. Sie hatte ja gar nicht gewollt, dass er darauf bestanden hätte, gemeinsam zu arbeiten. Nicht wirklich jedenfalls.

„Gut." Er sah erst hinauf zum Dach und dann zu ihr. „Ich glaube nicht, dass das in absehbarer Zeit aufhören wird."

Hallie starrte ihn fassungslos an und fragte sich, wie er sie so leicht durchschauen konnte. Dann wurde ihr klar, dass er vom Regen geredet hatte, und sie erhob sich ebenfalls.

„Wahrscheinlich sollten wir zusehen, dass wir schnell zurück ins Haus kommen", meinte sie.

Steve sprang vom Wagen herunter und streckte ihr die Hand entgegen. Sie nahm sein Hilfsangebot an. Als sie dann festen Boden unter den Füßen hatte, hielt er sie weiter fest. Und Hallie musste zugeben, dass auch sie sich nicht übermäßig bemühte, ihm ihre Hand zu entziehen.

Schon wieder spürte sie dieses eigenartige Prickeln.

In seinen Augen blitzte Humor auf, als er mit dem Daumen über ihre verlängerten Fingernägel fuhr. „Ich würde sagen, bevor du an die Arbeit gehst, sollten wir mal in Buds Werkzeugausrüstung kramen. Vielleicht hat er einen Bolzenschneider, mit dem man den Dingern zu Leibe rücken kann."

Hallie entzog ihm ihre Hand, bevor sie in Versuchung geriet, die Berührung auszudehnen. „Wer zuerst im Haus ist!", rief sie und rannte los.

Als sie durch den Regen flitzte, ging ihr das Wort „verrückt" durch den Kopf. Die gefürchtete Vergangenheit war ihr auf den Fersen. Und sie wollte nichts anderes, als sich umzudrehen und Hals über Kopf in sie hineinzurennen.

4. KAPITEL

Als Steve im Haus ankam, war Cal wieder von seinem Einsatz zurück.

„Wollen wir jetzt los auf ein Bier?“, fragte Cal.

Steve fuhr sich durch die nassen Haare und hielt nach Hallie Ausschau, die aber nirgends zu sehen war. „Ich denke, ich passe heute Abend“, sagte er.

„Bist du okay?“

„Ja, mir geht es gut.“ Tatsächlich fühlte er sich wegen Hallie ziemlich unbehaglich. Als er bei ihr vor sieben Jahren vom Podest des Lieblingshelden gestürzt war, war er so gut wie möglich damit umgegangen. Wenn er jetzt an das ganze furchtbare Durcheinander dachte, wand er sich innerlich. Er hätte damals eine Menge anders machen können und hatte deshalb Gewissensbisse.

Cal wedelte mit der Hand vor Steves Gesicht herum. „Jemand zu Hause?“

„Ja, sicher.“ Steve sah auf die Treppe und fragte sich, ob Hallie in ihrem alten Zimmer war. Und dann fragte er sich, warum er sich das fragte.

Cal schnaubte. „Wenn du das ‚gut‘ gehen nennst, setze ich dich wirklich besser zu Hause ab. Als Zombie-Imitation verschreckst du im ‚Truro’s‘ nur die Frauen.“

„Die meisten Frauen im ‚Truro’s‘ verschrecken mich“, sagte Steve.

„Okay, sie mögen es mit ihrem Make-up ein wenig übertreiben, aber hier gibt es nun mal sonst nicht viele Möglichkeiten, sich ein bisschen in Szene zu setzen.“ Cal klimperte mit den Schlüsseln. „Lass uns fahren, bevor ich erneut zu einem Einsatz gerufen werde.“

Eine Viertelstunde später setzte Cal Steve an der Straße ab, die zu seinem Haus führte. Die Ahorn- und Walnussbäume, welche die Straße säumten, verströmten nach dem Sommergewitter einen erdigen Duft.

Steve atmete tief ein und dachte, um wie viel lieber er hier ganz ohne Autoabgase wohnte als in seiner Wohnung mitten in Chicago, aus der er vor zwei Jahren ausgezogen war. Das Leben in der Stadt und der subtile, aber konstante Druck seines Vaters hatten ihn verrückt gemacht.

Als er um die letzte Kurve zur Einfahrt des Hauses bog, blieb er wie angewurzelt stehen. „Verdammt."

Finster betrachtete er den roten Toyota, der neben seinem Jeep parkte. Offensichtlich stattete ihm jemand aus Chicago einen Besuch ab. Als er die Stufen zum Eingang des großen, alten Holzhauses hinaufging, tröstete er sich mit dem Gedanken, dass zumindest nur eine Schwester – und nicht alle fünf – gekommen war, um ihn zu peinigen.

Die Haustür stand weit offen. Steve ging hinein und ließ die Tür mit einem lauten Knall zufallen.

Seine jüngste Schwester Kira wirkte keineswegs alarmiert.

„Was tust du hier?", fragte er Kira, die es sich auf seinem Sofa bequem gemacht hatte.

„Ich bin wegen der Sommerspaß-Tage hier, aber in meinem Zimmer in unserem Haus arbeiten die Maler." Sie rümpfte die Nase. „Es riecht furchtbar nach Farbe. Deshalb werde ich heute Nacht dein Gast sein."

„Und du dachtest nicht daran, vorher zu fragen?"

Die Frage war eher rhetorisch. Seine Schwestern hatten schon immer schamlos ausgenutzt, dass sie in der Überzahl waren, und sich bei ihm bedient, wenn sie etwas brauchten.

„Warum sollte ich das? Es ist ja nicht so, dass du jemand anderen hier hättest. Wir wissen alle, dass du fast wie ein Eremit lebst."

Zombie. Eremit. Und sein ehemals größter Fan, Hallie Brewer, hielt ebenfalls geflissentlich Abstand. Dieser Abend war wirklich niederschmetternd für sein Ego.

„Wo bist du eigentlich gewesen?", fragte Kira.

„Ich war zum Abendessen bei den Brewers. Hallie ist hergekommen." Er merkte, dass sich seine Mundwinkel zu einem dämlichen Lächeln verzogen, obwohl er es zu verhindern suchte.

Kira verdrehte die Augen. „Wen interessiert das schon."

Steve war über ihre Reaktion nicht besonders überrascht. Obwohl sie als Kinder eng befreundet gewesen waren, hatten sich die beiden später in unterschiedlichen Kreisen bewegt. Steve nahm an, dass es damit zusammenhing, dass Hallie Kira einmal einen Punkschnitt mit grünen Strähnen verpasst hatte. Ein Missgeschick, da würde er jede Wette eingehen.

„Ja, es ist die Woche der Heimkehrer. Auch Susan ist hier", verkündete Kira. „Sie hat ihren Verlobten mitgebracht, um ihn überall vorzuzeigen."

Die Nachricht traf Steve wie ein Schlag. Auch Susans Eltern gehörte in Sandy Bend ein Haus, und sie hatten am See viel Zeit miteinander verbracht und waren sich nähergekommen. Während sie aufs College gegangen waren und auch noch einige Zeit danach, hatten sie dann eine Beziehung auf Distanz geführt. Vor drei Jahren schließlich, als Susan als Juniorpartnerin in einer Anwaltskanzlei eingestiegen war, hatten sie sich verlobt. Ein Jahr später hatte Susan die Verlobung wieder gelöst.

Er hatte nicht gewusst, dass Susan sich wieder verlobt hatte.

„Ich hoffe, dass der Mann Sandy Bend nicht zu sehr mögen wird", sagte er betont beiläufig. „Dann wird er nicht so oft wieder kommen."

„Er ist auch Anwalt", meinte Kira. „Ich bezweifle, dass die beiden viel Zeit für Besuche hier haben werden."

Zumindest das schien eine gute Nachricht zu sein. Es war nicht so, dass er Susan dafür hasste, ihn verlassen zu haben, aber er wollte sie auch nicht öfter als nötig sehen. Und er brauchte Zeit, um sich darüber klar zu werden, was ihre Ankunft für ihn bedeutete.

„Ich werde noch einmal am Strand durch die frische Luft gehen", sagte er zu seiner Schwester.

Steve lief hinunter bis zur Brandung. Abendrot erleuchtete den Himmel. In einiger Entfernung konnte er die Silhouette eines Händchen haltenden Pärchens erkennen. Er fühlte sich einsam.

Er hatte immer geglaubt, dass er, wenn er die dreißig überschritten hätte, ebenfalls fest liiert sein und dann Susans Hand halten würde.

Als ihm plötzlich Hallies derzeitige rote Krallen in den Sinn kamen, lachte er leise. Es würde wahrscheinlich nicht ganz einfach sein, mit ihr Händchen zu halten. Mit Susan zusammen zu sein war immer ganz natürlich gewesen. Es war ihm so selbstverständlich vorgekommen, wie jeden Morgen sein Gesicht im Spiegel zu sehen. Er hatte diese Beständigkeit sehr gemocht. Bis er weiter von ihren Zielen abgewichen war, als sie akzeptieren konnte.

Sie hatte toleriert, dass er Lehrer geworden war, anstatt in die Geschäfte seiner Familie, Fabriken und Beteiligungen an Immobilien, einzusteigen. Sein Vater war immer wieder mit neuen Jobangeboten bei ihm aufgetaucht, die Steve insgeheim alle für uninteressant gehalten hatte, weil sie keine Herausforderung dargestellt hatten und sich höchstens positiv auf sein ohnehin unanständig hohes Bankkonto ausgewirkt hätten.

Trotzdem war das große Vermögen der Familie natürlich weiterhin ein Anreiz für Susan gewesen. Und als er seine Ausbildung zum Lehrer abgeschlossen und erwogen hatte, sich in Sandy Bend ein Leben aufzubauen, das nicht nur aus Wohltätigkeitsbällen und Golfpartien bestehen sollte, war sie zunächst auch einverstanden gewesen.

Sie hatte geglaubt, dass es Spaß machen könnte, sich in einer Kleinstadt eine Anwaltskanzlei einzurichten. Doch die eisigen Winter in einem fast verlassenen Ort hatten sie abgeschreckt. Und sie hatte gemerkt, dass es Steve ernst damit war, nicht vom Vermögen seiner Familie zu leben. Als sie ihm den Umzug nach Sandy Bend nicht ausreden konnte, hatte sie die Verlobung gelöst.

Es hatte ihm weit mehr zu schaffen gemacht, dass seine Pläne damit über den Haufen geworden waren, als er zugegeben hatte. Seine Familie war ihm auf ihre zurückhaltende Art eine Stütze gewesen, aber trotzdem hatte er das Gefühl, sie enttäuscht zu haben. Wenn er schon den Beruf des Lehrers und ein Leben in Sandy Bend gewählt hatte, hätte er in den Augen seiner Eltern zumindest eine passende Frau aus seinen Kreisen heiraten können.

Viele Monate lang hatte Steve fast nur funktioniert. Erst in letzter Zeit hatte er das Gefühl gehabt, wirklich über Susan hinweg zu sein und irgendwann wieder glücklich sein zu können.

Aber im Sommer in Sandy Bend unglücklich zu sein war auch kaum möglich. Er konnte sogar etwas Gutes darin sehen, dass Hallie Brewer wieder in seinem Leben aufgetaucht war. Vielleicht konnte er die Dinge zwischen ihnen ja schließlich doch noch klären und ihr Verhältnis zum Guten wenden. Steve vertrieb seine melancholische Stimmung und machte sich auf den Rückweg. Er brauchte seinen Schlaf, um es mit Hallie aufnehmen zu können.

Am nächsten Morgen wachte Hallie spät auf. Sie sah sich in ihrem ehemaligen Zimmer um und kam zu dem Schluss, dass sie pinkfarbene Vorhänge immer noch nicht leiden konnte. Dann versuchte sie eine Viertelstunde lang, ihre Fingernägel zu stutzen.

Nachdem sie erfolglos sämtliche Nagelscheren ausprobiert hatte, suchte sie schließlich im örtlichen Telefonbuch nach professioneller Hilfe und machte für den folgenden Tag einen Termin beim einzigen Salon der Stadt, der Maniküre anbot.

Hallie war kein Snob, aber das Leben in Kalifornien hatte sie schon weltläufiger gemacht. Ein Salon, der „The Hair Dungeon" hieß und damit Assoziationen an ein Verlies weckte, machte sie nervös. Sie würde sich dort wirklich nur die Nägel machen lassen und die Prozedur sorgsam beobachten.

„Noch fünf Tage, dann bin ich zurück in der Zivilisation", sagte sie sich. Es würden wohl die fünf längsten Tage ihres Lebens werden.

Nachdem sie das erste Problem angegangen hatte, stählte sich Hallie für die noch kommenden. Auf dem Weg nach unten traf sie auf Cousine Althea.

„Wir müssen miteinander reden."
„Wenn ich Thor den Imbiss gebracht habe, komme ich zu dir."
In der Küche saß ihr Vater mit einem Stapel Bücher vor sich. Als sie ihm einen guten Morgen wünschte, runzelte er nur die Stirn. Sie versuchte, ein unverfängliches Gesprächsthema zu finden. „Warst du heute Morgen in der Bücherei?"
„Ja, das war ich. Und ich habe im Polizeirevier nach den Jungs gesehen. Und ich habe bei alten Freunden einen Kaffee getrunken. Und all das, während du dich oben eingeigelt hattest. Du musst nach draußen gehen und etwas Pep in dein Leben bringen. Denn es ist kurz, Hallie-Mädchen."
„Und die Fahrt von Kalifornien war lang. Ich habe den Schlaf gebraucht." Und ich habe versucht, mir eine Überlebensstrategie für die nächsten Tage zurechtzulegen, fügte sie im Stillen hinzu.
Nachdem sie sich einen Becher Kaffee eingeschenkt hatte, sah sie den Bücherstapel durch. Anstelle der üblichen Spionagethriller schien ihr Vater eine Vorliebe für Sachbücher entdeckt zu haben. Oder um genauer zu sein, zu Sachbüchern über exotische Themen. Die Titel lauteten zum Beispiel „Aliens sind unter uns" oder „Kornkreise – Signaturen der Außerirdischen".
„Ein neues Hobby, Dad?"
Ihr Vater deutete auf den Alien-Wälzer. „Tatsächlich versuche ich zu beweisen, dass Althea nicht von dieser Welt ist."
„Ich habe das gehört!", rief Althea vom Flur aus.
„Das würde ich dir genauso gut ins Gesicht sagen."
Hallie entschied, dass es klüger wäre, die beiden Kampfhähne zu trennen. Sie nahm sich einen Apfel aus der Obstschale. „Begleite mich hinaus zur Scheune", sagte sie zu Althea. Sobald ihr Vater sie nicht mehr hören konnte, fragte sie: „Wie lange ist er schon so?"
Althea verlangsamte ihren Schritt. „Sein ganzes Leben lang. Und ich bin sicher, dass er der Alien ist und nicht ich."
„Nein. Ich meine diese merkwürdigen Verhaltensweisen – Zigarren zu rauchen, diese Bücher zu lesen und nicht am Festwagen zu arbeiten."

Ihre Cousine blieb stehen. „Bud fühlt sich ein wenig verloren, das solltest du verstehen. Es ist nicht einfach, immer als die Person gesehen zu werden, die man einmal war, egal, wie sehr man sich im Inneren verändert hat."

Da musste Hallie ihrer Cousine recht geben. „Meinst du, dass er wirklich in Ordnung ist?"

„Die Ärzte haben ihm letzte Woche gesagt, dass er wieder arbeiten gehen könnte. Ich bin sicher, dass es ihm körperlich gut geht."

„Und sonst?"

„Dein Vater muss einige Dinge bewältigen. Hab etwas Geduld, Hallie."

Hallie seufzte. Geduld war noch nie ihre Stärke gewesen.

„Er hat dich schon durch mehrere schwierige Lebensphasen gehen sehen. Dann kannst du ihm auch in dieser beistehen."

Soweit Hallie zurückdenken konnte, war ihr Leben eine einzige endlose schwierige Phase gewesen. Als einziges weibliches Wesen im heimischen Haushalt bestehen zu müssen hatte seine Nachteile gehabt.

„Ich will nur ganz sicher sein, dass Dad okay ist, bevor ich gehe."

Altheas Armreifen klimperten leise. „Sei auch sicher, dass du okay bist, bevor du gehst. Du hast selbst noch Dinge zu klären. Steve Whitman …"

Zum Glück wurde ihre Cousine durch ein lautstarkes „Althea!" aus dem ersten Stock unterbrochen.

„Man muss tief durchatmen", murmelte Althea, „und innere Ruhe finden." Sie lächelte. „Thor hat Probleme damit, sich pflegen lassen zu müssen."

„Geh schon zu ihm", meinte Hallie. „Ich mache mich in der Scheune an die Arbeit."

Drinnen kletterte Hallie auf den Anhänger und aß ihren Apfel, während sie sich ihr Leben in Sandy Bend in Erinnerung rief. Und diesmal nicht ihre Missgeschicke, sondern die guten Zeiten.

Sie hatte die am Michigansee verbrachten Tage immer sehr schön gefunden. Während die anderen Mädchen am Strand mit den Jungen geflirtet oder Musik gehört hatten, hatte sie sich immer allein beschäftigt und weit ab von den anderen Drachen steigen lassen und große Sandburgen gebaut.

Und genau das würde sie aus diesem Festwagen machen: Einen privaten Strand, der mitten über die Hauptstraße fahren würde. Um Farbe hineinzubringen, würde sie ganz einfach verschiedene flatternde Fahnen benutzen. Auch die restliche Dekoration sollte kein Problem sein. Im Haus der Brewers waren ganze Strandausrüstungen zu finden. Aber sie brauchte auch Sand.

Sie könnte dem öffentlichen Strand einen Besuch abstatten, hatte aber Bedenken, ob sie mit dem Gesetz in Konflikt geraten würde, wenn sie einfach Sand abtransportierte. Sie hatte die Schlagzeile im „County Herald" schon vor Augen: „Tochter des Polizeichefs wegen Sandraub verhaftet."

Damit blieben nur die Privatstrände, und Hallie hatte keine Ahnung, ob die Leute, denen früher ein Grundstück am See gehört hatte, immer noch dort wohnten.

Nur von Steve wusste sie es. Denn Cal hatte gestern Abend erwähnt, dass Steve das Ferienhaus von seinen Eltern gemietet hatte.

Doch sie konnte sein Grundstück nicht einfach unbefugt betreten und sollte sich vorher seine Erlaubnis holen. Allerdings war er fast den ganzen Tag über in der Schule, und sie wollte ihn auf keinen Fall bei der Arbeit stören. Außerdem war ihr das Anwesen der Whitmans sehr vertraut, weil sie sich als Jugendliche dort oft genug herumgetrieben hatte, um einen Blick auf Steve zu erhaschen. Und dann war dort der Moment gewesen, als sie …

Hallie verscheuchte schnell das Bild, das sie ungewollt vor Augen hatte. Nach einigen von Altheas „tiefen" Atemzügen hatte sie sich fast wieder im Griff.

Um ihrer Seelenruhe willen entschied sie, sich den Sand dort einfach heimlich zu holen. Sie könnte mit dem Pick-up ihres

Vaters dort hineinfahren, ohne dass Steve etwas davon mitkriegen musste.

Eine Stunde später parkte Hallie den Pick-up hinter Steves Haus und kletterte aus dem Fahrzeug.

Sie mochte dieses alte Holzhaus sehr. Als sie jünger gewesen war, hatte sie sich oft in ihrer Fantasie ausgemalt, mit Steve verheiratet und hier Hausherrin zu sein und regelmäßig im Sonnenuntergang auf der Veranda Cocktailpartys zu geben.

Als Erwachsene hatte sie in Kalifornien nicht nur einige mittlerweile wieder Pleite gegangene Internetmillionäre kennen gelernt, sondern konnte auch die Kosten abschätzen, die es erforderte, das dem brutalen Winter in Sandy Bend schutzlos ausgelieferte Holzhaus mit acht Schlafzimmern und veralteten Rohren in Schuss zu halten. Der Traum war ausgeträumt.

Und auf sie wartete ja in wenigen Tagen auch ohnehin ihr kleines, ordentliches Pförtnerhaus in Carmel. Außerdem war heute ein wunderschöner Tag für einen Sandraub. Es war sonnig und warm. Hallie versuchte, sich auf das Hier und Jetzt zu konzentrieren, und sah sich um.

Das Haus war auf einem großen Hügel gebaut worden, der zum See hin auslief. Knorrige Kiefern und Büsche, die dort gepflanzt worden waren, hatten ihre Wurzeln in den trockenen sandigen Boden gegraben. Und an den Stellen, wo der Hügel in seinem natürlichen Zustand belassen wurde, wuchsen zwischen dem Sand Strandgras und Gestrüpp.

„Sieht nicht gut für mein Vorhaben aus“, murmelte sie.

Ein Stück weiter entfernt bemerkte sie einen Geräteschuppen. Falls Steve eine Schubkarre hatte, könnte sie den Sand damit vorne vom Strand holen.

Die Tür war nicht verschlossen, was ihr Gewissen erheblich erleichterte, auch wenn ein Eindringen trotzdem illegal war. Hinter einigen Schaufeln und Harken erspähte sie eine alte, aber noch brauchbare Schubkarre. Hallie holte die Schaufel und die Arbeitshandschuhe aus dem Lieferwagen, schnappte sich die Schubkarre und machte sich an die Arbeit.

Gegen Mittag begannen ihre Arme von der ungewohnten körperlichen Anstrengung zu schmerzen. Obwohl der Sandhaufen auf dem Pick-up noch kaum der Rede wert war, lief ihr der Schweiß übers Gesicht.

Zeit für eine Pause, sagte sie sich. Sie zog die Arbeitshandschuhe aus und zuckte wegen der Blasen an ihren Händen zusammen. Vorsichtig zog sie das T-Shirt und ihre Shorts aus und enthüllte den orangefarbenen Bikini, der ebenfalls ein Spontankauf gewesen war, um in der Heimat auch ja gut auszusehen. Sie wusste, dass sie wegen ihrer Figur nicht mehr unter mangelndem Selbstwertgefühl leiden musste. Denn heute war sie keine Bohnenstange mehr. Sie ging die Düne hinunter und watete ins Wasser. Eine Welle umspülte ihre Oberschenkel.

Der Kälteschock ließ sie kurz aufschreien, aber nicht umkehren, denn sie war in Sandy Bend aufgewachsen und die eisige Nordströmung im See gewohnt. Als sie bis zur Taille im Wasser stand, tauchte sie ganz in die Wellen ein. Sie hatte noch nicht einmal bemerkt, dass sie einen Zuschauer hatte.

5. KAPITEL

Einen Moment lang hatte Steve den Eindruck, in die Welt der Mythen versetzt worden zu sein. Er schien Venus aus den schaumgekrönten Wellen steigen zu sehen. Doch sein Verstand sagte ihm, dass die sommersprossige und hoch aufgeschossene Hallie Brewer keine Venus war. Was seinen Körper aber nicht daran hinderte, in eindeutiger Weise auf sie zu reagieren.

„Schau weg", befahl er sich laut, als sie tauchte. „Dreh dich einfach um, und geh zurück zum Haus."

Ein guter Vorsatz, aber nicht so einfach umzusetzen. Steve schaffte es gerade mal, sich von seinem Platz auf der Düne in seinen Liegestuhl zurückzuziehen.

Als er dann immer noch nicht den Blick von Hallies anmutigem Körper wenden konnte, überlegte er, dass er sich vielleicht doch einmal den aufgedonnerten Frauen im „Truro's" zuwenden sollte. Die plötzliche Fixierung auf Hallie Brewer war für ihn nur durch seine körperliche Bedürftigkeit zu erklären. Oder dadurch, dass er plötzlich verrückt nach orangefarbenen Bikinis geworden war.

Er erinnerte sich, dass Hallie damals, als er als Referendar in ihrer Abschlussklasse Mathestunden gegeben hatte, noch ganz schlaksig und ungelenk gewesen war. Er hätte nie gedacht, dass sie sich zu einer derart attraktiven Frau entwickeln würde. Damals war sie immer so ängstlich besorgt gewesen zu gefallen, dass er gar nicht gewusst hatte, wie er mit ihr umgehen sollte.

Obwohl sie beide im Moment kampfbereit auf der Lauer lagen, musste er zugeben, dass sie nun weicher und reifer geworden war. Ihre Unbeholfenheit war einer Art Liebreiz gewichen. Er würde sie gern berühren.

„Bekomm dich in den Griff", murmelte er.

Denn Hallie stellte für ihn eine Gefahrenzone dar. Aus mehreren Gründen war es heute nicht akzeptabler als vor sieben Jahren, sich zu stark für sie zu interessieren. Damals hatte sie sich ihm angeboten.

Natürlich war sie zu dieser Zeit nicht ganz bei Sinnen gewesen. Und selbstverständlich hatte er das Angebot klar und deutlich abgelehnt.

Aber er war interessiert gewesen. Viel zu sehr. Noch Wochen danach hatte sich Hallie immer wieder auf sehr erotische Weise in seine Gedanken eingeschlichen. Diese merkwürdige Anziehung, die das acht Jahre jüngere Mädchen auf ihn ausübte, hatte ihn erschreckt. Er hatte sich bereits gefragt, ob er vielleicht einen Lolita-Komplex hätte.

Auch gegenüber Susan, seiner damaligen Freundin, hatte er sich deswegen schuldig gefühlt. Susan war das genaue Gegenteil von Hallie gewesen: weder viel zu jung und unschuldig noch unbeholfen, ungeschickt und furchtbar verlegen. Mit eisernem Willen hatte er es schließlich geschafft, die ausufernden Fantasien über Hallie aus seinem Kopf zu verbannen. Schließlich hatte er nicht auf der Couch eines Psychiaters enden wollen.

Und nun war Hallie vollkommen erwachsen und wunderschön nach Sandy Bend zurückgekehrt. Steve streckte sich auf seinem Liegestuhl aus, nahm die Sonnenbrille ab und bedeckte mit dem Arm seine Augen, um den atemberaubenden Bikini aus seinem Blickfeld auszusperren. Er kannte Hallie einfach schon zu lange als die kleine Schwester seines besten Kumpels, um auf solche Gedanken zu kommen. Es wurde wirklich Zeit für ihn, im „Truro's“ ein bisschen Spaß zu haben.

Er hatte bereits eine Weile mit geschlossenen Augen dort gelegen, als er ein atemloses „Hallo!“ hörte.

Fast unwillig nahm Steve seinen Arm weg. Hallie stand vor ihm. Er erlaubte sich nicht mehr als einen ganz kurzen – wenn auch sehr eingehenden – Blick auf ihren Körper, bevor er sich aufrecht hinsetzte und ihr ins Gesicht sah.

„Hallo“, erwiderte er, nachdem er seine Sonnenbrille wieder aufgesetzt hatte.

„Ich hoffe, du hast nichts dagegen, dass ich mir deinen See ausgeborgt habe.“

„Meinen See, hm?“

„Das hat mir Kira erzählt, als wir noch klein waren. Dass den Whitmans der See gehört." Sie wrang sich das Wasser aus dem Haaren.

Steve schluckte und konzentrierte sich auf ihre Worte statt auf die Stimme in seinem Kopf, die ihm zuflüsterte, dass eine Frau vor ihm stand, die aussah wie Model. „So wie ich Kira kenne, denkt sie bestimmt auch, dass ihr alle Geschäfte in der Michigan Avenue in Chicago gehören", entgegnete er.

Hallie lachte leise und zupfte dann an ihrem Bikinihöschen. Offensichtlich bemühte sie sich, ihre Rundungen besser zu bedecken. Steve dachte an die samtweiche Haut, die sich wahrscheinlich unter dem winzigen Stück Stoff verbarg. Er stand eilig auf, bevor Hallie bemerken konnte, welche Wirkung sie auf ihn hatte.

„Der See steht dir jederzeit zur Verfügung. Aber über den Sand in Buds Pick-up habe mich schon etwas gewundert."

„Ach, der ist aus gutem Grund dort."

Steve begann, den Hügel hinaufzugehen, um sich von der Versuchung zu entfernen. „Bringst du ihn in die Arktis, um eine Strandparty zu veranstalten?"

Die Versuchung folgte ihm auf dem Fuß. „Nein, nur zur Scheune für den Festwagen. Hast du etwas dagegen?"

„Wenn ja, denkst du, dass ich deine Brüder dazu bringe, dich einzusperren?" Eine Hallie hinter Gittern würde sein Leben vereinfachen.

Sie lachte. „Sie würden froh darüber sein. Aber Dad würde das ganz sicher nicht zulassen."

Als sie bei der Terrasse angekommen waren, sagte sie: „Es tut mir wirklich leid, dass ich deinen Tag durcheinanderbringe. Ich dachte nicht, dass du daheim wärst. Ich verspreche, dass du mich nicht einmal bemerkst, solange ich noch hier bin."

Keine Chance, dachte Steve, der ein regelrechtes Hallie-Radar entwickelt zu haben schien. Selbst wenn sie sich sechzehn Kilometer weiter unten an der Küste aufhalten würde, hätte er wahrscheinlich eine Ahnung, dass sie irgendwo am Strand wäre.

Und er mochte dieses Gefühl nicht. Es erinnerte ihn an seine unwillkommenen Fantasien von vor sieben Jahren.

„Ah, soll ich dir ein Hemd oder so etwas borgen?"

„Nein, danke. Meine Shorts und mein T-Shirt liegen neben dem Lieferwagen. Ich muss nur erst trocken werden. Und das wird bei dieser Hitze schnell gehen."

„Lass mich dir wenigstens ein Handtuch holen."

„Wirklich, das ist …"

Er drehte sich auf dem Absatz um. „Ich bin gleich zurück."

Nachdem Steve im Haus verschwunden war, holte sich Hallie einen weißen Plastikstuhl von der Veranda und stellte ihn auf die Terrasse. Sie brauchte jetzt wirklich eine Sitzgelegenheit. Sie zitterte. Und das lag nicht nur daran, dass sie wegen ihrer nassen Sachen fröstelte. Während sie mit dem Sand zu tun gehabt hatte, war es einfach gewesen, die Geister der Vergangenheit zu vertreiben. Aber seit Steve hier war, kam ihr die Vergangenheit wieder ins Bewusstsein und würde sie wohl auch nicht so schnell wieder loslassen.

Hallie strich über die Blasen an ihren Händen, die jetzt wie Feuer brannten. Aber mit diesem Schmerz konnte sie besser umgehen als mit ihrem momentanen, nervösen Herzflattern. Unbehaglich lehnte sie sich im Stuhl zurück und schloss die Augen. Sie nahm die Schreie der Möwen kaum mehr wahr, als sie sich an den gewagten und rücksichtslosen Striptease erinnerte, der auf dieser Terrasse stattgefunden hatte. Das lag sieben Jahre zurück, aber sie konnte den Vorfall anscheinend niemals vergessen.

Und plötzlich wusste sie, dass sie sich der Vergangenheit, vor der sie bis nach Kalifornien davongelaufen war, stellen musste, um sich davon befreien zu können.

Hallie seufzte, als ihre Anspannung nachließ. Ihr blieben fünf Tage Zeit, um emotionalen Hausputz zu machen und nicht nur mit Steve, sondern auch mit der ganzen Stadt ins Reine zu kommen. Allein, dass sie diese Aufgabe akzeptierte, machte sie ruhiger.

Wenn sie dann nach Carmel zurückkehrte, würde es ihr vielleicht möglich sein, sich auf einen Mann einzulassen. Bis jetzt war sie dafür zu verstrickt in die Erinnerungen an Steve gewesen und an ihre eigene Unzulänglichkeit. Der Besitzer der Galerie, in der sie arbeitete, um ihr Einkommen noch etwas aufzustocken, war an ihr interessiert, seitdem sie dort arbeitete. Aber sie hatte immer geglaubt, nicht kultiviert genug zu sein, um mit ihm gesehen zu werden. Aber wenn sie die Geister von Sandy Bend erst einmal verscheucht hätte, wäre wahrscheinlich mehr möglich, als sie gedacht hatte.

Hallies Überlegungen wurden jäh unterbrochen, als sie hörte, dass eine Tür ins Schloss fiel. Sie schlug die Augen auf und sah Steve auf sich zu kommen. Jetzt fiel ihr es leichter, ihn anzuschauen. Nun akzeptierte sie, wie sehr sie sich vor sieben Jahren nach ihm gesehnt hatte und dass er sie zurückgewiesen hatte.

Er warf ihr ein Handtuch zu. Sie fing es auf und zuckte dabei wegen der Blasen an den Händen zusammen.

„Was ist?“

Hallie schüttelte den Kopf. „Nichts, wirklich. Meine Hände sind etwas mitgenommen. Es ist vermutlich eine Weile her, dass ich richtig hart gearbeitet habe.“

Steve streckte beunruhigt seine Hand aus. „Lass mich mal sehen, was du angestellt hast.“

Hallie unterdrückte den Impuls, die Hände hinter dem Rücken zu verstecken. Gespräche waren gesund, vielleicht sogar heilend. Aber Berührungen? Auf keinen Fall. Sie hatte das Prickeln gestern Abend nicht vergessen. Es hatte total zwischen ihnen gefunkt. Und wenn Gefühle dabei auch keine Rolle gespielt hatten, wollte sie trotzdem die Empfindung nicht wieder aufleben lassen.

„Es ist fast nichts.“

„Zeige es mir“, wiederholte er.

Sie versuchte verzweifelt, einen Witz zu machen, als sie ihm die rechte Hand gab. „Aber ich bin doch hier der Doktor …“

Hallie schnappte leicht nach Luft, als er über die Blase zwischen Daumen und Zeigefinger strich. Nicht nur die sanfte Geste brachte sie aus dem Konzept, sondern auch dieses verfluchte, unerklärliche Prickeln. Aber wenn sie den Mann erst einmal wirklich überwunden hätte, würde auch das aufhören. Da war sie sich sicher.

„Ich nehme an, dass die andere Hand noch schlimmer aussieht“, sagte er und half ihr hoch. „Lass uns hineingehen, um dich zu verarzten.“

Verlegen schlang sie sich das Handtuch um die Hüften und folgte ihm ins Haus. Sie setzte sich brav an den Küchentisch, während er Salbe auf ihren Händen verteilte. Und die ganze Zeit über ignorierte sie das Prickeln, das noch nicht aufgehört hatte.

Als er fertig war, wusch er sich die Hände und setzte sich dann ihr gegenüber.

„Ich denke, wir sollten darüber reden“, platzte sie heraus, bevor sie kneifen konnte.

Steve neigte den Kopf zur Seite. „Worüber?“

Sie fand es schade, dass er die Sonnenbrille abgesetzt hatte. Seine goldbraunen Augen lenkten sie unwahrscheinlich ab. Sie senkte den Blick. „Was am Abend der Party meiner Abschlussklasse passiert ist.“

„Ach das.“ Er klang, als ob er hingerichtet werden solle.

Hallie wunderte sich über seine Reaktion. Schließlich war er doch nicht derjenige gewesen, der sich unvorstellbar blamiert hatte.

Er stand auf. „Ich habe Durst. Kann ich dir auch etwas bringen?“

Steve wartete nicht auf ihre Antwort, bevor er zum Kühlschrank ging. Von ihrem Platz aus hinter ihm registrierte Hallie, das der Kühlschrank wie leer gefegt war.

„Sieht aus, als müsste ich mal einkaufen gehen.“

„Steve, ich möchte wirklich mit dir reden“, fuhr Hallie fort. „Es muss einmal gesagt werden, damit ich in deiner Gegenwart wieder atmen kann.“

Er machte den Kühlschrank zu und drehte sich zu ihr um. „Vielleicht sollten wir nach draußen gehen. Ich werde den restlichen Sand für dich in den Pick-up laden."

„Es ist wirklich wichtig für mich."

„Du willst also reden", gab er resigniert zurück. Er ging ins Wohnzimmer, und wieder folgte Hallie ihm. „Wie alle anderen Frauen, die ich kenne, willst du reden, reden, reden. Ist euch jemals in den Sinn gekommen, dass Männer dunkle, tiefe Geheimnisse haben, in die sie niemanden einweihen wollen?" Er ging auf und ab. „Und im Gegensatz zu dem, was der weibliche Teil der Menschheit glaubt, gibt es viele Dinge, die nicht durch Gespräche gelöst oder auch nur verbessert werden können. Denn wenn das so wäre, hätte Susan Miller mich sicherlich nicht sitzen lassen."

Seit Hallie in Sandy Bend angekommen war, hatte sie sich mehr als einmal gefragt, warum Steve nicht verheiratet war. Aber auch weil sie insgeheim froh darüber war, war sie den Gründen nicht weiter nachgegangen.

Steve fluchte leise, ging zurück in die Küche und schenkte sich ein Glas Wasser ein. Hallie beobachtete, wie er es langsam austrank. Dann stellte er es klirrend in die Spüle.

Sie fragte sich, ob sie das Thema einfach fallen lassen sollte. Doch dann würde sie erneut weglaufen.

„Wenn du dich jetzt besser fühlst, würde ich wirklich gern …"

Er hob abwehrend eine Hand und zwängte sich dann an ihr vorbei. „Sag es nicht. Natürlich will ich nicht reden. So zu tun, als hätte die Abschlussfete nie stattgefunden, war für mich immer eine gute Lösung."

Hallie schaffte es, bei dieser dicken Lüge nicht verächtlich zu schnauben. „Sagst du das auch den Kindern in der Schule, wenn sie mit einem Problem zu dir kommen? ‚Tu einfach so, als wäre nichts passiert, und dann wird es dir großartig gehen?'"

„Natürlich nicht." Er marschierte von einer Seite des Wohnzimmers auf die andere. Der Mann schien nicht viel davon zu halten, sich zu setzen „Du wirst nur noch einige Tage hier sein. Warum alte Geschichten wieder aufrühren?“

„Weil die Sache für mich nie wirklich abgeschlossen war. Ich möchte gern darüber hinwegkommen, wenn du es zulässt.“

Er sah sie an und bemerkte, dass sie offensichtlich nicht aufgeben würde. Dann seufzte er genervt und ließ sich auf das Sofa fallen. „In Ordnung. Also rede.“

6. KAPITEL

Hallie ließ sich durch Steves Verstocktheit nicht erschüttern.

Sie fing einfach an zu reden. „Am Abend des Abschlussfestes – als du mich an der Pier gefunden hast – war ich nicht kurz davor, ins Wasser zu springen. Ehrlich. Ich musste nur eine Zeit lang weg von den anderen."

Besonders von Mike Henderson, dem Mann, mit dem sie verabredet gewesen war. Er hatte wie eine jüngere Version Steves ausgesehen, und Hallie hatte versucht, ihre Gefühle für Steve auf ihn zu übertragen. Zum Glück war ihr das nicht gelungen, denn an diesem Abend war Mike mit Dana Devine, einer ihrer Klassenkameradinnen, verschwunden. Hallie hatte die beiden in seinem Auto gefunden, wo sie eifrig damit beschäftigt gewesen waren, einen Mike junior zu machen.

Steves Stimme brachte sie in die Gegenwart zurück. „Dich am Ende der Pier aufzuhalten hat dir sicherlich den gewünschten Abstand gebracht. Aber es erklärt nicht, warum du mit weit ausgestreckten Armen ganz am Rand gestanden hast."

„Ich habe die Szene aus ‚Titanic' nachgespielt."

Er schnaubte verächtlich. „Der Film war damals noch gar nicht im Kino."

„Okay, das erste Bier meines Lebens war schuld."

„Das glaube ich dir aufs Wort."

Tatsächlich hatte sie fast das ganze Bier durch das offene Autofenster auf Dana und Mike geschüttet. Sie hatte sich an der Pier einfach vorgestellt, über den See bis nach Kalifornien fliegen zu können, wo sie ab Herbst aufs College gehen würde. In eine neue Stadt, wo sie nicht mehr der Dorftrampel wäre.

Steve rutschte auf dem Sofa hin und her. „Also, war es das? Haben wir alles geklärt?"

„Nicht annähernd."

Er lehnte sich zurück in die Kissen und murmelte unverständlich etwas vor sich hin.

„Ich wollte, dass du zunächst einmal weißt, dass das Ganze an diesem Abend nicht so schlimm war, wie du anscheinend geglaubt hast. Und ich muss zugeben, dass ich die Situation vielleicht ein wenig ausgenutzt habe."

Er stand auf und trat dicht vor sie.

Hallie wich hastig einen Schritt zurück. „Ich habe keine Entschuldigung für das, was ich dann getan habe – nur eine Erklärung."

„Die sollte interessant werden."

Was sie nun sagen würde, ließ sie sich nackter fühlen, als sie damals tatsächlich gewesen war. „Hast du jemals etwas ungeheuer gewollt, aber gewusst, dass du es nie im Leben bekommen wirst?"

Er antwortete nicht, und Hallie dachte, dass er nur nett sein wollte. Steve hatte immer bekommen, was er wollte. Sie hatte immer nur davon träumen können. Sie holte Luft. „Alles, was ich wollte, war, dass du Notiz von mir nimmst."

„Oh, ich habe dich bemerkt, Hallie. Du warst wirklich schwer zu übersehen – besonders an diesem Abend." Ohne ein weiteres Wort ging er aus dem Haus.

„Netter Versuch, aber so einfach wirst du dich nicht verdrücken können", murmelte sie.

Sie fand Steve beim Pick-up, wo er über ihr T-Shirt und die Shorts neben der Schubkarre die Stirn runzelte. Er hielt ihr die Sachen hin. „Kannst du das bitte anziehen?"

„Sicher." Sie tat ihr Bestes, brauchte mit ihren schmerzenden Händen und den blöden, verlängerten Fingernägeln aber verdammt lange, um den Reißverschluss der Shorts hochzuziehen. Sie sah kurz zu Steve, weil sie sich fragte, ob er ihren lächerlichen Kampf beobachtete.

„Denk nicht einmal daran, um Hilfe zu bitten", knurrte er und schaufelte eine Ladung Sand auf die Ladefläche des Pickups.

Als sie schließlich akkurat angezogen war, stellte sie sich neben den Wagen. „Also, wenn wir die Zeit noch einmal zum Abschlussfest zurückdrehen, hätte ich deiner Meinung nach etwas subtiler sein können?"

Steve ließ die Schaufel sinken. „Ich denke, dass du überhaupt nicht gewusst hast, was das Wort subtil bedeutet."

„Ein guter Einwand." Hallie lehnte sich mit geschlossenen Augen an den von der Sonne gewärmten Wagen.

Sie trauten sich beide nicht, die näheren Umstände dieses Abends zur Sprache zu bringen. Die Art, wie sie die Verführerin gespielt, ihre Haare gelöst und mit den Fingern hindurchgefahren war. Oder wie sie das Oberteil ihres Badeanzugs langsam heruntergezogen hatte.

„Ich will dich", hatte sie gemurmelt und gehofft, dass ihre Stimme aufreizend genug klang, um einen erwachsenen Mann aufmerksam werden zu lassen. Und dann hatte sie ihre Hände verlegen hinter ihrem Rücken verschränkt.

Anstatt sie leidenschaftlich an sich zu ziehen, hatte Steve gewirkt, als hätte ihn der Schlag getroffen. Er hatte sein Sweatshirt ausgezogen, es ihr hingeworfen und war dann ins Haus gegangen. Nachdem er ihr Zeit gelassen hatte, sich anzuziehen, war er wieder nach draußen marschiert und hatte ihr eine strenge Moralpredigt gehalten, als hätte sie sich wie eine Hure aufgeführt.

Eine Woche später war sie nach Kalifornien gezogen. Die für sie traumatische Szene hatte sie so sehr verfolgt, dass sie bis zu ihrem zwanzigsten Lebensjahr keine Verabredung mit einem Mann gehabt hatte. Und nun, nach all den Jahren, war sie zum Glück eher verärgert als verlegen.

„Ich weiß, es war schlimm, dass ich für dich gestrippt habe, aber du hättest mich nicht behandeln müssen, als hätte ich eine ansteckende Krankheit."

„Okay, dich abzukanzeln war vielleicht nicht gerade das Beste, was ich tun konnte", räumte er widerwillig ein. „Aber ich war total perplex. Du warst sechzehn."

„Achtzehn."

„Als wenn das eine Rolle spielte. Ich war fünfundzwanzig und dein Lehrer."

„Mein ehemaliger Vertretungslehrer“, berichtigte sie ihn.

„Verdammt, was du getan hast, war falsch. Dein Auftritt hat mich für lange Zeit durcheinandergebracht. Ich grübelte darüber nach, ob ich etwas getan hatte, was dich glauben machte, dass ich an dir interessiert wäre.“ Er schaufelte weiter Sand auf den Wagen. Hallie versuchte, das sich unter dem weißen T-Shirt abzeichnende Spiel seiner Muskeln zu ignorieren.

Sie konnte verstehen, warum er damals so verärgert gewesen war. Sie hatte die Regeln gebrochen, die Steve und sie stets befolgt hatten – nur locker befreundet zu sein. Sein Ärger heute war eine andere Sache. Dennoch wollte sie das Thema nicht so schnell auf sich beruhen lassen.

„Ich weiß, dass die Anziehung, die ich fühlte, einseitig war, aber du hättest …“

„Nein, hätte ich nicht! Ich habe nicht nachgedacht. Ich war total aufgebracht.“ Er schüttelte den Kopf. „Nein, ich bin heute noch aufgebracht, und ich werde mich nicht dafür entschuldigen, dass ich mich nicht von einer vierzehnjährigen Stripperin angezogen gefühlt habe.“

Interessant, wie er die Zeit zurückdrehte. Demnächst würde er sie ins Säuglingsalter zurückbefördern. „Ich war achtzehn.“

„So hat es aber gar nicht ausgesehen“, entgegnete er.

In diesem Augenblick fühlte sich Hallie wieder genau wie der magere, unbeholfene Teenager, der sie einmal gewesen war. Sie ging zur Fahrertür des Pick-ups, stieg ein und ignorierte Steve, der ein paar Sekunden später auf den Beifahrersitz glitt.

„Hallie …“

Sie würde nicht weinen. Oder zumindest damit warten, bis sie zu Hause in ihrem hässlichen pinkfarbenen Zimmer war. So wie sie es auch an jenem Abend getan hatte.

„Steig aus“, fuhr sie ihn an, während sie den Wagen anließ. Der Motor stotterte und verstummte wieder.

Steve bedeckte sanft ihre Hand mit seiner, als sie den Zündschlüssel erneut umdrehte. Zum ersten Mal ärgerte sie sich über seine Berührung.

„Du lässt ihn absaufen. Warte einen Moment, okay?"

Sie ließ ihre schmerzenden Hände in ihren Schoß fallen und brachte ein Nicken zu Stande. Wortlos saßen sie einige Minuten nebeneinander.

„Ich wusste, es würde nichts bringen, wenn wir darüber reden", sagte er schließlich besserwisserisch. „Hallie, mir tut wirklich beides leid, die Sache damals und die gerade. Du gehst mir einfach immer irgendwie unter die Haut."

Sie wischte sich verstohlen die Tränen weg. „Zumindest warst du offen. Du findest mich hässlich, und ich finde, du hast die Sensibilität eines Stinktiers."

„Glaub mir wenigstens, dass du nicht hässlich bist. Tatsächlich bist du wahnsinnig attraktiv geworden." Es klang, als sei er wenig angetan von diesem Eingeständnis.

Dank Steves widerwilligem Kompliment machte sich auf ihrem Gesicht jetzt doch ein Lächeln breit. „Und der Vergleich mit dem Stinktier?"

Er zuckte die Achseln. „Da ist etwas dran."

Nun schaute sie ihn amüsiert an. „Ich mache dir einen Vorschlag."

„Ja?"

„Ich werde nie wieder vor dir einen Striptease machen, wenn du versprichst, eine Stunde lang bei meiner Cousine Althea ein Sensibilisierungstraining zu absolvieren."

Steve blinzelte sie sexy an. „Und was habe ich davon?"

Er machte einen Witz, und sie war eine totale Null, was erotische Wortspiele anging. Hallie versuchte, mit einem beiläufigen Lachen zu reagieren, aber es klang eher nach einem Hustenanfall. Verlegene Stille breitete sich aus.

„Nun, ich …", brachte sie genau in dem Moment heraus, als er eine ähnlich brillante Äußerung von sich gab.

Sie gaben es beide auf und schwiegen wieder. Die Atmosphäre wurde zunehmend spannungsgeladen, und sie wandten sich einander zu.

Er möchte mich küssen, schoss es Hallie durch den Kopf. Bis

ihr der beunruhigende Gedanke kam, dass es vielleicht eher so war, dass sie ihn küssen wollte.

„Ist das nicht süß?"

Kira Whitman schaute interessiert durch das offene Fenster. Obwohl Hallie überrascht war, freute sie sich einen Moment lang, Kira zu sehen. Es musste wohl noch daher rühren, dass sie früher einmal gute Freundinnen gewesen waren. Jeder im Ort hatte das Ende der Freundschaft anscheinend auf irgendein für Hallie typisches Missgeschick zurückgeführt. Aber das war nicht der Grund gewesen.

Als sie beide vierzehn gewesen waren, hatten ältere Jungen sie auf eine Party eingeladen. Hallie hatte die Einladung abgelehnt und Kira geraten, das Gleiche zu tun. Aber Kira hatte sie als Baby beschimpft und war allein mitgefahren. Zu viel Bier sowie eine scharfe Kurve taten ihr Übriges.

Hallie hatte Kira nach dem Unfall gefunden und sofort ihren Bruder Mitch angerufen. Mr Whitman hatte es dann geschafft, den Unfall zu vertuschen. Nicht einmal Steve hatte die Wahrheit darüber erfahren, auf welche Weise seine Schwester verletzt worden war. Hallie hatte nie ein Wort darüber verlauten lassen. Kira war ihre Freundin gewesen.

Aber nachdem Kira aus der Klinik entlassen worden war, hatte sie Hallie, die sie angeblich hätte aufhalten müssen, die Schuld gegeben und sich anschließend geweigert, überhaupt noch mit ihr zu reden. Hallies Dad, der als Polizeichef ja alles wusste, hatte versucht, sie zu trösten. Eines Tages würde Kira schon einsehen, dass sie selbst die Verantwortung für ihren Fehler übernehmen müsse. Darauf wartete Hallie heute noch.

„Hallo, Kira. Schön, dich zu sehen!", rief Hallie ihr zu.

Kira rang sich zu einem kurzen „Hallo, Hallie" durch und ignorierte sie dann völlig.

„Steve, ich hoffte, dich hier zu finden. Jeder, der hier etwas auf sich hält, trifft sich heute Abend im ‚Truro's'. Du musst auch kommen."

Er seufzte genervt. „Nenn mir drei Gründe, warum ich hingehen sollte.“

Hallie, die offensichtlich eindeutig zu den unwichtigen Leuten hier zählte, wurde erst wieder aufmerksam, als sie Kira jammern hörte: „Aber ich habe Susan versprochen, dass du dort sein wirst. Sie möchte, dass du ihren Verlobten kennenlernst.“

Susan? Etwa die Susan, die Steve den Laufpass gegeben hat? dachte Hallie. Interessant, obwohl Steve nicht besonders begeistert wirkte. Er starrte unbewegt aus der Windschutzscheibe.

„Was werden die Leute sagen, wenn du nicht auftauchst?“, bohrte Kira weiter. „Du willst doch nicht, dass sie denken, du wärst nicht darüber hinweg?“ Ihrem Ton nach schien sie genau das zu glauben.

Genau in diesem Moment griff er Hallie ans Knie, und sie rutschte fast vom Sitz. Er begegnete ihrem misstrauischen Blick mit einem falschen Lächeln. „Hallie“, sagte er, „ich weiß, dass ich versprochen habe, dass wir in einem schöneren Lokal zu Abend essen werden, aber hättest du etwas dagegen, wenn wir kurz bei den anderen vorbeischauen würden?“

„Abendessen?“

Als wenn die Hand auf ihrem Knie nicht schon Hinweis genug wäre, schenkte er ihr ein strahlendes Mach-den-Spaß-mit-Lächeln. „Sicher, ein schönes Abendessen, ein bisschen Wein … nur wir beide. Erinnerst du dich?“

Wohl kaum.

„Liebes, ich weiß, es ist eine Zumutung, aber wir werden nur ganz kurz bleiben.“ Wenn sie hinter diesem Süßholzgeraspel nicht einen Anflug von Verzweiflung bemerkt hätte, hätte sie ihn auflaufen lassen. Aber es tat ihr gut, dass er sich so um sie bemühte und Kira ganz krank aussah, weil ihr Bruder mit Horror-Hallie ausging.

„Wenn es dich glücklich machen wird, werden wir uns wohl ein paar Minuten im ‚Truros's‘ aufhalten können.“ Sie gönnte ihm einen Augenaufschlag. „Süßer.“

Kiras Hüsteln und Steves lautloser Fluch verdeckte fast ihr Kichern. Die Whitmans in der Hand zu haben war wirklich ein gutes Gefühl.

Eine Stunde später sagte Steve endlich die Worte, die in ihm rumorten, seit er Hallie dazu gebracht hatte, ihn ins „Truro's" zu begleiten. „Ich bin darüber hinweg." Hallie schaute kurz zu ihm. „Worüber?"

Sie hatte sein Angebot angenommen, den Sand in der Scheune ihres Vaters auszuladen. Aber trotz ihrer verbundenen Hände bestand sie darauf, selbst zu fahren.

„Über Susan." Das war bei ihm schneller gegangen als bei seiner Familie. Insbesondere Kira vergötterte Susan bis zum heutigen Tag. „Ich schwöre es."

Sie grinste. „Das wäre etwas leichter zu glauben, wenn du mich nicht gewissermaßen dazu gezwungen hättest, mit dir in diese Bar zu gehen."

„Es ist ein Unterschied, über jemand hinweg oder bereit zu sein, mit dem eigenen Nachfolger zu plaudern. Besonders wenn man gerade erst von ihm erfahren hat."

„Sag bloß."

Früher war sie nicht so sarkastisch gewesen, aber dafür war sie jetzt sehr viel interessanter. „Du wirst mir das nicht leicht machen, oder?"

„Nein."

Er musste über ihre Schadenfreude lächeln.

7. KAPITEL

Abends parkte Hallie dann ihr Auto auf dem einzigen freien Platz vor dem „Truro's".

„Bereit?", fragte sie Steve, der den Eindruck machte, überall auf der Welt lieber als hier zu sein. „Gib mir noch einen Moment Zeit."

Normalerweise wäre diese Bitte ihr nicht zu viel gewesen. Aber im Moment schon. Hallie wusste nicht, wie sie mit der großen Nähe zwischen ihnen umgehen sollte.

Sie hatte bereits damit fertig werden müssen, dass er im Bad der Brewers unter der Dusche gestanden hatte, nachdem er den Sand abgeladen hatte. Und mit seinem anerkennenden Lächeln, als er sie, herausgeputzt für den Auftritt vor Kiras wohlhabenden Freunden, angesehen hatte.

Außerdem hatte sie den Abend und die Fahrt nach Hause, die sie ihm versprochen hatte, noch vor sich. Sie rutschte auf dem Sitz hin und her und wünschte, dass ihr gelber Rock nicht ganz so kurz und es draußen nicht ganz so schwül wäre. Ihr war auch so schon heiß genug.

„Bist du jetzt bereit?"

„Sicher."

Noch bevor sie die Zündschlüssel aus dem Schloss gezogen hatte, hatte er es geschafft, ihr die Autotür aufzumachen.

„Lass mich das tun", sagte er, lehnte sich über sie und zog die Schlüssel aus dem Schloss, bevor sie etwas einwenden konnte. Stattdessen erschauerte sie, als sie seinen frischen Duft wahrnahm.

Steve half ihr aus dem Auto. „Tun deine Hände sehr weh?"

„Ich habe zwei Aspirin genommen."

„Lass mich wissen, wenn du gehen musst", sagte er.

Sie würde ihr bestes Outfit verwetten, dass er dabei mehr an sein eigenes Entkommen als an ihr Wohlergehen dachte.

Je mehr sie sich der grünen Eingangstür des „Truro's" näherten, desto langsamer ging Hallie.

Als sie noch zur Schule ging, hätte Hallie alles dafür gegeben, die Chance zu haben, hier nach Steve Ausschau zu halten. Gemessen an dem, was sie im Eingangsbereich sah, hatte sie allerdings nicht viel verpasst.

Penetranter Zigarettenqualm erfüllte die Luft. Die Wände waren vergilbt und mit geschmacklosen Geweihen dekoriert. Aus einer Musikbox schallten Hits aus den frühen Neunzigern.

Halb Sandy Bend schien hier versammelt zu sein. Hallie hätte sich am liebsten auf dem Absatz umgedreht, um nicht den mehr oder minder bekannten Typen zu begegnen, die sich alle zur Tür gedreht hatten, als Steve und sie hereingekommen waren.

Steve legte ihr die Hand auf die Schulter und schob sie vorwärts. „Da müssen wir durch. Kiras Leute sind wahrscheinlich im Hinterzimmer."

Als er sie durch das Lokal führte, wurde sie von Leuten gegrüßt, die sie seit Jahren nicht gesehen hatte. Sie konnte sich auch nicht erinnern, das letzte Mal so freundlich aufgenommen worden zu sein. Es muss an Steve liegen, dachte sie. Er ist wahrscheinlich der beliebteste Mann in der Stadt.

Endlich kamen sie bei einer Tür mit der Aufschrift „Privat" an, und Hallie wusste ohne ein weiteres Wort, dass es nun vom gewöhnlichen Volk zu den wohlhabenden Wochenendbesuchern ging. Allerdings war es in diesem Raum auch nicht viel schöner.

In der Mitte stand ein von zwei nackten Glühbirnen beleuchteter Billardtisch. An den Wänden hingen Spiegel, mit denen Bierbrauer Werbung für ihr Erzeugnisse machten.

Aber die Gäste sahen anders aus. Sie schienen alle Reklame für verschiedene Designermarken zu machen, die sich Hallie nie leisten könnte. Mit dem Geld, das die Kleider all dieser Frauen gekostet hatten, könnte sie sich ein Jahr lang Farben und Leinwand kaufen. Kira, von Kopf bis Fuß in Schwarz, tat so, als würde sie Hallie nicht sehen, was Hallie aber wenig kümmerte.

Die Männer – sogar Mitch, der nicht einmal erwähnt hatte, dass er hier sein würde – wirkten glatt und vornehm. Steve stellte sie einem guten Dutzend Leute vor, wich aber konstant Susan und dem großen Mann aus, der anscheinend ihr Verlobter war. Wenn sie Steve die Initiative überlassen würde, würden Susan und ihr zukünftiger Mann wohl goldene Hochzeit feiern, bevor irgendetwas passiert, dachte Hallie.

Sie zog Steve an der Hand hinter sich her und blieb dann direkt vor Susan Miller stehen, die mit den schwarzen Haaren und dem Schneewittchenteint genauso schön war, wie Hallie sie in Erinnerung hatte. Sie versuchte, ihr schwindendes Selbstvertrauen zu mobilisieren.

„Hallo, Susan, du wirst dich wahrscheinlich nicht an mich erinnern, aber ..."

„Aber natürlich, Hallie. Du siehst ..." Jetzt wirkte Susan, deren Blick auf Hallies Hand fiel, die von Steve gehalten wurde, zunehmend verwirrt.

Hallie fühlte sich irgendwie schuldig, ließ Steves Hand los und verschränkte die Hände hinter dem Rücken.

„... reizend aus", beendete Susan den angefangenen Satz, als ob sie nie ins Stocken geraten wäre.

„Nun, reizend könnte etwas übertrieben sein, aber für ein gewöhnliches Mädchen aus Sandy Bend habe ich mich ganz gut herausgemacht."

Susan setzte ein Lächeln auf. „Hallie, ich möchte dir meinen Verlobten, Julio Vargas, vorstellen. Julio arbeitet in meiner Sozietät in der Abteilung Internationales Recht."

Hallie reichte dem Mann die Fingerspitzen ihrer bandagierten Hand und sah sich kurz nach Steve um, der Susan unwillig anfunkelte, während Susan ihn mit einem für Hallies Geschmack viel zu gefühlvollen Blick ansah.

Der arme Julio wirkte, als würde ihm der Boden unter den Füßen weggezogen. Hallie wusste, dass sie jetzt diplomatisch reagieren und Small Talk mit dem Mann machen musste.

Während sie Julio die üblichen Fragen über die Verlobung stellte, hörte sie mit einem Ohr Steve und Susan zu, die miteinander flüsterten. Als ihr bei Julio der Gesprächsstoff ausging, hatte Hallie genug gehört.

Sie legte Steve kurz die Hand auf den Arm und lächelte Susan an. „Ich hasse es, euch zu unterbrechen, aber Steve hat mir ein Abendessen versprochen."

Seinem verdutzten Gesichtsausdruck war deutlich anzusehen, dass er sie vergessen hatte. Hallie war nicht sicher, was schlimmer war, der Schmerz oder die Peinlichkeit, und wollte nur noch weg. Es hatte immer in einem Desaster geendet, wenn sie sich mit den reichen Ferienhausbesitzern eingelassen hatte. Wie hatte sie das nur vergessen können?

Sie sah sich nach dem besten Fluchtweg um. Gerade in diesem Moment kam ein richtiger Held auf sie zu. Sie schenkte dem bulligen Footballer-Typ ein Lächeln, als er direkt vor ihr stehen blieb.

Er erwiderte ihr Lächeln aufrichtig. „Ich heiße Travis Owen."

„Hallo, Travis. Ich bin Hallie Brewer."

„Wie wäre es mit einer Partie Billard?"

Hallie hatte keine Ahnung, wie man das spielte, aber das würde sie nicht aufhalten. Sie hatte Steve einen Dienst erwiesen und dafür nur einen gleichgültigen Blick geerntet. Sie wollte jetzt wenigstens noch etwas Spaß haben.

Sie wollte Travis gerade antworten, als Kira sich an ihn heranmachte. „Hier bist du. Du wolltest mir doch erzählen, wofür du diese großen Ringe erhalten hast."

Hallie zuckte wegen Kiras routiniertem Ablenkungsmanöver zusammen und sah kurz auf die Hände ihres Retters. „Die Ringe hat er für den Rose Bowl und den Super Bowl bekommen."

„Nicht schlecht." Travis lachte anerkennend. „Woher weißt du das?"

„Thor Bankowski ist mit der Cousine meines Dads verheiratet. In einer solchen Familie schnappt man zwangsläufig einiges über Football auf."

„Toll. Thor Bankowski ist eine Legende", sagte Travis. „Was macht er heute?"

„Im Moment liegt er mit Hexenschuss im Haus meines Dads flach."

Steve stieß Hallie sanft an. Sie war überrascht, dass er wieder aus seiner Benommenheit erwacht war.

„Hattest du nicht etwas von einem Abendessen gesagt?", fragte er.

„Nichts, was nicht warten kann." Und zwar lange, lange Zeit, soweit es sie betraf. Sie hatte auch ihren Stolz. Nur weil Steve winkte, würde sie nicht sofort zu ihm rennen. Travis ignorierte genauso eifrig Kira, die an seinem Ärmel zupfte.

„Gibt es eine Möglichkeit, Thor zu treffen?", fragte er Hallie.

„Sicher. Er hat heute seinen Pokerabend. Ich kann ihn anrufen", erwiderte Hallie entgegenkommend.

Travis grinste. „Eine Legende und alle Trümpfe in der Hand. Was könnte man sich von einer heißen Sommernacht mehr wünschen."

Kira runzelte verärgert die Stirn und zog ab.

Travis zuckte die Achseln. „Wie steht es jetzt mit einer Partie Billard?"

Hallie zeigte ihre bandagierten Hände. „Eine kurze, bevor ich Thor anrufe, aber ich sollte dich warnen. Ich kann auch nicht spielen, wenn meine Hände nicht verbunden sind."

„Ich werde es dir beibringen."

Als Travis sie zum Billardtisch geleitete, hatte Hallie eine Ahnung davon, wie es sein musste, als Königin Sandy Bends in die Stadt heimzukehren. Es war ein schönes Gefühl.

Steve konnte den Moment, an dem der Abend anfing schiefzugehen, ziemlich genau benennen. Susan zu sehen war wie eine Reise in die Vergangenheit gewesen. Und darauf war er nicht vorbereitet gewesen. Und dass sie ihn im Flüsterton gebeten hatte, sich mit ihr zum Mittagessen zu treffen, während Hallie ihren Charme bei Susans gut aussehendem Verlobten versprüht hatte, hatte den Abend noch schlimmer gemacht.

Er wollte, dass sein Leben wieder so war wie vor ein paar Tagen, als sich seine Probleme weitgehend auf seinen Job beschränkt hatten. Er brauchte keine zusätzlichen Schwierigkeiten mit Frauen.

Von dem Lächeln, das er den ganzen Abend aufgesetzt hatte, tat ihm das Gesicht weh. Zu sehen, dass Hallie mit einem Mann flirtete, der ihm körperlich weit überlegen war, verbesserte die Sache nicht gerade. Auch Kira nicht, die ihn nun mit dem Ellbogen anstieß.

„Sie macht sich zum Narren", bemerkte seine Schwester.

„Wer? Susan? Der Mann ist ein bisschen glatt, aber so schlimm ist er nun auch wieder nicht."

„Ich meinte Hallie Brewer. Warum hast du sie überhaupt mitgenommen?", fragte sie entrüstet.

„Vermutlich um moralischen Beistand … oder so etwas zu haben." Um sich nicht weiter wie ein Idiot anzuhören, trank er einen Schluck Bier. Im Grunde wusste er nämlich selbst nicht, was Hallie ihm bedeutete, und er war auch nicht in Stimmung, darüber nachzudenken.

„Merkst du, dass Susan dich unentwegt ansieht?", flüsterte Kira.

„Wahrscheinlich überlegt sie, was sie jemals an mir gefunden hat."

„Ich glaube vielmehr, dass du immer noch Chancen bei ihr hast. Daddy wäre so froh, wenn ihr wieder zusammenkommen würdet. Und er wird schließlich auch nicht jünger", fügte Kira bedeutungsvoll hinzu.

„Sieh mal, das zwischen Susan und mir ist aus und vorbei. Der glückliche Mann neben ihr ist ihr Verlobter, falls du das vergessen hast. Und falls du dich langweilst, such dir doch ein Hobby. Bungeespringen oder so. Hauptsache, du mischst dich nicht in Angelegenheiten ein, die dich nichts angehen."

„Wie du meinst. Aber wenn ich du wäre …"

Er ignorierte das weitere Nörgeln seiner Schwester und sah zum Billardtisch. Travis Owen, dem ein Sommerhäuschen am Strand gehörte, hatte die Arme um Hallie gelegt, um ihr zu zeigen, wie sie die Kugel stoßen sollte. Komisch, dass der Footballspieler dabei nicht ebenso elektrisiert wirkte wie er, Steve, wenn er nur Hallies Hand berührte.

Steve versuchte wegzusehen. Aufwühlende Berührungen standen ganz oben auf der Liste der Dinge, die er auf sich beruhen lassen wollte. Er hatte bereits genug Probleme am Hals.

Doch Kira war nicht das einzige Mitglied der Familie Whitman, dem es zuweilen an Selbstbeherrschung mangelte. Aus einem Impuls heraus machte er sich auf den Weg zum Billardtisch, um Hallie das Spiel beizubringen.

„Etwas dagegen, wenn ich dich ablöse?", fragte er Travis.

Der Mann machte ihm freundlich Platz. Aber der bullige Angriffsspieler war das geringste Problem. Hallie wirkte brandgefährlich.

„Du kannst doch nicht einfach mitten im Spiel …", protestierte sie.

„Versuchen, dir nahe genug zu kommen, um mich dafür zu entschuldigen, dass ich mich vorhin wie ein Idiot verhalten habe?", unterbrach er sie leise.

Ihre Schultern senkten sich so weit, dass er wusste, dass er die Wogen etwas geglättet hatte. Dann setzte er auf ihren ausgeprägten Sportsgeist, den sie schon als Kind gezeigt hatte.

„Wollen wir ein Team bilden und diesen übermächtigen Gegner besiegen?"

Nun musste sie lächeln. „Nur wenn du dich den restlichen Abend über anständig verhältst."

„Abgemacht."

Steve stellte sich hinter sie. „Führe den Stoß so aus." Er legte seine Hände sanft auf ihre und berührte mit dem Oberschenkel ihre Hüften.

Er hatte das Gefühl, sich die Finger zu verbrennen, und erinnerte sich an Buds Mahnung, nicht mit dem Feuer zu spielen, als er mit neun Jahren Streichhölzer in der Hand gehabt hatte. Damals war Hallie ein Jahr alt gewesen. Aber jetzt war sie kein Baby mehr.

„Ist das gut so?", wollte sie wissen. Er merkte, dass ihre Stimme etwas bebte.

„Gut. Sehr gut." Zu gut.

Ihr anregender Duft – ein Hauch Zimt – reizte ihn. Er hätte gern die Haare von ihrer Schulter gestrichen und ihren zarten Hals geküsst. Er wollte es gern, würde es aber nicht tun. Er würde jetzt einen klaren Kopf behalten, hoffte er.

„He, ihr zwei, das Spiel ist einfacher, wenn ihr die Augen aufmacht", meinte Travis, der an der anderen Seite des Tischs stand.

„Richtig", kam Steve wieder zu sich und konzentrierte sich aufs Spiel. Hallie sog die Luft ein, als er seinen Griff verstärkte. „Tut mir leid, ich werde vorsichtiger sein. Nun beuge den Arm zurück und …" Die Kugel verschwand im Loch, wie er befriedigt feststellte.

Sie lächelte ihn an. „Ich könnte mich an dieses Spiel gewöhnen."

Er hielt ihre Hände noch einen verführerischen Moment länger. Ich könnte mich an dich gewöhnen, dachte er. Und Hallie Brewer war ein Luxus, den er sich nicht leisten konnte.

Hallie machte das Billardspielen so viel Spaß, dass sie es nach der ersten Partie noch mit weiteren Herausforderern aufnahm. Sehr schnell war der Tisch von Zuschauern umringt.

Sie nahm gelegentlich einen Schluck Wein, den ihr jemand hingestellt hatte, und ignorierte Kiras schnippische Bemerkungen.

Zwischendurch sah Hallie zu Steve, der sich mit Mitch und Travis unterhielt und nun entspannter wirkte.

Als sie zum nächsten Stoß ansetzte, musste sie kurz den Griff lockern, weil die Blasen an den Händen schmerzten. Sie verlor die Kontrolle über den Queue, der nach hinten ausschlug und jemanden traf.

„Du hast mein Auge verletzt!", rief Kira.

Hallie legte den Queue auf den Tisch und drehte sich zu ihrem Opfer um. Kira saß auf einem Stuhl, den sie nur einen halben Meter hinter den Tisch und damit in Reichweite des Queues platziert hatte. Sie hielt sich beide Hände vors Gesicht.

Kira jammerte so laut, dass sogar die Gäste aus der Bar ins Hinterzimmer strömten. Es schien für Hallie unmöglich zu sein, bei einem Besuch Sandy Bends nicht öffentlich bloßgestellt zu werden.

Steve kniete vor seiner Schwester und versuchte, ihre Hände wegzuziehen. „Lass mich mal schauen, Kira."

„Es tut weh!"

Mitch ging hinaus, um etwas Eis zu besorgen, und Hallie kniete ebenfalls vor Kira.

„Kira, es tut mir leid. Ich wusste nicht, dass du hinter mir warst. Nur gut, dass meine Hände so wehtun. Sonst wäre der Schlag noch kräftiger gewesen."

Kira bewegte zwei Finger gerade so weit auseinander, dass sie Hallie mit dem unversehrten Auge giftig anfunkeln konnte. „Halt einfach den Mund, und hol mir einen plastischen Chirurgen."

„Führ dich nicht auf wie ein Baby", meinte Steve. „Wenn überhaupt, wird das Auge ein bisschen blau werden."

„Ein blaues Auge?" Kiras Stimme klang beängstigend schrill.

Mitch kam zurück und kniete nun auch noch vor Kira.

„Es war dumm, den Stuhl dort hinzustellen", sagte Mitch zu Kira, während er Steve einen Eisbeutel reichte. „Jeder Depp hätte das abschätzen können."

Kira, die offensichtlich ihr „verletztes" Auge ganz vergessen hatte, sprang empört auf. „Depp? Bin ich jetzt der Depp?"

„Ich meinte nur, dass du etwas vorsichtiger hättest sein sollen", sagte Mitch in abwiegelndem Ton.

„Vielleicht überlässt du mir das besser", sagte Steve. „Ich habe da mehr Erfahrung."

Kira stellte sich drohend vor Mitch. „Es ist der Fehler deiner Schwester, dem Trampel. Sie hatte es schon immer auf mich abgesehen. Erinnerst du dich an die grünen Haare oder die fast abrasierte Augenbraue?"

Mitch sah Hallie an. „Die Augenbraue?"

Hallie zuckte mit den Achseln. „Wir waren elf, und ich hatte gerade meine Picasso-Phase. Ich überzeugte sie davon, dass das cool aussehen würde. Es hätte schlimmer kommen können. Im Jahr darauf hatte ich meine Salvador-Dali-Phase."

Ein paar Leute lachten. Kira schaute sie grimmig an. „Ja, lacht nur, ihr Idioten. Aber wer weiß, welchen Schaden sie nun wieder anrichten wird, solange sie hier ist? Hallie Brewer ist eine Gefahr!“

Plötzlich drückte Travis Hallie den Queue in die Hand. „Ich werde sie dir in Position legen, und du wirst sie einfach ins Loch stoßen“, sagte er.

Kira schnappte krampfhaft nach Luft, so gekränkt war sie.

„Kira …“, setzte Hallie an.

Es war zu spät. Mit hoch erhobenem Haupt und zitterndem Kinn verließ Kira das Zimmer.

Hallie gab Travis den Queue zurück. Sie und Kira waren weit davon entfernt, Freundinnen zu sein, aber das hieß nicht, dass sie es genoss, dass sie derart bloßgestellt worden war. Da sie ihrer Meinung nach heute schon genug Schaden angerichtet hatte, nahm sie ihre Handtasche.

„Ich muss los“, sagte sie zu Steve und ihrem Bruder und ging.

„Die Show ist vorbei“, hörte sie noch Steves Stimme hinter sich. Und als sie auf die Straße trat, wurde im Lokal bereits wieder laute Musik gespielt.

Hallie hatte vergessen, wie lange die Sonne in Sandy Bend am Himmel stand. Es war schon fast neun, und die Dämmerung setzte erst allmählich ein. Da sie nicht wusste, wohin, ging sie über die Straße zur Dorfwiese.

Froh darüber, den Zigarettenqualm, den Krach und das Gefühl, nirgends auf der Welt wirklich heimisch zu sein, hinter sich zu lassen, setzte sie sich auf eine Bank neben einem ausladenden Walnussbaum.

Als sie hier saß und dem täuschend idyllisch wirkenden Kleinstadtleben zuschaute – Pärchen, die Hand in Hand gingen, lachende Menschen, die auf einer Freitreppe saßen –, vergaß sie die Szene mit Kira.

Hallie versuchte, sich auf die positiven Dinge zu konzentrieren. Die Erinnerung daran, wie Steve ihre Taille umfasst und ihre Hände gehalten hatte, die frische Brise hier, der See und der

Strand. Das alles konnte sie auskosten, bis sie Samstag Sandy Bend wieder verlassen würde.

„He, willst du einfach ohne mich los?"

Steve setzte sich so dicht neben sie, dass sie ihren Kopf auf seine Schulter legen und der einsetzenden Dämmerung zusehen konnte.

„Tut mir leid", sagte sie. „Bei all dem, was passiert ist, habe ich ganz vergessen, dass ich deine Fahrgelegenheit bin."

„Ist in Ordnung. Ich entschuldige mich für Kira."

„Du kannst ja nichts dafür. Ich hatte ganz vergessen, wie theatralisch sie sein kann."

Steve lachte leise. „Sie hat ihre Technik perfektioniert. Es ist ja fast ihr Vollzeitjob."

„Sie ist Schauspielerin?"

„Nein, sie zieht mit dieser Masche meinem Vater das Geld aus der Tasche."

„Nun, jeder findet seinen Platz im Leben."

„Das ist nur ein Teil des Problems." Steve rückte etwas zur Seite, um ihr ins Gesicht zu sehen. „Kira hat nie herausgefunden, wo ihr Platz ist. Und jetzt hat sie ein bisschen Angst. Sie hat das College beendet, hält es nie länger als eine Woche in einem Job aus, und ihre Freunde ziehen weg. So wie du fortgezogen bist."

„Was ich damals gemacht habe, würde ich eher als panische Flucht bezeichnen."

„Wirklich?" Er klang erstaunt. „Dein Weg schien mir immer vorgezeichnet zu sein."

„Dann hättest du mir einen entsprechenden Hinweis geben sollen. Ich war es mehr als leid, hier ständig in alle Fettnäpfchen zu treten. Es ist nicht so schön, als Dorftrampel betrachtet zu werden."

„Denkst du das tatsächlich? Für mich warst du immer Hallie, die Künstlerin – sogar als du als Kind euren Hund mit Mehl in einen Geist verwandelt hast", fügte er grinsend hinzu.

Hallie blinzelte. Obwohl es ihr mit ihrer Kunst immer ernst

gewesen war, hatte sie keine Ahnung gehabt, dass Steve oder jemand anders sie so gesehen hatte.

„Weißt du", meinte Steve, „es muss Kira ja durcheinandergebracht haben, dich jetzt so selbstsicher wieder zu sehen."

Sie hob skeptisch die Augenbrauen. „Selbstsicher?"

„Ja, selbstsicher. Heute hast du sogar mit deinen schmerzenden Händen locker eine Partie Billard gespielt."

Er nahm ihre linke Hand. Die Berührung hatte keine sexuelle Note, aber trotzdem wurde Hallie von einem Blitz durchzuckt. Und Steve offensichtlich auch. Sogar in dem dämmrigen Licht konnte sie ihm die Verwirrung vom Gesicht ablesen.

„Wie machst du das?", fragte er.

Wenn sie darauf antwortete, würde sie mehr von sich preisgeben, als sie wollte. Doch auch er war das Risiko eingegangen, sich ihr gegenüber zu öffnen. „Eigentlich war ich sicher, dass du das mit mir machst. Fühlst du es auch?"

„Ja. Ich könnte zu einem Eisblock erstarrt sein und könnte es dennoch fühlen."

Hallie kam eine Idee. „Vielleicht ist es zwischen uns genauso wie zwischen mir und den Katzen."

Er grinste sie an. „Du und die Katzen? Das klingt interessant."

Je länger sie darüber nachdachte, desto mehr erwärmte sie sich für die Theorie. „Ich hatte auf dem College eine Lehrerin namens Catherine Lassiter, zu der ich einfach einen guten Draht hatte. Nach meinem Abschluss habe ich in ihrem Studio weiter mit ihr gearbeitet. Sie hatte eine dicke Katze namens Fred. Bis zu diesem Zeitpunkt hatte ich gar nicht gewusst, dass ich auf Katzen empfindlich reagiere."

Nach einer kurzen Pause fuhr sie fort. „Fred spürte, dass ich ihn nicht in meiner Nähe haben wollte, und folgte mir gerade deshalb auf Schritt und Tritt. Zunächst habe ich eine schlimme Allergie bekommen, aber nach längerer Zeit konnte Fred sogar um meine Beine streichen, ohne dass ich niesen musste."

„Also denkst du, dass ich wie eine Katze dein Immunsystem durcheinanderbringe?" Steve schien daran zu zweifeln.

„Genau, und wenn ich oft genug in deiner Nähe wäre, würde sich das Prickeln von selbst legen."

„Du kannst einem Mann ganz schön ans Ego gehen, weißt du das?" Steve rückte näher an sie heran, und ihr Herz schlug wie verrückt. „Da du nur bis Samstag hier sein wirst, werden wir die Theorie wohl nur überprüfen können, indem wir die kurze Zeit sehr intensiv zusammen sein werden."

Er sah sie mit einem Glitzern in den Augen an, das sie noch nie bei ihm bemerkt hatte. Mit einer Hand umfasste er ihren Hinterkopf.

„Oder wir können es einfach bei Spekulation belassen", bot sie an, als sie bereits ihren Kopf zur Seite neigte, um endlich diesen perfekten Mund, nach dem sie sich schon immer gesehnt hatte, auf ihrem zu spüren.

Als Steve mit seinen Lippen sanft über ihre strich und sie zunächst noch warten ließ, schloss sie die Augen. Er fuhr mit dem Mund über ihr Kinn, ihre Schläfen und widmete sich dann endlich entschieden ihrem Mund.

Das hatte nichts mehr mit den Schwärmereien eines Teenagers und Geigenklängen im Hintergrund zu tun. Hallie wollte mit ihm im warmen Gras liegen und sein Gewicht auf sich spüren.

„Komm her, lass uns das richtig machen", sagte er dann heiser.

Als er sie auf seinen Schoß hob, hinderte sie nur der enge Rock daran, sich rittlings auf ihn zu setzen, um ihm noch näher zu sein.

„Schon besser", meinte er, bevor er erneut ihren Mund küsste.

Hallie nahm mit allen Sinnen jede Einzelheit wahr. Wie seidig sich seine dichten Haare anfühlten. Wie sein Herz im gleichen Rhythmus wie ihres zu schlagen schien.

„Ist das nicht Steve dort drüben?"

Die Stimme, die Hallie zu ignorieren versuchte, störte und verärgerte sie.

Jemand lachte. Dann fragte eine weibliche Stimme: „Das ist doch Hallie Brewer auf ihm, oder?"

Steve zog sich zurück und lehnte seine Stirn an Hallies. „Tut mir leid. Ich vergaß, wo wir sind."

Hallies Magen zog sich schmerzhaft zusammen, als sie merkte, dass sie von einem Desaster ins nächste geraten war. Um ihre Würde wieder herzustellen, versuchte sie, so hastig von Steves Schoß zu klettern, dass sie die Balance verlor. Er zog sie schnell zurück auf seinen Schoß.

„Ganz ruhig", meinte er mit lachender Stimme.

Hallie, die beim nächsten Mal dafür sorgte, dass sie festen Boden unter den Füßen hatte, stemmte energisch ihre Hände gegen seine Brust, um ihn wegzuschieben.

Sie war so über die Leute, Steve und vor allem über sich selbst frustriert, dass sie nur noch abwehrend reagierte.

„Lass mich in Ruhe. Dabei erwischt zu werden, wie du Horror-Hallie küsst, bedeutet wirklich einen Abstieg im öffentlichen Ansehen für dich." Sie griff nach ihrer Handtasche, die von der Bank gefallen war. Natürlich waren die Autoschlüssel ganz nach unten gerutscht. „Es ist hübsch spät geworden. Wir lassen das Abendessen wohl besser ausfallen."

Steve stand auf. „Hallie, bleib noch eine Sekunde ..."

Aber sie marschierte direkt zum Auto, als wollte sie nicht hören, was er zu sagen hatte, und ignorierte dabei natürlich auch den Steve-Whitman-Fanclub.

Ein Abstieg? fragte sich Steve. Hallie dachte, sie zu küssen wäre ein Abstieg? Er wäre viel gelassener, wenn das so wäre. Ihr Kuss hatte ein wahre Kettenreaktion in ihm ausgelöst.

Ein Kuss hatte ihn dazu gebracht zu akzeptieren, dass er sich seit Hallies Ankunft etwas vorgemacht hatte. Zuerst hatte er so getan, als hätte er es immer noch mit einem zu allem Unfug aufgelegten Teenager zu tun. Als das nichts brachte, hatte er sich selbst wie einer benommen.

Steve hatte den Verdacht, dass dieser Kuss entweder das Klügste oder das Dümmste gewesen war, was er jemals in seinem Leben getan hatte. Als er darauf zusteuerte, hatte er sich eingeredet, dass es nur ein kleiner Kuss zwischen alten Freunden sein würde, der ihm beweisen würde, dass er über Susan hinweg war.

Er war nicht sicher, wann seine Zunge die Regie übernommen und entschieden hatte, Hallies Mundwinkel zu liebkosen und in ihren Mund vorzudringen. Sie war so süß und hingebungsvoll, dass er sie auf der Stelle wieder küssen würde, wenn sie nicht bereits die Main Street entlangrasen würde.

In dem Moment, als Hallie seinen Kuss erwidert hatte, hatte er gewusst, dass er sie küsste, weil er das Verlangen danach hatte. Aber er musste daran denken, wer er war. Als Rektor der Highschool moralisches Vorbild zu sein und gleichzeitig beim Knutschen auf der grünen Weise erwischt zu werden war nicht gerade eine ideale Verbindung. Er konnte sich das nicht noch einmal leisten.

All das wusste er, aber die Leidenschaft, die Hallie geweckt hatte, ließ ihn diese Bedenken vergessen. Sie war nur noch einige Tage in der Stadt. Was konnte es schon schaden, wenn sie ihrer gegenseitigen Anziehung nachgeben würden? Es war ja nicht so, dass sie eine traditionelle Whitman-Hochzeit im Country Club im Hinterkopf hatten, über die ausgiebig in Klatschblättern berichtet werden würde.

Steve schüttelte bei der Vorstellung, dass Hallie mit seinen älteren, vornehmen und eleganten Schwestern bei Cocktailpartys die Gastgeberin spielte, grinsend den Kopf.

Er nahm an, dass er eines Tages die Erwartungen seiner Familie zu erfüllen hatte und eine dieser so genannten passenden Frauen – eine Frau wie Susan – heiraten müsste. Aber noch war es nicht so weit.

Langsam breitete sich ein Lächeln auf seinem Gesicht aus. Die nächsten Tage würde er das tun, was ihm schon seit jeher am besten gefallen hatte: Er würde mit dem Feuer spielen.

8. KAPITEL

Punkt neun Uhr am nächsten Morgen blickte Hallie auf eine schmale Treppe in der Main Street. Die Stufen führten zu einer bemalten Tür, die wohl eine Steinmauer mit Eisengittern vortäuschen sollte. Wie einladend. Aber zumindest erklärte sich so der mysteriöse Name „The Hair Dungeon".

Da ihre Stimmung eigentlich kaum noch düsterer werden konnte, machte sich Hallie auf den Weg nach unten. Als sie eintrat, bimmelte eine Glocke, aber die Besitzerin des Salons war nirgends zu sehen.

„Ich komme sofort", hörte sie eine irgendwie vertraut klingende Stimme aus dem Hinterzimmer. „Ich helfe nur noch Mrs Hawkins auf die Sonnenbank …" Der Rest des Satzes ging in der nun aufgedrehten Radiomusik unter. Eine Soulsängerin überlegte, was sie mit einer Million Dollar machen würde.

Hallie müsste da nicht lange überlegen. Nach dem Desaster gestern Abend würde sie ihre gesamte Familie aus Sandy Bend holen und im vergleichsweise vernünftigen Carmel ansiedeln. Aber da sie fast pleite war, setzte sie sich stattdessen an den Manikürtisch.

„Entschuldigung", erklang dieselbe Stimme jetzt weniger weit weg. „Aber Mrs Hawkins hat Probleme mit dem Rücken."

Eine unglaublich große Frau kam in den Raum und trug etwas bei sich, das aussah wie eine Eieruhr. Aber Hallie wurde sofort von ihrem engen schwarzen Hosenanzug und der weißblond gefärbten Punkfrisur abgelenkt. Hallie blinzelte. Wenn man zehn Zentimeter abziehen und sich die Frau mit braunen Haaren vorstellen würde, dann …

„Dana Devine."

Dana blieb stehen. Allein der Anblick ihrer hohen Absätze tat Hallie weh. „Leibhaftig", erwiderte die Frau.

Hallie versuchte angestrengt, nicht daran zu denken, wie viel sie vor sieben Jahren von Danas Leib zu sehen bekommen hatte.

„Du siehst großartig aus. Hallie. Ganz große, weite Welt."

Dana stellte die Eieruhr auf dem Manikürtisch ab, setzte sich und deutete Hallie an, ihre Hände zu zeigen. Hallie gehorchte eher widerwillig. Dana zog versuchsweise an den roten Krallen.

„Ein Glück, dass du in einem guten Nagelstudio gewesen bist, das hochwertiges Material verwendet. Zumindest werde ich nicht Gefahr laufen, deine eigenen Nägel für künftige Verlängerungen zu ruinieren."

„Bloß nicht. Ich werde es nicht zur Gewohnheit werden lassen, Plastiknägel zu tragen."

„Wolltest du damit die Leute hier beeindrucken?"

„Vor allem wollte ich mein Selbstvertrauen stärken." Hallie zog ihre Hand zurück, als Dana eine riesige Auswahl von Nagelscheren bereitlegte.

„Ich werde vorsichtig sein, versprochen." Dana begann, Hallies Nägel zu stutzen. „Ich weiß, ich hätte dir wahrscheinlich sagen sollen, dass ich es bin, als du angerufen hast. Aber ich hatte Angst, dass du dann nicht kommen würdest. Ich habe den Salon erst vor einem Monat übernommen, und die Startkosten sind hoch. Aber ich kann dir auch in Ludington jemanden empfehlen."

Hallie sah zu, wie Dana eine Flüssigkeit in zwei Schälchen füllte. „Nein, mach weiter, wenn das Zeug nicht auch meine Finger auffressen wird."

„Nein, es ist nur Azeton. Nun tauche deine Nägel hinein."

Ein Timer läutete, und Dana stand auf. „Ich bin gleich zurück. Ich muss Mrs Hawkins auf die andere Seite drehen."

Hallie schloss die Augen, während sie der Musik aus dem Hinterzimmer lauschte.

Als die Türglocke läutete, machte Hallie die Augen wieder auf und sah Cal hereinkommen. Er hatte seine Polizeiuniform an und suchte zunächst mit den Augen den Raum genau ab.

„Bist du wegen eines Verbrechens hier?", fragte sie lächelnd.

„Nein, wegen dir. Althea sagte, dass du hier bist."

Aber er sah nicht sie an, sondern auf die Wand hinter ihr. Hallie warf einen Blick über die Schulter.

Cal starrte auf ein großes Schwarz-Weiß-Foto, das mit Weichzeichner aufgenommen worden war. Darauf war die Rückansicht eines nackten, muskulösen Mannes und einer nackten, schlanken Frau mit stacheligen Haaren zu sehen. Beide waren durch schwarze Stoffstreifen aneinandergekettet. Es stellte entweder ein erotisches Fesselspiel oder Kunst dar. Das hing vom Betrachter ab. Für Hallie war es Kunst.

„Und warum hast du mich gesucht?“, fragte sie.

Aber Cal starrte immer noch auf das Foto. „Denkst du, dass sie das ist?“ Noch bevor Hallie begriff, dass er Dana meinte, brummte er: „Ist ja auch egal.“

Schließlich sah er Hallie an.

„Dad ist bei seinem üblichen, morgendlichen Rundgang bei uns im Revier aufgetaucht. Du sollst für das Picknick morgen Kartoffelsalat für fünfzig Personen machen. Die Betonung liegt auf selber machen. Er sagte, er will auf keinen Fall das Zeug aus dem Supermarkt haben, bei dem man nie wissen könne, was eigentlich drin ist.“

Sie war schon für den Festwagen zuständig. Nun also auch noch Kartoffelsalat für fünfzig Leute. „Und warum ist Dad dann nicht zu Hause und pellt Kartoffeln?“

„Er ist zu beschäftigt. Er meinte, er müsse nach Grand Rapids fahren.“

Hallie seufzte. „Gut. Ich werde den Kartoffelsalat machen.“

Cal grinste und zeigte dabei seine umwerfenden Grübchen. „Das ist meine Hallie.“ Er ging zur Tür, kam dann aber noch einmal zurück. „Ich wollte eigentlich nichts dazu sagen, aber da alle Leute darüber tratschen, bleibt mir wohl nichts anders übrig. Was ist das für eine Geschichte, dass du Steve gestern Abend geküsst hast?“

Sie stöhnte innerlich. Sie war bereits frühmorgens von Cousine Althea deshalb ausgefragt worden.

„Ich will ja nicht pingelig sein, aber er hat mich geküsst.“

Cal setzte seinen strengen, dienstlichen Blick auf. „Es spielt keine Rolle, wer wen geküsst hat, nur dass du geküsst hast. Ich hatte geglaubt, dass du nach all den Jahren über diese Verknalltheit hinweg wärst."

„Ich würde es jetzt nicht als Verknalltheit bezeichnen."

„Es ist mir egal, wie du es nennst. Steve ist wie ein Bruder für mich, aber du bist meine Schwester, und ich will, dass du vorsichtig bist. Nach dem Reinfall mit Susan ist er noch weit davon entfernt, sich wieder ernsthaft mit einer Frau einzulassen."

„Ich bin eine Woche lang hier, und du denkst, ich bin auf eine Beziehung aus? Was ist, wenn ich nur …"

Er hob abwehrend die Hand. „Erspar mir die Details. Der Gedanke daran, dass ihr beiden euch küsst, reicht mir vollauf."

In diesem Moment kam Dana zurück. Als sie Cal sah, verlangsamte sie ihre Schritte.

„Cal", begrüßte sie ihn verhalten.

Er nickte. „Dana." Er schaute wieder Hallie an. „Ich muss los." Aber anscheinend konnte er den Salon nicht verlassen, ohne sich noch einmal das Foto anzusehen. Hallie bemerkte, dass Dana seinem Blick folgte. Eine Sekunde wirkte sie fast traurig, aber dann setzte sie ein katzenhaftes Lächeln auf. Sie schlich sich an Cal heran und berührte die Handschellen, die an seinem Gürtel befestigt waren.

„Toll", schnurrte sie. „Ich liebe Handschellen. Sie sind so … vielseitig verwendbar."

Hallie konnte sich das Kichern nicht verkneifen.

Cal warf beiden einen vernichtenden Blick zu. „Kartoffelsalat", bellte er noch, bevor er die Tür hinter sich schloss. Und Hallie war froh, dass er es dabei bewenden ließ.

Nachdem er verschwunden war, brachen beide Frauen in lautes Gelächter aus. Hallie war sicher, dass sich dahinter auch Unsicherheit verbarg. Dennoch erschien ihr der Tag nicht mehr ganz so finster zu sein.

„Ich hätte Cal nicht so auf den Arm nehmen dürfen", meinte Dana, als sie sich beruhigt hatten.

„Er verdiente es."

Dana setzte sich und überprüfte Hallies Nägel. „Allerdings."

„Ich finde, es ist ein schönes Foto“, meinte Hallie.

„Danke. Nicht jeder hier sieht das so.“

„Das bist du auf dem Bild, oder?“

Dana versuchte jetzt, die Verlängerungen von Hallies Nägeln zu lösen. „Ich habe eine Weile in Chicago als Model gearbeitet. Aber dann bekam ich nicht mehr genug Aufträge, und jetzt bin ich die stolze, neue Besitzerin des ‚Hair Dungeon‘.“

„Ja, aber sieh nur, was du daraus gemacht hast.“ Hallie deutete auf das einfallslose Ambiente und die beigen Wände. „Das wirkt nicht gerade aufbauend.“

Dana lachte. „Keine Sorge. Ich werde sowohl den Namen als auch die Einrichtung ändern.“ Sie hielt inne. „Weißt du, ich bin froh, dass du heute hergekommen bist. Obwohl wir auf der Highschool nicht gerade viel zusammen gemacht haben, hatte ich immer das Gefühl, dass ich dich mögen würde.“

„Warum?“, fragte Hallie aus Neugier, hätte sich dann aber am liebsten auf die Zunge gebissen.

„Warum?“, wiederholte Dana verdutzt. „Ist das eine Art Quiz?“

„Nur eine Form von Unsicherheit, die man spürt, wenn man nach Hause zurückkehrt, vermutlich.“

„Okay. Zum Beispiel hast du mich nie Miss Durchtrieben oder so genannt.“

Hallie grinste. „Wenn man als Horror-Hallie bekannt ist, wird man sehr empfindsam in Bezug auf solche Spitznamen.“

Dana warf die abgelösten Acrylteile in den Abfall. „Weißt du, ich war nicht annähernd so verdorben, wie man mir nachsagte. Nachdem du mich an diesem Abend in Mikes Auto mit Bier übergossen hast, hatte ich es nicht gerade eilig, so etwas noch einmal zu erleben.“

„Und wie ging es mit Mike weiter?“

Dana zögerte etwas. „Wir haben vor ein paar Jahren geheiratet.“

„Meinen Glückwunsch“, meinte Hallie höflich. Dana sah angespannt auf ihre Arbeit. „Zu spät. Er hat mich wegen Suzanne

Costanza verlassen. Erinnerst du dich an sie?“ Hallie nickte. „Die Familie stammt aus Detroit?“

„Ja. Mike und ich sind geschieden.“

Hallie entschied, ganz offen zu sein, denn Dana schien die Wahrheit vertragen zu können. „Wenn ich mir meine einzige Verabredung mit ihm vor Augen führe, bin ich nicht sehr darüber überrascht. Er ist eher der unbeständige Typ.“

Dana zuckte zusammen. „Das damals tut mir leid. Ich war zu feige, mich zu entschuldigen, aber ich fühlte mich wirklich sehr schlecht. Ich war einfach so verrückt nach Mike und …“

„Ist schon gut. Es ist lange her. Und um ehrlich zu sein, mochte ich ihn gar nicht übermäßig. Ich habe mich mit ihm an diesem Abend verabredet, weil er …“

„Dich an Steve Whitman erinnerte?“

„Woher weißt du das?“

Dana verdrehte die Augen. „Deine Schwäche für ihn ist kein Geheimnis. Schau dir nur das Bild an, das du in der zehnten Klasse an die Fassade des alten Theaters gemalt hast. Jede Person darauf sieht Steve ähnlich. Sogar der Hund hat Steves Augen.“

„Ich bin jetzt darüber hinweg.“

„Dann hat der Kuss gestern Abend auf der Wiese nur um der alten Zeiten willen stattgefunden?“

„Hier spricht sich so etwas aber schnell herum.“

„Zu deinem Glück nicht so schnell, wie gestern Abend Steves Hände im Einsatz waren.“

„Dana!“ Hallie war gegen ihren Willen amüsiert.

„Okay, lassen wir das.“ Sie blieb einen Moment still. „Ich habe auch gehört, dass du für Anna Bethune arbeitest. Ganz schön schlimm, das mit ihrem Ehemann. Ich kann nicht verstehen, warum Matt Colton hinter dieser Sportlerin her ist, wenn er mit einer so tollen Frau verheiratet ist.“

„Wovon redest du?“

„Anna hat ihn im Bett mit Brandi Flexxum erwischt. Es steht in der ‚Galaxy News‘.“

„Gleich neben der Meldung ‚Mann beißt Hund', oder?"

„In Ordnung, es ist nicht gerade das seriöseste Blatt. Aber wenn es um Klatsch aus Hollywood geht, ist es gewöhnlich sein Geld wert", entgegnete Dana.

„Dieses Mal nicht." Hallie klang viel überzeugter, als sie tatsächlich war.

Sie arbeitete jetzt drei Jahre für Anna Bethune und hatte bislang immer nur mit ihr telefoniert. Ihrem Mann war sie allerdings bereits ein paar Mal begegnet. Matt, ebenfalls Schauspieler, war lange nicht so gefragt wie Anna und kam oft nach Carmel, wenn Anna irgendwo filmte. Er war eine Mischung aus Unsicherheit und Überheblichkeit. Hallie würde es nicht ausschließen, dass er etwas so Dummes tun würde.

Beim Gedanken, vielleicht ihren Job zu verlieren, wurde sie ganz still. Sicherlich könnte sie sich in Carmel wieder eine Wohnung mit jemandem teilen. Oder sich weiter draußen, wo die Mieten nicht so hoch waren, allein ein Apartment suchen.

Dana löste ebenfalls still den letzten Rest Acryl von Hallies Nägeln.

„Ich wollte dich nicht beunruhigen, als ich die Geschichte über Brandi Flexxum erzählte", meinte sie, als Hallie fertig war.

„Es ist okay. Es ist besser, wenn ich vorbereitet bin, falls etwas passieren sollte."

Dana nickte. „Falls du die Zeit findest, sieh doch noch einmal herein, bevor du wieder nach Kalifornien fährst, okay?"

„Das werde ich auf jeden Fall", sagte Hallie und meinte es auch so. Es war eine interessante Wendung, in Sandy Bend eine neue Freundin zu finden.

Ein paar Minuten später schob Hallie einen quietschenden Einkaufswagen durch die engen Gänge von „Hawkins Foodland", um die Zutaten für den Kartoffelsalat zu besorgen. Sie stand gerade vor den Gewürzen, als ihr jemand die Hand auf die Schulter legte. Sie musste sich nicht umsehen, um zu wissen, dass es Steve war. Seine Berührung genügte.

Sie drehte sich zu ihm um. Er wirkte, als ob er auch nicht viel geschlafen hätte. Doch bei einem Mann sah so etwas immer irgendwie sexy und verwegen aus, während sie verschwollen und blass war.

„Du bist gestern Abend nicht mehr ans Telefon gegangen", sagte er ohne Begrüßung.

„Ich war müde."

„Und heute Morgen?"

Sie ging einen Schritt zurück. „Da war ich immer noch müde."

„Jetzt siehst du wach aus, nicht wahr, Mrs Hawkins?", fragte er die Besitzerin des Ladens, die Marshmallows arrangierte.

„Meiner Ansicht nach sieht sie sehr gut aus."

Hallie wusste, dass sie in der Falle saß, und stellte ihren Wagen vor den Backmischungen ab.

Steve schob seinen Wagen hinter ihren und warf dann einen Blick auf ihre bisher eingesammelten Sachen. „Kartoffelsalat, hm?"

„Ja, genug für fünfzig Personen."

„Ich habe heute Morgen beim Kaffeetrinken dieselbe Anweisung von deinem Vater erhalten."

Hallie grinste und schaute dann in seinen Wagen. „Ich habe noch nie gehört, dass man französisches Weißbrot, Champagner und Erdbeeren für die Zubereitung von Kartoffelsalat braucht."

„Ich habe diese Aufgabe Kira übertragen, damit sie ihr schlechtes Benehmen von gestern Abend vergessen machen kann."

„Hat sie ein blaues Auge?"

„Nein. Bis jetzt sieht man höchstens eine bläuliche Färbung, aber sie hatte ihre Sonnenbrille nicht lange genug abgesetzt gehabt, um zweifelsfrei festzustellen, ob es vielleicht nur Lidschatten war."

„Und wofür sind dann die Sachen in deinem Einkaufswagen?", fragte sie.

„Wenn du es unbedingt wissen willst, sie sind für dich. Ich schulde dir ein Abendessen."

Es klang so, als ob er weit mehr als das im Sinn hatte. Ein Abendessen mit Champagner und Erdbeeren. Hallie bekam Panik. „Nein, tust du nicht."

„Okay, vielleicht schuldest du mir eines, nachdem du mich einfach so auf der Dorfwiese hast sitzen lassen. Aber wie auch immer: Wir werden zusammen zu Abend essen."

„Ich muss wirklich am Festwagen arbeiten."

„Dafür fühle ich mich genauso verantwortlich. Ich würde deinen Vater nie enttäuschen wollen. Wir werden erst arbeiten und dann essen."

Hallie zerbrach sich den Kopf, um eine gute Ausrede zu finden, und fragte sich gleichzeitig, ob sie sich wirklich herausreden wollte. „Du musst mir wirklich nicht bei dem Festwagen helfen. Ich habe dir doch gesagt, dass ich das übernehme."

Er strich mit der Fingerspitze über ihre Fingerknöchel. Dann drehte er ihre Hand um und berührte sanft den Verband, mit dem sie immer noch ihre schlimmsten Blasen abdeckte. Ihr lief ein Schauer über den Rücken.

„Hast du Angst, ich könnte deine Theorie über die Katzenallergie widerlegen?"

Genau so war es. „Keineswegs."

„Auch nicht nach gestern Abend?"

Hallie täuschte Langeweile vor. „Meinst du den kleinen Kuss auf der Wiese?"

„Auf mich wirkte er ganz schön groß", rief Mrs Hawkins vom Nachbargang herüber. „Tatsächlich habe ich heute Morgen in der Drogerie gehört, dass ..."

„Das reicht, Mrs Hawkins", rief Hallie zurück. „Wir versuchen, eine private Unterhaltung zu führen."

„Dann solltet ihr das vielleicht nicht gerade hier tun."

„Da ist etwas dran", meinte Steve. „Wir essen heute Abend in eurer Scheune." Er lehnte sich näher zu ihr, lächelte sie umwerfend sexy an und flüsterte: „Sorge dafür, dass du hungrig bist."

Hallie glaubte nicht, dass ihr das irgendwelche Probleme machen würde.

9. KAPITEL

Kartoffelsalat für fünfzig Personen zuzubereiten war die reinste Hölle. Hallie biss sich auf die Zunge, um nicht laut zu fluchen, als sie beim Abgießen der Kartoffeln heißes Wasser verschüttete.

„Du musst wieder deine Mitte finden. Wahrscheinlich brauchst du eine Meditationspause", erklang Altheas Stimme aus dem Esszimmer. Ihre Cousine hatte sich auf sicheres Terrain zurückgezogen.

„Was mich krankmacht, ist so leicht nicht aus der Welt zu schaffen."

Seitdem sie Steve im Lebensmittelladen getroffen hatte, hatte sie jede Kleinigkeit ihres Gesprächs wieder und wieder analysiert. Aber wie sie es auch betrachtete, das gemeinsame Abendessen heute schien unabwendbar zu sein. Als sie Althea davon erzählt hatte, hatte ihre Cousine das Geschehen wie immer schon vorhergeahnt.

„Du musst wirklich aufhören, sexuelles Verlangen als eine Art Krankheit zu betrachten", riet Althea.

„Es ist eine Art Krankheit, wenn es mich dazu bringt, massenweise Mayonnaise fallen zu lassen." Das erste Glas, das auf dem Boden gelandet war, hatte sie noch ihrer Ungeschicklichkeit zuschreiben können. Das zweite Glas hatte ihr jedoch gezeigt, dass sie völlig durcheinander war. Jetzt würde sie deswegen noch einmal in die Stadt fahren müssen.

„Okay, die letzten Kartoffeln sind fertig zum Abkühlen im Kühlschrank. Ich werde jetzt wieder zum Lebensmittelladen fahren." Als Hallie die Kartoffeln aus der Spüle hob, überlegte sie, was Steve genau geplant haben könnte.

Und wie sie heute Abend auf seinen Plan – wie auch immer der aussehen würde – zu reagieren beabsichtigte.

Würde sie dieses Spiel bis zu seinem unvermeidlichen Ausgang mitspielen wollen und können?

Sie hielt auf ihrem Weg zwischen Spüle und Kühlschrank

inne, um darüber nachzudenken. Wenn sie sich nicht zu lange mit den Einzelheiten aufhielt, konnte sie sich vorstellen, mit Steve ins Bett zu gehen.

Und wenn sie sich die Einzelheiten genau vorstellte … Hallie bemerkte, wie ihr heiß wurde und sich in ihrem Körper ein Kribbeln ausbreitete. Als sie in ihrer Fantasie über seine nackte Haut und die harten Muskeln strich, lockerte sie unwillkürlich den Griff, mit dem sie den Topf mit den Kartoffeln festhielt.

„Ich hab ihn!“

Hallie blinzelte, als sie Althea an ihre Seite eilen und den Topf retten sah.

„Danke“, erwiderte sie lahm und wollte Althea den Topf wieder abnehmen.

Doch Althea war vorsichtig geworden. „Ich bringe ihn jetzt zum Kühlschrank. Und wenn du wegen der Mayonnaise in der Stadt bist, kannst du gleich Tofu für den Pokerabend der Männer heute mitbringen?“

„Tofu?“

„Ja, sie wollen Kartoffelchips, aber Thor sollte heute früh ins Bett kommen.“

Und Hallie sollte heute spät ins Bett kommen.

Eine der Schrullen der sonst so vernünftigen Susan, die Steve schon fast vergessen hatte, war ihr merkwürdiges Verhalten in Restaurants. Wenn die Bedienung einen Tisch in der Ecke anbot, wollte Susan am Fenster sitzen und dann doch lieber an einem Tisch in der Mitte. Anschließend weigerte sie sich fast immer, das zu essen, was auf der Karte stand.

Steve war erleichtert, dass Susan heute ihr bestes Benehmen an den Tag legte. Sie hatte den Tisch nur einmal gewechselt. Auch ihre Kritik an den Speiseangeboten hatte sich in Grenzen gehalten.

Sie trank nervös einen Schluck Wasser. „Ich bin so froh über unser Treffen. Ich brauche wirklich jemanden, mit dem ich reden kann.“

„Ich muss schon sagen, dass ich darüber verwundert bin, nachdem du so lange nichts von dir hast hören lassen."

„Du hast mich auch nicht angerufen."

Er zuckte die Achseln. „Ich wüsste auch nicht, warum."

Ihr entschlossenes Lächeln ließ nach. „Wie auch immer. Julio hat fast die ganze Nacht irgendeinen australischen Vertrag überarbeitet und ist heute dementsprechend erledigt. Das Tennisspiel heute Nachmittag ist wohl gestrichen."

„Ihr arbeitet in derselben Sozietät. Da kennst doch du die Arbeitszeiten, oder nicht?"

Sie nickte und drehte an ihrem teuren Verlobungsring. „Ich bin nur nicht sicher, wie wir bei unseren vielen Terminen noch eine Ehe führen wollen."

„Vielleicht solltest du vielmehr darüber nachdenken, die Termine nach eurer Ehe auszurichten – und nicht umgekehrt."

Sie lachte, als ob er einen wahnsinnig lustigen Witz gemacht hätte. „Das ist gut."

In dem Moment wurde Steve der Burger und Susan ihr Salat gebracht. Nachdem Susan die Kellnerin nach der Herkunft des Aceto Balsamico gefragt hatte, konzentrierte sie sich wieder auf Steve.

„Die Hochzeit ist bereits in zwei Wochen, und ich habe das Gefühl zu ersticken. Ich würde die ganze Sache noch abblasen, wenn ich dann nicht vor aller Augen als Braut, die sich nicht traut, dastehen würde. Was denkst du, was ich tun sollte?"

Steve würde den Teufel tun, ihr darauf zu antworten. „Ich denke, dass mich das nichts angeht."

„Kira sagte, dass dein Vater dir einen Job angeboten hat."

Steve wusste, worauf das hinauslief, und wunderte sich, wie wenig raffiniert sie vorging. „Er bietet mir ständig irgendwelche Jobs an."

„Aber sie meinte, dieses Mal wäre es etwas anderes, weil du deine Stelle als Lehrer verlieren könntest."

Seine Schwester mischte sich also immer noch in fremde Angelegenheiten ein.

„Erstens bin ich jetzt Rektor und unterrichte selbst kaum noch. Zweitens steht nur infrage, ob diese spezielle Stelle nach dem kommenden Schuljahr noch zu besetzen ist."

„Oh. Also, auch wenn dein Job gestrichen werden sollte, besteht nicht die Aussicht, dass du zurück nach Chicago ziehen könntest?"

„Nicht die geringste."

„Verstehe." Und damit ging sie zum neuesten Klatsch über ihre Freunde in Chicago über.

Steve war froh, dass es ihm gelungen war, die Hoffnung, die Kira anscheinend geweckt hatte, im Keim zu ersticken. Sie beendeten ihre Mahlzeit ohne ein weiteres Wort über ihre oder seine Zukunftspläne, und er begleitete sie nach draußen. Als sie um einen Abschiedskuss bat, wollte er sich auf ein trockenes Küsschen auf die Wange beschränken, aber Susan hatte andere Absichten. Sie küsste ihn so ausgiebig auf den Mund, als wäre sie mit ihm und nicht mit Julio verlobt. Schließlich musste Steve sie energisch von sich wegschieben.

Als Steve sich umdrehte, sah er Hallie, die in ihrem Auto vor einem Stoppschild angehalten hatte. Wie es aussah, hatte er jetzt zwei Möglichkeiten: Entweder ihr zuzuwinken oder so zu tun, als hätte er sie nicht gesehen. Da Hallie eine vernünftige Frau war, entschied sich Steve für ein freundliches Winken. Sie winkte nicht zurück und funkelte ihn stattdessen böse an. Er ließ den Arm wieder sinken.

Er beobachtete, wie Hallies Mund einen entschlossenen Zug annahm, sie das Lenkrad fester packte und mit erhobenem Kopf davonraste.

Steve schüttelte den Kopf. „Whitman, mach dich auf etwas gefasst."

Niedergeschlagen stand Hallie vor dem großen Spiegel am obersten Treppenabsatz, wo sie sich als Kind ausgemalt hatte, wie sie als erwachsene Frau aussehen würde. Sie würde schlank und elegant sein, keine Sommersprossen haben, immer perfekt frisiert sein und zu jedem Sommerkleid farblich abgestimmte Sandaletten tragen. Kurzum, sie würde sein wie Susan Miller.

Und nun war sie erwachsen und war ganz und gar nicht wie Susan Miller. Das war ihr sehr bewusst geworden, als sie Susan und Steve zusammen vor dem Restaurant gesehen hatte. Es hatte wehgetan, diesem Kuss zuzuschauen. Nur Steves geschockter Gesichtsausdruck hatte verhindert, dass sie der Sache zu viel Bedeutung zumaß. Trotzdem konnte sie die Szene nicht einfach auf sich beruhen lassen.

Steve und Susan kamen nicht nur beide aus reichen Familien, sondern schienen sich auch sonst sehr ähnlich zu sein. Wenn sie, wie geplant, geheiratet hätten, hätten sie sich wahrscheinlich zwei BMW und zwei reinrassige Golden Retriever angeschafft.

Hallie zog ihrem Spiegelbild eine Grimasse. Sie war definitiv die Sparausgabe von Susan. Sie brauchte keine teuren Autos und sonstigen Luxus, sondern wollte lediglich fair und freundlich behandelt werden. Und absolut sicher sein, dass der Mann, mit dem sie Liebe machte, dabei an keine andere dachte.

Als Steve kurz bei den Brewers hereinschaute, warnte ihn Althea, dass Hallie im Moment keine positive Aura habe.

„Sie ist verstört", meinte sie. „Sehr verstört."

Damit war er fast auf das vorbereitet, was ihn in der Scheune tatsächlich erwartete. Der Festwagen war fertig, und Hallie wirkte fix und fertig. Sie saß auf einem Klappstuhl mitten in ihrem sandigen Paradies. Ihre Haare waren strähnig und ihre Kleidung war ebenso wie ihre rechte Wange mit Farbe bekleckert.

Dankbar, dass der Picknickkorb sozusagen als Puffer zwischen ihm und ihr dienen konnte, näherte sich Steve ihr vorsichtig. „Hallo."

Anstatt seinen Gruß zu erwidern, sagte sie: „Was ist denn mit dem Poloshirt los? Du siehst aus, als hättest du deine Jacht verloren, Kapitän."

Er runzelte die Stirn. Hallie war selten so bissig. „Ich trage doch immer Poloshirts."

„Mit hochgestelltem Kragen?“

„Oh.“ Er ließ sich nicht entmutigen und platzierte den Korb auf den Rand des Festwagens. Dann klappte er den Kragen um. „Besser?“

„Viel besser.“

Steve versuchte es mit einem unverfänglichen Thema. „Der Festwagen ist toll geworden. Hast du die Sonnenmotive auf die Transparente gemalt?“

„Das habe ich gestern Nacht gemacht, als ich nicht schlafen konnte. Den Rest habe ich heute fertig gemacht, während du mit … etwas anderem beschäftigt warst.“

Also würde er um das Thema Susan wohl nicht herumkommen. Er konnte auch nachvollziehen, warum Hallie ein wenig verstört war. Er war es ja auch immer noch. „Okay, bevor du mich ins Kreuzverhör nimmst, werde ich freiwillig beichten. Ich habe heute mit Susan zu Mittag gegessen, und sie hat mich geküsst. Du hast die Szene vor dem Restaurant beobachtet, nicht wahr?“

„Ja.“

„Dann lass uns darüber reden.“ Er kletterte auf den Wagen. „Gestern Abend hat Susan mich gebeten, mich mit ihr zu treffen. Ich hielt das nicht für eine wahnsinnig gute Idee, wusste aber nicht, wie ich ihr eine Abfuhr erteilen sollte, ohne dass es so aussehen würde, als würde ich ihr immer noch böse sein. Wie sich herausstellte, hat sie wegen ihrer Hochzeit kalte Füße bekommen. Es ist ihr gar nicht eingefallen, dass ich nicht die geeignete Person bin, um das zu besprechen.“

„Diesem Kuss nach zu urteilen, hat sie vielleicht angenommen, dass das genau die Nachricht ist, auf die du gewartet hast“, entgegnete Hallie.

„Nun, das ist sie nicht.“

„Tut es dir leid, dass ihr nicht geheiratet habt?“

In Wahrheit war er jetzt sehr erleichtert darüber. Je mehr Zeit er mit Hallie verbrachte, desto mehr akzeptierte er, dass er nicht für eine kühle Frau wie Susan gemacht war. Anders als dem Rest seiner Familie schien ihm ein Leben mit etwas mehr Temperament und Gefühl weitaus lieber zu sein.

„Leid?“, wiederholte er. „Auf keinen Fall. Es hätte nie funktioniert. Heute weiß ich gar nicht mehr, was wir außer dem gemeinsamen Ferienort gemeinsam hatten. Wir mögen oder wollen nicht dasselbe.“

Hallie musste gemerkt haben, dass er es aufrichtig meinte, und stand auf. „Ich sag dir was. Ich denke, wir sind jetzt mit Susan durch. Ich werde ins Haus gehen, denn ich brauche eine Dusche. Du kannst ja schon einmal das Abendessen anrichten. Ich werde in einer halben Stunde zurück sein.“ Und damit kletterte sie vom Wagen.

„Lass dir nur Zeit.“ Er hatte ein größeres Wunder zu vollbringen.

Als Hallie zurückkam, hatte Steve den Champagner in den Kühler gestellt, die dunkelgrüne Tagesdecke von seinem Bett über den ebenen Teil des Festwagens ausgebreitet, ein Dutzend brennende Kerzen aufgestellt und eine Mahlzeit aufgeboten, die zum Besten gehörte, was Sandy Bend zu bieten hatte. Diana Krall, seine Lieblingssängerin, sorgte mittels CD für die musikalische Untermalung.

Hallie hielt überrascht an der Tür inne. „Mann! Du arbeitest schnell.“

Er pfiff leise bei ihrem Anblick. Sie hatte ihre mit Farbe verschmierte Kleidung gegen ein ärmelloses schwarzes Top und weiße Shorts vertauscht, die ihre langen Beine bestens zur Geltung brachten. Ihre frisch gewaschenen Haare trug sie aus dem Gesicht gebunden.

„Du bist auch nicht von schlechten Eltern. Komm herein und schließ die Tür hinter dir.“

„Was, es hängt kein Bitte-nicht-stören-Schild draußen?“ Sie drehte sich um und lehnte sich einen Moment lang an den Türrahmen. Ihre Schultern hoben und senkten sich, als würde sie tief ein- und ausatmen, um Mut zu fassen. Steve wartete gespannt darauf, ob sie die Tür offen lassen würde, um ihm zu zeigen, dass sie für eine Nacht, die er sich erwartete, nicht bereit war.

Sie zog die Tür zu und legte den Riegel vor, den Bud vor Jahren angebracht hatte, um ungestört von Cal und Mitch an seiner Corvette herumbasteln zu können. Als Hallie sich zu ihm umdrehte und ihn nervös anlächelte, entspannte er sich. Zumindest ein bisschen.

„Nun komm herauf zu mir und lass mich dir mein Lieblingsessen kredenzen."

Sie ergriff seine ausgestreckte Hand. „Was gibt es?"

Er half Hallie auf den Wagen und ließ dann schnell ihre Hand los, bevor er in Versuchung geriet, sie in seine Arme zu ziehen und das Essen zu vergessen. „Sachen, für die man sich nicht an den Herd stellen muss."

Ihr Lächeln könnte einen süchtig machen, dachte Steve. Als sie dann auf der Decke saßen und die Füße auf dem Sandstrand ausstreckten, den sie gestern hergebracht hatten, machte er die Champagnerflasche auf und schenkte ihr ein Glas ein.

Als sie ihn kostete, sagte er: „Du weißt, dass wir heute Abend den entscheidenden Test für deine Katzentheorie durchführen. Und ich muss dir sagen, dass ich nicht viel Hoffnung habe, dass er positiv ausfallen wird."

„Wirklich?"

„Also, ich mache dir folgenden Vorschlag: Solange wir uns auf diesem Festwagen aufhalten, werden wir immer mit einem Teil unserer Körper in Berührung bleiben, egal, was wir gerade tun. Wenn deine Theorie fehlschlägt, wirst du nicht behaupten können, es hätte daran gelegen, dass ich zu wenig Einsatz gezeigt hätte."

Sie runzelte die Stirn, aber er war nicht sicher, ob es wegen seines Vorschlags war oder weil ihr die Kohlensäure des Champagners in die Nase gestiegen war.

„Werde ich die entsprechenden Körperteile aussuchen?", fragte sie.

„Ja. Schließlich will ich fair sein."

„Dann geht es klar."

Steve streifte seine alten, aber heiß geliebten Segelschuhe von den Füßen. „Das Schönste am Strand ist, im Sand barfuß zu gehen, oder?"

Dann beugte er sich zu ihr, zog ihr die Flip-Flops aus und fing an, ihre Füße im Sand einzubuddeln.

„Jetzt bewege sie nicht mehr", ordnete er an. „Ich will nicht, dass du doch noch kneifst und ausreißt."

„Als ob ich das tun würde", spottete sie.

Steve strich über ihr Bein, bis er an ihrer Hüfte und schließlich bei ihrem Ellbogen angelangt war. Dann streckte er die Hand aus, um sich Erdbeeren zu holen. Insgeheim lächelte er über den Schauer, den er damit bei ihr auslöste.

„Willst du eine?"

Als sie nickte, steckte er ihr eine kleine Beere in den Mund, dann streichelte er ihre perfekt geformte Ohrmuschel. Hallie starrte ihn an, während sie kaute und schluckte.

„Ich dachte, ich würde die Körperteile aussuchen."

Er grinste. „Nimm dir jeden Teil von mir, der dir gefällt."

Sie verschränkte ihren kleinen Finger mit seinem und krabbelte dann um ihn herum, um sich ein Stück von dem französischen Weißbrot zu holen. Als sie wieder auf ihrem Platz saß, stützte sie die Füße an seinen Beinen ab und ließ seinen Finger los.

Steve schüttelte reumütig den Kopf, als auch er sich ein Stück Weißbrot abbrach und es sich schmecken ließ. „Ich glaube, du hast den Sinn der Sache nicht wirklich verstanden."

Hallie grinste. „Ich habe den Sinn sehr gut verstanden. Nun, was hast du noch, um mich zu füttern?"

Er drehte sich auf die Seite, um die mit Spargel gefüllten Schinkenrollen zu holen. Als Hallie die Köstlichkeit probierte, fuhr er mit der Handfläche über die seidige Haut ihrer Schienbeine, die ebenfalls mit Sommersprossen übersät waren.

„Und wie ist der Strand in Carmel?"

Sie trank einen Schluck Champagner. Er bemerkte, dass ihre Hände zitterten.

„Nicht sehr groß, aber nett", sagte sie. „Dennoch bin ich nicht oft dort. Wenn ich ein Wochenende freihabe, gehe ich lieber zum Point Lobos, einem Naturreservat ganz in der Nähe. Wenn es ein schöner Tag ist, nehme ich meine Aquarellfarben mit, um zu malen."

Um zu sehen, wie sie reagieren würde, und weil es sich so verdammt gut anfühlte, legte er seine rechte Hand in ihre Kniekehle und fing an, die zarte Haut dort zu liebkosen. Hallie erbebte, redete aber einfach weiter.

„Manchmal, wenn es dort ganz still ist, kann ich die Rufe der Seeotter hören."

Mit der linken Hand strich er am Rand ihrer Shorts entlang. Sie war so appetitlich, dass er sie am liebsten aufessen würde.

„Wusstest du, dass Seeotter ihre Lieblingsfelsen haben?", fragte sie und stotterte leicht.

Nur weil er sie so gern ansah, rückte er näher und umfasste ihr Gesicht. „Hast du jemals versucht, deine Sommersprossen zu zählen?"

„Meistens habe ich versucht, sie verschwinden zu lassen."

„Warum wolltest du das nur? Sie sind ein Teil von dir und machen dich zu … zur einzigartigen Hallie." Er küsste sie zart auf die Wange. Hallie wich zurück.

„Oh nein, nicht den Kontakt abbrechen", erinnerte er sie.

„Du machst mich nervös."

„Nervös im positiven oder im negativen Sinn?"

„Einfach nervös."

Gut, dachte er. „Also, was hältst du nun von deiner Katzentheorie?", fragte er.

„Sie müsste etwas überarbeitet werden."

Er grinste über ihr widerwilliges Eingeständnis. „Sie ist hinfällig. Aber weißt du, ich habe mir ebenfalls Gedanken über unser Problem gemacht." Er stand auf. „So wie ich es sehe, müssen wir einfach für ein ausgeglichenes Verhältnis zwischen uns sorgen."

Hallie wurde der Mund trocken. Er hatte sie bereits mit seinen Berührungen fast um den Verstand gebracht, aber sie hatte das Gefühl, dass das im Verhältnis zu dem, was jetzt kam, noch harmlos gewesen war. „Wie meinst du das?"

„Ich meine, dass ich jetzt mit Ausziehen an der Reihe bin." Er zog das weiße Polohemd aus und warf es auf den Boden. Sie starrte auf seine breite, gebräunte Brust, die mit feinen goldblonden Haaren bedeckt war. „Du hast mich ja schon unzählige Male ohne Hemd gesehen", sagte er.

Hallie erinnerte sich allerdings nicht daran, dass er so gut ausgesehen hatte.

„Um wirklich fair zu sein, müssen wir noch ein Stück weiter gehen, oder?", fragte er.

„Nein, wirklich, ich bin sicher, dass wir jetzt quitt sind."

Er legte die Hand auf den Knopf seiner Jeans, und sie plapperte einfach weiter, als ob Worte ihn zurückhalten könnten. Ihr Blick war starr auf den Hosenknopf gerichtet, den er jetzt aufgemacht hatte, aber als er zum Reißverschluss überging, schloss sie die Augen.

Trägt er Boxershorts oder einen Slip? Oder vielleicht gar nichts? überlegte sie, nun doch in Versuchung geführt, sich ihren Fantasien zu überlassen.

Da sie nichts sah, reagierte sie umso empfindlicher auf das Geräusch, das deutlich machte, dass er die Jeans ausgezogen hatte. Dennoch hielt sie ihre Augen geschlossen.

„Nun ist das Verhältnis schon ausgewogener."

Hallie zwang sich, die Augen aufzumachen, und schaute ihm ins Gesicht, brachte es aber nicht fertig, den Blick weiter nach unten wandern zu lassen.

„Feigling", sagte er und lachte herausfordernd. „Mensch, trau dich doch einfach."

Sie musterte ihn von oben bis unten.

Steve gehörte zu den Männern, die Boxershorts trugen.

Und er war sehr sexy in seinen Boxershorts aus mitternachtsblauer Seide, die seinen gut gebauten Körper in Szene setzten.

„Es gibt noch eine Sache, die ich hinzufügen muss, bevor wir wirklich quitt sind", sagte er. Das klang sehr ernsthaft. „Hallie, ich will dich."

Das war kein Spiel mehr. Es wurde jetzt so ernst, dass ihr Leben vorher nur eine Aufwärmphase für diesen Moment gewesen zu sein schien. Er wollte sie. Und auch wenn er es nicht gesagt hätte, hatte seine körperliche Reaktion sein Verlangen schon sehr deutlich werden lassen.

Er wollte sie. Welche Entscheidung sie jetzt auch immer treffen würde, sie würde damit leben müssen. Ohne zu wissen, was sie tat, stand sie auf und hatte keine Ahnung, ob sie im Begriff war, ihm in die offenen Arme zu fallen oder die Flucht zu ergreifen.

Am intelligentesten wäre es wohl, einfach zu gehen. Nur würde sie sich dann jeden Tag ihres restlichen Lebens fragen, wie es wohl gewesen wäre, von Steve geliebt zu werden. Aber wenn sie der Versuchung nachgab, würde nach ihrer Rückkehr nach Carmel die Einsamkeit und der Verlust kaum zu ertragen sein.

„Hallie?"

Sie sah wieder in das Gesicht, das sie liebte – ja, liebte –, solange sie zurückdenken konnte. Die Verletzlichkeit, die sich dort widerspiegelte, seine aufrichtige Fürsorge und Zuneigung machten ihr den nötigen Mut, der sie schon verlassen zu haben schien.

Ganz langsam ging sie im Kreis um ihn herum, ließ ihren Finger am Bund seiner Boxershorts entlangwandern und merkte, wie sich seine Muskeln anspannten. Dann blieb sie vor ihm stehen und tippte mit dem Zeigefinger auf seinen Bauchnabel.

„Sehr nett. Aber du hast mir immer noch nichts gezeigt, was ich nicht schon am Strand gesehen hätte."

„Stimmt", meinte er mit rauer Stimme, als ob es ihm Mühe machte zu sprechen.

Sie beugte sich zu ihm, hauchte einen Kuss auf sein Schlüsselbein und kostete dann spielerisch den leicht salzigen Geschmack seiner warmen, glatten Haut.

Sie trat zurück und sah ihn lächelnd an. „Dennoch möchte ich nicht, dass du denkst, ich würde die Situation ausnutzen, und werde deshalb auch etwas tun."

Als sie ihre Bluse langsam aufknöpfte und auszog, zitterten ihre Hände. Zum Vorschein kam ein knapper grüner BH. „Sind wir jetzt quitt?"

„Ich würde sagen, wir sind auf dem besten Weg dazu." Und damit ging er den letzten Schritt auf sie zu. Hallie schlang die Arme um seinen Hals, als er sie auf den Mund küsste. Sie berührte mit der Zunge zärtlich und fordernd seine Lippen, und er hieß sie willkommen, um dann auch ihren Mund zu erforschen.

Steves Haut an ihrer zu spüren war für Hallie eine herrliche Erfahrung. Mit einer Hand streichelte er zunächst ihren Rücken, um dann geschickt den Verschluss des BHs aufzumachen.

Während Hallie ihn weiter küsste, fuhr Steve mit den Daumen unter die Träger des BHs und schob sie ihr von den Schultern.

Sie wich gerade so weit zurück, damit er ihr den BH ganz ausziehen konnte. Dann schaute er sie an. Obwohl sie kühn wirken wollte, fühlte sie, wie sie errötete, so heiß wurde ihre Haut unter seinem Blick.

Sanft und beinahe ehrfürchtig liebkoste er die empfindliche Rundung ihrer Brust. „Du bist so schön. Noch schöner, als ich es mir in meiner Fantasie ausgemalt habe."

In ihren Augen brannten Tränen. Sie fühlte sich so vollkommen unvorbereitet und wollte dennoch auf keinen Fall damit aufhören. „Ich habe das bisher nur einmal getan. Und es hat sich als totales Desaster herausgestellt."

„Und wie, glaubst du, wird es dieses Mal ausgehen?"

„Ich würde sagen, heute stehen meine Chancen besser."

Er nahm ihre Hand und legte sie auf sein Herz, das vor Verlangen heftig schlug. Mit der anderen Hand umfasste er ihr Kinn so, dass sie ihm in die Augen sehen musste. Auf seinem Gesicht spiegelte sich sein Begehren wider. „Glaubst du das wirklich, Hallie?"

„Ich bin bereit, es auszuprobieren."

Er verzog den Mund zu dem halben Lächeln, das schon immer ihr Verderben gewesen war. „Gut."

Steve löste sanft das rote Band, das ihr Haar zusammenhielt, und schob die Hände in die seidige Pracht. Als er ihr mit den Fingern die Haare aus dem Gesicht kämmte, seufzte sie.

„Seide und Zimt", murmelte er. „Immer wenn du mir in den Sinn kamst, musste ich gleichzeitig an Seide und Zimt denken."

Mit den Fingerspitzen fuhr er zwischen ihren Brüsten entlang bis zur Taille und wieder zurück. Dann zog er die Linie ihres Schlüsselbeins nach. Und während er anschließend ihren Hals mit Küssen bedeckte, strich er mit den Handflächen über ihre Hüften und die Wölbung ihres Pos.

Hallie schmiegte sich noch enger an ihn, um ihm zu zeigen, dass er ihre Brüste berühren sollte.

Sie verschränkte ihre Finger mit seinen, führte seine Hand erst zu ihrem Mund, wo sie seine Fingerspitze befeuchtete, und dann zu ihrer Brustspitze. Und während sie freudig stöhnte, sog er heftig die Luft ein.

„Ich habe versucht, es um unser beider willen ganz langsam angehen zu lassen, aber das werden wir nicht durchhalten, oder?" Hallie, die kaum sprechen konnte, schüttelte entschieden den Kopf. Er legte sie auf die auf dem Wagen ausgebreitete Decke, und sie beobachtete ihn dabei, wie er die Reste ihres Abendessens zurück in den Korb packte. Dann legte er sich zu ihr, zog sie in seine Arme und küsste sie mit einer Leidenschaft, die sie ebenso innig erwiderte.

Als sie Steve später erlaubte, ihr das letzte Kleidungsstück vom Körper zu streifen, und er damit begann, eine neue Stelle ihres Körpers zu berühren, konnte sie keinen klaren Gedanken mehr fassen.

Obwohl die Luft genauso warm war wie ihre feuchte Haut, erschauerte Hallie, als er sich schließlich kurz von ihr löste, um ein Kondom aus seiner Brieftasche zu holen und es sich überzustreifen. Dann kam er wieder zu ihr.

Sie strich ihm die Haare aus der Stirn. Er lächelte sie so zärtlich an, dass sie glaubte, ihr Herz würde zerspringen. „Willst du mich immer noch, Hallie?"

Immer, antwortete ihr Herz, aber sie würde ihn nie mit diesem Wort verpflichten wollen. Stattdessen hob sie sich ihm entgegen und spürte, wie heftig er erschauerte, als er in sie eindrang.

Viel später, als sie beide erschöpft beieinanderlagen, zog Steve sie fest an sich. „Und, war es nun ein vollkommenes Desaster?"

Sie lächelte. „Ich könnte mich überreden lassen, es noch einmal zu tun."

Und Steve stellte unter Beweis, dass er sehr viel Überredungskraft besaß.

Als Steve aufwachte, drang helles Sonnenlicht durch die Fenster der Scheune. Er gähnte und streckte sich. Und lächelte, als Hallie sich im Schlaf enger an ihn schmiegte.

Die vergangene Nacht war einfach unglaublich gewesen und hatte ihn sehr durcheinandergebracht. Er hatte immer ganz genaue Vorstellungen darüber gehabt, was er von einer Frau wollte und selbst bereit war zu geben.

Vorher hatte er gedacht, einer Frau zwar nah, aber nicht zu nah sein zu wollen. Doch bei Hallie war das anders. Und das war nicht nur körperlich, auch wenn er für immer in ihr bleiben würde, wenn er das könnte.

Obwohl er ein Mann war, der neben der Erfüllung seiner eigenen Bedürfnisse ebenso daran interessiert war, dass die Frau ihr Vergnügen fand, hatte er sich bisher unbewusst doch stets an die erste Stelle gesetzt. Jedoch nicht, als er Hallie in seinen Armen gehalten hatte.

Er brauchte Zeit, um herauszufinden, warum es mit ihr so anders war. Warum dieses Rätsel wahrscheinlich auch nicht dadurch zu lösen wäre, dass sie sich wieder und wieder liebten. Und warum er den Gedanken, mit jemand anders als Hallie im Bett zu liegen, plötzlich überhaupt nicht reizvoll fand.

Hallie bewegte sich. „Hallo, du", murmelte sie.

Er stützte sich auf, um ihr beim Aufwachen zuzusehen. Je besser er sie kennenlernte, desto mehr würde er vielleicht auch über sich erfahren. „Guten Morgen. Hast du gut geschlafen?"

„Nun, das Bett war ein bisschen hart, aber ich will mich nicht beschweren.“ Sie strich ihm über das Kinn. „Wie Sandpapier. Ich mag dieses Gefühl.“

Wahrscheinlich nicht annähernd so sehr, wie er es mochte, von ihr berührt zu werden. Dennoch brachten ihn ihre Worte zurück in die Realität. Er konnte kaum ohne Dusche und unrasiert bei der morgendlichen Besprechung in der Schule aufkreuzen. Doch hinüber ins Haus zu gehen und zu riskieren, Hallies Brüdern oder Bud über den Weg zu laufen, war keine Alternative. Es war ihm unangenehm genug, dass die drei Brewers sich nur zu gut vorstellen konnten, was er und Hallie hier miteinander angestellt hatten. Und was er jetzt sofort wieder tun würde, wenn er die Zeit dazu hätte.

Steve wusste, dass er bald aufstehen musste, sah zur Sicherheit aber noch einmal auf seine Uhr.

„Was ist los?“, fragte Hallie, die immer noch an seine linke Seite gekuschelt neben ihm lag.

„Nichts. Mir ist nur eingefallen, dass ich in der Highschool eine Besprechung habe.“ Er bemerkte ihre Anspannung und bedauerte, dass er sie an die Welt außerhalb dieser Scheune erinnert hatte.

„Ich verstehe schon“, sagte sie und rollte von ihm weg. „Du musst wahrscheinlich los.“

Ihr gereizter, fast distanzierter Ton machte ihm zu schaffen. Er weigerte sich, auf ein nächtliches Vergnügen reduziert zu werden. Er zog sie zurück in seine Arme und küsste sie, bis sie sich wieder entspannte. Dann strich er über ihre Haare. „Denkst du wirklich, dass es so enden wird? Dass wir nach einer Nacht einfach wieder auseinandergehen?“

Sie legte ihre Hand auf seine. „In zwei Tagen werden wir beide einfach auseinandergehen“, verbesserte sie ihn sanft.

Das war es, was er geglaubt hatte zu wollen. Es schien auch immer noch das einzig Vernünftige zu sein. Dennoch hatte Steve das Gefühl, als hätte man ihm einen Schlag in den Magen verpasst. Zwei Tage würden ihm niemals genügen.

10. KAPITEL

Hallie hatte noch nie zum Frühstück in Kartoffelsalat geschwelgt, aber heute schien es ihr der perfekte Start in den Tag zu sein. Sie hatte gestern Abend nicht viel gegessen und gehörte nicht zu den Frauen, die den Tag mit Rohkost begannen. Außerdem brauchte sie etwas, mit dem sie ihre Aufregung betäuben konnte.

Sie hatte sich heute Morgen wie eine Idiotin aufgeführt. Obwohl sie sich eingeredet hatte, über die Vergangenheit hinweg zu sein, war ihr erster Gedanke nach dem Aufwachen gewesen: Und jetzt wird er dir das Herz brechen. Das hatte er nicht, allerdings könnten die Umstände das für ihn erledigen.

Nachdem sie eine Weile um den heißen Brei herumgeredet hatten, hatten sie verabredet, sich mittags in Steves Haus zu treffen. Den Morgen wollte Hallie dazu nutzen, sich darüber klar zu werden, was die vergangene Nacht für sie bedeutete.

Zum Glück herrschte im Haus Ruhe. Ihre Brüder waren bereits zur Arbeit gegangen, und ihr Dad und Althea ließen sich nicht blicken. Das war auch gut so, denn sie war noch nicht wieder in der Verfassung, ihnen gegenüberzutreten.

Hallie füllte ihre Müslischale mit Kartoffelsalat und stellte den Rest abgedeckt wieder in den Kühlschrank.

Mit der Schale und einer Gabel in der Hand ließ sie sich vor dem Fernseher im Wohnzimmer nieder. Sie zappte sich durch die Kanäle und blieb dann bei einem Lifestyle-Programm hängen, in dem die Moderatorin gerade die neuesten Promi-Nachrichten vorlas.

„Der Sprecher von Anna Bethune hat bestätigt, dass sie und Matt Colton sich getrennt haben. Beide bitten darum, dass in dieser sehr schwierigen Zeit ihre Privatsphäre respektiert wird."

Hallie blieb der Kartoffelsalat in der Kehle stecken. Sie schluckte angestrengt und stellte die Schale ab. Ohne zu wissen, was sie eigentlich tat, ging sie in die Küche zurück.

Cousine Althea saß am Tisch und hatte ihre Kristalle vor sich ausgebreitet. Sie lächelte Hallie zu, aber ihre fröhliche Miene wich schnell einem besorgten Ausdruck.

„Erneut eine unheilvolle Aura“, sagte sie und rollte einen Amethyst zwischen ihren Fingern hin und her.

„Hast du meinen Dad gesehen?“ Bis sie es ausgesprochen hatte, hatte Hallie gar nicht bemerkt, dass sie Trost bei ihrem Vater suchte.

„Er ist bei seinem wöchentlichen Treffen der Tee-Gruppe der Frauen.“

Hallie blinzelte. „Der was?“

„Der Tee-Gruppe der Frauen“, wiederholte Althea. „Dein Vater ist der Vereinigung der Damen vor ein paar Wochen beigetreten. Sie …“

„Sie trinken Tee?“

„Eigentlich trinken sie schottischen Whisky.“

„Okay, also er ist weg bis Mittag?“

„Eher, bis es Zeit zum Abendessen wird. Gibt es etwas, über das du reden möchtest? Es hat doch nichts mit Steve zu tun, oder?“ Althea hielt inne und fügte dann alarmiert hinzu: „Ihr habt doch einen Schutz benutzt, hoffe ich?“

Plötzlich fühlte Hallie den überwältigenden Drang, ihren Blutsverwandten zu entkommen. „Nein auf deine ersten beiden Fragen und ja auf die letzte, obwohl ich nicht fassen kann, dass du mich das gefragt hast.“ Sie griff nach ihren Autoschlüsseln, die am Bord neben der Hintertür baumelten. „Falls Steve anruft, sag ihm, dass ich ins ‚Hair Dungeon‘ gefahren bin, ja?“

Althea hielt ihr einen blauen Stein hin. „Trag den bei dir. Er wird beruhigend auf dich wirken. Oh, und am besten auch etwas Jade.“

Hallie ließ die Steine in ihre Hosentasche gleiten.

Als Hallie im „Hair Dungeon“ eintraf, färbte Dana gerade einem jungen Mädchen die Haare.

„Ich hoffe, es stört dich nicht, dass ich hier einfach so hereinschneie“, sagte Hallie.

„Nein, ich freue mich über deine Gesellschaft." Dana verteilte eine weiße Masse auf einer Haarsträhne des Mädchens, die sie anschließend in Alufolie verpackte.

„Du hattest recht mit Anna Bethune und Matt Colton", erzählte Hallie.

Einen Moment lang begegneten sich ihre Augen im Spiegel. „Das tut mir leid, aber ich habe das gleich geglaubt. Was wird das für deinen Job bedeuten?"

„Keine Ahnung. Ich vermute, ich werde einfach warten müssen, bis ich etwas höre. Zumindest habe ich noch den Teilzeitjob in der Kunstgalerie.

Dana hob die Augenbrauen. „Der wie viel einbringt?"

„Genug, um mein Benzin und die Parkgebühren zu bezahlen."

„Okay, du brauchst also einen Plan. Da bist du bei mir gerade richtig. Ich habe einen Fünf-Jahresplan aufgestellt, einen Zehn-Jahresplan und sogar einen Plan für den Fall, dass ich als Julia Roberts wiedergeboren werden sollte."

„Der Plan muss wirklich gut sein."

Dana grinste. „Er hilft einem jedenfalls in einsamen Nächten." Sie sah Hallie an. „Du willst in Kalifornien bleiben, richtig?"

„Die meisten meiner Freunde aus dem College leben immer noch in der Nähe von Carmel, also ja, denke ich."

„Was könntest du tun, um Geld zu verdienen?"

Genau dieselbe Frage hatte ihr Vater gestellt, als sie ihr Kunststudium beendet hatte. Und sie hörte die Frage jetzt auch nicht lieber als damals.

„Da es Carmel nicht gerade an Künstlern mangelt und ich nicht von dreihundert Dollar leben kann, die ich vergangenes Jahr dazuverdient habe, werde ich vermutlich meine anderen Talente nutzen müssen." Sie begann mit der Auflistung. „Ich kann das Personal für den Garten und für das Haus so koordinieren, dass sie sich nicht im Weg sind. Ich kann mit Innenarchitekten, ungebetenen Gästen und dreisten Paparazzi umgehen. Und ich kann Blumen arrangieren."

„Großartige Fähigkeiten“, meinte Dana nicht ohne Ironie. „Kennst du vielleicht einen zurückgezogen lebenden Milliardär, der eine Frau sucht?“

„Okay, ich habe in Kalifornien nicht gerade ein normales Leben geführt. Dennoch könnte ich einen Job als Assistentin oder so bekommen.“

„Dein Lebenslauf wird nicht gerade ein Knüller werden.“

„Ja, und vermutlich sollte ich mich am besten sofort hinsetzen und damit anfangen.“

Dana verpackte die letzte Haarsträhne des Mädchens in Alufolie. Hallie dachte daran, ihren Vater anzurufen. Es war nicht zu leugnen, dass das Mädchen mit den Aluminiumstacheln auf dem Kopf wie ein Alien aussah.

„Hast du zum Mittagessen schon etwas vor?“, fragte Dana. „Wenn Skye fertig ist, habe ich vor zwei Uhr keine neue Kundschaft. Vielleicht könnten wir etwas essen und über Lösungen für dein Problem nachdenken.“

Hallie lächelte. Sie war nicht vor ein Uhr mit Steve verabredet. „Sehr gern.“

Wer hätte gedacht, dass die wilde Dana Devine beruhigender sein konnte als Kartoffelsalat und Altheas Steine zusammen?

Nach einem vergnüglichen Mittagessen mit Dana kam Hallie ein paar Minuten zu spät bei Steves Haus an. Aber sie brauchte sich deshalb keine Gedanken zu machen. Das einzige Auto, das vor dem Eingang parkte, war Kiras.

Nachdem Hallie hin und her überlegt hatte, ob es nicht besser wäre, draußen auf Steve zu warten, klopfte sie an die Tür.

„Bist du das, Susan?“, rief Kira.

Na prima. Also könnte auch Susan hier noch auftauchen, die auf Hallies Liste von Schlechte-Laune-Machern noch vor Kira rangierte. „Nein, Kira, hier ist Hallie Brewer.“

„Was willst du?“, erwiderte Kira ruppig.

„Ich würde gern hereinkommen und auf Steve warten, falls du nichts dagegen hat.“

„Nun, warte einen Moment."

Hallie hätte in der Zeit, bis Kira endlich an der Tür erschien, ein ganzes Buch über gutes Benehmen schreiben können.

„Ich denke, du kannst hereinkommen", sagte Kira.

„Danke, ich verspreche, das Silber nicht zu stehlen."

Als sie durch die Küche gingen, bemerkte Hallie, dass neben einer Anzahl Konserven auch mehrere große Behälter mit Kartoffelsalat aus dem Supermarkt auf der Theke standen. Kira war anscheinend clever genug gewesen, fertigen Kartoffelsalat aus dem Supermarkt zu besorgen.

„Möchtest du, dass ich dir helfe, die Einkäufe wegzuräumen?", fragte sie, weil es ihrer Meinung nicht schaden konnte, die Wogen zwischen ihr und Kira etwas zu glätten.

„Welche Einkäufe? Ach, die. Darum kann ich mich selbst kümmern."

Kira blieb in der Küche stehen, während Hallie ins Wohnzimmer ging und zum Kaminsims schlenderte, auf dem Familienfotos standen. Auch eines von Kira in dem Alter, als Hallie und sie noch dicke Freundinnen gewesen waren.

„Willst du im ganzen Haus herumschnüffeln, bevor mein Bruder kommt?", fragte Kira hinter ihr.

Das Foto musste nostalgische Gefühle in Hallie wachgerufen haben, denn sie hörte sich fragen: „Können wir nicht Waffenstillstand schließen? Ich werde nur noch ein paar Tage hier sein und würde gern zumindest eine gute Erinnerung an dich mitnehmen."

Einen kurzen Moment wirkte Kira erstaunt, bevor sie wieder eine kühle Miene zur Schau trug. „Ich wusste gar nicht, dass wir uns im Krieg befinden."

Hallie lächelte. „Ach nein?" Sie ließ sich in einem behaglich wirkenden Lehnstuhl nieder. Kira stand zunächst ratlos mitten im Zimmer, setzte sich aber schließlich auf den Rand des Sofas. Dann warteten beide darauf, dass die andere den ersten Schritt machen würde.

Zu Hallies Überraschung gab Kira nach. „Steve sagte, dass du eine Art Künstlerin bist."

„Ich male überwiegend Aquarelle, obwohl ich noch nicht so weit bin, davon zu leben und meinen normalen Job aufgeben zu können." Mal vorausgesetzt, sie hatte noch einen. „Und was tust du so inzwischen?"

„Nicht viel", meinte Kira beinahe verlegen. „Ich muss ja nicht so etwas Stupides tun, wie für meinen Lebensunterhalt zu arbeiten", fügte sie dann doch überheblich hinzu.

Hallie lachte leise. „Du Glückliche. Ich muss allerdings zugeben, dass ich gern arbeite. Es strukturiert meinen Tag und gibt mir das Gefühl, etwas zu leisten."

„Ich habe daran gedacht, zurück auf die Schule zu gehen", sprudelte Kira heraus. „Oder vielleicht damit anzufangen, Partys zu organisieren."

„Beides klingt gut."

Kira fummelte an ihrem Ohrring herum. „Ich hatte einen Job in einer Boutique in Chicago, aber das war schrecklich. Ich weiß nicht, wie die Leute so etwas aushalten. Sie wollten, dass ich am Wochenende arbeite. Es hat mich einfach zu viel Zeit gekostet."

Dieses Gespräch kostete Hallie allmählich mehr Nerven, als Kiras Anfeindungen es getan haben könnten. „Ich bin sicher, wenn du etwas findest, das dich inspiriert, wirst du dabeibleiben."

In dem Moment hörte Hallie, dass die Haustür aufging. Als Steve ins Wohnzimmer kam, lächelte sie ihn erleichtert an.

Er beugte sich zu ihr und küsste sie. „Hallo, meine Schöne." Kira schnaubte entrüstet.

„Tut mir leid, ich bin zu spät."

„Es ist okay. Kira und ich haben uns gut unterhalten", erwiderte Hallie.

Steve lächelte skeptisch und streckte ihr einladend die Hand hin. „Komm mit mir zum Strand."

„Wahnsinnig gern." Sie ergriff seine Hand und stand auf. Sie hatten das Haus gerade verlassen, als Kira ihnen hinterherrannte.

„Warte, Steve. Das habe ich fast vergessen. Kann ich morgen in deinem Haus eine kleine Junggesellinnenparty veranstalten, die ich für Susan plane?"

Er lachte. „Du machst Witze, oder?“

„Nein, das ist mein Ernst.“

„Gut, dann gebe ich dir eine ernste Antwort. Auf gar keinen Fall, du verdammte …“

„Schon gut, du musst ja nicht gleich böse deshalb werden.“ Kira drehte sich auf dem Absatz um.

Steves Seufzer zeigte, wie satt er das alles hatte. „Nur weg hier, bevor sie mich noch fragt, ob ich als Überraschung aus der Torte springe.“

Oben auf den Dünen zogen sie ihre Schuhe aus und gingen hinunter zum Strand. Am Ufer des Michigansees wehte eine frische Brise, in die Hallie genüsslich ihr Gesicht hielt.

„Das ist das Paradies“, sagte sie.

Steve war still, und sie warf ihm einen Blick zu. Er hatte die Lippen sorgenvoll zusammengepresst. „Willst du eine Weile spazieren gehen?“, schlug sie vor.

„Ja.“

Ohne ein weiteres Wort gingen sie in nördlicher Richtung am Ufer entlang und kehrten dann genauso schweigsam wieder an den Strand vor Steves Haus zurück.

Hallie konnte Steves gereizte Stimmung förmlich spüren.

„Es war wohl ein harter Tag?“, fragte sie, um ihn zum Reden zu bringen.

„Er war schlimm.“ Nach einer Pause sagte er verärgert: „Ich will nicht zusehen, wie die Highschool geschlossen wird und die Kinder fast eine halbe Stunde lang mit dem Bus zur nächsten Schule fahren müssen.“

Ihre Probleme mit dem Job erschienen Hallie auf einmal sehr unbedeutend. „Ist es zu spät, um die Schließung aufzuhalten?“

„Ich weiß nicht. Ich versuche es mit allen Mitteln. Es ist nicht so, dass uns die Steuergelder für die Schule fehlen. Es stimmt, dass wir derzeit zu wenig Schüler haben, aber die Erhebungen zeigen, dass die Zahl der Kinder im schulpflichtigen Alter in den nächsten Jahren wieder stark zunehmen wird.“ Steve rieb sich die Stirn. „Tut mir leid. Die demographische Entwicklung hier ist wahrscheinlich das Letzte, worüber du reden willst."

Sie legte ihm die Hand auf den Arm. „Es ist okay. Ich weiß, dass dir das zu schaffen macht. Manchmal muss man etwas nur aus der Perspektive eines anderen Menschen sehen."

Er schüttelte den Kopf. „Ich will nicht deine Zeit verschwenden."

Hallie zögerte, sagte dann aber doch ihre Meinung. „Selbst auf die Gefahr hin, wie Althea zu klingen: Vielleicht bist du zu negativ und solltest auch für andere Möglichkeiten offen sein. Und einmal darüber nachdenken, was du durch diesen Verlust eventuell gewinnen könntest." Das versuchte sie bei so vielen Dingen zu tun. Inklusive der Tatsache, dass sie wieder von Sandy Bend und Steve weggehen würde.

Sein Lachen klang aufgesetzt. „Ich werde bei Sonnenaufgang anfangen zu meditieren, und die Erleuchtung wird sicher folgen."

„Es könnte dir einfach helfen." Hallie wünschte, er würde ihre Anregung ernst nehmen.

Steve seufzte. „Was mir wirklich helfen würde, ist, bei dir zu sitzen und den ganzen Mist für eine Weile zu vergessen." Er führte sie zu dem alten Liegestuhl, in dem sie ihn vor zwei Tagen schlafend gefunden hatte.

Vor zwei Tagen?

Der Gedanke bestürzte Hallie, erschreckte sie fast. Es schien schon so viel länger her zu sein, dass sie nach Hause gekommen war – beinahe, als wenn sie nie fort gewesen wäre.

„Warte einen Moment." Steve rückte den Liegestuhl zurecht, klappte die Rückenlehne hoch und setzte sich mit gespreizten Beinen hinein. Dann klopfte er auf den freien Platz vor sich. „Komm zu mir."

Hallie setzte sich vor ihn und lehnte sich mit dem Rücken an seine Brust. Er schlang seine Arme um sie und legte seine ausgestreckten Beine neben ihre auf die Liege. Das leise Auf und Ab seines Brustkorbs, wenn er atmete, beruhigte sie.

Er bettete sein Kinn auf ihrem Kopf, und dann saßen sie einfach still da und genossen die Nähe des anderen. Hallie beobachtete eine Möwe am Himmel und hörte die am Ufer spielenden Kinder lachen. Sie schloss die Augen und stellte sich vor, ihr Leben würde ewig so weitergehen.

„Ich versuche schon die ganze Zeit, Worte für das zu finden, was gestern Nacht zwischen uns geschehen ist. Aber alles, was mir einfällt, würde irgendwie seicht klingen", sagte Steve schließlich. „Ich möchte einfach, dass du weißt, dass es nicht nur um Sex ging."

Sie lächelte. „Ja, aber der war auch gar nicht schlecht."

Er lachte. „Wenn du das findest, werde ich mir wohl mehr Mühe geben müssen." Er küsste sie auf die Schulter. „Ich werde Kira gleich nachher sagen, dass es Zeit für sie ist, sich wieder eine andere Bleibe zu suchen. Die nächsten beiden Nächte werde ich unter keinen Umständen mit jemand anders zusammen sein als mit dir. Und das werde ich auf keinen Fall im Haus deines Vaters tun."

Aus seinem Mund zu hören, wie wenig Zeit ihnen noch blieb, war die reinste Qual für Hallie. Selbst wenn sie wirklich ihren Job verlieren würde, erschien die Möglichkeit, wieder nach Sandy Bend zu ziehen, nicht gerade verlockend. Sie war bereit gewesen, Steve ohne jedes Versprechen und weitere Verpflichtung in die Arme zu sinken. Aber sie hatte auch ihre ganze Jugend damit verbracht, ihm hinterherzulaufen. Ihre Würde und ihr verwundbares Herz sagten ihr, dass sie nun allein ihren Weg weitergehen musste. Da ihr Tränen in die Augen stiegen, war sie dankbar, dass Steve ihr nicht ins Gesicht sehen konnte.

„Was, keine weitere Party auf dem Festwagen?" Sie war erleichtert, dass ihre Stimme nicht bebte.

„Ein Strand – selbst wenn er nur aufgeschüttet und mit einer Decke versehen ist – wird als Ort für die Liebe weit überschätzt."

Hallie dachte an den Sand heute Morgen in der Dusche und musste ihm recht geben. Und eigentlich war sie schon immer ein altmodisches Mädchen gewesen. Die Vorstellung, mit Steve in einem großen Bett zu liegen, war weit verlockender.

„Dann bist du also heute Abend mit mir zum großen Picknick verabredet?“, fragte Steve.

„Eine richtige Verabredung? Keine, bei der wir zwar gemeinsam hingehen, uns aber dann ignorieren, wie neulich?“

Er lachte leise. „Ja, eine richtige Verabredung. Ich werde dir sogar eine Ansteckblume mitbringen. So wie es Mr Hawkins immer bei Mrs Hawkins getan hat.“

Hallie lächelte, als sie sich an einige der mit Bändern geschmückten Ansteckblumen erinnerte. „Die waren ganz schön pompös, nicht wahr?“

„Ja, und sie hat sie immer noch Tage danach getragen, bis sie vollkommen verwelkt waren.“ Er zögerte, fügte aber dann hinzu: „Sie haben eine Ehe geführt, wie sie meiner Meinung nach sein sollte. Seitdem er gestorben ist, habe ich ihr anonym jedes Jahr zum großen Picknick eine Ansteckblume geschickt. Irgendwie ein bisschen blöd, nicht?“

Hallies Herz quoll über vor Liebe. Sie schloss die Augen und versuchte, gegen den unerwünschten Ansturm der Gefühle anzukämpfen. „Ich denke, so etwas Süßes habe ich noch nie im Leben gehört.“ Diesmal bebte ihre Stimme.

„Du hast meine Frage nicht beantwortet. Haben wir eine Verabredung?“ Er klang immer noch verlegen.

Hallie drehte sich um und kniete vor ihm. „Dir kann man nur schwer etwas abschlagen, Steve Whitman.“

„Dann tu es nicht“, sagte er, bevor sie ihn küsste. Sie konnte ihn nicht für immer haben, aber sie konnte einen Nachmittag im Paradies genießen.

11. KAPITEL

Nur wenige Minuten, bevor Steve Hallie zu ihrer Verabredung abholen wollte, rief Annas persönlicher Assistent an und teilte ihr mit, dass das Haus in Carmel verkauft werden würde. Damit war sie offiziell ihren Job los. Auch wenn sie bis zum Verkauf noch dort wohnen bleiben konnte, wusste Hallie, dass es nur ein kurzer Aufschub sein würde.

Als sie die Behälter mit dem Kartoffelsalat in Plastiktüten packte, ermahnte sie sich, nicht in Panik zu geraten – zumindest nicht jetzt. Es würde sich schon noch alles zum Guten wenden. Sie fuhr sich nervös mit den Fingern durch die Haare und vergewisserte sich, dass Altheas angeblich beruhigend wirkende Steine noch in ihrer Hosentasche steckten.

Steve kam durch die Hintertür herein. „Hallo, bist du fertig?"

In Anbetracht der Tatsache, welches Durcheinander in ihrem Leben herrschte, hatte sie geglaubt, dass ihr ein Lächeln heute Abend schwerfallen würde. Doch beim Anblick Steves gelang es ihr mühelos.

„Sicher." Sie zeigte auf die weiße Blumenschachtel in seiner Hand. „Ist das vielleicht für mich?"

Er gab ihr die Schachtel. „Ja, und nun mach schon auf. Ich will wissen, ob ich mit den Maßstäben von Mr Hawkins mithalten kann. Ich habe es für dein Handgelenk machen lassen. Ich fürchtete mich schon in der Highschool davor, irgendwelchen armen Mädchen die Brust zu durchbohren."

Hallie, die während ihrer Zeit auf der Highschool nie Ansteckblumen geschenkt bekommen hatte, öffnete die Schachtel und konnte sich das Lachen nicht verkneifen.

Die Traube weißer und gelber Rosenknospen, unterlegt mit Blumengrün und Schleierkraut, duftete nach Sommer und sorgte sofort für eine ausgelassenere Stimmung. Ein orangefarbenes Band, das zu einer großen Schleife gebunden war, hielt die Pracht zusammen.

Aber am erstaunlichsten waren die vier Hummeln aus Chenille mit großen Augen, die so angebracht waren, dass sie über den Blumen zu schweben schienen. Hallie nahm das Gesteck heraus und streifte es sich über das Handgelenk. Als sie ihre Hand bewegte, bebten die Hummeln lebhaft mit.

In der Einfahrt hupte jemand mehrmals laut.

Steve murmelte etwas Unverständliches vor sich hin, das nicht besonders freundlich klang. „Anscheinend ist Kira bereit zur Abfahrt", sagte er zu Hallie.

Hallie erstarrte. „Kira ist draußen?"

Steve griff nach den Plastiktüten. „Wir nehmen sie nur mit zum Picknick, nichts weiter."

„Gibt es irgendeinen Grund, warum sie nicht selbst hinfährt?"

„Susans Verlobter musste nach Chicago zurück. Deshalb hat Kira Susan ihr Auto geliehen."

Hallie beschränkte sich auf ein kurzes „wie süß" und dachte sich nur, was sie am liebsten gesagt hätte: Dann hat sie ja ihren Freundinnen etwas zu erzählen, wenn sie mich gleich mit der kleinen Reisetasche zu dir ins Auto steigen sieht.

Dass ihr das peinlich war, war ein bisschen kleinkariert, das wusste Hallie. Aber sie kam nun einmal aus einer Kleinstadt. Sich bei Kira ihre Verlegenheit anmerken zu lassen könnte sich jedoch als verheerend erweisen. Hallie versuchte, Ruhe zu bewahren, und nahm ihre Tasche.

Als sie bei Steves Jeep ankamen, sagte er zu Kira: „Ich glaube es nicht. Du hast dich nach vorne gesetzt." Er riss die Beifahrertür auf. „Geh wieder auf den Rücksitz."

Hallie, die entschied, dass sie lieber etwas beengt sitzen würde, als sich Kiras Klagen anzuhören, mischte sich ein. „Wirklich, es ist okay. Bleib, wo du bist."

Sie ging mit Steve zur Fahrertür. Er klappte seinen Sitz nach vorn und half ihr einzusteigen. Auf dem Rücksitz war es so eng, dass sie ihre Beine kaum unterbringen konnte. Steve reichte ihr die Tasche. Kira, die eine überdimensionale Sonnenbrille mit einem Designerlogo trug, schwieg, bis Steve ihr die Tüten mit Kartoffelsalat auf den Schoß hievte.

Als sie den Mund aufmachte, um zu protestieren, sah ihr Bruder sie so scharf an, dass sie keinen Ton herausbrachte.

Unterwegs war es dann im Jeep zu laut, um sich zu unterhalten. Für Hallie war die Fahrt in die Stadt trotzdem ein Vergnügen, denn sie hatte die ganze Zeit Kira vor Augen, die bis zum Kinn mit Kartoffelsalat beladen war. Steve setzte sie am Rand der großen Wiese ab und half ihnen beim Ausladen der Tüten.

Während er einen Parkplatz suchte, gingen Hallie und Kira in das riesige weiße Zelt, in dem es schon nach Grillfleisch roch. Lange, mit Papiertischdecken versehene Tische waren in Reih und Glied zum Essen aufgestellt worden, ergänzt durch einige runde Stehtische am Rand. Enid Talbert, die Frau des Bürgermeisters und weithin bekannter Kontrollfreak, dirigierte Frauen herum, die mit Kuchentabletts aufmarschierten.

Hallie sah sich schnell um und entdeckte den Bereich am endlos wirkenden Büffet, der für die Salate reserviert zu sein schien. „Folge mir", sagte sie zu Kira und fragte sich, ob die mit der Sonnenbrille auf der Nase in dem dunklen Zelt überhaupt etwas sehen konnte. „Du willst doch sicher nicht, dass Mrs Talbert dich unter ihre Fittiche nimmt."

Sie fingen an, Schüsseln mit mariniertem Spargel zur Seite zu schieben, um Platz zu schaffen, als Mrs Talbert sie vom anderen Ende des Zeltes aus anbellte: „Meine Damen! Ja, Sie bei den Salaten. Nachdem ich mir die Mühe gemacht habe, zueinanderpassende Schüsseln für alle zu kaufen, werden Sie sie auch benutzen."

„Pst!"

Hallie erstarrte. Sie stand mittlerweile an der Rückseite des Tischs, weil eine Schüssel mit Spargel heruntergefallen war, die sie etwas zu weit an den Rand geschoben hatte.

„Hier geht's lang." Steve streckte seinen Kopf zwischen zwei Zeltplanen hindurch. „Wenn du jetzt nicht hier wegkommst, wird dich Mrs Talbot den ganzen Abend nicht mehr aus den Fingern lassen."

„Hallie Brewer!“ Mrs Talbert nahm Kurs auf sie. „Ich möchte, dass der Salat kunstvoll arrangiert wird, und das genau in dieser Schüssel.“ Sie fuchtelte mit der Schüssel in der Luft herum. „Und wer ist das kleine blonde Ding, das da bei dir steht? Du! Du, dort!“

Kira sah gehetzt von einer Seite zur anderen, als würde sie nach einem Fluchtweg Ausschau halten.

Steve griff zwischen den Zeltplanen hindurch nach Hallies Handgelenk. „Lass uns gehen.“

„Aber was ist mit mir?“, kreischte Kira, als Mrs Talbert vor dem Zelteingang Posten bezog und Kira damit den Weg verstellte.

Hallie grinste. „Tut mir leid, aber du weißt doch, was die Leute sagen: Im Krieg und in der Liebe sind alle Mittel erlaubt.“

Und damit überließ sie es leise kichernd Steve, sie hinaus in die Freiheit zu ziehen.

Dieses Picknick verlief nicht so, wie Steve es geplant hatte. Was hatte es mit Hallie nur auf sich, dass die halbe Stadt sich zu ihr hingezogen fühlte?

Steve saß allein auf der kratzigen Wolldecke, die er für sich und Hallie auf dem Gras sorgfältig ausgebreitet hatte. Alles, was ihm blieb, war eine Schar junger Mädchen aus der Highschool, die immer wieder kichernd und flüsternd an ihm vorbeistolzierten. Zwischen den zu häufigen Besuchen der Mädchen beobachtete Steve Hallie. In unmittelbarer Nähe der Bank, die seit dem Kuss dort seine Lieblingsbank war, lachte und redete sie mit einer Gruppe von Leuten.

Aber er konnte ja verstehen, was Hallie so anziehend machte. Sie war so natürlich und wirklich interessiert an anderen Menschen, dass man einfach gern mit ihr zusammen war.

Es sollte ihn freuen, dass sie ihren Spaß hatte, aber stattdessen war er meistens eifersüchtig. Eifersüchtig auf jeden, der ihm auch nur eine Sekunde wertvolle Zeit mit ihr wegnahm. Denn übermorgen bei Einbruch der Dunkelheit würde sie Sandy Bend schon verlassen haben.

„Du hast mich in eine blöde Lage gebracht." Steve blinzelte in die untergehende Sonne und sah Cal Brewer vor sich stehen. „Ja? Dann schieß mal los", sagte Steve.

Cal setzte sich neben ihn. „Solange ich mich erinnern kann, bist du mein bester Freund gewesen. Und meinem besten Freund einen Kinnhaken zu verpassen steht ganz oben auf der Liste der Dinge, die ich nie tun wollte."

„Gut zu hören." Er und Cal waren etwa gleich groß, aber Cal trainierte mit Gewichten, während Steve meistens joggte. Wenn Cal handgreiflich werden würde, könnte Steve sein Heil nur im Sprint suchen. „Du weißt, dass ich sie mag. Sehr."

Cal nickte. „Ich weiß. Dad sagt, dass ich überreagiere und mich da heraushalten soll. Aber ich will dich daran erinnern, dass Hallie schon immer sehr verwundbar war, wenn es um dich ging."

Das galt in gleichem Maß für ihn, aber das wollte Steve Cal nicht anvertrauen. „Wir haben alles unter Kontrolle."

Cal schnaubte. „Genau das sagt Hallie auch. Ich habe allerdings noch nichts gesehen, was, sofern meine Schwester darin verwickelt ist, unter Kontrolle gewesen wäre." Er zögerte kurz. „Also dann. Genug geredet. Aber denk daran, Kumpel, wenn es hart auf hart kommt, dann ..."

Steve rang sich ein Lächeln ab. „Ja, ich weiß. Dann wird es wehtun."

In Wahrheit hatte es schon angefangen wehzutun. Als Cal davonschlenderte, kam Hallie zurück und setzte sich wieder zu Steve. „Was wollte Cal denn?"

„Nur ein Gespräch unter Männern." Sie verdrehte die Augen. „Segeln oder Football?"

„Football", antwortete Steve.

„Es war lustig, alte Geschichten aus der Highschool auszutauschen. Du hättest dich zu mir gesellen sollen."

„Dir einfach dabei zuzusehen hat mir viel Spaß gemacht." Eine weitere Lüge, aber besser als zuzugeben, wie verdammt versessen er auf sie war.

Hallie lächelte ihn an, und er fühlte sich sofort viel besser.

Dann schaute sie über die Schulter zum Picknickzelt. „Vielleicht sollte ich Kira eine Weile ablösen."

Er legte seine Hand auf ihre und verschränkte ihre Finger miteinander. „Oder vielleicht solltest du hier bei mir bleiben. Kira ist schon lange reif für Mrs Talbots hartes Regiment."

„Wenn du sicher bist ..."

Steve nickte. „Versprochen." Er hob ihre Hand hoch an seinen Mund und küsste sie. Wie sich herausstellte, hatte er dafür einen schlechten Zeitpunkt gewählt.

Die kichernde Mädchenschar lungerte nämlich immer noch in der Nähe herum. „Mr Whitman ist verliebt", trällerten sie jetzt und rannten dann lachend weg.

Steve ließ Hallies Hand los und machte einen lahmen Witz darüber, wie vorlaut die Kids während der Sommerferien geworden waren. Und wie scharfsinnig, was er allerdings für sich behielt. Ihm war nämlich der gleiche Gedanke gekommen. Und allein das Wort Liebe machte ihm schreckliche Angst.

Nach einer kurzen Pause nahm er den Gesprächsfaden wieder auf und unterhielt sich mit Hallie über die Malerei und ihre Lieblingskünstler. Er prägte sich ihr Lächeln ein, als ob er so die Zeit mit ihr verlängern könnte.

Eine Weile später kam Dana Devine bei ihnen vorbei und winkte Hallie zu. „Hast du dich schon an deinen Lebenslauf gesetzt?"

„Bislang habe ich nur darüber nachgedacht", erwiderte Hallie.

Als Dana wieder verschwunden war, fragte Steve: „Was hat es denn mit diesem Lebenslauf auf sich?"

„Da du so viele Schwierigkeiten in deinem Job zu bewältigen hast, wollte ich es nicht erwähnen, aber ich habe meinen Job bei Anna Bethune verloren. Sie hat sich von ihrem Mann getrennt und geht zurück nach England."

Nun war Steve innerlich hin- und hergerissen. Zum einen war er wenig begeistert darüber, dass sie das Dana und nicht ihm anvertraut hatte. Zum anderen fühlte er einen merkwürdigen Anflug von Optimismus. Vielleicht würde er nicht einmal einen Finger rühren oder irgendwelche Bekenntnisse ablegen müssen. Vielleicht würde Hallie ganz von allein in Sandy Bend bleiben. Dann könnte er herausfinden, ob er Lust oder Liebe für sie empfand oder ob er insgeheim eigentlich nur gegen seine Familie rebellierte.

„Du hättest mir erzählen können, dass du deinen Job verloren hast", sagte er und verdrängte das aufsteigende Glücksgefühl. „Dafür sind Freunde doch da."

Hallie zupfte an einer der auf ihren Ansteckblumen angebrachten Hummeln, die am Draht hin- und herzuhüpfen schien. „Also das sind wir? Freunde?"

Er schaute so flehentlich zum Himmel, als ob er am liebsten auf der Stelle von einem Blitz erschlagen werden würde. „Das ist eine derjenigen Fragen, auf die jede Antwort verkehrt ist, egal, was man sagt. Ja, wir sind Freunde. Und wenn du länger in Sandy Bend sein würdest, könnten wir doch …" Er hörte auf zu stottern. Was könnten sie? überlegte er.

„Zusammen im ‚Truro's' herumhängen?", schlug Hallie in so süßlichem Ton vor. „Nein. Wir könnten, äh, …"

Hallie schüttelte fast resigniert den Kopf. „Steve, du musst wissen, dass es die vergangene Nacht nie gegeben hätte, wenn ich dich nicht lieben würde."

Steves erster Impuls – den er kaum unterdrücken konnte – war, sich umzusehen, um sicher zu sein, dass niemand mitgehört hatte. Er hatte von den Schulmädchen bereits genug Gelächter geerntet. Und eine öffentliche Liebeserklärung passte einfach nicht ins Bild der Whitmans. Ohne Vorwarnung – gewöhnlich in Form eines geschmackvollen Schmuckstücks – überraschte man in seiner Familie andere nicht mit seiner Liebe. Aber um von Hallies Liebeserklärung überrascht zu sein, war es eigentlich sieben Jahre zu spät.

„Hallie, ich …"

Sie schnitt ihm das Wort ab. „Ich habe dich um nichts gebeten, okay? Weder um Versprechen, die du nicht vorhast zu halten, noch um Worte, die du nicht meinst. Aber ich muss damit zurechtkommen und einige persönliche Entscheidungen treffen, die nichts mit dir zu tun haben."

Das stimmte alles, trotzdem fühlte er sich wie kühl abgehakt. Schließlich hatte sie ihm doch gerade gesagt, dass sie ihn liebe.

„Entscheidungen, die nichts mit mir zu tun haben? Nun, das klingt aber nett", hörte er sich klagen.

„Lass es einfach gut sein, okay?"

Er konnte nicht. Er war zu verdrossen, obwohl er wusste, dass er nicht das Recht dazu hatte. „Also, was wirst du tun? Du hast weder einen Job noch eine Wohnung, richtig?"

„Ich werde schon klarkommen."

„Es ist eine Menge, mit dem du fertig werden musst. Vielleicht wäre es das Beste, wenn du zurück nach Hause ziehst." Verdammt, er konnte nicht glauben, dass er das gerade gesagt hatte! Er meinte es nicht so.

Und selbst wenn, war diese herablassende Art wenig geeignet, sie zu überreden. Nun würde sie nach Singapur ziehen, nur um zu beweisen, dass er unrecht hatte.

„Zurück nach Hause zu ziehen wäre das Beste für wen?", fragte sie in drohendem Ton.

„Dich", meinte er, obwohl ihm im Kopf das Wort „mich" herumging.

Hallie stand auf. „Untersteh dich, Mitleid mit mir zu haben. Ich habe die ganzen Jahre in Sandy Bend mit Leuten zu tun gehabt, denen ich leidgetan habe. Und ich gebe es zu, ich habe viel vermasselt." Sie stützte die Hände auf die Hüften. „Also, ich war vielleicht nicht das geschickteste Mädchen hier oder das hübscheste, aber weißt du was? Ich bin darüber hinweg!" Wütend funkelte sie ihn an. „Steve Whitman, du kannst dir dein Mitleid für jemanden aufheben, der es braucht." Sie drehte sich auf dem Absatz um und ging.

Steve ließ den Kopf hängen. Seiner Ansicht nach war er selbst derjenige, der Mitleid brauchte. Er hatte nur dummes Zeug geredet, und warum? Weil Hallie Brewer ihm gerade das unglaublichste Geschenk gemacht hatte, dass er jemals bekommen hatte – ihre Liebe. Und er war so ein Idiot, dass er nicht wusste, was er damit machen sollte.

Hallie entschied, dass es das Beste wäre, ihrem Schmerz davonzulaufen. Sie verließ die belebte Wiese und ging dann zügig den angrenzenden Weg entlang.

Sie konnte nicht glauben, dass Steve immer noch ein hilfsbedürftiges Kind in ihr sah. Keinen Job zu haben war zwar ein Rückschlag, aber sie würde damit fertig werden. Und wenn sie jemals – auch nur eine kurze Sekunde lang – daran gedacht hätte, nach Sandy Bend zurückzukehren, würde sie es jetzt gewiss nicht tun.

Dana kam ihr an der Ecke Main Street und Sand Street entgegen. „Tolle Ansteckblume."

Hallie ging weiter. „Danke."

„Also, wo laufen wir hin?"

„Ich bin nur dabei, mich langsam wieder zu beruhigen."

„Könnten wir dann vielleicht etwas langsamer gehen?"

Hallie warf einen Blick auf die Füße ihrer neuen Freundin. Dana trug rote Motorradstiefel mit mörderisch spitzen Absätzen. Hallie verlangsamte ihren Schritt.

„Ich war gestern fast die ganze Nacht wach, um zu überlegen, wie das ‚Hair Dungeon', das jetzt ‚Devine Secrets Day Spa' heißt, am besten aufzumöbeln wäre", sagte Dana. „Hättest du irgendwelche Vorschläge?"

Die Frau wusste, wie man eine Künstlerin vom Thema Männer ablenkte. „Nun, nur weil die Eingangstür im Souterrain liegt, muss sie ja nicht auch so aussehen. Wenn du die Wände himmelblau streichst und die Treppe so bemalst, dass sie einen mit Steinen gepflasterten Weg darstellt ..."

„Du bist engagiert. Ich weiß, dass ist nicht deine übliche Art zu arbeiten, aber male es für mich."

Hallie blieb stehen. „Ich kann kein Geld von dir nehmen."

Dana hakte sich bei ihr unter und drehte sie wieder in Richtung Wiese. „Ach, deshalb hast du im letzten Jahr nur dreihundert Dollar mit deiner Kunst verdient. Ich bezahle dich." Sie holte einen Moment Luft. „So, nachdem wir nun ein bisschen geplaudert haben, willst du mir jetzt erzählen, was dich bedrückt?"

„Nicht viel."

„In Ordnung, wenn du nicht darüber reden willst, lass uns etwas essen gehen. Die Extrapfunde auf meinem Hinterteil sind der Beweis, dass ich esse, um den Frust zu vertreiben. Und wo kann man besser reinhauen als beim jährlichen Picknick?"

Als sie in Sichtweite des Büffets kamen, wurde deutlich, dass die Feinschmecker des Ortes schon kräftig zugelangt hatten. Die meisten der Schüsseln und Platten waren wie leer gefegt. Die Freundinnen entschieden, sofort zu den Tischen zu gehen, wo die Desserts standen. Schokolade in irgendeiner Form würde ihren Zweck erfüllen.

Auf dem Weg vorbei an Vorspeisen und Salaten hörte Hallie Kiras Stimme aus dem Lärm heraus. Sie bedeutete Dana, ihr zu folgen, und sah, dass Kira von Bewunderern umringt war.

„Ich bin so froh, dass Sie das sagen", säuselte Kira gerade, „es ist ein altes Rezept der Whitmanns. Wenn Sie es mit dem fertig gekauften Kartoffelsalat vergleichen, werden Sie merken, was das für einen Unterschied macht."

„Die Lady nimmt den Mund ganz schön voll", meinte Dana.

„Und verbreitet dabei auch noch Lügen. Sie streicht das Lob für meinen Kartoffelsalat ein."

„So ist das also. Wollen wir die Bewunderer aufklären?"

„Es ist nicht der Mühe wert." Hallie zuckte die Achseln. „Ich bin nur noch zwei Tage hier."

Dana seufzte. „Das hätte ich fast vergessen. Lass uns zu den Desserts gehen."

Dort luden sie sich die Teller voll und bahnten sich ihren Weg durch die Menge heraus aus dem Zelt. Hallie folgte einfach der größeren Dana und merkte gar nicht, welche Richtung ihre Freundin einschlug, bis sie vor Steve standen, der mit Mitch und ihrem Dad redete.

„Ich, Dana Devine, deine ergebene Dienerin, bringe dir Nahrung für Körper und Seele." Sie drückte Steve ihren Teller in die Hand. „Das ist für den Körper, und Hallie hier ist für die Seele." Dana sah Hallie streng an. „Nun, sei nett. Wie du schon sagtest, bist du nur noch kurze Zeit hier."

Dana ging weg, drehte sich aber nach einigen Schritten wieder um und sah Hallies Vater und Bruder an. „Wenn ihr beiden eine Minute Zeit für mich hättet, würde ich gern mit euch über Cal reden. Ich bin etwas besorgt darüber, was er mit diesen Handschellen anstellt, die er immer bei sich trägt."

Interessiert folgten die beiden Männer ihr. Hallie sah Dana voller Hochachtung hinterher. Wenn ihre Freundin so weitermachte, würde sie bestimmt eines Tages hier das Regiment übernehmen. Und was für ein toller Ort würde Sandy Bend dann sein.

Steve betrachtete die Unmenge Schokolade, dic Dana ihm aufgedrängt hatte. Nach Süßem war ihm nun ganz und gar nicht zu Mute. Er wollte mit Hallie allein sein, um die Missverständnisse zwischen ihnen zu klären, und die vielen Leute um sie herum störten dabei nur.

„Willst du das wirklich essen?", fragte er Hallie und deutete auf ihren genauso überladenen Teller.

„Eigentlich nicht."

„Okay." Er rief nach den in der Nähe spielenden Kindern. „Glaubt ihr, dass ihr das verputzen könnt?"

Er deutete ihr lautes „Wow!" als Zustimmung.

„Sie werden heute Nacht nicht schlafen", meinte Hallie, als die Kinder mit ihrer Beute abzogen.

Steve lachte leise. „Ich wette, sie werden einen Zuckerschock bekommen." Er nahm ihre Hand. „Komm mit mir."

Sie gingen zu ihrer Steinbank und setzten sich.

„Wenn du nicht weggelaufen wärst, hätte ich die Möglichkeit gehabt, dir zu sagen, dass ich eine Menge Gefühle für dich hege, dass aber Mitleid ganz sicher nicht dazugehört."

Hallie entspannte sich sichtlich. „Okay. Das habe ich wahrscheinlich in den falschen Hals bekommen. Also, was empfindest du für mich?"

Da die albernen Schulmädchen sich immer noch in der Nähe herumtrieben, formulierte er ein Gefühl, dass jeder mithören könnte. „Die Liste beginnt mit Frustration."

Steve sah Humor in ihren blauen Augen aufblitzen. Anscheinend hatte sie sein dummes Gerede von vorhin verwunden.

„Frustriert in gutem oder in schlechtem Sinn?", meinte sie in Anspielung auf seine Frage in der Nacht vorher.

Ihre Freundlichkeit machte ihn einen Moment sprachlos. Indem sie eine Brücke zu ihrer gestrigen Liebesnacht baute, zeigte sie ihm, dass sie ihm verziehen hatte. Obwohl sie nicht in der so genannten feinen Gesellschaft groß geworden war wie seine Schwestern, war Hallie die geborene Diplomatin.

„Frustriert im guten Sinn … im besten", antwortete er so leise, dass nur sie ihn hören konnte.

Sie rückte näher und flüsterte ihm ins Ohr: „Wollen wir nach Hause gehen und sehen, was wir gegen diese Frustration tun können? Ich verspreche, sehr, sehr nett zu sein, wie Dana es befohlen hat."

Steve dankte kurz dem Himmel, dass er trotz seines vorherigen Stoßgebets nicht vom Blitz erschlagen worden war. Diese Nacht wollte er unbedingt erleben.

Am nächsten Morgen wurde Steve durch das Klingeln seines Telefons geweckt. Er tastete nach dem Nachttisch und bekam stattdessen eine Kurve von Hallie zu fassen. Irgendwann im Laufe ihrer wilden Nacht war er auf der anderen Seite des Betts gelandet. Er beugte sich über sie und dachte, wie gut es sich anfühlte, neben ihr in seinem Bett aufzuwachen, dann nahm er den Hörer ab und murmelte: „Hallo?"

„Steve, bist du das?", bellte eine Frauenstimme.

„Ja, Mercy."

Mercy Cooper war die eigenwillige Vorsitzende des Schulausschusses. „Du klingst merkwürdig. Bist du krank?"

Steve hielt den Hörer etwas vom Ohr weg. Er nahm an, wenn sie ihr Hörgerät eine Stufe höher stellen würde, würde sie weniger schreien.

„Nein, Mercy, nur verschlafen."

„Da bin ich froh. Heute Morgen hängt fast jeder über der Kloschüssel. Irgendein Dussel hat zum Picknick verdorbenen Kartoffelsalat aufgetischt. Enid Talbert soll kaum mehr aus dem Badezimmer herausgekommen sein, erzählte Harold. Er sagte, Enid habe irgendetwas über Hallie Brewer gemurmelt."

„Hallie?", krächzte Steve.

Hallie gähnte, reckte sich und drehte sich um, um ihren Kopf auf Steves Brust zu legen. Im gleichen Moment brüllte Mercy ins Telefon: „Ja, Hallie Brewer, und das würde mich nicht überraschen. Erinnerst du dich an den Punsch vor einigen Jahren? Enid nennt sie schon Hallie, die Magenauspumperin."

Hallie schoss hoch und schlug Steve fast den Hörer aus der Hand. Ihr Aufschrei war laut genug, um sogar Mercy zu alarmieren.

„Steve, ist irgendjemand bei dir?"

„Nein", log er, merkte aber dann, wie idiotisch das war. „Ich meine, ja." Er holte tief Luft. „Also Mercy, ich nehme an, du hast mich angerufen, um mir zu sagen, dass mein Treffen mit dem Ausschuss heute früh abgesagt ist."

Mercy folgte ihrer eigenen Gesprächsführung. „Ist das Hallie Brewer da bei dir?"

„Ein Gentleman schweigt." Allerdings war kaum zu überhören, wer neben ihm laut schimpfte.

„Ich werde mich später noch einmal melden. Mir ist etwas dazwischengekommen." Steve war Mercy gerade noch rechtzeitig losgeworden, bevor Hallie ihm den Hörer aus der Hand gerissen hatte.

Als sie merkte, dass niemand mehr dran war, legte sie den Hörer auf die Gabel und funkelte Steve an. „Willst du mir sagen, was hier vorgeht?"

Er wusste, er würde es ihr schließlich sagen müssen. Er zog sie in seine Arme, legte ihren Kopf wieder auf seine Brust, was gar nicht so einfach war, weil sie ganz steif geworden war. „Hat dir schon einmal jemand gesagt, dass Stress ungesund ist?“, meinte er, während er ihr durch die Haare strich. „Steve!“

Kaum war er mit Mercys Neuigkeiten herausgerückt, stand Hallie auf und suchte ihre Kleider zusammen. „Wo gehst du hin?“, fragte er.

„Glaub mir, das willst du gar nicht wissen“, erklärte sie in so unheilvollem Ton, dass es ihm kalt den Rücken herunterlief.

12. KAPITEL

Als Hallie auf dem Polizeirevier ankam, war ihr vor lauter Ärger ebenfalls übel.

Mrs Hawkins war die Erste – aber nicht die Letzte – gewesen, die ihr auf dem Weg begegnet war und Vorhaltungen gemacht hatte. Die Besitzerin des „Foodland" verkündete, dass nur diejenigen gesund wären, die Kira Whitmans wunderbaren selbst gemachten Kartoffelsalat und nicht den im Supermarkt gekauften gegessen hätten.

„Das kommt davon, wenn man zwanzig Minuten zu einem riesigen Supermarkt fährt, der uns kleine Läden kaputtmacht", hatte Mrs Hawkins geschimpft, die anscheinend vergessen hatte, dass Hallie die Zutaten für den Salat in ihrem Lebensmittelladen gekauft hatte.

Nachdem Hallie nun auch noch fälschlich bezichtigt worden war, zum Untergang der kleineren Geschäfte beizutragen, war es fast ein kleiner Trost, dass alle anderen den Vorfall einfach als weiteres Missgeschick von Horror-Hallie ansahen.

Als sie darauf bestanden hatte, den selbst gemachten Salat zum Picknick mitgebracht zu haben, warteten die Leute einfach mit langen Aufzählungen ihrer früheren Missgeschicke auf und versicherten ihr, dass sie ihr nichts nachtragen würden.

Hallie wollte, dass die Sache aufgeklärt wurde und dass das Mitleid ein Ende hatte. Als sie auf dem Polizeirevier ihren Brüdern vehement die Fakten vortrug, merkte sie, dass sie ein wenig ungelegen kam. Allerdings schienen ihre Brüder ihre Version der Geschichte zu glauben.

„Kiras Kartoffelsalat stand am Tag vor dem Picknick auf der Küchentheke", sagte sie. „Als ich ihr helfen wollte, den Salat in den Kühlschrank zu räumen, schien sie ihn ganz vergessen zu haben. Er könnte über Nacht dort gestanden haben."

Cal rückte auf seinem Schreibtisch einen Stapel Papier zurecht. „Sieh mal. Ich denke genau wie du, dass sich Kira Whitman nicht an die Wahrheit gehalten hat, aber das ist nicht so schwerwiegend, um eine polizeiliche Untersuchung zu rechtfertigen."

„Und was habe ich dann von Brüdern, die bei der Polizei sind?"

Cal rieb sich die Stirn. „Ich weiß, das ist nicht einfach für dich. Wir haben schon heute früh überall erzählt, dass es nicht dein Kartoffelsalat gewesen sein kann, weil wir bereits vor dem Picknick eine Portion gegessen hatten, ohne dass uns übel wurde. Das Problem ist deine Vorgeschichte, Hallie."

Mitch grinste. „Erinnerst du dich an die Russischen Eier damals, die du fälschlich mit Cayennepfeffer statt mit Paprika gewürzt hast? Oder als ..."

Hallie verließ das Büro, bevor sie Mitch gegenüber handgreiflich werden würde. Draußen vermied sie jeden Augenkontakt, um sich nicht noch eine weitere Geschichte über Horror-Hallie anhören zu müssen.

Sie hatte keine Ahnung, wie sie das Durcheinander klären konnte. Als Erstes heute Morgen hatte sie schon versucht, Kira in die Enge zu treiben, was ihr aber nicht gelungen war.

Bei der großen Wiese setzte sie sich erst einmal auf die Steinbank. Als sie zusah, wie das Zelt abgebaut wurde, kam ihr in den Sinn, dass sie ja ebenfalls einfach ihre Sachen packen und verschwinden könnte. Der Festwagen für den Sommerspaß war fertig, und ihr Vater schien in so guter körperlicher Verfassung zu sein, dass sie sich keine weiteren Sorgen machen musste.

Die einzige Person, die sie hier noch hielt, war Steve. Der Gedanke, ihn zu verlassen, brach ihr das Herz. Sie hatte keine Ahnung, was Steve empfand. Er war zwar ein aufmerksamer und zärtlicher Liebhaber gewesen, hatte aber ihr gegenüber nie die gleichen tiefen Gefühle gezeigt wie gegenüber Sandy Bend. Und gerade jetzt, wo so viele der Einheimischen sie ungerechtfertigt anklagten, tat ihr das besonders weh.

Es wurde auch zunehmend schwierig für sie, ihm ihre Gefühle nicht zu zeigen. Gestern Nacht hatte sie sehr darauf Acht gegeben, kein Wort über ihre Liebe zu verlieren und genauso unbeschwert mit der noch zur Verfügung stehenden Zeit umzugehen, wie er es tat. Der Zeit, die allmählich dem Ende zuging.

Hallies Gedanken wurden durch eine Schar jugendlicher Skatebordfahrer unterbrochen, die lachten und auf sie zeigten. „Schaut mal, das ist doch Hallie, die Magenauspumperin", riefen sie. „Heute schon irgendwas in Brand gesetzt?", fügte einer hinzu.

Großartig. Ihr Ruf hatte sich also bereits auf die nächste Generation übertragen. Sandy Bend zu verlassen würde wohl doch nicht nur herzzerreißend sein.

Doch da sie noch etwas zu erledigen hatte, stand sie auf und ging in den Heimwerkermarkt. Mr Brogan, der Besitzer, stand hinter der Kasse und war genauso kahl und schlecht gelaunt wie vor sieben Jahren, als Hallie zum letzten Mal dort eingekauft hatte.

„Hallo, Mr Brogan, ich brauche Farben und Pinsel."

„Da ich heute allein hier bin – meine Aushilfen sind aus den dir bekannten Gründen heute Morgen krank –, musst du warten, bis ich die anderen Kunden bedient habe."

Hallie zügelte ihr Temperament. „Sie haben keine anderen Kunden."

Nach einigem Hin und Her ging er schließlich nach hinten zu den Farben. Zwanzig qualvolle Minuten später begutachtete Hallie dann die Farbmuster, die er gemischt hatte.

„Fast", meinte sie, „aber noch nicht ganz. Ich suche ein Blau mit einem Hauch von hellem Grün darin, wie der Himmel an einem Frühsommertag. Mischen Sie bitte noch ein ganz kleines bisschen Gelb dazu."

„Ich habe mein Bestes getan. Wenn du eine neue Farbmischung haben willst, musst du auf meine Aushilfe warten. Das ist ihre Aufgabe."

„Wie wäre es, wenn ich nach hinten gehe und mir die Farbe selbst mische?", schlug sie vor.

„Nein", erwiderte er, „nach dem Kartoffelsalat könnte das nicht ungefährlich werden."

Hallie verlor endgültig die Geduld. „Wollen Sie die Farbe essen? Das würde Ihnen wirklich nicht bekommen, das versichere ich Ihnen."

Sie beugte sich bedrohlich über die Theke. „Und wenn Sie sie nicht essen wollen, dann lassen Sie mich die Farbe anrühren, damit ich wieder aus diesem Nest abhauen kann."

Mr Brogan machte ihr Platz.

Steve traf Hallie dabei an, wie sie die Außenwand des „Hair Dungeon" in einem leuchtenden Blauton anstrich. Er hatte sich gerade nach zwei Stunden Diskussion aus der Sitzung mit einigen Mitgliedern des Schulausschusses eine Pause gegönnt. Die einzige Person, die er sehen und mit der er zusammen sein wollte, war Hallie. Ihr Anblick entlockte ihm sofort ein Lächeln.

„Danke", sagte er vom oberen Treppenabsatz aus.

Sie arbeitete mit dem Rücken zu ihm und drehte sich nicht zu ihm um. „Bitte sehr, aber ich weiß nicht, wofür."

Da er sich über den angespannten Ton in ihrer Stimme wunderte, zögerte er. „Für die Rettung meiner Schule. Ich habe nicht frühmorgens meditiert, aber ich habe positiv gedacht und nach neuen Lösungen gesucht."

„Und?"

„Ich denke, es wird funktionieren."

„Was wird funktionieren?" Hallie klang nicht besonders enthusiastisch, aber er musste es ihr einfach erzählen.

„Mein Plan. Dank deiner Anregung habe ich überlegt, an was es uns hier mangelt." Er begann die Fakten aufzuzählen. „Wir haben hier eine Unmenge von Senioren, aber keine Freizeit- und Betreuungsangebote für sie. Auf der Highschool haben wir dagegen eine Menge Platz, den wir dafür nutzen könnten. So hätten alle etwas davon. Ich habe vorgeschlagen, dass interessierte Schüler in einer Art Seniorenprogramm helfen könnten. Sie könnten beispielsweise Kunst- oder Computerkurse betreuen. Und während des kommenden Jahres werde ich versuchen, das dafür notwendige Geld aufzutreiben."

Steve hielt einen Moment inne, da ihm noch etwas einfiel. „Ich vermute, das ist das erste Mal in meinem Leben, dass mir der Name Whitman nützlich sein wird. Ich werde den Smoking auspacken und auf Partys gehen, um Spenden zu sammeln."

Hallie nickte und machte eine Bewegung, die verdächtig danach aussah, als würde sie sich Tränen wegwischen. „Ich freue mich für dich, Steve."

Er ging die Treppe hinunter und drehte ihr Gesicht zu sich um. Als er ihre Tränen sah, wurde ihm gefährlich weich ums Herz. Sie schaute ihn nicht an. Er nahm ihr den Pinsel aus der Hand und legte ihn auf die Folie.

„Warum weinst du?"

„Ich weine nicht."

Mit dem Daumen strich er sanft eine Träne und etwas blaue Farbe unter dem Auge weg. Hallie und Farben waren einfach füreinander bestimmt. „Okay, du weinst nicht. Also, was ist los?"

„Zunächst einmal hat deine Schwester jedem erzählt, dass ich für den verdorbenen Kartoffelsalat verantwortlich bin, was nicht stimmt."

Er nickte. „Ich weiß, was sie getan hat, und verspreche, dass ich sie deswegen gehörig in die Mangel nehmen werde."

„Vergiss es. Es spielt keine Rolle."

Steve sah ihr in die Augen, in denen ihr Kummer deutlich zu erkennen war. „Offensichtlich doch."

Sie begann zu schluchzen. Steve nahm sie in die Arme, obwohl er wusste, dass sein Hemd sowohl nass werden als sich auch blau verfärben würde. Doch das war ihm in diesem Moment egal.

„Es ist nicht der Salat. Es geht darum, dass alle ihr glauben", schluchzte sie. „Jeder hier glaubt, dass sie diejenige war, die für sie Kartoffeln gekocht, gepellt und zubereitet hat. Sie ist die tolle Kira, und ich bin Hallie, die Magenauspumperin. Trotz all den guten Dingen, die ich getan habe, erinnert sich jeder hier immer nur an das Schlechte."

„Sie wissen um die positiven Dinge. Erinnere dich nur, wie sie gestern beim Picknick alle zu dir gekommen sind."

Hallie entwand sich der Umarmung und rieb sich ärgerlich die Augen. „Und wie sie mir heute begegnet sind. Alles, was ich gehört habe, waren alte Geschichten über Horror-Hallie. Und die meisten stimmten nicht einmal."

Steve versuchte es mit Humor. „Also bist du fast zur Legende geworden. Das ist doch nicht übel."

Sie funkelte ihn an. „Ich wollte deswegen nicht weinen. Es ist einfach Blödheit. Die für Sandy Bend typische Blödheit. Die Leute hier sind es gar nicht wert. Morgen Abend werde ich wieder weg sein und nie wieder an diesen Ort denken."

Hallie hätte ihn kaum härter treffen können. Er hatte die letzte Nacht lange wach gelegen und überlegt, wie er sie am besten davon überzeugen könnte, noch länger in Sandy Bend zu bleiben. Natürlich hatte er das Thema unverbindlich anschneiden wollen, um nach Susans Abfuhr keine weitere zu riskieren.

„Hallie, mach nicht zu viel Aufhebens deswegen." Er versuchte, ruhig und gelassen zu klingen – ein Whitman durch und durch –, aber seine Verzweiflung war nicht zu überhören. Er brauchte mehr Zeit mit ihr. Und er brauchte es, dass sie Sandy Bend mochte.

„Das war nicht zu viel Aufhebens." Sie fing wieder an, die Wand zu streichen. „Weißt du, ich hasse diesen Ort wirklich."

Steve, der sich so niedergeschlagen fühlte wie noch nie – nicht einmal, als Susan ihn sitzen gelassen hatte –, drehte sich um und ging.

Müde vom Weinen und ohne Hoffnung beendete Hallie den Grundanstrich und ging dann nach Hause, um sich zu erholen. Sie fühlte sich furchtbar, weil sie ihre miese Stimmung an Steve ausgelassen hatte. Das war nicht gerade das, was ein Mann von einer Kurzzeitgeliebten hören wollte. Sie wäre nicht überrascht, wenn er ihr die restliche Zeit aus dem Weg gehen würde. Und vielleicht war es auch wirklich besser, ohne einen unschönen Abschied und das Risiko, sich wieder wegen ihm die Augen auszuweinen, auseinanderzugehen.

Als sie das Auto vor dem Haus ihres Vaters geparkt hatte und ausstieg, kam Mitch aus der Küchentür.

„Großartiges Timing!“, meinte er. „Anna Bethune ist am Telefon. Dad spricht gerade mit ihr.“

Hallie erschrak bei dem Gedanken, dass ihr Vater mit Anna über Aliens plaudern könnte. „Bist du sicher, dass es Anna ist?“

„Britischer Akzent, ihr Name ist Anna und eine Nacht mit ihr wäre mir das Gehalt von zehn Jahren wert. Das ist Anna.“

Hallie flitzte in die Küche und riss ihrem Dad den Hörer weg. „Hallo, Anna.“

„Hallie, ich weiß, dass dich gestern mein Assistent angerufen hat.“

„Es ist wirklich okay, dass ich aufhören muss. Ich verstehe das völlig.“ Mit einer Handbewegung versuchte sie, ihren Dad und Mitch zu verscheuchen.

„Es stimmt, dass ich mein Eigentum in den USA verkaufen werde. Aber ich möchte nicht, dass zu viele Leute unter Matts Eskapaden leiden müssen. Würdest du eventuell einen Umzug in Erwägung ziehen?“

„Einen Umzug?“

Ihr Vater und Mitch wiederholten das Wort ebenfalls und ergingen sich dann in wilden Spekulationen. Hallie verzog sich ins Esszimmer, um Ruhe zu haben.

„Ich hätte eine ähnlichen Job in London für dich“, sagte Anna. „Ich werde die meiste Zeit über in meinem Haus in Cornwall sein, und es wäre schön, wenn mein Stadthaus immer auf Besuche eingerichtet wäre.“

Hallie bekam Herzklopfen. Ihre frühere Kunstlehrerin, Catherine Lassiter, wohnte in London. „London klingt wundervoll.“

„Dann würde dir der Job gefallen?“

„Ja“, antwortete Hallie automatisch. Aber dann passierte etwas ganz Seltsames. Sie hörte, wie sie gegen ihren Willen sagte:

„Aber ich brauche eine Woche Bedenkzeit.“ Um worüber nachzudenken? fragte sie sich. Wie es möglich war, dass sie eine solche Chance geboten bekam? „Das kommt so unerwartet“, hörte sie sich hinzufügen.

„Das tut es wohl. Dann also in einer Woche“, meinte Anna. „Ich freue mich auf deinen Anruf.“

Und Hallie freute sich darauf, wieder die Kontrolle über ihre Stimme zu bekommen. Sie schaffte es, sich noch zu verabschieden und mit zitternden Händen den Hörer aufzulegen. Dann sank sie auf einen Stuhl und atmete tief durch.

„London“, sagte sie, als sie zurück in die Küche ging. „Anna Bethune hat mir einen Job in London angeboten.“

„Gut!“, meinte ihr Bruder. „Auf jeden Fall besser, als ohne Job zu sein.“ Er stand auf und umarmte sie. „Ich muss wieder zur Arbeit. Tolle Neuigkeiten, Hal.“

Ihr Dad trank seinen Kaffee und runzelte die Stirn. Nachdem Mitch gegangen war, sah er Hallie an. „Also, wirst du das Angebot annehmen?“

„Ich sagte ihr, dass ich eine Woche Bedenkzeit brauche.“ Ihr Vater erhob sich. „Hallie-Mädchen, wir müssen miteinander reden.“

„Hallie-Mädchen“, bedeutete in der Regel, dass eine heikle Unterredung bevorstand. „Der verdorbene Kartoffelsalat stammt nicht von mir“, verteidigte sie sich.

„Darum geht es nicht. Komm mit mir hinaus zum Teich.“

Das war eher eine Aufforderung als eine Bitte. Schon als sie klein war, hatten solche wichtigen Gespräche am Teich stattgefunden, erinnerte sich Hallie.

„Ich weiß bereits, wo die Babys herkommen“, sagte sie im Hinausgehen.

Bud lachte. „Das Gespräch werde ich niemals vergessen. Ein schwieriges Thema für einen Vater.“

Als sie durch das Gras liefen, bemerkte Hallie, was für ein schöner Tag es war. Vor Annas Anruf hatte sie das Zwitschern der Vögel gar nicht bemerkt.

Ihr Vater setzte sich auf seinen Lieblingsstuhl.

Hallie, die die Prozedur kannte, sank auf den Stuhl neben ihm.

„Ich habe beschlossen, Sandy Bend zu verlassen", sagte er. „Die behandelnden Ärzte haben mir bestätigt, dass ich wieder gesund bin. Und ich habe eine Liste mit renommierten Ärzten in jeder Stadt von hier bis Sedona."

„Sedona? In Arizona?", brachte sie heraus.

Er lächelte zufrieden. „Genau."

„Das wird aber nur ein Urlaub, oder?"

„Nein. Ich habe bei der Behörde meinen Rücktritt eingereicht. Ich werde meine Corvette nehmen und mit leichtem Gepäck reisen. Nur ein paar Kleider zum Wechseln, ein Handy und Landkarten."

„Warum tust du das?"

„Weil ich es endlich tun kann. Versteh mich nicht falsch, ich liebe Sandy Bend. Aber nach dem Tod deiner Mutter schien es mir immer etwas leer zu sein."

Hallie war sprachlos. „Aber das ist über zwanzig Jahre her."

„Ich weiß genau, wie lange das her ist. Ich habe es geschafft, euch Kinder zu anständigen Menschen zu erziehen, und habe für den Ort meinen Beitrag als Polizeichef geleistet, aber jetzt ist es an der Zeit, etwas für mich zu tun."

„Und in Sedona wirst du glücklich sein?"

„Es geht weniger um das Ziel als um die Reise dorthin."

Hallie versuchte tapfer, ihn anzulächeln. Obwohl sie wusste, dass es egoistisch war, war ihr zum Weinen zu Mute. Selbst wenn sie Tausende von Kilometern weit weg war, war es einfach immer ein beruhigendes Gefühl gewesen, ihre Familie wohlauf in Sandy Bend zu wissen.

„So viel zu meiner Zukunft", fuhr Bud fort. „Und wo wird sich deine abspielen? In London, Rom oder Sandy Bend?"

„Es wäre verrückt, Annas Angebot nicht anzunehmen. Erinnerst du dich an Catherine Lassiter, meine Lehrerin, von der ich so viel erzählt habe?"

„Diejenige, die in Chicago eine eigene Ausstellung hatte?"

„Ja. Sie hat einen Kunsthändler geheiratet und ist letztes Jahr nach London gezogen. Es wäre die einmalige Gelegenheit, wieder mit ihr zu arbeiten."

„Was hat dich dann veranlasst, um Bedenkzeit zu bitten?"

Hallie zögerte. „Nichts. Wirklich. Ich wäre doch verrückt, das Angebot auszuschlagen, oder?"

„Das kannst nur du wissen. Was hält dich zurück, Hallie?"

Sie versuchte, eine Antwort zu finden, die irgendeinen Sinn machte. „Vermutlich hat es mich einfach durcheinandergebracht, dass du Sandy Bend verlassen willst."

„Das hast du erst nach Annas Anruf erfahren", erinnerte ihr Vater sie.

Hallie wünschte, er würde es nicht so genau nehmen. „Sedona ist einfach so weit weg", versuchte sie es noch einmal.

„Wenn du in London sein wirst, wird die Entfernung zwischen Sandy Bend und Sedona wohl kaum eine Rolle spielen."

„Ja, aber wenn ich nicht in London sein werde?" Sie schüttelte den Kopf, als ob sie ihre Unentschlossenheit abschütteln wollte. „Natürlich werde ich in London sein."

„Du weißt, dass du aus dem gleichen Grund, aus dem ich gehe, für immer hier bleiben kannst."

„Wie meinst du das?"

„Nach der Highschool Sandy Bend zu verlassen hat dir sehr gut getan. Zumindest war das bis zu diesem Problem mit dem Kartoffelsalat meine Meinung. Jetzt hat deine alte Unsicherheit wieder die Oberhand gewonnen."

Sie schnaubte. „Werde du mal ständig gehänselt. Ich weiß, dass mich das nicht so ärgern sollte, aber es war schon schwer genug, als einziges weibliches Wesen in der Familie aufzuwachsen. Obwohl du natürlich versucht hast, sowohl Vater als auch Mutter für mich zu sein."

„Ich habe mein Bestes getan." Er sah sie fragend an. „Hast du den Leuten hier je gesagt, dass du diese Geschichten nicht mehr hören willst?"

„Nein, irgendwie nehme ich es einfach als gegeben hin."

„Dann solltest du das ändern, meinst du nicht?" Er schien nachzudenken. „Und da wir schon dabei sind, Hallie: Ich habe mich nie in die Geschichte zwischen dir und Steve eingemischt, aber als dein Vater ist es meine Pflicht, jetzt etwas dazu zu sagen." Er räusperte sich. „Steve ist ein anständiger Kerl, Hallie, auf den ich stolz wäre, wenn er mein Sohn wäre. Manchmal ist er etwas durcheinander wegen seiner Familie. Aber er ist integer und solide."

Hallie lächelte traurig. „Du brauchst ihn mir nicht anzupreisen, Dad."

„Nein, wohl kaum. Also frage ich dich: Hält Steve dich davon ab, den Job in London sofort anzunehmen?"

„Vermutlich, aber nicht, weil er es versuchen würde." Sie holte tief Luft. „Ich will nicht irgendwo sein, wo ich nicht gewollt bin. Ich habe ihn immer geliebt. Ich weiß, dass auch er etwas für mich empfindet, aber ich denke, nicht dasselbe wie ich. Außerdem gehöre ich nicht gerade zu den Frauen, die ein Whitman heiratet. Auch wenn er das nicht sagt, ist das ja offensichtlich."

„Was meinst du damit?"

„Ich bin nicht der kultivierte Typ."

Bud lachte und schüttelte den Kopf. „Du verkehrst ganz gelassen mit Superstars, bist eine anerkannte Künstlerin mit Freunden auf der ganzen Welt und sollst nicht kultiviert genug sein, um es mit den Whitmans aufzunehmen? Schatz, ich denke, sie sind nicht kultiviert genug für dich."

Wenn man es so sah … Leicht benommen lehnte sich Hallie in ihrem Stuhl zurück.

„Ich weiß nicht genau, was vor sich gegangen ist, als Steve und du das letzte Mal auseinandergegangen seid. Aber ich weiß, dass etwas passiert sein muss. Wenn du dieses Mal gehst, solltet ihr es richtig machen. Sprich mit ihm über deine Gefühle."

Sie war während des Picknicks gestern Abend schon ganz nah dran gewesen. Hallie schloss die Augen. „Das wage ich ohne ein Zeichen von Steve nicht. Nicht noch einmal."

„Aber dieser Junge ist nicht der Typ, der seine Gefühle offenlegt, schon gar nicht diejenigen, die wirklich zählen. Das ist eine reichlich verfahrene Situation."

„Ich weiß."

„Also, du liebst ihn und wirst trotzdem fortgehen?"

Sie nickte, und eine Träne lief über ihre Wange.

„Ich habe dir das schon einmal gesagt und sage es jetzt noch mal: Das Leben ist kurz, Hallie-Mädchen. Setz nicht dein Glück aufs Spiel, nur weil du zu stolz bist. Kläre dein Verhältnis zu Steve, bevor du Sandy Bend verlässt."

13. KAPITEL

Als Steve vor seiner geschlossenen Schlafzimmertür stand und drinnen eine vertraute Frauenstimme kichern hörte, schwante ihm nichts Gutes. Er wusste genau, dass er vor seiner ausgiebigen Joggingrunde am Strand die Tür nicht zugemacht hatte.

Er zog das Sweatshirt wieder an, das er schon ausgezogen hatte, weil er unter die Dusche wollte, und öffnete ganz vorsichtig die Tür. Beim nun folgenden Anblick wäre er am liebsten noch einmal gut sechs Kilometer gejoggt – in die andere Richtung.

Susan lag auf seinem Bett und trug ein Nichts aus rotem Netzstoff und schwarzen Fransen, das beim besten Willen kaum zu ignorieren war. Er vermutete, dass ein solches Dessous auch als Teddy bezeichnet wurde, auch wenn es keineswegs so niedlich aussah, wie es klang.

Steve versuchte, die Augen abzuwenden. „Die Junggesellinenparty war wohl früh zu Ende?"

„Ich habe gehofft, dass die Party gerade erst anfängt."

„Es wurden anscheinend eine Menge Martinis serviert?", bemerkte er in Anspielung auf ihren Lieblingsdrink.

„Wie kommst du darauf?"

Sie betonte akkurat jede Silbe, ein sicheres Indiz dafür, dass sie zu viel getrunken hatte.

„Ach, nur so." Er warf einen Blick auf ihre langen Beine und die rot lackierten Zehennägel. „Und warum ziehst du dich jetzt nicht einfach wieder an und fährst nach Hause?", fragte er.

„Ich habe kein Auto. Kira ist meine Fahrerin, und ich habe ihr heute freigegeben."

Er würde Kira die Hölle heiß machen. Erst hatte sie Hallie in eine unmögliche Lage gebracht, und jetzt hatte sie diese kleine Intrige angezettelt. „Kein Problem. Ich werde fahren."

„Sei doch kein Langweiler, Steve. Wie wäre es um der alten Zeiten willen mit einem letzten Mal?"

Ihm riss der Geduldsfaden. Er nahm die Tagesdecke am Ende des Bettes, warf sie über Susan und funkelte sie wütend an.

„Steh auf, und zieh dich an. Es ist wirklich dreist – und auch reichlich dumm – zu glauben, dass du mich dazu benutzen könntest, dich vor der Hochzeit zu drücken. Du willst den Mann nicht heiraten? Gut. Geh hin und sag es ihm. Aber lass mich da heraus." Er hatte Susan eigentlich für den Typ Frau gehalten, die höchstens eine Träne vergoss und vornehm schniefte. Aber nun brach sie in lautes Schluchzen aus.

„Große Güte." Er reichte ihr eine Box mit Taschentüchern. Wenn sie nicht uneingeladen auf seinem Bett liegen würde und betrunken wäre, hätte er vielleicht etwas mehr Mitleid mit ihr. Aber so war er nur verärgert. Und ein bisschen traurig.

Sie heulte weiter. „Ich habe einfach solche Angst."

„Es zwingt dich niemand zu dieser Heirat. Sag diesem Julio doch einfach, dass du noch nicht bereit dazu bist." Er sah sich nach ihren Kleidern um, konnte sie aber nirgends entdecken. „Also, wo sind deine Sachen?"

„Unten an der Hintertür", schniefte Susan.

„Großartig. Bleib einfach hier. Ich hole sie und bin sofort zurück."

Er hatte das Schlafzimmer gerade verlassen, als er von unten eine andere Frauenstimme rufen hörte.

„Steve? Bist du oben?"

Steve blieb wie angewurzelt stehen und überlegte seinen nächsten Schritt. Aber egal, was er jetzt tun würde, es würde auf jeden Fall dumm aussehen.

„Steve?"

„Ich komme sofort runter, Hallie." Er kehrte zurück ins Schlafzimmer. „Bleib bloß hier drin!", zischte er Susan zu.

Als er am oberen Treppenabsatz stand, stand Hallie unten und wedelte mit einer weißen Hose und einem rot-weißen Top.

„Das sieht nach einer sehr teuren Designer-Hose aus, die für dich zu klein und für Kira zu groß ist. Dann wäre da noch …"

„Steve, kommst du wieder?", ertönte eine Stimme hinter ihm.

Hallie funkelte ihn an. „Richtig, Susan."

„Kannst du mir die Sachen hochwerfen?", fragte er. Er wollte nicht das Risiko eingehen, Hallie in diesem Moment zu nah zu kommen.

Sie schleuderte ihm die Edelklamotten entgegen.

„Danke. Die bringe ich schnell Susan. Versprichst du mir, nicht wegzurennen?"

„Ich renne nirgendwohin."

Es hörte sich für Steve so gar nicht nach einem Versprechen an. „Warte im Wohnzimmer auf mich."

„Es ist mir ein Vergnügen", erwiderte sie nicht sehr freundlich.

Im Wohnzimmer holte Hallie, ohne zu bemerken, was sie tat, Theas Steine aus ihrer Tasche. Sie musste sich an irgendetwas festhalten.

„Das vorhin tut mir leid", sagte Steve, als er ins Zimmer kam. „Dort oben ist wirklich nichts passiert."

„Genauso wie gestern vor dem Restaurant, richtig?" Doch in ihrem Herzen wusste sie, dass er die Wahrheit gesagt hatte.

„Schau mich an, Hallie."

Er kam näher, und sie zwang sich, nicht zurückzuweichen, so, wie sie das schon so oft an entscheidenden Punkten in ihrem Leben getan hatte.

„Denkst du wirklich, dass ich mit Susan schlafen würde?"

„Nein", sagte sie und konnte fast sehen, wie sich seine Anspannung legte.

„Kira hat diese Junggesellinnenparty doch für sie geschmissen. Und Susan hatte zu viele Martinis getrunken."

In diesem Moment waren Susan und Kira für Hallie völlig irrelevant geworden. Die beiden waren ihr egal. Sie musste zum Kern der Sache kommen. „Ich habe heute ein interessantes Jobangebot bekommen."

„Man hat dir einen Job angeboten? Was für einen?", fragte er verwirrt.

„Anna Bethune hat mich gefragt, ob ich in London den gleichen Job für sie erledigen will wie in Carmel." Steve sank auf das Sofa. „London."

Hallie nickte. Ihre gesamte Zukunft stand auf dem Spiel, und sie wollte jedes Wort sorgsam wählen. „Wirklich verlockend daran ist, dass Catherine Lassiter – die Lehrerin mit der Katze, du erinnerst dich? – letztes Jahr nach London gezogen ist und dort Unterricht gibt. Es ist die unglaubliche Gelegenheit, wieder bei ihr zu studieren."

„Das ist toll."

„Ist es das?"

„Sicher."

Sein Enthusiasmus klang etwas hohl, weshalb sie sich ein wenig ermutigt fühlte. „Was empfindest du für mich, Steve? Ich meine, was haben dir die letzten Tage bedeutet?"

Er stützte die Ellbogen auf seine Knie und starrte durch das Fenster nach draußen.

„Steve? Ich muss es wissen."

„Wie? Oh, was ich für dich empfinde." Er rieb sich die Stirn. „Wie lange wirst du in London bleiben?"

„Ich weiß es nicht. Ein Jahr. Für immer. Wirst du mir meine Frage beantworten?"

Er schaute auf seine Hände. „Ich finde, du bist eine der erstaunlichsten Frauen, die mir je begegnet sind", sagte er langsam. „Die letzten Tage hatten eine ganz besondere Magie. Ich werde sie nie vergessen."

Hallie hielt den Atem an, um nicht anzufangen zu weinen. „Verstehe." Sie schlang die Arme um ihre Taille, um den Schmerz nicht übermächtig werden zu lassen, und drehte ihr Gesicht zum Bücherregal, damit er die Tränen in ihren Augen nicht sah. „Ich werde sie auch nie vergessen." Sie zwang sich zu einem Lächeln und drehte sich dann wieder um. „Du wirst verstehen, dass ich jetzt gehe."

Sie war schon fast an der Tür, als Steve sie einholte. „Hallie, warte. Vielleicht könnte ich dich während der Weihnachtsferien dort besuchen."

Hallie gab ihm die einzige Antwort, die ihr Stolz zuließ. „Tu das nicht."

Hallie war gegangen. So einfach war das. Und Steve versuchte herauszufinden, was er nun mit seinem Leben anfangen sollte. Während seiner Joggingrunde heute – bevor seine Welt in tausend Stücke zerbrochen war – hatte er einige Schlüsse gezogen.

Zunächst einmal hatte er festgestellt, dass Hallie unabhängig und wagemutig war und kein Interesse an Snobs hatte. Damit war sie als Ehefrau eines Whitman völlig ungeeignet.

Damit kam Steve zu seiner zweiten Schlussfolgerung: Er eignete sich überhaupt nicht dazu, ein Whitman zu sein. Und er hatte gegenüber seiner Familie auch keine Schuldgefühle mehr, weil er nicht wie die anderen Familienmitglieder lebte. Und er fühlte sich auch nicht mehr schuldig, weil er Geld auf der Bank hatte. Ein paar Tage mit Hallie zu verbringen und ihre Weltsicht mitzubekommen hatten gereicht, damit er sich verändert hatte.

Hallie war alles, was er je gewollt hatte. Er liebte sie. Er wusste nicht, wann diese Liebe angefangen hatte, denn es schien fast, als hätte er schon immer so empfunden.

Ein Leben ohne sie würde leer und öde sein, aber er war nicht so verrückt zu glauben, dass Sandy Bend mit London konkurrieren könnte.

Oder dass Hallie vor diese Wahl gestellt sein sollte. Sie brauchte die Chance, ihre Talente weiterzuentwickeln und etwas von der Welt zu sehen. Sandy Bend war für ihn das Paradies, aber sie würde es einengen.

Steve war nicht der Typ, der Zorn oder auch nur das geringste Bedauern zeigte. Zumindest hatte er das von sich geglaubt. Doch nun ließ er der Wut und Trauer über sein Unglück nur deshalb nicht freien Lauf, weil er die Gewissheit hatte, dass er sich nobel verhielt.

Ja, Steve Whitman war ein sehr nobler Mann. Und ein sehr einsamer, unglücklicher Mann.

14. KAPITEL

Cousine Althea stand mit gepackten Taschen im Flur. „Meine Arbeit ist getan."

„Kann Thor allein die Treppe hinuntergehen?", fragte Hallies Dad und schulterte eine von Altheas Taschen. Athea lächelte. „Das hoffe ich."

„Ich nehme die andere Tasche", bot Hallie an, die sich wie erstarrt fühlte. Letzte Nacht hatte sie allein in ihrem pinkfarbenen Mädchenzimmer geschlafen und sich so einsam gefühlt wie noch nie.

„Alles, was geschieht, hat einen Grund, Hallie." Althea nahm Hallies Hand in ihre. „Wenn Steve nicht bereit ist, sich wirklich zu öffnen, bedeutet das nur …" Sie hielt inne. „Die Atmosphäre hat sich verändert."

Thor stand oben auf der Treppe. „Hallo, gut, dich wieder wohlauf zu sehen!", rief Hallie ihm zu.

„Nicht halb so gut, wie wieder aus dem Bett zu kommen. Ich habe alle Einheimischen beim Pokern abgezockt. Es ist Zeit zu gehen." Dann kam er langsam und vorsichtig die Treppe hinunter.

Althea hielt immer noch Hallies Hand. „Dein Vater sagt, dass du bei der Parade mitfahren willst. Das zeugt von sehr viel Kraft."

Hallie dachte darüber nach. „Vielleicht. Ich hätte nie geglaubt, dass ich das sagen würde, aber ich muss dir dafür danken, dass du mich nach Hause gelockt hast. Vermutlich war es das wert."

Ihre Cousine drückte noch einmal ihre Hand. „Nun bist du nicht mehr an die Vergangenheit gebunden und frei für ein neues Leben."

„Und du, Bud, bist du bereit für ein neues Abenteuer?", fragte Althea nun Hallies Vater.

„Ich denke, ich werde noch heute nach der Parade dem Sonnenuntergang entgegenfahren."

Hallie lächelte. „Das gefällt mir. Kann ich mich anschließen? Dann sind wir als Brewer-Konvoi unterwegs."

„Natürlich“, meinte ihr Dad. „Aber lasst uns jetzt erst einmal zur Parade aufbrechen.“

Hallie verabschiedete sich von Thor und Althea, die sich noch die Parade ansehen wollten, bevor sie zurück nach Wisconsin reisen würden. Dann setzte sie sich zu ihrem Vater in die Corvette, und sie fuhren in die Stadt.

Cal hatte den Festwagen bereits zum Parkplatz der Highschool gebracht, der als Ausgangspunkt der Parade diente.

Nun stand er vor dem Wagen und befestigte gemeinsam mit Bud das Abschleppseil am Traktor, der den Festwagen ziehen sollte, während Hallie und Mitch auf dem Rand des Wagens saßen und die Beine baumeln ließen.

„Du verlässt uns also heute Abend?“, fragte Mitch Hallie.

Sie nickte. „Ich habe heute früh Emily Metthews angerufen. Wir haben uns seit der Highschool nicht mehr gesehen. Ich werde heute Abend in Grands Rapids bei ihr eine Zwischenstation einlegen.“

„Ich wünschte, du würdest bleiben, aber ich kann verstehen, warum du gehst.“

„Es ist das Beste so.“ Ihr gebrochenes Herz ließ keine andere Möglichkeit zu.

„Vielleicht wenn du …“, begann Mitch.

„Entschuldigung“, dröhnte die Stimme des Bürgermeisters über Lautsprecher. „Hier ist jemand, der um eure Aufmerksamkeit bittet.“

Die Blaskapelle hörte mit dem Üben auf, und sogar die Kriegsveteranen waren auf einmal ganz Ohr.

Hallie drehte sich um. Vor dem Parkplatz übergab er Kira das Mikrofon, die es mit einer Hand bedeckte und ihrem Bruder wütend etwas zuflüsterte. Steve wirkte allerdings zu allem entschlossen.

Selbst aus dieser Entfernung stiegen Hallie bei seinem Anblick Tränen in die Augen.

Kira nahm schließlich doch die Hand vom Mikrofon. „Äh …

ich wollte nur allen sagen, dass das kleine Problem mit dem Kartoffelsalat meine Schuld war. Der selbst gemachte Kartoffelsalat war von Hallie Brewer." Sie biss die Zähne zusammen, aber ihr Bruder sah sie mahnend an. „Und ich habe dafür das Lob eingeheimst." Kira war blass geworden, doch Steve hielt sie weiter am Ellbogen fest. „Entschuldigung", knurrte sie noch und befreite sich aus Steves Griff.

Ein solches Schuldeingeständnis – wenn es auch erzwungen worden war – hatte Hallie noch nie von Kira gehört.

„Das war alles?", rief Mitch. „Diesmal nicht, Prinzessin. Du hattest es schon zu lange zu leicht." Er sprang vom Wagen und ging davon.

Mittlerweile hatte der Bürgermeister wieder das Mikrofon übernommen. „Hallie, ich weiß, dass du irgendwo da draußen bist."

„Steh auf", drängte Cal sie.

Sie erhob sich und winkte in Richtung des Bürgermeisters.

„Im Namen aller im Ort entschuldige ich mich hiermit bei dir, Hallie", verkündete er in offiziellem Ton. „Der Name Brewer ist frei von Schuld."

Hallie bedankte sich errötend.

„Aber die Weihnachtsbäume haben wir nicht vergessen!", rief jemand.

„Oder den Punsch damals", fügte Mrs Hawkins hinzu. „Oder …"

Die anderen erwärmten sich ebenfalls für das Thema, aber Hallie ging diesmal energisch dazwischen. „Das reicht, Leute", rief sie. „Es war vielleicht am Anfang lustig, mich daran zu erinnern, aber die Jagdsaison auf Hallie Brewer ist vorbei, verstanden?"

Von seinem Platz neben dem Bürgermeister aus begann Steve zu applaudieren. Hallie blieb mit hoch erhobenem Kopf stehen.

Nach und nach stimmten die anderen johlend in den Applaus ein. Hallie lächelte erleichtert. Sie kannte die Einheimischen gut genug, um zu wissen, dass sie sie bei ihrem nächsten Besuch wieder damit aufziehen würden. Aber zumindest hatte sie sich zur Wehr gesetzt.

„Bereit zum Start?“, fragte Hallie Cal.

Er ließ den Motor des Traktors an. „Ja.“

„Hallie!“ Dana Devine lief auf ihren üblichen hohen Absätzen neben dem anfahrenden Festwagen her. Sie hielt eine kleine Geschenkbox in der Hand. „Ich habe ein Abschiedsgeschenk für dich.“

Hallie streckte ihr die Hand hin. „Komm hoch, und leiste mir während der Parade Gesellschaft.“

„Bist du sicher? Ich bin nicht gerade passend für den Strand angezogen.“ Sie deutete auf ihr gewagtes enges Spitzenkleid.

„Absolut.“

Dana schaute sich um, als warte sie auf die Hilfe von Hallies Brüdern. Aber Cal ignorierte sie geflissentlich, und Mitch war immer noch verschwunden.

„Wenn du denkst, es ist okay.“ Dana legte die Box auf den Wagen, und Hallie zog sie hinauf. Nachdem sie ihre Schuhe ausgezogen hatte, gab Dana Hallie das Geschenk. „Nur eine Kleinigkeit.“

Hallie machte die Box auf. Zum Vorschein kam die sommerliche Version einer Schneekugel. Glitter rieselte auf zwei Figuren im Badeanzug, die mit einem Strandball spielten. Auf dem Boden prangte der Schriftzug „Sandy Bend“.

„Ich dachte, es wäre in London eine schöne Erinnerung an die Heimat“, meinte Dana mit belegter Stimme.

„Danke“, flüsterte Hallie, die ebenfalls den Tränen nah war. „Ich glaube, ich werde Sandy Bend tatsächlich vermissen.“

Aber am meisten würde sie Steve vermissen.

„Es ist Punkt eins!“, brüllte der Bürgermeister ins Mikrofon. „Lasst uns mit der Parade beginnen.“

Cal beschleunigte den Traktor, und Hallie suchte gegen ihren Willen die Menge nach Steve ab. Sie wollte nur noch einen letzten Blick auf ihn werfen, konnte ihn aber nicht entdecken.

Dana legte ihr tröstend die Hand auf die Schulter. „Er ist schon weg. Ich habe ihn vor einer Minute verschwinden sehen."

„Setzt euch besser hin", rief Cal vom Traktor aus. „Es geht los."

Hallie verstaute ihr Geschenk und versorgte sich und Dana mit einem Eimer Bonbons. Dann nahmen sie am Ende des Wagens eine sichere Position ein. Als sie gerade den Parkplatz verlassen hatten, kletterte Mitch noch auf den Wagen.

„Wo warst du?", fragte Hallie, die krampfhaft versuchte, an etwas anderes als an Steve zu denken.

„Ich will mir eine kleine Fantasie erfüllen." Mitch grinste zufrieden.

„Und die wäre?"

Er holte aus der mitgebrachten Tasche drei Wasserpistolen. Jeweils eine kleine gab er Dana und Hallie, das große Exemplar behielt er.

„Mitch?", wunderte sich Hallie.

Er ließ sich auf einem Klappstuhl nieder. „Sagen wir so: Wer sich wie ein dummes Gör aufführt, sollte auch wie ein dummes Gör bestraft werden. Es geht um Prinzessin Kira." Er holte eine Ladung Bonbons aus dem Eimer. „Und ihr königliches Hinterteil", hörte Hallie ihn noch murmeln.

Der Festwagen bog in die Main Street ein. Hinter ihnen schleuderten die Damen aus der Tee-Gruppe Teebeutel in die Menge.

Hallie und Dana warfen den Kindern am Straßenrand Bonbons zu, während Mitch sich inzwischen mit seinen Kumpeln ein Gefecht mit den Wasserpistolen lieferte.

Dana seufzte. „Als ich Steve vorhin am Mikrofon stehen sah, war ich noch so sicher, dass alles wie im Märchen enden würde."

Plötzlich verlangsamten die Wagen das Tempo und blieben schließlich stehen.

„Warum halten alle an?", fragte Hallie. Sie stand auf und ging nach vorn, um nachzusehen.

Dana war schon dort, sah mit großen Augen in die Menge und grinste über das ganze Gesicht. Hallie versuchte zu erkennen, was ihre Freundin so strahlen ließ, konnte aber ohne Sonnenbrille wegen der grellen Sonne kaum etwas sehen.

„Ich kenne mich mit Märchen zwar nicht so gut aus. Aber ich glaube, die Chancen für ein Happy End stehen gut", meinte Dana.

„Du hast bestimmt zu viele Abgase abbekommen", sagte Hallie. „Atme mehrmals tief durch, dann ..."

Sie verstummte, als Steve auf den Traktor kletterte und leise, aber eindringlich mit Cal redete.

Hallie spürte wieder ihren gewohnten Fluchtimpuls, hatte aber auf dem Wagen gar keine Möglichkeit wegzulaufen. Althea und Thor tauchten plötzlich am Straßenrand auf, und ihr Dad kam durch das Gewühl direkt auf sie zu.

„Stell dich deiner Zukunft!", rief Althea.

Hallie, die sich vor erneutem Liebeskummer fürchtete, holte die Wasserpistole hervor, als ob sie sich damit verteidigen wollte.

Steve kletterte auf den Festwagen und ging auf sie zu, bis er ganz nah vor ihr stand.

Hallie setzte ihm die Wasserpistole auf die Brust. „Was willst du?"

Steve holte tief Luft. „Ich kann das. Ich weiß, dass ich es kann."

„Spuck es aus, mein Sohn", riet ihm Hallies Dad, der jetzt am Ende des Wagens angelangt war.

Steve gab sich einen Ruck. „Hallie, als du mich gestern Abend gefragt hast, was ich für dich empfinde, war ich dir und mir gegenüber nicht aufrichtig. Wir müssen miteinander reden."

„Okay", sagte sie und wartete ab.

Er runzelte die Stirn. „Du meinst gleich hier?"

Warum nicht, dachte sie. Schließlich hatten sich die wichtigsten Ereignisse in ihrem Leben immer mitten in Sandy Bend abgespielt.

„Du sollst dich ja hier nicht bis auf die Haut ausziehen", erwiderte sie und musste beim Gedanken an seinen Striptease kichern.

Steve musste dasselbe gedacht haben, denn er lächelte sie so aufreizend an, dass ihr ganz heiß wurde. Er schob die Wasserpistole zur Seite. „Hallie, ich weiß, dass ich alles ganz furchtbar vermasselt habe und dass du mir nur zuhörst, weil du keine andere Wahl hast. Aber jetzt sage ich dir: Ich liebe dich. Und nun fang nicht damit an, dass das so plötzlich kommt, denn in Wahrheit habe ich schon damals, als du achtzehn warst, etwas für dich empfunden. Vielleicht noch keine Liebe, aber eine gewisse Neugier."

„Neugier?", wiederholte Hallie, während ihre gesamte Familie stöhnte. „Steve, worauf willst du hinaus?"

„Geradewegs zum Ende", sagte er fast grimmig. „Ich dachte, es wäre nobel, dich nach London ziehen zu lassen. Aber weißt du was? Ich habe entdeckt, dass es mir überhaupt nicht liegt, nobel zu sein. Wenn es um dich geht, werde ich sogar richtig eigennützig." Er kniete sich vor sie und nahm ihre Hand. „Hallie, ich liebe dich und bitte dich, in Sandy Bend zu bleiben."

Hallie versuchte, etwas zu sagen, brachte aber keinen Ton heraus. Durch die Menge ging ein zustimmendes Raunen.

Steve jedoch wirkte beunruhigt. „Ich weiß, dass Sandy Bend nicht gerade deine Vorstellung von einem Paradies ist, und das Einzige, was ich Kultur, Kunst und Filmstars entgegensetzen kann, bin ich. Mein Herz, meine Seele und meinen Körper."

Hallie wusste die Antwort. Sie hatte sie die meiste Zeit ihres Lebens gewusst. „Ich …"

„Warte, lass mich ausreden. Um dir die Entscheidung zu erleichtern, biete ich dir noch die Sommer in London an, in denen du bei deiner Lehrerin studieren kannst. Du kannst alles haben, was du willst."

Sie ging jetzt auf die Knie. „Alles, was ich will, ist das."

Falls es in der Geschichte Sandy Bends jemals einen innigeren, romantischeren und von Hunderten von Leuten stärker bejubelten Kuss gegeben hatte, konnte sich auf jeden Fall keiner der Einheimischen daran erinnern.

Hallie Brewer war für immer nach Hause gekommen.

– ENDE –

Jessica Bird

Glaub an das Glück, Madeline

Roman

Aus dem Amerikanischen von
Stefanie Rudolph

mtb

1. KAPITEL

Verdammt, er kam zu spät.

Spike Moriarty rannte ohne rechts und links zu schauen die Park Avenue entlang, und angesichts seiner Größe und seines kräftigen Körperbaus sprangen Passanten eilig aus dem Weg.

Zwar war ihm klar, dass er die zwei Stunden Verspätung sowieso nicht wieder aufholen konnte, aber er wollte wenigstens nicht erst ankommen, wenn die Party vorbei war. Schließlich ging es hier um die Verlobung von zwei guten Freunden, und eigentlich hätte er sogar eine kleine Rede halten sollen.

Der Gastgeber, sein guter Kumpel Sean O'Banyon, würde ihn umbringen. Dass die Fahrt von Saranac Lake nach Manhattan doppelt so lange gedauert hatte als sonst, war allerdings nicht seine Schuld. Nachdem der Highway wegen eines Lkw-Unfalls gesperrt worden war, hatte Spike sich im Stau auf den Landstraßen vorangequält – bis ihm ein 85-Jähriger mit seinem Oldsmobile hinten aufgefahren war.

Der Opa hatte darauf bestanden, die Polizei zu holen, und die örtlichen Cops ließen, nachdem sie einen Blick auf seine zu allen Seiten hin abstehenden Haare und seine Tattoos geworfen hatten, seinen Ausweis durch sämtliche Verbrecherdatenbanken laufen. Als der Computer nicht mal ein unbezahltes Strafmandat ausspuckte, schienen sie richtig enttäuscht zu sein und hielten ihn noch zwei Stunden am Straßenrand fest.

Endlich in Manhattan, hatte er den Wagen auf dem ersten freien Parkplatz in der Nähe der Park Avenue abgestellt und war losgesprintet. Zum Glück war es für Mitte Mai recht kühl, sodass er nicht völlig verschwitzt ankommen würde.

Als er eine Seitenstraße überquerte, schaute er zum Straßenschild hoch. Noch ein paar Blocks.

Das Taxi schien aus dem Nichts zu kommen. Aber Spike reagierte schnell, und so gelang es ihm, gerade noch rechtzeitig dem Zusammenstoß auszuweichen. Allerdings musste er sich über die Motorhaube abrollen und landete unsanft auf dem Asphalt.

Der Taxifahrer bremste scharf, zeigte Spike einen Vogel und gab wieder Gas. Spike hätte ihm gern hinterhergeflucht, aber dafür blieb keine Zeit: Erstens war er sowieso in Eile und zweitens hob er sich in seinen schwarzen Sachen kaum vom Asphalt ab, sodass der nächste Wagen ihn wahrscheinlich auch nicht sehen würde.

Er sprang auf und rannte weiter. Als sein Körper nirgends mit Schmerzen protestierte, gab er noch mehr Gas und erreichte endlich das Gebäude, in dem Seans Penthousewohnung lag.

Ohne innezuhalten, drückte er die Glastür auf und eilte durch die Marmorlobby direkt zu den Fahrstühlen. Eine affektierte Stimme hielt ihn zurück.

„Also, entschuldigen Sie mal!“

Spike drehte sich um und sah, dass der Portier, der ihn kannte, heute offenbar freihatte. Dieser hier sah aus, als hätte er gerade in eine Zitrone gebissen.

Nach Atem ringend stieß er hervor: „Ich will zu O'Banyons Party. Mein Name steht auf der Gästeliste.“

Der Portier hob hochmütig die Augenbrauen. „Fahrradkuriere dürfen nicht ins Gebäude. Sie werden Ihre Lieferung schon bei mir abgeben müssen.“

Entnervt sah Spike an die Decke. Irgendwann geht auch dieser Tag zu Ende, dachte er zähneknirschend. So oder so.

Madeline Maguire hielt sich auf der Verlobungsparty im Hintergrund. Als professionelle Seglerin verbrachte sie die meiste Zeit auf dem Meer, und bei ihren seltenen Landaufenthalten fiel es ihr nicht immer leicht, sich an das normale Leben zu gewöhnen.

Auf der Party fehlte ihr vor allem das Gefühl, dass etwas Wichtiges passierte. Beim Regattasegeln war jedes Wort von Bedeutung, jedes Geräusch ein Hinweis, jede Kursänderung eine weitreichende Entscheidung. Mit ihren geschärften Sinnen und untrüglichen Instinkten war sie als Navigatorin dort ganz in ihrem Element.

Hier jedoch gab es rein gar nichts zu tun, und sie kam sich völlig überflüssig vor.

Der Höhepunkt des Abends war bisher das Wiedersehen mit Alex Moorehouse gewesen, ihrem ehemaligen Captain und guten Freund.

Für ihn und seine Verlobte Cassandra nahm Madeline gerne einen Aufenthalt in Manhattan in Kauf. Eigentlich hatte die ganze Crew dabei sein wollen, doch die anderen mussten auf den Bahamas ein Boot reparieren, das in einem schweren Sturm beschädigt worden war. Madeline hatten sie offiziell als Abgesandte gewählt, weil sie sich von allen noch am besten auf dem sozialen Parkett auskannte.

Haha, dachte sie. Bis jetzt hatte sie außer mit Sean, Alex und Cassandra noch mit niemandem gesprochen, aber wenn sie ehrlich war, bedauerte sie das auch nicht.

Die anderen Gäste stammten fast alle aus der Welt ihres Halbbruders – mächtige, ehrgeizige Männer und perfekt gestylte Frauen mit harten Augen und unechtem Lächeln. Zum Glück waren auch noch Alex' Schwestern mit ihren Männern da, doch bis jetzt hatte sich noch kein Gespräch ergeben.

Der Einzige, mit dem Madeline wirklich gern geredet hätte, fehlte. Immer wieder suchte sie die Grüppchen nach einem großen, breitschultrigen Mann ab, dessen schwarzes Haar nach allen Seiten abstand.

Wieso war Spike nicht hier? Als einer von Alex' und Seans besten Freunden würde er doch diese Party bestimmt nicht verpassen.

„Suchst du jemanden?“, fragte eine tiefe Stimme hinter ihr.

Sean, der erfolgreichste Investmentbanker der Wall Street und auch einer ihrer besten Freunde, wirkte selbstzufrieden, weil er sie ertappt hatte.

Sie lächelte ihn an und schwindelte: „Ich suche niemanden, wie kommst du darauf?“

„Weil man's dir ansieht. Du schaust jeden Mann, der reinkommt, hoffnungsvoll an, aber bis jetzt ist der, den du dir herbeiwünschst, noch nicht aufgetaucht, oder?"

Obwohl Madeline in Sean den Bruder sah, den sie gern gehabt hätte, hatte sie Hemmungen, ihm von ihrem Interesse an Spike zu erzählen. Außerdem würde sowieso nichts aus der Sache werden – wie immer.

Trotzdem war sie von Spike völlig fasziniert. Sie hatte ihn bei Alex in Saranac Lake kennengelernt und sich sofort zu ihm hingezogen gefühlt. Wie die meisten Männer war Spike in ihrer Gegenwart allerdings nicht sehr gesprächig und mied ihren Blick. Außerdem gab er sich Mühe, ihr nicht zu nahe zu kommen … das Übliche eben.

Als eine Frau, die meist auf einem Boot lebte, noch dazu knapp über eins achtzig groß und athletisch gebaut, war sie für die meisten Männer uninteressant. Die, die sie mochten und respektierten, behandelten sie wie einen Kumpel, die anderen starrten sie an wie eine Außerirdische oder hielten sie für lesbisch.

Die meiste Zeit machte ihr das auch nicht viel aus, schließlich hatte sie sowieso kein Glück in der Liebe. Aber bei Spike wünschte sie sich schon, dass er sie als Frau wahrnahm. Vielleicht mal den Arm um sie legte. Oder sie sogar küsste. Wenigstens ein einziges Mal.

Als sie daran dachte, wie lange ihr letzter Kuss zurücklag, verzog sie das Gesicht. Für eine Frau in ihrem Alter war es viel zu lange her – mittlerweile waren es Jahre, nicht Monate.

„Erde an Mad, Erde an Mad, erbitte Kontaktaufnahme", witzelte Sean.

Sie schüttelte den Kopf. „Tut mir leid. Du hast die Wohnung wirklich zu einem Schmuckstück gemacht."

Das Penthouse, das Sean erst im vergangenen Jahr gekauft hatte, war in einem männlichen, puristischen Stil eingerichtet – klare Linien, viel Leder und Metall. Die Panoramafenster gingen auf den Central Park hinaus, und der Blick war unverstellt.

„Danke."

„Die Einrichtung passt zu dir – viele Ecken und Kanten."

Sean lachte. „Tja, in meinem Geschäft landen die Weichen ganz schnell im Abseits."

Als Investmentbanker hatte Sean mitgeholfen, die Supermarktkette Value Shop ihrer Familie zu einem der landesweiten Marktführer zu machen, doch für Madeline war er ein enger Freund geworden, dem sie mehr vertraute als ihren engsten Verwandten.

Normalerweise ging sie Menschen wie ihm aus dem Weg, weil sie sie zu sehr an ihren verstorbenen Vater und den ungeliebten Halbbruder erinnerten. In seinem Maßanzug sah Sean aus wie ein typischer Geschäftsmann, doch er war in ärmlichen Verhältnissen aufgewachsen und hatte nie vergessen, was er auf der Straße gelernt hatte.

„Wir müssen übrigens mal miteinander reden", sagte er.

„Das klingt nicht besonders gut."

„Es geht um deinen Halbbruder."

Sie schaute zu Boden. „Ich will ihn nicht sehen."

„Mad, es ist aber wichtig …"

In diesem Moment öffnete sich die Eingangstür, und Madeline wurde plötzlich von Kopf bis Fuß heiß.

Spike trug eine schwarze Lederjacke, ein schwarzes Hemd und schwarze Hosen. Sein ebenfalls schwarzes Haar stand wie immer in alle Richtungen vom Kopf ab, doch bei ihm wirkte das nicht ungekämmt, sondern betonte nur noch die markanten Gesichtszüge. Mit seiner beachtlichen Erscheinung schien er den ganzen Raum auszufüllen.

Das Faszinierendste waren seine Augen. Sie wirkten gelb, je nach Lichteinfall schimmerten sie manchmal sogar golden, und waren umrahmt von dunklen Wimpern. Am Hals trug Spike auf beiden Seiten elegant geschwungene Tribal Tattoos und im linken Ohr ein silbernes Piercing.

Madeline schluckte schwer. Konnte ein Mann noch sexier aussehen? Wohl kaum.

„Da brat mir doch einer 'nen Storch", bemerkte Sean leise. „Du hast nach Spike Ausschau gehalten? Wie lange geht das schon? Wann hast du ihn kennengelernt? Und warum zum Teufel weiß ich davon noch nichts?"

Abwesend nahm Madeline einen Schluck von ihrem Chardonnay. „Halt den Mund, Sean."

Spike kochte innerlich vor Wut, als er endlich das Penthouse betrat. Der diktatorische Portier hatte ihm den Rest gegeben. Jetzt war er nicht nur wirklich schlecht gelaunt, sondern auch noch später dran – und völlig ausgehungert.

Der Nächste, der ihm dumm kam, würde sein blaues Wunder erleben.

Er zog die Jacke aus und hängte sie an die Garderobe, dann suchte er in der Gästeschar nach Sean. Als er ihn sah, begann sein Herz schneller zu schlagen. Nicht wegen seines guten Kumpels, sondern wegen der Frau, die neben ihm stand.

Lieber Himmel, Madeline Maguire war hier. Auf dieser Party. Stand nur ein paar Meter weit weg und atmete dieselbe Luft wie er.

Das hätte er sich eigentlich denken können, denn schließlich war sie eine Freundin von Alex. Trotzdem traf es ihn völlig unvorbereitet.

Madeline Maguire war für ihn die faszinierendste Frau, die er je getroffen hatte. Selbstbewusst und intelligent, dazu groß genug, um ihm in die Augen zu sehen. Ihre unkomplizierte Freundlichkeit wirkte völlig natürlich, und auch sonst war sie einfach perfekt: glänzendes, schwarzes Haar, das ihr weit über die Schultern reichte, tiefblaue Augen, in denen immer ein unternehmungslustiges Funkeln lag. Und ihr strahlendes Lächeln hätte sogar einen Blinden aus dem Koma geholt …

Heute trug sie ein schwarzes Strickkleid mit weich fallendem Rollkragen, das ihre Kurven äußerst sexy betonte.

Dabei hatte er schon viel mehr von ihr gesehen. Bei ihrem ersten Treffen bei Alex war sie nur mit einem schwarzen Sport-BH und Jazzpants bekleidet aus dem Bad gekommen – und mit ausgestreckter Hand auf ihn zugegangen, als wäre es völlig selbstverständlich, dass Amazonen-Königinnen einem Normalsterblichen wie ihm die Hand schüttelten.

Und dann hatte sie seine Tattoos sehen wollen. Wenn Alex ihn nicht gerettet hätte, wäre er glatt in Ohnmacht gefallen.

Jetzt war ihm schon wieder schwindelig. Was allerdings auch daran liegen konnte, dass er den ganzen Tag noch nichts gegessen hatte.

Er bemühte sich um einen neutralen Gesichtsausdruck und ging auf Sean zu. Nicht, dass er noch dümmlich grinsend bei den beiden auftauchte. Wieso verließ ihn seine Coolness immer dann, wenn's wirklich drauf ankam?

„Hallo, Großer", begrüßte er Sean. „Tut mir echt leid wegen der Verspätung. Hast du meine Nachricht erhalten?"

Als er und Sean sich schulterklopfend begrüßten, wusste er sofort, dass etwas im Busch war. Seans Augen funkelten vergnügt, und das kam nun wirklich selten vor.

„Kein Problem", antwortete Sean und machte eine Kopfbewegung nach links. „Madeline Maguire kennst du schon, richtig?"

Und ob, dachte Spike. Sie kommt jede Nacht in meinen Träumen vor.

Er nickte und erlaubte sich einen kurzen Blick in ihre Richtung. Wow. Sie hatte wirklich einladend rote Lippen, und dabei war sie gar nicht geschminkt.

„Hi, Spike", sagte sie.

Und diese Stimme. Tief, ein wenig rau. Genauso sexy, wie er sie in Erinnerung hatte. Seine Haut begann zu kribbeln.

„Freut mich, dich wiederzusehen, Madeline."

Zum Glück streckte sie ihm diesmal nicht die Hand hin, sonst wäre er womöglich zu Boden gegangen. Schon ihr Anblick bescherte ihm weiche Knie.

„Wie steht's mit den Reden?", fragte er Sean. „Die hab ich wohl verpasst?"

„Von Anfang bis Ende."

„Dann geh ich mich besser entschuldigen. Wo ist denn das glückliche Paar?"

„In meinem Büro, glaube ich. Alex hat darauf bestanden, dass Cass sich ausruht, und sie wahrscheinlich auf die Couch verfrachtet. Der Arzt droht ständig damit, ihr bis zur Entbindung komplette Bettruhe zu verordnen. Hast du schon was gegessen?"

„Nein, ich bin am Verhungern."

„Mad, warum zeigst du unserem Zuspätkommer nicht das Büfett?"

„Ach, nicht nötig", warf Spike hastig ein. „Ich werd's schon finden. Hast du was dagegen, wenn ich heute Nacht hier schlafe?"

Sean grinste breit. Verflixt, irgendwas führt er doch im Schilde, dachte Spike. Was hat er bloß vor?

„Das ist eine prima Idee", erwiderte Sean und legte ihm eine Hand auf die Schulter. „Ganz ausgezeichnet. Findest du nicht auch, Mad?"

Madeline jedoch warf Sean einen Blick zu, als hätte sie ihm am liebsten vors Schienbein getreten.

Waren die beiden etwa ein Paar? Spike runzelte die Stirn. Sehr viel wusste er wirklich nicht über Madeline. Nur, dass sie aus einer reichen Familie stammte. Vielleicht war Sean ja auch nur ihr Berater.

Doch dann zwinkerte Sean Madeline zu, und Spike kamen wieder Zweifel. Hatten sie doch eine persönlichere Beziehung?

Aus heiterem Himmel traf Spike eine Welle der Eifersucht, und er hätte sich am liebsten zwischen die beiden geworfen. Einen Moment lang stellte er sich vor, wie er Sean zur Garderobe schleppte und ihn neben seiner Lederjacke am Kragen aufhängte. Da konnte er sich dann selbst zuzwinkern, der Mistkerl.

Verdammt, Sean ist ein Freund. *Freund*, mahnte Spike seinen inneren Macho.

Doch dann warf Madeline Sean einen verschwörerischen Blick zu, als ob die beiden ein Geheimnis teilten. *Gegner*, widersprach sein innerer Macho prompt.

Besser, er zog sich zurück. Wenn er noch viel länger blieb, bekam er noch Persönlichkeitsstörungen.

„Entschuldigt uns", murmelte er und wandte sich ab. „Ich meine, mich."

Madeline schaute Spike hinterher, als er sich einen Weg durch die Menge bahnte. Die Männer machten ihm ohne Zögern Platz und betrachteten ihn halb neugierig, halb wachsam. Die meisten Frauen versuchten, mit ihm zu flirten.

Er war eben einfach ein Mann, der einen sofort an Sex denken ließ. Schon allein seine kraftvollen, geschmeidigen Bewegungen, die ...

„Also jetzt rück raus mit der Sprache, was hat es mit Spike und dir auf sich?", unterbrach Sean ihre Gedanken. „Du bist ja ganz hin und weg."

„Ich dachte, ich soll heute bei dir übernachten?", wich Madeline der Frage aus.

„Tust du ja auch."

„Aber du hast nur ein Gästezimmer."

„Mit zwei Betten. Und ihr beide seid schließlich erwachsen, also sollte das kein Problem sein, oder?" Seans Grinsen wurde noch breiter. „Es sei denn, dir wird mitten in der Nacht plötzlich kalt, dann hätte Spike bestimmt nichts dagegen, dich ... autsch!"

Vorsichtshalber gab Madeline ihm noch einen zweiten Knuff in den Oberarm. „Wag es nicht, mich mit ihm zu verkuppeln", warnte sie.

Lächelnd rieb sich Sean die Stelle, wo ihre Faust gelandet war. „Verkuppeln? Wie kommst du denn darauf? Er braucht ein Bett, du brauchst ein Bett. Dafür kann ich doch nichts."

Gequält schloss Madeline die Augen. „Sean, ich meine das ernst. Ich kann nicht ... bitte, bring mich nicht in Verlegenheit."

Sean wurde ernst und legte ihr einen Arm um die Schultern. „Herrje, Liebes, tut mir leid. Das werde ich nicht, versprochen. Komm her."

Sie ließ sich an seine breite Brust ziehen und atmete tief durch.

„Es ist doch nur … ich würde mich wirklich für dich freuen, wenn du mit jemandem wie ihm zusammen wärst. Er ist ein guter Kerl, und ich kenne ihn jetzt schon eine ganze Weile. Er kommt oft übers Wochenende her“, sagte Sean.

„Schön für dich. Aber hast du auch gemerkt, dass er mich kaum eines Blickes würdigt? Er interessiert sich überhaupt nicht für mich.“

„Das kann sich ändern.“

„Nein, bei mir nicht.“

„Nur wegen dieser Geschichte mit Amelia und deinem Exfreund musst du doch nicht …“

„Ich will jetzt nicht über sie reden. Außerdem muss es Exfreunde heißen, Plural. Sie hat mit beiden geschlafen.“

Sean fluchte leise. „Soll ich Spike bitten, woanders zu übernachten?“

„Nein, ich habe kein Problem damit, eine Nacht mit ihm ein Zimmer zu teilen. Aber ich wäre nicht überrascht, wenn er dann lieber woanders schlafen würde. Und jetzt musst du dich bestimmt mal wieder um deine Gäste kümmern, oder?“

„Warum kommst du nicht mit ans Büfett und isst was?“

„Ich habe keinen Hunger“, sagte sie wie immer automatisch, wenn ihr jemand etwas zu essen anbot. „Aber trotzdem danke. Geh nur, das ist okay.“

Für den Rest der Party hielt sich Madeline im Hintergrund. Und beobachtete Spike.

In Saranac Lake hatte sie ihn eher für introvertiert gehalten, doch heute Nacht ging er wirklich aus sich heraus. Als Sean und er im Wohnzimmer abwechselnd Geschichten aus ihrem Leben zum Besten gaben, scharte sich ein Großteil der Gäste um sie, die meisten davon weiblich.

Kein Wunder. Sean war als Herzensbrecher stadtbekannt, und Spike schien ihm in nichts nachzustehen. Bei jeder guten Pointe zeigte er ein verwegenes Grinsen, und Mads Herz setzte jedes Mal einen Schlag aus.

Nein, da hatte sie ihn wohl völlig falsch eingeschätzt. Schüchtern war er definitiv nicht. Im Gegenteil, er schien ziemlich selbstsicher. Von reichen und berühmten Leuten umringt zu sein, beeindruckte ihn offensichtlich nicht besonders. Dabei war er nicht unfreundlich oder arrogant, aber er biederte sich auch nicht an. Ganz gleich, wer vor ihm stand, er verlor nie diese coole, leicht spöttische Haltung, die die Leute geradezu magisch anzuziehen schien.

Besonders zwei Frauen hatten es auf ihn abgesehen. Beide waren blond und zweifellos aus bestem Hause, aber schon bald hatte die eine ihren Arm um ihn gelegt und die andere versuchte, auf seinem Schoß zu sitzen.

Kopfschüttelnd sagte sich Madeline, dass sie kein Recht und vor allem keinen Grund zur Eifersucht hatte.

Spike brach in lautes Lachen aus, ein tiefer und sehr männlicher Klang. Als er den Blick danach durch den Raum schweifen ließ, ertappte er Madeline dabei, wie sie ihn anstarrte, und sein Lächeln erlosch sofort.

Doch als die Blondine auf seinem Schoß ihn spielerisch auf die Brust schlug, erholte er sich schnell und lächelte sie gewinnend an.

Madeline seufzte. Tja, das war typisch: Meistens schauten Männer einfach durch sie hindurch. Und wenn sie sie doch mal bemerkten, dann nur, weil sie sich von ihr belästigt fühlten.

Es brachte Spike völlig aus dem Konzept, als er Mads Blick auffing. Zum Glück hatte er die Geschichte, wie er als Koch seinen ersten Fisch ausgenommen hatte, schon so oft zum Besten gegeben, dass er sie trotz seiner Verwirrung fast mechanisch zu Ende brachte.

Aber Madeline hielt ihn bestimmt für einen vorlauten Angeber. Wahrscheinlich hat sie recht, dachte er, als die Leute um ihn herum laut lachten.

Anders als er hielt Madeline sich die ganze Zeit von den anderen Gästen fern. Sie stand vor der großen Fensterfront, schön und reglos wie eine Skulptur. Angesichts ihrer königlichen Anmut kamen ihm seine Geschichten albern und oberflächlich vor.

Einer Menge Männer auf der Party schien es ebenso zu gehen. Spike hatte durchaus bemerkt, wie viele sie aus der Ferne bewunderten, sich aber nicht trauten, sie anzusprechen. Stattdessen warfen sie ihr verstohlene Blicke zu und versuchten, sie einzuschätzen.

Spike wusste genau, was sie dabei dachten. Wie sie sich wünschten, ihr näherzukommen, aber Angst vor einer Abfuhr hatten. Ihm selbst ging es ja genauso.

Mad strahlte eine Unnahbarkeit aus, die nicht leicht zu überwinden war. Als ob sie auf See Dinge gesehen und getan hätte, die mit nichts an Land zu vergleichen waren. Als ob sie nie einen Mann brauchte oder überhaupt wollte.

Dabei war ihre Schönheit so überwältigend, dass die anderen Frauen dagegen völlig verblassten. Mit ihrem durchtrainierten Körper und ihrem wachen Blick war sie für Spike einfach unwiderstehlich.

Er spürte einen leichten Schlag auf die Brust. Paige Livingston oder Livingworth – er hatte sich den Geldadel-Namen nicht gemerkt – verlangte seine Aufmerksamkeit. Er schenkte ihr und ihrer Schwester ein leeres Lächeln. Eine Stunde später, als die Party zu Ende ging, brachte er die beiden zur Tür und verabschiedete sich, obwohl sie ihm ihre Telefonnummer gegeben und zahlreiche eindeutige Einladungen ausgesprochen hatten.

Er war einfach nicht in der richtigen Stimmung, um in ihrer Fantasie „heute Nacht bin ich ein böses Mädchen“ die Hauptrolle zu spielen. Das hatte er früher manchmal getan, und es hatte ihm nie viel gegeben, wenn auch die Frauen es immer zu genießen schienen.

Seltsamerweise kam er gerade bei den höheren Töchtern mit ihren Perlenketten und Twinsets besonders gut an. Die schienen auf wild aussehende Typen wie ihn zu stehen. Jedenfalls für eine Nacht. Oder zwei.

Was ihm gut passte, denn auf eine Beziehung war er sowieso nicht aus.

Ein Mann mit seiner Vergangenheit war eben kein Heiratskandidat. Sobald er einer Frau davon erzählte, ließ sie ihn sitzen – das wusste er sicher, denn es war ihm schon passiert. Lügen wollte er aber auch nicht, und deshalb hatte er sich darauf eingerichtet, immer nur kurze Affären zu haben.

Aber nicht heute Nacht. Als er die Tür hinter den beiden Blondinen schloss, atmete er auf und genoss die plötzliche Stille in der großen Wohnung. Leider bedeutete das, dass auch Madeline gegangen war und er sich nicht mal von ihr verabschiedet hatte.

Aber vielleicht war das auch besser so. Denn was nützte es schon, wenn er sich ernsthaft in sie verliebte? Er konnte sie ja doch nicht haben.

Sean kam aus der Küche und reichte ihm auf dem Weg ins Wohnzimmer einen Becher Kaffee.

„Dir hat die Party offensichtlich gefallen", bemerkte er. „Die Livingston-Schwestern waren ja ganz hin und weg von dir."

„Tja ..."

„Schade, dass du ihnen so viel Zeit gewidmet hast", murmelte Sean.

„Was?"

„Schließlich waren noch andere Frauen auf der Party."

Spike fragte sich, worauf sein Freund hinauswollte, doch dann hörte er hinter sich Schritte. Als er sich umdrehte, sah er Madeline hereinkommen. Einen Moment lang glaubte er zu träumen.

Statt des schwarzen Strickkleids trug sie nun Boxershorts und ein bauchfreies Top.

„Hi, Mad", sagte Sean lächelnd. „In der Küche steht frischer Kaffee."

„Danke."

Verträumt sah Spike ihr nach. Wie braun gebrannt ihre muskulösen Beine waren ... Dann fiel der Groschen.

„Übernachtet sie etwa hier?"

„Allerdings."

Spike stellte seine Tasse ab und stand auf. Auf einmal schien die Luft im Zimmer knapp zu sein.

„Wo willst du denn hin, Kumpel?“, fragte Sean.

„Ich sollte besser gehen.“ Auf keinen Fall wollte er in derselben Wohnung sein, wenn Sean und Mad ins Bett gingen. Miteinander.

Schon der Gedanke machte ihn ganz fertig.

„Setz dich wieder hin.“

„Nein, ihr wollt doch sicher unter euch sein. Ich seh dich später.“

„Spike, setz dich, verdammt noch mal. Wir haben nichts miteinander, kapiert? Du kannst dich wieder entspannen.“

Stirnrunzelnd fragte sich Spike, womit er sich verraten hatte. Sean O'Banyon war einfach ein zu guter Menschenkenner und durchschaute einen auch dann, wenn man etwas zu verbergen versuchte. Normalerweise fand Spike das beeindruckend. Nur im Augenblick gerade nicht.

„Hinsetzen“, wiederholte Sean.

Widerstrebend ließ Spike sich wieder aufs Sofa sinken. Dann fiel ihm ein, dass die Wohnung nur ein Gästezimmer hatte. Vorsichtig drückte er das Polster, auf dem er saß, hinunter. Weich genug. Hier würde er es wohl eine Nacht aushalten.

„Denk gar nicht erst dran“, sagte Sean.

„Woran?“

„Auf der Couch zu schlafen. Im Gästezimmer stehen zwei sehr bequeme Betten, und ihr werdet sie beide benutzen. Mad hat mir schon gesagt, dass ihr das überhaupt nichts ausmacht.“

Mad und er allein im selben Zimmer? Sechs, sieben Stunden lang? Wie sollte er das durchstehen?

Er bemerkte, dass Sean ihn über den Rand seiner Tasse vorwurfsvoll anstarrte. „Wieso musstest du auch so viel Zeit mit den Livingston-Schwestern verbringen?“

„Sie sind unkompliziert. Du weißt schon, einfach zwei Frauen. Und was geht dich das überhaupt an?“

„Du hättest dich lieber mit Mad unterhalten sollen.“

„Willst du uns etwa verkuppeln?“, fragte Spike misstrauisch.

„Allerdings. Also benimm dich gefälligst wie ein Gentleman und versuch wenigstens, sie zu küssen, wenn ihr allein seid.“

Spike verschluckte sich an seinem Kaffee. „Was zum Teufel …“

„Es ist offensichtlich, dass du auf sie stehst.“

Hustend hob Spike die Hand. „Wie kommst du darauf? Ich habe den ganzen Abend keine zwei Worte mit ihr gewechselt.“

„Eben. Sie war die einzige Frau, der du bewusst aus dem Weg gegangen bist. Und das zeigt nun mal, wie sehr sie dich interessiert. Jedenfalls meiner Erfahrung nach.“

„Du bist verrückt.“

„Schon möglich. Aber ich habe recht, oder? Du magst sie. Und ich meine richtig mögen, nicht nur nett finden.“

„Ich komme mir vor wie in der Schule“, meinte Spike kopfschüttelnd.

„Du benimmst dich ja auch wie ein Teenager“, erwiderte Sean grinsend. „Und es kommt noch besser: Ich weiß, dass sie dich auch mag.“

„Und deshalb hat sie auch den ganzen Abend nicht mit mir geredet, oder was? Du solltest wirklich beim Investmentbanking bleiben, als Kuppler bist du eine Niete.“

„Nein, sie …“

Er brach ab, denn Mad kam wieder herein, einen Kaffeebecher in der Hand.

Sean stellte seine Tasse ab und stand auf. „Ich muss wirklich dringend ins Bett. Gute Nacht zusammen.“

Beim Rausgehen warf er Spike einen strengen Blick zu. Wehe, du setzt das in den Sand, sollte das wohl heißen.

Und dann war Spike mit Mad allein. Sie nahm keine Notiz von ihm, sondern ging zur Fensterfront hinüber und schaute auf die Lichter der Stadt hinaus. Schweigen breitete sich aus, und nach einer Weile wusste Spike nicht mehr, ob sie fünfzehn Minuten oder zehn Tage so ausgeharrt hatten.

Schließlich sagte er leise: „Ich will dich nachher nicht stören. Ich kann auch auf der Couch schlafen."

Sie zuckte die Schultern. „Wenn du willst. Aber denk dran, dass ich sonst auf dem Boot mit zwölf Männern auf engstem Raum übernachte. Egal, wie laut du schnarchst, es wird mich nicht wecken. Ich schlafe wie ein Stein."

Fasziniert betrachtete Spike das nackte Stück Haut zwischen ihrem Top und den Shorts. Er hätte die Stelle gern geküsst. Seine Hände über ihren flachen Bauch wandern lassen. Ihre schlanken Schenkel gestreichelt.

„Spike?"

„Was?" Als er aufblickte, sah er, dass sie ihn über die Schulter gelassen ansah.

„Du hast gerade ein seltsames Geräusch gemacht."

„Ehrlich?"

„Ja, es klang wie ein Stöhnen."

Na, immerhin hatte er nicht verzweifelt gequiekt. Stöhnen war wenigstens männlich.

„Kann ich dich was fragen?"

„Schieß los."

„Deine Augenfarbe. Ist die echt? Das sind Kontaktlinsen, oder?"

Spike senkte den Blick. Nein, mit diesen seltsam gelblichen Augen war er auf die Welt gekommen – und die meisten Frauen fanden die ungewöhnliche Farbe attraktiv. Mad war die erste, die auf die Idee kam, es könnten Schmucklinsen sein. Da wusste er zumindest gleich, was sie von ihm hielt.

Und weil er sich auf einmal wünschte, er hätte einfach braune, blaue oder grüne Augen, ärgerte er sich über sich selbst und stand unvermittelt auf.

„Ich gehe dann mal duschen. Und danach ins Bett."

„Spike, ich wollte dich doch nicht ..." Sie ließ den Satz offen.

„Was?"

„Beleidigen. Ich habe so eine Augenfarbe einfach noch nie gesehen."

Er zuckte die Achseln. „Ich weiß, dass sie seltsam aussehen, aber ich kann nun mal nichts daran ändern. Gute Nacht, Madeline."

Nachdem er seine leere Tasse in die Küche gebracht hatte, ging er den Flur hinunter zum Gästezimmer und schaute hinein. Er erwartete, dass sie sich im ganzen Raum ausgebreitet hatte, doch statt herumliegender Kleidung, Schuhen oder Kosmetika sah er nur eine schwarze Sporttasche am Fußende eines der Betten stehen.

Die Ordnung einer Seglerin, dachte er und fragte sich, wie sie wohl sonst lebte.

Er ging unter die Dusche und suchte dann im Spiegelschrank nach einer der neuen Zahnbürsten, die Sean dort bereitstellte. Zu dumm, dass er seine getragenen Kleider noch einmal anziehen musste, aber seine Tasche hatte er im Auto gelassen. Und nackt zu schlafen kam unter diesen Umständen wohl kaum infrage.

Auf der anderen Seite der Tür hörte er Geräusche. Wahrscheinlich ging Mad gerade ins Bett. Er putzte sich die Zähne und stellte sich dabei vor, dass sie ja sonst vielleicht auch nackt schlief … nur zugedeckt von einem dünnen Laken und ihrem langen schwarzen Haar.

Fluchend schlüpfte er in seine Boxershorts und knöpfte das Hemd ordentlich zu. Die Hose auch wieder anzuziehen, kam ihm dann doch etwas übertrieben vor.

Als er ins Zimmer trat, hoffte er, Mad lesend im Bett vorzufinden, doch sie hatte das Licht schon gelöscht und sich auf einer Seite zusammengerollt.

Im Lichtschein, der vom Bad aus ins Zimmer fiel, betrachtete er sie sehnsüchtig. Ihr dunkles Haar floss wie Seide über das Kissen, und zum ersten Mal seit zwölf Jahren tat es ihm ehrlich leid, dass seine Vergangenheit immer zwischen ihm und einer normalen Beziehung stehen würde.

Madeline Maguire war keine Frau für eine Nacht. Sie war intelligent und schön, aus einer hoch angesehenen und steinreichen Familie. Selbst wenn sie sich also für ihn interessierte – und das war ja ganz offensichtlich nicht der Fall – würde sie niemals eine Beziehung mit jemandem wie ihm eingehen.

Seufzend ging Spike zum freien Bett und schlug die Decke zurück. Er knuffte sich das Kissen zurecht und versuchte dann einzuschlafen – was ihm nicht gelang.

Zum einen störte ihn die ungewohnte Kleidung, zum anderen hielt ihn die Vorstellung wach, dass Madeline aufstehen und sich zu ihm legen würde. Unruhig drehte er sich hin und her und fand einfach keine bequeme Lage. Nach zehn Minuten setzte er sich auf, streifte das Hemd ab und warf es auf den Boden. Als er sich wieder hinlegte, hörte er aus dem anderen Bett leises Lachen.

„War das das Hemd oder die Boxershorts? Oder beides?“, fragte Mad.

Spike zuckte zusammen. Sie schlief noch gar nicht? Hatte sie bemerkt, wie lange er an ihrem Bett gestanden und sie angestarrt hatte?

„Hast du nicht gesagt, du schläfst wie ein Stein?“

„Da hab ich mich wohl geirrt.“

Er hörte sie seufzen, als sie sich umdrehte, und wusste genau, wie es ihr ging. Konnte man sich zwingen, einzuschlafen? Offenbar nicht. Vielleicht sollte er autogenes Training probieren. Oder lieber doch auf die Couch umziehen?

„Spike?“

Er riss die Augen auf. „Ja?“

„Ich finde überhaupt nicht, dass deine Augen seltsam sind. Ich finde, sie sehen aus wie die Wellen am frühen Morgen, wenn das erste Sonnenlicht auf sie fällt. Die schimmern dann auch immer so faszinierend.“ Sie räusperte sich. „Na ja, das wollte ich nur sagen.“

Langsam atmete er aus. Wie Sonnenlicht auf den Wellen.

„Danke“, erwiderte er und drehte sich auf die Seite, sodass er sie sehen konnte. „Ich habe sie wohl von meinem Vater geerbt. Sagt jedenfalls meine Mutter.“

Auch Mad rollte sich auf die Seite und schob die Hände unters Kinn. Sie sah im Schein der durchs Fenster hereinfallenden Großstadtlichter einfach hinreißend aus.

„Wo kam dein Vater her?“

„Keine Ahnung. Ich habe ihn nie kennengelernt und meine Mutter nie danach gefragt. Vielleicht irgendwo aus Europa.“

„Warum …“

„… ich ihn nicht kenne?“

„Tut mir leid, wenn das eine zu persönliche Frage war.“

„Nein, ist schon gut. Mom meinte, dass er nicht lange geblieben ist, sie ihn aber wie keinen anderen geliebt hat. Und es ging auch noch gut aus … Kurz nach meiner Geburt hat sie einen anderen Mann kennengelernt, den sie geheiratet hat. Er war gut zu ihr und hat mich wie seinen eigenen Sohn behandelt. Und ich habe noch eine Halbschwester dazubekommen. Jaynie.“

„Hast du mal nach deinem Vater gesucht?“

„Ich wüsste nicht, wo ich anfangen sollte, und er hat mir auch nie gefehlt. Außerdem hat Mom ihr ganzes Leben in derselben Stadt gewohnt. Wenn er sie oder mich also hätte finden wollen, wäre das kein Problem gewesen.“

Verwundert fragte Spike sich, wie lange es her war, dass er mit jemandem über seine Familie gesprochen hatte. Er legte sich auf den Bauch und drehte den Kopf, sodass er Mad nicht mehr sehen konnte. Sie sagte nichts mehr, und auch er schwieg.

Doch es dauerte Ewigkeiten, bis er endlich einschlief.

2. KAPITEL

Als Mad am nächsten Morgen gegen halb sieben aufwachte, ging ihr erster Blick zu dem Mann im Bett neben ihr.

Unwillkürlich hielt sie den Atem an.

Er lag auf dem Bauch und hatte die Decke weggestrampelt. Das dünne Laken bedeckte nur noch seine Beine. Endlich bekam sie seine Tattoos zu sehen.

Eigentlich war es nur eins, eine verschnörkelte Ranke, die die Wirbelsäule hinauflief und sich unterhalb der Schulterblätter in zwei Hälften teilte, die seitlich am Hals endeten.

Eine meisterhafte Arbeit. Und wirklich sexy. Sie verspürte den unstillbaren Drang, die dunklen Linien auf seiner Haut zu berühren. Mit den Händen. Und den Lippen.

Aber nicht nur das Tattoo, auch sein Körper erinnerte an ein Kunstwerk. Sie hatte Spike kennengelernt, weil er mit Alex trainierte, und es war offensichtlich, dass er das regelmäßig tat. Seine Schultern und Oberarme waren muskulös, seine Bizepse beeindruckend.

Als er sich plötzlich regte und dabei aufstöhnte, zuckte Mad zusammen. Doch dann holte er tief Luft und schien sich zu entspannen.

Am liebsten wäre sie aufgestanden und hätte sich zu ihm gelegt. Vielleicht konnte sie ihn mit einem Kuss wecken. Oder indem sie seinen Rücken streichelte.

Tolle Idee – und was dann?

Wenn eine Frau ihn so weckte, erwartete Spike sicher, dass sie wusste, wie es weiterging – und nicht, dass sie noch Jungfrau war.

Wieder gab er dieses Geräusch von sich, doch jetzt hörte es sich mehr wie ein zufriedenes Seufzen an. Er rollte sich auf den Rücken, und sie sah seinen Waschbrettbauch und die breite Brust.

Sie wünschte sich dringend mehr Erfahrung mit Männern. Bisher hatte es in ihrem Leben nur zwei gegeben. Den einen hatte sie am College kennengelernt, den anderen in dem Sommer, nachdem sie die Schule abgebrochen hatte, um Regatten zu segeln. Beide Male hatte sie geglaubt, den Richtigen gefunden zu haben, und war bereit gewesen, weiterzugehen. Doch beide Männer hatten sich dann für ihre Halbschwester entschieden.

Nachdem sie den zweiten in Amelias Bett erwischt hatte, gab sie die ganze Sache erst mal auf. Die Männer ihrer Segelcrews waren sowieso tabu, an Land ging sie selten, und außerdem hatte sie keine Lust, sich noch einmal das Herz brechen zu lassen.

So war das Leben einfach weitergegangen. Und jetzt war sie fast fünfundzwanzig und immer noch Jungfrau.

Bisher hatte sie das auch nie gestört, aber jetzt ...

Spike stöhnte wieder und krallte die Finger ins Laken. Dann bäumte er sich auf und bewegte das Becken, als ob er ...

Hastig senkte Mad den Blick. Du lieber Himmel, er hatte einen erotischen Traum. Obwohl sie eigentlich hinausgehen wolltc, konntc sic sich von seinem Anblick nicht losreißen. Er warf den Kopf zurück und seufzte, dann überliefen ihn offenbar angenehme Wellen, denn er murmelte: „Mehr."

Mad wünschte sich, sie wäre mutig genug, ihn mit den verführerischen Liebkosungen zu wecken, die er sich gerade vorstellte. Würde er sich darauf einlassen? Wahrscheinlich. Jedenfalls, bis er merkte, dass sie nicht die Frau in seiner Fantasie war.

Aber von wem träumte er?

Ohne Vorwarnung öffnete Spike die Augen und sah sie direkt an. Der Blick aus seinen gelben Augen glühte vor Leidenschaft.

Mad wandte hastig den Kopf und murmelte: „Tut mir leid." Schließlich gehörte es sich nicht, jemandem bei so persönlichen Träumen zuzusehen.

Der Klang ihrer Stimme schien ihn zu verwirren, denn er schüttelte den Kopf und murmelte etwas, das sie nicht verstand. Dann schloss er die Augen wieder und drehte sich auf die Seite.

Hastig stand Mad auf und verließ das Zimmer. Sie benutzte das Bad am anderen Ende des Flurs und ging dann in die Küche. Zum Glück war Sean noch nicht auf, sodass sie Zeit hatte, wieder einen klaren Kopf zu bekommen.

Nachdem sie eine Weile einfach nur dagesessen und vor sich hingestarrt hatte, bekam sie Lust auf Kaffee. Sie stellte gerade die Maschine an, als sie hinter sich ein Gähnen hörte.

„Morgen, schöne Frau." Sean trug nur Boxershorts und ein T-Shirt, sein dunkles Haar war ungekämmt und er hatte sich noch nicht rasiert. In diesem Aufzug wirkte er wie ein Student, nicht wie der fünfunddreißigjährige Wall-Street-Tycoon, der er war.

„Na, wie hast du geschlafen?"

Vorsichtshalber wandte Mad den Kopf ab, damit er nicht sah, dass sie rot wurde. „Prima."

„Und, hat Spike dich wachgehalten?" Es klang, als ob Sean genau das hoffte.

„Nein, und fang jetzt nicht wieder damit an, okay?"

Sean nickte und wechselte das Thema. „Mmmh, daran könnte ich mich gewöhnen – eine schöne Frau, die mich morgens mit frischem Kaffee in der Küche erwartet. Einfach himmlisch."

„Hast du auch was fürs Frühstück da?" Hoffentlich fand sich im Kühlschrank etwas Obst für sie, denn normalerweise hielt sie sich strikt an ihren Ernährungsplan.

„Keine Ahnung. Ich esse nie zu Hause. Aber die Cateringfirma hat das Büfett in dieser Küche zubereitet, also wird sich wohl irgendwas finden."

Gemeinsam öffneten sie den großen Kühlschrank. Tatsächlich war er randvoll mit Resten, aber es waren so viele, dass sie nicht wussten, wo sie anfangen sollten.

„Da gibt's nur eine Lösung", verkündete Sean. „Warte einen Augenblick."

Kurz darauf kam er zurück. „Hilfe ist unterwegs."

„Hast du Frühstück zum Abholen geordert?", fragte sie.

„Besser."

„Du lässt es liefern?"

„Noch besser. Ich habe einen französischen Spitzenkoch herbestellt."

„Und wo findet man den am frühen Sonntagmorgen?“

„Direkt hinter dir.“

Mad wirbelte herum und sah Spike in der Tür stehen. Er war rasiert und angezogen, aber trotzdem bekam sie das Bild nicht aus dem Kopf, wie er halb nackt auf dem Bett lag. Seine starken Arme. Sein Sixpack. Die Leidenschaft, die er ausstrahlte …

Als ihr klar wurde, dass sie ihn anstarrte, stotterte sie hastig: „Du bist Koch?“

Mit unbewegtem Gesichtsausdruck ging er zum Kühlschrank. „Dachtest du, ich verdiene meinen Lebensunterhalt mit Süßholzraspeln?“

„Nein, ich …“

„Also, wonach ist dir denn, Sean?“, fragte er kurz angebunden.

Verflixt, sie hatte ihn beleidigt. Dabei war sie nur überrascht gewesen, dass er sich für etwas so Traditionelles entschieden hatte. Dass er die Fähigkeiten und Disziplin für diesen anspruchsvollen Beruf hatte, bezweifelte sie nicht.

Doch bevor sie das erklären konnte, antwortete Sean: „Überrasch mich, Kumpel. Zaubere uns einfach was Feines. Mad, wir beide müssen uns inzwischen unterhalten. Und da ich morgen für zwei Monate nach Japan fliege, muss es jetzt sein.“

„Sean …“

„Komm, wir gehen nach nebenan. Am besten, wir bringen es schnell hinter uns, sonst verpassen wir das Frühstück.“

Mad schaute zu Spike hinüber, der Eier, Käse und Grünzeug aus dem Kühlschrank nahm.

„Keine Sorge, ich schaffe es, Frühstück zu machen, ohne die Küche abzufackeln.“

„Das hast du völlig falsch verstanden, so hab ich das doch gar nicht gemeint.“

„Auch gut.“ Es klang gelangweilt, als hätte es ihn auch nicht gestört, wenn sie ihn wirklich hätte beleidigen wollen.

Achselzuckend gab sie auf und folgte Sean ins Wohnzimmer, der gleich zur Sache kam.

„Du musst mit deinem Bruder reden, Mad, und zwar noch bevor du wieder an Bord gehst."

Oh nein, nicht schon wieder diese Geschichte, dachte sie.

„Halbbruder", korrigierte sie trotzig. „Er ist mein Halbbruder."

„Jetzt lass es nicht an mir aus", erwiderte Sean und zog sie aufs Sofa hinunter. „Ich sage das nicht nur als dein Freund. Ich gebe dir hier einen kostenlosen professionellen Rat. Triff dich mit ihm. Jetzt."

„Aber warum? Ihn interessieren nur meine Aktienanteile an der Firma. Und als Bevollmächtigter meines Trusts hat er doch die Kontrolle darüber."

Zusammen gehörte den drei Halbgeschwistern das größte Aktienpaket der Supermarktkette Value Shop. Der geschätzte Wert überstieg ihr Vorstellungsvermögen, deshalb dachte sie so wenig wie möglich daran.

„Aber du wirst in anderthalb Wochen fünfundzwanzig. Im Testament deines Vaters steht, dass du dann über deine Anteile selbst verfügen kannst – wenn du die nötigen Schritte unternimmst. Sonst läuft die Regelung mit Richard die nächsten fünf Jahre einfach so weiter, und er wird weiterhin in den Aufsichtsratssitzungen für dich abstimmen."

Mad runzelte die Stirn, als ihr klar wurde, dass sie seit dem Tod ihres Vaters kaum an ihre Anteile oder die Firma gedacht hatte. Normalerweise war es nicht ihre Art, sich vor Verantwortung zu drücken, aber bisher hatte sie mit den Segelregatten immer genug zu tun gehabt.

„Wieso bist du so angespannt?", fragte sie Sean.

„Weil dieses Gespräch rein rechtlich gesehen gar nicht stattfinden dürfte."

„Aber du bist unser Investmentbanker. Du sollst uns doch beraten."

„Nein, ich bin der Banker der Firma. Und der Geschäftsführer, dein Halbbruder, könnte mit Recht behaupten, dass ich ihm in den Rücken falle, wenn ich dir rate, deine Anteile selbst zu verwalten."

Mad verzog das Gesicht. Auf keinen Fall wollte sie ihren Freund in Schwierigkeiten bringen. „Na ja, danke, dass du es mir gesagt hast. Aber Richard wird nicht so einfach zulassen, dass ich ihm die Kontrolle entziehe. Er wird ..."

„Du kannst dich gegen ihn durchsetzen. Ich weiß, dass du es schaffst."

Da war sie sich nicht so sicher. Und wo sollte sie damit überhaupt anfangen?

„Ich habe einen Freund, der Anwalt ist. Er heißt Mick Rhodes. Du solltest einen Termin mit ihm machen. Ich habe ihm die Lage bereits kurz geschildert, und sobald du ihm grünes Licht gibst, wird er die nötigen Dokumente aufsetzen. Dann musst du dich mit Richard treffen. Er ist nächstes Wochenende über die Feiertage in Greenwich. Fahr dort hin wie zu einem Familientreffen und nimm Mick nicht mit. Wenn du mit deinem Anwalt auftauchst, wird Richard es als Kampfansage nehmen. Stattdessen gehst du als seine süße jüngere Schwester. Punkt neun am Dienstag wird Mick dann die Dokumente präsentieren, und schon ist alles vorbei."

„Aber wieso muss ich Richard überhaupt sehen? Kann der Anwalt das nicht alleine regeln?"

„Irgendwann musst du dich ja doch mit ihm auseinandersetzen, wieso also nicht jetzt? Besser, du bringst es hinter dich. Und keine Sorge, Amelia wird nicht da sein, sie wollte über die Feiertage nach Europa."

Nur ungern dachte Mad an die Begegnung mit Richard. Der Mann war eiskalt und rücksichtslos, und zudem verachtete er sie.

„Rein rechtlich kann er mich nicht aufhalten, oder?"

„Ich denke nicht, aber er wird es wahrscheinlich trotzdem versuchen. Er wird argumentieren, dass du nicht fähig bist, dein Aktienpaket selbst zu verwalten, um die Änderung abzublocken."

Wahrscheinlich? Das war ziemlich sicher. Richard hasste es zu verlieren und kämpfte mit allen Mitteln.

„Aber Mick weiß, wie er dagegen vorgehen kann", versuchte Sean sie zu beruhigen.

„Na schön, dann werde ich eben mit dem Anwalt reden."

Sean zog sie in die Arme. „Es wird alles gut, glaub mir. Und Mick ist der Beste. Er wird deinen Bruder zum Frühstück verspeisen."

„Halbbruder", murmelte sie automatisch. Warum konnte sie nicht Seans Schwester sein?

„Apropos Frühstück", sagte Sean nach einer Weile. „Wollen wir mal schauen, was Spike gezaubert hat?"

Als sie in die Küche kamen, duftete es dort herrlich. Spike stand am Herd und arbeitete an mehreren Pfannen gleichzeitig. Er schaute sich nicht um, als sie hereinkamen, doch ein paar Minuten später standen zwei Teller mit köstlich aussehenden Omeletts vor ihnen.

„Mann, das sieht so was von lecker aus", schwärmte Sean.

„Danke", sagte Mad zu Spike.

Er nickte nur kurz und ging wieder an den Herd, wo er für sich selbst ein Omelett zubereitete und dabei gleichzeitig aufräumte. Als er sich endlich auch hinsetzte, war Sean schon mit dem Essen fertig. Mad hatte sich nur ein paar Bissen zugestanden, denn Omelett stand nicht auf ihrem Ernährungsplan.

„Das war das beste Frühstück, das ich je hatte", lobte Sean. „Willst du mich heiraten?"

Spike grinste. „Kommt drauf an, was für einen Ring du mir kaufst."

„Cartier?"

„Keine Chance. Tiffanys. Vier Karat, mindestens. Und im Baguetteschliff, bitte."

„Das sind hohe Forderungen."

„Hast du schon mal meine Lammkoteletts probiert?"

Sean schlug mit der Faust auf den Tisch. „Das ist Erpressung."

„Ich mache die Minzsoße selbst."

„Na gut. Aber dann musst du ein Kleid tragen. In Springerstiefeln schleppe ich dich nicht vor den Altar, das sage ich dir gleich."

Während die beiden Männer herumalberten, hing Mad ihren eigenen Gedanken nach. Sie war sich nicht sicher, ob sie Richard wirklich die Stirn bieten konnte. Er hatte es immer geschafft, dass sie sich klein und unwürdig vorkam, und sie wusste einfach nicht, was sie dagegen tun sollte. In seiner Gegenwart fühlte sie sich immer noch wie die Fünfjährige, die er schikaniert hatte.

Vielleicht war es wirklich Zeit, dass sie daran etwas änderte. Immerhin hatte sie auch Karriere gemacht und einige Erfolge vorzuweisen. Und die Anteile an der Firma waren das Einzige, was ihr Vater ihr hinterlassen hatte – abgesehen von einer ganzen Reihe Minderwertigkeitskomplexe.

„Du kannst nicht mitkommen, oder?“, fragte sie Sean unvermittelt. „Nach Greenwich, meine ich.“

Die beiden Männer verstummten.

„Nein, tut mir leid, ich bin gar nicht im Lande.“

Sie nickte. „Na ja, war nur so eine Idee. Es ist nur … selbst ohne die geschäftlichen Dinge ist ein Wochenende mit meinem Halbbruder eine Qual.“

„Du brauchst einen Bodyguard“, schlug Sean vor.

„Oh ja. Jemanden, der groß und stark ist.“

„Dachtest du eher an Sylvester oder an Arnold?“

„Wie wär's mit jemandem aus diesem Jahrzehnt? Wolverine fände ich toll.“

„Aber Arnold ist besser.“

Sie lächelte. „Na gut, aber dann Arnold T2.“

„Natürlich. Ich würde dich doch nicht mit dem Bösen in den Sonnenuntergang schicken.“

Mad lachte und fragte sich wieder einmal, wieso Sean noch keine Frau fürs Leben gefunden hatte. Hinter seiner oft kühlen Fassade steckte so ein netter Kerl.

Während Mad und Sean sich über den besten Actionhelden austauschten, aß Spike sein Omelett auf.

Noch immer ging ihm der Traum nicht aus dem Kopf, den er kurz vor dem Aufwachen gehabt hatte. Mad und er hatten an einem einsamen Strand gelegen und die Chance genutzt, dass sie weit und breit die einzigen Menschen waren. Ihre Küsse waren das Berauschendste, was er je erlebt hatte, und ihr Körper fühlte sich einfach wunderbar an …

Als er spürte, dass jemand ihn anstarrte, hob er den Kopf. Sean wirkte auf einmal ernst.

„Was ist los? Willst du noch ein Omelett?"

Sean warf Mad einen Blick zu und hob eine Augenbraue. „Los, frag ihn", drängte er leise.

„Was denn?", fragte Spike verständnislos.

Mad räusperte sich. „Würdest du mitkommen?", fragte sie. „Nach Greenwich, zum Haus meiner Familie. Über das Memorial-Day-Wochenende. Mein Bruder gibt da ein paar Partys, na ja, die üblichen Feiertagssachen halt."

Stirnrunzelnd sah Spike sie an. Offenbar freute sie sich nicht besonders darauf, ihre Familie wiederzusehen. Wieso also wollte sie alles noch schlimmer machen, indem sie einen Fremden mitbrachte?

Dann dachte er daran, wie sie ihn angesehen hatte, als sie hörte, dass er Koch war. Na klar, mit einem Mann aus der Arbeiterklasse konnte man eine Familie des Geldadels bestimmt am besten aus dem Konzept bringen.

Verdammt, wieso verletzte ihn das so?

„Tut mir leid, das ist nicht mein Ding."

„Nun komm schon, du wärst doch der perfekte Held", drängte Sean.

„Sie sucht keinen Helden, sondern einen Freak. Nicht wahr, Madeline?"

Spike stand auf und trug seinen Teller zur Spüle. „Und ich sehe zwar so aus, stehe aber leider nicht zur Verfügung. Da wird sie sich wohl einen anderen Außenseiter suchen müssen. Oder einen kaufen, Geld hat sie ja genug. Dann kann sie ihn auch im Schrank verstecken und nur immer dann rauslassen, wenn sie ihre Verwandtschaft schocken will."

Damit ging er zur Tür. „Gute Reise nach Japan, Sean. Ich rufe dich an, wenn du wieder da bist. Und danke für den Schlafplatz."

Im Vorbeigehen nahm Spike seine Lederjacke vom Haken, streifte sie über und ging zum Fahrstuhl. Er war schon draußen auf der Straße, als er hörte, wie jemand seinen Namen rief. Als er sich umschaute, sah er Sean auf sich zurennen. Sein Freund war barfuß und ziemlich wütend.

„Was zum Teufel sollte das denn?", schrie er Spike an.

„Willst du mich auf den Arm nehmen?"

„So einen Schlag unter die Gürtellinie hat Mad nicht verdient."

„Ach, nein? Dann ist es wohl völlig okay, dass sie mich benutzen will?"

„Ich will, dass du dich entschuldigst."

„Na schön, sag ihr, dass es mir leidtut. Bis dann, Sean."

Er wandte sich ab, doch Sean hielt ihn am Arm fest.

„Tu uns beiden einen Gefallen und lass mich los, Kumpel."

Sean fluchte, gehorchte aber und rieb sich das Gesicht. „Mensch, Spike, sie hat es wirklich nicht so gemeint."

„Aha. Und das mit dem Koch hat sie wohl auch nicht so gemeint?"

„Natürlich nicht …"

„Hast du gesehen, wie sie mich angeschaut hat? Sie denkt ganz klar, dass ich nicht an sie heranreiche. Und auch wenn das stimmt, ich will nicht ständig daran erinnert werden."

„Verdammt noch mal, wieso bist du so empfindlich, wenn es um sie geht? So was macht dir doch sonst nichts aus."

Spike trat von einem Fuß auf den anderen und atmete tief durch. Sein Kopf dröhnte, obwohl er auf der Party nur einen Wodka getrunken hatte.

„Lass es einfach gut sein, okay? Aber sag ihr, dass es mir leidtut, falls ihr das wichtig ist."

„Ich möchte, dass du mit ihr nach Greenwich fährst."

Kopfschüttelnd betrachtete Spike seinen Freund. „Hast du mir überhaupt zugehört? Ich habe Nein gesagt, und dabei bleibt es."

„Aber du wärst der perfekte Begleiter – und das nicht nur, weil du ihren Halbbruder in den Wahnsinn treiben würdest.

Du machst dir einfach nichts aus diesem ganzen gesellschaftlichen Getue und wärst nicht beleidigt, ganz gleich, was Richard tut oder sagt. Und mit dir wäre sie wenigstens nicht allein da."

„Ich glaube wirklich nicht, dass Madeline Maguire Unterstützung braucht."

„Wenn es um ihre Familie geht, schon."

„Und wieso wendet sie sich dann nicht an einen ihrer Freunde?"

„Weil sie außer mir keine hat, und ich kann nicht, weil ich für ihren Bruder arbeite."

Spike wollte schon das nächste Argument anbringen, als ihm klar wurde, was Sean gesagt hatte. „Was?"

Sean hob die Hände. „Sie … Sie schließt nicht leicht Freundschaft, und es gibt auch ein paar gute Gründe, warum sie anderen nicht so schnell traut. Die Einzigen, die ihr nahestehen, sind die Crewmitglieder, mit denen sie segelt …"

„Und warum fragt sie dann von denen keinen?"

„Weil sie auf den Bahamas festsitzen und ihr Boot reparieren müssen. Schau, zwischen ihrem Halbbruder und ihr läuft es nicht besonders gut, und sie muss sich mit ihm wegen einer unangenehmen Sache treffen. Du könntest sie gegen ihn abschirmen. Und vielleicht findet ihr dabei ja zueinander."

„Das glaube ich kaum."

„Aber sie mag dich. Das hat sie mir selbst gesagt."

Spike fiel es schwer, seinem Freund das zu glauben. „Jetzt hör schon auf …"

„Bitte fahr mit."

„Ich kann nicht."

„Natürlich kannst du."

„Nein, kann ich nicht."

„Na gut, wenn du es nicht für sie tun willst, dann vielleicht mir zuliebe? Ich warte schon seit Jahren darauf, dass diese Frau sich mal für einen Mann interessiert. Und du bist jetzt der Glückliche. Sie hat gestern Abend die Tür nicht aus den Augen gelassen und nur auf dich gewartet. Wenn das nicht …"

„Schluss jetzt." So etwas wie Panik machte sich in Spike breit. „Ich kann wirklich nicht."

„Aber ich weiß doch, dass du sie auch magst und …"

„Hör auf." Seine Stimme klang gepresst, und das schien auch Sean aufzufallen, denn abrupt hielt er inne.

„Du hast ja recht", stöhnte Spike und fuhr sich durchs Haar. „Ich mag sie wirklich. Sie ist was ganz Besonderes. Und ich wäre gern mit ihr zusammen. Aber es geht einfach nicht. Bitte akzeptier das einfach, okay? Ich kann dir alles erklären, nur nicht gerade jetzt."

Sean betrachtete ihn prüfend und entschied dann offenbar, ausnahmsweise einmal aufzugeben.

„Na gut, es ist deine Entscheidung", sagte er. „Aber ich finde trotzdem, dass du ein Idiot bist."

Spike grinste schief. „Schon möglich, aber ich kann einfach nicht anders."

Sie schwiegen eine Weile, dann sagte Spike: „Sag ihr, dass es mir leidtut, okay?"

„Mache ich. Und wenn du es dir anders überlegst …"

„Lass ich es dich wissen."

Oben im Penthouse räumte Mad das restliche Geschirr in die Spülmaschine und spülte die Pfannen, dann ging sie ins Gästezimmer zurück.

Spikes Bett war ordentlich gemacht und sah aus, als hätte er nie darin gelegen. Nachdenklich setzte sie sich auf den Sessel am Fenster. Sie konnte Spike wegen seiner Reaktion nicht wirklich einen Vorwurf machen. Ihre Einladung war ziemlich plötzlich gekommen, schließlich kannten sie sich kaum. Trotzdem wäre es nett gewesen, wenn er nicht gleich das Schlechteste von ihr gedacht oder ihr Gelegenheit gegeben hätte, die Sache richtigzustellen.

Liebe Güte, wie war sie bloß auf die Idee gekommen, dass er Lust haben könnte, ein ganzes Wochenende mit ihr zu verbringen?

Sie horchte nach draußen, ob Sean nicht bald zurückkam. Leider hatte er darauf bestanden, Spike zu verfolgen und zur Schnecke zu machen, obwohl sie versucht hatte, ihn aufzuhalten.

Vielleicht sollte sie sich einfach noch mal hinlegen? Müde genug war sie, aber ob sie auch schlafen konnte? Als sie zu ihrem Bett hinübersah, fiel ihr auf, dass ihr Kopfkissen am Fußende lag. Sie hatte es nicht dort hingelegt, das stand fest. Aber wieso sollte Spike ...?

Sie stand auf, ging zum Bett und nahm das Kissen in die Hand. Dabei stieg ihr ein leichter Duft von Aftershave in die Nase. Als ob Spike das Kissen an sein Gesicht gedrückt hatte.

Wie seltsam.

Seufzend streckte sie sich auf dem Bett aus und steckte die Nase ins Kissen, damit sie den schwachen Duft weiter einatmen konnte. Das war wohl alles, was sie von Spike haben konnte. Besser, sie fand sich damit ab.

3. KAPITEL

Eine Woche später stand Mad auf der Ausfallstraße von Manhattan fluchend im Stau. Der Freitagsverkehr vor dem Feiertagswochenende war doppelt so stark wie sonst, und obwohl das Anwesen der Maguire-Familie nur sechzig Kilometer entfernt lag, würde sie gewaltig zu spät kommen.

Nervös sah sie auf die Uhr. Viertel nach sechs.

Das bedeutete, dass Richard vor einer Viertelstunde die Hors d'œuvres hatte servieren lassen. Genau um sieben setzten sich die Gäste dann zum Abendessen, um acht wurde das Dessert abgeräumt. Danach gab es Kaffee, Brandy und für die Männer Zigarren auf der Terrasse, und um Punkt neun würden die Gäste wieder gehen.

So hatte es ihr Vater eingeführt, und Mad zweifelte nicht daran, dass Richard diesen Zeitplan genau so übernommen hatte. Im Hause Maguire waren Einladungen zum Abendessen kein gemütliches Zusammensein, sondern eine durchgeplante Veranstaltung.

Da sie kein Handy hatte, konnte sie Richard auch nicht über ihre Verspätung informieren, aber sie hätte ihn wahrscheinlich auch sonst nicht angerufen. Wenn sie überhaupt gegen ihn ankommen wollte, musste sie ihm von Anfang an zeigen, dass sie nicht mehr nach seinen Regeln spielte.

Die nächsten drei Tage würden zeigen, ob sie dieser Feuerprobe standhielt.

Schon jetzt fühlte sie sich völlig gestresst, und dabei war sie noch nicht mal angekommen. Wie konnte jemand mit einer erfolgreichen Sportlerkarriere nur vor seiner eigenen Familie solche Angst haben?

Vielleicht war es wirklich gut, dass sie sich endlich um das Problem mit ihren Firmenanteilen kümmerte. Mit Mick Rhodes an ihrer Seite fühlte sie sich dem sogar gewachsen. Er hatte sie exzellent beraten, ihr genau geschildert, wie sie vorgehen und welche Reaktionen sie von Richard erwarten musste.

Der Mann war ein berühmter Anwalt für Firmenrecht, wie sie in dem Managermagazin hatte lesen können, das im Wartebereich seiner Kanzlei auslag und auf dessen Deckblatt er abgebildet war. Bei so einem Verbündeten konnte sie es sogar mit Richard aufnehmen.

Eine Dreiviertelstunde später kam endlich die Ausfahrt Greenwich in Sicht. Es war mindestens fünf Jahre her, dass sie diese Strecke zum letzten Mal gefahren war. Damals lebte ihr Vater noch.

Richard hatte das Haus von ihm geerbt, und wahrscheinlich sah alles noch genauso aus wie damals. Er hatte sich stets in allem nach den Wünschen seines Vaters gerichtet und schon zu dessen Lebzeiten danach gestrebt, sein exaktes Ebenbild zu werden.

Ein paar Meilen hinter der Stadt kam sie schließlich zu den beiden Steinsäulen, die die Einfahrt zum Maguire-Anwesen markierten. Auf der Bronzeplatte war der Name in altenglischen Buchstaben eingraviert.

Langsam steuerte sie den Wagen durch die Baumallee, die zum Haus führte, und ihr wurde bewusst, wie fest sie das Lenkrad umklammert hielt.

Entspann dich, versuchte sie sich zu beruhigen. Es wird alles gut gehen.

Sie atmete ein paar Mal tief durch und konzentrierte sich auf die wunderbare Landschaft, die sie umgab. Über ihr formten die ausladenden Ahornbäume einen grünen Tunnel. Durch die Blätter fiel vereinzelt Sonnenlicht, das die Straße und Wiese daneben mit goldenen Tupfen versah.

Was für ein schönes Gelb, dachte sie. Wie Spikes Augen.

Verflixt, jetzt war es schon wieder passiert. In letzter Zeit musste sie ständig an ihn denken, meist, wenn sie es am wenigsten erwartete. So wie jetzt. Oder kurz vor dem Einschlafen.

Wenn sie nur ein bisschen mehr Zeit miteinander gehabt hätten … Aber das hätte wohl auch nichts gebracht. Er stand auf Frauen wie die Livingston-Schwestern, das war auf der Party ja offensichtlich gewesen.

Trotzdem hoffte sie, ihn irgendwann wiederzusehen. Vielleicht auf Alex' und Cassandras Hochzeit, wenn ihr Regattaplan das zuließ.

Vor ihr tauchte das Haus auf, in dem sie ihre Kindheit verbracht hatte – ein wuchtiger Kasten aus roten Ziegelsteinen und weißen Säulen mit fünfundzwanzig Zimmern auf einem riesigen Grundstück. Ihr Vater hatte es gekauft, als er mit der Supermarktkette Value Shop in den siebziger Jahren an die Börse gegangen war, und selbst in dieser wohlhabenden Gegend wirkte es protzig.

Der Rasen hatte ihr immer gut gefallen, weil man darauf barfuß laufen konnte. Der Rest ließ sie kalt. Die ganze durchgestylte Pracht wirkte auf sie wie eine Fassade, hinter der ihre Familie die seelischen Abgründe versteckte.

Sie suchte sich auf der runden Auffahrt einen Parkplatz, nahm ihre Sporttasche vom Rücksitz und stieg aus. Vor Aufregung bekam sie fast keine Luft mehr. Verdammt, wieso ließ sie sich von dieser Umgebung so einschüchtern?

Bewusst straffte sie die Schultern, richtete sich auf und ging mit festen Schritten zur Tür.

Den Butler, der ihr öffnete, kannte sie nicht, aber er trug dieselbe gestreifte Uniform wie seine Vorgänger. Auch eine der Traditionen ihres Vaters, die Richard offenbar beibehalten hatte.

„Sie wünschen?“, fragte der Mann. Er wirkte in seiner Aufmachung wie ein Schauspieler, aber nicht unfreundlich.

„Ich bin Richards Halbschwester Madeline. Madeline Maguire.“ Fast war sie versucht, ihm ihren Ausweis zu zeigen.

„Oh – ja, Sie werden erwartet.“ Offenbar hatte er sich Richards Halbschwester anders vorgestellt. „Darf ich Ihre Tasche auf Ihr Zimmer bringen?“

„Danke. Hat das Abendessen schon begonnen?“

„Ja.“ Er nahm ihr die Tasche ab, hielt dann inne. „Vielleicht möchten Sie sich noch umziehen, bevor Sie hineingehen?“

„Nein.“ Sie war sowieso schon zu spät dran. „Trotzdem danke.“

Jetzt musste sie also in die Höhle des Löwen. Vom Geräuschpegel, der aus dem Esszimmer drang, schätzte sie die Dinnergesellschaft auf etwa zwanzig Personen – das war die Anzahl der Gäste, die auch ihr Vater bevorzugt hatte.

Als sie durch die Flügeltür ins Esszimmer trat, blickte Richard ihr von seinem Platz am Kopfende des Tisches entgegen.

Er hatte sich nicht verändert. Er war genauso blond, braun gebrannt und schlank wie bei ihrer letzten Begegnung, und noch immer war sein Blick durchdringend und eisig.

Während die Gespräche am Tisch verstummten, musterte er sie von Kopf bis Fuß, und sein angewiderter Gesichtsausdruck zeigte deutlich, was er von ihrer Aufmachung in Poloshirt und Kakihosen hielt.

Mad verspürte den dringenden Wunsch, zum Auto zurückzulaufen und Reißaus zu nehmen. Stattdessen riss sie sich zusammen und betrachtete abwartend die anderen Gäste. Sie waren ordentlich in Pärchen am Tisch aufgereiht, alle exquisit gekleidet und perfekt frisiert. Und sie wirkten entsetzlich langweilig.

„Tut mir leid, dass ich zu spät komme", sagte sie in die Runde.

„Der Verkehr war sicher schrecklich", erwiderte Richard glatt. Er machte eine Kopfbewegung zu einem leeren Stuhl zu seiner Rechten. „Du sitzt hier."

Unter den Blicken und dem Gemurmel der Gäste ging sie den langen schmalen Raum entlang zum anderen Ende der Tafel. Wie das hässliche Entlein, das sich in eine Misswahl verirrt hat, dachte sie und versuchte zu lächeln.

Als sie sich setzte, flüsterte Richard ihr zu: „Du hättest anrufen können."

„Ich weiß. Aber ich habe kein Handy."

„Da bist du wohl in ganz Amerika die Einzige."

Damit wandte er sich ab und nahm das Gespräch mit der Frau zu seiner Linken wieder auf, als wäre Mads Ankunft nur eine lästige Unterbrechung gewesen.

Mad trank einen Schluck aus ihrem Wasserglas und freute sich einmal mehr über ihren neuen Anwalt.

Kurz darauf wurde ihr ein Salatteller serviert, und sie nutzte die Gelegenheit, um Richard von der Seite zu betrachten. Er war jetzt tatsächlich eine vollkommene Kopie ihres Vaters, von der affektierten Haltung, mit der er sein Glas hielt, bis zu dem Siegelring an seinem Ringfinger.

Auf einmal wurde ihr klar, warum ihr Halbbruder solche Macht über sie hatte. Nicht, weil er sie in ihrer Kindheit gnadenlos gehänselt und gequält hatte, sondern weil er sie zu sehr an den Vater erinnerte, dem sie nie gut genug gewesen war.

Sie tupfte sich die Lippen ab, breitete die Damastserviette wieder über ihren Schoß und stellte fest, dass sie wie ein braves Mädchen die Füße unter dem Stuhl gesittet gekreuzt hatte.

Oh nein, diesmal nicht, dachte sie. Wenn sie dieses Wochenende überleben wollte, durfte sie sich nicht gleich zu Beginn anpassen.

Und aus einer rebellischen Laune heraus lehnte sie sich bequem zurück, zog einen Knöchel unter den Oberschenkel und saß nun mit dem Fuß auf dem Stuhl am Tisch.

„Nicht wahr, Madeline?“, sagte Richard gedehnt.

„Entschuldige?“ Absichtlich begann sie mit der kleinen Quaste an ihrem Mokassin zu spielen. Natürlich bemerkte Richard die Bewegung, und ihm fielen fast die Augen aus dem Kopf.

Erbost öffnete er den Mund, als wolle er sie zurechtweisen. Dann merkte er aber wohl, wie absurd das war, und räusperte sich nur.

„Penelope bemerkte gerade, wie interessant sie die neue Rubens-Ausstellung im Metropolitan Museum fand. Aber ich habe ihr gesagt, dass dich Kunst nicht interessiert.“

„Oh … na ja, ich wusste gar nichts von der Ausstellung.“ Rubens war einer ihrer Lieblingskünstler. „Ich war schon eine ganze Weile nicht mehr im Met.“

„Penelope ist ständig dort. Sie sitzt im Komitee.“ Richard lächelte der Frau an seiner Seite zu.

Penelope trug ein weißes, teuer aussehendes Kleid und

eine mehrreihige Perlenkette, aber keinen Ehering. Ob sie mit Richard zusammen war?

Richard hob sein Weinglas. „Tja, im Museum wird man Madeline nicht treffen. Sie hat das College abgebrochen, und Kunst interessiert sie nicht. Sie mag Boote."

„Boote." Penelope hob die Augenbrauen. „Wie nett." Ihr gelangweilter Ton ließ keinen Zweifel, dass es für sie nichts Uninteressanteres und Lächerliches auf der Welt gab als Boote.

Mad öffnete den Mund, um sich zu rechtfertigen, schloss ihn aber sogleich wieder, und entschied, dass es ihr egal sein konnte, was Penelope von ihr dachte.

Stattdessen griff sie nach ihrer Salatgabel … und plötzlich erfüllte das satte Röhren eines Motors den Raum. Es wurde immer lauter, bis keine Unterhaltung mehr möglich war, dann verstummte es abrupt.

Einer der Gäste lachte, um die danach eintretende Stille zu füllen. „Na so was, Maguire, benutzt Newcomb Ihren Rasen neuerdings als Landeplatz?"

„Dieser Hubschrauber von ihm ist eine Höllenmaschine", erwiderte eine Frau. „Also wirklich."

Sofort kam die Unterhaltung wieder in Gang, als sich jetzt mehrere Gäste über diesen „schrecklichen Newcomb" unterhielten.

Mad wandte sich wieder ihrem Salat zu. Es interessierte sie nicht im Geringsten, wer der Ankömmling war.

„Miss Madelines Gast ist eingetroffen", verkündete der Butler.

Überrascht hob Mad den Kopf.

In der Flügeltür zum Esszimmer stand Spike, ein fast zwei Meter großer Riese in schwarzem Leder. In einer Hand hielt er einen Motorradhelm, sein schwarzes Haar stand wie immer in alle Richtungen ab. Er zeigte sein verwegenes halbes Grinsen, während der Butler blass und besorgt seinen Hausherrn ansah.

Mit einem lauten Klirren fiel Mad die Gabel aus der Hand. Richard zischte: „Wer zum Teufel ist das?!"

Spike ließ den Blick über die Dinnergesellschaft schweifen, bis er bei Mad angelangt war. Mit einem ernsten Gesichtsausdruck hob er grüßend die Hand.

„Spike!“, rief einer der Gäste erfreut. „Das ist ja eine Überraschung!“

Der Mann sprang auf und rannte fast um den Tisch herum, um zu Spike zu kommen.

„Hey, Binder“, sagte Spike lässig, und die beiden begrüßten sich schulterklopfend.

Binder schaute verwundert zu Richard. „Du hast mir gar nicht erzählt, dass wir heute eine Berühmtheit unter uns haben.“

„Ich wünschte auch, ich hätte früher davon erfahren“, murmelte Richard, lächelte dann aber. „Warum klärst du mich nicht auf? Ich habe den Mann noch nie gesehen. Was übrigens auf alle Freunde meiner Schwester zutrifft.“

„Spike ist einer der beiden Spitzenköche im ‚La Nuit‘. Er hat mit Nate Walker gearbeitet.“

Aufgeregtes Stimmengewirr erklang, und Binder wandte sich wieder Spike zu. „Ihr beide habt doch gerade ein Restaurant in den Adirondacks eröffnet, richtig? ‚White Caps‘?“

„Du liebe Güte, da habe ich letzten Sommer gegessen“, rief ein anderer Mann. „Das Essen ist fantastisch.“

„Und es stand ein Artikel darüber in der Times“, warf ein Dritter ein.

Jetzt redeten alle durcheinander, als wäre Spike ein Rockstar. Zum Glück, denn Madeline konnte noch immer nicht ganz fassen, dass er offenbar ihretwegen hier war. Für den Augenblick war sie froh, keine Fragen beantworten zu müssen.

Während Binder auf ihn einredete, zog Spike die Lederjacke aus und warf sie lässig dem Butler zu, der unter dem Gewicht leicht in die Knie ging.

„Haben Sie Gepäck?“, fragte der Butler, um Fassung bemüht.

„Meine Sachen sind auf der Harley, aber ich hole sie nachher selbst rein. Danke.“

Spike reichte ihm seinen Helm und ging dann am Tisch entlang auf Mad zu. Ohne Zögern griff er nach einem der leeren Stühle, die neben der Anrichte an der Wand standen, und stellte ihn an die Ecke des Tisches, sodass sie von ihrem Platz aus Richard am Kopfende nicht mehr sehen konnte.

Dann sah er sie an. „Hi, Mad“, sagte er leise. „Ich hoffe, du hast nichts dagegen, dass ich mich zu euch geselle?“

Spike wartete auf Madelines Antwort. Sie wirkte völlig überrumpelt, was wahrscheinlich ungünstig war. Vielleicht hätte er doch vorher anrufen sollen?

„Verzeihung, aber könntest du mich vielleicht dem Mann vorstellen, den du in mein Haus eingeladen hast?“, verlangte der Mann hinter Spike.

Spike wandte sich um. Das war also Richard. Kein Wunder, dass Mad nicht allein hatte herkommen wollen. Der Kerl war ein Ekelpaket, das sah man ihm schon von Weitem an. Eiskalte Augen, protziger Siegelring, perfekt gebundene Fliege. Einfach grässlich.

Mad räusperte sich. „Ich, äh … ich war nicht sicher, ob er …“

„Meine Schuld“, unterbrach Spike sie. „Ich habe ihr nicht rechtzeitig Bescheid gesagt, dass ich nun doch kommen konnte. Aber ich bin überaus erfreut, hier zu sein, Dick.“

Jetzt richtete sich Richards verächtlicher Blick auf Spike. „Mein Name ist Richard. Und offenbar halten meine Gäste Sie für einen angenehmen Tischgenossen, was für Sie spricht.“

„Ja, Binder und ich kennen uns schon ewig.“ Spike lächelte breit. „Aber ich muss gestehen, dass ich nicht hier bin, um einen angenehmen Tischgenossen abzugeben. Ich bin wegen Mad hier.“

„Tatsächlich. Und in welcher Beziehung stehen Sie zueinander?“

Spike schaute zu Madeline. Die Frage konnte sie besser beantworten.

„Wir sind Freunde“, sagte sie.

„Das hätte ich mir denken können", erwiderte Richard glatt. „Madeline hat nicht viel Erfolg beim anderen Geschlecht."

Als Madeline zusammenzuckte, kam Spike der unwiderstehliche Gedanke, Richard die Vorderzähne auszuschlagen, doch dann atmete er tief durch. Zuerst sollte er vielleicht herausfinden, ob Madeline überhaupt wollte, dass er blieb. Eigentlich hatte er geplant, erst nach dem Abendessen anzukommen, sodass sie reden konnten, aber er war zu früh losgefahren. Und vor dem Haus zu warten hatte er nicht fertiggebracht.

Von der anderen Tischseite wandte sich Walter Binder ihm zu. „Und, habt ihr schon langfristige Pläne für das ‚White Caps'? Vielleicht einen Ableger in Manhattan?"

Spike lehnte sich zurück, als der Butler ihm ein Gedeck auflegte und einen Salatteller servierte. Den Weißwein lehnte er ab.

„Ja, wir wollen tatsächlich in den nächsten Jahren expandieren", antwortete er. Binder war im Immobiliengeschäft, und es konnte nicht schaden, ihn als Investor zu gewinnen.

Sie unterhielten sich eine Weile über mögliche Standorte, dann ging es um Investitionen im Allgemeinen, und schließlich riss Richard das Gespräch an sich, und Spike wandte sich wieder Mad zu.

Im Vergleich zu den anderen Gästen war sie mit ihrem weißen Poloshirt und den Kakihosen sehr leger angezogen. Dennoch war sie die schönste Frau im Raum. Dagegen kam auch das teuerste Chanelkostüm nicht an.

„Ich hätte wirklich vorher anrufen sollen", flüsterte er ihr zu.

Sie schob ihren Salat auf dem Teller hin und her und lächelte leicht. „Ich bin wirklich etwas überrascht, dich zu sehen."

„Ich muss nicht bleiben. Ich will dir keine Probleme bereiten."

Mad sah ihm in die Augen, und plötzlich vergaß er alles andere um sich herum.

„Es tut mir leid. Das, was ich bei Sean gesagt habe", stieß er hervor.

„Was? Oh, ach so. Er hat mir deine Entschuldigung schon ausgerichtet. Das ist in Ordnung."

„Nein, ist es nicht."

Unvermittelt schaute Mad an ihm vorbei und verzog das Gesicht. Aha, da hörte Richard wohl mit.

„Lass uns eine Spazierfahrt mit der Harley machen", schlug er leise vor. „Gleich nach dem Essen."

Sie nickte. „Gern."

Spike griff nach seiner Gabel und ließ sich den Salat schmecken. Um nicht die ganze Zeit wie gebannt Mad anzustarren, schaute er sich im Raum um. Das Esszimmer war eingerichtet wie der Speisesaal von Versailles. Die Maguires mussten steinreich sein. Selbst ohne seine dunkle Vergangenheit war Madeline für ihn völlig unerreichbar. Genauso gut hätte sie von einem anderen Stern kommen können.

Madeline legte den Löffel ab und schob das Kristallschälchen mit dem Himbeersorbet von sich. Sie hatte den Nachtisch nicht angerührt, denn im Moment konnte sie wirklich nicht ans Essen denken.

Seit Spike den Raum betreten hatte, schlug ihr Herz wie wild. Immer, wenn sich ihre Ellbogen oder Knie berührten, begann ihr ganzer Körper zu prickeln. Sie war froh, dass niemand mit ihr reden wollte, denn sie hätte keinen vollständigen Satz herausgebracht.

Als die Standuhr im Flur acht schlug, erhob sich Richard. „Lasst uns den Kaffee auf der Terrasse nehmen." Er legte die gefaltete Serviette neben seinen Teller und reichte Penelope den Arm.

Mad konnte den Blick nicht von Spike abwenden. Als er aufstand, sah sie unter den hautengen schwarzen Lederhosen das Spiel seiner Muskeln. Der Anblick war unglaublich erotisch.

Spike hielt ihr seine große Hand hin. „Bereit für eine Spazierfahrt?"

„Ich … ja." Sie stand auf, griff aber nicht nach seiner Hand. Ihn auch noch zu berühren wäre zu viel für sie gewesen.

Er ließ den Arm sinken. „Weißt du, wo der Butler meinen Helm gelassen hat?"

„Sie gehen schon wieder?“, sagte Richard. „Hat Mad Sie vertrieben?“

„Wohl kaum.“ Spike lächelte, doch seine Augen schossen Blitze. „Wir machen zusammen einen kleinen Ausflug.“

„Sie werden die Terrasse verpassen.“

„Richtig. Aber ich könnte mir denken, dass sie noch da ist, wenn wir zurückkommen.“ Sein Lächeln wurde breiter.

Doch Richard war nicht so naiv, sich davon täuschen zu lassen. Er runzelte die Stirn, und schnell warf Mad ein: „Spike, ich glaube, ich weiß, wo dein Helm ist. Komm mit.“

„Aber gern. Bis später, Richard.“

Mad führte Spike in die Eingangshalle, wo sie einen Wandschrank öffnete. Als Spike nach oben griff, um seinen Helm vom Regal zu nehmen, streifte er sie, und ein Hauch seines Aftershaves stieg ihr in die Nase.

„Danke“, sagte er.

„Brauchst du die Jacke auch?“ Sie strich über das schwarze Leder und hätte am liebsten ihre Nase hineingedrückt.

„Nein. Es ist warm genug, und wir fahren ja auch nicht weit. Die Motorraduniform trage ich nur zum Schutz auf längeren Touren.“

Als sie nach draußen kamen, blieb Mad wie angewurzelt auf der Treppe stehen. „Wow. Das ist ja eine Wahnsinnsmaschine!“

Die Harley kam ihr so groß vor wie ein Pferd und schien nur aus schwarzem Lack und Chrom zu bestehen. Die Auspuffrohre waren dicker als ihr Oberarm. Kein Wunder, dass das Ding wie ein Hubschrauber klang.

„Mein einziger Luxus. Sie heißt Bette. Wie Bette Davis.“

Mad folgte ihm die Treppe hinunter. „Sieht aber mehr wie ein Er aus. Namens Butch.“

„Oh nein, Bette ist eindeutig weiblich. Sie ist mein Mädchen. Und ich hab ihr von dir erzählt, also keine Angst.“

„Du redest mit deinem Motorrad?“

„Natürlich. Jetzt setz den Helm auf.“

Er reichte ihn ihr und schwang sich auf den Sattel. Jetzt schien es fast, als verschmelze er mit der Maschine. Und diese hautengen Lederhosen …

„Keine Sorge, ich fahre immer vorsichtig. Und wenn ich jemanden mitnehme, noch mehr."

Die Maschine dröhnte, als Spike sie anließ, und Mad spürte die Vibration in ihrem Magen. Vielleicht lag dieses Gefühl aber auch daran, wie unglaublich sexy er aussah.

„Ich glaube, ich liebe dich", platzte sie heraus, von seinem Anblick einfach überwältigt. Erschreckt schlug sie sich die Hand vor den Mund.

„Was?", rief er über den Lärm.

Das wiederholte sie lieber nicht, selbst wenn es nicht ganz ernst gemeint war. „Nichts", erwiderte Mad. *Nichts.*

Sie setzte den Helm auf, schloss den Kinngurt und stieg auf. Sehr viel Platz war hinter Spike nicht, sodass sie sofort eng an ihn gedrückt saß. Es war schwer, beim Vibrieren der Maschine und der intimen Stellung nicht an bestimmte Dinge zu denken. Oder sich vorzustellen, wie es wäre, wenn sie sich gegenübersäßen. Oder …

„Fertig?"

Oh ja, völlig fertig.

„Was ist mit deinem Helm?", rief sie.

„Den hast du auf. Halt dich einfach an mir fest, okay?"

Gehorsam legte sie die Hände auf seine Taille. Sein Körper fühlte sich stark und warm an.

„Wohin fahren wir?"

„Irgendwohin. Weg von hier. Ist das in Ordnung?"

„Oh ja."

Er drehte am Lenkergriff, der Motor röhrte auf, und dann fuhren sie. Die Maschine unter ihr fühlte sich an wie ein lebendes Wesen, und sie spürte die Vibrationen, die Kraft und die Geschwindigkeit im ganzen Körper.

Der Fahrtwind war warm, die Straße gehörte ihnen ganz allein. Mad kam sich vor wie in einem Traum, denn im wirklichen Leben konnte nichts so perfekt sein.

Spike beherrschte das Motorrad vollkommen, fuhr nie zu schnell oder bremste zu scharf. Nach einer Weile entspannte sie sich und lehnte sich an seinen breiten Rücken, die Arme ganz um seine Taille gelegt. Mit dem Duft nach frischem Öl, seinem würzigen Aftershave und dem lauen Sommerabend in der Nase hätte sie ewig so weiterfahren können.

Doch schließlich hielt er am Rand einer einsamen einspurigen Landstraße und stellte den Motor ab. Am liebsten wäre Mad so eng umschlungen sitzen geblieben, aber sie hatte Angst, ihn zu bedrängen, und zog eilig die Arme zurück. Leichtfüßig sprang sie vom Sitz, nahm den Helm ab und schüttelte ihr Haar aus.

Aus dem Wald erklang das Zirpen von Grillen, und zwischen den Bäumen tanzten Glühwürmchen. Ohne den Fahrtwind war die Luft vollkommen still.

Spike bockte das Motorrad auf, stieg aber nicht ab. Die Hände auf die Oberschenkel gestützt, sah er sie ernst an.

„Sean hat mir gesagt, wo ich dich finde. Ich hätte wirklich anrufen sollen. Wenn du willst, dass ich wieder fahre, dann sag es ruhig. Aber ich wollte mich wenigstens blicken lassen und dir zeigen, dass ich wirklich für dich da bin, auch, wenn du mich wieder wegschickst."

Sie legte den Kopf in den Nacken und schaute zum sternenübersäten Himmel hinauf, dann zu Spike. „Ich würde mich freuen, wenn du bleibst."

„Gut." Er ließ sein schiefes Lächeln sehen. „Das bedeutet also, dass ich dieses Wochenende dir gehöre. Ich werde alles tun, was du willst. Soll ich deinen Halbbruder auf die Palme bringen? Den Butler noch einmal total verängstigen? Den Hund baden? Dein Wunsch ist mir Befehl."

Wie wär's, wenn du mich küsst, dachte sie.

Aber das war natürlich lächerlich. Er war hier, weil ihn sein schlechtes Gewissen plagte. Und weil Sean ihn fast dazu gezwungen hatte. Ganz sicher nicht, weil er sich für sie interessierte. Bisher jedenfalls hatte er sich nicht so verhalten, als ob er sich zu ihr hingezogen fühlte.

Tja, so war das nun mal mit ihr und den Männern. Nur Freunde.

„Wir haben keinen Hund“, sagte sie.

„Eine Katze vielleicht?“

„Richard mag keine Tiere.“

„Na, so eine Überraschung.“

„Du musst das hier nicht machen, nur weil es dir leidtut, was du gesagt hast“, platzte sie heraus.

„Das ist aber nicht der einzige Grund, warum ich hier bin.“

Sie hielt den Atem an. „Nicht?“

Seine Augen begannen zu funkeln, und sein Lächeln wurde breiter. „Ich würde deinen Halbbruder wirklich gerne besser kennenlernen.“

Es war ein wunderbares Gefühl, dass er sich offenbar für sie in die Bresche werfen wollte. Sie lachte erleichtert. „Ich freue mich wirklich, dass du gekommen bist. Danke.“

„Dann gib mir die Hand drauf“, sagte er und streckte ihr seine hin. „Dieses Wochenende sind wir beide ein Team.“

Vorsichtig schlug sie ein. Bei der Berührung schoss ein heißes Kribbeln ihren Arm hinauf, und ihr Herz setzte einen Schlag lang aus. Während sie kaum noch Luft bekam, schien Spike nichts dergleichen zu bemerken. Er drückte ihr kräftig die Hand und ließ sie dann wieder los.

„Also, Partner“, sagte er. „Was steht heute Abend noch so an?“

„Normalerweise schwimme ich nach dem Essen eine Runde.“

„Sehr schön, ich habe meine Badehose dabei.“

„Dann lass uns zurückfahren.“

„Klar, die Terrasse wartet ja auf uns. Nicht, dass sie sich nachher noch Sorgen um uns macht.“

Sie lachte, dann fiel ihr Richards strenger Zeitplan ein. „Wenn wir noch ein bisschen länger rumfahren, sind die Gäste schon weg, wenn wir zurückkommen“, bemerkte sie.

Spike klatschte in die Hände. „Siehst du, das meinte ich. Wir beide sind ein fantastisches Team, wir denken genau dasselbe.“

Er ließ den Motor an und bedeutete ihr, aufzusteigen.

Es tat weh, ihn so lässig und entspannt zu sehen. Aber so fühlte man sich eben, wenn man mit Freunden unterwegs war.

Als sie im Sattel saß, wartete er, bis sie den Helm geschlossen hatte. Diesmal legte sie gleich die Arme um seine Taille. Gerne hätte sie auch das Gesicht an seine Schulter geschmiegt, aber sie trug ja den Helm.

Und außerdem waren sie ja nur Freunde.

4. KAPITEL

Als sie zum Haus zurückkamen, waren alle Autos von der Auffahrt verschwunden und die meisten Lichter gelöscht.

„Die Party war aber früh zu Ende“, bemerkte Spike.

„Richard ist Frühaufsteher.“ Mad nahm den Helm ab und betrachtete das Motorrad. „Wo ist dein Gepäck?“

„Hier drin.“ Er deutete auf die schwarzen Satteltaschen. „Mehr brauche ich nicht.“

Er öffnete eine der Taschen, holte eine zusammengefaltete schwarze Sporttasche heraus und packte seine Sachen hinein – zusammengerollte Kleidung, einen Kulturbeutel, aber nichts, was auch nur im Entferntesten an einen Schlafanzug erinnerte, wie Mad feststellte.

„Du kommst ja mit wenig aus“, murmelte sie.

„Von einer Seglerin ist das ein Kompliment, oder?“

„Allerdings.“

Drinnen trafen sie auf den Butler, der darauf bestand, Spike zu seinem Gästezimmer zu begleiten. Mad folgte ihnen und stellte so fest, dass Richard den Überraschungsgast in dem Zimmer untergebracht hatte, das am weitesten von ihrem eigenen entfernt lag.

Als der Butler gegangen war, fragte sie: „Ist das okay für dich?“ Das Zimmer war mit Antiquitäten eingerichtet, die handbemalte Tapete mit Blumenranken versehen.

„Wird schon gehen“, grinste Spike.

„Der Pool ist hinten im Garten. Du kannst ihn von hier aus sehen.“

Er trat zu ihr ans Fenster und zog die schweren Satinvorhänge zur Seite. Als er ihr über die Schulter blickte, schaute sie zu ihm auf. Sie war sehr groß für eine Frau und sehr durchtrainiert, doch neben Spike, der fast einen Kopf größer war als sie und mindestens vierzig Kilo schwerer, fühlte sie sich zart und feminin. Herrlich.

Sie standen so dicht nebeneinander, dass sie jede einzelne seiner Wimpern sehen konnte. Allerdings konzentrierte sie sich mehr auf seine vollen Lippen.

„Treffen wir uns unten am Pool?“, fragte er.

Als sie nicht antwortete, sah er sie stirnrunzelnd an. „Mad?“

„Äh, ja, das wäre schön.“ Hastig trat sie einen Schritt zur Seite. „Findest du den Weg?“

„Keine Sorge.“

Verträumt ging sie durch die langen Flure zu ihrem eigenen Zimmer. Dort holte die Realität sie jedoch mit einem Schlag wieder ein.

Der Raum war umgestaltet worden. Alles sah anders aus. Nicht nur das – jede Spur, dass es einmal ihr Zimmer gewesen war, war beseitigt worden.

Früher hatten die Wände in einem warmen, dunklen Rot geleuchtet, das sie noch mit ihrer Mutter zusammen ausgesucht hatte. Jetzt war alles rosa, und überall gab es Spitzen – Spitzengardinen, ein Spitzenüberwurf auf dem Bett, Häkeldeckchen im Bad.

Kopfschüttelnd sah Mad sich um und wünschte sich, man hätte ihr einfach eins der anderen Gästezimmer gegeben, statt dieses rosa Gefängnisses, in dem sie sich wie ein Fremdkörper vorkam. Sie war nun mal nicht weich und zierlich – und das war angesichts ihres Berufs auch besser so.

Ihre Crew auf dem Boot hätte sie als Ballast angesehen, wenn sie weich und zierlich gewesen wäre. Dort brauchte man Kraft und Ausdauer. Nur an Land galt Stärke bei Frauen als unattraktiv.

Und wenn schon. Dies war schließlich Richards Haus, und er konnte die Wände streichen, wie er wollte.

Sie schlüpfte in ihre Badesachen. Weil sie keinen Bademantel hatte, wickelte sie sich in ein Handtuch, als es an der Tür klopfte.

„Oh … hallo Richard.“ Hätte sie doch bloß nicht aufgemacht!

Auch Richard hatte sich umgezogen und trug nun einen Cashmere-Pullover. Er wirkte gelangweilt, doch sein Blick war durchdringend wie immer. Offenbar führte er etwas im Schilde.

Unaufgefordert trat er ein. „Du willst jetzt noch schwimmen?"

„Gehört zu meinem Training."

„Als ob du nicht schon muskulös genug wärst. Wo sind deine anderen Sachen?", fragte er, als sein Blick auf ihre Sporttasche fiel.

„Hör zu, ich war gerade auf dem Weg zum Pool …"

„Um dort Spike zu treffen, natürlich." Richard ging zum Fenster und zupfte eine Falte des Spitzenvorhangs zurecht. „Also, wie habt ihr euch kennengelernt? Ihr habt meine Frage vorher nicht beantwortet."

„Durch einen Freund."

„Welchen?"

„Sean."

„Und woher kennt Sean ihn?"

Mad verschränkte die Arme vor der Brust. Langsam wurde sie wütend, und das war gut so. Besser, als wieder mal zu kuschen.

„Keine Ahnung."

„Wo und wann hast du ihn zum ersten Mal getroffen?"

„Das spielt doch keine Rolle."

„Dann kannst du es mir ja sagen."

Das war das Problem mit Richard – mit seiner rasiermesserscharfen Logik trieb er einen immer wieder in die Enge. Und es war albern, ihm nicht zu antworten.

„Erst vor Kurzem", sagte sie vage. „Wir sind nur Freunde, das hast du doch beim Abendessen schon gehört."

„Du schaust ihn aber an, als ob du mehr von ihm willst. Also ist er offenbar derjenige, der kein Interesse hat."

„Kommst du, um mir das zu sagen, oder wolltest du noch was anderes?"

Er lächelte leicht. „Oh, ich bin dir doch nicht zu nahe getreten?"

„Nein, keineswegs. Ich höre es doch gern, dass Männer mich nicht attraktiv finden, vor allem von dir und in diesem Tonfall."

„Tut mir leid“, erwiderte er glatt. Wieder schaute er zu ihrer Tasche. „Ich kann nicht fassen, dass das dein ganzes Gepäck für ein Wochenende ist. Penelope braucht eine Tasche dieser Größe, um sich fürs Mittagessen ordentlich anzuziehen.“

Er brachte es tatsächlich fertig, das wie einen Vorwurf an Mad klingen zu lassen.

„Richard ...“

„Jedenfalls ...“ Er verschränkte die Hände und deutete mit beiden Zeigefingern auf ihre Brust. „Ich will, dass du morgen mit mir Golf spielst. Ich habe zwei Freunde von mir eingeladen, um dreizehn Uhr. Aber eins gleich vorweg: Ich will nicht, dass du mit zu großem Vorsprung gewinnst. Höchstens ein oder zwei Schläge, mehr nicht. Du sollst sie schließlich nicht in Verlegenheit bringen, wie du es bei anderen meiner Freunde schon getan hast. Niemand kann es vertragen, beim Golf gegen eine Frau zu verlieren. Oder anderswo.“ Im Hinausgehen wandte er sich noch einmal um. „Ach ja, einer von den beiden ist frisch geschieden. Vielleicht würde er sich ja für dich interessieren. Seine Exfrau war Model, und ich glaube, er hat genug von schönen, gesellschaftsfähigen Frauen.“

Mad schloss die Augen. Ein von Richard inszenierter Auftritt war nicht gerade ihre Idealvorstellung für einen entspannten Samstagnachmittag.

„Richard“, sagte sie daher noch einmal.

Über die Schulter sah er sich um. „Ja?“

„Ich kann nicht.“

„Mitkommen? Wieso? Willst du den Nachmittag mit deinem Koch verbringen?“

„Ja, wir haben schon was vor.“

Jedenfalls würden sie sich auf die Schnelle etwas einfallen lassen.

„Dann fällt das eben aus.“

Ruhig sah sie ihm in die Augen. Feuerprobe, dachte sie. Nicht aufgeben. „Nein.“

Ungeduldig hob er die Augenbrauen. „Wieso bist du überhaupt hergekommen, wenn du keine Zeit mit deiner Familie verbringen willst?"

Weil ich nur hier bin, um dir die Kontrolle über meine Anteile zu entziehen, erwiderte sie im Stillen. Laut sagte sie: „Es ist auch so noch genug Zeit übrig. Aber zum Golfen komme ich nicht mit."

Schweigend starrte Richard sie an, als wolle er so ihren Willen brechen, doch schließlich zuckte er die Achseln. „Auch gut. Du warst ja schon immer ein Spielverderber." Er ging hinaus, blieb aber noch einmal stehen. „Wie heißt Spike eigentlich mit Nachnamen?"

Mad wurde heiß. Sie hatte keine Ahnung. Trotzdem schaffte sie es, gelassen zu sagen: „Wenn du dich so für ihn interessierst, dann frag ihn doch selbst."

Richard kniff die Augen zusammen. „Normalerweise bist du nicht so bockig."

Willkommen in der neuen Welt, dachte sie. Du wirst dich noch wundern.

„Vielleicht liegt's am Alter."

„Das bezweifle ich. Gute Nacht, Madeline." Er ging, ohne die Tür hinter sich zuzumachen.

Wütend und frustriert wandte Mad sich ab. Ihr Blick fiel auf die Spitzenvorhänge, die er so sorgfältig zurechtgezupft hatte. Obwohl es albern war, griff sie hinein und verknitterte sie so gründlich sie konnte.

Aber anders als erhofft fühlte sie sich danach nicht besser, sondern schämte sich obendrein für ihre Unreife.

Als sie auf die Terrasse trat, hörte sie vom Pool Schwimmgeräusche. Das Schwimmbecken wurde von Lichtkugeln sanft erleuchtet und fügte sich trotz seiner Ausmaße harmonisch in den Garten ein. Doch dafür hatte Mad keinen Blick. Sie sah nur Spike, der im Freistil kraftvoll durchs Wasser schoss und dabei unglaublich sexy aussah.

Sie legte das Handtuch auf einen der Liegestühle und sah ihm fasziniert zu. Das machte eindeutig mehr Spaß, als über

Richard nachzudenken, war aber im Endeffekt auch nicht viel entspannender.

Spike machte am hinteren Ende des Pools eine perfekte Wende. Bestimmt war er schon fünfhundert Meter geschwommen, fühlte sich aber immer noch wie aufgedreht. Die Fahrt mit Mad war reine Folter gewesen. Sie so nah an seinem Körper zu spüren und sich nicht anmerken zu lassen, welche Wirkung das auf ihn hatte, hatte seine ganze Selbstbeherrschung gefordert.

Als er am flachen Ende ankam, richtete er sich auf. Das Wasser rann von seinem muskulösen Oberkörper. Er strich sich das Haar aus dem Gesicht.

„Hi."

Überrascht drehte er sich um. Dort stand Mad auf der Terrasse, bekleidet mit einem sportlichen Bikini. Sein Körper reagierte sofort auf den Anblick ihrer herrlichen Kurven und anmutig definierten Muskeln. Zum Glück war die Unterwasserbeleuchtung nicht an.

„Hi." Er winkte ihr zu.

Sie setzte sich an den Beckenrand und ließ die Füße ins Wasser hängen. „Du schwimmst gut."

„Ich bin gern im Wasser."

„Ich auch." Spielerisch bewegte sie die Füße hin und her.

„Stimmt was nicht? Du siehst gestresst aus."

„Nein, es ist nichts. Oder jedenfalls nichts, was ich beim Schwimmen nicht vergessen kann."

Geschmeidig stand sie auf und machte einen eleganten Kopfsprung ins Wasser. Natürlich war sie eine hervorragende Schwimmerin. Mit beeindruckendem Tempo schoss sie durchs Wasser, ihre Bewegungen vollkommen synchron. Auch er schwamm wieder los und passte sich ihr an, sodass sie nebeneinander ihre Bahnen zogen. Mad wurde nicht langsamer, und nach einer halben Stunde musste er sich anstrengen, um mit ihr mitzuhalten. Schließlich fiel er zurück. Sein Krafttraining baute Muskeln auf, aber in Sachen Ausdauer war Mad ihm klar überlegen.

Sie stoppte am tiefen Ende und hielt sich am Beckenrand fest. Als er sie erreichte, war er sichtlich außer Atem.

„Das war ein tolles Rennen", sagte sie lächelnd.

Beide Arme auf den Beckenrand gelegt, trat sie langsam Wasser, um sich abzukühlen.

Spike versuchte, die vielen kleinen Wassertropfen nicht zu bemerken, die verführerisch auf ihrer Haut perlten. Und schon gar nicht ihre Brustspitzen, die sich unter dem Bikinioberteil abzeichneten.

„Ich liebe es, wenn ich einen Schwimmpartner habe."

Richtig, sie waren Partner. Mit einer Mission. Und ansonsten nur Freunde. Und gute Kumpel küssten sich nicht oder leckten sich Wassertropfen von der Haut.

„Ich auch." Aber ein richtiges Lächeln brachte er nicht zustande. Zu sehr beschäftigte ihn der Gedanke, wie es wäre, sie im Wasser an sich zu ziehen. Die Beine um sie zu schlingen. Sie an sich zu drücken, wo …

Spielerisch berührte sie ihn mit dem Fuß an der Schulter. „Jetzt siehst du gestresst aus. Dabei ist so ein Training doch normalerweise entspannend."

„Entschuldige." … sie an sich drücken, wo sein Verlangen trotz des kühlen Wassers heiß pulsierte. Dann würde er …

„Hey, hättest du Lust, einen Film anzuschauen?"

„Äh … ja." … sie küssen, bis ihm die Luft wegblieb und …

„Wir haben einen Vorführraum. Und alle anderen schlafen schon. Ich bin die einzige Nachteule in der Familie. Richard kann Filme nicht ausstehen, er …"

Schluss jetzt mit diesen Fantasien, wies Spike sich streng zurecht. Sonst kommst du nie aus diesem Pool raus.

„Also, wollen wir?"

„Ja."

Mad stieß sich vom Beckenrand ab und schwamm zur Leiter. Ihre Muskeln spielten unter der gebräunten Haut, als sie sich aus dem Becken stemmte. In glitzernden Bächen lief das Wasser an ihrem Körper hinunter. Draußen drehte sie sich wieder zu ihm um und drückte ihr Haar aus.

„Du siehst aus wie jemand, der Actionfilme mag", sagte sie lächelnd. „Wie wär's mit einem ‚Stirb langsam'-Marathon?"

Spike hörte ihre Worte, konnte aber keinen klaren Gedanken fassen. Sie sah aus wie eine Amazonengöttin, und jede ihrer Bewegungen steigerte sein Verlangen.

„Im ersten Teil fand ich Argyle am besten", erzählte sie, als sie ihr Handtuch von der Liege nahm. Sie wickelte sich darin ein, sah sich dann stirnrunzelnd zu ihm um. „Ist alles klar bei dir?"

Oh ja, ihm ging es bestens.

Abgesehen davon, dass er das Gefühl hatte, seine Badehose müsse jeden Augenblick platzen. Und Mad merkte nicht einmal, welche Wirkung sie auf ihn hatte.

„Weißt du was, geh einfach schon vor. Ich mache noch ein paar Bahnen."

„Angeber. Du hast doch schon angefangen, bevor ich kam. Du bist bestimmt erledigt."

„Bis später, Mad. Wir sehen uns nachher."

Betreten schaute sie zu Boden. „Ach, verdammt, ich hab es schon wieder getan, was?"

„Was getan?"

„Tut mir echt leid. Und vergiss das mit dem Film. Wir sehen uns dann einfach morgen früh, oder?"

„Was tut dir leid?", fragte er verständnislos.

„Nichts. Bis morgen dann."

„Was ist denn bloß los?"

„Ich habe einfach nicht dran gedacht. Du weißt schon, beim Schwimmen."

„Was?"

„Schon gut." Sie rieb einen Fuß an ihrem anderen Knöchel und vermied es, ihm in die Augen zu sehen. „Ach ja, und Frühstück gibt's um Punkt acht. Wenn du es verpasst, gibt's bis zum Mittag nichts zu essen. Gute Nacht."

Als sie sich abwandte, fragte er, so streng er konnte: „Was ist hier los, Mad?“

Zum Glück blieb sie stehen, denn er hätte ihr nicht folgen können – nicht in seinem verräterischen Zustand.

Sie drehte sich wieder um und zog das Handtuch über der Brust enger zusammen.

„Partner reden miteinander, Mad. Was ist los?“

„Ach, nichts. Das Übliche. Die meisten Männer mögen es nicht, wie ich schwimme. Oder Golf spiele. Oder laufe. Sie finden es nicht so toll, wenn ich weiter schlage oder schneller bin.“

Ungläubig starrte Spike sie an. „Wie kommst du denn jetzt darauf?“

„Richard hat mich gerade wieder daran erinnert. Frag ihn, er kann dir genau erklären …“

„Sorry, aber ich würde deinen Bruder nicht mal nach der Uhrzeit fragen. Und ich kann nicht glauben, dass du so von mir denkst.“

Widerwillig sah sie ihn an. „Na ja, du bist ziemlich angespannt. Als ob du ärgerlich wärst.“

„Und du denkst, das liegt daran, dass du besser schwimmst als ich?“

Sie zuckte die Achseln. „Wäre nicht das erste Mal.“

„Das wird dir mit mir nicht passieren. Ich liebe es, wie du schwimmst.“

Nach kurzem Zögern schien sie sich zu entspannen.

„Ehrlich?“, fragte sie mit einem kleinen Lächeln. „Das wäre nämlich toll. Wirklich toll.“

„Und ich will Bruce Willis mit dir anschauen. Oder meinetwegen auch Bambi. Egal was, ehrlich gesagt.“

Jetzt begann sie zu strahlen. „Na, dann los.“

Noch immer hatte Spike keine Ahnung, wie er aus dem Pool kommen sollte, ohne dass sie sah, wie es um ihn stand.

Sie legte den Kopf schräg. „Du willst nicht aus dem Wasser“, stellte sie fest. „Warum nicht?“

Ach verdammt, sie waren schließlich beide erwachsen, oder?

Und sie hatte bestimmt schon vorher einen offensichtlich erregten Mann gesehen. Früher oder später würde sie an diesem Wochenende sowieso herausfinden, was in ihm vorging, also konnte er es auch gleich hinter sich bringen.

Spike schwamm zur Leiter und zog sich langsam aus dem Wasser. Es war nicht schwer zu erraten, wann sie erkannte, was mit ihm los war. Sie riss die Augen auf und stolperte einen Schritt zurück.

Damit waren wohl alle Fragen beantwortet.

Schnell band er sich ein Handtuch um. „Hör zu, warum verschieben wir das mit dem Film nicht einfach?“, schlug er vor.

Doch sie stand nur da und starrte ihn an, wodurch er sich noch lüsterner vorkam.

„Gute Nacht, Mad.“

Er ging ins Haus und zu seinem Zimmer. Den ganzen Weg über fluchte er still vor sich hin, sodass es ein Wunder war, dass er sich in dem riesigen Palast nicht verlief. Als er schließlich sein Zimmer betrat, blieb er wie angewurzelt stehen.

Jemand hatte sein Zimmer durchsucht. Seine Brieftasche auf dem Schreibtisch war verschoben. Der Riemen seiner Sporttasche hing an einer Seite hinunter, statt obenauf zu liegen.

Jetzt fluchte er laut. Im Gefängnis wurde man ständig durchsucht, sowohl von Profis als auch von Dilettanten. Hier war einer aus der zweiten Kategorie am Werk gewesen, jemand, der sich nur oberflächlich Mühe gab, alles unberührt aussehen zu lassen. Aber Spike wusste Bescheid.

Er überprüfte kurz, ob etwas fehlte, aber damit rechnete er nicht. Hier hatte jemand nicht stehlen, sondern mehr über ihn erfahren wollen.

Der Gedanke störte ihn. Wer seinen Nachnamen wusste, konnte alles über seine Vergangenheit erfahren. Und er hätte das Wochenende lieber hinter sich gebracht, ohne Mad damit zu belasten. Sie hatte schon mit ihrem Bruder genug zu tun und sollte sich nicht noch darüber Sorgen machen, dass sie einen ehemaligen Sträfling eingeladen hatte.

Spike duschte kurz und ging ins Bett, doch schlafen konnte er nicht. Die ganze Zeit musste er daran denken, wie die letzte Frau, die er wirklich gemocht hatte, reagiert hatte. Er würde es nicht ertragen, wenn es mit Mad genauso lief, wenn sie in Zukunft nur noch einen Mörder in ihm sah. Oder sogar Angst vor ihm hatte.

Stöhnend wälzte er sich im Bett hin und her, als es klopfte.

„Ja?"

Die Tür öffnete sich einen Spalt.

„Kann ich kurz reinkommen?", hörte er Mads Stimme.

Hastig zog er die Decke bis zum Kinn, denn wie immer schlief er nackt. „Äh, klar."

Als sie die Tür hinter sich schloss, schaltete er die Nachttischlampe ein. Sie trug einen schwarzen Satinkimono, und ihr Haar war trocken.

Nervös ging sie im Zimmer auf und ab, als wüsste sie nicht, wie sie anfangen sollte. Spike beobachtete sie sehnsüchtig.

Schließlich blieb sie am Fußende des Bettes stehen. „Findest du mich wirklich attraktiv?"

Und wie.

„Ja. Sehr." Er konnte den Blick nicht von dem tiefen Ausschnitt abwenden, der nur von dem Gürtel am Platz gehalten wurde. „Aber keine Angst, ich kann mich beherrschen. Ich werde mich benehmen."

„Warum?"

„Warum ich mich benehmen werde?"

„Nein, warum findest du mich attraktiv?"

Stirnrunzelnd sah Spike sie an. Die Frau hatte kein Interesse an ihm, wollte aber trotzdem hören, was er an ihr mochte? Für so eitel hatte er sie nicht gehalten.

„Das spielt doch keine Rolle. Geh wieder schlafen, ja? Bis morgen."

Sie wurde blass, doch dann nickte sie und ging zur Tür. Beinah schien sie sich zu schämen. Verdammt, was ging hier bloß vor?

Spike knipste das Licht aus und legte sich wieder hin – doch dann sprang er aus dem Bett und zog sich im Dunkeln eine Jogginghose über.

Mad kam sich schrecklich dumm vor, als sie zurück zu ihrem Zimmer ging. Schon möglich, dass Spike sie am Pool begehrt hatte, aber inzwischen hatte sich das wohl wieder gelegt. Gerade eben jedenfalls war er eher genervt gewesen.

Vielleicht lag es an ihrer Naivität. Ein Mann wie er, der bestimmt schon eine Menge Frauen gehabt hatte, war an einem unerfahrenen Ding wie ihr bestimmt nicht interessiert.

Nachdem Vater und Bruder ihr jahrelang eingeredet hatten, dass sie keine richtige Frau war, nachdem ihr Amelia zweimal den Freund ausgespannt hatte, nachdem sie jahrelang auf kleinen Booten mit Männern gelebt hatte, die sie als einen der ihren ansahen, überraschte es sie einfach zu sehr, dass ein Mann sie begehrte.

Und dann ausgerechnet Spike …

Trotzdem hatte sie sich unten am Pool wirklich zu dämlich angestellt. Er musste gedacht haben, dass sie völlig schockiert war – nicht gerade ideal, wenn man den Mann eigentlich wollte.

„Mad, warte!"

Als sie sich umdrehte, sah sie Spike halb nackt über den Flur laufen. Sie beschleunigte ihre Schritte und schlüpfte in ihr Zimmer. Heute Nacht wollte sie sich damit einfach nicht mehr befassen.

Doch Spike stand im Türrahmen, bevor sie sich einschließen konnte, und betrachtete sie schweigend. Wie hypnotisiert blieb sie stehen.

Sein Blick wanderte über ihr Haar, ihren Hals, blieb dann etwas tiefer hängen. „Ich bin nicht hergekommen, um mit dir ins Bett zu gehen."

„Natürlich nicht."

„Aber ich kann es nicht ändern, ich will dich."

Mad hielt den Atem an. Hatte er das wirklich gesagt?

„Willst du immer noch wissen, was mir an dir gefällt?“, flüsterte er.

Ihr Magen kribbelte wie wild. „Ja.“

„Dann lass mich rein.“

Langsam zog sie die Tür weiter auf. Er kam herein und schloss sie hinter sich. Danach stand er eine Weile vor ihr und sah sie an, bis er schließlich flüsterte: „Wie könnte ich dich nicht wollen? Du bist wunderschön.“

Er streckte die Hand aus, nahm eine Strähne ihres Haars und ließ sie durch seine Finger gleiten. Dann berührte er ihr Gesicht, sanft strich er mit dem Daumen über ihre Wange.

Als er die andere Hand auf ihre Schulter legte, zuckte sie zusammen.

„Keine Sorge“, murmelte er. „Ich tue dir nichts.“

Die Hand noch immer auf ihre Wange gelegt, liebkoste er mit der anderen ihren Körper. Streichelte ihre Arme, ihre Taille, ihre Hüfte, den Rücken … dann wieder ihren Bauch. So sagte er ihr ganz ohne Worte, was er an ihr mochte – und es war alles an ihr.

Auf ihrem Herzen ließ er die Hand liegen, dann neigte er den Kopf und flüsterte: „Darf ich dich küssen?“

„Ja“, seufzte sie.

„Gut.“ Er legte beide Hände um ihr Gesicht. „Denn jedes Mal, wenn ich deinen Mund sehe, kann ich an nichts anderes denken.“

Dann spürte sie seine Lippen auf ihren, und bereitwillig ließ sie sich in seine Arme ziehen. Sein Kuss war langsam, zärtlich und geduldig. Sie lehnte sich an seinen großen, starken Körper, um nicht das Gleichgewicht zu verlieren.

Schließlich nahm er den Kopf ein wenig zurück. Er wirkte erregt, und auch an ihrer Hüfte spürte sie sein Verlangen deutlich.

„Hör nicht auf“, verlangte sie, schlang ihm die Arme um den Hals und zog ihn wieder an sich.

Diesmal schien der Kuss ewig zu dauern. Ihre Körper verschmolzen miteinander, und Mad spürte Spikes Hände auf ihrem Körper. Dann wurden seine Bewegungen drängender, leidenschaftlicher, hungriger.

„Mad ...“ Er zog sich zurück und drückte das Gesicht an ihren Hals. Heiß strich sein Atem über ihre Haut, und sie spürte, mit wie viel Selbstbeherrschung er sein Verlangen zügelte, um sie nicht zu erschrecken.

„Wie weit willst du gehen?“, fragte er.

Über seine Schulter hinweg blickte sie zum Bett hinüber. Sie wollte mit ihm schlafen – und trotzdem hatte sie Angst davor.

„Ich weiß nicht.“

„Dann sollten wir jetzt aufhören.“

Er ließ sie los und trat einen Schritt zurück. Sein Lächeln wirkte etwas verzerrt. „Und es ist auch besser so, denke ich. Ich bin nicht deswegen hergekommen, sondern um dir zu helfen, dieses Wochenende gut zu überstehen.“

Mad atmete tief durch. Er hatte ja recht. Sie musste verrückt sein, mit einem Mann schlafen zu wollen, den sie kaum kannte. Und dann noch bei ihrem allerersten Mal.

Er küsste seinen Zeigefinger und drückte ihn auf ihre Lippen. „Keine Sorge, wir werden die Sache nicht noch schwieriger machen, als sie schon ist.“

Nachdem er gegangen war, wanderte Mad in ihrem Zimmer auf und ab. Schließlich blieb sie vor dem Fenster stehen. Natürlich war das Haus klimatisiert, aber sie brauchte dringend frische Luft. Mit einiger Mühe bekam sie das Fenster schließlich auf, und endlich strömte die kühle Nachtluft herein, die nach den Rosen im Garten duftete.

Sie kniete sich vor das Fensterbrett, legte den Kopf auf die Arme und wünschte sich, Spike wäre geblieben.

Am nächsten Morgen zog Spike schon in aller Frühe seine Bahnen durch den Pool. Wieder hatten ihn Fantasien von Mad wachgehalten, und als er schließlich eingeschlafen war, hatte er von ihr geträumt. Verdammt, das konnte ihn in Schwierigkeiten bringen. Noch nie hatte er so für eine Frau empfunden. Dieser Kuss war wie eine Offenbarung gewesen, neben der alles, was er bisher erlebt hatte, verblasste. Es kam ihm vor, als hätte er noch nie vorher eine Frau geküsst.

Nein, das war nicht gut.

Als er seine letzte Bahn beendet hatte, stieg er aus dem Pool und trocknete sich ab. Dann legte er sich das Handtuch um den Hals und ließ den Blick über den parkartigen Garten schweifen. Alles sah aus wie mit dem Lineal angelegt, sogar die Büsche folgten strengen, geometrischen Formen.

Kein Wunder, dass Mad sich hier nicht wohlfühlt, dachte er. Sie ist zu lebendig für so viel Kontrolle.

„Du solltest dich besser beeilen, sonst gibt's kein Frühstück mehr."

Als er sich umdrehte, stolperte er fast über seine eigenen Füße. Mad stand in verwaschenen Jeans und einem blauen Polohemd vor ihm. Sie sah noch besser aus als in seinen Träumen.

„Hi."

„Genießt du die Aussicht?"

Jetzt schon. „Ein ganz schönes Schloss hast du hier."

„Oh, es war nie meins. Mein Vater hat es Richard vererbt."

Sie lächelte und deutete auf das Handtuch um seinen Hals. „Das mit dem Frühstück habe ich ernst gemeint. Wenn du was essen willst, musst du dich beeilen, die räumen hier pünktlich ab."

„Warum frühstücken wir nicht woanders?"

Er hatte wirklich keine Lust, schon wieder ihrem Bruder gegenüberzusitzen und von einem Butler bedient zu werden. Vor allem wollte er, dass Mad sich entspannte.

„Es gibt hier doch bestimmt ein Frühstückscafé?"

„Hm, ich denke, da lässt sich was machen."

Fünfzehn Minuten später saßen sie auf der Harley und fuhren in die Stadt. Das Café, zu dem Mad ihn dirigierte, war so winzig, dass die Schlange der Kunden bis auf die Straße reichte. Der Innenraum war klein, sechs kleine Bistrotische standen dicht an dicht, aber es duftete herrlich.

„Hier holen alle ihre Muffins und Hörnchen", erklärte Mad beim Reingehen. „Aber sie machen auch fantastische Waffeln."

„Wunderbar. Hauptsache, man kann viel Ahornsirup dazu essen."

Als sie sich setzten, unterdrückte Spike ein Lächeln. Wenn zwei große Menschen an einem so kleinen Tisch saßen, führte das zwangläufig dazu, dass sie sich ständig berührten. Perfekt.

„Entschuldigung", sagte Mad und zog ihre Füße zurück.

„Meinetwegen braucht es dir nicht leidzutun", erwiderte Spike leise.

Als sie ihn ansah, durchfuhr es sie beide wie ein Blitz. Innerhalb von Sekundenbruchteilen hatte er völlig vergessen, was sie hier wollten, und sein einziger Gedanke war, sie irgendwo hinzubringen, wo sie ganz allein waren …

„Hi, möchtet ihr Kaffee?"

Die Bedienung legte zwei Platzdeckchen aus grünem Papier auf den Tisch, auf denen auch das Frühstücksangebot abgedruckt war.

„Ja, gern", erwiderte er abwesend.

Die Speisekarte konnte seine Aufmerksamkeit nicht richtig fesseln. Stattdessen nahm er jede Bewegung von Mad überdeutlich war: wie sie ihr langes Haar über die Schulter zurückstrich, die Beine übereinanderschlug oder am Kragen ihres Poloshirts zupfte.

Die Bedienung brachte zwei riesige Tassen Kaffee, die fast den ganzen Tisch einnahmen. Genüsslich seufzte Mad beim ersten Schluck. Spike bestellte Waffeln mit Ahornsirup für sich.

„Was möchtest du?", fragte er.

Über den Tassenrand sah sie ihn an. „Das hier reicht mir. Na ja, vielleicht nachher noch eine zweite."

Offensichtlich war sie kein Frühstücksfan.

„Kann ich dich was Persönliches fragen?"

Mad stellte die Tasse auf ihrem Knie ab. „Klar."

„Bist du mit Richard zusammen aufgewachsen?" Spike konnte sich lebhaft vorstellen, dass der Kerl schon als Kind ein Ekel gewesen war.

„Ja. Seine Mutter und mein Vater ließen sich scheiden. Damals blieben Kinder normalerweise bei ihrer Mutter, aber das ließ mein Vater nicht zu. Später habe ich erfahren, dass er der Frau das Sorgerecht abgekauft hat."

„Und sie hat ihre Kinder einfach im Stich gelassen?"

„Ich wüsste nicht, dass Richard oder Amelia sie seitdem gesehen haben."

„Das ist ja ein Ding. Amelia ist also deine Halbschwester?"

„Ja."

„Und was ist mit deiner Mutter?"

„Sie war Vaters zweite Frau und ist gestorben, als ich vier war. Aber wenigstens kann ich mich an sie erinnern."

„Das tut mir sehr leid."

„Danke, aber es ist schon lange her."

„Wie war dein Vater so?"

Sie nahm einen großen Schluck Kaffee. „Na ja, wie Väter eben so sind."

„Wir können auch über was anderes reden", schlug er vor, als er sah, dass ihr das Thema offenbar unangenehm war.

„Nein, ist schon gut. Mein Vater war so wie Richard. Sie sehen sich ähnlich."

„Und sie ähneln sich auch sonst?"

„Na ja, ich war froh, als ich in die Vorschule kam, um von zu Hause rauszukommen. Ich habe geradezu darum gebettelt. Das lag nicht nur daran, dass Richard und mein Vater diese herabsetzende Art haben. Ich habe mich zu Hause immer wie ein Außenseiter gefühlt."

„Warum?"

„Richard und Amelia sind wie Barbiepuppen. Blond, hellhäutig, perfekt. Besonders Amelia. Sie ist eine atemberaubende Schönheit."

„Da kenne ich aber noch andere." Was ihn anging, saß er gerade einer gegenüber.

„Du hast sie noch nicht gesehen. Männer sind verrückt nach ihr. Ich dagegen war der schlaksige Wildfang, der unbedingt an der Olympiade teilnehmen wollte." Sie runzelte die Stirn. „Der Witz ist: Ich mag mich, wie ich bin. Ich liebe das, was ich tue. Aber jedes Mal, wenn ich nach Hause komme, höre ich die Stimme meines Vaters. Oder Richards."

„Also mal ganz ehrlich, dein Halbbruder ist ein nervtötender Idiot."

„Ich weiß", erwiderte sie lächelnd. „Er war immer schon so. Aber man muss ihm zugutehalten, dass Vater auch ihn sehr hart behandelt hat. Richard war schon in der Schule Klassenbester und ist ein hervorragender Geschäftsmann, aber für meinen Vater war nichts gut genug. Keiner von uns war ihm gut genug. Ich war die Sportskanone ohne Anmut, Amelia die Schönheit ohne Tiefgang. Und Richard die Intelligenzbestie ohne Muskeln. Vater sagte immer, am liebsten würde er uns zu einer Person verschmelzen, dann hätte er wenigstens ein gut geratenes Kind. Ich bin schließlich einfach gegangen. Richard dagegen versuchte, wie er zu werden."

„Und Amelia?"

Mads Gesicht verdüsterte sich. „Sie hat andere Wege gefunden, positive männliche Aufmerksamkeit zu bekommen. Aber jetzt genug von meiner Familie. Lass uns über dich reden."

Lieber nicht, dachte er.

„Das tust du nicht gern, oder?"

„Was?"

„Über dich reden."

Zum Glück kam gerade die Bedienung mit seinen Waffeln. Der Teller bedeckte fast den gesamten Tisch.

„Willst du nicht wenigstens was mitessen?"

„Nein danke."

Er nahm das randvolle Kännchen vom Tellerrand und goss großzügig Ahornsirup über das Gebäck. „Hast du schon gegessen?"

„Ich mach mir nicht viel aus Frühstück. Obwohl ich zugeben muss, dass das hier verführerisch aussieht."

Als die Bedienung gegangen war, sagte sie: „Du kannst mir vertrauen, Spike."

„Ich weiß."

„Wirklich?“

Er nickte. Es war ja nicht so, dass er ihr etwas verheimlichen wollte. Nur hatte sie im Moment schon genug Sorgen. Schließlich war er hier, um ihr zu helfen, nicht um sie noch mehr in Unruhe zu stürzen.

Als er die Hälfte seiner ersten Waffel gegessen hatte, bemerkte Mad: „Du solltest etwas wissen. Es geht um letzte Nacht.“

Er ließ die Gabel sinken und sah sie an. „Ja?“

Unglaublich, wie wunderschön sie war, wenn sie rot wurde.

„Ich wollte, dass du bleibst“, sagte sie leise.

„Das wollte ich auch“, gab er zu.

„Aber ich bin kein Typ für eine Nacht.“

„Das hatte ich auch nicht angenommen.“ Genau das war es ja, was ihn an ihr so sehr beeindruckte.

„Vor allem deshalb, weil ich …“

„Madeline? Sind Sie das?“

Stirnrunzelnd sah Spike den dunkelhaarigen Mann an, der auf ihren Tisch zusteuerte. Er trug eine teure Markensonnenbrille und eine goldene Rolex zu Kakishorts und weißem Sporthemd.

„Mick!“, rief Mad erfreut. „Was machen Sie denn hier?“

Das fragte Spike sich auch.

Mad stand auf und begrüßte ihren Anwalt, der, wie sich herausstellte, ein altes Haus im Ort gekauft und renovieren lassen hatte.

„Haben Sie schon mit Richard gesprochen?“, fragte er schließlich.

„Nein, ich bin gestern erst angekommen, aber ich bringe es bald hinter mich, versprochen.“

„Wenn Sie mich brauchen, erreichen Sie mich unter dieser Nummer.“ Er notierte sie auf der Rückseite seiner Visitenkarte und reichte sie ihr.

„Er ist fantastisch“, murmelte sie, als sie sich wieder setzte.

„Ach ja?“, fragte Spike etwas missmutig.

„Ja, er ist der Beste in seinem Fach.“

„Und woher kennst du ihn?"

„Durch Sean. Ich bin dieses Wochenende nur hergekommen, weil ich Richard die Kontrolle über meine Anteile entziehen will. Mick berät mich dabei als Anwalt."

Sie sah zu, wie Spike den Rest seiner Waffeln aß, und betrachtete dabei die Tattoos an seinem Hals. Gestern Nacht hatte sie sie mit den Fingerspitzen berührt …

Als die Rechnung kam, gab Spike der Bedienung fast zehn Dollar Trinkgeld.

„Das war großzügig", bemerkte Mad bewundernd, als sie hinausgingen.

„Hast du eine Ahnung, wie hart das Leben als Bedienung ist?", fragte er. „Wahrscheinlich nicht, oder?"

Es klang nicht missbilligend, aber es tat trotzdem weh.

„Nein, als Bedienung habe ich nie gejobbt", sagte sie. „Aber ich weiß alles darüber, wie man ein Deck schrubbt, bis einem die Hände bluten."

Spike verzog das Gesicht. „Tut mir leid, das ist mir so rausgerutscht."

„Schon gut."

Aber das war es nicht wirklich. Als sie zum Motorrad kamen, fragte sie: „Würdest du anders von mir denken, wenn ich nicht aus einer reichen Familie käme?"

„Nein, ich würde trotzdem mit dir befreundet sein wollen." Er reichte ihr den Helm.

Befreundet … Letzte Nacht hatte er mehr gewollt.

Egal, sagte sie sich. Männer schliefen auch mit Frauen, mit denen sie nur befreundet waren. Das hatte sie bei ihren Crewmitgliedern oft genug erlebt. Aber etwas wollte sie doch wissen.

„Bist du im Moment mit jemandem zusammen?"

Spike schwang sich in den Sattel. „Mit einer Frau, meinst du? Nein."

Sein Gesichtsausdruck war dabei so neutral, seine Stimme so beiläufig, dass ihr endlich dämmerte, was mit ihm los war.

Spike hatte ein Geheimnis.

So gesellig er sich auch auf Seans Party gegeben hatte – er hinterließ keine Spuren und erst recht keine Informationen. Wenn er so gelangweilt aussah wie jetzt, gehörte das zu seiner Deckung. Er wollte den Eindruck erwecken, dass es an ihm nichts Interessantes oder Wissenswertes gab.

Sicher, er hatte ihr von seinen Eltern erzählt, aber das wohl nur, weil es für ihn keine große Bedeutung hatte.

„Wann hattest du das letzte Mal eine längere Beziehung?“, fragte sie geradeheraus.

Stirnrunzelnd schob er die Maschine vom Ständer. „Was? Ach, das ist Jahre her.“

Mad legte ihm die Hand auf den Arm, damit er den Motor nicht startete. „Was ist passiert?“

„Wir sind irgendwann einfach wieder auseinandergegangen“, erwiderte er achselzuckend. „Ich bin nicht besonders gut in Beziehungen, deshalb fange ich erst gar keine mehr an.“

Er beendete das Gespräch, indem er den Motor anließ. Als Mad den Helm aufsetzte und aufstieg, bemerkte sie, wie angespannt er war. Offenbar gefiel ihm das Thema nicht. Gerne hätte sie gewusst, warum, aber schon jetzt war sie ziemlich tief in seine Privatsphäre eingedrungen.

Vielleicht lag seine Abwehrhaltung ja auch daran, dass sie sich erst ein paar Tage kannten? Vielleicht brauchte er Zeit, um sich für solche Themen zu öffnen.

Dass er keine festen Beziehungen suchte, war kein Wunder, schließlich konnte er jede Frau haben, die er wollte.

Für sie war der Kuss letzte Nacht etwas ganz Besonderes gewesen, aber für ihn gehörte das wohl einfach dazu. Der Gedanke versetzte ihr einen Stich, und sie drückte sich enger an ihn und verschränkte die Hände vor seinem Bauch.

Er konnte schnell eine andere finden, aber sie würde diese Leidenschaft nicht so schnell wieder erleben. Aber jetzt war er nun mal bei ihr. Das ganze Wochenende lang.

Und war das Leben nicht dazu da, gelebt zu werden?

Beim Mittagessen fiel Spike auf, dass Mad wieder nichts aß. Sie saßen mit Richard und Penelope in einem sonnigen Wintergarten und unterhielten sich über New Yorker Spitzenrestaurants. Die ganze Zeit hatte Mad das Essen auf ihrem Teller hin- und hergeschoben, hatte aber nichts angerührt.

Auch den vom Butler angebotenen Obstteller zum Nachtisch lehnte sie ab, stattdessen verlangte sie ein zweites Glas Eistee.

Dabei hatte sie schon zum Frühstück zwei Riesenbecher Kaffee gehabt ... offenbar lebte sie von Koffein.

Penelope legte ihre Serviette neben den Teller und stand auf. „Bitte entschuldigt mich, ich muss mich für den Golfklub fertigmachen."

„Wir treffen uns in zwanzig Minuten vorne", sagte Richard.

Lächelnd tätschelte sie ihm die Hand. „Ich werde pünktlich sein."

Jetzt nahm Richard Spike ins Visier. „Würden Sie mich einen Moment mit meiner Schwester allein lassen?"

Spike schaute zu Mad und hob fragend eine Augenbraue. Als sie den Kopf schüttelte, lehnte er sich im Stuhl zurück und machte es sich bequem.

Ganz offensichtlich war Richard verärgert, aber schließlich zog er doch eine ledergebundene Aktenmappe unter seinem Stuhl hervor. Er legte einen Füller darauf und schob sie zu Mad hinüber.

„Was ist das?"

„Ich habe dir einen Gefallen getan. Das hier bestätigt den Status quo für deinen Trust. Meine Sekretärin hat Post-its an die Stellen geklebt, wo du unterschreiben musst, für den Fall, dass du nicht weißt, wofür die gestrichelten Linien auf der letzten Seite sind."

Hölle und Teufel, dachte Spike. Niemand durfte so mit Mad reden, jedenfalls nicht, wenn er dabei war.

Er wollte schon eingreifen, doch Mad legte ihm eine Hand auf den Arm.

„Richard, ich muss dir etwas sagen."

„Dann solltest du mit einem Foto von mir reden." Richard stand auf und sah auf die Armbanduhr. „Ich gehe jetzt Golf spielen. Ach ja, wir haben heute Abend Gäste. Sie kommen um sechs. Bitte sei pünktlich. Diesmal wirst du ja wohl kaum im Stau stehen."

„Bitte hör mir zu ..."

Aber Richard drehte ihr den Rücken zu und ging zur Tür. Über die Schulter sagte er: „Ich will, dass du die Papiere gleich unterschreibst, damit ich sie meinem Anwalt per Kurier schicken kann. Danke."

Mad sprang auf. „Richard!"

Ihr Halbbruder blieb stehen und drehte sich auf dem Absatz um. Sein Gesicht wirkte versteinert, offenbar hatte er diesen Tonfall noch nie von Mad gehört.

Jetzt kommt der Showdown, dachte Spike.

„Verzeihung?", sagte Richard.

„Ich werde das nicht unterschreiben."

„Wie bitte?"

„Im Gegenteil, ich bin dabei, dir die Kontrolle über meine Anteile zu entziehen."

Für einen Augenblick blitzten Richards Augen wütend auf, dann wirkte sein Gesicht wieder völlig reglos. „Warum solltest du das wollen?"

„Weil es Zeit ist, dass ich meine Anteile selbst verwalte. Das ist alles."

„Und wieso gerade jetzt?"

„Weil es jetzt geht."

„Du hast doch vom Geschäft keine Ahnung."

„Ich werd's lernen."

„Wie denn? Auf einem deiner Boote?"

„Ja."

„Du bist dir aber schon im Klaren, dass Value Shop ein Milliarden-Dollar-Unternehmen ist."

„Das spielt doch keine Rolle. Es könnte auch ein Kramladen sein, die Anteile gehören mir und ich will sie selbst verwalten."

„Du hast kein Recht auf eine Stimme im Aufsichtsrat. Du kannst ja nicht mal eine Bilanz lesen. Warum bleibst du nicht auf dem Meer, wo du hingehörst, und überlässt das Geschäft den Leuten, die sich damit auskennen?"

Jetzt konnte Spike doch nicht mehr schweigen.

„Wie wär's, wenn Sie sich im Tonfall mäßigen, Kumpel?"

„Könnten Sie mir den Gefallen tun und sich da raushalten", zischte Richard.

„Wie gesagt, reden Sie ordentlich mit ihr."

„Ist schon gut", sagte Mad. „Ganz gleich, was er sagt, es wird nichts ändern."

Nach langem Schweigen sah Richard Spike durchdringend an. „Ah, jetzt verstehe ich, warum Sie mit ihr hergekommen sind."

Spike fragte sich, welche falschen Schlussfolgerungen der Mann gezogen hatte.

„Du kannst deinem Anwalt ausrichten, dass er auf den Kurier nicht warten muss. Ich werde das nicht unterschreiben, sondern meine Sachen packen und abreisen. Ich bin sowieso nur gekommen, um dir das mitzuteilen", sagte Mad und schob die Hände in die Taschen.

„Es ist noch nicht vorbei", sagte Richard eisig.

„Das glaubst du."

Wieder schwieg Richard, dann sagte er: „Hör zu, warum bleibst du nicht bis zum Abendessen? Der Vorsitzende des Aufsichtsrates kommt. Oder noch besser, bleib bis Montag, da halte ich das Picknick für alle Anteilseigner."

„Warum sollte ich? Damit du mich vor ihnen bloßstellen kannst? Ich werde meine Meinung nicht ändern."

„Dann hast du ja nichts zu verlieren, oder? Wenn du mich in der Hand hast, kannst du ja auch den Vorsitzenden kennenlernen. Du bist ihm nie begegnet, oder? Wenn du nicht nur dem Namen nach Anteilseigner sein willst, wäre es schon gut, wenn du den Mann am Kopfende des Konferenztisches kennst, nicht wahr?"

Richard wirkte jetzt wieder völlig gelassen, doch als alter Pokerspieler erkannte Spike die Zeichen seiner Anspannung.

„Kontrollierst du noch immer Amelias Anteile?", fragte Mad.

„Ja, und sie hat sich nie darüber beschwert. Du übrigens auch nicht. Bis jetzt." Wieder schaute Richard Spike an. „Ein erstaunlicher Sinneswandel." Er sah auf die Uhr. „Ihr könnt es euch ja noch überlegen. Aber wenn ihr abreist, dann sagt bitte dem Butler Bescheid, damit wir keine leeren Gedecke auf der Tafel haben. Und denk daran, jede Aktion führt zu einer Reaktion. Das solltest du dir gut überlegen, bevor du versuchst, es mit mir aufzunehmen, Schwester."

Als Richard hinausgegangen war, ließ sich Madeline wieder in ihren Stuhl sinken. Mit einem tiefen Seufzen schlug sie die Hände vors Gesicht.

Spike beugte sich zu ihr hinüber, legte ihr die Hand auf den Rücken und massierte ihre Schulter. Ihr Körper zuckte, als hätte sie einen Schluckauf.

„Tut mir leid, dass es so gelaufen ist", sagte er.

Langsam hob sie den Kopf, und verblüfft bemerkte er, dass sie lachte.

„Ich hab's geschafft! Ich habe ihm die Stirn geboten!" Sie kicherte übermütig. „Und natürlich bleiben wir zum Abendessen. Ich will diesen Vorsitzenden kennenlernen!"

Spike erwiderte ihr Grinsen, doch dann wurde er wieder ernst. Er wollte ihr sagen, wie stolz er auf sie war. Und sie dann küssen.

Ihr gelöstes Lachen berührte ihn tief, und er spürte, wie er sich immer mehr zu ihr hingezogen fühlte.

Nein, ich werde mich nicht in sie verlieben, sagte er sich streng. Das ist besser für sie und für mich.

5. KAPITEL

Neben seinen vielen anderen Attributen hielt sich Richard Maguire zugute, ein exzellenter Schachspieler zu sein. Also würde Madelines kleine Rebellion ihm keine Probleme bereiten.

Es war Punkt fünf, als Richard den Wagen in der Einfahrt parkte. Der Golfnachmittag war hervorragend verlaufen, und er hatte den Präsidenten von Organi-Foods fast da, wo er ihn haben wollte. Nun musste er nur noch seinen konservativen Aufsichtsrat davon überzeugen, wie wichtig die Expansion war.

Deshalb wollte er auch unter keinen Umständen, dass Madeline ihr Stimmrecht ausübte. Am Ende war sie dumm genug, gegen ihn zu stimmen, nur um ihn zu ärgern.

Und wie kam sie überhaupt dazu, sich plötzlich gegen ihn aufzulehnen? Bestimmt stand sie unter dem Einfluss dieses dubiosen Kochs. Wenn Mad die Kontrolle über ihre Anteile übernahm, konnte sie sie auch verkaufen – und hatte dann Bargeld. Das könnte sie zum Beispiel in ein New Yorker Restaurant investieren …

Früher hätte Mad nie gewagt, ihm die Stirn zu bieten. Er musste etwas unternehmen.

Richard ging in sein Büro und wählte die Nummer seines New Yorker Anwalts. Dem gab er die Daten aus Spikes Brieftasche durch, die er am Vorabend umsichtigerweise besorgt hatte, und wies ihn an, alles über den Mann herauszufinden. Dann teilte er ihm die unangenehme Neuigkeit mit, dass Madeline ihr Stimmrecht selbst ausüben wollte.

„Wenn wir einen Richter überzeugen können, dass sie geschäftlich inkompetent ist, wird ihr die Kontrolle wieder entzogen“, beruhigte ihn sein Anwalt.

„Das ist mir klar, also machen Sie sich an die Arbeit“, befahl Richard. „Und finden Sie alles über diesen Spike heraus. Er ist ein Koch, der mit dem Geld meiner Schwester ein Restaurant eröffnen will. Muss ich noch mehr sagen?“

Nach dem Telefonat zog Richard sich um und lächelte dabei in sich hinein. Heute Abend würde Madeline Charles Barker, den Aufsichtsratsvorsitzenden, kennenlernen. Sie würde keinen großen Eindruck auf ihn machen, denn schließlich war sie keine besonders interessante Frau: Sie kleidete sich nachlässig und kannte sich eigentlich nur im Sport gut aus. Und nicht einmal das hatte viel zu sagen, weil Segeln eine Randsportart war.

Madeline würde also bei dem Treffen schnell an Boden verlieren und erkennen, dass es besser war, Richard die Kontrolle zu überlassen. Allerdings musste er unbedingt diesen Spike loswerden. Aber das sollte nicht schwierig sein …

Er ging wieder zum Telefon und wählte die Nummer seiner Schwester Amelia, darauf gefasst, nur den Anrufbeantworter zu hören. Stattdessen meldete sie sich selbst.

„Du bist zu Hause?"

„Richard. Wie geht es dir?"

„Ich dachte, du wolltest verreisen?"

„Hatte ich auch vor, aber ich habe meine Pläne geändert."

„Sehr gut. Ich will, dass du nach Greenwich kommst. Du solltest über die Feiertage nicht allein sein."

„Du hast mich schon länger nicht mehr eingeladen", sagte sie zögernd.

„Dein Terminkalender ist doch immer voll. Wann hast du schon mal Zeit? Also, kommst du?"

„Ja, ist gut. Ich bin morgen früh da."

Lächelnd legte Richard auf. Amelia war eine gute Schwester. Nach dem Tod ihres Vaters hatte sie ihm sofort die permanente Kontrolle ihrer Anteile überschrieben, da sie, im Gegensatz zu Madeline, schon volljährig war und selbst darüber entscheiden konnte. Im Gegenzug gewährte Richard ihr ein großzügiges monatliches Taschengeld und investierte ihr restliches Vermögen. Dafür war sie ihm dankbar, und sie hatte allen Grund dazu: Inzwischen hatte sich ihr Besitz weiter vermehrt, obwohl sie das Geld mit vollen Händen ausgab.

Und in der jetzigen Situation konnte sie ihm durchaus nützlich sein. Richard war nicht entgangen, wie bewundernd Madeline diesen Spike ständig ansah. Offenbar war sie ziemlich verliebt in ihn, und es gab kein sichereres Mittel, Madeline und einen Mann auseinanderzubringen, als Amelia.

Ja, das Leben war ein Schachspiel. Man musste nur die richtigen Züge machen.

Beim geselligen Zusammensein vor dem Abendessen konnte Spike seine Augen nicht von Mad abwenden. Sie trug wieder das eng anliegende schwarze Strickkleid, das ihre Formen so gut zur Geltung brachte, und das Haar floss ihr offen über den Rücken.

Seltsamerweise schien sie keine Ahnung zu haben, wie schön sie war. Sie bemerkte die bewundernden Blicke der anderen einfach nicht. Wie unbarmherzig mussten die Männer in ihrer Familie ihr eingeredet haben, dass sie unattraktiv war! Spike wurde wütend bei dem Gedanken.

„Da kommt Richard“, murmelte sie.

Richard hatte den Raum betreten, neben ihm ein Mann, denn Mad noch nie gesehen hatte.

„Madeline, darf ich dir meinen Aufsichtsratsvorsitzenden Charles Barker vorstellen“, sagte Richard.

Der Mann sah genauso aus, wie man sich einen Aufsichtsrat vorstellte: weiße Haare, randlose Brille, trotz der Wärme trug er einen dunklen Nadelstreifenanzug.

Mad streckte ihm ihre Hand entgegen. „Freut mich sehr, Mr Barker.“

„Nennen Sie mich Charles.“ Er lächelte. „Sie segeln, habe ich gehört? Kennen Sie zufällig meinen Sohn Charles?“

„Sie sind Chuck Barkers Vater?“, rief Mad erfreut.

„Allerdings. Sie haben von ihm gehört?“

„Aber sicher! Chuckie ist ein hervorragender Steuermann. Waren Sie dabei, als er und sein Team letztes Jahr das Memorial Day Rennen vor Newport gewonnen haben?“

Der Vorstandsvorsitzende lachte überraschenderweise laut auf und strahlte vor Stolz. „Das war ich! Wir haben dort ein Haus.“

„Das war so spannend – ich dachte schon, Chuckie würde kentern, aber dann hat er es doch noch geschafft. Er wird mal ein ganz Großer.“

Die beiden tauschten Seglerlatein aus, während Richard ungeduldig danebenstand.

„Und was haben Sie als Nächstes vor?“, fragte Barker schließlich.

„Sie will in den Aufsichtsrat“, warf Richard ein. „In der Freizeit.“

Der Vorsitzende hob eine Augenbraue. „Das ist aber ein ganz anderes Gebiet.“

Mad nickte. „Stimmt. Aber ich interessiere mich für die Firma.“

„Tja, es kann spannend sein, aber auch sehr mühselig. Allein der monatliche Finanzbericht ist so dick wie ein Telefonbuch.“

Richard lächelte. „Das habe ich ihr auch schon gesagt.“

Ach ja, wann denn? dachte Spike bitter.

Kopfschüttelnd legte Barker Mad die Hand auf die Schulter. „Jedenfalls ist es weit weniger aufregend als das Meer“, bemerkte er und warf Richard einen Blick zu. „Du kannst es ihr doch sicher ermöglichen, weiter zu segeln?“

Richard nickte bedächtig. „Ja, das wäre das Beste für alle. Und ich weiß, dass Madeline uns bei unseren Konferenzen nicht aufhalten wollen würde, während sie versucht, das Wesentliche zu lernen.“

„Du wirst überrascht sein, wie schnell ich bin“, erwiderte Mad lächelnd.

Charles lachte. „Oh, das wissen wir. Ich habe Sie und Alex Moorehouse im America’s Cup gesehen. Bleiben Sie bei den Booten! Ihr Land braucht Sie. Wir müssen den Pokal behalten.“

Mad öffnete den Mund, doch jemand trat auf Barker zu und stellte sich vor. Als der Vorsitzende sich abwandte, sagte Richard:

„Charles hat recht. Bleib bei dem, was du kannst, Madeline. Das wir dir mehr Freude machen."

Damit ließ er sie stehen.

Nachdenklich schaute Mad ihm hinterher. „Er wird als Argument anführen, dass ich nicht kompetent genug bin, um meine Stimme selbst zu vertreten, und Barker wird ihn darin unterstützen. Ein Glück, dass ich Mick Rhodes habe, kann ich da nur sagen."

Kurz darauf setzten sie sich zum Abendessen, und obwohl Spikes Tischdame eine wirklich unterhaltsame ältere Lady war, konnte er den Blick nicht von Mad abwenden. Wieder aß sie kaum zwei Bissen, trotzdem schaute er die ganze Zeit auf ihren Mund und dachte daran, wie es wäre, sie zu küssen. Oder ihr das Kleid vom Körper zu streifen.

Da ein Gewitter angesagt war, wurde der Kaffee in der Bibliothek serviert. Als sie hinübergingen, hielt Spike Mad an der Tür auf.

„Wie wär's mit etwas frischer Luft?" Er merkte selbst, wie rau seine Stimme klang, und er versuchte sich einzureden, dass er sie nicht nur deshalb nach draußen lotsen wollte, um sie wieder zu küssen.

„Lass uns gehen", erwiderte sie lächelnd. Offensichtlich ahnte sie nicht, was in ihm vorging.

Sie spazierten auf die Terrasse und dann weiter auf den Rasen hinaus. Überall schwirrten Glühwürmchen umher. Der laue Wind trug den Duft von Gartenblumen heran.

„Diese ganze Sache mit Richard bringt mich zum Nachdenken", sagte sie.

„Du schlägst dich großartig."

„Ja, das finde ich auch. Und es erinnert mich daran, dass es schon andere Herausforderungen gab, von denen ich zuerst dachte, ich könnte sie nicht meistern."

Sie ging ein Stück voraus, und sein Blick hing an ihren Hüften. Als sie unvermittelt stehen blieb, stieß er mit ihr zusammen und schmiegte sich dabei instinktiv eng an sie.

Sie gab einen überraschten Laut von sich, und er trat sofort einen Schritt zurück. „Entschuldigung."

Wie sehr er sie wollte! Das hatte sie jetzt wohl auch gespürt …

„Bist du schon mal ins Meer gefallen?", fragte sie leise über die Schulter.

„Nein." Es fiel ihm schwer, jetzt überhaupt ans Meer zu denken.

„Ich schon. Mitten in einem Sturm. Ich hatte eine Schwimmweste an und einen Signalgeber dabei."

Obwohl sie im Erzählton sprach, blieb ihm fast das Herz stehen.

„Das Boot ist ohne mich weitergefahren. Ich habe zugesehen, wie es immer kleiner wurde."

Die Vorstellung, wie Mad ganz allein im Meer trieb, ließ ihn erschauern.

„Weißt du, was ich gemacht habe?", fragte sie.

„Was?" Lieber Himmel …

„Ich habe den Signalgeber und das Blinklicht an der Schwimmweste angeschaltet und gewartet."

Spike atmete etwas auf.

„Und sie haben mich gefunden. Acht Stunden später."

Acht Stunden? „Großer Gott, Mad."

„Ich dachte, ich würde sterben. Und nachdem die erste Angst verflogen war, konnte ich das annehmen. Weil mir klar wurde, dass ich das getan hatte, was ich wollte. Ich hatte herausgefunden, was mich wirklich erfüllt, und war gut darin. Ich hatte mein Leben voll gelebt."

Spike schluckte. „Wie lange ist das her?"

„Zwei Monate."

„Herrgott, da kannten wir uns schon!"

Der Gedanke, dass Mad in dieser Zeit in Lebensgefahr gewesen war, ließ ihn frieren.

„Du hast mich beim Abendessen beobachtet."

Gegen seinen Willen wurde er rot. „Ich …"

„Du hat mich nicht aus den Augen gelassen. Jedes Mal, wenn ich zu dir hinübersah, ruhte dein Blick auf mir. Oder besser gesagt auf meinen Lippen.“

Er räusperte sich. „Mad, ich ...“

„Ich will mit dir schlafen. Heute Nacht.“

Über ihre Schulter hinweg sahen sie sich in die Augen. Er spürte, dass er mehr als bereit war für sie. Ihr Gesicht spiegelte Entschlossenheit – und Begehren.

Und er würde sie nicht abweisen. Das konnte er einfach nicht, auch wenn er sie nicht verdiente und sie keine Zukunft hatten.

Er drückte sich wieder von hinten an sie. Langsam schob er ihr langes Haar zur Seite, um ihren Nacken zu küssen. „Sag das noch mal“, verlangte er heiser.

„Ich will mit dir schlafen“, flüsterte sie.

„Wann?“, drängte er, biss ihr spielerisch in den Hals und drückte dann einen Kuss auf die Stelle.

„Heute Nacht ...“

Langsam ließ er die Hand ihren Hals hinauf zum Mund wandern und streichelte ihre Unterlippe. „Wie wär's mit jetzt gleich?“

Sie wandte den Kopf, und sie küssten sich lange und zärtlich.

„Lass uns in mein Zimmer gehen“, schlug er vor und küsste sie erneut. Dann ließ er seine Zunge zwischen ihre Lippen gleiten. Als er dort auf ihre Zungenspitze traf, stöhnte er auf.

Wenn das so weiterging, würde er gleich hier auf dem Rasen mit ihr schlafen ...

„Du musst aber noch was wissen“, murmelte sie.

„Was denn?“ Er strich mit der Hand über ihre Schultern, die Brüste, ihren flachen Bauch ...

„Ich bin noch Jungfrau.“

Erschrocken hielt er inne. Zuerst dachte er, dass ein Mann wie er es auf keinen Fall verdiente, für eine Frau wie Madeline der Erste zu sein.

Doch dann kam ihm ein zweiter, noch viel mächtigerer Gedanke: Ich will nicht nur der Erste, sondern der Einzige für sie sein. Für immer.

Das kam so überraschend, dass er überwältigt schwieg und Madeline freigab. Verwirrt trat er einen Schritt zurück.

Was tat er da bloß? Madeline war keine Frau für eine Nacht oder ein Wochenende, also musste er sich sowieso schon dafür schämen, dass er sie wollte. Aber dass sie auch noch Jungfrau war und keine Ahnung von seiner Vergangenheit hatte, machte es völlig unmöglich.

Du wirst sie in Ruhe lassen, befahl er sich streng. Diese Frau ist nicht für dich gemacht.

Nun ja, vielleicht hätte ich etwas weniger direkt sein sollen, dachte Mad. Aber angesichts von Spikes entsetztem Gesichtsausdruck hätte auch eine blumige Umschreibung wohl nicht viel genutzt.

Sprachlos starrte er sie an. Sie hielt seinem Blick stand, bis sie das Schweigen nicht länger ertragen konnte.

„Hör zu, ich weiß, dass wir nur dieses Wochenende haben, aber ich wollte es dir einfach vorher sagen, damit du nicht überrascht bist, wenn wir …"

Er trat noch einen Schritt zurück. „Also, ich weiß nicht …"

„Eigentlich sollte es nichts ändern, oder? Ich bin erwachsen, du bist erwachsen, und wir leben im 21. Jahrhundert."

Am Horizont zuckte ein Blitz.

„Aber wieso ich?", fragte er leise.

„Wieso nicht du? Ich will dich."

Verlegen räusperte er sich. „Mad, ich …"

Sie lachte, aber ihr Lachen klang unecht. „Schon gut. Ich kann verstehen, wenn du keine Lust hast, mit einer Jungfrau …"

„Das ist es doch nicht. Aber ich sollte einfach nicht der Erste sein."

Kopfschüttelnd sah sie ihn an. „Moment. Wenn du nicht willst, okay. Aber spiel jetzt nicht den edlen Ritter. Ich kann sehr gut selbst entscheiden, was und wen ich will."

„Es gibt Dinge, die du nicht über mich weißt …"

„Ja und? Du weißt auch vieles über mich nicht. Was ist meine

Lieblingsfarbe? Wann habe ich Geburtstag? Das spielt doch keine Rolle. Na ja, eigentlich sollte es schon eine spielen, aber bei dir macht mir das einfach nichts aus. Du bist hier, ich will dich, und das reicht mir. Deine Vergangenheit ist mir egal. Ich mag den, der du jetzt bist. Ich mag es, dass du der Bedienung heute Morgen ein riesiges Trinkgeld gegeben hast … dass du ein verrücktes Motorrad fährst … dass es dir nichts ausmacht, wenn ich dich beim Schwimmen überhole … und …“

Ein Regentropfen traf ihr Gesicht.

„Herrje, ich rede und rede“, murmelte sie, als er immer noch nichts sagte. „Komm, lass uns reingehen, sonst werden wir nass.“

Sie drehte sich um und ging zum Haus. Er folgte ihr, doch diesmal spürte sie seinen Blick nicht auf ihrem Körper.

Als sie die Terrasse erreichten, regnete es in Strömen. Mad hatte keine Lust, die Gäste wiederzusehen, also ging sie die Treppe hinauf zu ihrem Zimmer. Spike folgte ihr.

Draußen tobte jetzt das Gewitter mit voller Kraft.

„Was ist mit deinem Motorrad?“, fragte sie auf dem Flur.

„Der Butler hat mir erlaubt, Bette in die Garage zu stellen.“

„Gut.“ Halbherzig hob sie die Hand. „Na dann … gute Nacht.“

„Gute Nacht, Mad.“

Langsam ging sie den Flur entlang, obwohl sie schon wusste, dass er sie nicht aufhalten würde.

In ihrem Zimmer stand das Fenster noch offen und es regnete herein. Sie wischte das Wasser auf, schloss das Fenster aber nicht. Wie schön wäre es gewesen, mit Spike den Naturgewalten zuzusehen!

Stattdessen fühlte sie sich miserabel. Nach einer kurzen Dusche streifte sie ein langes T-Shirt über und schlüpfte ins Bett. Einsam starrte sie in den blitzdurchzuckten Nachthimmel, bis sie schließlich einschlief.

6. KAPITEL

Später in der Nacht fühlte Mad eine Hand auf ihrer Hüfte und schrak hoch.

„Ich bin's", flüsterte Spike.

„Was machst du …" Als sie versuchte, sich herumzudrehen, spürte sie seinen Körper an ihrem. Er lag in ihrem Bett – und nicht nur auf der Decke, sondern darunter. Er trug ein T-Shirt und seine Jogginghose.

Als er sie an sich drückte, spürte sie seine harte Männlichkeit an ihren Schenkeln, und ein Hitzestrom durchfloss sie. Langsam schob er die Hand unter ihr T-Shirt, und sie stöhnte auf. Er strich über ihren Bauch, küsste dann ihren Hals. „Hast du was zur Verhütung hier?"

Überrascht riss sie die Augen auf. Dann war das hier wohl doch kein Traum, oder? Sie drehte den Kopf und sah ihn an. War er wirklich gekommen, um … Seine Augen brannten vor Leidenschaft.

„Wieso hast du es dir anders überlegt?", flüsterte sie.

Er gab ihr etwas Raum, sodass sie sich umdrehen konnte, strich ihr das Haar aus dem Gesicht und küsste sie leicht auf den Mund.

„Wegen etwas, was ich vor ein paar Monaten deinem Captain Alex gesagt habe – dass man im Leben selten genug etwas Wunderbares findet und es deshalb nicht einfach so verstreichen lassen darf."

Wieder küsste er sie. Auf die Schulter. Den Hals. Das Kinn. „Ich will dich so sehr, dass ich nicht schlafen kann. Und wenn dir das Heute genügt, dann lass uns diese Nacht genießen. Wenn du noch willst …"

„Ja. Oh ja …"

Er schob die Hand unter ihrem T-Shirt hinauf, bis sie auf ihrer Brust lag, hielt dann inne. „Aber ich will dir nicht wehtun."

„Das vergeht ja schnell", murmelte sie.

„Ich rede nicht nur vom Sex."

Zärtlich legte sie eine Hand auf seine Wange. „Ich weiß. Aber ich habe nicht vergessen, was du gesagt hast. Du willst keine feste Beziehung."

„Ich wünschte, ich wäre anders. Oder die Umstände. Aber ich bin wirklich glücklich über diese Nacht."

Langsam streichelte sie seinen Rücken, genoss das Spiel seiner starken Muskeln unter ihren Händen. Als sie an das Tattoo dachte, beschloss sie, dass es zu dunkel im Zimmer war.

„Ich will dich sehen", flüsterte sie und knipste die Nachttischlampe an.

Spike wurde rot. „Mad, bevor wir weitermachen ... Hast du irgendwas hier?"

„Oh. Nein."

Seine streichelnden Bewegungen wurden langsamer. „Auch nicht schlimm. Wir müssen ja nicht ..."

„Du brauchst dir keine Sorgen machen. Ich kann nicht schwanger werden."

„Ach so, du nimmst die Pille?"

„Nein. Ich bekomme meine Periode nicht. Wegen meines Trainings- und Ernährungsplans."

Zweifelnd schaute Spike sie an. „Aber das ist nicht gesund, oder?"

„Das passiert vielen Athletinnen. Und es hält nur so lange an, wie man an Wettkämpfen teilnimmt. Irgendwann werde ich mit den Regatten aufhören, dann regelt sich das von selbst wieder."

Unter seinem forschenden Blick wurde sie rot. Bis jetzt hatte sie sich nie etwas dabei gedacht, weil es anderen Frauen im Sport auch so ging. Doch Spike schien es nicht normal zu finden.

„Du brauchst dir also keine Sorgen zu machen", wiederholte sie. „Küsst du mich jetzt endlich?"

Er zögerte, und sie befürchtete, er wolle weiterreden, doch dann neigte er den Kopf und küsste sie sanft auf den Mund. Ohne Eile vertiefte er den Kuss. Ihre Zungenspitzen trafen sich und begannen einen langsamen, verführerischen Tanz.

Erst nach einer ganzen Weile schob er ihr T-Shirt nach oben.

„Oh, Mad … du bist so schön."

Er ließ die Hand über ihren Bauch hinauf zu ihren Brüsten wandern. Dann beugte er sich über sie und umschloss eine ihrer Brustspitzen mit den Lippen. Seufzend drückte sie seinen Kopf noch enger an sich. Sie wollte mehr, immer mehr von ihm.

Die wunderbaren Gefühle, die er ihr bescherte, waren so neu für sie, dass sie nicht protestierte, als er ihr den Slip abstreifte. Doch als er die Hand zwischen ihre Schenkel schob, zuckte sie zusammen.

„Ist das okay?", fragte er rau und zog die Hand zurück.

„Ja … oh ja. Ich war nur überrascht."

Wieder berührte er sie, dieses Mal so leicht, dass er ihre Haut kaum spürte. Trotzdem durchfuhr ihn ein lustvoller Schauer.

„Mad", stöhnte er. „Oh … Mad." Er küsste sie leidenschaftlich.

Mad versuchte, die Hände zwischen ihre Körper zu schieben, um ihm dieselben heißen Gefühle zu bescheren. Aber er hielt sie fest und ließ es nicht zu.

„Nein, fass mich nicht an."

„Aber warum nicht?"

„Ich will nicht die Kontrolle verlieren. Das hier soll vor allem für dich schön sein."

Wieder küsste er sie und streichelte dabei ihre geheimste Stelle. „Du bist so warm und weich … ich werde noch ganz verrückt."

Sie genoss den bewundernden Ausdruck in seinen goldenen Augen und das Bewusstsein, dass sie verantwortlich war für seinen schnellen Atem und pochenden Herzschlag.

Dann änderte er unvermittelt den Rhythmus seiner Berührungen. Mad sog heftig den Atem ein und klammerte sich an seinen Schultern fest. Die bisher zarten Empfindungen steigerten sich zu einem drängenden Ziehen. Überwältigt warf sie sich hin und her, als die Hitze in ihrer Mitte sich immer weiter ausbreitete und ihren Körper wie Lava durchfloss.

„Lass es zu", drängte Spike. „Lass dich gehen."

Sie hätte es sowieso nicht verhindern können. Spike wusste genau, wie er ihre Lust noch steigern konnte, und als sie den Höhepunkt erreichte, flüsterte er ihr zu, wie schön sie war.

Als die letzten herrlichen Schauer verebbt waren, barg sie den Kopf an seiner Brust. Sie wollte ihm näher sein, noch näher …

Doch noch immer ließ er es nicht zu, dass sie ihn dort berührte, wo er es sich am meisten ersehnte.

„Du willst doch jetzt nicht aufhören, oder?“, fragte sie.

Er lächelte leicht. „Ich fühle mich gerade etwas unmännlich.“

„Wie das?“

„Ich habe Angst.“

Überrascht schaute sie ihn an. „Wovor?“

Langsam streichelte er ihre Schenkel. „Ich will dir nicht wehtun.“

„Lieber du als jemand anderes“, sagte sie lächelnd. „Der Schmerz wird schnell vergehen, und für alles andere bist du der wunderbarste Mann, den ich mir vorstellen kann. Mach dir keine Sorgen.“

„Tue ich aber. Ich weiß nicht, ob ich kann … du weißt schon. Ich will dich, aber wenn ich weiß, dass es dir wehtut …“

„Du bist so süß.“ Sie zog ihn in die Arme und strich langsam über seinen Rücken. „Spike …“

„Michael.“

„Was?“

„Eigentlich heiße ich Michael. Du brauchst mich nicht so zu nennen, aber ich wollte, dass du es weißt.“

„Michael. Schön.“ Sie lächelte. „Und wie wurdest du zu Spike? Wegen deiner Haare?“

Sein Gesicht verschloss sich. „Freunde haben mir den Spitznamen gegeben.“

Sie fragte sich kurz, wer diese Freunde wohl waren. Sie wusste so wenig von ihm. Und doch hatte sie das Gefühl, ihn schon ewig zu kennen.

„Michael“, wiederholte sie leise. „Das gefällt mir. Und jetzt hör auf, dir Gedanken zu machen, und küss mich.“

„Du hast wohl keine Angst?“

„Nein.“

„Du bist unglaublich“, sagte er leise.

Mit einer kraftvollen Bewegung zog er sich das T-Shirt über den Kopf und warf es achtlos auf den Boden. Dann legte er sich auf sie. Sie seufzte, als sie seine Erregung spürte, und bewegte das Becken unter ihm, um sich an ihm zu reiben.

Aufstöhnend riss er sie an sich, und sie ließen sich von der Leidenschaft davontreiben. Endlich streifte Spike die Jogginghose ab, und als Mad seine Männlichkeit direkt auf ihrer Haut spürte, überlief sie ein erwartungsvoller Schauer.

„Jetzt“, flüsterte sie. „Ich will dich.“

Einladend spreizte sie die Beine, und nach kurzem Zögern erfüllte Spike ihren Wunsch. Er war so vorsichtig, so rücksichtsvoll, dass der kurze Schmerz tatsächlich fast sofort von dem wunderbaren Empfinden verdrängt wurde, ihn endlich ganz in sich zu spüren.

„Hör jetzt nicht auf“, flüsterte sie heiser. „Ich will mehr.“

Spike war so angespannt, dass er jeden einzelnen Muskel spürte. Aber als Mad ihn anstrahlte und mehr verlangte, hatte er das Gefühl, dass sich sein ganzes Leben veränderte.

Mit einem Schlag war nichts mehr wie vorher. So musste es sich anfühlen, vom Blitz getroffen zu werden. Oder sich zu verlieben.

Oh nein, dachte er. Das darf nicht sein …

Zu spät. Ihr Mut, ihre Stärke und das Gefühl, eins mit ihr zu sein, ihr verführerisches Lächeln, ihr wunderbarer Duft … all das war schuld an seinen Gefühlen. Und wenn er ehrlich war, spielte auch die Tatsache, dass er der Erste war, der ihr diese Gefühle bereitete, eine Rolle.

„Ist alles okay?“, fragte sie etwas besorgt.

„Mehr als okay. Es ist einfach … alles.“ Er küsste sie lang und tief und begann, sich langsam zu bewegen, und sah ihr dabei die ganze Zeit in die Augen. Bei anderen Frauen war ihm das nie so wichtig gewesen, doch bei Mad war alles anders.

Als ihr Blick sich verschleierte und er ihre Fingernägel im Rücken spürte, bewegte er sich schneller, bis auch ihn die Leidenschaft mitriss und er die Kontrolle aufgab.

Erst nach einer ganzen Weile löste sie sich ein wenig von ihm, um ihn anzusehen. Ihre Augen leuchteten, und sie strahlte von innen heraus.

Sag jetzt nichts Dummes, ermahnte er sich.

Dabei lagen ihm die drei Worte auf der Zunge. Es kostete ihn einige Anstrengung, sie nicht auszusprechen.

„Geht es dir gut?“, fragte er schließlich.

„Ja.“ Sie küsste ihn aufs Kinn. „Du bist wunderbar.“

„Nein, das warst alles du. Ich bin gar nichts Besonderes.“ Er schob sie ein Stück von sich, obwohl es ihm schwerfiel. „Komm mit ins Bad“, sagte er und stand auf.

Ein paar Minuten später standen sie gemeinsam unter der Dusche, danach kuschelten sie sich wieder ins Bett. Er liebte es, ihren warmen Körper an seinem zu spüren.

„Mad?“

„Ja?“

Er räusperte sich mit der Absicht, ihr wenigstens einen Teil seiner Gefühle mitzuteilen. Wenn er es nicht tat, würde er platzen. Doch als er den Mund aufmachte, fehlten ihm die Worte. Alles, was ihm durch den Kopf schoss, klang abgedroschen oder albern. Also küsste er sie auf den Hals.

„Nichts. Ich finde dich wunderschön.“

Eigentlich wollte er sie danach loslassen, damit sie schlafen konnte, doch sie schlang ihm die Arme um den Hals und zog ihn an sich. Dann strich sie mit der Zungenspitze über seine Lippen. Sein Körper reagierte sofort, aber er bemühte sich, es sie nicht merken zu lassen.

Um sich abzulenken, griff er nach der Praline, die sie am Vortag auf ihrem Kopfkissen gefunden und achtlos auf den Nachttisch gelegt hatte. Langsam begann er sie auszuwickeln.

„Was machst du da?“, fragte sie.

„Du hattest ja das Beste noch gar nicht“, erwiderte er spielerisch.

„Nicht? Ich dachte …“

„Oh nein. Vertrau mir. Mein Spezialgebiet als Koch sind die Desserts. Das Beste ist …“ Er nahm die Praline zwischen Daumen und Zeigefinger und hielt sie nah an ihre Lippen. „… die Schokolade danach.“

Doch Mad schüttelte den Kopf. „Ich mache mir nicht viel aus Süßigkeiten.“

„Weil sie nicht auf deinem Ernährungsplan stehen?“

Ihr Erröten sagte ihm, dass er ins Schwarze getroffen hatte. „Komm schon, Mad, lass dich verführen. Du hast heute noch gar nichts gegessen, oder?“

„Ich hab meine Proteindrinks. Außerdem bringe ich sowieso keinen Bissen herunter, solange das mit Richard nicht geklärt ist.“

„Aber du hast dich gerade verändert“, sagte er zärtlich. „Du bist jetzt eine neue Frau. Eine wunderschöne, sinnliche Frau, deren Körper Empfindungen hat, die er vorher noch nicht kannte. Das gilt auch für deine Geschmacksnerven. Vertrau mir.“

Sanft strich er mit der Praline über ihre Lippen. Er konnte förmlich sehen, wie Mad das Wasser im Mund zusammenlief, doch sie hielt eisern stand.

Kurz entschlossen steckte Spike sich die Süßigkeit selbst in den Mund und wartete, bis die Schokolade angeschmolzen war. Dann beugte er sich über Mad und strich mit den Lippen über ihre.

Sofort vertiefte sie den Kuss, und als ihre Zungenspitze seine fand, schmeckte auch sie die Schokolade. Erstaunt riss sie die Augen auf, dann stieß sie einen genüsslichen Seufzer aus.

Es war die beste Schokolade, die Spike je auf der Zunge gespürt hatte, und der entrückte Ausdruck in ihrem Gesicht zeigte, dass es ihr genauso erging.

Spike spürte Mads Zunge auf seinen Lippen, und sein Körper reagierte sofort. Um sie nicht unter Druck zu setzen, rückte er ein Stück von ihr ab.

Aber Mad schob die Hand unter die Decke und umfasste ihn.

„So bald schon?“, fragte sie mit einem lustvollen Lachen.

„Wir müssen aber nicht, wenn du …“

Sie begann ihn zu streicheln, und Spike stöhnte auf.

„Jetzt darf ich dich endlich anfassen, oder?“

„Bist du sicher, dass du heute Nacht noch einmal …“

Sie drehte ihn auf den Rücken und beugte sich über ihn. „Ich habe eine Idee. Warum lässt du mich nicht einfach machen?“

Spike hielt den Atem an, als sie sich auf seine Schenkel setzte. Dann schloss er die Augen und überließ sich ihr rückhaltlos.

7. KAPITEL

Mad erwachte zwischen zerwühlten Laken, und ihr Kopfkissen duftete nach Spikes Rasierwasser. Als sie sich genüsslich rekelte, erinnerte sie ihr Körper daran, dass sie letzte Nacht etwas Ungewohntes getan hatte. Drei Mal.

Sie lächelte versonnen und wünschte sich, Spike wäre hier. Doch er hatte darauf bestanden, im Morgengrauen in sein eigenes Zimmer zurückzuschleichen, damit ihre Familie nicht herausfand, dass sie die Nacht miteinander verbracht hatten.

Und was für eine Nacht!

Angesichts ihrer früheren Erfahrungen mit Männern hätte sie nie gedacht, dass das erste Mal so wunderbar für sie sein würde. Doch Spike hatte es zu etwas ganz Besonderem gemacht. Auch für ihn war es etwas Besonderes gewesen, das hatte sie in seinem Blick gelesen.

Und doch hatten sie nur dieses eine Wochenende ... Selbst wenn Spike seine Meinung änderte und doch für eine feste Beziehung offen war, lebten sie einfach zu verschiedene Leben, um zusammen zu sein. Er würde wohl kaum seine Arbeit als Sternekoch kündigen, um mit ihr um die Welt zu segeln. Und sie konnte sich nicht vorstellen, das Segeln aufzugeben – jedenfalls jetzt noch nicht. Vielleicht später einmal, wenn sie Kinder hatte ...

Ein schrecklicher Gedanke durchzuckte sie. Spike hatte so entsetzt ausgesehen, als sie ihm erzählte, dass sie ihre Tage nicht bekam. Sie selbst war darüber immer erleichtert gewesen, aber jetzt kamen ihr Zweifel. Was, wenn ihr Körper nie wieder normal funktionierte? Riskierte sie mit ihrem strengen Ernährungsplan ihre Gesundheit und ihre Fähigkeit, Mutter zu werden?

Sie dachte daran, wie Spike ihre Weiblichkeit mit jeder Berührung, jedem Stöhnen gepriesen hatte. Wie er die Sinnlichkeit ihres Körpers geweckt hatte, ihre Fähigkeit, etwas anderes zu empfinden als Kraft und Stärke. Bisher hatte sie sich immer nur als Athletin, als Kämpferin gesehen. Alle Sinne, die diesem Ziel nicht dienten, spielten keine Rolle. Aber jetzt war alles anders … Noch immer spürte sie die Süße auf der Zunge, die sich bei Spikes Schokoladenkuss wie eine herrliche Offenbarung in ihr ausgebreitet hatte, und sie seufzte genüsslich.

In Spikes Armen war sie zur Frau geworden, und das gefiel ihr sehr.

Spike wollte Mad unbedingt allein sehen, bevor sie nach unten gingen, deshalb hielt er vor ihrem Zimmer an und klopfte. Dafür, dass er letzte Nacht kaum geschlafen hatte, weil er es einfach zu sehr genoss, sie anzusehen, fühlte er sich erstaunlich fit und energiegeladen.

Als keine Antwort kam, ging er hinunter in den Wintergarten, wo er sie mit einer Kaffeetasse in der Hand in einem Korbstuhl in der Sonne sitzen sah. Er strahlte sie an, und sie erwiderte sein Lächeln verschwörerisch. Sie wurde sogar ein wenig rot.

„Sie sehen erholt aus“, bemerkte Richard, der sich hinter der New York Times versteckte.

„Das ist die frische Landluft. Und die körperliche Betätigung.“

Mads Wangen wurden noch einen Ton dunkler, und Spike fiel es schwer, nicht zumindest ihre Hand zu nehmen.

Kurz darauf wurde ihm Toast mit Rührei serviert. Völlig ausgehungert machte er sich darüber her. Als er bemerkte, dass Mad auf seine Hände starrte, wusste er genau, an was sie dachte. Um ihre Aufmerksamkeit auf sich zu ziehen, strich er langsam mit dem Zeigefinger über den Messergriff. Als sie aufsah, leckte er sich über die Unterlippe und biss sich darauf. Mad unterdrückte ein Lachen und schaute zur Seite.

Richard raschelte mit der Zeitung. „Können wir jetzt, wo dein Wachhund hier ist, vielleicht über deine Anteile reden?“

„Ich hab’s dir vor einer Viertelstunde gesagt. Und gestern auch schon. Aber ich sag’s dir gern noch mal: Ich werde nicht unterschreiben.“

„Aha." Richard schaute über den Rand der Zeitung zur offenen Glastür. „Aber irgendwie habe ich den Eindruck, dass du deine Meinung bald ändern wirst."

Von draußen hörte man das Klappern von hohen Absätzen, und kurz darauf erschien eine umwerfend schöne Frau im Wintergarten. Sie erinnerte in ihrem Aussehen an Grace Kelly: ebenmäßige Gesichtszüge, ein umwerfender Körper, perfekt sitzendes, halblanges, hellblondes Haar. Sie trug weiße Hosen und eine hellblaue Bluse mit einem goldenen Kettengürtel. Ihr zweifellos teures Parfum umwehte sie wie ein kostbarer Hauch. Mit jeder Bewegung strahlte sie Anmut und Eleganz aus.

Stirnrunzelnd überlegte Spike, ob er sie schon einmal gesehen hatte. Aber vielleicht verwechselte er sie auch mit einer der anderen Manhattan-Schönheiten, bei denen der Grace-Kelly-Stil gerade in war – im „La Nuit" gingen sie ein und aus.

Jedenfalls musste das hier Amelia sein, und Mad hatte recht: Die meisten Männer lagen ihr bestimmt zu Füßen. Was allerdings ihn anging, fand er die warme und sinnliche Frau, mit der er die Nacht verbracht hatte, tausendmal attraktiver.

Er warf Mad einen Blick zu und zuckte zusammen: Sie war weiß wie die Wand.

Richard ließ die Zeitung ein Stück sinken und lächelte: „Da bist du ja, Amelia."

Die Blondine nickte ihm kurz zu, konzentrierte sich aber ganz auf Mad. „Hallo Madeline. Ich wusste nicht, dass du hier bist."

Mad nickte steif. „Amelia."

Danach wurde es still im Raum, bis Richard schließlich die Zeitung weglegte. „Vielleicht sollte ich dir unseren anderen Gast vorstellen, da Madeline dazu offenbar nicht in der Lage ist. Dies ist ihr Freund Spike."

Jetzt erst sah Amelia Spike an. Ihre Augen waren hellgrau und schön geschnitten, wirkten aber stumpf. Wie falsche Perlen, dachte Spike.

„Hallo", sagte sie.

Spike hob kurz die Hand, beachtete Amelia aber nicht weiter. Dass Mad bleich wie eine Wand war, machte ihm Sorgen. Das hier war offenbar ein Hinterhalt, und er musste sie schnellstmöglich aus der Gefahrenzone bringen.

Während Amelia sich setzte, nahm Richard lächelnd die Zeitung wieder auf. „Ist es nicht schön, wenn die ganze Familie mal wieder zusammen ist?"

„Entschuldigt mich", erwiderte Mad und stand auf. „Ich bin fertig mit dem Frühstück."

Auch Spike erhob sich, obwohl sein Teller noch halb voll war.

„Ergreifst du die Flucht?", bemerkte Richard hinter der Zeitung hervor. „Feigheit ist aber keine gute Eigenschaft für ein Vorstandsmitglied."

Spike trat zu ihm, legte den Zeigefinger auf die Zeitung und zog sie nach unten.

„Für diese Bemerkung entschuldigen Sie sich besser", schlug er Richard leise vor.

„Wie bitte?", fragte Richard mit großen Augen.

„Nehmen Sie das zurück. Auf der Stelle."

„Was soll das? Sind Sie ihr Schläger?"

„Wenn Sie es so betrachten wollen, bitte. Deshalb *schlage* ich auch vor, dass Sie sich in Zukunft genau überlegen, was Sie zu Ihrer Schwester sagen."

Mad nahm seinen Arm. „Ist schon gut. Wirklich."

„Nein, ist es nicht."

„Spike, lass es gut sein."

Widerwillig richtete Spike sich auf. Er wollte Mad nicht noch mehr Stress verursachen. Doch dann flackerte die Wut erneut in ihm auf, als er Richards Worte hörte: „Und anscheinend kannst du deine Meinung auch nicht selbst vertreten. Was genau hast du Value Shop eigentlich zu bieten?"

Spike blickte zu Mad und sah, wie sie entschlossen die Schultern straffte. „Das wirst du dann schon sehen", sagte sie ruhig.

„Aha. Warum verrätst du uns nicht schon mal, an was du da so dachtest? Ich bin sicher, das würde Amelia auch interessieren."

Die Blondine war dem Wortwechsel reglos gefolgt. Kerzengerade saß sie auf ihrem Stuhl. „Ich finde auch, dass Madeline im Aufsichtsrat sein sollte“, sagte sie leise.

Überrascht sah Mad sie an – mindestens ebenso überrascht wie Richard, der nun Amelia missbilligend ins Visier nahm. „Tatsächlich. Und das sagst du bestimmt, weil du so viel über Aufsichtsräte weißt.“

„Ich bin in dem der Met.“

Gelangweilt hob Richard die Zeitung. „Das ist eine gemeinnützige Einrichtung. Kein Vergleich mit einem Aktienunternehmen.“

Jetzt reicht's, dachte Spike. Er war so wütend, dass er Richard am liebsten ungespitzt in den Boden gerammt hätte. Besser sie sahen zu, dass sie hier rauskamen.

Mad schien das genauso zu sehen, denn sie wandte sich ab und ging ohne ein weiteres Wort hinaus. Spike folgte ihr bis in die Eingangshalle, wo er sie am Arm festhielt. „Wir sollten einfach abreisen. Auf der Stelle. Das hier ist doch krank. Das musst du dir nicht antun.“

Sie machte sich von ihm los und verschränkte die Arme über der Brust. „Ja, ich würde auch am liebsten einfach von hier verschwinden.“

„Dann los.“

„Aber Richard hat schon recht: Ich laufe vor Problemen gerne davon. Immer schon. Und das muss jetzt aufhören. Ich bleibe bis Montagabend.“ Unvermittelt legte sie den Kopf schräg und schaute ihn an, als wäre er ein Fremder. „Und noch was zu meiner Halbschwester: Sie bevorzugt distinguierte Männer, aber sie macht sich an jeden heran, der mir gefällt. Wenn du also was von ihr willst, brauchst du sie nur zu fragen. Ich bin sicher, sie ist dir gern zu Diensten.“

Ihre Worte trafen ihn wie eine Ohrfeige. Als sie sich abwandte, griff er wieder nach ihrem Arm. „Oh nein, so nicht. Glaub nicht, dass ich mir so was einfach an den Kopf werfen lasse.“

Mads Augen funkelten wütend. „Lass mich los.“

Stattdessen zog er sie fester an sich, bis ihre Körper sich berührten. „Ist das alles, was du mir zu sagen hast?"

„Wirst du immer gewalttätig, wenn dir was nicht passt?"

Feindselig blitzten sie sich an, bis Spike sich fragte, was sie da gerade taten ... Wie konnten sie nach der vergangenen Nacht so schnell an diesen Punkt kommen? Er ließ sie los, hob die Hände und ging zur Eingangstür.

„Tut mir leid ... ich verschwinde von hier."

Mad spürte Übelkeit in sich aufsteigen, als sie draußen den Motor der Harley leiser werden hörte. Dieser Streit war ihre Schuld. Sie hatte ihren Ärger an Spike ausgelassen.

Aber schließlich hatte sie gesehen, wie bewundernd Spike Amelia angestarrt hatte. Und sie wusste, was er sah. In den letzten vier Jahren war ihre Halbschwester noch schöner geworden. Ihre überirdische Ausstrahlung musste jeden Mann verzaubern.

Im Gegensatz zu Spike wusste Mad jedoch auch, was sich unter dieser blendenden Oberfläche verbarg. Amelia war eiskalt berechnend und grausam, und das aus purem Vergnügen. Sie liebte es, mit den Gefühlen anderer Menschen zu spielen. Während Richard seine Schläge unter die Gürtellinie offen austeilte, schlug Amelia wie ein Heckenschütze unvermutet aus dem Verborgenen zu.

Deshalb hatte sie auch Mad darin unterstützt, Vorstandsmitglied zu werden – weil sie wusste, dass das Richards Pläne durchkreuzte.

Mad hastete die Treppe hinauf und schlüpfte in ihr Schwimmzeug, dann stürzte sie sich in den Pool und zog ihre Bahnen noch schneller als sonst. Was immer Richard und Amelia ihr antaten, sie würde es überleben.

Bei Spike musste sie sich natürlich entschuldigen, aber sie würde trotzdem auf Distanz gehen. Letzte Nacht hatte sie gedacht, ihn ganz genau zu kennen, aber jetzt wurde ihr klar, dass Vertrauen sich nicht in so kurzer Zeit aufbaute. Als sie daran dachte, wie Spike Amelia bewundernd gemustert hatte, zog sich ihr Herz schmerzhaft zusammen. Den Verrat ihrer beiden Ex-Freunde hatte sie überlebt, aber denen war sie auch nie so nah gewesen wie Spike.

Wenn er nun auch in Amelias Bett landete, würde sie sich nie davon erholen, das wusste sie.

Eine Stunde später stieg sie aus dem Pool, trocknete sich ab und wickelte sich in ein Handtuch. Das Schwimmen hatte ihren Kopf freigemacht und ihre aufgewühlten Gefühle etwas beruhigt. Sie setzte sich auf einen Liegestuhl und starrte nachdenklich aufs Wasser. Hoffentlich nahm Spike ihre Entschuldigung an …

„Ich bin wirklich sauer auf dich."

Erschrocken zuckte sie zusammen. Spike stand ein paar Meter hinter ihr auf der Terrasse und wirkte kampfbereit, die Hände in die Hüften gestemmt.

„Dazu hast du allen Grund", antwortete sie und drehte sich zu ihm um. „Es tut mir sehr leid, dass ich dich so angefahren habe."

Er nickte, entspannte sich aber nicht. „Entschuldigung angenommen. Und jetzt will ich wissen, was es mit deiner Schwester auf sich hat."

„Halbschwester."

„Wie auch immer."

„Nein, die Unterscheidung ist mir wichtig." Sie sah zum Haus hinüber, wo wegen der Wärme viele Fenster offenstanden. Spike verdiente eine Erklärung, aber dazu brauchten sie Privatsphäre.

„Wollen wir ein Stück gehen?"

„Wenn du dann besser reden kannst, gerne."

Sie spazierten über den makellosen grünen Rasen zu den Blumenbeeten, wo zwischen manikürten Büschen kleine Bänke standen.

„Amelia", begann sie, „Amelia ist …" Ihr fehlten die Worte.

„Du glaubst aber nicht wirklich, dass ich mich an sie ranmachen würde, oder?"

Unvermittelt blieb sie stehen. „Aber genau das ist schon passiert. Zweimal. Deswegen habe ich einfach Angst, dass jeder Mann, den ich mag, irgendwann mit Amelia im Bett landet. Das ist nicht deine Schuld. Es tut mir wirklich leid."

„Wie kannst du nur denken, dass ich dir so was antun würde?", fragte Spike stirnrunzelnd.

„Ich will dir ja vertrauen. Ehrlich. Es ist nur … als ich sie heute Morgen sah, wurde mir klar, wie wenig ich von dir weiß. Ich wünschte, wir würden uns schon länger kennen. Oder dass ich mir ein besseres Bild von dir machen könnte, du weißt schon … was du erlebt hast, was in dir vorgeht."

Als sich seine Miene verdüsterte, verzog sie das Gesicht. „Verflixt, das soll nicht so klingen, als ob es jetzt doch wieder deine Schuld ist. Das ist es nicht. Es ist nur … Richard, Amelia und ich sind nicht gut füreinander, aber wir können einfach nicht aus unseren Rollen ausbrechen. Es tut mir leid, dass du da mit hineingezogen wurdest."

Spike ging zu einer Rosenrabatte und setzte sich auf die Marmorbank davor. „Du hast recht. Wir kennen uns wirklich nicht sehr gut, was?"

„Dagegen ließe sich etwas tun." Sie räusperte sich und setzte sich neben ihn. Es war verrückt, aber … „Wir könnten, na ja, du weißt schon … zusammenbleiben."

Er schaute in die Ferne und strich sich durchs Haar. Die Bewegung zeigte ihr schon, dass er von dem Vorschlag nicht begeistert war.

„Es würde nicht funktionieren. Ich bin kein Typ für so was."

Seine Worte versetzten ihr einen Stich.

Aber das hast du vorher gewusst, sagte sie sich. Das hat er dir im Café schon klar und deutlich gesagt.

Und wenn schon. Es tat trotzdem weh.

„Darf ich fragen, warum du keine Beziehung willst?" Als er zögerte, fügte sie etwas ironisch hinzu: „Oder ist das zu persönlich?"

„Das ist einfach nichts für mich."

„Warum?“

Als er sie ansah, wunderte sie sich, wie gequält sein Blick wirkte. Es lag nicht nur daran, dass ihm ihre Frage nicht passte, stellte sie fest. Das hier ging tiefer.

„Ich wünschte, ich könnte dir eine richtige Antwort geben“, sagte er.

„Dann tu es doch“, drängte sie.

Wieder strich er sich durchs Haar, schaute lange zum Haus hinüber, das in seiner ganzen Pracht den Horizont erfüllte.

„Ich bin nicht gut genug für dich“, stieß er hervor.

„Herrgott, Spike, es ist mir egal, wie und wo du aufgewachsen bist. Geld bedeutet mir nichts.“

„Ich weiß. Trotzdem muss ich sagen, dass deine Garage größer ist als das Haus, in dem ich als Kind gewohnt habe.“

„Das ist nicht meine Garage. Erst gehörte sie meinem Vater, jetzt Richard. Nichts von allem hier ist meins. Und außerdem ist dein Motorrad größer als die Etagenbetten, in denen ich sonst schlafe.“

Jetzt lächelte er doch. „Treffer.“

Zu schnell wurde er wieder ernst. „Wenn ich ein anderer wäre ...“ Er starrte auf den Boden. „Ich bedaure nichts ... und ich würde nichts anders machen. Das könnte ich gar nicht, wenn die Umstände dieselben wären. Aber das bedeutet, dass wir nicht zusammen sein können, und darum tut es mir leid.“

Er sagte das mit so viel Überzeugung, dass sie nichts zu erwidern wusste. Seine Freiheit bedeutete ihm offenbar viel, und das verstand sie gut, schließlich würde sie das Meer auch nie aufgeben. Aber warum konnten sie nicht ...

Hör auf damit, sagte sie sich. Hör auf zu verhandeln. Er ist, wie er ist.

„Werden wir uns nach diesem Wochenende wiedersehen?“, fragte sie leise. „Ich weiß, dass wir keine Beziehung haben können. Aber als Freunde?“

Auf einmal hasste sie das Wort.

Spike holte tief Luft, aber bevor er etwas sagen konnte, stand sie auf und ging in Richtung Haus.

„Schon gut", sagte sie über die Schulter. „Vergiss doch die Frage."

Als Mad sich in ihrem Zimmer zum Abendessen umzog, wartete sie darauf, dass Spike vorbeikommen und ihr sagen würde, dass er abreiste.

Tatsächlich klopfte es kurz darauf. Sie schluckte und wappnete sich innerlich gegen das Unvermeidliche.

Doch dann stand Amelia vor der Tür.

„Kann ich kurz reinkommen?", bat sie.

Mad war so überrascht, dass sie einen Schritt zur Seite machte und ihre Halbschwester eintreten ließ. Amelia ging an ihr vorbei und blieb im Zimmer stehen. Sie trug ein eisblaues Kleid und Aquamarinschmuck, ihr blondes Haar schimmerte seidig.

„Es sieht hier anders aus als früher", bemerkte sie.

„Ich weiß."

„Das hier passt doch nicht zu dir." Sie sagte es leise, nachdenklich. Diese unterschwelligen Anmerkungen waren eine ihrer Waffen.

Mad drückte die Schultern durch. „Danke, dass du mich darauf aufmerksam gemacht hast. Aber du bist nicht hier, um über die Vorhänge zu diskutieren, oder?"

Noch immer schaute Amelia sich um. „Das dunkle Rot war perfekt. Lebendig. Stark. Das hier ist zu schwach für dich."

Stirnrunzelnd sah Mad sie nur an, zumal Amelia danach schwieg.

„Was willst du?", fragte sie schließlich.

Ihre Halbschwester spielte mit ihrer Halskette. Bei jedem anderen hätte Mad das für ein Anzeichen von Nervosität gehalten, doch Amelia war nie nervös.

„Wie geht es dir?", fragte Amelia.

Liebe Güte, dachte Mad. Das hat sie mich noch nie gefragt.

„Wie immer", erwiderte sie, dann schüttelte sie den Kopf, weil es nicht stimmte. „Nein, ich meine, gut."

Wieder Schweigen.

„Und dir?“

Amelia lächelte wie aufgezogen. „Sehr gut, danke.“

Achselzuckend zog sich Mad weiter an – sie steckte die Bluse in den schwarzen Rock und schlüpfte in die einzigen Lederschuhe, die sie besaß. Als sie wieder aufschaute, starrte Amelia aus dem Fenster. Sie so völlig reglos zu sehen, war fast unheimlich, denn früher war sie immer in Bewegung gewesen, rastlos, einnehmend, aktiv.

Jetzt wirkte sie wie abgestorben.

Mad wurde dieser überraschende Besuch immer unheimlicher. „Wir kommen zu spät zum Essen“, bemerkte sie. „Du weißt, wie Richard ist.“

„Ja. Ja, ich weiß.“ Amelia sah sie an. „Madeline, ich …“

„Bist du so weit? Wollen wir runtergehen?“, erklang Spikes Stimme durch die offene Tür.

Als er eintrat, blieb er überrascht stehen.

„Hi … Ja, ich bin fertig.“

„N’Abend“, sagte Spike in Amelias Richtung.

Als draußen eine Uhr schlug, starrte Amelia Mad noch einen Moment eindringlich an, dann setzte sie sich in Bewegung. „Ich sehe euch dann unten.“

Ungläubig sah Mad ihr nach.

„Mad?“

Sie wandte sich zu Spike um. Heute trug er ein schwarzes Seidenhemd und schwarze Tuchhosen. Zusammen mit seinem Haar, dem Ohrring und dem Tattoo ergab das eine unglaublich attraktive Kombination. Männlich. Und irgendwie gefährlich. Verführerisch.

„Mad?“

Sie schüttelte den Kopf, um die Bilder zu vertreiben, die in ihr aufstiegen. „Gehen wir.“

Das Abendessen bewies Spike wieder einmal, dass Reichtum allein ganz bestimmt nicht glücklich machte. Mad sprach die ganze Zeit keine zwei Worte und rührte ihr Essen kaum an. Amelia, die zu seiner Rechten saß, sah aus, als würde sie jeden Moment zusammenbrechen. Richard hingegen gefiel sich in der Rolle des Familienoberhaupts und sorgte mit geschickt eingestreuten Bemerkungen dafür, dass keine der beiden sich einen Moment lang entspannen konnte.

Und wozu das alles?

Er schaute zu Mad hinüber, dann auf seinen Teller. Den ganzen Nachmittag hatte er überlegt, ob er nicht besser abreisen sollte. Ganz offensichtlich machte er die Sache für sie hier noch schlimmer. Immer weniger war ihm danach, sie zusätzlich mit seinen Problemen zu belasten. Im Garten hätte er ihr fast die ganze Wahrheit über seine dunkle Vergangenheit gesagt. Jetzt wusste er, dass das unfair gewesen wäre. Sie hatte schon genug Sorgen.

Als er unruhig auf seinem Stuhl hin- und herrutschte, bemerkte Amelia leise: „Sie finden es schrecklich, oder?"

„Na ja, die Forelle hätte besser sein können."

Sie lächelte leicht. „Ich rede aber über die Party, nicht über das Essen."

„Ich bin kein großer Fan von formellen Dinnergesellschaften."

„Aber Richard erzählte, dass Sie ein Sternekoch sind." Ihr Tonfall und ihr Lächeln waren freundlich. „So zu kochen ist doch ziemlich formell."

„Haben Sie schon mal eine Restaurantküche zu Stoßzeiten erlebt? Selbst im ‚La Nuit' ging es da zu wie in einem Hexenkessel."

„Sie waren Koch im ‚La Nuit'?" Überrascht sah sie ihn an.

„Ja. Zusammen mit meinem Partner Nate Walker."

„Wann?"

„Bis vor etwa einem Jahr." Stirnrunzelnd sah er sie an. „Sie kamen mir gleich bekannt vor. Sie waren mal dort, oder? Mit Stefan Reichters Truppe."

„Nur einmal." Sie blickte auf ihren Teller.

„Stefan ist ein toller Typ, oder? Ich hätte nie gedacht, dass er sich mal einfangen lässt."

Wieder traf ihn ihr überraschter Blick. „Wie bitte?"

„Er hat gerade geheiratet. Vor einer Woche oder so. Offenbar ist Estella schwanger, aber es heißt, dass sie sowieso heiraten wollten."

Als er sah, wie blass Amelia auf einmal war, fügte er hinzu: „Hey, alles in Ordnung?"

„Oh ja." Sie griff nach ihrem Weinglas und nahm einen Schluck. „Mir geht's gut."

„Sicher?"

Sie nickte und nach zwei weiteren Schlucken bekam sie wieder etwas Farbe im Gesicht. „Und Sie?", fragte sie. „Sie mögen Mad wirklich, nicht wahr?"

Darüber wollte er nun gar nicht reden, deshalb erwiderte er achselzuckend: „Wie könnte man sie nicht mögen?"

„Seien Sie gut zu ihr, ja?"

Da Amelia es ernst zu meinen schien, erwiderte er ehrlich: „So gut, wie ich eben kann."

Was nicht viel ist, fügte er in Gedanken hinzu. Schließlich verheimlichte er ihr seine Vergangenheit und würde sie morgen verlassen. Da war „gut" wohl relativ …

Als die Gesellschaft sich nach dem Dessert erhob, verließ Mad sofort den Raum. Spike folgte ihr auf dem Fuß, nahm in der Eingangshalle ihren Arm und flüsterte ihr zu: „Lass uns eine Runde fahren."

Zuerst versteifte sie sich, und er rechnete schon mit einem Nein, doch dann stimmte sie zu.

Ein paar Minuten später waren sie unterwegs. Spike hatte keine Ahnung, wohin sie fuhren, und es kümmerte ihn auch nicht. Er wusste, dass dies ihre letzte gemeinsame Nacht war und er Mad danach vielleicht nie wiedersehen würde.

Eine Dreiviertelstunde fuhren sie auf immer schmaleren Straßen durch die Nacht, bis sie weit draußen auf dem Land waren und Spike keine Ahnung mehr hatte, ob er den Rückweg finden würde.

Er bremste und lenkte das Motorrad auf den Schotterstreifen der einspurigen Landstraße. Seit fast einer Viertelstunde hatten sie kein Auto oder Haus mehr gesehen. Um sie herum gab es nur Ahornbäume und alte Eichen. Zum Glück schien wenigstens der Vollmond, und sie konnten ihre Umgebung vage erkennen.

Als Spike die Maschine aufbockte, sprang Mad ab und zog den Helm herunter. Ihr offenes Haar war zerzaust, der Rock, den sie hochgeschoben hatte, um auf dem Sattel zu sitzen, zerknittert. Alles in allem sah sie etwas verwegen aus.

Was gut zu seiner Stimmung passte. Er war durcheinander und anlehnungsbedürftig. Voller Zweifel und Sehnsucht. Alles Gefühle, die er normalerweise mit niemandem teilte.

Mad legte den Helm auf den Sattel und überquerte langsam die Straße. Er ließ sie nicht aus den Augen, und auf einmal wurde ihm klar, warum er sie hierher gebracht hatte, mitten in die Wildnis: Er wollte sie. Wollte sie spüren, in ihr sein, mit ihr verschmelzen. Und er wollte dabei allein mit ihr sein, wirklich allein, nicht im riesigen Haus ihrer Familie, wo es trotz so vieler Zimmer doch keine Privatsphäre gab.

Ob sie wusste, was in ihm vorging? Hoffentlich nicht. Er war nicht besonders stolz darauf.

„Lass uns zurückfahren", sagte er rau. „Wir sind viel zu weit weg."

Mitten auf der Straße drehte sie sich um. „Sind wir das?"

„Ja." Er griff nach dem Helm. „Hier, setz den auf."

„Will ich aber nicht." Sie wandte sich wieder um und ging auf den Teich am gegenüberliegenden Straßenrand zu. „Hier kann ich endlich wieder frei atmen."

Er leider nicht. Besonders, als sie die Arme über den Kopf hob und sich streckte. Auf einmal sah er sie nackt vor sich, und prompt reagierte sein Körper.

Hastig legte Spike den Helm auf seinen Schoß, um das Unübersehbare zu verdecken.

„Lass uns fahren", drängte er. „Wenn du noch nicht nach Hause willst, nehmen wir einen Umweg."

Das war sowieso unvermeidlich, weil er keine Ahnung hatte, wo sie sich befanden.

„Nein, noch nicht.“ Sie ging zum Teich hinunter, wo eine sanfte Brise ihren Rock flattern ließ. Erst nach einer ganzen Weile drehte sie sich wieder zu ihm um. Quer über die Straße starrten sie sich an.

„Könntest du wieder herkommen?“, stieß er hervor. „Könntest du bitte zu mir zurückkommen?“

Tatsächlich überquerte sie die Straße, und er schwang ein Bein über den Sattel und setzte sich so, dass er ihr dabei zusehen konnte. Als sie in Reichweite war, streckte er die Arme nach ihr aus und umfasste ihre Taille. Fragend sah er sie an.

„Du siehst hungrig aus“, bemerkte sie und berührte sein Gesicht.

„Bin ich auch. Und dafür sollte ich mich wahrscheinlich entschuldigen.“

„Nein. Ich habe nämlich auch Hunger.“ Damit drückte sie ihre Lippen auf seine.

Nun konnte er sich nicht länger zurückhalten. Er riss sie in seine Arme und spreizte die Beine, sodass er sie dazwischen an sich drücken konnte. Sie hatten nur noch so wenig Zeit miteinander, und sie war alles, was er je gewollt hatte.

Er versuchte, sie nicht zu drängen, nicht zu überrumpeln, doch dann hielt er sich nicht länger zurück, schob ihren Rock hoch und rieb sich an ihr. Als sie laut den Atem einsog, hielt er sofort inne. Aber anstatt sich zurückzuziehen, schlang sie die Arme um seinen Hals und nahm die Bewegung selbst wieder auf.

„Komm“, drängte er und setzte sich wieder mit gespreizten Beinen auf den Sattel, dann zog er sie hinauf, sodass sie ihm gegenüber und auf ihm saß.

„Oh ja“, stöhnte er. „Das ist gut.“

Er legte die Hände um ihr Gesicht und küsste sie leidenschaftlich, dann drückte er sie sanft nach hinten, bis sie auf dem Lenker lag. Mit schnellen Bewegungen öffnete er ihr Bluse und den BH, genoss den Anblick ihrer nackten Haut im Mondlicht. Dann beugte er sich über sie, um sie mit Lippen und Zunge zu verwöhnen.

Sie seufzte genüsslich und bäumte sich unter seinen Liebkosungen auf. Jetzt gab es kein Zurück mehr. Er schob ihren Rock nach oben und zog an ihrem Slip.

Erst ihr verlegenes Lachen ließ ihn innehalten.

„Es ist niemand hier“, drängte er.

Etwas zweifelnd schaute sie die Straße entlang.

„Tut mir leid, ich wollte dich nicht überreden“, sagte er. „Wir hören besser auf.“

Noch einmal schaute sie sich in alle Richtungen um, dann lächelte sie. „Du brauchst mich nicht zu überreden. Mach weiter.“

Er küsste sie hart und stürmisch, riss dann den Slip an einer Naht auf und schob ihn aus dem Weg. Eine Art Dankbarkeit überkam ihn, als er ihre heiße, einladende Weiblichkeit unter seinen Händen spürte. Es war noch nicht vorüber. Noch hatten sie diese Nacht.

Mad hätte niemals im Leben gedacht, dass sie einmal auf einem Motorrad mit einem Mann schlafen würde, noch dazu neben einer öffentlichen Landstraße – aber genau das hatte sie getan.

Noch immer saßen sie eng umschlungen auf dem Sattel. Der Höhepunkt war unglaublich gewesen, wie eine Naturgewalt, und Mad war sich sicher, dass sie niemals wieder einen Mann wie Spike finden würde. Ihre Verbindung war vorherbestimmt.

Ich liebe dich, dachte sie.

Und so dumm es auch war, sie würde es ihm sagen. Sie konnte einfach nicht anders.

„Spike“, flüsterte sie.

„Ja?“

„Ich …“

Über seine Schulter hinweg sah sie zwei Scheinwerfer auftauchen.

„Oh mein Gott!“ Sie sprang vom Sattel und knöpfte die Bluse zu, der Rock rutschte von selbst nach unten. Hastig hob sie Spikes Hose auf und erwartete, dass er halb nackt hinter ihr stand, doch er war einfach verschwunden.

Der Wagen hielt am Straßenrand, und der Fahrer, ein älterer Herr, senkte die Seitenscheibe.

„Ist alles okay, Miss?"

Mad bemühte sich um einen unverfänglichen Gesichtsausdruck. „Oh ja, alles bestens. Danke."

Der Mann schien nicht überzeugt. „Das ist aber ein ziemlich großes Motorrad für eine Frau."

„Nun, ja …" Da ihr gleichzeitig auffiel, dass ihre Bluse schief zugeknöpft war, verschränkte sie die Arme vor der Brust.

Die Beifahrerin lachte. „Komm schon, Jim, fahren wir weiter."

„Aber wir können sie doch nicht einfach hier allein lassen."

„Sie ist nicht allein, Jim."

Mad schaute verlegen zu Boden – und bemerkte betreten, dass sie noch immer Spikes Hose in der Hand hielt. Sie spürte, wie ihr die Röte ins Gesicht stieg.

Auch der Fahrer des Wagens war rot angelaufen, während seine Frau eher amüsiert aussah.

„Na dann, schönen Abend noch", murmelte Jim.

„Danke, dass Sie angehalten haben", wiederholte Mad freundlich.

Als der Wagen weitergefahren war, schaute sie sich suchend um. „Wo bist du?"

Spike tauchte hinter einer großen Eiche auf und lachte leise. „Wenn dieses Grünzeug hier giftig ist, habe ich ein wirklich großes Problem."

8. KAPITEL

Spike wachte mit dem Gedanken auf, dass er Mad auf keinen Fall verlieren wollte. Irgendwie mussten sie es schaffen, zusammenzubleiben. Es wäre verrückt, es nicht zu versuchen – er würde nie wieder einer Frau wie ihr begegnen. Noch nie hatte er so empfunden, und er war bereit, das Risiko einzugehen und ihr seine Vergangenheit zu beichten.

Es war ihm schon schwergefallen, sie letzte Nacht allein in ihr Zimmer gehen zu lassen. Er wollte an ihrer Seite schlafen, neben ihr aufwachen, den Morgen mit ihr im Bett verbringen.

Vielleicht konnte sie die Dinge, die er getan hatte, akzeptieren. Oder sogar verstehen. Und was ihre Regatten anging, war er bereit, an Land auf sie zu warten, auch wenn ihm die Trennung schwerfallen würde.

Aufgeregt stand er auf und ging unter die Dusche. Er konnte es nicht abwarten, Mad zu sehen – und den richtigen Moment zu finden, mit ihr in Ruhe über alles zu reden.

Als er sich gerade anziehen wollte, klopfte es. Er schlang sich das Handtuch um die Hüften und öffnete, in der Hoffnung, Mad zu sehen.

Doch es war Amelia, die in einem weißen Seidenmorgenmantel vor ihm stand. „Tut mir leid, dass ich Sie so früh störe … Könnte ich kurz mit Ihnen sprechen?"

Stirnrunzelnd erwiderte er: „Warten Sie einen Moment, ich will mich erst anziehen." Noch während er sprach, fiel ihm auf, wie ungewöhnlich es war, dass Amelia im Morgengrauen vor seiner Tür stand. „Ehrlich gesagt, wäre mir später lieber", fügte er deshalb dazu.

„Es dauert nicht lange."

Eigentlich wollte er sie trotzdem abweisen, aber dann sah er, dass sie den Tränen nahe war. Irgendetwas stimmte nicht. Er trat einen Schritt zurück und ließ sie ein, dachte aber daran, was Mad über die Frau gesagt hatte – deshalb ließ er die Tür offen und zog sich hastig ein Hemd über.

„Worum geht's?", fragte er knapp.

„Ich habe ein paar schreckliche Fehler gemacht", stieß Amelia hervor. „Dinge getan, für die ich mich entschuldigen muss. Grausame Dinge."

„Sie sprechen von Mad."

„Ja. Von Madeline und von anderen. Gestern wollte ich mit ihr reden und sie um Verzeihung bitten. Aber selbst wenn Sie uns nicht unterbrochen hätten, wäre ich wohl nicht zu ihr durchgedrungen."

„Und jetzt wollen Sie, dass ich Ihnen dabei helfe?"

„Ja."

„Das kann ich nicht. Mad trifft ihre eigenen Entscheidungen. Sie sind beide erwachsen."

Amelia schaute aus dem Fenster. „Natürlich. Sie haben recht. Aber haben Sie sich je gewünscht, etwas an der Vergangenheit zu ändern? Etwas anders machen zu können?"

Ständig, dachte Spike. Aber in seinem Fall wäre er stets zu demselben Resultat gekommen. Was er getan hatte, war schrecklich, aber er hätte sich niemals anders entschieden.

Amelia dagegen offenbar schon.

„Mir ist erst vor Kurzem klar geworden, wie sehr ein Mensch einen anderen verletzen kann", sagte sie mit zitternder Stimme.

Als er schwieg, ließ sie den Kopf hängen. „Tut mir leid, dass ich Sie belästigt habe."

„Es ist nie zu spät", versuchte er sie zu trösten. Sie schien wirklich am Boden zerstört zu sein.

Jetzt glänzten Tränen in ihren Augen. „Manchmal schon", flüsterte sie. „Und das habe ich auch erst gestern erfahren."

In Spikes Kopf setzten sich die Puzzleteilchen zu einem Bild zusammen. Er hatte Amelia mit Stefan Reichter, Estella und seinen Freunden tatsächlich im „La Nuit" gesehen, und auch damals hatte sie blass und unglücklich gewirkt.

Stefan Reichter war ein gut aussehender deutscher Unternehmersohn und der Traum vieler junger Frauen. Den Gerüchten nach liebte er jedoch nur eine Frau, und keiner wusste, wer diese Frau war. Standhaft hatte sie sich geweigert, sich öffentlich mit ihm zu zeigen, weil er nicht ihren gesellschaftlichen Rang besaß. Trotzdem hielt die Beziehung jahrelang – bis Reichter schließlich aufgab und eine Weile später Estella kennenlernte.

„Ach du liebe Güte", sagte Spike. „Sie sind Stefans …"

Amelia wandte sich zum Gehen, als wäre es ihr unangenehm, dass Spike sich daran erinnerte.

„Sie sind es, oder? Stefans heimliche Geliebte, die ihm das Herz gebrochen hat." Als Amelia tränenblind stolperte, griff er nach ihrem Arm, um sie zu stützen. „Die einzige, große Liebe."

Leise schlich Mad den Flur entlang. Es hatte sie fast umgebracht, allein zu schlafen, wo ihnen doch nur noch so wenig Zeit zusammen blieb. Sie musste Spike sehen, bevor die Gäste fürs Picknick kamen, bevor Richards Blicke sie aufspießten, bevor … Sie wollte sich von ihm ohne Zeugen verabschieden.

Als sie um die Ecke kam, blieb sie überrascht stehen. Amelia stand im Morgenmantel in der Tür von Spikes Zimmer. Spike hielt sie am Arm fest, als wolle er sie wieder hineinziehen – und auch er trug nur ein offenes Hemd und ein Handtuch um die Hüften.

Instinktiv sagte sich Mad, dass es dafür eine Erklärung geben musste. Spike würde ihr das niemals antun. Doch dann hörte sie, was er sagte …

„Die einzige, große Liebe."

Es war wie ein Schlag in die Magengrube. Mad presste die Hände auf den Mund, um nicht zu schreien, drehte sich um und rannte in ihr Zimmer zurück.

Dort schlüpfte sie mit zitternden Händen in eine Jeans, stopfte ihre Sachen in die Sporttasche und streifte Turnschuhe über, ohne sie zuzubinden. Auch das Trägertop, das sie zum Schlafen getragen hatte, ließ sie an.

In weniger als zwei Minuten war sie fertig und rannte die Treppe hinunter. In der Eingangshalle traf sie auf Richard.

„Wo willst du hin?"

Sie blieb nicht stehen, sah ihn nicht an. Hastig drückte sie die Eingangstür auf und lief zu ihrem Wagen.

Richard holte sie ein, als sie gerade ihre Tasche auf den Beifahrersitz warf, und hielt sie am Ellenbogen fest. „Was zum Teufel ist los?"

„Ich reise ab." Unwirsch riss sie sich los, stieg ein und steckte den Schlüssel ins Zündschloss.

„Warum?", fragte Richard und hielt die Tür fest.

Als sie ihn ansah, zeigte ihr sein kleines Lächeln, dass er den Grund ahnte. Wahrscheinlich hatte er Amelia sogar extra deshalb eingeladen. Zum ersten Mal jedoch hatte Mad keine Angst vor ihrem Halbbruder.

„Du weißt, warum", sagte sie kalt.

„Amelia?"

Mad fluchte, als ihr klar wurde, dass sie alle ein hinterhältiges Spiel mit ihr getrieben hatten – einschließlich Spike.

„Weißt du was, Richard? Ich hätte nicht herkommen sollen, und es war garantiert das letzte Mal."

Sie riss ihm die Tür aus der Hand, schlug sie zu und ließ den Motor an. Doch dann kurbelte sie das Fenster herunter.

„Ach, und noch was. Tu dir selbst einen Gefallen und lege keinen Widerspruch wegen meiner Anteile ein."

„Warum bist du nur so unvernünftig?"

„Hatte ich erwähnt, dass mich ein Anwalt in der Sache vertritt? Mick Rhodes. Vielleicht hast du schon mal von ihm gehört."

Als Richard überrascht die Lippen aufeinanderpresste, lächelte sie düster. „Ah, ich sehe, der Name sagt dir etwas. Sehr schön. Die Anteile gehören mir, und ich werde mein Stimmrecht ausüben. Entweder du fügst dich, oder wir machen dich platt. Deine Entscheidung."

„Madeline, warte …"

„Du kannst mich mal."

„Aber was ist mit Spike?"

„Dem geht's gut. Amelia kümmert sich um ihn."

Mad trat aufs Gas und fuhr mit durchdrehenden Reifen an. Richard fluchte, als seine helle Leinenhose von einem Schotterregen getroffen wurde.

Nachdenklich blickte Richard dem Wagen hinterher. Offenbar hatte er sich bei seinen Schachzügen etwas verrechnet. So hatte er Madeline noch nie erlebt. Außer sich vor Wut und trotzdem völlig besonnen. Beinah bewundernswert.

Der Name Mick Rhodes beunruhigte ihn. Der Mann war ein Killer vor Gericht. Wie kam Madeline nur zu so einem Kontakt? Offenbar lernte sie beim Segeln doch eine Menge wichtiger Leute kennen, die sie mit ihren Fähigkeiten beeindruckte.

Aber noch war nicht alles verloren. Amelia hatte wie geplant Spike verführt. Und wenn Madelines erste Wut verraucht war, würde sie sich nur noch elend fühlen und an ihren Anteilen kein Interesse mehr haben. Ohne Spike, der sie ja erst dazu angestachelt hatte, über ihr Geld selbst zu verfügen, würde sie alles beim Alten lassen.

Natürlich musste er dafür sorgen, dass Spike sich endgültig von Madeline fernhielt. Der Mann war kein Dummkopf – vielleicht hatte er sich kurzzeitig von Amelias Reizen ablenken lassen, aber sicherlich wusste er genau, dass Mad auf lange Sicht die bessere Melkkuh abgab.

Amelia gab ihr Geld viel zu gern für sich selber aus, sie würde niemals in das Projekt eines anderen investieren. Sobald Spike das herausbekam, würde er sich wieder an Mad heranmachen. Und wie er seine Halbschwester kannte, würde sie ihn mit Kusshand zurücknehmen.

Zum Glück hatte sein Anwalt ganze Arbeit geleistet und den dunklen Punkt in Spike Michael Moriartys Vergangenheit gefunden.

Und so wie es aussah, hatte er den Madeline bisher verschwiegen. Die beiden standen offensichtlich ganz am Anfang ihrer Beziehung, auch wenn sie schon miteinander geschlafen hatten. Es war Zeit genug, das neue Wissen geschickt einzusetzen.

„Wo ist Madeline hin?“, fragte Amelia hinter ihm. „Ist sie abgereist?“

Lächelnd drehte Richard sich um. „Natürlich. Du bist wirklich wunderbar, meine Liebe. Das war schnell und gründlich.“

„Wie bitte?"

„Jetzt spiel nicht die Unschuldige. Das ist langweilig. Zugegeben, Moriarty ist ein etwas ungehobelter Bursche, aber vielleicht tat dir die Abwechslung ja gut."

„Du denkst ... Madeline denkt, ich hätte was mit Spike? Um Gottes willen, Richard ..."

„Hast du nicht?"

„Nein!"

Na, so eine Überraschung. „Fandest du seine Tattoos abstoßend?"

„Mad ist mit ihm zusammen!"

„Das hat dich früher ja auch nicht gestört", bemerkte er gelassen.

Richard brauchte sich keine Sorgen zu machen, eigentlich lief das Spiel noch immer gut. Auch wenn Amelia nicht wirklich mit Spike geschlafen hatte – solange Mad das glaubte, hatte es denselben Effekt. Jetzt musste er nur Spike umso eindeutiger klarmachen, dass es keinen Zweck hatte, Mad um eine Versöhnung zu bitten.

„Ich muss es ihr erklären", stieß Amelia plötzlich hervor. „Sie darf nicht denken ... aber natürlich denkt sie das. Wie kann ich ihr bloß sagen ..."

„Spar dir die Mühe. Sie wird dir sowieso nicht glauben. Was diese Dinge angeht, bist du für sie nicht vertrauenswürdig."

Amelia ließ die Schultern hängen und schien den Gedanken aufzugeben. Wunderbar.

„Vergiss es einfach, Liebes", bestärkte er sie. „Die beiden hätten sowieso keine Zukunft gehabt."

Hinter ihnen tauchte der Butler auf. „Entschuldigen Sie, ein Anruf für Sie. Ein Mr Stefan Reichter. Er sagt, er meldet sich auf Ihren Anruf von gestern Nacht?"

Amelia wurde blass. „Ich nehme das Gespräch in meinem Zimmer an. Danke."

Nachdem der Butler und Amelia gegangen waren, blickte Richard nachdenklich über den Vorgarten. Wie konnte er Spike von Madeline fernhalten? Langsam formte sich eine Idee in ihm.

Sie war riskant und sicher nicht seine beste. Aber beim Schach musste man manchmal eben auch bluffen.

Spike streifte sich gerade ein T-Shirt über, als Richard ohne Klopfen eintrat und die Tür hinter sich schloss.

Sofort schrillten bei Spike alle Alarmglocken, aber er ließ sich nichts anmerken.

„Ich muss Sie bitten abzureisen“, erklärte Richard ohne Einleitung.

Spike hob die Brauen. „Warum?“

„Weil Sie ein Gast von Madeline waren und sie sich nicht mehr hier aufhält.“

Spike wusste, dem Mann war nicht zu trauen.

„Wann ist sie abgereist?“, fragte er daher misstrauisch.

„Gerade eben.“ Richard ging zum Fenster und zog den Vorhang zurück. „Sehen Sie selbst, ihr Wagen steht nicht mehr unten. Und bevor Sie fragen, warum, sag ich’s Ihnen gleich: weil ich sie über Sie aufgeklärt habe.“

„Was soll das heißen?“

Gelassen drehte Richard sich zu ihm um. „Ihre Verurteilung. Die fünfeinhalb Jahre Gefängnisstrafe, weil Sie einen Mann erschlagen haben. Sein Name war Robert Conrad, und Sie haben ihn getötet, indem …“

„Warum haben Sie Mad das erzählt?“

„Das fragen Sie noch? Wissen Sie nicht, wie ihre Mutter gestorben ist? Oder haben Sie es ihr gerade deshalb verschwiegen?“

„Wovon zum Teufel reden Sie?“

„Manchmal kommen bei Straftaten auch Unbeteiligte um. Bei Ihnen war das nicht der Fall, Sie haben nur einen umgebracht, aber nicht jeder Mörder ist so umsichtig. Madelines Mutter hatte dieses Glück nicht. Als sie starb, war Madeline vier. Alt genug, um sich mit der Erinnerung zu quälen. Und Menschen zu hassen, die andere töten.“

Spike sank in sich zusammen. Natürlich hatte sie die Flucht ergriffen, als sie hörte, dass auch er so ein Mensch war.

Richard lächelte leicht. „Ich sehe, Sie begreifen jetzt, warum sie nichts mehr mit Ihnen zu tun haben will. Vor allem, weil Sie es ihr nicht selbst gesagt haben. Nicht sehr heldenhaft von Ihnen, was? Und Sie brauchen gar nicht zu versuchen, sich dafür zu entschuldigen. Sie will Sie nie wiedersehen."

Das musste ein Albtraum sein.

„Ach, und Michael?" Richard machte einen Schritt auf ihn zu. „Ich möchte Ihnen einen Deal vorschlagen."

„Was?"

„Ich werde in Ihr neues Restaurant investieren, wenn Sie sich von Madeline fernhalten. Sie sehen sicher ein, dass ich meine Schwester vor Ihnen schützen muss. Aber ich bin auch Geschäftsmann, und da sind Gefühle zweitrangig. Lassen Sie sie in Ruhe, und ich kümmere mich um Sie."

Spike reagierte, ohne nachzudenken. Er schob Richard mit der Brust an die nächste Wand und senkte den Kopf, damit er ihm in die Augen sehen konnte. Furcht flackerte darin.

„Sie verlassen jetzt sofort diesen Raum", zischte Spike. „Und ich werde packen und abreisen. Dann landet keiner von uns beiden im Krankenhaus. Verstanden?"

„Ich versuche doch nur zu helfen." Richards Stimme klang gepresst.

„Das bezweifle ich. Und jetzt verschwinden Sie."

In Sekundenschnelle war Richard draußen.

Mit zitternden Händen packte Spike seine Sachen, warf sich die Tasche über die Schulter und lief die Treppe hinunter. Draußen verstaute er alles in den Satteltaschen und setzte den Helm auf. Er duftete nach Mads Shampoo.

Oh Gott, sie musste entsetzt gewesen sein, als sie hörte, was er getan hatte. Und weil er es ihr nicht selbst gesagt hatte, würde sie ihm gar keine Chance geben, alles zu erklären. Das konnte er ihr nicht einmal verübeln. Wie sollte sie jemandem vertrauen, der ihr etwas so Wesentliches so lange verschwieg?

Nein, die Schuld lag bei ihm. Ganz allein bei ihm.

9. KAPITEL

„Herrgott noch mal!“

Sechs Wochen später stand Spike am Herd des „White Caps“ und verbrannte sich so heftig das Handgelenk, dass er vor Schmerzen fast ohnmächtig wurde.

Er ließ die Pfanne fallen, ging zur Spüle und drehte das kalte Wasser auf, um laut fluchend den Arm darunter zu halten.

„Wie schlimm ist es?“, fragte Nate von seiner Station aus.

„Schlimm genug. Das gibt riesige Blasen.“

Und das nur, weil ich nicht aufgepasst und mir heißes Öl über den Arm geschüttet habe. Ich Idiot.

Aber so ging es ihm, seit er nach Saranac Lake zurückgekehrt war. Er machte Fehler, war unkonzentriert und nicht bei der Sache.

Mit schmerzverzerrtem Gesicht stellte er das Wasser ab, griff nach der Brandsalbe, die sie über der Spüle aufbewahrten, schmierte etwas davon auf die Wunde und wickelte ein Stück Gaze darum. Dann ging er wieder zum Herd.

„Kommt nicht infrage“, schimpfte Nate. „Du gehst damit jetzt sofort zum Arzt. Tom, du übernimmst Spikes Station. Frankie, ich brauche jemanden beim Salat.“

Tom Reynolds, der dritte Koch, ließ den Salat stehen und trat an den Herd, während Frankie, Nates Frau, die ungefalteten Servietten weglegte und seinen Platz übernahm.

„Zwei Filets zum Servieren!“, rief Nate und legte schon das nächste Steak auf den Grill. „Und du verschwindest hier“, sagte er zu Spike und warf ihm gleichzeitig die Autoschlüssel zu, weil Spike das Motorrad in seinem Zustand nicht fahren konnte.

Doc Johnsons Praxis lag in einem alten verschnörkelten Haus in der Stadt. Der Landarzt nahm ihn sofort dran und entfernte vorsichtig die Gaze.

„Und, wie läuft es im ‚White Caps‘“, fragte er. „Gut, wie ich höre?“

„Ja, wir sind … au, verdammt.“

„Soll ich Ihnen ein Schmerzmittel geben?“

„Nein, machen Sie weiter. Ich hab’s nicht besser verdient, wenn ich mich am Herd so blöd anstelle.“

„Ich wünschte, Sie hätten keine Brandsalbe aufgetragen. Die müssen wir jetzt nämlich wieder runterkriegen.“

„Machen Sie nur.“

„Bin gleich wieder da.“

Kurz darauf kam der Arzt mit einer Schüssel zurück und bedeutete Spike, das Handgelenk hineinzutauchen. Schweigend saßen sie da und wartete darauf, dass die Brandsalbe sich auflöste.

„Kann ich Sie was fragen, Doc?“

„Nur zu.“

„Wenn eine Frau …“ Spike räusperte sich. „Wenn eine Frau ihre Periode nicht bekommt, kann sie dann auch nicht schwanger werden?“

„Das kommt darauf an.“

Die Unruhe, die Spike schon die ganze Zeit verspürte, verstärkte sich.

„Worauf?“

„Ob sie trotzdem ihren Eisprung hat.“

„Sie ist Athletin und ihr Körperfettanteil ist so niedrig …“

„Tja, das allein will nichts heißen. Der menschliche Körper macht, was er will. Die einzige Möglichkeit, eine Schwangerschaft mit hundertprozentiger Sicherheit zu vermeiden, ist Enthaltsamkeit.“

Spike spürte, wie er blass wurde. Er hatte es gewusst. Sie hätten niemals …

Der Arzt lächelte ihn an. „Vielleicht sollten Sie zwei einen Test machen. Den gibt’s in jeder Drogerie.“

Entsetzt stellte Spike fest, dass er sich wünschte, er würde positiv ausfallen. So sehr vermisste er Mad. Und es schien der einzige Weg zu sein, wieder Kontakt mit ihr aufzunehmen …

Eine halbe Stunde später verließ er mit dick verbundenem Arm die Praxis, noch immer schwach vor Schmerzen. In diesem

Zustand würde er in der Küche nur stören, daher entschied er sich, nach Hause zu fahren.

Als er den Wagen vor dem viktorianischen Haus parkte, in dessen Obergeschoss er eine Zweizimmerwohnung gemietet hatte, sah er, dass Licht brannte.

Gut. Seine Schwester Jaynie, die meist rastlos durch das Land zog und seit ein paar Wochen bei ihm wohnte, war also zu Hause. Bevor er ausstieg, zog er sein Handy aus der Tasche und rief Sean an. Der Freund schien nicht überrascht zu sein, als Spike nach Madelines Aufenthaltsort fragte, und gab ihm bereitwillig Auskunft.

Als er kurz darauf in seine Wohnung kam, hörte er aus Jaynies Zimmer das Klappern der Computer-Tastatur.

„Ich bin's", rief er.

Seine Schwester war nicht gerne allein, und er dachte immer daran, sich rechtzeitig bemerkbar zu machen, wenn er überraschend nach Hause kam.

„Du bist früh dran", rief sie, kam dann in die Küche. „Was ist passiert?"

„Mir geht's gut."

Mit großen, erschrockenen Augen stand sie in der Tür, eine schmale Frau Anfang dreißig. Sie trug Shorts und ein übergroßes T-Shirt. Trotz der Wärme hatte sie sich ein Sweatshirt über die Schultern gelegt. Das dunkle Haar war im Nacken achtlos zusammengebunden, und mit ihrer runden Drahtbrille erinnerte sie ihn an einen Spatz – schmucklos, aber schnell und immer auf der Hut.

„Was ist denn passiert?", wiederholte sie.

„Nur eine leichte Verbrennung. Was macht die Arbeit?"

„Geht nur langsam voran. Aber es ist besser als andere Sachen, die ich bisher gemacht habe. Ich wünschte, du würdest mich einen Teil der Miete bezahlen lassen."

„Und ich wünschte, du würdest dich endlich entscheiden, ganz hier zu bleiben und meine Mitbewohnerin zu werden."

Jaynie hatte hier in Saranac Lake ein Auskommen gefunden, indem sie von zu Hause aus Schreibarbeiten erledigte. Spike hätte es wirklich gern gesehen, wenn sie endlich sesshaft geworden wäre. Der Gedanke, dass sie hier ein Dach über dem Kopf und einen sicheren Schlafplatz hatte, beruhigte ihn.

„Mal sehen", sagte sie vage.

„Hör zu, ich muss morgen verreisen. Ich bin nur eine Nacht weg. Meinst du, du kommst zurecht? Du kannst auch bei Nate und Frankie übernachten, wenn du willst."

„Nein, das geht schon. In dem Haus hier fühle ich mich sicher. Fährst du wegen Madeline?"

Spike riss die Augen auf. „Woher weißt du …"

„Du sagst im Schlaf ihren Namen." Jaynie wurde rot. „Nicht, dass ich dich belausche, aber ich schlafe selbst manchmal nicht so gut, und dann höre ich dich. Du vermisst sie wohl sehr?"

„Ja", gab er zu.

Das liebevolle Lächeln machte Jaynies Gesicht bezaubernd schön. „Gut", sagte sie. „Es wird auch langsam Zeit, dass du für jemanden so viel empfindest."

Mad stand auf dem Deck der Segeljacht, die ihre Crew auf den Bahamas repariert hatte, und starrte zu dem kleinen Fleck in der Ferne, der zeigte, dass sie sich Newport, Rhode Island, näherten. Die letzten anderthalb Monate war sie auf See gewesen, und sie freute sich nicht auf den Landgang. Auch nach sechs Wochen tat Spikes Verrat so weh wie am ersten Tag. Und das Schlimmste daran: Sie bekam den Mann einfach nicht aus dem Kopf. Aber so war das eben mit gebrochenen Herzen.

Zwei Stunden später legten sie im New England Jacht-Club an, einem exklusiven Segelhafen. Hier würde sie bestimmt schnell wieder ein Boot finden, auf dem sie als Skipper an Bord gehen konnte.

Während über dem Wasser ein Gewitter aufzog, half sie der Mannschaft, das Boot zu entladen. Danach würde sie in die Stadt fahren, sich ein Hotel suchen und sofort ins Bett fallen. Sie fühlte sich müde und ausgelaugt und würde schlafen wie ein Stein. Hoffentlich. An Bord hatte sie nächtelang wach gelegen und gegrübelt.

„Sehen wir uns in der Bar?“, rief einer ihrer Crewmänner.

„Ja, ich komme gleich nach.“

„Gut. Und schau mal bei der Anmeldung vorbei, die haben ein Paket für dich.“

Als die Männer gegangen waren, suchte Mad in ihrer Sporttasche nach ihrem neuen Handy. Sie hatte es sich eigentlich nur wegen Mick Rhodes zugelegt, damit der Anwalt sie unterwegs über den Stand der Dinge auf dem Laufenden halten konnte. Richard hatte direkt nach dem Feiertagswochenende eine einstweilige Verfügung beantragt, um die Kontrolle über ihre Anteile zu behalten. Doch das hatte Mick wenig beeindruckt, und schließlich zog Richard den Antrag kleinlaut zurück. Damit war die Angelegenheit endlich geregelt, die Anteile gehörten nun ihr allein.

Stirnrunzelnd schaute sie auf das Display. Sie hatte acht Nachrichten, und fünf davon hatte Richard hinterlassen. Sie löschte sie, ohne sie anzuhören. Die anderen waren von Sean und Alex Moorehouse, erst die letzte stammte von Mick, der ihr mitteilte, dass sie zur nächsten Aufsichtsratssitzung der Value Shop erscheinen musste, um ihr Stimmrecht auszuüben.

Übermorgen Nachmittag.

Das bedeutete, dass sie sich erst mal nicht darum kümmern konnte, mit welcher Jacht sie als Nächstes auslief. Wie ungewohnt, einen Termin zu haben, der nichts mit Segeln zu tun hatte!

Mad ging an Land und blieb auf dem Kai stehen, um sich vom Meer zu verabschieden. Gewitterwolken verdunkelten den Himmel, und Wind peitschte das Wasser auf.

Als sie sich umdrehte, stand Spike vor ihr.

Ihr erster Gedanke war, wie unfair es von ihm war, so gut auszusehen. Er trug seine schwarze Motorradkluft, und in dem seltsamen Licht leuchteten seine gelben Augen geheimnisvoll.

Wie schon bei seiner Ankunft in Greenwich war sie völlig überrumpelt. Gleichzeitig fühlte sie sich unwiderstehlich zu ihm hingezogen. Und spürte sofort die Spannung, die in der Luft lag.

Die sechs Wochen ohne ihn hatten nichts geändert. Aber dann dachte sie an das, was er getan hatte – und Wut stieg in ihr auf.

Spike war auf das Schlimmste vorbereitet, und während er darauf wartete, dass sie empört oder verächtlich vor ihm zurückwich, genoss er dennoch ihren Anblick. Sie war braun und wirkte fit – bis auf die Ringe unter den Augen. Und wie immer sah sie einfach hinreißend aus. Das Haar hatte sie zu einem Zopf geflochten, aus dem sich einige Strähnen gelöst hatten, die jetzt im Wind wehten. Am liebsten hätte er sie geküsst …

Aber das war sicherlich keine gute Idee.

„Was machst du denn hier?“, fragte sie angespannt.

„Ich wollte dich sehen.“

Schweigen. Dann fragte sie: „Und wie bist du in den Club gekommen?“

Bei ihrer unbeteiligten Stimme bekam er eine Gänsehaut. „Ich habe hier früher mal als Koch gearbeitet. Man kennt mich.“

„Aha.“ Dann setzte sie sich in Bewegung und ging an ihm vorbei. „Entschuldige mich, ich wollte gerade gehen.“

„Bist du schwanger?“, platzte er heraus.

Sie erstarrte, schaute sich dann über die Schulter um. „Nein.“

„Bist du ganz sicher?“

„Ja.“

„Hast du einen Test gemacht?“ Verdammt, das lief nicht gut. Er hätte sie so gerne berührt, ihr alles erklärt, irgendetwas geändert. Stattdessen starrten sie sich an und redeten miteinander wie Fremde.

„Ich ruf dich an, wenn’s ein Problem gibt, ja?“

„Ein Kind mit dir wäre kein Problem für mich“, sagte er leise.

„Tja, für mich schon“, erwiderte sie kühl.

Spike hielt den Atem an und senkte den Blick. Er war im Leben schon öfter geohrfeigt worden. Hatte Magenschwinger abbekommen und zweimal ein Messer in die Rippen. Aber nichts kam dem Schmerz gleich, der jetzt durch seinen Körper raste.

„Ja, ich kann mir vorstellen, warum“, flüsterte er.

Darauf sagte sie nichts mehr. Als er schließlich wieder den Kopf hob, schaute sie ihn seltsam an.

„Wenigstens scheint es dir leidzutun, was in Greenwich passiert ist."

„Natürlich." Er hätte es ihr lieber selbst erzählt. Vielleicht hätte sie dann anders reagiert. Oder auch nicht.

„Ich muss gehen", sagte sie.

„Es tut mir so leid."

Sie starrte aufs Meer hinaus. „Mir auch."

„Lässt du mich wissen, wenn …"

„Ja. Aber ich bin nicht schwanger."

„Du weißt ja gar nicht, wie du mich erreichst. Kann ich dir meine Nummer …"

„Die hat Sean bestimmt auch, oder? Ich frag einfach ihn, wenn ich dich sprechen will."

Damit drehte sie sich um und ging.

Spike blickte ihr nach, bis sie im Clubhaus verschwand. Lange blieb er auf dem Kai stehen und wusste einfach nicht, was er tun sollte. Eine Zukunft ohne Mad kam ihm leer und bedeutungslos vor.

Schließlich ging er zu seiner Harley zurück. Es würde eine lange Fahrt werden, und die Brandwunde schmerzte, aber das war ihm egal. Innerlich fühlte er sich kalt und taub. Als er die Maschine anließ, fielen die ersten Regentropfen.

Mit weichen Knien ging Mad ins Clubhaus, wo sie an der Anmeldung ihr Päckchen abholte. Sie wusste, was es enthielt: die Unterlagen für die Aufsichtsratssitzung. Aber daran konnte sie im Moment nicht denken.

Sie ging in den edel ausgestatteten Damenwaschraum, beugte sich über eins der Marmorwaschbecken mit den goldfarbenen Armaturen und ließ sich kaltes Wasser über das Gesicht laufen.

Sechs Wochen lang hatte sie Spike immer wieder vor sich gesehen, wie er Amelia in sein Zimmer zog und von Liebe redete. Und jetzt hatte er selbst vor ihr gestanden – in seiner Motorradkluft, die er nur trug, wenn er lange Strecken fuhr.

Also war er den ganzen Weg aus Saranac Lake gekommen, um sie zu sehen. Weil er wissen wollte, ob sie schwanger war.

Sie hatte tatsächlich einen Test gemacht, weil sie sich dieselbe Frage stellte. Und obwohl sie sich nicht vorstellen konnte, wie sie allein ein Kind großziehen sollte, hatte sie die ganze Zeit, während der Test sich entwickelte, gehofft, er wäre positiv. Was er nicht war.

Wie konnte man sich nur ein Kind von dem Mann wünschen, der einen so betrogen hatte? Sie musste verrückt sein.

Als sie draußen die Harley aufröhren hörte, atmete Mad tief durch und verließ ohne Eile das Clubhaus. Sie hatte keine Lust, die anderen Jungs in der Bar zu treffen. Stattdessen lief sie durch den Regen zu dem bewachten Parkhaus, wo sie ihren Wagen abgestellt hatte. Inzwischen regnete es in Strömen, und die Scheibenwischer kamen kaum gegen den Regen an. Immer wieder zuckten Blitze über den Himmel, gefolgt von ohrenbetäubendem Donner.

Zuerst rollten ihr nur einzelne Tränen über die Wangen, doch als sie schließlich auf dem Hotelparkplatz des „Lancet" ankam, schluchzte sie laut und hemmungslos. Es war das erste Mal, dass sie allein war, seit sie vor sechs Wochen an Bord gegangen war, und sie spürte, wie das Weinen sie erleichterte. Also ließ sie es zu und blieb im Wagen sitzen, bis sie keine Tränen mehr hatte.

Als Spike das „Lancet" erreichte, war er bereits durch und durch nass. Etwa fünf Minuten war er auf einer Landstraße gefahren, aber da das Wasser wie ein Bach die Straße entlangrauschte, hatte er sich schließlich zum Umkehren entschlossen. Es war verrückt und gefährlich, in diesem Wetter unterwegs zu sein.

Das „Lancet" war ein historisches Gebäude, das zu einer Frühstückspension umgebaut worden war. Sein Zimmer war nicht besonders groß, aber trocken und gemütlich eingerichtet. Er schälte sich aus dem nassen Leder und stellte sich unter die Dusche, bis ihm wieder warm war. Dann machte er sich auf zum Abendbüfett.

Er wählte Roastbeef und Kartoffeln, setzte sich allein an einen Zweiertisch und begann zu essen, als er plötzlich ein Kribbeln im Nacken spürte. Als er sich umdrehte, sah er Madeline durch die Eingangstür kommen. Ihr Haar hing ihr nass über den Rücken, ihre Tasche tropfte, und sie sah verweint aus. Beim Einchecken schien sie nichts um sich herum wahrzunehmen, und sie ging sofort die Treppe zu den Zimmern hinauf.

Mit klopfendem Herzen wartete Spike darauf, dass sie zum Essen herunterkam, doch als der letzte Gast das Speisezimmer verließ und er den dritten Kaffee getrunken hatte, musste er einsehen, dass sie nicht kommen würde. Bestimmt hatte sie im Club auch nichts gegessen. Aber das ging ihn ja eigentlich nichts an.

„Sind Sie fertig mit dem Essen?“, fragte ein Kellner. „Wir würden gerne das Büfett abräumen.“

Spike blickte auf. „Ja, ich bin fertig. Aber warten Sie bitte noch einen Augenblick.“

Seufzend streckte Mad sich auf dem Bett aus. Nach so langer Zeit auf See auf einem Bett zu liegen, das sich nicht bewegte, war immer seltsam, aber nicht unangenehm. Auch die lange heiße Dusche hatte ihr gutgetan. Auf dem Boot war jeder Tropfen kostbar und das Wasser gerade mal lauwarm.

Jetzt lag sie im Hotelbademantel da und fühlte sich schon etwas besser. Stark genug, sich mit dem Geschäftlichen zu befassen, was sie außerdem davon ablenken würde, ständig an Spike zu denken.

Sie griff nach dem Paket und riss es auf. Darin lagen drei dicke, spiralgebundene Hefte mit Bilanzen, Memos und Tabellen.

Sie schlug das oberste auf und hoffte, dass der Inhalt einer Logik folgte, sodass sie zumindest verstehen würde, um was es ging. Auf dem ersten Blatt stand die Tagesordnung für die Aufsichtsratssitzung, die sie überflog. Nach den üblichen organisatorischen Dingen lautete der letzte Punkt: „Kauf der Organi-Foods Corporation“.

Mad pfiff durch die Zähne. Der Name war ihr ein Begriff, die Läden sah man in jeder Stadt.

Sie blätterte die Hefte durch, bis sie zu den betreffenden Seiten kam. Als sie Richards Memo an den Aufsichtsrat las, wurde ihr klar, warum er so erbittert darum kämpfte, ihren Stimmanteil zu behalten. Nur damit hatte er die Mehrheit und konnte Entscheidungen wie diese allein durchsetzen.

Jetzt musste er immer erst Mad überzeugen, wenn er ihre Stimme wollte. Deshalb also hatte er sie so oft angerufen!

Als es an der Tür klopfte, hob sie den Kopf. „Ja?"

„Ich bringe das Abendessen."

Sie erkannte Spikes Stimme und setzte sich ruckartig auf.

„Ich kann es auch vor der Tür abstellen, wenn dir das lieber ist."

Doch sie sprang auf, zupfte den Bademantel zurecht und öffnete die Tür.

„Ich will nichts …" Die Stimme versagte ihr.

Spike füllte den ganzen Türrahmen aus. Unter seinem schwarzen T-Shirt zeichneten sich seine Muskeln ab. Ihr Blick fiel auf das Tattoo, das sie so gerne gestreichelt hatte …

Verflixt, wie konnte sein Anblick sie nur so durcheinanderbringen? Hatte sie keine Selbstdisziplin mehr? Oder wenigstens gesunden Menschenverstand?

Und was war mit seinem Arm passiert, der dick bandagiert war?

Nicht dein Problem, wies sie sich zurecht.

„Ich wusste nicht, dass du auch hier übernachtest", sagte sie kühl.

„Sonst wärst du nicht hier abgestiegen, oder?"

Als sie schwieg, wirkte er verärgert. „Denkst du wirklich, ich bin eine Bedrohung für dich? Nur, weil ich im Zimmer gegenüber schlafe?"

Seine Wortwahl fand sie seltsam. „Natürlich nicht."

„Gut. Also beweis es mir, bitte mich herein und iss."

„Ich habe keinen …"

„Hunger? Richtig, das habe ich ja ganz vergessen. Du bist Superfrau, die tagelang mit ein paar Tassen Kaffee auskommt."

Wütend starrte Mad ihn an. Als sie zu einer Erwiderung ansetzte, senkte er seufzend den Blick. „Tut mir leid, das nehme ich zurück. Hier ist dein Abendessen, wenn du es möchtest."

Er hielt ihr den Teller hin, und sie nahm ihn ihm ab. „Danke."

„Lass mich rein", bat er leise. „Bitte. Ich muss dir ein paar Dinge erklären. Ich will dir erzählen, was passiert ist und warum."

Gib nicht nach, dachte sie. Gib nicht …

Mechanisch trat sie einen Schritt zurück. Spike trat ins Zimmer und schloss leise die Tür hinter sich. Schweigend ging er zum Fenster.

Mad setzte sich auf das Bett, nahm den Teller auf den Schoß und entrollte die Serviette mit dem Besteck. Hunger hatte sie nicht, aber schon seit einigen Wochen lebte sie nicht mehr nur von den Proteindrinks, die ihr strikter Ernährungsplan vorgeschrieben hatte. Der Gedanke, dass sie vielleicht ihren Körper dauerhaft damit schädigte, hatte sie erschreckt.

Außerdem suchte sie nach etwas, um ihre Hände zu beschäftigen, und so begann sie, das Roastbeef in Stücke zu schneiden. Dabei ertappte sie sich bei dem Gedanken, dass sie hoffte, er würde eine plausible Entschuldigung für sein Verhalten anbieten.

Deshalb sagte sie kühl: „Du brauchst nicht zu erklären, warum Amelia in deinem Zimmer war. Das weiß ich schon."

Wie elektrisiert drehte er sich um. „Was?"

„Weil du mit ihr geschlafen hast. Das war ja offensichtlich."

Spike schwankte. „Du glaubst, dass ich … Wie um alles auf der Welt kommst du darauf?"

„Jetzt hör aber auf."

„Wieso denkst du, dass ich dir so was antun würde?"

„Ich habe gesehen, wie sie aus deinem Zimmer kam und du versucht hast, sie aufzuhalten. Es war ziemlich eindeutig."

Fassungslos starrte er sie an. „Warte. Du bist abgereist, weil …"

„Nein, ich hatte einen Termin. Sonst wäre ich natürlich gern geblieben“, sagte sie ironisch.

Doch ihr Sarkasmus schien ihn nicht zu erreichen.

„Richard hat also nicht mit dir über mich gesprochen?“

„Nein, wozu? Ich hab euch ja mit eigenen Augen gesehen.“

Spike rieb sich das Gesicht und schien unter Schock zu stehen. „Lieber Himmel.“

„Was willst du? Ich hab das mit Amelia schon zweimal erlebt, wieso sollte es beim dritten Mal anders sein?“

Das stimmte nicht ganz. Dieses Mal hatte es ihr mehr wehgetan als die anderen beiden Male zusammen.

Nach kurzem Schweigen hob Spike die Hände. „Ich weiß einfach nicht, was ich sagen soll. Es ist einfach zu ... egal. Lass es dir schmecken. Und pass gut auf dich auf.“

Er ging zur Tür, als ob sie ihn gerade vollkommen niedergeschmettert hätte – dabei war er doch derjenige, der sie betrogen hatte!

„Dachtest du etwa, ich würde das einfach so wegstecken? Dass du zu ihr gehst, nach allem, was wir miteinander hatten?“

„Ja, das wäre schrecklich gewesen“, stieß er hervor. „In etwa genauso schlimm wie dein fehlendes Vertrauen in mich.“

Sie stellte den Teller zur Seite und stand auf. „Ich glaub das einfach nicht. Wieso bist du so wütend?“

„Weil es möglicherweise eine Beleidigung für mich ist, dass du denkst, ich hätte mit deiner Halbschwester geschlafen?“

„Aber das hast du doch, oder?“

„Nein. Habe. Ich. Nicht.“ Seine Augen funkelten wütend. „Ich weiß nicht, was du gesehen hast ...“

„Ihr beide standet halb nackt in deiner Zimmertür! Und du hast ihr etwas von der großen, einzigen Liebe erzählt!“

Spike machte den Mund auf, dann wieder zu. Damit er nicht sah, wie sehr ihre Hände zitterten, vergrub sie sie in den Taschen des Bademantels.

„Hör zu“, begann sie, dann räusperte sie sich. „Ich ... nein, ich glaube, es gibt wirklich nichts mehr zu sagen, oder?“

Lange starrte er sie an, dann sagte er tonlos: „Da hast du wohl recht."

Ohne ein weiteres Wort verließ er das Zimmer.

Wütend marschierte Mad im Zimmer auf und ab. Wie konnte er es wagen, den Beleidigten zu spielen, wo er sie so verletzt hatte? Ihr Blick fiel auf den Teller. Fluchend setzte sie sich aufs Bett und begann zu essen. Nicht, weil sie Hunger hatte oder es ihr schmeckte, sondern weil sie tatsächlich den ganzen Tag noch nichts gegessen hatte und sie sich versprochen hatte, dass das nicht mehr vorkommen würde.

Beim Essen dachte sie über Spikes Worte nach. Wieso hatte er sie nach Richard gefragt? Und wieso behauptete er, dass er nicht mit Amelia im Bett war? Ein Lügner war er eigentlich nicht. Irgendetwas stimmte nicht. Ganz und gar nicht.

Sie versuchte, sich wieder in die Firmendokumente zu vertiefen, konnte sich aber nicht konzentrieren. Draußen tobte noch immer das Gewitter, ein Spiegelbild ihres aufgewühlten Inneren.

Nach einer Weile gab sie auf. Sie erhob sich und ging über den Flur zur Zimmertür gegenüber. Sie war nur angelehnt, und drinnen hörte sie Wasser rauschen.

„Spike?"

„Wenn Sie Mr Moriarty meinen, den haben Sie leider verpasst", sagte die Frau, bei der sie eingecheckt hatte. „Er ist vor ein paar Minuten abgereist."

„Wissen Sie, wo er hinwollte?"

„Er sagte, er müsse unerwartet nach Hause zurück. Und er war sehr nett. Ich wollte ihm einen Teil des Zimmerpreises zurückerstatten, aber davon wollte er nichts wissen."

Ein heftiger Windstoß traf die geschlossenen Fensterläden, gefolgt von einem Hagelschauer. Lieber Himmel, Spike war bei diesem Wetter mit der Harley unterwegs.

„Danke", flüsterte Mad und ging in ihr Zimmer zurück.

Unruhig versuchte sie sich einzureden, dass sie froh über seine Abreise war. Sonst hätte sie sich am Ende doch noch überzeugen lassen, dass das, was sie mit eigenen Augen gesehen hatte, so nicht stimmte. Dabei stimmte das Muster haargenau – auch die anderen beiden Männer, die Amelia ihr ausgespannt hatte, waren mit fadenscheinigen Entschuldigungen bei ihr aufgetaucht – nachdem Amelia ihnen den Laufpass gegeben hatte.

Es lief also alles wie gehabt.

Als ein weiterer Donnerschlag die Scheiben erzittern ließ, zuckte sie zusammen. Dieses Unwetter schien kein Ende zu nehmen, wahrscheinlich war die ganze Küste betroffen. Und Spike saß mit verletztem Arm auf der Harley …

Sie griff nach ihrem Handy und wählte Seans Nummer. Er war mit Mick Rhodes auf einer Party, suchte sich aber sofort eine ruhige Ecke, als er ihre besorgte Stimme hörte.

„Spike war hier in Newport", erklärte sie ihm, „aber das wusstest du wahrscheinlich schon, weil er eigentlich nur von dir wissen kann, dass ich heute hier angekommen bin."

„Ja, ich hab's ihm gesagt. Tut mir leid. Ich wusste nicht, was ich machen sollte. Er wirkte so fertig und …"

„Ist schon gut. Kannst du mir einen Gefallen tun?"

„Nur zu gern. Schon allein, um mein Gewissen zu beruhigen."

„Kannst du ihn anrufen, um zu hören, ob es ihm gut geht?"

„Es ist wohl nicht gut gelaufen zwischen euch?"

„Das auch, aber es ist wegen des Unwetters. Spike ist mit dem Motorrad unterwegs."

„Was für ein Leichtsinn! Ich rufe ihn sofort an."

„Und sagst mir dann Bescheid?"

„Ja. Dieser verdammte Idiot …"

Nach ein paar Minuten klingelte ihr Handy. „Ich kriege nur seine Mailbox. Ich rufe dich an, sobald ich ihn persönlich erreiche. Oder soll ich ihm sagen, dass er sich selbst bei dir meldet?"

„Nein."

Sean seufzte. „Ich hatte wirklich gehofft, dass ihr beide zusammenfindet."

„Danke. Aber erzähl ihm nicht, dass ich dich angerufen habe, ja? Ich weiß, das ist alles ziemlich albern, aber ich will jetzt wirklich nicht mit ihm reden. Ach, und ich möchte dich noch um einen Gefallen bitten. Übermorgen ist die Aufsichtsratssitzung. Kann ich bei dir übernachten?"

„Klar. Du hast ja den Schlüssel, falls ich im Büro bin. Und wenn ich die Unterlagen mit dir durchgehen soll, mache ich früher Feierabend."

„Das wäre toll."

Der Sturm tobte die ganze Nacht, und Mad konnte lange nicht einschlafen. Schließlich musste sie aber doch eingedöst sein, denn als ihr Handy endlich wieder klingelte, schreckte sie hoch.

„Sean?"

„Er ist gut zu Hause angekommen, müde, durchgefroren und klatschnass, aber heil."

Gott sei Dank.

„Danke, dass du das für mich getan hast", sagte sie.

„Jederzeit gern. Und wenn ich ihn das nächste Mal sehe, werde ich ihm den Hals umdrehen, weil er so unvernünftig war. Jetzt schlaf weiter."

„Gute Nacht, Sean."

Blinzelnd sah sie auf die Uhr. Halb drei Uhr morgens. Er musste den ganzen Weg ohne Pause durchgefahren sein. Aber warum? Er hätte auch einfach das Hotel wechseln können. Irgendetwas stimmte nicht. Wenn sie nur wüsste, was.

Zwei Tage später saß Mad in Seans Küche und sortierte den riesigen Haufen Papier auf dem Glastisch. Sie hatten sich schließlich entschlossen, die spiralgebundenen Hefte auseinanderzunehmen, um nicht ständig hin- und herblättern zu müssen. Außerdem hatten sie einen ganzen DIN-A4-Block mit Notizen und Diagrammen vollgeschrieben.

Sie war stolz darauf, wie weit sie gekommen waren.

Jetzt hatte sie einen guten Überblick über die Geschäftsgrundlagen von Value Shop und verstand genau, was bei der Aufsichtsratssitzung passieren würde. Besonders, was die von Richard vorgeschlagene Firmenübernahme anging.

Sean war einfach ein Schatz. Geduldig hatte er ihr die halbe Nacht Fragen beantwortet und ihr alles genau erklärt. Als er sie wegen ihrer schnellen Auffassungsgabe lobte, war sie zu ihrer beider Überraschung in Freudentränen ausgebrochen.

Sie hatte nicht vor, Betriebswirtschaft zu studieren oder Richards Job zu übernehmen, aber jetzt fühlte sie sich gut gerüstet, um sich ihre eigene Meinung über die Firmenbelange zu bilden und ihre Stimme verantwortungsvoll abzugeben.

Als es klingelte, legte sie den Stift zur Seite und ging barfuß zur Tür. „Hast du deinen Schlüssel vergessen, Sean?", fragte sie beim Öffnen.

Es war Amelia.

„Hallo, Madeline", sagte sie leise. „Ich hatte gehofft, dass du hier bist."

Noch vor achtundvierzig Stunden hätte Mad ihr einfach die Tür vor der Nase zugeschlagen, doch jetzt dachte sie an Spikes seltsame Worte und seine Behauptung, dass zwischen den beiden nichts vorgefallen war.

Vielleicht war es ein Wink des Schicksals, dass Amelia sie sprechen wollte. Oder kam sie, um Mad noch tiefer zu verletzen?

„Darf ich reinkommen? Ich wollte seit dem Feiertagswochenende mit dir reden. Eigentlich schon vorher. Ich hatte gehofft, dass wir in Greenwich …" Sie unterbrach sich. „Bitte."

Mit gemischten Gefühlen trat Mad zur Seite, schloss die Tür hinter ihr und führte Amelia ins Wohnzimmer. Niemals wäre Mad von sich aus auf Amelia zugegangen, aber wenn ihre Halbschwester nun schon einmal hier war, konnte sie sie auch anhören.

Heute trug Amelia ein marineblaues Kostüm. Schmuck, Make-up und sogar das Parfum waren perfekt darauf abgestimmt – das Einzige, was nicht zu diesem Bild der sorglosen Eleganz passte, war Amelia selbst. Sie sah müde aus und niedergeschlagen.

„Amelia …"

„Als du Greenwich verlassen hast, sagte mir Richard, dass du dachtest, ich hätte mit Spike geschlafen. Das habe ich nicht. So was würde ich dir nicht antun."

Mad öffnete den Mund, um zu bemerken, dass es ja schon zweimal vorgekommen war, überlegte es sich dann anders. „Ich habe dich aus seinem Zimmer kommen sehen. Im Morgenmantel. Wie kam das, wenn du nicht die Nacht mit ihm verbracht hast?"

„Ich bin zu ihm gegangen, um ihn zu bitten, zwischen uns zu vermitteln. Ich will mich jetzt schon eine ganze Weile bei dir entschuldigen, aber du warst ja fast immer auf See. Und als ich es in Greenwich versuchte, hast du mir gar nicht richtig zugehört."

Verblüfft versuchte Mad, die Worte zu verarbeiten. Hatte Amelia wirklich von „entschuldigen" geredet? Wo waren ihr unerschütterliches Selbstvertrauen, ihre Menschenverachtung, ihr kühles Lächeln und ihre eiskalte Berechnung? Stattdessen wirkte sie verstört und ängstlich.

Aber konnte sie diesem Anschein trauen?

„Was ist mit dir passiert?", fragte sie zögernd.

„Ich hatte vor sieben Monaten eine Fehlgeburt."

Erschrocken hob Mad die Hand an den Mund. „Mein Gott ..."

„Das Kind war nicht geplant, aber ich wollte es trotzdem. So sehr, dass ich ... Ich bin am Boden zerstört." Amelia atmete tief durch. „Und der Mann, den ich liebe, ist jetzt mit einer anderen verheiratet, die in Kürze Zwillinge zur Welt bringt. Ich habe ihm von unserem Kind nichts erzählt ... jedenfalls nicht bis zum Wochenende in Greenwich. Und da hat er mir nicht geglaubt, sondern mir vorgeworfen, dass ich das alles erfinde, um sein Mitleid zu erregen. Ach, Madeline, ich habe die Liebe meines Lebens wegen meiner Arroganz verloren, und jetzt bin ich allein."

Amelia hatte Tränen in den Augen. Daran, dass Augen und Nase rot wurden, erkannte Mad, dass ihre Halbschwester wirklich weinte.

„Diese Woche wäre mein Kind zur Welt gekommen", sagte sie leise. „Ich erzähle dir das alles, weil du mir sonst nie glauben würdest, dass es mir ehrlich leidtut, was in der Vergangenheit passiert ist. Dass ich dir zweimal den Freund weggenommen habe. Und du musst mir auch glauben, dass zwischen Spike und mir nichts war. Ich habe mich verändert. So was würde ich nie mehr tun. Ganz abgesehen davon hätte Spike es niemals zugelassen."

Mad wurden die Knie weich. Spike hatte nicht gelogen.

Panik stieg in ihr auf. Sie musste zu ihm. Sofort. Verflixt – in zwei Stunden war die Aufsichtsratssitzung.

Aber gleich danach würde sie nach Saranac Lake fahren, um mit ihm zu sprechen. Persönlich. Wenn er sie überhaupt noch sehen wollte.

Amelia wischte sich die Tränen ab. „Ich war ein schrecklicher Mensch. Und es tut mir so leid."

Mit etwas Mühe konzentrierte sich Mad wieder auf ihre Halbschwester. Ein Anflug von Mitleid stieg in ihr auf, als sie daran dachte, was Amelia durchgemacht hatte. Doch etwas ließ ihr keine Ruhe: „Warum? Warum hast du es getan? Ich war doch nie eine Bedrohung für dich. Ich war das hässliche Entlein."

Ihre Halbschwester seufzte. „Weißt du, was Papa zu mir sagte, als ich achtzehn wurde? Ich solle froh sein, dass ich schön aussähe, denn der ganze Rest wäre hoffnungslos unattraktiv. Er erklärte mir, dass ich, wenn ich auch noch hässlich wäre, nie etwas erreichen würde, und weil ich ihm glaubte, handelte ich danach. Ich habe mein Aussehen aus Spaß oder Verzweiflung benutzt, sogar aus Langeweile. Wenn ich etwas wollte oder nicht wollte – und manchmal sogar, um andere zu verletzen."

Ungläubig sah Mad Amelia an. Ihre Halbschwester war ihr immer unbesiegbar vorgekommen, doch jetzt schien sie kurz vor dem Zusammenbruch zu stehen. Das kam so unerwartet, dass sie nicht wusste, wie sie reagieren sollte.

„Das wollte ich dir nur sagen", fuhr Amelia fort. „Ich kann verstehen, wenn du nach all der furchtbaren Zeit nichts von mir wissen willst. Oder mir nie vertrauen kannst. Was mit meinem Kind und dem Mann, den ich liebe, geschehen ist, kann ich nicht ändern. Aber bei dir wollte ich es wenigstens versuchen."

Amelia ging zur Tür. „Ach ja, und es war Richard, der mich an dem Wochenende nach Greenwich eingeladen hat. Das erste Mal seit Vaters Tod vor viereinhalb Jahren. Ich glaube, dass er es absichtlich getan hat, weil du mit einem Mann dort warst, der dir etwas bedeutet. Hüte dich vor Richard. Ich weiß nicht, warum er zwischen dich und Spike einen Keil treiben will, aber das war sein Ziel."

Als Amelia den Flur erreichte, rief Mad ihr nach: „Warte!"

Hoffnungsvoll drehte ihre Halbschwester sich um.

Es fiel Mad nicht leicht, die bösen Erinnerungen zu vergessen. Aber sie war bereit, Amelia eine Chance zu geben. Auf lange Sicht. Deshalb hatte sie sie allerdings nicht zurückgerufen.

„Gehst du zur Aufsichtsratssitzung heute?", fragte Mad.

Amelia runzelte die Stirn. „Nein. Ich habe Richard meine Stimmanteile übertragen. Warum?"

„Bevor du gehst, solltest du dir etwas ansehen."

Unglaublich, wie ruhig sie war. Als Mad vor dem Chrysler Building aus dem Taxi stieg, hätte sie eigentlich ein Nervenbündel sein müssen, doch sie fühlte sich zuversichtlich, gelassen und gut vorbereitet.

Bevor sie eintrat, zupfte sie die Jacke ihres neuen schwarzen Hosenanzugs zurecht, straffte die Schultern und lächelte ihrem Spiegelbild in den Glastüren zu. Nachdem sie den Sicherheitscheck passiert hatte, stieg sie in den Aufzug. Der Aufzug war bereits voll besetzt. Alle trugen wie sie dunkle Anzüge, und sie hatte den Eindruck, dass sie trotz ihrer Größe und Sonnenbräune nicht weiter auffiel.

Im 74. Stock stieg sie aus. Dort wurde sie von einer freundlichen Empfangsdame begrüßt und zu einem Konferenzraum mit einem riesigen ovalen Tisch geführt. Es waren bereits einige Männer in tadellosen Anzügen anwesend, auch Richard, der sich in einer Ecke mit Charles Barker unterhielt.

Mad ging zum ersten freien Stuhl und legte ihre neu gebundenen Unterlagen auf den Tisch. Als sie sich setzte, schienen die

Gespräche kurz zu verstummen, doch sie ließ sich nichts anmerken und überflog stattdessen die neuen Dokumente, die an jedem Platz in einem ordentlichen Päckchen bereitlagen.

In der nächsten Viertelstunde begrüßte Richard jeden einzelnen der anderen 19 Aufsichtsräte mit Handschlag. Als er zu ihrem Platz kam, beugte er sich zu ihr hinunter.

„Du hast mich nicht zurückgerufen."

„Ich wüsste nicht, wozu", erwiderte sie gelassen und sah ihm geradewegs in die Augen.

Überrascht richtete er sich auf und ging stirnrunzelnd weiter.

Charles Barker eröffnete die Sitzung, die zügig abgewickelt wurde. Andere Aufsichtsräte gaben Berichte ab und beantworteten Fragen dazu. Madeline sagte bis zum Schluss nichts.

Als sie zum Tagesordnungspunkt der Firmenübernahme von Organi Foods kamen, stand Richard auf und hielt seine Präsentation. Während er sprach, zeigte Charles Barker schon mit seiner Körpersprache deutlich, dass er von dem Vorschlag nichts hielt.

Als Richard alle Fragen beantwortet hatte, räusperte sich der Vorsitzende und sagte desinteressiert: „Ich bitte um Abstimmung, ob wir den Ankauf der Organi Foods Corporation realisieren. Alle, die zustimmen, sagen ‚Ja'."

Mad sprach als Erste. „Ja. Und ich habe eine Vollmacht für die Stimmanteile meiner Schwester. Auch sie stimmt mit ‚Ja'."

Ein Raunen ging durch den Raum, und Richard fiel fast vom Stuhl. Barker blickte sie mit offenem Mund an. Entspannt lehnte sich Mad zurück und begegnete den verwunderten Blicken gelassen.

Die Abstimmung ging weiter, doch die Entscheidung war bereits gefallen: Mit ihren und Amelias Stimmanteilen hatte Mad die Firmenzusammenführung entschieden.

Nach den letzten organisatorischen Punkten erklärte Barker die Sitzung für geschlossen. Eilig sprang Mad auf und lief zur Tür. Sie war schon beim Aufzug angekommen, als Richard sie einholte und am Ellenbogen festhielt.

„Madeline", sagte er, dann schien er nicht weiterzuwissen.

„Ja?“

„Warum hast du nicht gegen mich gestimmt?“

Sie schob die Unterlagen von einem in den anderen Arm, um den Körperkontakt mit ihm zu unterbrechen. Dann drückte sie den Fahrstuhlknopf.

„Weil es hier nicht um dich geht“, erwiderte sie ruhig. „Der Kauf ist die richtige Entscheidung für unsere Firma. Deine Argumente sind stichhaltig. Wenn wir nicht expandieren, können wir uns im Wettbewerb nicht behaupten, mit den organischen Lebensmitteln bedienen wir einen immer größer werdenden Markt, und durch die höheren Verkaufszahlen können wir bessere Preise anbieten. Anscheinend begreift Barker das nicht, und das sagt mir, dass er als Aufsichtsratsvorsitzender vielleicht fehl am Platz ist.“

Richards Augen weiteten sich. Als die Aufzugtüren sich öffneten, stieg Mad ein und drehte sich zu ihm um.

„Du bist ein Mistkerl, das warst du schon immer. Aber du hast einen untrüglichen Geschäftssinn und bist deshalb ein guter Geschäftsführer für die Firma unseres Vaters. Aber denk dran: In Zukunft übe ich das Stimmrecht für Amelias und meine Anteile selbst aus. Und wenn ich den Eindruck bekomme, dass du schlechte Entscheidungen triffst, werde ich nicht zögern, dich zu feuern. Ach ja, und schick mir bitte bis morgen eine Prognose für die Marktentwicklung nach der Fusion an mein Postfach in Manhattan. Auf Wiedersehen, Richard.“

Nachdem die Fahrstuhltüren sich geschlossen hatten, lehnte sie sich gegen die holzgetäfelte Wand. Eigentlich hätte sie Triumph, Genugtuung oder zumindest Macht empfinden müssen, stattdessen beherrschte sie nur ein Gedanke:

Sie musste so schnell wie möglich zu Spike.

10. KAPITEL

Was zum Teufel machst du hier?"

Als Spike die Küche des „White Caps" betrat, warf er seinem Partner einen resignierten Blick zu.

„Ich muss irgendwas tun, Nate. Wenn ich noch länger zu Hause sitze, werde ich verrückt."

„Du hast eine schwere Verbrennung am Handgelenk und solltest länger als zwei Tage zu Hause bleiben."

„Ich muss ja nicht kochen. Ich kann auch Servietten falten. Hauptsache, ich arbeite."

Nate grinste. „Ach ja? Da hätte ich die perfekte Aufgabe für dich. Geh ins Büro und kümmere dich um die Buchhaltung. Wir sind fast einen Monat im Rückstand."

„Sei nicht so gemein", seufzte Spike.

„Tja, du kannst ja auch nach Hause gehen."

Spike streckte Nate die Zunge raus, bekam einen Luftkuss als Retourkutsche und ging in Richtung Büro. Als er von der Tür aus den riesigen Papierstapel sah, war er nahe daran, nach Hause zu fahren. Aber dort würden seine Gedanken doch nur um ein Thema kreisen.

Er setzte sich an den Schreibtisch, starrte dann aber doch nur aus dem Fenster. Die Sonne stand schon tief, am Fuße des Hügels glänzte der Saranac Lake wie ein Spiegel, vom Abendlicht rot überhaucht.

Verdammt, er war einsam. Er vermisste Mad …

Was konnte er tun, um sie endlich zu vergessen? Oder wenigstens ein paar Stunden nicht an sie zu denken? Seufzend betrachtete er den Papierstapel. Die Buchhaltung. Vielleicht würde es ihm ja damit gelingen.

Es war zehn Uhr abends, als Mad vor dem großen viktorianischen Haus in der Stadtmitte von Saranac Lake hielt. Viereinhalb Stunden hatte sie für die Fahrt gebraucht, aber an die Strecke konnte sie sich kaum mehr erinnern.

Was für ein hübsches Haus, dachte sie, als sie die Fassade betrachtete. Gemütlich und altmodisch.

Sie schaute zum oberen Stockwerk hinauf, wo hinter einem kleinen Balkon Licht brannte. Also war er offenbar zu Hause, auch wenn sie die Harley nirgends sah.

Die Haustür war nicht abgeschlossen, und Mad schaute auf die Briefkastenschilder. Sean hatte ihr erzählt, dass Spike ganz oben wohnte, und da stand es auch: Moriarty, 3. Stock.

Sie ging die Treppe hinauf und klopfte.

„Wer ist da?“, fragte eine weibliche Stimme.

Mad runzelte die Stirn. „Oh, Verzeihung. Ich dachte, dass Spike Moriarty hier wohnt.“

Und vielleicht stimmte das auch, aber er wohnte nicht allein. Mads Herz begann wie wild zu klopfen. Was, wenn er mit einer anderen Frau zusammen war?

Sie wollte schon panisch davonlaufen, als sie den Schlüssel im Schloss hörte und die Tür aufging, so weit die Kette es erlaubte. Eine braunhaarige Frau schaute durch den Spalt.

„Spike wohnt hier, aber er ist gerade bei der Arbeit“, sagte sie. Dann fügte sie hinzu: „Sie heißen nicht zufällig Madeline?“

„Äh … doch.“

Die Kette wurde gelöst und die Tür ging ganz auf. Die Frau streckte ihr eine Hand entgegen. „Ich bin Jaynie, Spikes Schwester.“

Noch immer etwas geschockt ergriff Mad die ausgestreckte Hand. Schon erstaunlich, wie unähnlich sich die Geschwister waren.

„Madeline Maguire“, sagte sie. „Freut mich, Sie kennenzulernen.“

Jaynie nickte. „Es wird noch eine Weile dauern, bis er nach Hause kommt. Wo übernachten Sie denn?“

„Ich … Nirgends bis jetzt.“ Das hatte sie wirklich nicht besonders gut geplant. Sie hatte nur bis zu dem Moment gedacht, wenn sie ihn wiedersah, und nicht daran, was danach passieren sollte. Wo fand sie so spät noch ein Quartier?

„Aber Sie sind doch nicht aus der Gegend, oder?", fragte Jaynie.

„Nein, ich komme gerade aus Manhattan. Wann kommt Spike denn heim?"

„Meistens erst nach Mitternacht."

„Oh. Ich muss unbedingt mit ihm reden." Vielleicht konnte sie im Auto warten oder dort sogar ein paar Stunden schlafen und dann zurückkommen.

„Möchten Sie hier auf ihn warten?"

Ja, dachte Mad. Meinetwegen die ganze Nacht. Hauptsache, sie verpasste ihn nicht.

„Danke, das ist sehr nett." Mad trat ein und schaute sich in der Wohnung um. Weiße Wände, Holzfußböden, wenig Möbel und viele Fenster, aber keine Bilder an den Wänden. Trotzdem wirkte der Raum nicht kahl oder ungemütlich.

Dann fiel ihr Blick auf Spikes Lederjacke, die über einem Stuhl hing. Am liebsten hätte sie sie in den Arm genommen, die Nase darin vergraben, sich darin eingekuschelt.

Jaynie schloss die Tür hinter ihr, drehte den Schlüssel herum und legte die Kette wieder vor. „Ich bin gerade dabei, was zu kochen. Haben Sie schon gegessen?"

„Das ist lieb, aber Sie brauchen mich nicht auch noch zu verköstigen."

„Kein Problem, es ist genug da. Ehrlich. Spike kocht zu Hause nicht gern, also mache ich das immer."

„Also dann nehme ich gerne an. Ich habe seit heute Mittag nichts gegessen."

Mad folgte Jaynie in die Küche, wo ein Tisch und zwei Stühle standen. Vom Ofen stieg ein herrlicher Duft auf.

„Was gibt es denn?"

„Hackbraten mit Mais."

Zehn Minuten später saßen sie am Tisch und ließen es sich schmecken. Mad betrachtete Spikes Schwester verstohlen. Es kam ihr so vor, als ob die Geschwister eines gemeinsam hatten: Sie wirkten beide, als ob sie etwas vor den anderen verbergen wollten.

„Woher wussten Sie meinen Namen?“, fragte Mad schließlich.

Jaynie bestrich ihren Maiskolben mit Butter und schien ihre Worte sorgsam abzuwägen. „Er vermisst Sie. Er ruft nachts Ihren Namen.“

Stöhnend schloss Mad die Augen. Der Gedanke, dass Spike ihretwegen litt, machte alles noch viel schlimmer. „Ich habe einen schrecklichen Fehler gemacht“, sagte sie leise.

„Ja, das stimmt. Ich kenne die Details nicht, aber mein Bruder hat mir erzählt, dass Sie ihm nicht vertraut haben. Dabei gibt es niemanden, der vertrauenswürdiger ist als er. Er würde alles für diejenigen tun, die er liebt. Und das sage ich nicht nur so daher. Für mich hat er Jahre seines Lebens geopfert.“

„Jahre?“

„Mein Bruder wird Ihnen vielleicht etwas sagen wollen. Wenn er es tut, dann versuchen Sie, ihn ohne Vorurteile anzuhören. Das zumindest schulden Sie ihm. Er verdient so viel mehr vom Leben, als er bisher bekommen hat.“

„Um was geht es denn?“, fragte Mad atemlos.

„Das muss er Ihnen schon selbst sagen. Jedenfalls hat er mir das Leben gerettet, und das nicht nur im übertragenen Sinn. Ohne ihn würde ich nicht hier sitzen. Noch Butter?“

Jaynie hielt ihr die Schale hin.

Wie betäubt nahm Mad sie ihr ab. „Danke.“

Spike verließ das „White Caps“ nur widerwillig, als Nate ihn um Mitternacht hinauswarf. Der Schreibtisch war leer, alle Rechnungen bezahlt, eingetragen und abgeheftet. Viel besser fühlte Spike sich jetzt nicht, aber wenigstens waren ein paar Stunden um.

Obwohl sein Handgelenk schmerzte, nahm er die lange Strecke nach Hause, durch die Berge. Auf den gewundenen Landstraßen zu fahren, nur er und Bette, entspannte und beruhigte ihn wie immer – zumindest für den Moment.

Als er in den Ort kam, parkte er auf seinem Stellplatz hinter dem Haus und nahm die Hintertreppe zu seiner Wohnung.

Dort war alles dunkel, doch er kannte sich gut aus und machte kein Licht, um Jaynie nicht zu stören. Auf Zehenspitzen schlich er in sein Zimmer und schloss die Tür hinter sich. Im Dunkeln zog er sich aus, ging ins Bad hinüber und stellte sich unter die Dusche.

Erst als er danach in Richtung Bett ging, sah er, dass jemand darauf lag. Und es war nicht irgendjemand. Sondern es war Mad.

Beinahe hätte er vor Schreck aufgeschrien.

Dann fiel ihm ein, dass er nackt war, und schnell wickelte er sich ein Handtuch um die Hüften. Er wartete drauf, dass sie jeden Moment aufwachte, doch sie schien tief und fest zu schlafen.

Vorsichtig trat er näher. Sie trug einen schwarzen Hosenanzug, was erklärte, dass er sie vorher auf dem dunklen Bettüberwurf nicht gesehen hatte. Inzwischen hatte sie sich umgedreht, und der Mond schien ihr ins Gesicht.

Oder träumte er das alles nur? Er hatte unten ihren Wagen nicht gesehen, aber er war ja auch durch den Hintereingang gekommen.

„Mad?"

Als sie sich nicht bewegte, berührte er ihre Schulter. „Mad, wach auf."

Sie murmelte etwas, griff dann nach seiner Hand und zog ihn zu sich hinunter.

Es gelang ihm, das Handtuch festzuhalten und sich gleichzeitig abzustützen, um nicht mit seinem vollen Gewicht auf ihr zu landen. Als er versuchte, sich wieder aufzurichten, schlang sie die Arme und Beine um ihn und hielt ihn fest.

Völlig verwirrt ließ er es geschehen.

„Ich träume, oder?", murmelte sie undeutlich.

Dann zog sie an dem Handtuch, und es rutschte zu Boden. Als sie begann, seinen Rücken zu streicheln, spürte er augenblicklich Erregung in sich aufsteigen. Allerdings hatte er nicht vor, darauf zu reagieren. Bis zu dem Moment, wo ihre Hände über seinen Bauch strichen und sich dann weiter vorantasteten …

„Mad“, stöhnte er. „Wach auf.“

Als sie die Hand um ihn schloss, biss er sich verzweifelt auf die Lippe.

„Ich hätte nie an dir zweifeln dürfen“, flüsterte sie an seinem Hals. „Und ich bin so schnell gefahren, wie ich konnte, um dir das zu sagen. Es tut mir so leid. Mmmmh, du riechst so gut …“

Er bemühte sich, stillzuliegen, doch sein Körper gehorchte ihm nicht, sondern drängte sich ganz von selbst gegen Mads Hand.

„Wach auf …“, flehte er.

„Nein, ich will nicht.“ Ihre Worte klangen immer undeutlicher. „… hab dich vermisst … geweint … aber jetzt bist du da.“

Ihr trauriger Tonfall ließen ihn zur Besinnung kommen. Er hob den Kopf und strich ihr das Haar aus dem Gesicht. Sie sah gequält aus, und das berührte ihn noch mehr als ihre Entschuldigung. Wie konnte er ihr da nur etwas abschlagen?

„Du sollst nicht weinen“, sagte er rau und küsste sie auf die Stirn. „Schon gar nicht meinetwegen.“

„Aber … liebe dich.“

Hörte er richtig? Spike hielt den Atem an, sein Herz klopfte ihm bis zum Hals. „Was hast du gesagt?“

„Ich liebe dich.“

Bei diesen Worten wachte Mad auf.

Völlig desorientiert öffnete sie die Augen. Spike lag auf ihr, roch nach Zedernseife und fühlte sich sehr männlich an – besonders da, wo sie ihn mit der Hand festhielt.

Sie wurde rot und ließ ihn los. „Oh Gott … das war gar kein Traum, oder?“

Überraschenderweise schaute er nicht ärgerlich, sondern zärtlich auf sie hinunter.

„Nein, war es nicht.“

„Habe ich gerade gesagt, dass …“

„Ja. Meintest du das ernst?“

„Ja“, erwiderte sie ohne Zögern. Warum sollte sie es länger verbergen? Sie hatte nichts zu verlieren. „Ich bin gekommen, um dir zu sagen, dass …“

Er unterbrach sie mit einem leidenschaftlichen Kuss, und sie verlor sich in dem herrlichen Gefühl, das sie so lange vermisst hatte. Doch dann zog er die Tagesdecke über sich und rollte sich auf die Seite.

„Wir müssen reden.“

„Ich weiß. Deshalb bin ich ja hier. Es tut mir leid, dass ich geglaubt habe, du und Amelia … Ich habe mit ihr darüber gesprochen. Ich hätte einfach mehr Vertrauen in dich haben müssen.“

„Es hat mich wirklich verletzt, dass du mir nicht vertraut hast.“

„Ich weiß …“

„Besonders, weil ich dir deshalb etwas anderes nicht erzählen konnte. Etwas, das deine Meinung über mich wahrscheinlich ändert. Ich dachte mir, wenn du etwas so Absurdes von mir glaubst, bräuchte ich dir mit meiner Vergangenheit gar nicht erst zu kommen. Weil wir dann sowieso keine Zukunft hätten.“

Eine verrückte Hoffnung stieg in ihr auf. Sie war eigentlich nur gekommen, um sich zu entschuldigen, an eine Zukunft für sie beide hatte sie nicht zu glauben gewagt.

„Welche Zukunft?“, fragte sie leise. „Ich dachte, du willst keine Beziehung.“

„Dachte ich auch. Aber bei dir ist das anders. Vom ersten Moment an, schon als ich dich bei Alex gesehen habe. Nach unserer Nacht auf dem Motorrad wollte ich es dir schon sagen, aber dann bist du abgereist. Ich dachte, es wäre, weil Richard dir von meiner Vergangenheit erzählt hat.“

„Mit keiner Silbe.“ Etwas besorgt fragte sie: „Was ist es denn?“

Er atmete tief durch: „Ich war im Gefängnis. Lange. Jahrelang.“

„Wofür?“

„Ich habe jemanden getötet.“

„Um Gottes willen!“ Entsetzt schloss sie die Augen. Aber doch sicher nicht kaltblütig, dachte sie verzweifelt. „Warum?“

„Um Jaynie das Leben zu retten.“

Mad schaute ihn an und dachte an das, was seine Schwester ihr erzählt hatte. „Was ist passiert? War sie in Lebensgefahr?“

„Ja, ihr Ehemann hat wie wild auf sie eingeprügelt. Mit einem Baseballschläger. Er hätte sie erschlagen, wenn ich nicht eingegriffen hätte.“

„Aber warum wurdest du dann verurteilt?“

„Weil man bei einer Mordanklage nur auf Notwehr plädieren kann, wenn man selbst der Angegriffene ist.“ Als Mad ihn stumm anschaute, fügte er hastig hinzu: „Tut mir leid. Ich will nicht, dass du dich in meiner Nähe unwohl fühlst.“ Spike rückte ein wenig von ihr ab.

Sie dachte an die vielen Momente, in denen er sich von ihr zurückgezogen hatte und weit weg zu sein schien, und ihr wurde klar, wie sehr ihn das alles bedrückte.

„Das ist es also, was du verbirgst. Worüber du nicht reden willst.“

„Ja. Am Anfang habe ich es dir nicht erzählt, weil wir nur Freunde waren. Doch dann wollte ich es dir sagen. Ich schwöre es. Vor allem, nachdem mir klar wurde, dass …“

„Dass was?“

„Dass ich dich wiedersehen wollte.“

Sie schaute ihn lange an, griff dann nach seiner Hand. Es schien ihn zu überraschen, dass sie ihn noch berühren mochte.

„Das wollte ich auch“, sagte sie. „Und das will ich immer noch.“

„Obwohl du es weißt?“, fragte er rau.

„Ja. Ich gebe zu, ich bin geschockt. Aber ich habe keine Angst vor dir. Und ich höre deshalb nicht auf …“ Jetzt, wo sie ganz wach war, gingen ihr die drei Worte nicht so leicht über die Lippen. „Ich will immer noch mit dir zusammen sein.“

„Bist du sicher?“ Er beugte sich über ihre Hand und küsste sie. „Ich dachte nur … so, wie deine Mutter umkam, könntest du das niemals akzeptieren.“

Stirnrunzelnd sah sie ihn an. „Wie meine Mutter umkam? Was hat der Krebstod meiner Mutter damit zu tun?“

Fassungslos starrte Spike sie an. „Wie bitte?“

„Meine Mutter ist an Krebs gestorben. Wieso sollte ich deshalb …“

„*Was?*“

„Ich … wieso bist du denn so überrascht?“

Mit einem kräftigen Fluch schloss er die Augen. „Du hast ja keine Ahnung … Dieser Mistkerl!“

Sie spürte, wie unglaublich wütend Spike war, auch wenn er versuchte, sich nichts anmerken zu lassen.

„Was hast du denn gedacht, woran sie gestorben ist?“, fragte sie verwirrt.

„Das ist jetzt nicht mehr …“

Doch sie ließ ihn nicht ausreden. „Michael Moriarty, in Zukunft solltest du nichts mehr vor mir verheimlichen. Entweder reden wir immer gleich über alles, oder die Sache mit uns wird nichts, das sag ich dir gleich.“

Er zog die Augenbrauen hoch, lächelte dann leicht. „Okay. Habe ich verstanden. Weißt du, es gefällt mir richtig, wenn du mich rumkommandierst.“

„Sehr gut. Gewöhn dich dran. Wenn ich mit den Jungs auf dem Boot fertig werde, krieg ich das bei dir ja wohl auch hin. Und jetzt raus mit der Sprache.“

Nach einem kurzen Kuss wurde er wieder ernst. „Richard hat mir erzählt, dass deine Mutter als unschuldige Passantin bei einem Mord getötet wurde. Er sagte, dass er meine Gerichtsakten gesehen und es dir sofort erzählt hätte. Und dass du abgereist wärst, weil du mich nie wiedersehen wolltest. Deshalb war ich in Newport so überrascht, dass du dachtest, ich hätte was mit Amelia.“

„Was für ein Bastard!“, rief Mad verärgert. Wie konnte jemand solche Lügen erzählen? „Heute Nachmittag bei der Aufsichtsratssitzung habe ich in seinem Sinn gestimmt. Und ihm danach sogar noch gesagt, dass er ein guter Geschäftsführer ist. Aber jetzt …“ Sie schüttelte den Kopf. „Jemand, der im Privatleben so unethisch handelt, sollte auch keine Firma leiten.“

Nein, sie würde dafür sorgen, dass er seines Postens enthoben wurde. Zusammen mit Amelia konnte sie das durchsetzen. Und Sean und Mick würden ihr bestimmt dabei helfen.

„Was wird jetzt mit uns?“, fragte sie schließlich.

Spike zögerte. „Na ja, alles in allem gesehen … Ich würde sagen, wir lieben uns.“ Er unterstrich seine Aussage mit kleinen Küssen. „Ja, ich denke, das kommt hin. Ich liebe dich. Du liebst mich. Ergo: Wir lieben uns.“

„Wir lieben uns?“

„Jawohl. Definitiv.“

Überglücklich schlang sie die Arme um ihn und hielt ihn fest.

„Ach ja, und wegen des Segelns …“

Mad hielt den Atem an. Was würde sie machen, wenn er sie bat, den Sport aufzugeben? „Jaaa?“, fragte sie gedehnt.

„Keine Sorge, ich würde dich niemals bitten, nicht mehr an Regatten teilzunehmen.“

Als sie sich entspannte, fügte er hinzu: „Aber ich wäre sehr beruhigt, wenn du nicht mehr so hart zu dir selbst wärst. Du weißt schon, mit dem Training und vor allem mit dem Essen. Ich liebe deinen Körper, wie er ist, aber ich glaube, ich würde ihn noch mehr lieben, wenn du … also ich meine, ich wünschte, du hättest …“

Sie küsste ihn zärtlich. „Keine Sorge, das habe ich bereits geändert. Ich habe darüber nachgedacht, dass ich eines Tages Kinder möchte, und schon angefangen, mich darauf vorzubereiten. Ich esse regelmäßig.“ Sie lächelte verschmitzt. „Schokolade allerdings nur, wenn du dabei bist.“

„Kinder? Ich liebe Kinder“, rief er aus. „Ich will einen ganzen Stall voll. Aber nur mit dir.“

Sein bestimmter Tonfall brachte sie zum Lachen. „Gleich einen ganzen Stall voll, ja?“

„Oh ja. Da ist noch was … Und ich muss dir ja gleich immer alles sagen, richtig?"

„Allerdings."

„Also gut … ich will dich heiraten. Morgen. Oder am besten gleich jetzt." Er hielt etwas atemlos inne. „Ich weiß, wir kennen uns noch nicht so lange, aber …"

Sie unterbrach ihn mit einem Kuss. „Weißt du was? Ich denke, das ist eine wunderbare Idee."

„Heißt das Ja?"

Strahlend lächelte sie ihn an. „Ja."

– ENDE –

Susanne Schomann
Wilder Wacholder

Die grünen Hügel von Cornwall hat Isabell Valentine gegen die blühende Heide von Lunau eingetauscht: Nach dem Unfalltod ihres Mannes wagt sie in der Lüneburger Heide einen Neuanfang …

Band-Nr. 25768
8,99 € (D)
ISBN: 978-3-95649-042-2
eBook: 978-3-95649-346-1
320 Seiten

Anna Gold
Verpissimo!
Ein Sommer in Italien

Auswandern nach Italien! Nichts hält Dana und Mel in Deutschland: Ihre Jobs sind ätzend, ihre Freunde betrügerisch und muttersöhnchenmäßig. Kurzentschlossen investiert Mel in eine Villa im Piemont …

Band-Nr. 25744
8,99 € (D)
ISBN: 978-3-95649-009-5
eBook: 978-3-95649-314-0
304 Seiten

Der ergreifende Auftakt zu Christie Ridgways sommerleichter Trilogie:

Christie Ridgway
Der Sommer,
der uns verband

Band-Nr. 25747
8,99 € (D)
ISBN: 978-3-95649-012-5
eBook: 978-3-95649-358-4
400 Seiten

Eine ausgelassene Strandparty – und mittendrin ein sexy Mann mit ozeanblauen Augen und offenem Hawaiihemd: Das ist Griffin Lowell? Jane hat einen grüblerischen Einzelgänger erwartet, nicht diesen Traumtypen. Schließlich wurde sie engagiert, um Griffin in seinem Strandhaus beim Schreiben seiner Biographie zu helfen. Der allerdings will lieber feiern und seinen traumatischen Erinnerungen entfliehen – doch so schnell gibt Jane nicht auf, denn sie braucht den Job mehr als alles andere! Bei Strandspaziergängen im Mondschein gelingt es ihr tatsächlich, das Eis um Griffins Herz zum Schmelzen zu bringen. Aber während ihr berufliches Interesse bald tiefer Sehnsucht weicht, scheint er noch nicht bereit für die Liebe …

„Romantik pur, herzerwärmend und witzig."
New York Times-Bestsellerautorin Jennifer Crusie